KB147241

조선족 소설 연구

저자 최병우 崔炳宇

문학박사. 강릉원주대 국어국문학과 교수. 한국문학교육학회 회장, 한중인문학회 회장, 한국현대소설학회 회장을 역임하였다. 저서로 『문학교육론』(공저, 1988), 『한국 근대 일인 칭소설 연구』(1993), 『한국 근대소설의 미적 구조』(1997), 『한국현대문학의 해석과 지평』 (1997), 『다매체 시대의 한국문학 연구』(2003), 『리근전 소설 연구』(2007), 『조선족 소설의 틀과 결』(2012), 『이산과 이주 그리고 한국 현대소설』(2013), 『한국 현대문학의 풍경과 주변』 (2019) 등이 있고, 문집으로 『칭다오 내 사랑』(2011), 공동수필집으로 『우정의 길, 예지의 창』 (2008), 『사계의 전설』(2011), 『지나고 보니 보이는 꽃』(2013) 등이 있다.

조선족 소설 연구

인쇄 · 2019년 1월 15일
발행 · 2019년 11월 25일

지은이 · 최병우
펴낸이 · 한봉숙
펴낸곳 · 푸른사상사

편집 · 지순이 | 교정 · 김수란
등록 · 1999년 7월 8일 제2-2876호
주소 · 경기도 파주시 회동길 337-16(서패동 470-6)
대표전화 · 031) 955-9111~2 | 팩시밀리 · 031) 955-9114
이메일 · prun21c@hanmail.net
홈페이지 · http://www.prun21c.com

ISBN 979-11-308-1401-8   93800
값 42,000원

이 도서의 국립중앙도서관 출판예정도서목록(CIP)은 서지정보유통지원시스템 홈페이지(http://seoji.nl.go.kr)와 국가자료공동목록시스템(http://www.nl.go.kr/kolisnet)에서 이용하실 수 있습니다.(CIP제어번호: CIP2019001513)

푸른사상 학술총서 46

A Study on the Korean - Chinese Novels

최병우

조선족 소설 연구

푸른사상
PRUNSASANG

조선족 소설을 대표하는 열다섯 작가의 작품에 관한 논문을 모아 한 권의 책으로 출간한다. 조선족은 인구 200여만 명으로 중국의 56개 민족 중 13위에 달하는 소수민족이지만, 14억 중국 인구의 0.15%, 소수민족 전체의 1.8% 밖에 되지 않는다. 중국의 56개 민족 중에서 유일한 과경민족인 조선족은 집거지인 연변조선족자치주와 동북 지방을 중심으로 자신들의 언어와 문화를 유지하기 위해 부단히 노력해왔다. 2007년 「중국조선어규범집」을 제정하여 조선족 언어의 맞춤법, 발음법, 띄어쓰기, 문장부호 등을 규정하고 신문, 방송, 출판 등에서 이를 준수하게 하여 조선족 언어의 통일을 기한 것은 그러한 노력의 결과이다.

조선족 언어와 문화가 독자성을 유지한 데에는 1949년 개교 이후 조선족 언어와 문화의 연구와 보존에 노력하고 이를 연구할 인재를 배출해온 연변대학과 해방 직후 새로운 조선인 문학을 수립하기 위해 건설된 조선족 문인 단체들이 모여 1956년 창립한 연변작가협회의 공이 크다. 60년 이상을 조선족 문학의 진전에 기여한 연변작가협회는 현재 소속회원이 766명(한족 123명 포함)에 이른다. 이들 중 조선어로 문학 활동을 지속해온 소설분과 76명, 시분과 84명, 수필분과 96명, 아동문학분과 77명, 평론분과 47명 등 협회 소속 문인들은 조선족 문학 발전의 선봉이 되어 왔다.

　개혁개방과 한중수교 이후 조선족들이 이주를 시작하면서 조선족 사회와 문화 전반에 큰 위기가 몰아쳤다. 조선족 인구의 35%인 70여만 명이 한국으로, 40~50만 명이 관내로 이주해 조선족 공동체가 와해되고, 조선어보다 한어 사용이 편한 조선족이 늘어나는 추세이다. 단적인 예로 조선어로 창작하는 소설가들이 줄고, 20대 소설가는 존재하지 않는 현실을 들 수 있다. 조선어 소설 창작이 줄어드는 현실은 점차 수필과 시에까지 이어져 조선족 문학이 사라질 전조로 이해된다. 연변작가협회나 유관 기관에서 노력을 기울이고 있지만, 중국 사회의 중심으로 이동하려는 조선족의 욕망과 모국 한국의 견인력이 상호작용하면서 조선족 사회의 붕괴를 촉진하기에 그 전망은 어두울 수밖에 없다.

　70년이 넘는 동안 조선족 문학은 많은 작가들에 의해 수없이 많은 명작들을 탄생시켰다. 여러 차례 출간된 조선족문학선집들은 조선족 문학이 이룬 문학적 성과의 방대함과 높은 수준을 알게 해준다. 조선족 문학은 주로 조선족 연구자들에 의해 연구되어 김학철, 허련순, 김금희 등 몇 작가를 제외하고는 한국에 거의 소개되지 않고 있다. 조선족 연구자들은 비평문은 조선족 잡지에 발표하지만, 연구논문은 조선어 학술지가 없는 중국의 현실 탓에 한국 학술지에 발표하는 어려움을 겪는다. 이 같은 발표지면의 한계는 조선족 연구자들이 조선족 문학을 본격적으로 연구하는 데 장애로 작용하고 있다.

　저자는 한국 학자들의 관심 영역에서는 벗어나 있고, 조선족 학자들은 본격적인 연구에 어려움을 겪고 있는 조선족 문학에 관한 연구의 중요성을 인식하고, 지난 십여 년간 조선족 소설 연구를 계속해 몇 권의 책을 상재했다. 그리고 몇 년간의 집중적인 작업 끝에 조선족 소설을 대표하는 작가들의 작품론을 단행본으로 출간한다. 조선족 작가들의 작품론을 단행본으로 출간하는 일이 조선족 사회와 한국 학계에서 최초의 일이라는 데 저자 나름의 자부심을 갖는다. 이 책이 향후 조선족 소설 나아가 조선족과 제외한인 문학의 연구에 보탬이 되기를 기대한다.

회갑을 맞아 한 권의 책을 묶은 후, 정년하기 전에 그간 계속해온 조선족 소설 연구를 마무리할 한 권의 책을 생각하고 연변대 김호웅 교수에게 자문을 구하자 작가작품론을 정리하는 것이 어떻겠냐며 열다섯 명의 작가를 추천해주었다. 이미 단행본으로 출간한 작가도 있고, 몇 편의 논문을 쓴 작가도 있었지만, 2014년 말부터 한 작가씩 집필하여 국내 여러 학술지에 발표했다. 작품과 자료 구득에서부터 사소한 사항까지 중국 학자들의 도움을 받으며 연구해온 결과를 단행본으로 묶는 자리에 이르자 그간 도움을 준 많은 분들의 고마움이 온몸에 와닿는다.

연구의 방향을 상의해주고 작품과 자료 구입에 헌신하고 수많은 질문에 답을 해준 외우 김호웅 교수가 없었으면 이 자리까지 오지 못했을 것임을 알기에 심심한 사의를 표하면서 우정이 더욱더 깊고 길게 이어지기를 기대한다. 연구와 관련한 자료를 구해주고 여러 자문에 너그럽게 응해주고 함께 김혁 작가를 만나준 연변대 리광일 교수와 수없이 많은 작품과 자료를 구해 파일로 또 사진으로 보내준 연변대 김미란 교수에게 고마운 마음을 표한다. 또 리원길과 관련한 자료를 구해주고 자문해준 중앙민족대 오상순, 최학송 교수, 박선석의 작품과 관련 자료를 제공해준 서북정법대 박춘란 교수, 소장했던 소설집 여러 권을 흔쾌히 내어준 요녕민족사범대 김춘련 교수, 류원무와 김금희의 작품과 귀한 자료를 구해준 연변작가협회 김호 선생, 논문에 필요한 많은 중국 자료를 구해준 청도이공대의 장춘매 교수에게도 감사드린다.

그리고 원고를 집필하는 과정에 몇 차례씩 메일로 보낸 귀찮은 질문에 성실히 답변해주신 여러 작가분들께 고개 숙여 감사드린다.

　마지막 원고를 집필하고 있던 10월 하순에, 학문의 엄정함을 가르쳐주시고 조선족 소설에 관한 연구를 계속하라 격려해주신 은사 김윤식 선생님께서 운명하셨다. 이 책을 선생님께 보여드리지 못한 것이 필자의 게으름 탓이라는 생각에 가슴이 아린다. 이 자리를 빌어 삼가 선생님의 명복을 빈다. 현대소설 연구의 길로 인도해주신 은사 구인환 선생님, 건강이 쾌차하시어 따뜻한 미소로 만나주실 수 있기를 기원합니다. 그리고 오랜 시간 교유를 지속하며 학문의 길을 지켜보아주신 로고포 선배님들께 감사드리며, 앞으로도 함께할 즐거운 시간을 기대한다. 끝으로 필자가 정년의 자리까지 학문에만 몰두할 수 있게 보살펴준 아내 이정한에게 고맙고 사랑한다는 말을 전한다.

2019년 1월
최 병 우

차례

차례

체험의 서사화

김학철론

체험의 서사화

김학철론

1. 서론

김학철은 원산과 서울에서 성장, 중국에서의 항일투쟁, 일본에서의 수감 생활 등을 거쳐, 남한과 북한에서 활동하다가 중국으로 건너가 북경에서 문학 수업을 하고, 연변으로 들어가 작가로서 생을 마감하였다. 더욱이 연변 조선족자치주 최초의 전업작가로 활동하다가 반우파투쟁기와 문화대혁명에 이르는 시기에 24년간 강제노동과 감옥 생활을 하고 복권한 뒤, 다시 작가의 길을 걸은 김학철의 삶은 파란만장한 개인으로서뿐만 아니라 동아시아의 근현대사를 가로지른 위대한 '투사'와 '작가'[1]로서의 삶이었다는 점에서 그 자체로 큰 울림을 갖는다. 이런 점에서 김학철의 치열한 삶과 문학은 한국과 중국 조선족 문학 연구자들의 지대한 관심의 대상이 되었다.

---

1 김성호, 「투사와 작가」, 연변문학예술연구소 편, 『김학철론』, 흑룡강조선민족출판사, 1990 참조.

김학철과 그의 문학에 관한 연구는 방대한 성과를 보이고 있다. 1990년 연변문학예술연구소에서 『김학철론』[2]을 펴낸 후, 박충록과 강옥은 김학철 문학에 관한 연구서[3]를 발간하였고, 김호웅과 김해양은 김학철의 삶을 다룬 『김학철 평전』[4]을 출간한 바 있다. 또 김학철문학연구회에서는 김학철에 관한 자료와 김학철과 그의 문학에 대한 연구 성과를 모아 연변인민출판사에서 무려 7권에 이르는 단행본[5]을 출간한 바 있다. 단행본 이외에도 김학철의 삶과 문학을 다룬 논문들은 적지 않아서 연구사를 정리한 논문[6]이 쓰여지기도 하였다.

김학철의 삶과 문학에 관한 연구는 몇 가지 방향에 집중되어 있다. 김학철 문학 연구의 가장 많은 분량을 차지하는 것은 항일투사로서의 김학철의 삶과 그것을 다룬 작품들을 관련지어 그의 투사적 삶의 양상을 살피는 연구이다. 김윤식[7]이 김학철 문학에 대해 항일투쟁의 역사 재구라는 점에 의의를 부여하면서 김학철 문학이 항일 빨치산 문학의 기원이 된다는 평가를 내린 이후 김학철 문학을 그의 항일투쟁의 경험과 관련시켜 항일 무장투쟁을 전면화한 그의 소설의 의미를 밝히는 연구는 여러 연구자들에 의해 다양하게

---

2   위의 책.

3   박충록, 『김학철 문학 연구』, 이회, 1996, 강옥, 『김학철 문학 연구』, 국학자료원, 2010.

4   김호웅 · 김해양, 『김학철 평전』, 실천문학사, 2007.

5   『조선의용군 최후의 분대장 김학철』(2002), 『조선의용군 최후의 분대장 김학철』 2(2005), 『김학철론 · 젊은 세대의 시각』(2006), 『조선의용군 최후의 분대장 김학철』 4(2007), 김관웅 · 김호웅, 『김학철문학과의 대화』(2009), 『소장파평론가와 김학철의 만남』(2009), 『로신과 김학철』(2011).

6   강옥, 「중국과 한국에서의 김학철 문학 연구」, 『한국여성교양학회지』 13, 2004.12.

7   김윤식, 「항일 빨치산문학의 기원 · 김학철론」, 『실천문학』 12. 1988.12.

진행되었다.[8]

　김학철 문학에 나타난 언어적 특징에 대한 연구도 다양하게 진행되었다.
많은 연구자들은 항일투쟁의 현장에서 투사로 활동한 김학철의 소설에 나
타난 인물들이 낙관적이며 문체 면에서도 해학과 풍자가 두드러지는 점에
주목하여, 김학철 문학의 표현 특성에 관하여 다양한 연구가 이루어졌다.[9]
또 김학철 문학이 가지고 있는 현실에 대한 강한 비판 의식을 살핀 연구도

8　많은 김학철 문학 연구는 이러한 관점에서 이루어졌다. 그 대표적인 논문을 들면
　다음과 같다.
　신경림, 「민중생활사의 복원과 혁명적 낙관주의의 뿌리」, 『창작과비평』 61, 1998.9.
　이상갑, 「역사 증언에의 욕구와 형상화 수준」, 『한국학연구』 10, 1998.12.
　김명인, 「어느 혁명적 낙관주의자의 초상」, 『창작과비평』 115, 2002.3.
　신사명, 「김학철의 「격정시대」와 주체적 민족주의」, 『한국어문학연구』 46, 2006.2.
　송현호, 「김학철의 「격정시대」에 나타난 탈식민주의 연구」, 『한중인문학연구』 18,
　2006.8.
　고명철, 「혁명성장소설의 공간, 민중적 국제연대 그리고 반식민주의」, 『반교어문연
　구』 22집, 2007.2.
　박용규, 「동북아 20세기와의 대결 : 김학철의 민족해방서사」, 『비평문학』 32,
　2009.6.
　김학철문학연구회에서 편한 『김학철문학연구』 1~7에 실린 논문들 중 상당수는 「격
　정시대」를 중심으로 하여 김학철의 투사적 삶의 양상을 살피고 그 의미를 부여하고
　있다.
9　김학철 문학의 언어예술적 성과에 관한 대표적인 논문을 들면 아래와 같다.
　전성호, 「「격정시대」와 김학철의 미학적 추구」, 연변문학예술연구소 편, 앞의 책.
　강영, 「김학철 소설 「격정시대」의 해학과 풍자」, 『한국언어문화학』 5-2, 2008.12.
　김관웅, 「김학철의 문학과 홍명희의 「임꺽정」」, 김학철문학연구회 편, 김관웅 · 김
　호웅, 『김학철문학과의 대화』, 연변인민출판사, 2009.
　우상렬, 「문예심리학창원에서 본 김학철문학의 유머스찔」, 김학철문학연구회 편,
　『로신과 김학철』, 연변인민출판사, 2011.
　김홍매, 「로신과 김학철 수필의 형상화의 표현수법 비교연구」, 위의 책.
　송현호, 「김학철의 「격정시대」에 나타난 탈식민주의 연구」, 『한중인문학연구』 18,
　2006.8.

상당한 수에 이른다. 연변조선족자치주가 성립된 후 전업작가로서 사회주의 국가의 현실과 미래에 대한 찬양을 선도하던 김학철은 사회주의 체제가 경직되는 1950년대 중반 이후 중국의 현실에 대한 비판적 시각을 드러내기 시작했고 이는 모택동 체재를 비판하는 『20세기의 신화』로 이어지는 바, 이러한 김학철의 현실에 대한 강한 비판의식을 분석한 논문 역시 적지 않다.[10] 다음으로 김학철 문학과 루쉰 문학과의 비교문학적 연구가 다양한 측면에서 이루어졌다. 김학철의 삶과 문학에서 나타난 현실 비판과 부정의 의식을 루쉰과 관련하여 이해하려는 연구는 주로 조선족 문학 연구자들에 의해 수행된 바 있다.[11]

김학철 문학에 관한 연구의 편향성은 김학철이 자신의 체험을 바탕으로

---

10 『20세기의 신화』를 중심으로 김학철 문학의 치열한 현실 비판 정신을 고구한 대표적인 논문은 아래와 같다.
　　강옥, 「김학철 소설의 비판의식 연구 : 「20세기의 신화」를 중심으로」, 『중국인문과학』 30, 2005.9.
　　고명철, 「중국의 맹목적 근대주의에 대한 조선족 지식인의 비판적 성찰」, 『한민족문화연구』 22, 2007.
　　김관웅, 「50~60년대 국제공산주의 운동과 「20세기의 신화」의 관련 양상」, 『한중인문학연구』 20, 2007.4.
　　송현호, 「김학철의 「20세기의 신화」 연구」, 『한중인문학연구』 21, 2007.8.
　　이광일, 「김학철의 장편소설 「20세기의 신화」와 잠재창작」, 『한중인문학연구』 31, 2010.12.
　　이새아, 「냉소적 리얼리즘, 그 낭만적 희극성의 이야기판 짜기」, 『현대소설연구』 47, 2011.8.
11 김관웅·김호웅, 『김학철 문학과의 대화』(2009)의 2부에 실린 8편의 논문은 비교문학적 관점에서 김학철 문학을 연구한 논문들이고, 『로신과 김학철』(2011)의 2부에 실린 김학철 문학에 대한 비교문학적 연구 중 상당수는 루쉰과 비교하고 있다. 김학철과 루쉰의 문학을 비교문학적 관점에서 살핀 논문은 최병우, 「루쉰과 김학철 잡문의 담론 전개방식 비교 연구」(『한중인문학연구』 44, 2014.9, 474~476쪽)에 정리되어 있다.

한 작품을 주로 창작했다는 사실과 무관하지 않다. 김학철의 문학을 연구하면서 작중의 인물이나 사건을 작가 자신과 그가 체험한 사실들과 연관지어 이해함으로써 김학철 문학 연구는 작품론이면서 동시에 작가론인 경우가 적지 않았다. 이러한 작품의 성격과 작가의 삶이 갖는 강렬성의 영향으로 김학철 문학에 문학적으로 접근하기보다는 사상적으로 접근하는 것이 주류를 이루는 결과를 가져왔다. 이는 김학철 문학이 갖는 문학적 장치나 장르적 성격에 관한 논의가 소략해지는 결과를 낳았다. 최근 들어 김학철의 장르 의식을 점검한 논문[12]들이 발표되기는 하나 김학철 문학의 문학적 본령을 탐색하는 데에는 미치지 못하고 있다.

　본고는 김학철 문학 연구가 갖는 저간의 사정을 고려하여 김학철 문학의 한 특징이 되는 체험을 바탕으로 창작하는 창작 방법이 갖는 의의와 한계를 살펴 김학철 문학의 의미를 새롭게 조명하고자 한다. 소설은 작가의 삶과 직접 체험한 현실에서 얻어진 삶에 대한 통찰력과 심오한 사상 등에 의해 창작된다는 점에서 소설 연구에 있어 작가의 체험을 무시할 수는 없다. 그러나 김학철은 조국 광복을 위한 항일투쟁의 시간을 함께했던 동료들의 삶을 역사의 현장으로 끌어내야 한다는 사명감에 의해 소설을 창작하였다. 김학철이 품었던 이러한 목적의식은 '체험의 서사화'[13]라는 창작 방식을 선택하게

12　전정옥, 「김학철의 문학이 한국문학에서 받은 영향」, 『국제한인문학연구』 3, 2005.10.
　　우상렬, 「김학철과 사회주의 사실주의의 허와 실」, 『한국어문학연구』 46, 2006.2.
　　최병우, 「김학철 소설에 나타난 체험의 형상화 방식 연구」, 『한국문학논총』 56, 2010.12.
13　체험의 서사화라고 지칭한 것은 체험을 소설화하는 것만 아니라 다양한 장르로 형상화하는 모든 창작 행위를 의미하기 위한 의도에서이다. 박용규는 '기억'을 통한 민족해방투쟁의 재현이라는 용어를 사용하여 체험의 서사화와 비슷한 개념 범주를 사용하고 있다. 「동북아 20세기와의 대결 : 김학철의 민족해방서사」, 『비평문학』

하였다. 그러나 체험의 서사화는 한 개인과 집단의 치열한 삶의 모습을 그려
내는 데에는 효과적이었지만, 많은 부분에서 소설적 한계를 노정하기도 하
였다. 본고는 김학철의 창작 방법의 핵심인 체험의 서사화가 갖는 의의와 한
계를 몇 가지 측면에서 살피는 데 목적이 있다.

2. 체험의 서사화와 그 소설사적 의의

1) 항일투쟁의 역사 재구

김학철은 19세가 되던 1935년 상해로 건너가 조선민족혁명당에 포섭되어
항일투쟁 활동을 시작하였고, 1937년 당의 방침에 따라 중앙육군군관학교
에 입학하여 1년을 수학한 후 국민당 군대의 장교로 배속된다. 무한에서 조
선의용대 창립대원으로 참가하여 항일무장 선전 활동을 전개하다가 1940년
8월 29일 중국공산당에 가입하고, 1941년 여름 대원들과 함께 화북성의 팔
로군 지역으로 들어가 조선의용군 화북지대 제2분대 분대장으로 참전하였
으나 그해 12월 12일 호가장전투에서 부상을 입고 일본군의 포로가 되어 해
방될 때까지 나가사키 형무소에서 수감 생활을 하였다.

김학철에게 있어 7년간의 항일 무장투쟁 체험은 해방 후 남한에서 창작을
시작한 때부터 연변에서 창작 생활을 마칠 때까지 지속적으로 창작의 원천
이 된다. 남한에서 발표한 10편의 단편소설은 물론 연변조선족자치주 성립
이후 전업작가 생활을 하던 시기에도 이 시기의 체험은 창작에 자주 활용되
었다. 특히 강제노동과 수감과 반혁명 전과자로 24년의 기간을 보내고 창작

32, 2009.6.

활동을 재개한 후 그는 창작의 대부분을 항일 무장투쟁 체험을 서사화하는 데 바쳤다.[14] 한국 문학사상 직접 항일 무장투쟁에 참가한 작가가 김학철뿐이었고, 그가 자신의 직접적인 체험을 제재로 하여 소설을 창작한 것은 그의 소설이 갖는 생경함의 원인이며 문학사상 문제적인 사건이 된다.[15]

김학철이 자신의 체험을 서사화한 것은 문학사상으로 특별한 의미를 지니는 것이겠지만, 그가 작품에서 다루고 있는 조선민족혁명당의 투쟁 활동과 조선의용대의 창설 그리고 중국 국민당과 공산당과 함께한 그들의 항일 무장투쟁은 한국 현대사가 잊고 있었던 항일투쟁의 역사를 재구해주었다는 점에서 큰 의미를 지닌다.

중일전쟁 이후 조선인들의 항일 무장투쟁의 주체는 크게 세 부류로 나누어진다. 첫째, 만주사변 이후 만주 지역에서 동북항일연군을 중심으로 활발히 전개되던 항일투쟁은 1932년부터 1936년까지 관동군이 벌인 치안숙정 작업으로 거의 궤멸되고, 백두산 산록에 김일성 부대를 비롯한 소수의 세력만이 잔존하다가 1940년대 초에 러시아 지역으로 이동하였고 해방 후 북한으로 진입하였다. 둘째, 1940년 중경임시정부가 창설한 광복군은 1942년 김원봉이 이끄는 조선의용대 대원이 합류하면서 체제를 갖추고 중국국민당과 함께 항일투쟁을 시작하여 태평양전쟁 발발 후 일본에 선전포고를 하였고 해방이 되자 남한으로 진입하였다. 셋째, 1941년 팔로군 지역으로 들어간 조선의용대원들은 중국공산당과 함께 항일 무장투쟁을 전개하였고 일제

---

14 『항전별곡』(1983), 『격정시대』(1986), 『최후의 분대장』(1995) 등 김학철의 대표작 대부분이 자신의 항일 무장투쟁 체험을 제재로 삼고 있음은 이를 증명해준다. 이하 체험의 서사화와 관련한 작품 인용은 특별한 경우가 아니면 『격정시대』로 통일한다.

15 김윤식, 앞의 글, 401~405쪽.

가 항복하자 일부는 남한으로 일부는 북한으로 귀국하였으나 그 중심 세력은 중국에 남았다.

해방 이후 한반도가 남북으로 분단되고 중국이 공산화됨에 따라 남한은 광복군을, 북한은 김일성 부대를 항일투쟁 역사의 중심에 두게 되면서 중국 공산당과 함께 항일투쟁을 전개한 조선의용대의 역사는 역사의 기록에서 사라진다. 남한으로 진입한 조선의용대 출신 투사들은 공산주의자라는 이유로 탄압을 받고, 북한으로 들어간 조선의용대 출신 투사들은 연안파로 분류되어 종파주의자로 숙청되고 만다. 그리고 중국에 남은 조선의용대원들은 중국의 국공내전에서 큰 공을 세우고 연변조선족자치주 성립 이후 조선족의 지도층으로 자리 잡게 되었으나 반우파투쟁과 문화대혁명을 거치면서 공식적인 기록에서 사라졌다. 김학철은 해방 이후 역사 기록에서 거의 사라져버린 조선의용대가 전개한 항일 무장투쟁과 그들과 관련한 역사적 사건들을 체험을 바탕으로 서사화하여 무관심 속에 묻혀 있었던 조선의용대와 관련한 역사를 재조명받을 수 있게 하였다.[16]

> 1938년 10월 10일에 조선의용대가 정식으로 발족하였는데 대장은 중외에 위명을 떨친 김청산이고 제1지대 지대장은 내전에 참전하지 않으려고 련대장의 자리를 내놓고 중앙군교 광동분교에 전술교관으로 갔던 방효삼이고 그리고 제2지대 지대장은 중앙군교에서 선장이들의 소대장을 담임하였던 리익선이었다. 제1지대의 정치위원은 왕통이고 제2지대의 정치위원은 김학무인데 이 두사람은 다 선장의 군교때 동기동창이었다, 그러나 정치적식견은

---

16 한홍구는 전기문학인『항전별곡』이 조선의용군 용사들의 집단적 경험을 다루어 남한과 북한과 중국 어디서도 다루지 않은 항일투쟁의 주체인 조선의용대와 관련하여 사료적 가치가 있음을 언급한 바 있다. 한홍구, 『항전별곡』을 엮고 나서」, 이정식·한홍구, 『항전별곡─조선독립동맹 자료 I』, 거름, 1986, 325~329쪽.

선장이 또래보다 까맣게 높은 사람들이였다. 이날 발대식에 참석한 대원들 중에 만록총중 홍일점으로 녀대원 하나가 있었으니 그 이름은 김위라고 하였다.[17]

무한에서 있었던 조선의용대 창설과 관련한 위의 기록에서 김학철은 조선 의용대가 창설된 날짜와 지도자들을 정확하게 기억해낸다. 이러한 사실들은 역사 연구에서도 확인되는 바이겠지만 이어지는 김위에 대한 기억을 비롯한 이어지는 내용들은 역사 연구에서는 다루지 않는 사실들이다. 당시 조선의용대 창설대원들 중에 김위라는 단 한 명의 여성이 있었는데 그녀는 영화감독 김염의 여동생으로 23세였다, 대원들에게 '조선의용대'와 'Korean Volunteer'라는 글자가 새겨진 배지를 하나씩 달아주었다, 이어 각 지대에 군기가 수여되고 민족 사업에 충성을 다할 것을 선서했다는 등의 행사 내용을 상세히 기록한 것은 김학철과 같이 직접 체험하지 않은 사람들이라면 알 수 없는 사실의 재구라는 점에서 의의를 지닌다.[18]

특히 김학철을 비롯한 조선의용대원들의 일부가 국민당 지역에서 죽음을 무릅쓰고 공산당 지역인 태항산으로 들어갔을 때 중국공산당 측에서 환영 대회를 치러준 사실을 상세하게 서술한 것은 역사적 사실에 대한 정확한 기억과 재구라는 점에 큰 의의가 있다.

---

17 김학철, 『격정시대』 하(김학철전집 2), 연변인민출판사, 2010, 233쪽. 이하 김학철 『격정시대』의 인용은 『격정시대』 권수, 쪽수'로 밝힘.

18 1940년 말~1941년 초 사이에 각 전장에 흩어져 있던 조선의용대 각 지대들이 태항산 항일 근거지로 넘어가기 위해 낙양에 모일 때, 각 지대의 지도자가 누구였으며, 도착하는 부대를 마중하기 위한 번다한 일들을 담당한 낙양분대 분대장이 군관학교 동기 '전쟁할 때'라는 별명이 붙은 문정(문정일)이었음을 밝힌 것(『격정시대』 하, 375~376쪽)처럼 『격정시대』에는 역사 연구가 담당하기 어려운 사실들이 기억에 의해 재구되고 있다.

"조선동지 환영대회"

　대회에 참가한것은 총사령부직속의 각 기관 일군들외에도 일본인, 웰남인, 필리핀인 등이 있어서 마치 무슨 국제적성질의 대회와도 같았다. 그렇지만 그 집회를 가진 목적은 국민당통치구역에서 봉쇄선을 뚫고 해방구로 들어온 조선의용대를 환영하기 위한것이다.

　대회에서 환영사를 한 것은 팽덕회동지였다. 선장이는 팽덕회동지의 감박한 옷차림과 강의한 용모 그리고 호매하고도 힘진 말소리에 넋을 놓다싶이 하였다. 공경하는 마음이 샘솟듯하였다.

　"……나는 18집단군 70만 장병을 대표해 여러분을 열렬히 환영합니다…"[19]

　『격정시대』에는 이와 같은 조선의용대의 역사와 관련한 다양한 역사적 사실들이 재구되어 있다. 그들이 무한전투에서 선전 활동을 한 일과 그에 대한 중국공산당 측과 곽말약 등의 반응, 전선에서 일본군들에게 삐라나 방송을 통하여 심리전을 전개한 사실이나 일본어를 할 줄 아는 조선의용대원들이 일본군 포로들을 심문하는 데 참여한 사실 등 조선의용대원들의 활동이 매우 자세하게 서술된다.

　또, 윤봉길로 인한 일제의 탄압을 피해 임시정부가 떠난 상해 지역에 남아 일제와 일제의 끄나풀들에게 테러를 가하며 개인적 차원에서 항일투쟁을 지속하던 상해에서의 조선민족혁명당의 활동을 재구한 사실도 매우 흥미롭다. 당시 김학철이 상해에서 그들에게 포섭되고 화로강에서 교육을 받고 투사로 성장하는 과정과 그 과정에서 만났던 항일투사들의 모습, 자신과 동지들이 함께 행한 투쟁 활동 그리고 조직의 결정에 따라 중국군관학교에 입학하는 과정 등의 기록은 무정부주의자들이 중심이 된 조선민족혁명당의 조

---

19 『격정시대』 하, 400쪽.

직과 활동에 대한 역사적 재구로서 큰 의미를 갖는다.[20]

김학철이 창작 방법으로 선택한 항일투쟁의 기억을 글로 쓰는 체험의 서사화는 무엇보다 우리들의 기억 속에서 사라져가는 역사적 사실로서 조선민족혁명당과 조선의용대의 항일투쟁을 그려내고 있다는 점에 의미가 있다. 자신의 신념에 의해 조국의 광복을 이루어내고 사회주의를 실천하려 했던 젊은이들이 어떻게 투쟁하다가 스러져갔는가에 대한 사실을 재구해내는 것은 역사학이 학문적으로 연구하기는 어려운 부분이다. 허구에 의해 창조되는 것이 일반적인, 역사의 수레바퀴 속에서 치열하게 살다 간, 보통 사람들의 삶이 그것을 직접 체험한 사람에 의해 상세하게 기억되어 문학작품으로 재구되어 있다는 점, 그것이 김학철의 체험의 서사화가 지닌 무엇보다 커다란 소설사적 의의라 하겠다.

2) 항일투사의 의식과 일상의 소설적 형상화

김학철이 시도한 체험의 서사화는 조선민족혁명당과 조선의용대의 항일무장투쟁 활동이 치밀하게 재구되었다는 점과 함께 항일투사들의 일상적인 삶이 핍진하게 서술되고 있다는 점 또한 그 의의로 지적할 수 있을 것이다. 이들 작품은 한 평범한 개인이 어떻게 투사로 자라는가를 알 수 있게 해준다. 원산에서 태어나 자란 소년[21]이 서울 유학을 통해 식민지 현실을 깨닫고

---

20 조선민족혁명당이 상해에서 항일투쟁을 한 역사적 사실들을 기억에 의해 재구한 글은 김광주, 「상해시절회상기」 상ㆍ하(『세대』 1965.12.~1966.1), 정화암, 『이 조국 어디로 갈 것인가』(자유문고, 1982), 류자명, 『나의 회억』(료녕인민출판사, 1984) 등 적지 않으나 사실의 풍족함과 그 구체성에 있어 김학철의 일련의 작품이 가장 뛰어나다.

21 『항전별곡』, 『최후의 분대장』 등은 자전적인 성격을 지녀 1인칭으로 되어 있고, 「태항산록」에 실린 소설들은 작품에 따라 3인칭과 1인칭이 쓰이며, 『격정시대』는 선장

상해임시정부와 항일투쟁이라는 꿈을 좇아 상해로 건너가 조선민족혁명당을 만나 항일 무장투쟁의 길로 들어서 점차 사회주의적인 혁명전사로 성장하게 된다. 이러한 작품의 주인공이 보여주는 혁명전사로의 성장 과정과 함께 이 작품에는 민족의 독립을 위해 사회주의 혁명을 위해 또 이러저러한 이유와 과정을 통해 혁명전사가 된 많은 사람들이 등장한다.

출신과 성장 배경이 다르고 또 현재 자신이 처한 상황도 같지는 않지만 항일을 하든 사회주의 혁명을 지향하든 그들은 제국주의에 대해 저항한다는 점에서는 마찬가지일 수밖에 없다. 제국주의 국가에 저항하기 위해서는 약소국의 투사들이 뭉쳐야 하고 자본에 도전하기 위해서는 만국의 노동자들이 단결해야 한다는 점에서 그들은 자연스럽게 국제주의적인 시각을 가질 수밖에 없다. 그들의 이러한 국제주의적인 인식을 김학철은 다음과 같은 장면을 통해 소설적으로 형상화한다.

국제반파쑈조직에서 주최한 대회가 한구에서 열렸는데 조선대표단성원으로 참가하였던 윤대성이 와 이야기하는것을 듣고 선장이는 큰감명을 받았다. 특히 대회 참석자들이 "국제가(인터나쇼날)"를 부르던 장면이 뇌리에 박혔다.

"피부색들이 다른 세계 각국 사람이 모였으니까 '국제가'두 다 각기 제 나라 말루 부릅디다. 영어, 로어, 프랑스어, 스페인어, 일어… 우리야 물론 조선말루 불렀지요. 취주악대의 주악에 맞춰 부르는데 분위기가 장엄하기라니… 온몸의 털구멍이 다 닫기는것만 같습디다. 그런데 묘한것은 끄트머리의 '인터내쇼날'만은 다 똑같을 말루 '인-터-내-쇼-날'이라구 부르잖겠습니까. 세계공통의 언어라는 느낌이 가슴에 콱 안겨옵디다."[22]

이라는 이름의 3인칭을 사용한다. 그러나 이 모든 작품의 서술자는 체험의 주체인 작가 자신이라 하겠다.

22 『격정시대』 하, 216쪽.

한구에서 열린 국제반파쇼대회에 다양한 나라의 사람들이 참가하여 반파쇼 투쟁을 다짐하는 자리에서 그들의 국가에 해당하는 〈인터내쇼날〉을 부르게 된다. 그들은 언어가 서로 달라 각자의 국어로 장엄하게 노래를 부르지만 마지막에 나오는 '인터내쇼날'이라는 구절만은 모두가 함께 부르면서 국제 반파쇼 활동의 동지로서 연대감을 느끼고 말 못 할 감동에 젖게 된다. 민족 해방을 위해서 투쟁에 뛰어들었든 계급 해방을 위해 신념을 불사르고 있든 그들은 자신들보다 엄청난 힘에 도전하여 세상을 바꾸려는 신념을 실천하는 중이고, 그들이 가지고 있는 신념은 〈인터내쇼날〉이라는 노래 하나로 확인된다. 이러한 감동 어린 체험은 자신들이 민족주의를 넘어 세계주의를 지향하고 있다는 분명한 의지를 드러내는 행위이며 중국공산당과 힘을 합쳐 항일투쟁을 하는 일의 정당성을 확보하는 근거가 되어주기도 한다. 그러나 그들이 아무리 전 세계 약자들이 힘을 합쳐 강자들과 싸워 평등한 사회를 만들어야 한다는 이념과 지향을 가지고 있더라도 자신들의 조국에 대한 애정을 완전히 버리지는 못한다.

> 삼문 바로 안에 서있는데 기대에는 태극기가 달려서 삭풍에 펄럭이고있었다. 선장이의 가슴속에서는 케케묵은 대한제국의 국기─태극기를 너절하게 보는 마음과 민족독립의 상징으로 보지않을래야 않을 수 없는 태극기에 끌리는 마음이 서로 뒤얽혀지고 룡트림을 쳤다. 참으로 야릇한 심정이다. 이런 모순된 감정에 사로잡힌 것은 선장이 하나만이 아니였다. 맑스주의자로서의 조선의용대 대원들은 누구나 다 그러하였다.[23]

조선의용대와 광복군의 협조와 관련하여 중경에 있는 임시정부를 찾았을

---

23 『격정시대』하, 378쪽.

때, 김학철은 삼문 앞에 펄럭이는 태극기를 보고는 묘한 감정을 느끼게 된다. 자신은 지금 마르크스주의자로서 또 혁명전사로서의 삶을 살고 있기에 대한제국이라는 복고와 민족 독립이라는 낮은 수준의 투쟁을 타매의 대상으로 생각하고 있지만 국기 게양대에 펄럭이는 태극기를 보는 순간 모순된 감정에 사로잡히게 된다. 그들이 국제 연대를 통하여 조국 통일과 사회주의 신념의 실천을 추구하고 있더라도 결국 그들이 태어나고 자란 그리고 그들의 마음속 깊이 숨겨진 애정의 대상이 바로 조국이기 때문이다. 결국 김학철과 조선의용대원들이 지향해야 할 바는 김학철 자신이 서울을 떠나 중국으로 건너올 때 가졌던 임시정부, 조국 독립이라는 꿈과 항일투쟁과 혁명의 과정에서 얻게 된 새로운 신념 사이의 어느 지점일 수밖에 없었을 것이라는 현실인식이 이 인용문에 잘 드러난다.[24]

또, 김학철은 자신의 체험을 서사화하는 과정에서 항일투사들의 삶을 사실적으로 보여준다. 기아임금에 먹는 것 입는 것이 부족한 간고한 삶을 꾸려나가며 사선을 넘나드는 항일 의용대 생활이었지만 그들은 늘 자신의 현실을 낙천적으로 받아들이며 위험한 상황을 불운 정도로 여겨 웃음으로 넘긴다.

선장이가 온것을 보고 다들 반겨맞는중에 양씨동이가 무엇보다도먼저

---

24 조선의용대가 지대별로 각 분구로 떠날 때 공산당기를 들 것인가 태극기를 들 것인가에 대한 갈등에 대해 펭덕회가 "조국을 광복하자면 민중이 익히 아는, 전민족이 익히 아는, 민족독립의 상징으로 될만한 기발을 내세워야 할게 아닙니까. 그래야 민중이 기꺼이 따라올게 아닙니까. 붉은기는 아무리 좋더라두 민중의 눈에는 설단 말입니다. 민중이 리탈하기가 쉽습니다."(『격정시대』 하, 447쪽)라 하며 태극기를 들게 한 것은 전술적 차원의 결정이기는 하나 국제주의와 민족주의와 관련하여 조선의용대가 가져야 할 의식의 다른 한 면을 여실히 보여준다.

"너 다쳤다더니 괜찮냐?" 하고 물어서 선장이는

"그놈의 6점8이 살가죽에다 인사만 치렀소."하고 우스개말로 대답하였다. "38식"의 구경은 6.8밀리이고 중국군대가 사용하는 소총의 구경은 7.9밀리였다. 장준광이 앞에서 나서며

"나도 마찬가지야." 하고 제 군복의 바지가랭이를 끌어올려보였다. 그의 종다리에도 적탄이—선장이 말대로 인사를 치른 자국이 뚜렷이 남아있었다. 오쎌로가 계제를 놓칠새라 얼른 앞으로 나서서

"자, 이 두 무훈용사의 개선을 축하해 우리 다같이 한잔 할것을⋯ 본인은 엄숙히 제의한다." 하고 익살을 부렸다.[25]

적과의 교전에서 총을 맞았지만 심각한 부상이 아니라며 웃음으로 넘기고 옆에 있는 동료도 마찬가지로 의연히 대처한다. 이 기회를 잡아 술 한잔할 생각을 하는 인물 오쎌로의 익살은 위험한 삶을 살아가는 조선의용대원들의 모습을 잘 보여준다. 그들은 자신들의 처지를 비관하거나 간고한 현실에 불만을 갖지 않는다. 자신들에게 주어진 상황을 현실로 받아들이고 그 상황에서 즐길 수 있는 최소한의 방안을 찾으려 노력한다. 더욱이 그들은 힘든 일들을 웃음으로 넘기고 현재에 충실하며 미래를 낙관적으로 생각하고자 노력한다. 총알이 살을 스쳐 지나가도 '살가죽에 인사했다' 정도로 눙치고 넘어가고, 그것을 빌미로 술판을 벌이려는 모습은 항일투쟁의 최전선에 나가 있는 조선의용대원들의 삶이자 위험한 현실을 극복하는 방안이었다. 조선의용대원들이 갖고 있는 이러한 낙관적인 삶의 자세에 대해 김학철은 스스로 명쾌한 설명을 내리고 있다.

우리 조선의용대(나중에는 의용군)는 혁명적 낙관주의로 충만된 애국자들

---

25 『격정시대』 하, 211쪽.

의 집단이었다고 해도 과언은 아닐 것 같다. …(중략)…

일반적으로 '독립 운동' 하면 곧 '비장함'과 '처절함'에다 연결시키는 경향들이 있는데 그것은 일면(한 면)만을 너무 강조하거나 부각(돋을새김)한 결과가 아닌가 싶다.

우리들의 경우만 보더라도 그렇지 혈육과 친지들을 다 고국에 남겨두고 단신 외국으로 뛰쳐나와 이역 만리 낯선 땅에서 5년씩, 10년씩 풍찬노숙의 간고한 생활을 하고 있는데 일 년 열두 달 삼백예순 날을 밤낮 없이 우국지심에 잠겨만 있다면 사람이 어떻게 견뎌낼 것인가, 지레 말라죽어 버리지.

그러므로 장난기와 농담은 언제나 우리와 더불어 있었다. 아무리 어려운 경우에도 장난기는 우리를 떠나지 않았고 또 아무리 위급한 고비판에도 재치 있는 농담은 역시 오갔다.[26]

김학철이 간결하게 조선의용대원들의 삶에 대해 설명하고 있듯이 김학철이 체험을 서사화한 작품들에는 조선의용대원들의 낙관적인 삶의 자세와 주어진 현실을 최대한 즐기려는 모습이 잘 형상화되어 있다. 어떤 순간에도 현실을 즐겁게 받아들이고 농담을 주고받고 웃어넘기며, 주어진 현실 속에서 현재를 즐기고 또 그러한 과정에서 실수하여 웃음거리가 되고 하는 모습들이 에피소드 형식으로 그려져 있는 것이다. 이렇듯 항일투쟁에 나선 항일투사들의 의식과 삶을 사실적으로 그려낸 것은 김학철이 체험의 서사화 과정에서 자신이 경험한 바를 가감 없이 그려냄으로써 도달한 성과로서 소설사적 의의 중 하나로 평가되어야 할 것이다.

---

26 김학철, 『최후의 분대장』, 문학과지성사, 1995, 201쪽.

3. 체험의 서사화에 따른 소설적 한계

1) 제재의 단순화에 따른 차별성 부재

24년간의 노동과 수감의 생활을 보내고 무죄 방면되어 다시 작가로 나선 김학철에게는 두 가지 선택의 길이 있었다. 『20세기의 신화』에서 보여주었던 현실 비판의 정신을 바탕으로 새 시대 현실과 문제들을 제재로 한 소설을 쓰는 길과 남한에서 작가 생활을 시작할 때부터 많은 작품들의 제재로 다루어왔던 항일 무장투쟁 체험을 제재로 한 소설을 쓰는 길이었다. 김학철은 이러한 작가로서의 선택의 갈림길에서 항일 무장투쟁 체험을 서사화하는 쪽으로 방향을 정한다. 이러한 결정을 내리게 된 내면적 이유를 김학철은 아래와 같이 말하고 있다.

> 나는 언제나 군관학교의 교문을 나서서 일본이 무조건항복을 하던 그날까지 사이에 희생된 전우들을 생각하면 가슴이 찡해난다. 엽홍덕, 리세영, 김정희, 김영신, 서각, 손일봉, 박금철(박철동), 한청도(최철호), 왕현순(리지열), 석정, 진광화, 김학무, 호철명, 림평, 호유백, 문명철, 진락삼, 마덕산, 김석계, 장봉상, 진일평, 장문해(박효상), 진원중 그리고 여해암키꺽다리. 그들의 이름은 마치 단 쇠쪼각처럼 내 마음을 지져서 지난 30여 년 동안 쉴새 없이 나를 앞으로 내닫게 하였다. 그들에게도 고향이 있고 혈육이 있었다. 허나 그들은 그 모든것을 버리고 단신 투쟁의 격류 속에 띠어들었다. 후에 새로 입단한 대원들중 희생된 사람의 수는 더욱 많아서 일일이 여기다 적을 수도 없는 형편이다.[27]

이는 살아남은 자로서 김학철이 평생을 지고 살아야 했던 심적인 부담이

---

27 「작은 아씨」, 『항전별곡』(김학철전집 7), 연변인민출판사, 2012, 149~150쪽.

었을 것이다. 자신과 함께했던 조선의용대 전우들이 전장에서 사망하고, 일제가 패망한 후에 남한과 북한에서 또 중국에서 자신들의 존재조차 제대로 알리지 못하고 사라져간 현실을 바라보면서 작가로서의 자기의 소임을 생각하지 않을 수 없었을 것이다. 더욱이 65세가 된 나이에 동지들의 현재를 살펴보면 불과 몇 사람만이 살아 있을 뿐이고, 그나마 자연적인 나이로도 세상을 하직할 때가 되어 가고 있는 현실은 그의 마음을 더욱 바쁘게 하였을 것이다. 그는 복권된 지 2년 만인 67세에 자신의 기억을 바탕으로 조선의용대의 역사를 정리하여 전기『항전별곡』을 출간하고, 70세가 되던 해에 자신의 출생부터 태항산 전투에서 일본군 포로가 될 때까지를 소재로 하여 소설『격정시대』를 발표했으며, 79세가 되던 해에 자신의 일생을 정리한 자서전『최후의 분대장』을 발간한다.

이러한 김학철의 체험의 서사화 과정은 기록문학적 성격이 강한『항전별곡』이 7년에 걸친 중국에서의 항일투쟁의 기간에 있었던 사건들을 기록하였고, 소설로 창작된『격정시대』는『항전별곡』에서 기술된 내용보다 앞선 시기인 원산과 서울에서의 성장기와 7년간의 항일투쟁의 과정을 다루고 있으며, 자서전 형식으로 쓰여진『최후의 분대장』은『격정시대』에서 서술된 시기의 사건에 이어 일제 패망 이후 남한, 북한, 중국 등지에서 있었던 일들을 포함한다. 세 작품 모두 철저하게 자신의 체험을 바탕으로 창작된 것이지만 세 작품 모두 7년간에 걸친 중국에서의 항일 무장투쟁 기간의 사건이 핵심을 이루고 있다는 점에서 세 작품은 내용상 중첩된 바가 적지 않다.

김학철에게 있어 체험의 서사화의 원형은 해방 직후 남한에서 발표한 열편에 가까운 소설에 있다 하겠다. 해방 정국에 적지 않은 충격을 준 항일 무장투쟁의 체험을 소설화한 일련의 작품들은 당대 한국 문단에 커다란 충격을 주었다. 이들 작품에 언급된 지네, 야맹증, 담배국, 전쟁할 때 등의 에피

김학철론　체험의 서사화

32

33

소드들은 『항전별곡』, 『격정시대』, 『최후의 분대장』 등에 그대로 사용되고 있으며, 『항전별곡』에 다양하게 등장하는 체험들은 이후에 쓴 두 작품에 온전히 그대로 사용된다. 즉 김학철 자신이 항일투쟁기에 체험한 사건들이 그의 문학의 원천이 되고 있는 것이다.

그러나 자신의 항일투쟁의 체험에만 기대어 쓰여진 단편소설, 기록문학, 장편소설, 자서전 등에는 동일한 이야기가 그대로 반복이 되고 있으며, 다른 책에서 언급한 내용을 그대로 인용하는 경우도 적지 않다. 그 결과 김학철이 선택한 창작 방법으로서 체험의 서사화는 작품의 제재를 한정하는 한계를 잉태한다. 항일투쟁 체험의 서사화에 해당하는 김학철의 작품을 읽은 후 어느 작품이 어느 작품인지 또 어떤 사건을 어느 작품에서 읽은 것인지를 알 수 없게 되는 것은 이렇듯 작품 제재가 단순화되어 작품 간의 차별성이 별로 없어졌기 때문이다. 김학철의 문학이 한국사에서 소홀하게 다루어지는 조선의용대의 항일투쟁의 역사를 재구해내었다는 점에서 높이 평가하면서도, 소설적인 완성도 면에서 고평하기 어려운 것은 투쟁의 과정에서 산화했거나 해방 후 이름 없이 사라진 동료들을 문학적으로 재생해야 한다는 사명감 즉 체험의 서사화라는 틀에 너무나 깊이 얽매인 결과라 하겠다.

2) 형상화의 미숙과 장르 개념의 혼란

전장에서 살핀 바, 체험의 서사화에 따른 재제의 단순화는 김학철 소설의 한계로 나타난다. 김학철이 복권 이후 발표한 작품들 중 소설이라는 이름을 달고 나온 것은 『격정시대』뿐이다. 그러나 김학철은 동일한 체험을 작품화하는 과정에서 사실의 전달에 치중하다 보니 소설적 형상화에 미흡한 부분이 적지 않고 소설과 기록문학 그리고 자서전에 동일한 사건 내용이 거의 동일한 형태로 사용되기도 한다. 『격정시대』에서 한씨동, 송일엽, 김봉구 등에 관한 내용은 허구적 성격을 강하게 띠고 있지만 김학철 자신의 체험을 바탕으로 쓰여진 부분들에서는 소설적 형상화에 실패한 경우가 적지 않게 나타난다.

> 국민당군대나 단독으로 나가 복무하면 여러갑절 많은 급료를 받을 수 있었으나 그런것을 헤아리는 "수전노"는 조선의용대 대원들중에 하나도 없었다(하나도 없었다는 것은 좀 어폐가 있다. 그 얼마 안되는 급료를 꽁꽁 모아두었다가 더러운 목적에 쓴 추물 하나가 있었다. 이것은 나중에 알게 될것이다).[28]

조선의용대원들은 월급이 20원밖에 되지 않는 박봉이었지만 조국 해방의 신념으로 무장한 투사들이었기에 월급에 연연하지 않고 치열한 투쟁을 전개했다는 것을 강조하기 위한 이 인용에서 서술자가 자신의 서술에 대해 어폐가 있는데 그 월급을 모아 나쁜 짓을 한 항일의용대원도 있었다고 말하고 뒤에서 언급될 것이라 부기해두는 것은 소설적 형상화 방법으로는 절절하지 못하다. 이 작품에는 이러한 소설적 서술 방식을 벗어나는 예가 적지 않은바, 앞에서와 같이 서술자의 서술에 대해 작품 밖의 어떤 존재에 의해 평가되는 것과 함께 타인의 시간이 많이 흐른 후에 조선의용대의 활동을 평가한 글을 인용하기도 하여 소설적 형상화가 파괴되기도 한다.

> 그후 대세가 기울어져 부득이 무한을 철수하지 않을수 없게 되었을 때 조선의용대의 열혈남아들은 물색없이 그냥 물러서지 않고 적들에게 탁탁한 선물을 남겨주기로 작정을 하였다. 그 전말은 조선의용대와 끊을래야 끊을수 없는 인연이있는 곽말약선생더러 좀 서술해주십사고 하자 곽말약선생은 그

---

28 『격정시대』 하, 228쪽.

저서『홍파곡』에서 아래와 같이 서술하였다. (이하『홍파곡』본문 인용)[29]

1938년 10월 일본군의 무한에 대한 공격에 밀려 중국국민당이 무한철수 작전을 펼칠 때, 조선의용대원들은 무한을 점령하는 일본군에 대한 심리전을 펼치기 위하여 일본어로 된 반전 표어들을 무한 전역의 담벼락과 길바닥에 콜타르로 써두었는데 일본군이 무한을 점령한 후 이것을 지우느라 상당히 애를 먹었다는 역사적 사실을 소설화한 것이다. 곽말약의『홍파곡』(인민문학출판사, 1979)에는 당시의 조선의용대의 활약상이 잘 그려져 있고, 그에 대한 일본군의 반응도 정리되어 있지만 자신의 체험만을 서사화하는 창작 방법을 고수한 김학철은 이것을 인용문과 같이 서술하고 있다. 곽말약은 무한에서 조선의용대가 인상적으로 활동하는 것을 몇 차례 보았고 의용대에 몇 차례 방문하기도 하였기에 조선의용대의 활약상을 기록으로 남긴 것이리라.[30] 만약 김학철이 체험의 서사화라는 창작 방법에 얽매이지 않았다면 이 부분에 대해 보다 소설적 형상화가 가능했겠지만 창작 방법을 너무나 철저히 지킨 결과 이렇듯 소설적 형상화에서 파탄을 드러내게 된다.

또한 김학철이 체험의 서사화를 통해 기록문학, 장편소설, 자서전 등 세 편의 작품을 창작하다 보니 작품 내에서 장르상의 혼돈이 나타난다.[31] 동일한 항일투쟁의 체험을 소재로 하여 기록문학과 소설 그리고 자서전을 집필

---

29 『격정시대』하, 234~235쪽.

30 「무명용사」에는 곽말약이 한구에서 의용대를 방문한 적이 있었고, 후에 회상기『홍파곡』한 절에서 당시의 정경을 묘사한 바 있다고 기술하고 있다. 『항전별곡』(김학철전집 7), 연변인민출판사, 2012, 19~20쪽.

31 김학철의 소설과 전기(기록문학과 자서전 포함)에 대한 장르 의식의 차이에 대해서는 최병우, 「김학철 소설에 있어 체험의 형상화 방식」(『조선족 소설의 틀과 결』, 국학자료원, 2012)에서 상론한 바 있다.

하면서 텍스트 상호 간에 주고받기가 적지 않고, 그 과정에서 장르의 혼재 현상이 심하게 나타난다. 소설 『격정시대』와 전기문학에 해당하는 『항전별 곡』과 『최후의 분대장』 사이에는 작가 김학철이 생각하고 있는 장르상의 차이가 발견되기는 한다.

김학철이 작품을 통해 보여주는 소설과 전기의 장르적 차이를 요약하면 다음과 같다. 소설은 서술이나 묘사를 사용하여 독자의 상상을 요구하나 전기는 과거 회상에 화자의 의견을 부기해 상상력을 차단하고, 소설은 자신이 체험한 사실들만을 서술하나 전기는 체험한 사실과 미래의 일들을 함께 서술하며, 체험의 서사화 과정에서 소설과 전기의 차이를 최소한 인식한 결과 소설은 3인칭 시점을 전기는 1인칭 시점을 사용하고, 소설의 기본 원리에 따라 전기에서와는 달리 소설에서는 형상화를 실천하려 노력했으며, 소설 에서는 허구적인 인물을 통해 극적 사건을 서술하여 박진감을 획득하고 있다.[32] 그러나 김학철의 소설과 전기의 장르 차이에 대한 인식은 투명하지가 않아서 소설에서 전기에 사용하는 서술 방법이 적잖이 사용되고 있다. 이는 체험의 서사화를 핵심적인 창작 방법으로 사용한 김학철이 작품 창작의 과정에서 겪게 된 장르 혼란 양상이라 하겠다.

3) 소설 창작의 포기와 산문 창작으로 이행

65세의 나이에 복권이 된 김학철은 조선의용대 전우들에 대한 사념에 사로잡혀 2년 8개월 동안 밤낮을 헤아리지 않고 쓰고 또 써서[33] 『격정시대』를 발표한 후, 그 창작 과정을 밝히는 글에서 "『격정시대』—나의 이번 장편소설

---

32 위의 글, 98~99쪽.
33 김학철, 「『격정시대』의 창작과정」, 『누구와 함께 지난날의 꿈을 이야기하랴』, 실천 문학사, 1994, 83쪽.

―는 소설인지 전기문학인지 분간하기 어려울 정도의 '혼합종'"[34]이라고『격정시대』가 소설로서 갖는 한계를 지적한 바 있다.『격정시대』를 발표하면서 소설로서의 한계를 인식한 김학철은 체험의 서사화에 치중해 보다 왕성한 창작을 보여주었지만 점차 소설 창작으로부터는 멀어지기 시작한다.

　김학철은 전기『항전별곡』과 소설『격정시대』를 발표한 후 자서전『최후의 분대장』을 집필하였지만, 체험을 바탕으로 허구를 창조하는 일반적인 소설 창작의 방법을 사용하지 않고 체험만으로 소설을 창작하는 데에는 일정한 한계가 있음을 깨닫게 된다. 창작의 원천인 체험은 무한할 수 없으므로 체험의 서사화만으로 창작을 지속한다는 것은 실상 불가능에 가깝다. 김학철은 체험을 총정리하여 장편소설『격정시대』를 쓴 뒤에도 항일투쟁 체험을 소재로 한 단편소설과 강제노동과 감옥 체험을 소재로 한「죄수의사」(『장춘문예』, 1985.3),「밀고제도」(『천지』, 1987.2)와 같은 소설도 발표하지만 점차 소설 창작에 거리를 두고 산문 창작에 치중한다. 이는『격정시대』를 쓰고 난 후 알아차렸듯이 자신의 체험만을 소재로 소설을 창작하는 체험의 서사화가 갖는 한계를 보다 명확히 인식한 결과로 이해해볼 수 있다.

　　10년 전에 쓴 장편소설『격정시대』를, 그러니까 70세에 쓴 것을 정리하느라고 83세(1998년 여름)에 다시 읽어보니 어이가 없다 못해 서글픔이 앞설 지경이니, 이를 어쩌랴. 소설인지 르뽀인지 아니면 숫제 자료집인지……도무지 분간을 할 수 없는 것이다.[35]

34　위의 글, 81쪽.
35　김학철,「우스꽝스러운 나팔수」(『우렁이 속 같은 세상』, 창작과비평사, 2001), 162쪽.

인용문에는 김학철이 작가로서 자신의 작품을 반성적으로 살펴본 결과 도달하게 된 자신의 소설에 대한 강한 비판 인식이 잘 드러나 있다. 김학철은 자신의 창작 방법으로 선택한 체험의 서사화의 최종적 산물인『격정시대』가 소설인지 르포인지 구별이 되지 않고, 오히려 소설을 쓰기 위한 자료에 지나지 않는 것 아닌가 하는 생각에 이른다. 즉 자신이 진정한 소설을 쓰지 못했다는 판단에 이른 것이다. 자신이 쓴 소설들이 소설에 미달한 상태임을 알아차린 김학철로서는 더 이상 소설을 창작하기에 어려움이 있었을 것이다. 김학철은『격정시대』를 발표한 이후 열 편이 채 안 되는 소설을 발표하고는 1990년 이후 더 이상 소설을 창작하지 않는다.『격정시대』를 쓴 이후부터 산문 창작은 서서히 늘어나기 시작하고 점차 김학철 문학 창작의 중심이 된다. 김학철은 이즈음의 심경을 아래와 같이 밝히고 있다.

> '일찌감치 산문작가로 출발을 했더라면 괜찮았을걸.'
> 그러니까 애초부터 산문을 본업으로 택했더라면 좋았을 것이란 뜻이다. 소 잃고 외양간 고치기로 뒤늦게나마 갈아탈 말(馬)이 한필 남아 있어줬으니 그나마 다행이다.
> '이가 없으면 잇몸으로 살지 뭐. 하늘이 무너져도 솟아날 구멍이 있다더니. 아하하!'
> 이것으로 소설하고는 이제 영결이다. 반면 산문하고는 찰떡궁합, 아예 해로동혈(偕老同穴)을 할 생각이다.[36]

자신이 창작한 소설이 갖는 한계를 발견하고 난 뒤에 그 작가가 나아갈 길은 절필이나 잘 쓸 수 있는 장르로 전환하는 길이 있을 뿐이다. 김학철은 체험을 바탕으로 허구적 이야기를 만들어내는 능력이 요구되는 소설 창작에

---

36 위의 글, 165쪽.

한계를 느끼고는 산문 작가로 전향한다. 체험을 직접 기술하고 그에 대한 자신의 감상이나 비판을 자유롭게 드러낼 수 있는 산문은 체험의 서사화에 매우 적절한 장르일 수 있다. 『격정시대』에 대해 김학철 자신이 발견한 장르적 한계는 소설로서 실패했다는 지적이 가능하지만 『항전별곡』이나 『최후의 분대장』과 같은 전기문학 즉 산문에서는 그러한 창작 방법이 장르적 한계로 언급될 수 없다. 김학철이 말년에 소설 창작을 포기하고 산문 창작으로 나아간 것은 체험의 서사화가 가진 소설적 한계를 깨달은 작가가 선택할 수 있는 거의 유일한 길이었을 것이다. 그리고 이러한 산문으로의 전향은 현실에 대한 치열한 투쟁의지와 비판의식을 가진 '투사' 김학철이 '작가'로서 자신의 몸에 꼭 맞는 장르를 찾아간 것이라 하겠다.

4. 결론

본고는 김학철이 일제강점기 중국에서의 항일투쟁의 체험을 정리하여 전기문학, 소설, 자서전 등의 작품으로 써나가는 창작 방법을 체험의 서사화라 명명하고 그것이 김학철 문학에 미친 소설사적 의의와 소설적 한계를 구명하기 위한 시도이다. 김학철 문학은 주제론적, 형식론적 측면에서 고평을 받고 있다. 그러나 김학철의 작품의 소재가 그의 항일 체험에 한정된 것은 작가의 삶의 치열성에 의해 긍정적인 요소로 작용하지만 소설 창작에 있어 한계로 작용하기도 한다.

김학철이 창작 방법으로 선택한 체험의 서사화의 결과 그의 작품은 일제강점기 항일 무장투쟁의 한 축인 조선민족혁명당과 조선의용대의 활동을 문학적으로 형상화하여 항일투쟁사의 진면목을 그리고 있다는 점에서 그 중요성이 인정된다. 또 그의 작품에 나타나는 항일투사들의 모습과 현실인식 등은 직접 체험을 하지 않은 작가들이 도달하기 어려운 핍진성을 갖는다는 점에서 한국 현대소설사의 새로운 면모를 개척하였다는 의의를 갖는다.

반면 체험의 서사화에 따라 김학철이 항일투쟁의 역사를 다룬『항전별곡』, 『격정시대』,『최후의 분대장』을 비롯한 많은 작품은 동일한 제재가 반복 사용되어 작품마다 차이가 느껴지지 않는다는 점은 문학적으로 비판받을 소지가 있다. 그리고 각기 다른 장르의 작품들에 사용되는 제재들이 같고 또 그 내용이나 문장까지도 거의 동일한 경우가 많아서『격정시대』의 경우 소설적 형상화가 미숙한 부분이 적지 않고 장르의 구분이 잘 되지 않는 혼란을 노정한다. 이러한 소설적 한계를 깨달은 김학철은『격정시대』를 발표한 후 점차 소설 창작으로부터 멀어져 산문 창작으로 전환하는 바, 이는 체험을 바탕으로 허구적 사건을 창조해내는 일반적인 소설 창작보다는 체험의 서사화에 치중한 김학철이 선택한 새로운 문학 창작의 길이라 하겠다.

본고에서 고구한 바 김학철의 소설에서 체험의 서사화가 갖는 문학적 의의와 한계에 대해서는 보다 다양한 접근과 연구가 가능할 것이다. 또, 김학철 문학에 대한 객관적인 접근을 위하여 그의 창작 방법과 서술 방식 그리고 장르 의식 등 작품 외적 부분에 대한 깊이 있는 천착이 요구된다.

역사적 사실의 허구적 변용

리근전론

역사적 사실의 허구적 변용

리근전론

1. 서론

리근전은 세 편의 장편소설[1]과 네 편의 중편소설[2] 그리고 10여 편의 단편
소설 등 적지 않은 작품을 발표한 조선족 작가이다. 그는 1929년 3월 8일 평
안북도 자성군 삼풍면 운봉동 매상골에서 빈농의 아들로 태어나, 1937년 가
족을 따라 간도로 이주하여 길림성 소재 반가자위에서 성장하였다. 1939년
연길현 횡도하자 소재 소학교에 입학하여 1944년 졸업하였으며,[3] 1945년
동북민주연군 60단 의용군으로 참가해 1948년 9월 14일 공산당에 입당하였
다.[4] 리근전은 어려서 한족 마을에 살았고 농촌 소학교에서 일본어로 교육을

---

1 『범바위』(1962), 『고난의 연대』(1984), 『창산의 눈물』(1988) 등.

2 「승리의 길에서」(1957), 「호랑이」(료녕인민출판사, 1960), 「그녀의 운명」(1989), 「깨
여진 꿈」(1992.9) 등.

3 「간부당안재료적기(幹部檔案材料摘記)」(리근전 작성) 참조.

4 「대리근전동지적종합고핵(對李根全同志的綜合考核)」(중국작가협회연변분회 작성), 참
조.

받아 한글에 능통하지 못하였다. 군에 근무하면서 한어 문자를 익혀서 전역 후 기자 생활을 하고 또 작가로서의 길을 걸을 수 있게 되었다.[5]

리근전은 1962년 발표한 『범바위』에서 자신의 혁명 체험을 바탕으로 조선 족 농민과 한족이 힘을 합쳐 사회주의 혁명을 성공시키는 과정을 형상화하면서 조선족들의 전통과 삶에 대해 일정한 관심을 보인 바 있다. 그리고 문화대혁명이 끝나고 개혁개방이 된 후 소수민족의 전통에 대해 글을 쓸 수 있게 되자, 『고난의 년대』에서 19세기 말부터 해방까지의 기간 동안의 조선인들의 고난과 투쟁의 역사를 소설로 형상화한다. 이 작품에서는 같은 시기에 두만강을 건너온 박천수, 오영길, 최영세 등 세 집안이 중국에서 어떻게 적응해나가고 타협하고 파멸해갔는가를 통해 이 시기 만주에 살던 조선인들의 삶을 구체적으로 형상화하는데 이 과정에서 19세기 말부터 일제의 패망까지의 만주 지역의 역사적 사실들이 상당히 세밀하게 다루어진다.

19세기 말, 함경도 지역의 지속적인 한발로 인해 생존의 벼랑으로 몰린 많은 농민들은 청나라에 의해 봉금의 땅으로 지정되어 월경 자체가 금지되어 있었던 간도 지역으로 이주하기 시작하였고, 이주민들은 한족들의 박해 속에서 황무지를 개간하고 논을 풀었다. 그들은 먹고살기 위해 엄청난 노동력을 땅에 퍼부어 황무지를 옥토로 바꾸었고, 청국과 일본의 이중적 억압 속에서 민족의 혼을 지키며 살면서 동시에 일제의 침략과 억압에 맞서 투쟁하기도 하였다. 『고난의 년대』는 이러한 시기의 역사를 바탕으로 한 소설이므로 만주 지역에서의 역사적 사실들이 작품의 기본 골격을 이루고 있다.

그러나 이 작품에는 작가의 역사에 대한 인식의 부족으로 역사적 사실이

---

5   리근전 생애는 최병우, 「리근전 소설 연구」, 『리근전 소설 연구』(푸른사상사, 2007)에 상론되어 있다.

생략되기도 하고, 작가의 창작상의 필요에 의해 역사적 사실들이 변형되기도 하며, 작가의 이데올로기에 의해 역사적 사실들이 왜곡되기도 한다. 이는 역사를 바탕으로 소설화하는 경우 어쩔 수 없이 나타나는 역사적 사실의 변형과 왜곡 현상이기도 하다. 역사가의 역사관에 의해 역사적 사실이 각기 다르게 기록되듯, 역사를 제재로 한 소설의 경우 작가의 상상력에 의해 역사적 사실은 변형되기 마련이다. 바로 이러한 변형 때문에 역사소설이 역사 기록과 달리 당시 사람들의 삶을 구체적으로 보여줄 수 있고, 역사소설이 역사 기록보다 오히려 역사적 진실에 가까울 수 있다는 이율배반적인 주장이 가능하게 되기도 한다.

본고는 리근전의『고난의 년대』에 나타난 역사적 사건들을 실제 만주 지역에서의 역사와 비교하여 어떠한 차이를 보이는가를 밝히는 데 그 목적이 있다. 그러나 소설이 역사적 사실을 재구하는 것이 목적이 아닌 만큼 역사적 사실과 소설 속의 사건의 차이 여부를 밝히는 것만으로는 별 의미를 갖지 못한다. 따라서 본고에서는『고난의 년대』에서 역사적 사실과 소설의 사건 사이에 나타나는 차이 즉 소설적 변용 과정에 나타난 몇 가지 차이의 양상과 원인을 밝히고 그러한 차이가 갖는 서사적 의의와 한계를 해명하고자 한다.

2. 박천수 일가의 도강과 봉금령

『고난의 년대』는 작품을 이끌고 가는 두 집안인 박천수네와 오영길네가 칠흑 같은 밤을 빌려 목숨을 걸고 두만강을 건너는 장면을 다음과 같이 매우 긴박감 있게 서술하며 시작한다.

비바람이 울부짖고 강물이 포효한다.

1899년 8월이였다. 눈앞에 손을 내뻗쳐도 보이지 않을 칠흙같이 캄캄한 야밤에 검은 그림자들이 꾸역꾸역 움직이고 있다.

허나 휙휙 휘몰아치는 비바람과 함께 확확 뿜어져 나오는 가쁜 숨결들, 강안은 무거운 공포감과 무시무시한 살기로 뒤덮여있었다.···

박천수 네와 오영길 그들 두 집은 온종일 나무숲속에 숨어 있다가 인제야 강을 건느기 시작하였다. 삶을 찾아 헤매이는 이들, 이들은 지금 초근목피로도 연명할 수 없게 되자 정든 고향을 떠나 이역 땅을 바라고 두만강을 건너가는 참이였다. 그런데 두만강을 사이 둔 두 나라 국경지대는 경계라 여간 삼엄하지 않았다. 특히 대안 쪽에는 무시로 정변군(靖邊軍 국경경비대)이 출몰하여 총질하는 통에 숱한 인면이 강물에 목숨지고 떠내려간 것은 두말할 것 없고 일단 붙잡히는 날엔 또 그 재앙이 일구여설할 여지없이 참혹하였다.[6]

박천수네 일가가 도강하는 날 밤의 정경이다. 비바람이 부는 캄캄한 밤 강안에는 강을 건너려는 사람들과 그들을 막으려는 군인들 사이의 긴장감이 팽팽하다. 고향에서 가난에 찌들어 삶을 연명하기조차 어려운 이들은 고향을 떠나 두만강을 건너 간도로 나아가려 하고, 만주 지역의 출입을 법으로 금지한 청나라 측에서는 두만강을 건너려는 조선인들을 색출하기 위해 총을 들고 지키고 있는 것이다. 삶을 위해 어쩔 수 없이 도강하는 사람들은, 강을 건너다 참혹한 지경에 이르더라도 이리 죽으나 저리 죽으나 마찬가지라는 마음으로 강을 건너지만 삶과 죽음의 경계에서 공포로 가슴을 졸인다.

"강안은 무거움 공포감과 무시무시한 살기로 뒤덮여 있었다"는 표현은 박천수 일가 나아가 삶을 연명하기 위해 두만강을 건너 간도로 가려는 조선인

---

6   리근전, 『고난의 년대』 상, 연변인민출판사, 1982, 1쪽. 이하 작품 인용은 『고난의 년대』 권수, 쪽수로 밝힌다.

리근전론   역사적 사실의 허구적 변용

들의 처지를 잘 드러내주는 묘사이다. 초기 간도 이주는 19세기에 몰아친 함경도 지방의 가뭄과 무관하지 않으며 초근목피로도 삶을 부지하기 어려운 조선 농민들이 목숨을 걸고 간도 지역으로 몰래 이주해 간 결과이다. 생존을 위한 이러한 이주의 과정은 18세기로부터 19세기에 이르기까지 점진적으로 이루어졌으며, 특히 조선 측에서 1883년 봄 어윤중에 의해 봉금령이 폐지된 후 조선인들의 간도 이주는 활발해지기 시작하였다.[7] 이후 조선과 청 측은 길한통상장정을 체결하여 월간국을 설치하고 봉금령 시대의 구령을 전폐하고 초무개간정책을 펴기 시작하기에 이르고 조선인들과 청인들의 만주 이주가 본격화되기 시작하였다.[8]

앞에 인용한 박천수 가족이 간도로 이주하기 위해 도강을 하는 과정에서 느끼는 불안과 공포는 만주로 이주하는 조선인들의 어려움을 강조하기 위한 소설적 장치이겠지만 역사적 사실과는 매우 다름을 알 수 있다. 조선과 청나라는 19세기 중반부터 조선인들과 한족들의 만주로의 월경을 현실적인 상황으로 인정하고 봉금령을 완화하기 시작하였고 19세기 후반에 이르러 법적으로 봉금령을 해제한 것이다. 따라서 『고난의 년대』의 서두에서 설정하고 있는 박천수와 오영길 가족이 도강하는 1899년 8월에는 목숨을 담보한 월경은 존재하지 않았다. 이 장면은 작품 서두에서 소설적 긴장을 유발하고, 정변군들에게 발각되어 가족이 흩어지게 됨으로써 이후 사건 전개에 상당한 영향을 미치게 된다.

비린내를 머금은 축축한 바람에 실려 이따금 중얼중얼 수군대는 말소리가

---

7   안수길의 『북간도』에는 봉금령 해제에 관한 저간의 사정이 매우 상세하게 서술되어 있으며, 주인공 일가가 이 시기 합법적으로 월경하는 것으로 되어 있다.

8   김준엽 · 김창순, 『한국공산주의운동사』, 청계연구소, 1986, 19쪽.

들려왔다. 도간도간 들려오는 그 소리는 얼마 멀지 않은 숲속에서 새여왔는데 삼라만상이 잠든 정적속에 똑똑한 여운을 남기며 들려왔다. 박천수는 더욱 정신을 가다듬고 귀를 기울였다. 그것은 틀림없이 두만강을 순라하는 정변군의 말소리였다. 순간 박천수는 몸서리가 쳐지며 몸을 부르르 떨었다. 갑자기 오영길의 둘째아들 창수가 울음을 터뜨렸다. 그러자 순라병들은 월경민이라 단정하고 "땅!", "땅!" 총을 쏘아댔다. 총탄은 앵앵 소리지르며 기전을 날아지났다. 이어 이쪽으로 달려오는 구두발소리가 어지러이 들여왔다. 순간도 지체할 수 없었다. 박천수는 손을 들어 검실검실한 밀림을 가리키며 소리쳤다.

"빨리, 식구들을 거느리고 올리닫소!"

그리고 그자신도 식구들의 손목을 그러잡고 올리뛰었다. 귀뿌리에서 탄알이 앵앵 솔지르며 날아지났다.……[9]

박천수네 가족은 정변군의 순라에 발각되어 총탄 세례를 받고 도주하게 되고, 이 와중에 박천수네 일곱 가족은 뿔뿔이 흩어지게 된다. 박천수와 아내 그리고 둘째 아들과 어린 딸과 며느리는 다시 만나지만 첫째 아들 윤돌은 오영길의 가족과 오던 길을 되돌아가고, 막내아들 윤민은 혼자서 일행과 떨어져 전혀 다른 곳에 가서 강가 여객의 외로운 노인 부부의 손에서 자라게 된다. 이러한 사건의 설정은 간도로 이주하는 조선인들의 고난을 그리는 장치로서 긴박감도 있고 또 설득력도 있지만 역사적 사실과는 너무나 다르다는 것이 문제이다. 박천수네 일가가 간도로 이주하는 1899년경에는 이미 봉금령이 해제되어 간도로의 이주가 비교적 자유로웠기 때문에 이러한 사건 설정은 적절하지 않은 것이다.

물론 이러한 사건 설정은 역사적 사실과 일치하지 않더라도 초기 간도 이

---

9   『고난의 년대』상, 2~3쪽.

주민들의 고난을 그렸다는 점에서 소설적 진실을 갖는 것으로 그 의의를 부여할 수 있다. 그러나 이러한 소설적 진실의 가능성을 인정하더라도 이어지는 아래와 같은 사건의 전개로 인하여 그 사실성이 크게 훼손되고 있다.

가족들과 헤어진 윤돌은 오영길 가족과 함께 조선으로 돌아갔다가 2년 정도의 시간이 지난 후 다시 두만강을 건너고 우여곡절 끝에 가족들과 재회하게 된다. 윤돌과 가족의 재회는 오영길이 이후 윤돌을 종처럼 부리게 되는 근거를 마련하고 오영길이 악행으로 나가는 인물이 될 기미를 보여주고 있다는 점에서 소설적 의미를 지닌다. 그러나 막내아들 윤민의 행적은 사건 전개의 맥락에서 파행을 불러오게 된다.

가족들의 뒤를 따르다 가족들이 순라군에게 잡힐 것이라는 생각이 든 윤민은 가족들을 구하기 위해 마구 소리를 지르며 가족들과 반대 방향으로 달려 순라군들의 시선을 가족들로부터 떼어놓고 숲 속을 달리다 숨어서 순라군을 따돌린다. 이후 늦가을이 될 때까지 가족들을 찾아 헤매다가 깊은 숲 속에 있는 농가로 찾아들어 기숙하게 된다. 그런데 늦가을까지 윤민이 밀림을 헤매다가 노인의 집으로 찾아든다는 것은 불가능한 일에 가깝다. 북간도 지역은 한여름도 밤이 되면 추위를 느끼며 가을이 되면 얼어 죽을 만큼의 추위가 몰아닥친다. 윤민이 노인의 집에 도착하던 날 새벽에는 "된소리가 몹시 내려서 계곡의 내물들은 살얼음이 한 벌 쭉 깔렸"[10]는데 여름 옷을 걸친 윤민이 집 앞에 와 있었다는 것은 사실성이 떨어진다. 윤민이 이렇게 간도의 숲 속을 헤매다가 어렵사리 노인의 집으로 찾아든 것은 가족을 구하는 윤민의 비범함을 보여주고, 긴 시간 동안 숲 속에서 고난을 경험하고, 조선에서 벼슬살이도 하다가 난을 일으키려다 실패해 간도로 도망와 살고 있는 노인

---

10 『고난의 년대』상, 263쪽.

을 만나 학문을 익혀 훗날 큰 인물이 되게 하기 위한 설정이다. 그러나 이 같은 무리한 사건의 전개는 윤민의 비범함을 강조하는 것만큼이나 소설적 진실에 좋지 않은 영향을 미치고 만다.

가족들과 헤어질 당시 윤민의 나이는 열 살이었다. 어린 나이에 가족들을 위해 순라군을 따돌리는 일이나 한여름에서 초가을까지 간도의 밀림 속을 돌아다니며 가족을 찾았고 노인의 집까지 찾아와 구걸을 하였다는 것은 리얼리티의 측면에서 다소간 무리가 있다. 또 노인이 윤민의 처지를 알고는 겨울을 자신의 집에서 나고 가족들을 찾으라 말한 후 가족처럼 지내면서 노인의 도움으로 윤민이 학문을 『천자문』에서 시작해서 『무제시』, 『진보초권』, 『동몽선습』, 『명심보감』, 『소학』, 『중용』, 『대학』, 『논어』, 『사기』 등을 섭렵하게 되는데 이 역시 리얼리티가 떨어진다. 윤민을 돌보는 노인이 조선에서 벼슬살이도 한 지식인이라 하나 조정에 반기를 들었다가 관가의 문죄를 피해 부부가 도주하여 간도의 밀림 속에 초막을 짓고 사는 상황에서 적지 않은 분량의 책을 들고 왔다는 설정은 적절하지 않은 것이다. 윤민이 세상물정을 아는 지식인으로 성장하게 되는 과정이 집을 떠나 노인과 함께 생활하던 10년 가까운 세월에 있음을 보여주기 위한 소설적 장치이기는 하나 다소간 무리가 따른다.

이러한 디테일 면에서의 문제 이외에도 윤민이 가족과 헤어져 노인의 집에서 기숙하게 되는 행적에는 또 다른 문제가 있다. 청나라의 만주 지역에 대한 봉금령이 존재하던 시기에 만주 지역으로 건너가 농사를 짓고 있던 사람들은 매우 불안정한 삶을 유지하고 있었다. 청나라 측의 순라군들은 수시로 만주 지역을 취체하여 월경자들을 체포하여 조선으로 돌려보내 벌을 받도록 하였다. 따라서 많은 조선인들은 봄에 강을 건너와 씨를 뿌려두고 가을에 건너와 가을걷이를 해 가거나, 여름 한 철 농막을 짓고 농사를 지은 후 다시 강을 건너 조선으로 돌아가는 방법을 사용하곤 했다. 그런데 노인은 그같이 불안정한 삶을 살고 있지 않고 비교적 안정된 삶을 유지하고 있었으며 얼마 지나지 않아 강가로 나와 여객들을 재워주는 일을 하게 된다.『고난의 년대』에서 설정하였듯이 순라군들이 총질을 해대는 시기였다면 이러한 삶은 불가능한 일이다. 반면 작품이 설정한 시간적 배경인 1899년 여름이라면 이미 봉금령이 해제된 이후이기 때문에 이러한 사건 설정이 가능해지나 소설적 통일성이 파괴된다는 한계를 보이고 만다.

작품의 모두에 등장하는 도강과 순라군에게 쫓기는 장면 그리고 가족이 뿔뿔이 흩어졌다가 다시 만나게 되는 과정은 박천수네 가족의 고난을 통해 조선조 말 만주로 유리하던 조선인들의 비참한 삶을 구체적으로 보여준다. 그러나 봉금령과 관련지어볼 때 역사적 사실과 커다란 차이를 보인다는 점이 드러나고 또 연결되는 사건에 필연성이 부족하다는 점이 한계로 지적될 수 있다. 소설적 진실을 획득하기 위하여 작가는 자신의 역사관이나 이념에 따라 역사적 사실을 취사선택하는 것은 당연한 일이지만, 객관적인 역사와의 불일치는 물론 작품 내적 통일성이 파괴되는 것은 이 작품의 문제점으로 지적할 수 있을 것이다.

3. 벼농사의 성공과 만주 지역의 벼농사

박천수 영감은 한족 왕덕후의 도움으로 간도에 자리 잡고 수토병으로 딸을 잃은 후 필사적인 노력을 통해 샘을 찾은 후 그 골짜기를 천수동이라 명명하게 된다. 샘이 있다는 것을 알고 조선에서 온 이주민들은 천수동을 찾고, 박천수는 그들을 환대하고 식량을 나누어주는 것은 물론 주택 마련과 농지 개간을 도와주곤 하여 조선인들의 발길이 끊이지 않아 몇 년 내에 천수동은 10여 호의 마을로 성장하게 된다. 이때부터 박천수는 천수동에서의 조선인들의 삶을 유족하게 하기 위한 방법으로 논을 풀고 조선에서 가져온 볍씨를 이용하여 수전이 가능한 볍씨를 개발하려 노력한다.

> 박천수는 구들목에서 자그마한 사발을 꺼냈다. 그 사발에는 벼종자가 담겨 있었다. 그것들은 뾰족뾰족 싹이 돋아났다. 작년가을 서리맞은 논밭에서 한 알두알 주어낸 종자였다.
> 두만강 류역은 태반이 산지구이거나 구릉 지대이고 또 풀이 무성하고 나무 뿌리가 엉킨 황무지거나 소택지여서 땅이 랭하였다. 그리하여 다른 지방의 벼는 여기에 적합하지 않았다. 그러나 박천수는 벼가 몽땅 잘못되지 않는 한 그 가운데서 다문 얼마라도 골라내여 몇 해간 단련시키노라면 여기 기후에 알맞은 종자를 배육해낼 수 있을 것이라고 믿었다. 그는 벼가 잘 여문 것 같지 않아 사발에다 발아시험을 해보았는데 뜻밖에도 몽땅 싹이 돋아났던 것이다.[11]

한족들이 한전을 하는 만주 지역에 조선인들이 들어가 살면서 수전이 개발되기 시작한다. 양질의 쌀로 밥을 지어 먹는 풍습을 가진 조선인들은 어느 곳으로 이주해 가든 소중히 품고 온 볍씨를 이용하여 쌀을 수확하고자 노력하였다. 조선인들은 강이 가까운 지역에서 엄청난 노동력을 투입하여 수로를 열고 논을 풀어 벼농사를 짓기 시작했다. 1870년대에 통화 지역[12]에서 논농사가 시작된 이후 만주 지역에서의 수전 개발은 본격화되기 시작한다. 그

---

11 『고난의 년대』 상, 181쪽.
12 만주 지역에서의 벼농사는 1875년경 통화 일대에서 성공하면서 시작되었다. 이후 조선인들의 이주가 많아지면서 통화 지역에서 성공한 벼농사 기술을 배워 만주 전역으로 벼농사가 확대된다. 김영, 『근대 만주 벼농사의 발달과 이주 조선인』, 국학자료원, 2004, 34쪽.

리근전론 역사적 사실의 허구적 변용

러나 만주 지역에서 비교적 북쪽 지역이고 해발 500미터가 넘어 연평균 기온이 낮으며 무상 기일이 90일 정도밖에 되지 않는 연변 지역에서의 벼농사는 만주의 다른 지역에 비해 비교적 늦었던 것으로 보인다.[13]

박천수 노인은 추운 지역인 간도 지방에 적응하는 종자를 개발하기 위해 노심초사한다. 주위의 반대를 무릅쓰고 논을 풀고 볍씨를 파종하나 가을 추위에 견디지 못하고 실농을 하지만 추위를 견딘 볍씨만을 골라 다시 다음 해에 파종하는 방식으로 몇 년에 걸쳐 실패를 거듭하면서도 지속적인 노력을 기울인다. 그 결과 연변 지역의 기후에도 견딜 수 있는 종자를 찾아내게 되고 드디어 열여섯 섬의 벼를 거두어들이는 대성공을 거둔다. 도지와 잡세를 제하고 여섯 섬의 벼밖에 남지 않지만 박천수 영감은 자신들의 가족이 밥을 지어 먹기보다는 연변 지역의 많은 농민들에게 종자를 나누어줌으로써 연변 지역에 논농사를 전파하는 커다란 공을 세운다. 이러한 박천수 영감의 행동은 연변 지역에서의 수전 개발이 단순히 쌀밥을 먹기 위한 개인적인 목적의 행위가 아니라 만주 지역에 이주해온 조선인들의 삶을 윤택하게 함은 물론 자손들에게 경제적 풍요를 물려주기 위한 행위임을 분명히 한다.

"형님 이태동안이나 품이면 얼마나 들였수. 하지만 얻은 게 뭐유? 여기는 지세가 높고 땅이 랭해서 벼가 되지 않는다는 것은 뻔하지 않소. 그러니까 황무지를 많이 일궈 감자나 옥수수 같은 것을 심어 애들이나 배불리 먹이는 게 상수일 것 같소."

"사람이 어찌 한 치 보기로 눈앞의 것만 보고 살겠나. 우리 이미 발을 붙인 이상 세세대대 여기서 살아가야 하지 않겠나 말이네. 그러니 늙은것들은 다

---

13 연변 지역에서 논농사가 시작된 것은 20세기 초인 것으로 알려져 있다. 『고난의 년대』에서 박천수 영감이 1900년대 중반에 논농사에 성공한 것으로 서술한 것은 역사적 사실과 어느 정도 부합한다.

소나마 후대들에게 무엇을 물려주어야 한단 말일세. 나는 내가 하는 일이 절대 가망 없는 노릇이라군 믿지 않네. 작년에 비록 랭해를 입었다 해도 그 전해보다는 좀 더 거둬들였고 벼알도 통통한 것이 많았거던. 그러니 끈덕지게 몇해 실험해보느라면 꼭 될 수 있다고 보네!"

박천수의 말은 신심에 차있었다.

"삼도 시험했는데 끝내 성공했고 이제 벼가 성공되기만 하면 나는 또 조선에서 뽕나무를 가져다 심어볼 예산이지. 그러니 그 모든 것들이 다 뜻대로 되기만 하면 살아가기가 얼마나 좋겠나 말일세. 먹을 것도 있고 입을 것도 있으니 우리 자손들이 시름 놓고 여기서 뿌리를 박고 살아갈 거란 말이네!"[14]

박천수는 이주민 1세대로서 만주 지역에 자손대대로 살아갈 수 있는 터전을 만들려 노력한다. 만주 지역으로 이주해 간 조선인들이 그곳을 고향에서의 가난을 피해 잠시 이주한 곳으로 생각하였다면 그들은 비교적 노동력이 덜 드는 한전만을 하면서 배불릴 수 있었을 것이다. 그러나 만주로 이주해 온 조선인들은 이미 떠나온 고향으로 되돌아가기는 어렵다는 것을 깨닫고 새로운 곳에 그들의 자손들이 뿌리를 박을 수 있게 되기를 기대했다. 자신은 고향을 두고 떠나온 바이지만 자손들은 새로운 터전에서 먹을 것과 입을 것을 풍족하게 확보하여 유족한 삶을 살 수 있기를 바란 것이다.

따라서 재만조선인들은 황무지를 개간하고 강으로부터 수전까지 수로를 개척하는 데 엄청난 노동력을 투자한다. 그리고 조선인들에 의한 수전 개발은 한전을 위주로 하던 한족들에게는 적지 않은 위협이 되기도 하였다. 조선인들이 수전 개발을 위하여 수로를 개발하여 농지를 절단하는 것이나 수로로 인하여 필요 이상의 물이 자신들의 토지로 흘러드는 것 역시 그들의 삶을 위협하는 것으로 판단하게 된다. 그래서 한족들은 조선인들의 수로 개척을

---

14 『고난의 년대』 상, 185쪽.

리근전론   역사적 사실의 허구적 변용

방해할 수밖에 없었고, 그 과정에서 생존을 위한 분쟁이 발생하기도 하였다. 물리적 충돌이 생기면 공권력의 힘을 빌릴 수 없는 조선인들은 일본 경찰의 힘을 빌렸고, 이는 한족들이 조선인들을 일제의 앞잡이로 보고 배척하는 한 요인으로 작용하기도 한다.

농민들 사이에 분쟁이 끊이지 않았지만 수전에 의해 생산되는 벼가 한전에서 생산되는 작물들에 비해 높은 이득을 창출해주게 되자 한족 지주들이나 중국 정부 측에서 수전 개발을 적극 장려하기에 이른다. 조선인 농민들의 이득과 지주의 이득이 맞물리면서 수전 개발은 급속히 진행되어 논의 면적이 급속히 늘어났으며, 만주국이 성립된 이후에는 일제의 정책에 따라 조선인들의 개척이민이 실시되면서 수전 개발은 만주 전역으로 확장되고 만주 지역에의 논의 면적이 급증한다.[15] 만주 지역에서의 수전 개발은 재만조선인에게는 엄청난 노동력이 들어가는 고난의 역사였고 동시에 만주 지역에서 정착의 꿈을 키우는 현장이기도 하였다. 리근전은『고난의 년대』에서 수전 개발이 갖는 이러한 양면성을 소설적으로 훌륭히 형상화해내고 있다.

4. 5월 30일 밤의 폭동과 용정 지역의 5월폭동

『고난의 년대』에서 상권은 이민 1세대인 건실한 농민 박천수가 만주 지역에 뿌리내리는 과정 즉 자신의 조부와 증조부 세대의 고난의 역사가, 하권은 박천수의 막내아들 박윤민이 중심이 되어 중국공산당의 영도 아래 항일투쟁을 벌이는 과정 즉 작가의 아버지나 자신 세대가 직접 체험한 역사로서 당

---

15 김영, 앞의 책, 83쪽 이후.

중심의 투쟁이 핵심이 된다.[16] 하권에서 주인공 역할을 담당하는 박윤민은 2 장에서 밝힌 바대로 열 살 무렵부터 약 10년간 두만강 근처에 살던 지식인 노인으로부터 진서를 배우고 또 사회 경륜을 익힘으로써 세상의 물정을 제대로 파악할 수 있는 청년으로 성장한다. 아버지가 사는 천수동에서 어머니가 사는 청진으로 돌아가던 오영길의 딸 순희를 만나 가족의 거처를 알고 천수동으로 돌아가 가족을 만나고 용정에서 교편 생활을 하면서 자신의 경륜을 펴고 항일투쟁에 나설 방법을 찾기 시작한다. 그러나 당시 민족주의자들은 이미 투쟁 역량을 상실하고 자신들끼리 내분을 겪으며 서로 헐뜯느라 정신이 없다.

박윤민은 일제의 감시를 느끼면서 민족주의자들과의 접촉을 자제하고 조용히 생활하며 진정한 투쟁 역량을 가진 동지들을 만나기를 고대하며 지낸다. 박윤민은 점차 중국공산당에 대해 알게 되고 그들과의 접촉을 통해 진정한 투쟁 가능성을 확인하고는 온몸을 다해 투쟁에 나선다. 박윤민은 왕덕후의 아들 왕후와 술공장 노동자들과 접촉하면서 투쟁의 시기를 노리다가 당의 방침에 따라 1930년 5월 일제의 간담이 서늘해지는 무장투쟁에 나서게된다. 윤민은 얼굴도 알지 못하는 동지들을 만나 폭탄 투척에 대한 정보를 듣고 주도면밀하게 투쟁에 나설 것을 당부하고는 곧장 용정에서 큰 장사를하다가 오영세 측의 농간으로 몰락한 최영세의 아들 최명준을 찾아간다.

윤민이가 오늘밤 일부러 명준이를 찾아온 데는 두가지 목적이 있었다. 그하나는 언녕부터 벼르고 별러오던 그에 대한 계몽계발이었다. 다시 말해서그로 하여금 소침한 이지를 떨어버리고 용기를 내서 일떠서게끔 부추기려는

---

16 『고난의 년대』가 갖는 양면성과 그 의미에 대해서는 최병우, 앞의 글에 정리되어 있다.

리근전론 역사적 사실의 허구적 변용

x

x

데서였다. 다른 하나는 그보다도 더욱 중요하였다. 오늘저녁은 바로 '5·30' 기념일 밤이었다. 오래 동안 준비해왔던 미증유의 사건이 바로 오늘 저녁에 거행하기로 되어있었다. 주밀한 조직 작업은 이미 물샐틈없이 포치되어서 만단의 준비가 갖추어졌고 제1선의 주역도 왕주가 맡기로 되었으므로 윤민이는 금후의 사업을 위해서 자신을 은폐하는 수밖에 없었다. 그러므로 오늘 저녁 명준이를 찾아와 옛정을 운운하고 세파를 담론하는 것은 자신을 은폐하는데 둘도 없는 좋은 장소로 되었다. 윤민이는 지금 명준이와의 교담에 직심을 다하면서도 바깥동정에 온 신경을 몰붙고 있었다.[17]

윤민은 용정 지역의 세포로서 폭동을 치밀하게 준비한다. 폭탄의 준비 상황을 점검하고 왕주와 동료들에게 행동 방향을 지시한다. 폭동의 준비 상황을 확인하고 일을 모두 분담시킨 윤민은 최명준을 찾는다. 지식 분자로서 일제에 대해 반항심을 가지고 있으나 행동으로 옮기지 못하는 그를 포섭하기 위해서이다. 최명준은 작은 가게를 운영하고 있지만 아버지 대의 명성으로 인하여 일경으로부터 의심을 받지 않으므로 계몽시켜 조직원으로 포섭할 경우 일의 추진에 있어 편리함이나 비밀 유지에 많은 도움을 받을 수 있기 때문이다.

그러나 그보다 더 중요한 목적은 최명준과 함께 있음으로 해서 5월 30일의 폭동에 대한 일경의 눈초리를 피하는 데 있었다. 윤민은 아직 노출되지 않은 능력 있는 조직원으로서 앞으로의 지속적인 투쟁을 위해 일경에 노출되어서는 안 되기 때문에 알리바이 설정에 크게 도움이 되는 최명준의 집에서 시간을 보내는 것이다. 윤민은 최명준과 대화를 나누면서도 바깥의 동정에 신경을 쓰게 되고, 왕주 등이 폭탄을 용정 시내의 여기저기에 터뜨린 후 일경들은 검속을 위해 최명준의 집에 들이닥치지만 알리바이를 내세워 체

---

17 『고난의 년대』하, 407쪽.

포되지 않기에 이른다.

　이튿날 윤민이는 지난밤의 거사가 예정한 계획대로 순리롭게 진행되었음을 알게 되었다. 먼저 발전소를 폭파하여 옹근 룡정판을 까막나라로 만든 다음 이어 철교와 술공장을 폭파시켰다. 그리고 만약의 화근인 동척주식회사마저도 불태워버렸다. 한데 어떤 사람은 또 이런 어둠을 이용해서 영사관원 내에다 작탄을 던져서 일대 혼란을 일으켰다. 폭파사건은 비단 용정에서 뿐만아니라 천보산, 로투구, 투도구, 화룡, 국자가 등지에서도 같은 날에 련이어 일어났다. 그리하여 마침내 '5·30' 날 밤의 폭동은 옹근 간도땅을 뒤흔들었고 일본제국주의를 전률케 했다. 이 사건으로 하여 선후 30여명 사람들이 놈들에게 체포되었는데 태반은 무고한 군중들이였다. 그중의 17명은 후에 서울 서대문 형무소에 압송되여가서 무참히 교살당하고 말았다. 이것이 곧 력사 상에 소문 있는 '30명사건'이다.[18]

『고난의 년대』에는 5월 30일의 투쟁이 중국공산당 조직에 의해 치밀하게 준비되어 30일 밤 용정 지역 곳곳에서 일시에 무장폭동을 일으켜 일본의 간담을 서늘하게 한 것으로 되어 있다. 그러나 그 사건의 전말은 소설과 조금 다르게 전개된 것으로 보인다. 5월 초부터 용정 주재 일경들은 공산주의자들이 무언가 일을 꾸미고 있다는 첩보에 의해 감시망을 철저히 작동시켰으나 실제적인 움직임을 포착하지 못하고 있었다. 5월 26일 중국공산당 만주성임시위원회에서는 「만주의 한민족문제에 관한 결의안」을 발표하는 바, 연변 지역 조선인들은 이 결의안에 고무되어 완전한 민족자결을 부르짖었고, 27일 농민대회에 이어 30일 대규모 군중대회를 열기로 결정한다. 결의안에 대한 조선인 농민들의 이러한 빠른 대응은 이미 공산당 내에서 조직적인 움

18　『고난의 년대』 하, 411쪽.

직임이 있었음을 알게 해준다. 29일 삼도구 주민들이 친일 지주의 집을 불태웠으며, 30일 용정으로 모여든 군중들은 전화선을 끊어 통신을 두절시킨 후, 투도구 일본영사관 분관을 습격하고 친일단체 조선인민회를 불질렀다. 이어 31일까지 동양척식회사 간도출장소를 습격하고, 해란강 철교를 훼손시키기도 하는 등 며칠간 용정 지역의 치안이 부재하게 하였다.[19]

중국공산당의 지도로 발생한 5월 말의 무력시위는 일반적으로 5월폭동이라 명명된다. 이 사건은 1920년에 있은 경신참변 이후 간도 지역의 치안이 어느 정도 안정되어간다고 믿고 있던 일제에게 커다란 충격을 준 사건이며, 더욱이 일본군이 주둔하고 있는 용정 지역이 일시나마 치안 마비 상태에 이르렀다는 점에서 일제 측을 분노케 하였다. 그 결과 많은 수의 조선인들이 체포 구금되어 고통을 받았으며 10명이 넘는 인원이 사형을 선고받기에 이른다.[20]

그러나 5월폭동에 대한 당시의 보고서[21]를 보면 5월폭동을 이 시기 일제에 대한 저항을 대표할 만한 사건으로 정리하기는 어려운 부분이 없지 않다. 1930년 5월 연변 지역에서의 투쟁을 지휘하기 위하여 김한봉, 김평철, 박△△ 등 6~7명의 인물들이 연변으로 건너왔고 그들의 지휘하에 2만 장이 넘는 삐라와 선언문이 뿌려지고, 각 지역에서 조직이 결성되어 5월 21일부터 투쟁을 시작하였다. 이후 이들은 5월 30일 다음과 같은 커다란 폭동을 일으

19　5월폭동의 경과에 대해서는 연변조선족자치주당안관 편, 『연변대사기 1712~1988』, 연변대학출판부, 1999, 82~3쪽과 최성춘, 『연변인민항일투쟁사』, 민족출판사, 1999, 85~94쪽 참조.

20　최성춘, 앞의 책 참조.

21　「성위에 올리는 박××의 보고―연변 정황 및 5·1 투쟁, 5·30 폭동 등 문제에 대하여」, 김득순 외 편역, 『중공동만특위문헌자료집』(상), 연변인민출판사, 2005, 5~15쪽.

키기로 기획한다.

> 5·30 폭동의 원래 기획은 아래와 같다.(신문지상의 소식에 따르면 대부분
> 실현되었음)
> 1. 폭동은 투도구를 중심으로 하여 총동원하여 그 부근의 여러 농촌은 략
> 수동 쏘베트 군중과 무장조직을 중심으로 하여 두도구를 점령한다.
> 2. 각지의 민회, 보통학교, 경찰서, 금융부, 동척회사를 불사르고 주구 한
> 놈을 때려죽이며 전기선을 절단하고 교량과 전기공사를 폭발해버리며 유격
> 전쟁을 시작한다.[22]

실제 5월폭동과 『고난의 년대』에서의 5월 30일 밤의 폭동 사이에는 다소
간의 차이가 발견된다. 폭동의 중심이 당에서 파견된 사람들이었다는 점, 이
미 5월 21일경부터 여러 지역에서 투쟁이 있었으며 5월 29일부터 30일에
걸쳐 투도구 중심으로 투쟁을 시작하였다는 점, 많은 농민들이 참여했다는
점 등이 그러하며 화요계나 ML계 등 각 계파들이 나름의 활동을 했다는 점
등이 그러하다.

더욱이 5월폭동의 결과 김한봉을 비롯한 35명이 체포되었으며 2년여의
재판 끝에 김한봉이 사형을 선고받고 1명이 무기징역형을 받고 나머지 체포
자들도 1년에서 8년의 형을 받게 된다.[23] 이로 보아 『고난의 년대』에서 말하
고 있는 선후 30여 명이 체포되었다는 것은 사실에 부합하나 17명이 서대문
형무소로 끌려가서 교살당했다는 것은 사실의 왜곡에 가깝다.

22　위의 책, 13쪽.
23　이외에 10년형 2명, 8년형 1명, 6년형 3명, 4년형 2명, 3년형 6명, 나머지는 2년형(1
　　명은 1년형)을 받았고 재판 도중 한 명이 사망했다(『조선일보』 1932년 5월 26일 기
　　사, 위의 책, 685쪽에서 재인용).

그러나 이러한 역사적 사실과 소설 내용의 차이는 역사적 사실을 바탕으로 소설을 창작하는 과정에서 서사적 긴장감을 획득하고 소설적 진실을 부여하기 위한 노력의 결과라 하겠다. 윤민과 왕주와 같은 중국공산당 세포들의 움직임, 그들의 활동에 의해 폭발한 집중적인 무장폭동은 실제 사건보다 폭발적이다. 이러한 사건 전개는 윤민과 왕주와 같은 인물들의 영웅적인 투쟁을 보여주어 소설적 재미를 강화하며 일제강점기 엄격한 통제 속에서 발생한 무장투쟁의 모습을 역사적 사실보다 더 사실적으로 보여준다. 이러한 리얼리티의 확보는 5월폭동이라는 역사적 사실이 소설적 진실을 획득하는 데 크게 영향을 미친 것이라는 평가를 가능하게 해준다.

5. 해방의 도래와 작중인물의 비현실성

5월폭동 이후 신분이 노출되기 시작한 윤민은 무장투쟁 노선으로 나아가게 된다. 만주국 수립 이후 만주 지역에서는 30만이 넘는 중국인들이 무장투쟁에 나서게 되고 중국과 일본의 전쟁이 독립의 호기라 생각한 조선인 무장투쟁 세력들도 중국인들과 함께 항일투쟁에 나서게 된다. 그러나 1933년부터 일제의 항일 무장 세력에 대한 엄청난 토벌 작전인 치안숙정공작이 3년 정도 지속되자 항일 무장 세력들은 더 이상의 작전을 수행할 수 없을 정도의 적은 수의 공산주의자들만 남아 당의 지시에 따라 역량을 보존하여 소만국경을 넘거나 연안으로 이동하게 된다. 이러한 저간의 사정은 『고난의 년대』에서 윤민과 그의 조카 귀동의 행적으로 잘 묘사되어 있다.

작년 봄부터 왜놈들은 남북만에 30만이 대군을 풀어놓고 대소탕을 감행하였다. 먼저 큰 그물을 쳐놓고 점차 그물을 죄여 한 개 지방을 먹어치운 다음 또 다른 곳에 이동하여 그 방식으로 그 지방을 먹어치우곤 하였는데 이것이 곧 놈들의 '비류'식 련속작전이라는 것이었다. 그리하여 산과 골짜기마다엔 적들로 꽉 덮였는데 '집단부락'마다엔 또 부락을 지키는 자위단들이 있었으므로 자칫하면 그놈들에게 생포될 위험이 있었다.[24]

부대와 떨어져 낙오된 윤민과 귀동은 부대를 찾기 위해 만주 여러 지역을 떠돈다. 이미 일본군의 치안숙정공작이 시작되어 일본군 대군이 만주를 뒤덮고 보갑제의 실시로 집단부락화된 마을에는 자위단들이 지키고 있어서 보급선이 끊어지고 포로가 될 위험도 상존하고 있다. 생존이 걸린 위험에 노출된 상태에서 윤민과 귀동은 자기 부대의 이동 흔적을 찾기 위해 애쓰다가 역시 부대에서 낙오된 왕주를 만나고 그들은 부대가 이미 다른 지역으로 이동했을지 모른다고 생각하게 된다. 귀동은 부대를 찾지 못할까 긴장하진만 왕주는 낙천적인 모습을 보인다.

"왕아저씨, 부대를 찾을 수 있을까요?"
귀동이가 간절한 눈길로 그를 쳐다보며 물었다.
"찾을 수 있지 않고 꼭 찾을 수 있다."
왕주는 볕에 타서 거밋거밋한 얼굴을 윤민에게로 돌렸다.
"듣는 말에 의하면 동북당위에서는 부대를 쏘만 국경지대로 철퇴시켜 정돈한 다음 반공준비를 결정하였다고 했소. 오늘 우리는 여기서 푹 쉬면서 든든히 먹고 래일 아침 일찌기 길을 떠나기요. 여기서 국경선까지는 백리길이 못되니 하루면 넉넉히 닿을수 있을것 같소. 국경지대에서 정 부대를 찾지 못하게 되면 사부의 지시대로 연안으로 가도록 하기요."[25]

---

24 『고난의 년대』 하, 661쪽.
25 『고난의 년대』 하, 678쪽.

리근전론   역사적 사실의 허구적 변용

실제로 일제의 치안숙정공작의 결과 일제 측의 자료에 따르면 중일전쟁이 발발한 직후인 1938년에 이르면 만주지역에서 투쟁을 계속하고 있는 항일 무장세력은 5,750명 수준밖에 남지 않으며 그 대부분이 공산주의 계통인 것으로 되어 있다.[26] 이러한 암담한 항일 무장세력의 상황이 『고난의 년대』에서 박윤민과 귀동이 자신이 속한 부대에서 낙오되어 부대를 찾기 위해 만주 여기저기를 떠돌다가 왕주를 만나 국경을 넘었다가 부대를 못 찾으면 연안으로 들어가기로 하는 구체적 사건으로 보여준 것이다. 이 역시 일제 말 항일 무장 세력의 상황을 소설적으로 형상화한 예로써 충분한 의의를 갖는다.

이들이 야영을 하면서 군가를 부르는 것으로 서술되고 말아 결국 연안으로 간 것으로 짐작하게 되며 작품은 여기서 일단락된 후, 장을 달리하여 해방 이후의 일들이 에필로그처럼 이어진다. 만주 지역에서의 무장투쟁은 더 이상 이어지지 않고 이후의 연안에서의 투쟁은 『고난의 년대』가 보여주고 있는 만주 지역의 조선인들의 삶이 아니기 때문에 생략된 것이다.

1945년 10월 윤민과 왕주는 해방된 연변 땅으로 돌아온다. 윤민은 지위서 기직을 맡고 왕주는 전원으로 일하게 된다. 그들은 가족들을 만나고 가족과 마을 사람들의 그간 소식을 듣는다. 마을 사람들 역시 14년의 전쟁 기간 동안 수없이 많은 이들이 비참한 죽임을 당하고 또 뿔뿔이 흩어지는 등 윤민이나 왕주에 못지않은 고난을 경험한 것이다. 그러나 해방과 함께 그들은 살인 백정이었던 오영길의 아들 오창덕과 오창수를 비롯한 많은 한간들과 민족 반역자를 붙들어 원수를 갚고 원한을 풀 수 있는 기회를 잡게 된다.

그러나 윤민은 아직은 편안한 생활을 누릴 때가 아니라고 말한다. 일본이 물러갔지만 그 자리에 다시 장개석이 들어섰기 때문에 그들과 싸워서 이길

---

26 윤휘탁, 『일제하 '만주국' 연구』, 일조각, 1996, 125쪽.

때라야 진정한 해방이 도래한다는 지적이다. 이는『고난의 년대』의 작가 리근전의 역사인식을 분명히 보여주는 것이며, 이후 중국의 역사로 보아 국민당과 공산당 사이의 전쟁이 4년간 이어져 일제강점기에 못지않은 환란을 경험한 것을 보면 타당한 지적이기도 하다. 윤민이 해방 이후 새로운 나라를 세우기 위해 애쓰지만 그 길은 진정 멀고도 험한 길이다. 이 점에서『고난의 년대』의 마지막 부분에서 제시하고 있는 해방 이후의 모습은 역사적 사실을 바탕으로 나라 세우기의 어려움을 보여준 것이며 역사의 진면모를 제시한 것이라 하겠다.

그러나『고난의 년대』의 이 마지막 부분에서 리근전은 아주 작은 중요한 오류를 범한다. 그것은 작중인물에 대한 설명의 비현실성이다.

> 윤민이는 그들 친혈육을 만나게 되자 가쁨은 더 말할 것도 없거니와 슬픔이 앞서는 것을 어쩌는수 없었다. 둘째형네 내외는 금방 오십 고개를 넘겼으나 모진 고생과 빈궁의 시달림으로 하여 귀밑머리는 인제 반백이 다 된데다가 주름살 많은 초췌한 얼굴은 흡사 륙십고개를 넘는 늙은이와도 같았다. 윤민이는 둘째형 내외분의 입을 통해서 14년이란 긴긴 전쟁 년대에 자기 집 일가가 겪은 고난의 력사를 알게 되었다. 그것은 실로 막대한 희생을 지불한 피눈물의 고통사이기도 하였다.[27]

만주국 건국 이후 해방까지의 역사는 그야말로 전쟁의 시기였고 그 시간 동안 그들이 겪은 고난 때문에 나이보다 늙어버렸다는 지적은 매우 소설적이며 적절한 설정이다. 그러나 이 부분에서 작가 리근전은 작중인물의 현실성을 상실하게 하는 우를 범하고 있다. 큰형 윤돌은 그동안에 죽었고 작은형

---

27 『고난의 년대』하, 680쪽.

윤길이 오십을 갓 넘었는데 이미 육십 고개인 사람처럼 늙어 보인다는 것인데, 이는 소설 전체의 시간적인 흐름으로 보아 분명한 오류에 해당한다. 이 소설이 시작하는 1899년 윤민의 나이는 열 살이었다. 그렇다면 1945년이면 윤민의 나이는 이미 50대 중반에 접어들어 있고, 형인 윤길이는 육십이 거의 다 된 나이여야 한다. 작가가 작품의 에필로그 부분에 들어와 작품의 전개 과정과 약 10년 정도의 오차를 보이고 있는 것이다. 이 같은 오류는 작가가 『고난의 년대』의 마지막 부분에서 윤민이 월경을 한 이후 10년에 가까운 공백이 있었다는 점과 전혀 무관하지는 않겠지만, 소설의 리얼리티를 현저하게 떨어뜨리고 있다는 지적이 가능하다.

6. 결론

리근전은 『고난의 년대』에서 19세기 말 만주로 이주한 세 가족을 중심으로 일제강점기 만주 지역의 조선인들의 삶을 소설적으로 형상화하고 있다. 생존을 위해 만주로 이주해온 조선인들은 한족 지주들의 박해 속에서도 황무지를 개간하여 가혹한 도지를 내면서도 삶을 유지해나갔고 청국과 일본의 억압 속에서도 조선인으로서의 전통을 지키며 살았다. 더욱이 망국민의 한을 잊지 않고 일제에 대한 투쟁을 지속하여 많은 성과를 올리기도 하고 또 엄청난 박해를 당하기도 하였다. 『고난의 년대』는 만주 지역으로 이주한 조선인들의 삶을 사실적으로 그려내는 과정에서 역사적 사실들을 허구적으로 변용하기도 하고 또 역사적 사실과는 다른 내용을 소설 속에서 그리고 있기도 하다.

『고난의 년대』에서 박천수가 간도 지역에서 벼농사에 성공하여 조선인들의 삶을 다소나마 윤택하게 하고 있다. 이러한 설정은 간도 지역에서 논농사가 보편화되는 것에 대한 역사적 기록은 분명하지는 않지만 만주 지역에서의 논농사가 시행되는 시기와 맞추어볼 때 충분히 설득력이 있으며 만주 지역으로 이주해 간 조선인들이 만주 지역의 현실에 적응해가는 과정을 보여준다는 점에서 아주 핍진성 있는 사건 전개라 할 만하다.

1930년 5월 말에 있은 항일 폭동을 박윤민의 중요한 활동으로 정리한 것은 5월폭동의 전개 과정과 비교해본다면 일치하지 않는 부분이 적지 않다. 그러나 이러한 사건 설정은 일제강점기의 엄격한 통제 속에서 발생한 무장투쟁의 모습을 사실적으로 보여준다는 역사적 사실과 일치하지 않더라도 소설적 진실을 드러내주는 효과적인 장치로 판단해볼 수 있을 것이다. 이러한 소설적 진실의 확보는 만주국 건국 이후 항일 무장 세력의 활동과 일제의 치안숙정공작에 따른 투쟁 세력의 궤멸 과정을 보여주는 부분이나 해방 이후 새로운 투쟁을 다짐하는 부분 등에서도 효과적으로 제시되고 있다. 이 같은 역사적 사실의 변용은 역사를 바탕으로 소설화하는 경우 어쩔 수 없이 나타나는 현상이다. 역사를 제재로 소설을 창작하는 과정에서 작가는 자신의 상상력에 의해 역사적 사실을 변형시키기도 하고 소설적인 리얼리티의 확보를 위하여 의도적으로 역사적 사실을 변형시키거나 왜곡할 수밖에 없는 것이다.

그러나 『고난의 년대』에는 이러한 소설적 장치로서 역사적 사실을 변용하였다고 보기 어려운 부분이 있기도 하다. 예를 들어 박천수 일가가 도강하는 과정을 그린 소설의 도입 부분에서 이미 봉금령이 해제된 시기에 순라군에게 발각되어 도망치다가 가족이 흩어지는 것으로 그린 것이 그 예이다. 작중인물들이 만주로 이주하는 1899년에는 이미 봉금령이 해제되어 있었다는 사실은 작가가 역사적 사실에 대해 치밀하게 고구하지 않았음을 보여준다.

박천수 일가가 도강 중에 위험을 당하고 가족이 흩어지는 것은 만주로 이주해 가는 사람들의 삶의 불안정성을 그리기 위한 소설적 장치로서는 효과적이겠지만 역사적 사실과 어긋난다는 점은 소설적으로 커다란 약점으로 지적될 수밖에 없다. 이 같은 오류는 작품의 마지막 부분에서 주인공들의 나이가 10년 가까이 줄어 있는 것에서도 발견된다. 해방 이후 작중인물의 근황을 이야기하는 과정에서 혼선을 일으킨 결과로 명백한 오류라 하겠다.

작가는 하나의 작품을 써나가면서 역사적 사건 중에서 필요한 사건을 선택하여 작중인물이 그 사건 가운데서 어떻게 살았는가를 보여줌으로써 구체성을 획득한다. 그리고 작중인물의 삶을 통해 한 시대의 전형적인 모습을 드러내기 위하여 역사적 사실을 적절히 변용하기도 한다. 이러한 변용은 소설적 리얼리티를 획득하기 위한 장치로서 충분한 의의를 지닌다. 그러나 하나의 작품 속에서 역사적 사건에 대한 명백한 오류를 드러내 보이거나 소설 내에서 서사적 사건의 불일치를 드러내는 것은 소설의 신빙성을 떨어뜨린다는 점에서 비판받아야 마땅하다. 이런 점에서 리근전의『고난의 년대』는 역사적 사실의 소설적 변용 과정에서 그 의의와 한계를 동시에 드러내 보이고 있다.

개혁개방과 농촌 개혁

리원길론

개혁개방과 농촌 개혁

리원길론

1. 서론

리원길은 1979년 등단하여 20년 정도의 작가 생활을 통하여 장편소설 2
편, 중편소설 25편, 단편소설 31편 등 다수의 작품을 발표하면서 전국소수
민족문학상, 장백산문학상을 비롯한 많은 문학상을 수상[1]한 조선족 문단
의 대표적 작가 중 하나이다. 문혁이 끝나고 몇 년이 지난 1979년에 대학원
입시가 부활되자 리원길은 매하구 11중 부교감을 그만두고 중앙민족대학
에 입학하여 언어학 연구생으로 수학하면서 소설 창작을 시작하였다. 이후
1980년 5월 『아리랑』지에 「배움의 길」을, 10월 『연변문예』지에 「백성의 마음」
을 발표하여 조선족 문단에 주목을 받는 작가로 등장한다. 1982년 중앙민족

---

1   오상순, 「'선비'와 '농민작가' – 이원길론」, 『오늘의 문예비평』 2007.2, 165~167
     쪽. 이 글 1장에 리원길의 생애가 정리되어 있어 본고에서는 작가의 생애는 이 글
     을 따르고, 필요한 경우 리원길과의 대담을 정리한 강옥, 「소설가의 진담」(『천지』
     1993.8. ; 리원길, 『땅의 자식들』 1, 뜻이있는길, 1994. 재수록)을 참조한다.

대학 연구생을 마치고, 1983년 5월 북경대학에서 문학석사 학위를 취득[2]한 리원길은 중앙민족대학에서 교원 생활을 시작하였다. 그러나 농촌호구인 리원길은 가족들이 북경호구를 얻을 수 없어 어려움을 겪다가 1985년 연변 자치주정부의 특수인재초청조치에 응하여 중국작가협회 연변분회 부주석 겸 전업작가로 자리를 옮긴다. 이후 10년간 연변인민출판사 부총편집 겸 연변작가협회 부주석 등으로 재직하면서 왕성한 작품 활동을 통해 중견 조선족 작가로서의 위치를 굳혔다. 그러나 1995년 국가민족사무위원회와 중앙민족대학교의 귀교 지시에 응하여 중앙민족대학 교수로 이직[3]하면서 점차 소설 창작으로부터 멀어진다.[4]

작가로서의 명성만큼 리원길 소설에 대한 평가는 조선족 연구자들을 중심으로 활발하게 진행된 바 있다. 그의 작품이 문학상을 받을 때 여러 편의 비평문이 쓰여졌고, 그의 소설집에 실린 해설[5]이나 연구자들의 비평문도 적지 않다. 리원길의 소설에 대한 연구는 주로 개혁개방기의 소설문학의 변화

---

2 당시는 문혁 직후로 연구생 제도를 건립 중이었는데 중앙민족대학 조선어문학부는 석사학위 수여권이 없었다. 따라서 석사과정을 수료했지만 학위를 수여받지 못한 학생들은 북경대학에서 졸업시험을 통과하고 논문심사를 받아 북경대학의 석사학위를 취득해야 했다. 리원길의 메일(2017.5.25) 참조. 이하 '리원길 메일'로 약한다.

3 리원길이 북경에서 연변으로 또 연길에서 북경으로 이주하는 과정은 리원길 메일 참조.

4 1996년 장편역사소설 『봉황새 난다』를 1999년 속편 「떨어지는 봉황새」와 단편소설 「변색인간」을 발표하고, 2000년 중편소설 「직녀야, 니나 내려다고!」로 2001년 도라지문학상을 수상했으나 리원길의 작가로서의 삶은 1995년 북경으로의 이주와 함께 사실상 끝난 것이라 하겠다.

5 중편소설집 『피모라이 병졸들』에 실린 정판룡의 「머리말을 대신하여」가 그 좋은 예이다. 이 글은 리원길, 『땅의 자식들』 1(뜻이있는길, 1994)에 「리원길의 중편소설에 대하여」란 제명으로 재수록되었다.

과정에서 리원길의 『설야』가 조선족 소설이 가진 근엄성을 벗어나 세속화한 점을 높게 평가하고 있다.[6] 그리고 조선족 소설의 변화 과정에서 리원길의 장편소설 『설야』가 갖는 위치를 검토한 평문[7]과 『설야』의 주제적·기법적 특징을 다룬 평문[8]이 있고, 리원길의 작품 전반의 의미를 검토한 평문으로는 오상순의 「'선비'와 '농민작가'─리원길론」[9]을 들 수 있다. 이외에도 개혁개방으로 대외 교류가 활발해지면서 중국 문단의 한 경향으로 자리 잡았던 '뿌리 찾기 문학(尋根文學)'이 조선족 소설에 나타난 양상을 허련순의 『바람꽃』과 리원길의 『설야』, 최홍일의 『눈물 젖은 두만강』 등을 통해 살핀 오상순[10]과 개혁개방기의 조선족 소설에 나타난 '농민'의 형상과 정체성을 고구하면

6   그 대표적인 성과로 아래의 글들이 있다.
      오상순, 『개혁개방과 중국조선족 소설문학』, 월인, 2001.
      이광일, 『해방 후 조선족 소설문학 연구』, 경인문화사, 2003.
      이해영, 『중국조선족 사회사와 장편소설』, 역락, 2006.
7   그 대표적인 성과는 아래와 같다.
      조일남, 「『설야』가 말해주는 것」, 리원길, 『땅의 자식들』 1, 뜻이있는길, 1994. 재수록.
      장춘식, 「리원길의 장편소설 「땅의 자식들」 시론」, 『도라지』 2004.5.
8   윤해연, 「『설야』의 예술적 특색에 대하여」와 태휘, 「리원길의 장편소설 「설야」의 언어구사에 대하여」 등. 이 두 글은 리원길, 『땅의 자식들』 1(뜻이있는길, 1994)에 재수록되었다.
9   오상순은 같은 제목으로 『도라지』(2004.5)와 『오늘의 문예비평』(2007.2)에 발표하였다. 그러나 두 글은 중국과 한국의 독자들을 상대로 한 글이라는 점에서 상당한 차이를 보인다. 먼저 발표된 『도라지』본이 중국문학과의 관련이 상세하게 기술된 데 비해 『문예비평』본은 한국 독자들을 대상으로 하여 상당 부분 축약이 되어 있고, 작품에 대한 해설이나 평가도 약간의 차이를 보인다. 또 작가의 생애는 리원길을 잘 알지 못하는 한국 독자를 대상으로 한 『문예비평』본에 상세하게 정리되어 있다.
10   오상순, 「조선족 여성작가 허련순의 소설과 당대 남성작가들의 소설에 나타난 '뿌리 찾기 의식' 연구」, 『여성문학연구』 12, 2004.12.

서 리원길의 「리향」을 다룬 차성연[11]의 논문 등은 리원길 소설의 한 측면을 밝히는 단서를 마련해준다.

본고는 개혁개방기 소설 연구의 대상 중 하나로 다루거나, 『설야』에 치우치거나, 작품에 대한 해설 수준을 넘지 못하는 그간의 연구 경향을 반성하여, 리원길 소설 전반을 관통하는 주제를 작가의 생애와 시대 상황과 관련지어 살피고자 한다. 리원길은 1978년 12월 제11기 3중전회에서 문혁 시기 좌적 편향의 오류가 남긴 폐해를 극복하기 위해 중국이 나아갈 방향을 개혁개방으로 결정한 시기에 소설 창작을 시작하였다. 따라서 리원길은 당시 중국 문단의 주류를 이루던 문혁의 상처를 이야기하고 문혁 시기에 대한 반성적 성찰을 드러낸 소설과 함께 개혁개방의 경과와 그로 인해 대두할 미래에 대한 기대를 드러내는 작품을 주로 창작하였다. 이러한 리원길의 작품 경향은 계급투쟁에서 개혁개방으로 급변하는 시기에 소설 창작을 시작한 그가 가질 수밖에 없는 시대정신의 결과라 하겠다.[12]

이러한 시대 상황 속에 등단한 리원길은 15년 남짓한 시간 동안 소설집 『백성의 마음』(연변인민출판사, 1984)과 장편소설 『땅의 자식들』의 1, 2부에 해당하는 『설야』(연변인민출판사, 1989)와 『춘정』(연변인민출판사, 1992) 그리고 중편소설집 『피모라이 병졸들』(민족출판사, 1995) 등을 간행하였다. 이러한 작품들을 통해 조선족 문단의 대표 작가 중 하나로 추앙받던 리원길은

---

11   차성연, 「개혁개방기 중국조선족 소설에 나타난 '농민' 정체성」, 『현대소설연구』 50, 2012.8.

12   천쓰허는 90년대로 갈수록 중국문학은 계몽 담론이 해체되고 사적이고 일상적인 서사를 보여주는 등 다양한 양상으로 변화하는데 이를 통일된 시대적 주제를 다루던 공명(公名)의 시기에서 하나의 문학사조가 시대적 주제의 일부만을 반영할 뿐인 무명(無名)의 시기로의 전환이라 정리한 바 있다. 천쓰허(陳思和), 『중국당대문학사』, 노정은 · 박난영 역, 문학동네, 2008, 25~26쪽.

1995년 중앙민족대학의 교수가 되어 북경으로 이주한 후 작가로서의 생활을 거의 마감한다. 본고는 이 점에 착안하여 그의 작품에 변혁기 중국 현실이 어떻게 그려져 있는지를 살펴 그의 소설이 지향한 세계를 해명하고, 그의 소설이 지닌 의의와 한계를 밝히고자 한다. 그리고 이러한 과정에서 조선족 문단의 대표적 작가였던 리원길이 소설 창작을 포기하기에 이른 내면 풍경도 어느 정도 확인할 수 있을 것이다.

2. 하방 체험의 소설화와 문혁 비판

리원길은 대학을 졸업하고 줄곧 자기의 고향인 매하구에서 교원 사업을 하였다. 대학 시절 문학에 대한 열망을 지니고 창작 능력을 보여준 바 있는 리원길이었지만 문혁 시기 객관적인 정세가 창작의 자유를 마련해주지 않았던 것이다. 1979년 매하구 11중 부교감으로 재직하던 리원길은 처가가 있는 석현으로 가는 길에 연변인민출판사 편집부에 근무하던 대학 친구 김봉웅을 만나 문혁으로 허송한 청춘에 대한 아쉬움을 나누다가 편집실의 문학적 분위기에 취해 소설 창작에 대한 강렬한 충동을 느꼈다. 리원길은 창작열에 사로잡혀 처가에 가서 문혁 직후 문단의 주류를 이루었던 상처문학의 경향을 반영해 「다시 찾은 청춘」을 집필하였다.[13]

---

13   강옥, 앞의 글, 396쪽. 「다시 찾은 청춘」의 말미에는 이 작품을 1979년 1월 15일 석현에서 썼음이 밝혀져 있다. 리원길, 「다시 찾은 청춘」, 남주길 외, 『사랑에 대한 이야기』, 연변인민출판사, 1980, 101쪽. 강옥의 대담 내용과 이 기록으로 미루어보면 이 작품은 열흘 남짓한 기간에 집필되었음을 알 수 있다.
이하 작품집에 수록된 작품의 인용은 「작품명」, 『작품집명』, 쪽수'로 한다.

이 작품은 문혁이 시작되기 직전의 사회 분위기에서부터 문혁 초기의 연변 지역을 극심한 혼란으로 몰고 간 소위 홍색파[14]와 보황파의 갈등과 무력 충돌, 홍색파의 우파 분자에 대한 비판 대회와 반대파에 대한 폭력적인 탄압, 그리고 사상 개조를 이유로 하방된 지식인들이 문혁 이후 귀향하기까지 문혁의 전 과정을 담고 있다. 졸업을 앞두고 문혁을 맞아 비판당하고 북대황으로 하방되었던 리원길은 자신의 체험을 바탕으로 문혁 시기의 극좌적 정치 상황에 의해 훼손된 인간의 존엄을 보여주고, 작품 말미에서는 문혁 이후의 희망찬 미래를 이야기하고 있다.[15]

작품의 주된 스토리 라인은 작가 자신의 형상인 1인칭 서술자 광휘와 그가 존경하는 강인구 교수 그리고 그의 친구 송삼이라는 세 인물을 중심으로 전개된다. 문혁 직전 강인구 선생을 찾아뵌 자리에서 광휘는 강인구 교수의 뜻에 따라 전통문화를 옹호하는 견해를 보이는 데 비해 송삼은 옛것을 쓸어버리는 것만이 시대정신에 맞는다는 주장을 하여 이후 진행될 갈등의 복선이 제시된다. 이 자리에서 강인구 교수는 요문원의 「해서의 파직」이라는 글이 정치 풍파를 일으킬 것 같다고 말해 문혁을 예고한다.[16] 강 교수의 우려대로 정치적 폭풍이 시작되자 송삼은 급진적 반란 조직인 폭발전투대의 핵심 인물로 자리하여 강 교수를 비판하고 사상 개조로 내모는 데 앞장서고, 강 교수를 옹호하는 광휘를 자신의 세력에 끌어들이려다 실패하자 학습반에 보내버린다.

---

14 이 작품에서는 '폭발전투대'라는 이름으로 등장한다.
15 이 작품의 원제목은 「빼앗긴 청춘」이었으나 새로운 출발의 의미로 제목을 고치고 결말 부분도 희망을 제시했다고 한다. 오상순, 「'선비'와 '농민작가' – 이원길론」, 『오늘의 문예비평』 2007.2, 168쪽.
16 요문원의 「해서의 파직」은 문혁을 촉발하는 시발점이 되었다는 점에서 이 지적은 문혁 이후 요문원의 글을 바라보는 시각이 드러나 있다.

공회대청소각사건을 마무리한 송삼은 권력을 장악하고, 광휘는 당원 자격을 박탈당해 북대황으로 하방되고, 강 교수는 교수직에서 쫓겨나 백두산 근처 오지로 쫓겨난다. 이후 7년 동안 백두산 지역의 조선족 문화를 조사하던 강 교수는 사망하고,[17] 문혁이 종결되자 송삼은 준엄한 심판을 받고, 광휘는 복권되어 희망찬 미래를 꿈꾸며 고향으로 돌아온다. 이렇듯 이 작품은 문혁이라는 극좌적 시류에 편승한 자들에 의해 평범한 사람들의 삶이 훼손당한 현실에 대한 준엄한 비판을 보여준다. 그러나 「다시 찾은 청춘」은 문혁의 상처를 소설화하면서 문혁 발발 직전부터 종료 이후까지 10년이 넘는 시간을 짧은 분량에 담아내어 소설적 긴장감이 떨어진다. 이런 점에서 이 작품은 문혁에 대해 극좌적 시류에 편승한 비열한 인간에 의해 수많은 선량한 인물들이 핍박을 받는 것으로 그려 문혁의 상처가 갖는 역사적 의미의 한 편린만 보여주었다는 한계를 보인다.[18]

이 작품에서는 작가 자신의 북대황 하방 체험을 사상 개조를 위해 추운 북방으로 가게 되었다는 정도로만 서술되어 있으나 하방의 의의에 대한 분명한 비판적 시각을 보여준다.

후에 알게 된 일이지만 왕평이 천안문사건 기간에 북경에 다녀온 연고로 왕평이는 물론이고 왕평의 집으로 드나드는 사람들까지도 모두 요시찰인물이 되었다. 그래 그자들은 우정 왕평을 놔두고 그 집에 드나드는 사람들부터 하나하나 체포하고 있던 중이었던 것이다. 열흘 후에 감방문이 열리며 왕평

---

17 강인구 교수 형상의 원형은 문혁 때 비참하게 삶을 마감한 현남극 선생이라는 지적이 있다. 오상순, 앞의 글, 162쪽.
18 이러한 한계는 상처문학이 보여준 일반적 성향으로 문혁이라는 엄청난 역사적 시련을 겪은 직후 문혁에 대한 객관적 시각을 마련하는 것이 불가능했던 현실적 한계이다.

도 떠밀려 들어왔다. 그의 옷은 갈기갈기 찢어지고 입귀에선 피가 흘렀다.

"밀지 말아, 진리를 위해선 염라전도 꺼리지 않는 내다!"

왕평이 부르짖었다. 이것이 북대황에서 '개조'되였다는 왕평이였다. 나는 달려가서 전우 왕평을 으스러지게 껴안았다.[19]

강인구 교수의 부음을 듣고 빈소로 가던 광휘는 치치하얼에서 북대황에서 함께 노동 단련을 받다 평심을 받고 복직한 왕평을 만나러 갔다가 기다리던 공안들에게 붙들려 수감되고 얼마 후 왕평도 감옥에 들어온다. 이 작품에서 작가 자신의 하방 체험인 북대황과 관련한 내용이 등장한 부분은 치치하얼에서 왕평과 만나는 장면뿐이다. 이 부분에서는 북대황에서 노동 체험을 통해 사상을 개조하려는 본래의 목적과 달리 정신의 개조가 일어나지 않거나 오히려 저항정신만 형성되는 결과를 낳았다는 비판적 인식을 보여준다.

리원길은 1968년 11월부터 1970년 4월까지 1년 반 동안, 중국 역사상 최대의 황지 개발 사업이라 평가되는 북대황 개발이 한창이던 흑룡강성 북쪽 흑하 지구에 자리한 중국인민해방군 3108부대 농장에서 노동 단련을 받았다. 북대황은 세계 3대 흑토 지역의 하나로 토질도 비옥하고 수리 자원도 풍부하나 엄혹한 자연환경 때문에 역사 이래로 황무지로 남아 있었다. 북대황의 경제적 가치를 인식하고 개간에 눈을 돌린 것은 1955년 왕진 장군이 중공당중앙과 군사위원회에 제출한 「북대황을 개발하는 문제에 관하여」라는 보고에 의해서였고, 이후 3년간의 준비를 거쳐 개발이 본격화되었다.[20] 1958년을 전후하여 14만 명의 퇴역군인과 10만 명의 지식인 그리고 20만 명에

---

19 「다시 찾은 청춘」, 『사랑에 대한 이야기』, 96쪽.

20 董永祥 · 楊艷秋, 「北大荒文藝産生發展的歷史性考察」, 『牧丹江師範學院學報』 2013.6, 42쪽.

달하는 지역 청년들이 당중앙, 국무원 그리고 중앙군사위원회의 결정에 따라 북대황에 모여들어 황지의 개간과 농사를 개시하였다. 그리고 1968년도에 들어 전국 각지의 50만 명에 달하는 지식청년과 인민해방군이 모여들어 진정한 개간이 진행[21]되어 북대황은 중국의 대표적 곡창지역의 하나인 북대창으로 변모했다.

1968년도에 50만 명에 달하는 지식청년들이 북대황 개발에 몰려든 것은 문혁 초기의 혼란이 어느 정도 수습되고 지식청년에 대한 하방 운동이 전개되는 과정에서 많은 대학생들을 북대황으로 내몰았기 때문이다. 북대황으로 하방된 대학생들은 군인들의 지도 아래 황지에 불을 놓고 나무 등걸을 제거한 뒤 토지를 정리하여 파종하고 수확하기까지 힘든 노동에 내몰렸다. 학교에서 공부만 하느라 육체노동 경험이 거의 없는 대학생들은 견디기 힘든 노동과 불편하기 그지없는 숙식 환경 그리고 여름의 벌레와 겨울의 강추위에 엄청난 고통을 체험하였다. 리원길은 북대황에서의 경험을 중편소설「피모라이 병졸들」에서 소설화하여 노동을 통한 사상 개조의 허구성을 통렬하게 비판한다.

자기네들의 부반장인 남철용님께서 로동계급으로 자처하는 괴한에게 '인민의 죄수'로 '정배군'으로 욕을 먹고 매까지 늘어지게 맞았다니 이거야말로 청천벽력이 아닐 수 없었다. 북대황에 와서 고생은 하면서도 시초 그들은 자기들을 북대황의 건설자로, 혁명의 실천파로 생각하여 그 당시 가지기 힘든 긍지감까지 가졌댔는데 그것이 비록 점차 담박해지는 지금일지라도 '정배군'이라는 말을 듣고는 가만있을 수가 없었다. 그러나 잠시는 어떻게 하면

---

21 滕紫欣·張冬,「北大荒文学及歷史意意研究」,『牧丹江大学学報』23-11, 2014.11, 95쪽.

좋을지 몰라 모두들 머리를 숙이고 거친 숨만 내쉬고 있었다.[22]

북대황에서 숲에 불을 지르고 파종을 하고 폭우로 늪이 된 밭에서 수확을
하는 가혹한 노동 속에서도 자긍심을 잃지 않고 살아가던 대학생들은 지방
공사판을 다니는 자동차를 얻어 타려다가 봉변을 당한다. 이 사건으로 북대
황 개척단에 참가하여 몸은 괴롭지만 국가를 위하여 봉사한다는 사명감에
불타던 대학생들은 인민들이 자신들을 사상 개조를 위해 정배된 존재로밖
에 생각하지 않는다는 것을 알게 된다. 대학생으로 사회의 존중을 받으며 생
활하다가 낯설고 거친 북대황까지 와서 헌신하는 자신들에 대한 인민의 인
식이 이러하다는 것은 충격이 아닐 수 없었다. 대학생들의 항의에 따라 군인
들의 명령으로 노동자들이 공식적으로 사과를 하지만 자신들이 정배를 와
있다는 사실을 인식한 것은 그들의 생활에 커다란 변곡점이 된다.

북대황 개발은 황지를 농지로 바꾸어 곡물 생산량을 늘린다는 목적과 함
께 소련과의 긴장 관계에 대비하여 황지를 없애고 전략적 기지를 만든다는
국가적 목적이 없지 않았다. 왕진 장군이 제안하고 군사위원회가 중심이 되
어 관여하며 퇴역군인과 현역군인이 개발에 나서고 점차 지식청년들을 참
여시킨 것은 그 정황을 짐작하게 한다. 특히 1968년에 졸업을 앞둔 수많은
대학생을 북대황 개발에 투입한 것은 대학 생활에서 배운 수정주의적 사상
을 개조하고 문혁 초기에 홍위병으로 제멋대로 반란하고 다니던 자유주의
적 습성을 노동을 통해 개조하기 위한 목적이 있었다[23]는 지적이 가능하다.
대학생들은 졸업을 앞두고 북대황에서 1~2년간의 노동을 통해 투철한 사회

---

22 「피모라이 병졸들」, 『피모라이 병졸들』, 38~39쪽.
23 정판룡, 「머리말을 대신하여」, 『피모라이 병졸들』, 9쪽.

주의 사상으로 무장할 것을 요구받았지만 그 결과는 만족스럽지 못했다.

> 피모라이 패장은 80리 밖인 룡진 역전까지 나와, 말썽 많던 자기의 병졸들
> 을 전송하고 나서 무거운 심정으로 트럭에 앉았다.
> 피모라이 부대는 '피모신(皮毛新)' 부대가 못 되었다.
> '가죽'도 새롭게 갈지 못하고 '털'도 새 털로 갈지 못하엿다.
> '가죽'이 나빠서인가?
> 피모라이는 승인할 수 없었다.
> 그러면 '털'이 나빠서인가?
> 피모라이 생각엔 '털'도 그만하면 된다고 생각하였다.
> 그렇다면 무엇 때문일가?
> 피모라이는 차창 밖을 내다보았다.
> 흐려오는 날씨였다. 때 아닌 진눈까비가 흩날린다.
> 이곳은 기후가 문제였다.[24]

주인공 설봉이 속한 부대의 패장인 피모라이(皮毛癩)는 만기가 된 부대원
들을 고향으로 돌려보내고 난 뒤, 그들의 개조는 성공하지 못했다고 생각한
다. 그는 자신의 이름처럼 가죽(皮)과 털(毛)이 비루먹은(癩) 대학생들이 북
대황까지 와서 가죽과 털이 새롭게 되지 못하고 돌아간 것은 방법의 탓도
대학생들의 인성 탓도 아니라는 인식에 도달한다. 사상 개조가 이루어지지
못해 수정주의와 자유주의가 그대로 지속되고, 오히려「다시 찾은 청춘」의
왕평처럼 반체제 쪽으로 전환한다면 수많은 대학생들을 북대황에서 군인들
의 지휘 아래 노동 단련하게 한 것은 무슨 의미가 있는가? 이러한 시각에서
「피모라이 병졸들」은 적지 않은 학생들이 사고로 죽고, 정신이 황폐해져 폐
인이 되는 상황으로 내몬 국가적 폭력에 대해 어떠한 평가를 내려야 할 것

---

24 「피모라이 병졸들」,『피모라이 병졸들』, 172~173쪽.

인가에 대해 심각한 의문을 제기한다.[25] 바로 이 점이 이 작품이 조선족 소설사에서 갖는 반성문학으로서의 의의라 하겠다.

3. 농촌 개혁에 관한 시각의 전환

리원길은 1970년 북대황에서 돌아와 대학을 졸업하고, 고향으로 돌아와 해룡현 제9중학교에서 교편을 잡고 결혼도 하였다. 학교는 해룡진에 있었으나 집은 학교에서 5리 이상 떨어진 농촌마을 신승촌에 자리 잡았고, 이곳은 연길로 전근할 때까지 리원길 가족의 가난한 생활의 터전이었다. 그는 교사 생활을 하면서 또 북경에서 생활하다 고향에 들를 때마다 늘 농민들과 스스럼없이 지내면서 농민의 삶을 올바로 이해하기 위해 그들의 이야기를 들으려 애를 썼다. 이러한 농민에 대한 관심은 그가 지식인으로 도시에 거주하며 창작하였음에도 농민으로 평생을 보내며 농민의 삶을 소설화한 윤림호, 박선석 등과 함께 대표적인 조선족 농민작가로 평가받는 밑거름이 된다.

리원길 소설의 대부분은 개혁개방을 전후한 시기의 농촌 현실을 다루고 있다. 극좌적 정책으로 농촌의 현실을 무시한 지시가 하달되어 농촌이 피폐해진 가운데 보다 나은 삶을 위하여 또 공동체의 미래를 위해 노력하는 기층 간부들의 헌신과 그들과 함께 하는 인민들의 분투를 보여준다. 이러한 경향을 보여주는 대표적인 작품으로 리원길의 작가적 명성을 확보해준 「백성의 마음」이 있다.

---

25 이런 점에서 오상순은 리원길이 북대황의 열악한 환경 속에서 인간과 사회에 대한 진지한 사색을 거듭하였고, 그 결과물이 「피모라이 병졸들」이라 해명한다. 오상순, 앞의 글, 163쪽.

이 작품에서 정부의 지시대로 과도한 식량을 공출하여 식량 부족으로 시달리던 마을 사람들은 모판을 만들고 남은 종곡을 생산대장 종수의 집에 옮겨놓은 것을 알고는 그것을 나누어 당장의 기아를 면하자고 요구한다. 종수도 대원들의 기아를 해결하기 위해 생산대 공동 소유인 종곡을 나누려 하지만, 전임 간부였던 석구 영감의 호통에 마을 사람 전부가 물러서고 만다. 비상시에 대비해 남겨둔 종곡을 먹어버렸다가 모내기 전에 천기가 불순해져 모판을 못 쓰게 되면 마을 사람 모두가 굶어 죽을 수밖에 없기에 종곡을 보관해야 한다는 석구 영감의 주장을 부정할 수 없었던 것이다. 결국 모내기를 제대로 끝낸 후 생산대장 집에 보관하고 있던 종곡을 골고루 나누어 기아를 극복한다.

> "우리의 백성은 좋다!"
> 아니 이건 누가 말했던가? 아무튼, 아무튼 누가 말했든 간에 우리의 백성은 좋다. 이런 백성이 있기에 우리나라는 어려운 고개를 넘어오고 있지 않는가! 우리 당의 과오를 량해할 줄 알고 제 나라의 곤난을 헤아릴 줄 아는, 그래서 허리띠를 졸라매면서 일하고 싸워나가는 이런 인민을 위해서 당원이며 간부인 나는 앞으로 어떻게 할 것인가ー종수는 심각한 얼굴로 걸어가고 있다. 우리 당의 일군들은 모든 일을 이런 인민들 앞에 책임져야 할 것 아닌가? 그것은 주관적이고 선의적인 욕망만으로는 실현될 수 없다. 백성의 마음을 진정으로 알 때만이, 그리고 그 마음을 진정으로 소중히 여길 때만이 우리는 그들 앞에 죄를 지지 않을 수 있다.[26]

종곡을 마을 사람들에게 나누어주고 생산대장 종수가 감회에 젖어 생각하는 장면이다. 집단영농으로 전환한 후 생산대장의 지시 아래 마을이 운영되

---

26 「백성의 마음」, 『백성의 마음』, 118쪽.

는 상황에서 그의 책임은 막중하다. 잘못된 정책으로 흉년에도 너무 많은 곡식을 공출하여 마을이 파탄에 이르렀지만 인민들의 합심과 노력으로 위기를 극복할 수 있었다는 안도와, 이러한 인민의 마음을 받아들여 마을 사람들에게 보다 나은 삶을 마련해주기 위해 기층간부인 자신들이 더욱 노력해야 한다는 인식이다. 인민들의 마음 깊이 자리하고 있는 희생정신과 성실함에 대한 믿음과 그들과 함께 눈앞에 닥친 위기를 슬기롭게 극복하고 보다 나은 미래를 만들기 위해 헌신하는 기층간부의 모습을 담은 이 작품은 대약진운동 이후 극좌적 정책에 의해 황폐해져가는 농촌 모습과 열악한 현실을 극복하기 위해 헌신하는 농민들과 기층간부의 모습을 그려 당시 조선족 문단의 주목을 끌었다.

그러나 이 작품에서 농촌을 황폐하게 한 정책에 대한 반성이 없이 주어진 조건하에서 생존을 위해 분투하는 농민들과 기층간부의 형상만을 드러낸 점은 한계로 지적할 수 있다. 대약진운동 이후 집단영농 정책으로 인민공사가 설립되면서 생산성 저하로 중국의 농촌은 황폐화된다. 생산대 단위로 집단노동과 집단 급식을 하고, 심경이나 밀식 같은 비현실적인 농법을 강요하여 해가 갈수록 농업 생산성이 떨어짐에도 불구하고, 기층에서는 대풍이라는 허위 보고를 올려 상급에서 생산량에 비해 과도한 공출을 실시함으로써 농촌이 파탄 지경으로 내몰린 것이다. 리원길의 「백성의 마음」은 농민을 기아로 내몰리게 한 정책의 문제는 외면하고, 그 결과 주어진 위기를 극복하는 인민과 기층간부의 헌신만을 강조한 점에서 명백한 한계를 보인다. 더욱이 작품의 제목을 「백성의 마음」이라 하고 작품 내에서도 앞의 인용에서 보듯 백성과 인민을 구분 없이 사용한다. 이는 작가가 농촌의 위기를 탄생시킨 원인과 인민의 주체성에 대한 성찰이 부족하여 인민을 당과 간부에 의해 영도되는 수동적 존재로 인식하는 한계를 드러낸다. 이 작품에 드러난 리원길의 현실인식은 정부의 농업 정책을 소설화하는 당시 문단의 주류적 경향을 충실히 따른 결과라 하겠다.

리원길의 소설은「백성의 마음」이 보여준 바와 같이 중국 정부가 지향하던 정책의 정당성을 드러내는 데 치중하였다. 리원길은 1978년 12월 중국공산당 11기 3중전회에서 공산당의 중점 업무를 '경제 건설'로 단일화하여 개혁개방을 추진하기 시작[27]한 1979년에 대학원에 진학하면서 작가 생활을 시작하였다. 개혁을 화두로 하는 시기에 창작 활동을 시작한 리원길은 농촌 개혁 정책으로 경제적인 문제가 해결되어가는 농촌의 모습을 소설화하여 개혁 정책의 긍정적 면모를 강조한다.

「두루미 며느리」(1983)는 억세고 키 큰 며느리를 얻었다가 문혁 기간 중에 당의 정책을 신봉하는 며느리에게 비판받았지만 호별영농[28]이 시작된 후 부지런한 며느리 덕에 남보다 먼저 부를 획득한 정 영감의 며느리 자랑을 통하여 극좌적 정책을 시행하던 문혁의 문제점을 비판하고 개혁개방 이후의 사회 현실을 예찬한다. 「약혼 전 어느 하루」(1983)는 새로운 정책으로 호별영농으로 나가기 위해 땅과 농기구들을 나눌 때, 농사일을 잘 모르던 남철이가 땅과 소를 할당받지만 자기의 재산이 된 땅과 소에 전력을 기울이는 모습을 통해 자기 소유가 되어야 정성을 다하는 것이 인지상정이라는 점에서 개별 영농의 효율성을 강조한다. 이외에도 중편소설「숯불은 타오른다」(1981)에서는 마을의 술꾼으로 호가 난 정팔이가 개혁개방 이후 개체사업이 가능해지자 사원진 룡 선생 국수집을 맡아 성실하게 일하여 크게 성공하는 모습을

---

27   조영남,『개혁과 개방』, 민음사, 2016, 75쪽.
28   리원길의 작품에서는 생산대 별 집단영농을 포기하고 호별로 땅을 분배하여 영농하는 '호별영농'을 연변 방언인 '호도거리'로 쓰고 있다. 본고에서는 작품 인용을 제외하고는 '호별영농'으로 통일한다.

통해 "먹을 것 입을 것 걱정 없이 기와집에서 살아봤으면 하는 꿈이 지금 고마운 당의 혜택으로 희망만이 아닌 현실로 변하여 가고 있다"[29]며 당의 정책을 예찬한다.

앞에서 보듯 리원길은 1980년대 전반기 작품들에서 개혁개방으로 집단영농을 벗어나 호별영농이 실시되면서 농업 생산성이 증가하여 농민들의 삶이 개선되었다는 점을 보여주었다. 그러나 1980년대 초에 농촌 개혁에 대해 예찬을 보내던 리원길은 1988년에 『천지』에 발표한 「리향」에서는 농촌개혁에 대해 다소 회의적인 시각을 드러내 보인다.

사토덕대도 이전의 사토덕대가 아니다. 이전 같으면 벌써 두엄더미들이 울멍줄멍하겠지만 요 몇 년에 점차 줄어들다가 없어지고 지금은 임직신이네와 선우로인네를 내놓고는 논밭도 없다. 박치원인 원래 얼간이 농사군이라 작답 역사가 넌덜머리난다면서 땅만 차지하고 몇 해 콩 종자나 뿌려내치다가 매화네 집에 일군으로 갔다가 쫓겨온 뒤부터는 아예 여뀌밭을 만들어버렸다. 다른 집도 피장파장이었다. 85년 큰물에 큰 강의 물길이 돌아서는 통에 봄에 건너오는 물이 메기느침 같아서 그렇게 된 것만이 아니다. 농사군들의 마음이 갈라헤지였기 때문이다.[30]

개혁개방으로 너도나도 짠지장사, 국수장사, 개장집, 약장사, 막벌이 등으로 나서서 돈을 벌기도 하고 빚을 지기도 하지만 대다수 농민이 농사를 포기한다. 도시로 나가면 큰돈을 벌 수 있다는 생각에 들떠 "농민은 제 땅이 있어야 한다. 땅만 있으면 밥이 나오고 밥이 있으면 살기는 산다. 아니 밥이 있어

---

29 「숯불은 타오른다」, 『피모라이 병졸들』, 571쪽.
30 「리향」, 『피모라이 병졸들』, 321쪽.

야 산다"[31]는 일념으로 조상들이 척박한 만주 땅에서 갖은 애를 써 이룬 농토를 버리는 일이 보편화된 것이다. 더욱이 개체사업이 허용되면서 큰돈을 번 사람도 없지 않지만 대다수 사람들은 사업에 실패하여 빈궁한 처지에 빠져 빈부의 차이가 다시 심해지는 것이 개혁개방 이후의 현실이다.

개체사업이 허용되자 너도나도 농사를 포기하고 사업에 뛰어든 결과 농촌이 피폐해진다. 양돈업에 뛰어들었다 실패한 아들 때문에 경제적인 어려움에 시달리던 방철네는 약값이 없어 죽음에 이르고, 아버지가 꿍쳐놓은 돈을 훔쳐 사업에 나섰다가 경찰서 신세를 지고 나온 선우 노인의 아들은 하얼빈에서 식당업으로 성공한 매화와 눈이 맞은 후, 부자가 되자 아버지를 모시겠다고 한다. 평생을 땅에 기대어 살아왔고 장사란 성실한 사람이 할 일이 아니라 생각하고 살았던 선우 노인도 어쩔 수 없이 자신의 땅을 정리하고 아들네와 합칠 생각을 한다. 이렇듯 농촌은 황폐화되고 빈부의 차는 점차 심해지는 개혁개방 이후의 농촌의 풍경은 사회주의 중국이 지향해왔던 이상사회와는 너무나 거리가 멀다.

창작 초기 리원길은 농촌 개혁 정책으로 농민들이 자신의 땅에서 소신껏 일하여 생산성이 증가하고 경제적인 안정을 이루게 되었다는 점에서 개혁을 찬양하였다. 그러나 초기에 보여준 그의 농촌 개혁에 관한 긍정적 시각은 「리향」에 이르러 회의적으로 변화하였다. 이는 당의 정책에 회의하지 않고 당이 지향한 개혁개방이 인민을 가난에서 구하는 길이라 믿었던 리원길이 개혁개방 10년 후에 바라본 농민의 삶을 통해 얻은 농촌의 현실에 대한 회의적인 인식과 미래에 대한 암울한 전망을 보여준다. 이러한 시각의 전환은 사회 전반의 개혁개방에 대한 회의이며 리원길의 삶의 현장이자 관심의 초

---

31 「리향」, 『피모라이 병졸들』, 337쪽.

점이던 농촌의 개혁에 대한 작가적 판단이다.

이 같은 농촌 개혁 정책에 대한 회의는 리원길이 개혁으로 생산성이 증가한 농촌 현실을 통해 정책의 정당성과 효과를 예찬하던 그간의 시각을 벗어나 농촌 개혁 과정에서 농촌 현장에 어떠한 일이 있었는가를 면밀히 살피는 데로 나아간다. 이에 대해서는 장을 달리하여 살피기로 한다.

4. 농촌 개혁 과정의 치밀한 형상화

리원길은 1985년 중국작가협회 연변분회 부주석 겸 전업작가로 자리를 옮겨 이후 10년간 왕성한 작품 활동을 한다. 개혁개방의 과정 속에서 변화해가는 농촌의 현실과 농민의 삶에 지속적인 관심을 보이던 리원길은 1989년 개혁개방으로 새로운 변화를 보이고 있는 농촌의 모습을 소설화한『땅의 자식들』3부작 중에서 1, 2부를『설야』와『춘정』[32]이라는 제명으로 발표한다. 리원길은 이 작품들에 대해 당시 농촌 개혁이 체제상의 개혁과 경제상의 부흥을 초래하여 사람들의 관념과 도덕의식과 성의식까지 변화를 일으킨 바, 관념과 의식의 변화에 치중하여 그려냄으로써 시대의 거시적 변화를 표현하려고 하였다[33]고 말한 바 있다.

오상순은『설야』를 논하면서 리원길의 고백처럼 이 작품이 개혁개방 시기

---

32 이하 작품 전체를 지칭할 때는『땅의 자식들』로, 각각을 지칭할 때는『설야』,『춘정』으로 한다. 작품 인용은『설야』는 리원길,『설야』(중국조선족문학대계 8, 연변인민출판사, 2011)에서『춘정』은 리원길,『춘정』(연변인민출판사, 1992)에서 하고『작품명』, 쪽수」로 밝힌다.

33 강옥, 앞의 글, 398쪽.

의 조선족 농민들의 삶의 다양한 면모를 보여준다는 점을 지적한 바 있다.

> 재래의 소설이 재중조선인의 력사를 '중국공산당의 령도 아래 조중 인민들
> 이 어깨 곁고 생활하고 싸워온 투쟁의 역사'로 밝혀 민족자존심을 세운 것이
> 라면 「설야」는 무수한 생활 사건들로 조선족문화의 정체성을 시도하였는 바
> 소설은 '우리 종족의 모습을 지키고 있는 조선족 농민들의 생활'을 세속화하
> 여 우리 조선족의 문화적인 내용에 깊이 파고들었다.[34]

이와 같이 많은 연구자들은 『땅의 자식들』은 정치적 주제를 다루어 소수민
족 문학으로서 조선족 문학을 승인받기 위해 노력해온 이전의 조선족 장편
소설과는 달리 조선족의 구체적인 삶의 모습을 다루었다는 점에서 장편소
설의 세속화라는 의의를 부여해왔다.[35] 그러나 『땅의 자식들』은 문혁 이후 변
화하는 농촌 개혁 정책에 따라 집단영농에서 호별영농으로 변화하는 과정
에서 농민들이 자신의 처지에 따라 갖게 되는 내밀한 시각 차이와 그것들이
부딪히는 양상을 매우 치밀하게 그리고 있다는 점이 문제적이다.

중국공산당 11기 3중전회에서 개혁개방을 당의 정책으로 결정하였지만
그 구체적 방안에 대해서는 갈등이 적지 않았다. 우선적으로 개혁을 실시하
기로 한 농촌에 대해서도 집단영농을 유지할 것인가 여부에 대해 보수파와
개혁파 사이에 의견이 일치하지 않았다. 더구나 집단영농을 포기한다 해도
생산대원을 조별로 나누어 생산은 생산조가 담당하고 분배는 생산대에서 통
일적으로 하는 조별도급, 생산은 개별 농가가 담당하되 분배는 생산대가 통

---

34 오상순, 「'선비'와 '농민작가' ─ 리원길론」, 『도라지』 2004.5, 113쪽.
35 오상순, 리광일, 이해영, 조일남, 장춘식 등 『땅의 자식들』에 대해 논한 대부분의 논
    자들이 이 작품이 농촌 개혁의 문제와 함께 남녀의 성 의식 변화, 경제에 대한 관념
    의 변화, 자유로운 연애 등 세속적인 주제를 다루고 있음에 주목한 바 있다.

일적으로 하는 호별도급, 생산조 단위로 생산하고 분배하는 조별영농, 농가 단위로 생산하고 분배하는 호별영농 등 다양한 방식이 존재하여 그 방향을 일률적으로 결정하기가 쉽지 않았다. 그 결과 중앙에서는 지역마다 마을마다 현실이 같지 않은 점을 고려하여 자율적으로 영농 방식을 결정하도록 해 농촌 개혁은 상당한 혼란을 경험하였다.[36]

농업 집단화 추진 과정에서 많은 문제점이 노출되고 생산성 저하로 농민의 삶이 기아선상에 이르러 어쩔 수 없이 집단영농을 포기하는 상황에서 상정할 수 있는 대안으로는 조별도급에서 호별영농에 이르는 다양한 방식이 존재했다. 농민들은 어떤 영농 방식을 선택할 것인가를 두고 논의를 거듭하면서 각각의 영농 방법에 예견되는 문제점들로 인해 의견이 모아지지 않자 어쩔 수 없이 국가 이념인 사회주의와는 정면으로 배치되는 호별영농을 선택하는 지역이 등장한다. 이는 1978년 12월 안후이성(安徽省) 펑양현(凤阳县) 리위안공사(梨园公社) 샤오강(小岗) 생산대원들이 새해 영농을 조별도급으로 변경하기로 하였으나 조원들 사이의 의견 불일치로 조별영농이 불가능해지자, 최종 마을 회의를 열어 긴 논의 끝에 호별영농을 대안으로 의견을 모아, 조별도급을 권장하는 상급의 지시를 어기고 호별영농을 실시하기로 하고, 자신들의 결정 사항을 지키기 위하여 문서[37]를 작성한 일에서 확인

---

36 개혁개방 초기 중국 농촌의 개혁 과정에 대해서는 조영남, 앞의 책, 99~159쪽 참조.

37 샤오강 생산대의 생산대장과 대원 20명이 서명 날인한 문서의 내용은 다음과 같다. '우리는 호별영농을 하기로 하고 각 호의 호주가 서명 날인한다. 만약 다음에 할 수 있다면 각 호는 자신들이 한 해 동안 국가에 납부해야 할 공량을 완성할 것을 보증하고, 더 이상 국가에 곡식과 돈이 필요하다고 손을 내밀지 말아야 한다. 만약 잘못되어 우리 간부들이 감옥에 가 목을 잘려도 기꺼이 감수하고, 대원 모두는 우리의 아이들을 18세가 될 때까지 양육할 것을 보증한다.(我们分田到户, 每户户主签字盖章. 如此后能干, 每户保证完成每户全年上交(缴)的公粮, 不在(再)向国家伸手要钱要

된다.[38] 이러한 상황이 지속되자 농촌의 개혁에 대한 당의 결정은 대부분의 농민들이 원하는 호별영농 쪽으로 기울어 1982년 1월 당의 '중앙 1호' 문건에서 농촌 개혁은 지역의 현실을 고려해 조별도급이든 호별영농이든 자유롭게 선택하라는 결정을 내려 '호별영농'을 합법화하였다. 그리고 1983년 1월에 다시 '중앙 1호' 문건으로 동일한 정책이 하달되고, 그해 여름이 되면 전국적으로 98%에 가까운 생산대에서 호별영농을 실시[39]하였다.

리원길의 『땅의 자식들』은 1982년 겨울을 시간적 배경으로 한다.[40] 이미 많은 지역에서 집단영농을 포기하고 호별영농이 시행되고 있는 상황에서 긴내천 농민들은 집단영농을 포기할 것인가, 또 포기한다면 어떤 방식을 선택할 것인가로 심각한 갈등을 겪는다. 『땅의 자식들』에서 긴내천 생산대가 집단영농을 포기하고 호별영농으로 나아가는 길은 결코 순탄할 수 없다. 당에서 일정한 개혁의 방향을 내려보내 지부에서 일방적으로 시행하는 것이 아니라, 생산대원들끼리 자체적으로 개혁의 방향을 결정하라는 상황에서 농촌 사회가 혼란에 빠지는 것은 당연하다.[41] 긴내천 사람들은 정치적 신념, 생산대에서의 위상, 땅에 대한 욕심, 미래에 대한 욕망, 노동력이 부족한 가

粮. 如不成, 我们干部作(坐)牢杀头也干(甘)心, 大家社员也保证把我们的孩子养活到 18岁)' http://www.chnmuseum.cn/Default.aspx?TabId=212&AntiqueLanguageID= 7574
이 문서는 『춘정』, 135쪽에 수록된 '보증서'의 내용과 상당한 차이를 보인다.

38 샤오강 생산대의 호별영농 결정 과정은 조영남, 앞의 책, 122~124쪽 참조.

39 위의 책, 146~148쪽.

40 농촌 개혁 방식은 지역 현실을 고려해 선택하라는 당의 입장이 하달되었으나 농촌 현장에서는 정책의 이해에 혼선이 존재하고 있었다. 특히 집단영농이 잘 이행되고 있던 동북지방에서는 타 지역에 비해 농촌 개혁이 비교적 늦게 진행되었다. 이런 점에서 이 작품의 시간적 배경의 선택은 매우 적절하다.

41 이는 당내에서 농촌 개혁의 방향을 두고 몇 년간의 논의를 거치고 난 뒤 지역의 실정에 맞도록 생산대별로 결정하라는 결론을 내린 것과 유사한 상황이다.

정 상황 등 각자 자신의 처지에 따라 집단영농을 유지하는 방법에서부터 조별영농, 호별영농에 이르기까지 서로 다른 의견을 제출하고 자신의 뜻대로 최종 결정되도록 애를 쓴다.

각자의 신념이나 이익이 연계된 이 과정은 지루하게 진행될 수밖에 없다. 집단영농을 주장하는 사람들 중에는 사회주의에 대한 신념에 바탕한 전 지부서기 장성식 노인, 가족 구성상 호별영농으로 전환하면 생존에 문제가 생길 박애실 노친과 교사 김성종 등, 게으르고 가족이 많아 집단영농이 유리하다고 생각하는 전이복 등이 있다. 그리고 호별영농을 주장하는 편에는 퇴역군인으로 당의 이념을 믿지만 현실 변화를 고려하는 황보석, 땅 욕심이 많은 실농군 황보상근 노인, 그리고 집단영농이 실시되기 전에 장사로 돈을 벌어본 경험이 있는 전치복, 최홍성 등이 있다. 그리고 긴내천의 미래를 결정하는 데 가장 큰 영향력을 지닌 지부서기 지탁준은 당의 이념에 대한 믿음과 자신이 집체 기간에 해온 성과 등으로 보아 집단영농이 옳다고 생각하지만 긴내천 사람들의 뜻과 현실 상황을 고려하여 호별영농으로의 전환도 고려하고 있다.

이에서 보듯이 집단영농을 유지할 것인가 호별영농으로 나아갈 것인가에 대한 마을 사람들의 의견은 사회주의 같은 이념이나 공동체의 번영 같은 대의보다는 개인의 이익에 우선하고 있다. 그렇기 때문에 긴내천 사람들은 더욱 열정적으로 마을회의에 촉각을 곤두세우고 마을의 결정 과정에 적극적으로 관여한다.[42] 바로 이 점에서『땅의 자식들』이 문혁 이후 중국 농촌에 몰

---

42 장춘식은 이 작품의 주된 갈등은 '보수와 진보의 힘겨루기'와 '기득권층과 비기득권층 간의 갈등'이라 지적한 바 있다(장춘식, 앞의 글 120~121쪽). 그러나 긴내천에서의 갈등이 보수와 진보, 기득권과 비기득권의 갈등으로 보기보다는 각자 자신들의 이익에 대한 기대와 관련된다는 것이 보다 정확하다.

아닥친 개혁에 대한 농민들의 대응 방식을 여실히 보여준 것이라는 평가가
가능하다.

(A) 만일 호도거리 나서 땅 나누면 우리 긴내천은 한 사람에 두 무는 돌겠
지. 룡내천은 땅 많으니 두 무 반은 돌게고, 그러면 한 무에 벼로 천이삼백
근 잡고… 천이삼백 근만 왜 나겠나? 호도거리하면 모두들 손톱발톱 닳아빠
지게 일할텐데 이만 근은 몰라도 천팔백 근은 나겠지. 그러면 한 해에 사천
오백 근, 10년이면 사만오천 근… 10년이 갈지 20년이 갈지 누가 아노? 20
년이면 구만 근… 이게 벼가 얼마고? 쌀 찧어 야미로 팔면 돈이 얼마고? 야
미쌀 한 근에 40전, 지금 홍가툰 탄광에 실어가면 45전이라던가. 그러면…
그 돈은 황보상근 령감의 서투를 주먹구구로는 인차 계산해 낼 수 없이 막
대한 돈으로 생각되였다. 그러니까 조 도술중 놈이 사돈집에다 돈 천 원까지
메따치며 란가난 집의 처녀까지 잡아온 거야![43]

(B) 인민공사 농사일이란 황보상근 령감의 말마따나 '논두렁에 앉아서 꼬
니를 두어도 일판만 나가면 공수는 주는 법이요 논물이 말라 벼 모가 타도
상관 말고 대장이 시키는 일만 굽석거리며 하면 돈을 버는 법이다'. 그러니
아무리 제구실 못 하는 아들일지언정 떡판 같은 덩치가 있으니 인민공사 농
사에선 어쨌든 한 몫 버는 상일군이였다. 그런데다가 박애실 또한 큰 병이
없이 생산대 일에 그냥 따라다닐 수가 있어 령감이 없어도 그동안 이럭저럭
빚 안지고 먹고 살아왔다. 그저 령감이 없이 밤에 잠자리가 지랄같이 좀 설
렁해져서 그렇지……
그런데 호도거리 한단다.
호도거리 하면 지랄 같이, 우리 집 같은 건 어떻게 산단 말인가?[44]

43 『설야』, 51쪽.
44 『춘정』, 26쪽.

위의 두 인용에서 (A)는 호별영농을 주장하는 황보상근 노인의, (B)는 집단영농을 주장하는 박애실 노친의 생각이다. 땅 욕심이 많고 농사일에는 자신이 있는 황보상근 노인은 누구든 자기 땅을 분배받는다면 더욱더 농사일에 힘을 써서 소득을 크게 늘리고 적절한 가격에 판매하여 경제적으로 윤택해질 것인데 왜 집단영농을 지속하려는지 불만이 많다. 국가의 정책으로 집단영농을 강요하던 시기에야 어쩔 수 없이 게으르거나 노동력이 없는 사람들과 함께 일을 하여 가난을 벗어나지 못하였지만 이제 자유롭게 영농 방식을 결정하라는데 무엇 때문에 집단영농을 유지하려 하는지 이해할 수가 없는 것이다. 그러나 몇십 년간 당의 정책을 비판하다 곤욕을 치르는 시간을 지내온 황보 노인은 남들 앞에서 자신의 생각을 결코 입 밖에 내놓지 아니한다.

　박애실 노친은 남편은 죽고 정신지체로 아무 일도 제대로 못하는 자식뿐인 인물이다. 생산대 차원에서 집단영농을 하던 시기에는 노동력이 없는 사람들도 각자 할 수 있는 일을 배정받아 어슬렁거리며 시간만 때워도 일정한 공수를 받기 때문에 사는 데 별 문제가 없었다. 그러나 호별영농이 실시되어 농지를 분배받는다면 누가 그 땅에 농사를 지을 것인지가 막막해진다. 호별영농으로 변해도 같은 마을 사람들끼리인데 노동력이 없어서 농사를 짓지 못하는 가정을 그냥 내버려두겠느냐고 하지만 박 노친은 그건 호별영농이 실시되기 전에 그리로 가려는 사람들이 뱉는 말일 뿐 믿을 수 없다고 생각한다. 그래서 그녀는 장성식 노인을 찾아가 마을회의에서 집단영농을 포기한다면 자신 같은 노동 취약 가구들만 모여 조별영농을 하는 것이 어떠냐는 의견을 제시한다.

　긴내천 사람들의 의견이 갈라진 가운데 지부서기인 지탁준은 긴내천 대장으로 활동하면서 가난한 마을을 현의 모범이 되는 생산대로 키워낸 데 대해 커다란 자부심을 갖고 있다. 그는 그간의 경험에 비추어 집단영농을 통해 마을 사람들이 다함께 경제적 안정을 누릴 수 있다는 자신감에서 호별영농을 원하는 마을 사람들을 설득시켜 집단영농을 지속하는 것이 낫다는 생각을 한다. 그는 이러한 자신감으로 군에 다녀와 세상을 이해하고 또 같은 당원으로 마을의 청년대장을 맡고 있는 황보석과 긴내천의 미래에 대해 의견을 교환하던 중 자신의 신념이 흔들릴 만한 충고를 듣게 된다.

> "지서기가 긴내천을 위해 여태두룩 고생한 걸 우리 다 알아요. 전 긴내천 마을 사람들 모르는 사람 없지요. 긴내천 가로 이사 나올 때부터 지금까지 하여 놓은 일을 모두들 칭찬하고 있습니다. 그리고 봄부터 가을까지 일 년 내내 제때제때 회의를 하고 지시를 하고 감독을 하고 애를 태웠기 때문에 농사가 이만큼 된다고 사람들은 말합니다. …(중략)… 그러나 보시오, 지서기. 이런 일들을 하느리고 해마다 얼마나 죽을 고생을 합니까? 지서기가 담을 한 동이 씩 흘려야 밑에서 땀을 한 방을 겨우 흘리는 형편이니 그렇지요. 밑에 사원들과 간부들이 지서기 말대로 하는 사람이 얼마 있습니까? …(중략)… 그러니 지서기가 아무리 애를 써도 긴내천이 빨리 변하기 어렵단 말입니다. 긴내천이 빨리 변할려면 방법이 한 가지입니다. 호도거리 해보시오. 생산열정 단번에 올라가지요. 지서기도 밤낮 이렇게 작은일 큰일에 골머리 앓을 것 없고……"[45]

황보석은 같은 당원이면서도 매우 이지적인 판단을 통해 현실적인 충고를 한다. 지 서기의 헌신적인 노력으로 전 마을이 새 집을 지어 이사하여 마을과 농토가 멀었던 문제를 극복하고 다른 동네에 비해 생산성을 높여 선도 마을로 이끌었다. 그러나 황보석은 여러 마을을 둘러보면서 다른 농촌에서는

---

45 『설야』, 448쪽.

집단영농을 포기하고 호별영농으로 나아가고 또 능력이 되는 대로 개체사업을 겸하면서 자발적 노력으로 경제적 부를 창출하는 것을 지켜보았다. 따라서 그는 지 서기가 혼자 노력하고 마을 사람들이 수동적으로 이끌려오는 집단영농보다 각자가 자신의 책임 아래 농사를 짓는 호별영농이 좀 더 빠른 농촌 개혁의 길임을 설파한다. 집단영농이 생산력의 한계를 보았을 때 그것이 제도의 모순 탓인지 농사꾼의 부실한 노동 탓인지에 대해서는 관점에 따라 달라질 수밖에 없다. 더욱이 자유로운 경제 정책으로 발생하는 빈부의 차를 극복하기 위해 사회주의를 선택한 과거를 잘 알고 있고, 국가가 지향하는 이념을 잘 알고 있는 당원들로서는 선택의 어려움이 존재할 수밖에 없다.[46] 마을 사람들의 미래를 책임지고 있는 지부서기로서는 어느 방향으로 나아갈 것인가에 대한 선택이 간단하지 않은 일이다. 황보석의 의견은 선택의 갈등 속에 머뭇거리는 지 서기가 방향을 결정하는 데 조금은 도움이 된다.

지탁준은 기왕의 집단영농에 대한 확고한 신념에서 점차 호별영농에 대해서도 어느 정도 인정하는 방향으로 인식이 전환된다. 집단영농과 호별영농 즉 집체경제와 개체경제 사이에서 고민을 지속하던 지 서기가 최종적인 결정을 내리는 데에는 현3급간부회의 마지막 날 박장길 부현장과 시장거리를 구경하며 나눈 대화이다.

"탁준이, 내 말이 어때? 그래 요사이 새로운 궁리들을 해보나?"
"해보긴 해봅니다만… 이럴 줄 알았으면 우리도 일이 년 전부터 손을 썼으면 좋았을 걸 그냥 머리가 타이지 않아서…"

---

46 중국공산당이 농촌의 개혁을 결정하고도 4~5년 동안 분명한 방향을 제시하지 못한 것은 이러한 당내의 갈등의 결과일 것이다. 『설야』가 보여주는 마을 당 간부들이 호별영농을 두고 일으키는 갈등은 당시 중국공산당 내의 갈등과 상동성을 지닌다.

"그건 다 내 탓이야. 내 탓이 많지. 내 사상부터 해방이 못 되였던거니까. 이번 회의에서도 말했다싶이 나도 겁이 많았단 말이야… 그렇지 않게 됐나 보라구. 이 몇십 년 정치풍파를 얼마나 겪었나? …(후략)"[47]

지탁준은 현3급간부회의에 참가하여 각 지부서기들의 마을 사례 보고도 듣고 또 상급의 방침을 듣기는 하지만 긴내천의 현실을 생각하여 호별영농으로 나아가는 데 대한 확실한 결정을 내리지 못한다. 마을의 분위기는 호별영농으로 흘러가는 듯하지만 집단영농을 요구하는 전 지부서기 장성식 노인의 주장과 마을에서 노동력이 부족한 가정의 상황을 생각하면 그 방향으로 몰고 가는 데 대해 우려가 없지 않다. 이러한 우려를 불식해준 인물은 평소에 진실한 공산당 기층간부로 존경해 마지않던 박장길 부현장이다. 그는 회의에 가득 찬 지탁준을 데리고 집체경제 기간 동안 쇠락했다가 개혁 이후 변화해지기 시작한 장터로 데리고 나가 장거리를 구경하고, 국수를 함께 먹으면서 농촌 개혁에 대해 어떤 마음의 변화가 있는지 물어본다. 이에 지탁준이 이미 당의 방침이 변화하였다면 조금 일찍 호별영농으로 가지 못한 것을 후회한다고 답변하자 지탁준을 위로해준다. 박장길 부현장의 말은 기층간부들의 사상이 깨지지 못한 것은 지난 시절의 강제적인 정책의 시행과 정치풍파 때문이었다는 점을 분명히 한다. 그것은 이제 정책의 방향이 정확해져서 시장경제로 나아간다는 것이 명백해진 만큼 기층간부가 해야 할 방향이 무엇인지는 분명해졌다는 지적이다.

박장길 부현장의 말을 듣고 돌아온 생산대 회의에서 호별영농으로 방향을 결정하는 데 앞장서지는 않으나 옹호하는 자세를 취한다. 물론 장성식 노인

---

47 『춘정』, 342쪽.

의 이념적인 공격이 없지 않았고 집단영농을 주장하는 소수가 조별영농을 하게 해달라는 주장도 없지 않았지만 회의는 전체가 호별영농을 하는 것으로 마무리되어 농지를 배분하고 생산대 공동명의의 농기구와 소 등 모든 재산을 개인에게 배분한다. 결국 당의 방침대로 더 많은 마을 구성원들이 원하는 호별영농으로 결정된 것이다.

『땅의 자식들』은 긴 시간 동안의 갈등을 통하여 어렵게 농촌 개혁이 이루어지는 과정을 치밀하게 그려내고 있다. 농촌 개혁의 방향에 대한 마을 사람들의 다양한 견해와 그 속에 감추어진 그들의 속마음, 그들이 자신의 의견대로 이끌기 위해 벌이는 노력은 농촌 개혁의 과정의 내밀한 풍경을 사실적으로 보여준다. 이는 리원길의 이전 소설이 보여주던 호별영농으로 호전된 농촌 경제와 호별영농 이후에도 마을 사람들이 상호 협력하는 인정이 가득한 농민의 모습을 예찬하는 데에서 벗어나 농촌 개혁이 이루어지는 과정의 어려움과 그 결과가 긍정적인 것만은 아니라는 농촌 개혁에 대한 객관적 시각을 드러낸 것이라 하겠다. 그러나 『땅의 자식들』 3부작이 완결되지 못하고 2부 『춘정』에서 긴내천에 호별영농이 시행되는 데서 끝나 개혁 이후 농촌의 현실을 그리지 못하고 말아 리원길의 농촌 개혁에 대한 전체적인 인식과 미래에 대한 전망을 총체적으로 볼 수 없는 점은 아쉬움으로 남는다.

5. 시대적 주제의 소설화가 갖는 한계

문혁 이후 개혁개방이 시작한 시기에 등단한 리원길은 당시 문단의 주류였던 문혁의 상처와 농촌 개혁의 현실을 소설화한 대표적인 조선족 작가로 자리매김하였다. 즉 리원길은 극좌적 이념이 지배하던 문혁이 끝나고 개혁개방으로 나아가는 시대적 주제를 다루는 소설을 창작한 것이다. 그러나 개혁개방 초기 중국 사회가 지향하던 농촌 개혁과 관련한 시대적 주제를 소설화한 리원길은 1995년 중앙민족대학 교수로 근무하면서 점차 창작으로부터 멀어진다. 북경 이주 이후 리원길은 역사소설 몇 편과 중편소설「직녀야, 나나 내려다고」를 발표하여 문단의 주목을 받기도 하였으나 이후 소설 창작을 중단하고 만다.

　리원길의 창작 중단에 대해 많은 연구자들은 조선족 문단의 큰 손실이라 평가하고, 그 원인을 번잡한 대학교수 생활에 기인한 것이라 설명하고 있다. 그러나 이런 설명은 리원길이 북경으로 이주한 후 수십 권의 중국 고전소설과 무협소설 등을 번역하여 한국에서 출판하였다는 점에서 설득력이 떨어진다. 오히려 리원길이 북경으로 이주한 후 대도시 생활에 따른 경제적 어려움으로 한중수교 이후 한국 사회에 불어 닥친 중국 문화에 대한 관심에 부응해 중국 출판물을 번역하는 작업에 치중함으로써 소설 창작에 몰입할 시간적 여유를 잃었을 것이라는 지적이 타당하다. 그러나 경제적 안정을 위해 시작된 리원길의 번역 작업은 한중간의 문화 중개자로서 일정한 기여를 하였다는 평가가 가능하다.

　리원길이 소설 창작을 중단한 원인을 문학 외적인 현실에서 찾기보다 그의 소설적 경향이 1995년 이후 급변하는 중국 사회를 소설화하는 데 한계를 보인 점에서 찾는 것이 설득력이 있다. 그는 40세가 넘어 연변으로 이사할 때까지 대학을 다니던 짧은 시간을 제외하고는 농촌에서 생활하면서 농민의 삶에 깊은 관심을 가지고 그들의 삶을 소설화하는 데 치중하였다. 그는 자신이 잘 알고 있는 농촌 현실을 제재로 시대적 주제이던 농촌 개혁을 소설로 형상화한 것이다. 그러나 덩샤오핑의 남순강화 이후 중국 사회의 관심은 농업에서 상공업으로, 농촌에서 도시로 중심이 이동하고, 또 한중수교로 조선족 소설의 외연이 크게 확장되었다. 그러나 50세가 넘어 북경으로 거처를 옮긴 리원길로서는 이 같은 시대적 변화에 발맞추어 소설의 제재를 농촌에서 도시로 전환하지 못하고 만다.

리원길은 통일된 이념으로 창작하는 공명(公名)의 시대에는 왕성하게 창작하였으나, 각 작품이 서로 다른 주제를 다루는 무명(無名)의 시대로 변하면서 창작을 포기한다.[48] 리원길이 북경으로 이주한 1995년경부터 덩샤오핑의 남순강화의 결과로 개혁개방이 전면화하여 농촌 문제에서 도시로 또 산업화의 문제로 변화하고, 문학도 점차 사회의 제반 문제에 대한 작가의 독특한 대응 방식을 요구하는 방향으로 전환한다. 등단 이후 자신에게 익숙한 농촌을 배경으로 농촌 개혁이라는 일정한 사회적 주제를 통일된 시각으로 작품화해오던 리원길로서는 사회의 변화를 담보한 새로운 창작 방법을 요구하는 문단의 변화에 쉽게 적응하기 어려웠을 것이다. 이는 개혁개방 이후 급격히 변화하는 북경으로 이주한 리원길이 대도시 북경에서의 삶을 통해 자신의 새로운 창작의 동력을 찾지 못하고 역사소설과 농촌을 다룬 소설을 창작한 사실에서 잘 드러난다. 시대의 변화를 담보할 독자적인 창작 방법을 구안하지 못하면서 리원길은 더 이상의 소설 창작을 포기하는 어려운 결정을 내리는 바, 이는 한편으로 그의 작가적 성실성을 보여주는 것이라 하겠다.

본고는 리원길의 소설 전체를 농촌 개혁의 형상화라는 주제와 관련지어 살핀 결과 그의 소설 세계의 극히 일부만을 바라본 한계를 지닌다. 예컨대 그의 소설 중에서 성실한 당원을 자살하게 만드는 부패한 중간 간부를 통해 현실에 대한 강한 비판의식을 보여준 「한 당원의 자살」(1985)과 같은 작품이 논문의 주제와 거리가 있어 논의에서 제외되고, 여러 논자들이 언급한 『땅

---

48 '공명'과 '무명'에 대해서는 각주 12) 참조.

의 자식들』에 나타난 세대 갈등이나 성 의식의 변화와 같은 다양한 주제들을 전혀 다루지 못했다. 본고의 논의에서 제외된 리원길의 소설에 나타난 주제들에 대해서는 또 다른 연구가 필요하다.

농촌 개혁과 그 주체

류원무론

농촌 개혁과 그 주체

류원무론

1. 서론

류원무는 1935년 1월 22일 함경남도 신흥군 동고촌면 인흥리에서 가난한 농민 류문언과 신한순 사이에서 장남으로 태어나 1941년 2월 부모를 따라 흑룡강성 녕안현 진가툰으로 이주하였다. 그곳에서 소학교를 졸업하고 녕안중학교를 거쳐 1954년에는 하얼빈외국어학원에 입학하였다가 연변대학 역사학부로 전학하여 잠깐 수학하고 조문학부로 학적을 옮겼다. 문학의 길을 꿈꾸던 그는 1956년 3월 연변대학을 중퇴하고 연변대학 비서과에서 근무하였고, 그해 6월에 연변인민출판사로 전근되어 번역실에서 번역에 종사하며 많은 중문 작품들을 번역하였다. 1969년 10월에는 정치문예조 조장직을 맡았고, 1972년 문예편집실이 독립하면서 조장을 1974년 아동문학편집실이 독립하자 편집실 주임을 지냈다. 1982년 5월 중국작가협회 연변분회의 전업작가로 전근되어 창작에 몰두하다가 1995년 2월에 연변작가협회를 정년퇴직하였다. 이 기간 동안 그는 연변작가협회와 중국작가협회의 회원으로 활동하며 주정치협상위원회 위원, 동 상무위원, 길림성정치협상위원회 위원 등 소임을 맡기도 하였다.[1]

이러한 왕성한 외적 활동과는 달리 류원무는 평생을 가난 속에 살았다. 1952년 부친이 타계하자 모친이 녕안시로 솔가해 나와 장사를 하여 번 돈으로 어렵게 중학교를 마치고 대학에 입학은 하였으나 가정 형편상 중퇴하였다. 임만호 총장의 도움으로 연변대학 비서과에서 연변인민출판사로 전직한 이후 출판사 편집담당자의 월급만으로 가정을 꾸렸다. 전업작가로 전직한 이후에도 적은 월급과 약간의 원고료로 궁핍하게 생활하던 류원무는 1989년 아내가 사기를 당해 감당할 수 없는 큰 빚을 지게 되어 엄청난 시련을 겪는다.[2] 빚을 갚기 위해 온갖 노력을 기울이던 그는 1997년 한국에서 약 9개월 간 불법체류[3]를 하면서 막노동을 하여 빚을 청산한 후, 10년 가까운 기간 다시 창작과 작품 출간에 힘을 쏟았다.[4] 평소에 건강에 대해 큰 걱정을 않던 류원무는 2008년 3월 연변작가협회에서 마련한 건강검진에서 폐암이 발견되어 수술을 하였지만 빠른 속도로 간암으로 전이되어 12월 7일 연변병원에서 운명하였다.[5] 류원무는 50년에 이르는 문필 생활을 통하여 소설,

---

1　류원무의 생애는 「류원무 년보」(류원무, 『회한』, 연변인민출판사, 2009)를 바탕으로 하고 장례식에서 우광훈이 낭독한 「고 류원무선생 추도사」의 내용을 참조하여 정리하였음.

2　이 경과와 소회에 대해서는 류원무, 앞의 책, 2부 고해, 113~159쪽에 잘 그려져 있다.

3　리혜선, 「진지한 인생 진지한 작가」, 고 류원무선생 작품세미나 발표문, 2009.4.28.

4　림원춘, 「인격자-류원무」, 『연변문학』 2009.2, 144쪽 참조. 이 글에서 림원춘은 류원무가 불법체류는 하지 않고 두 차례 한국행을 하여 글도 쓰고 책도 출판하고 막노동도 하였다고 적고 있으나 여러 정황으로 보아 리혜선의 지적이 타당할 것으로 보인다. 참고로 류원무는 한국행에 대해 글을 남긴 바 없다.

5　류원무의 마지막 모습은 림원춘, 앞의 글과 허룡석, 「작가는 갔으나 덕성은 남아-고 류원무 선생을 추모하며」(『연변문학』 2009.2)에 상세하게 정리되어 있다.

실화, 수필, 동화 등 다양한 장르에 걸쳐 350여 편의 작품을 발표하고, 20권에 이르는 작품집을 내놓은 다산작가이다.[6] 그는 연변인민출판사에 재직하며 번역 사업에 종사하면서 1957년 6월 동요「다음에 놀자」를『소년아동』에 발표하는 등 아동문학 창작에도 관심을 두었다. 이후 많은 번역물을 출판하면서도 아동문학 창작을 계속한 그는 1980년 2월 소년장편소설『장백의 소년』과 탐정소설『숲속의 우등불』을 연변인민출판사에서 간행하였다.[7] 이어 1981년 4월「현위서기와 그의 부인」을『연변문예』에 발표하여 창작의 영역을 소설로 확장한 류원무는「비단이불」(『연변문예』1982.7)로 소설가로서의 명성을 확보한 후, 100편에 가까운 중단편소설과『다시 찾은 고향』,『봄물』,『아리랑 열두 고개』등 여러 편의 장편소설을 발표하고 10여 차례 문학상을 수상하는 등 조선족 소설계의 중요한 작가로 자리 잡았다.

류원무의 창작 활동과 그 성과에 비하여 그의 문학에 대한 연구는 지극히 소루하여 조선족 평자들이 발표한 몇 편의 비평문, 1970년대 한국 농촌소설과 조선족 농촌소설의 탈식민주의적 성격을 비교하면서 류원무를 연구 대상 중 하나로 삼은 한명환[8]의 논문, 류원무의 대표적인 동화「우리 선생님」에 나타난 조선족 공동체의 의식을 연구한 차희정[9] 등의 소논문, 그의 대표작 중 하나인『봄물』의 문체를 분석한 최호남의 석사학위 논문[10]이 있을 뿐

---

6 림원춘, 앞의 글, 142쪽 참조.
7 류원무는『장백의 소년』으로 1981년 제1차전국소수민족문학창작상과 동북3성조 문판우수도서 2등상 등을 수상하여 문인으로서 입지를 굳힌다.
8 한명환,「한민족 농촌소설 탈식민주의적 위상 고찰─70년대 한국 농촌소설과 개혁개방기 중국 조선족 농촌소설을 중심으로」,『한중인문학연구』21집, 2007.
9 차희정,「개혁개방기 중국 조선족 아동문학에 나타난 조선족 공동체 의식과 탈구─류원무의「우리선생님」을 중심으로」,『어문논총』52집, 2010.
10 최호남,「류원무의 장편소설「봄물」에 대한 문체론적 연구」, 연변대학교 석사학위 논문, 2015.

이다. 이 중 한명환의 논문은 작가작품론이 아니고 차희정의 논문은 소설 연구가 아니며, 최호남의 논문은 소설의 문학적 의미에는 무관심한 한계를 지닌다. 본고는 그간 연구자들의 관심 밖에 놓여 있었던 류원무의 소설 전반을 검토하여 그의 초기 단편소설을 비롯하여 출간된 세 권의 장편소설을 가로지르는 농촌 개혁의 주체라는 주제의 변화 양상을 검토하고 그 의미를 해명하고자 한다.

2. 인민을 위해 헌신하는 기층간부의 형상

연변인민출판사 편집부에 재직하면서 번역 작업을 하는 틈틈이 아동문학 작품을 창작하던 류원무는 두 권의 아동문학 작품을 출간하여 아동문학가로서의 위치를 확보하고 난 뒤, 단편소설 「현위서기와 그의 부인」을 발표하여 소설가로서의 길로 나아간다. 「현위서기와 그의 부인」은 류원무가 발표한 첫 소설[11]이면서 주인공인 리형욱 현위서기가 그의 초기 소설이 지향하는 인민을 위해 또 혁명을 위해 헌신하는 진정한 기층간부[12]의 모습을 보여준다는 점에서 주목된다.

---

11 류원무는 조기천의 장편서사시 「백두산」에 매료되어 시인을 꿈꾸었으나 재질이 없다고 느껴 포기하고 소설로 방향을 바꾸어 두어 편의 장편소설을 시도했으나 마무리 짓지 못했고, 40대 중반인 1980년에 장편동화 두 권을 상재한다. 1981년 중국작가협회 문학강습소(현 로신문학원)에서 1년간 창작 연수의 기회를 갖게 되고, 이 시기에 소설가로 등단하게 된다. 류원무, 「회한」, 『회한』, 연변인민출판사, 2009, 77~88쪽 참조.
12 기층간부란 농촌에서 당 정책을 실현하기 위해 현장에서 농민을 직접 만날 기회가 잦은 향과 진에 근무하는 간부와 현장, 현위서기를 포함하는 개념으로 본고에서 임의로 만든 용어이다.

이 작품은 인민에 헌신하는 기층간부 리 서기와 세속적인 리 서기의 부인을 대비하여 주제를 강렬하게 드러낸다. 리 서기의 부인인 현민정국 부국장 김정숙은 남편이 현위서기인 것을 내세우기 좋아하는 인물로 장석환 주임의 도움을 받아 불법적으로 큰아들을 군대에 보내고 작은아들을 대학에 추천받기도 한다. 생일상을 못 차리게 하는 남편 몰래 딸과 남편의 생일잔치를 준비하던 부인은 장 주임의 부인에게서 현위 간부 후보자 선거가 있다는 사실을 듣고 크게 놀란다. 불의와 타협하지 않고 인민의 행복만을 위해 헌신하던 리 서기는 문혁 때 얻은 부상으로 건강이 악화되자 간부 선거에서 현위서기 직을 반납하고 고문으로 물러선다. 뒤늦게 남편이 현위서기 직을 반납한 사실을 알게 된 부인이 현훈증을 일으킬 정도로 실망하자 리 서기는 부인을 위로하기 위해 현위서기 직을 반납한 속마음을 이야기한다.

> 리서기는 쏘파에서 일어나 부인 앞에 가서 그의 어깨에 손을 얹으며 간곡하게 말하였다.
> "이보, 그렇지 않소? 농촌으로 훌훌 나다니지 못하는 몸으로 내가 어떻게 계속 현위서기 사업을 하겠소. 내가 사무실에 앉아서 지시만 내린다면 관료주의를 면할 수 없고 그렇게 되면 우리 현의 사회주의 건설에 막대한 지장을 줄 수도 있지 않겠소? 그래서 고문으로 있겠다구 했소. 현위서기를 담임하는 것두 혁명을 위해서구 그만 두는 것두 혁명이 아니겠소? 여보 나는 당신도 내 본을 받았으면 하오."[13]

리서기는 젊어서부터 포부가 크고 박력이 넘쳐 사무실을 등에 지고 다니는 사람이라는 평을 들을 정도로 이 마을 저 마을 현장을 찾아다니며 농민들

---

13 류원무, 「현위서기와 그의 부인」, 『류원무 단편소설 자선집』, 연변인민출판사, 2008, 264쪽.

을 위해 헌신하여 구위 부서기, 농촌 공작부 부장, 현위부서기, 현위서기 등으로 고속으로 승진한 열성적인 당 간부이다. 문혁 때 주자파, 반혁명으로 몰려서도 장 주임 같은 무리들에게 허리를 굽히지 않고 비판을 받다가 다친 허리 때문에 거동이 불편한 몸으로 현위서기 직을 담임한다. 그러나 현위서기인 자신이 농촌 현장을 돌아다니지 못하고 사무실에서 명령만을 내린다면 지방 간부로서 해야 할 일들을 제대로 할 수 없다는 판단 아래 현위 간부 입후보자 명단을 작성하는 자리에서 문혁 때 이간도발 하던 악습을 버리지 못하고 불법을 저지르는 장 주임을 현위위원 후보자에서 빼고, 업무를 제대로 담당할 수 없는 자신도 현위서기 후보를 포기하여 회의에 참석한 모든 간부들이 감동하게 만든다.

사회주의 혁명을 완수하기 위해서는 무엇보다 기층간부의 헌신이 필요하다. 기층간부들이 자신의 편의와 이익을 생각하지 않고 오로지 인민을 위해 최선의 노력을 다할 때 인민의 삶은 더욱 윤택해질 것이고 단기간 안에 사회주의 혁명이 완성될 수 있는 것이다. 「현위서기와 그의 부인」에서 보여주는 이타적이고 헌신적인 기층간부의 형상은 류원무의 초기 소설의 중요한 주제로 자리한다. 산비탈에 자리 잡은 마을 청수동의 다섯 개 생산대 중 여러 가지 사고를 일으키고 생산력이 낙후되어 있는 문제투성이 5생산대의 생산대장을 맡을 사람이 없어 커다란 근심거리가 되었을 때, 자진해서 생산대장에 지원하여 생산대를 남부럽지 않게 일으켜 세우는 공산당원 병수를 통해 기층간부가 어떠해야 하는지를 그려낸 「공작대장」(『연변문예』 1982.1)도 류원무 초기 소설의 한 경향을 잘 보여준다.

또 「허도거리와 안도거리」(『연변문예』 1985.2)에 등장하는 허칠성 생산대장은 강냉이죽이나 먹으면서 회억대비를 하며 집체노동에 내몰리는 생산대원들이 힘을 추슬러 일을 할 방책을 마련한다. 온 마을 사람들이 한자리에 모여 어려웠던 과거를 회상하기 위해 씀바귀죽을 먹으며 〈잊지 마세〉 노래를 부르고, 이어서 생산대에서 준비한 술과 돼지 한 마리를 즐겁게 나누어먹는 시간을 갖게 한다. 자본주의 사회였던 과거의 어려움을 잊지 말자는 회억대비의 자리에서 사회주의 사회의 풍요와 행복을 함께 경험하게 하여 진정한 회억대비가 되게 한다는 아이디어로 상급의 비판도 면하고 마을 사람들의 노동력을 배가시키는 것이다. 이는 다소 우스꽝스러운 상황 설정이기는 하지만 진정 인민을 위하는 기층간부라면 인민들이 자발적으로 보다 열심히 노동을 할 수 있는 좋은 방법을 찾아내어야 한다는 점을 보여준다.

　류원무에게 작가적 명성을 안겨준 「비단이불」은 앞의 소설들과는 조금 다르게 기층간부의 행동을 직접 서술하기보다는 불로송 아바이라는 한 시골노인의 행동과 말을 통하여 기층간부의 정확한 현실인식과 헌신적인 활동의 중요성을 그리고 있다. 신흥평에 사는 불로송 아바이는 한국전쟁에서 전사한 아들의 무휼금으로 비단이불을 마련하여 농민들을 지도하기 위해 마을에 들르는 기층간부를 위한 초대소를 운영한다. 작중화자 나는 1952년 겨울 현당위 농촌공작부 간사로 신흥평에 가서 새로 생긴 초대소에서 묵을 때첫 손님으로 불로송 아바이를 만난다. 불로송 아바이 부부는 한국전쟁에 참전했다 다리에 부상을 입은 나를 아들처럼 여기고 비단이불을 내어 편안한잠자리를 마련해준다. 현에서 기층간부들이 마을에 올 때마다 비단이불을 꺼내어 그들의 노고를 위로해주던 불로송 아바이는 잘못된 당 정책을 비판없이 농촌에 내리먹이는 기층간부들의 행동에 엄청난 분노를 보인다. 특히문혁 기간 중에 중앙에서 내려오는 농촌 현실에 맞지 않는 정책을 농촌의 현실을 무시하고 막무가내로 집행하는 기층간부들에 대해 비판의 날을 세운다.

"글쎄 논이나 밭은 깊이 가는 건 좋지만 석 자 깊이나 파 엎어 놓는 건 웬 도깨비장난이야? 그래 생땅을 그렇게 파 번져놓고도 벼가 돼? 소가 빠져서 써레질은 또 어떻게 하구. 뭐 한 쌍에서 십만 근을 낸다? 세 살 먹은 아이나 곧이듣겠는지. 미친 소리야! 그래 임잔 이 추운 겨울에 죽물이나 겨우 얻어 먹는 사원들이 밤낮 곡괭이질 하는 게 불쌍하지두 않아?"[14]

"오늘 모를 꽂아봤으니 알겠지? 당초에 개지랄이야! 4월에 모가 뭐야! 그 찬물에 모가 살아나? 대채다, 다락전이다, 흙땅크다 하는 바람에 몇 년째 죽물두 못 얻어먹는단 말이야. 아들녀석이 목숨 바친 게 아까와!"[15]

위의 인용은 농촌의 현실도 모르는 상급에서 책상머리에 앉아 농업정책을 입안하여 내려보낼 때, 기층간부가 상급의 명령대로 시행만 한다면 진정한 기층간부가 아니라는 시각을 보여준다. 광활한 중국의 어느 농촌에서 성공한 사례라 하여 밀식이나 심경[16]을 모든 농촌에 실시하도록 하는 것은 농촌의 현실을 너무나 모르는 일이다. 밀식을 하면 작물이 방해를 받아 벌지 못하고 병충해가 심해질 수 있고, 심경은 밭농사 짓는 곳에서는 의미가 있을 수 있으나 논농사 짓는 농촌에서 김매기가 어려워져 농사를 망치게 된다. 또, 남방 지역은 연중 이모작을 하는 곳이니 만숙종 재배로 소출을 높일 수 있지만 북방에서는 추위가 끝나는 계절에 모를 내어 추위가 시작되기 전 빨리 수확해야 하기에 중숙종이나 조숙종을 선택할 수밖에 없는 일이다. 이러한 농촌의 현실을 무시하고 상급의 정책을 무비판적으로 따르는 기층간부에 대해 불로송 아바이는 엄청난 비판을 가하고, 기층간부에 대한 기대를 접

---

14 류원무, 「비단이불」, 『류원무 단편소설 자선집』, 연변인민출판사, 2008, 293쪽.
15 「비단이불」, 위의 책, 295쪽.
16 밀식과 심경은 생산성 증진을 위해 작물을 촘촘히 심는 것과 논밭을 깊게 가는 것을 뜻함.

고 자신이 운영하던 초대소의 문을 닫아버린다. 그러나 문혁이 끝나고 농민을 위한 정책이 제대로 시행되자 불로송 아바이는 무휼금 중 두 노친의 장례비로 남겨두었던 몫으로 다시 비단이불을 만들어 신흥평을 찾는 기층간부들에게 제공하는 초대소 문을 연다.

이 작품은 기층간부가 어떠해야 하는가에 대한 작가의 인식을 잘 보여준다. 인민과 함께하는 기층간부는 열정과 헌신의 자세도 필요하지만 실사구시하는 마음으로 상급에서 내려온 정책을 현장에 맞도록 조정하여 시행하는 능력을 갖추어야 한다.[17] 이렇듯 류원무의 초기 소설들은 현장에 대한 정확한 인식을 바탕으로 농민과 함께 농촌을 변혁시키려는 신념을 가지고 헌신하는 기층간부야말로 안정된 인민의 삶을 보장하고 사회주의 혁명의 길을 앞당기는 원동력이라는 이 시기 작가의 현실인식을 분명히 보여준다.

3. 문혁의 혼란과 이상 실현을 위한 열정

1980년대 초 몇 편의 단편소설로 소설가로서 위상을 확보한 류원무는 1985년 허해룡과 공저로 장편소설 『다시 찾은 고향』[18]을 상재한다. 이 작품

---

17 대약진운동 시작부터 문혁이 끝나기까지 20년 동안 엄청난 수의 당 간부들이 당의 정책을 비판하다 우파로 몰려 비판을 받고 숙청되거나 죽음으로 내몰린 역사적 사실을 감안할 때, 류원무의 이 같은 기층간부에 대한 인식은 개혁개방 이후 만들어진 허위의식이라는 비판이 가능하다. 「비단이불」에서 다루고 있는 시기에 중국 사회에 밀어닥친 정치적 혼란으로 당 간부들이 겪은 고통에 대해서는 프랑크 디쾨터의 '인민 3부작' 중 『마오의 대기근』과 『문화대혁명』에 상세하게 논구되어 있다.

18 류원무·허해룡, 『다시 찾은 고향』, 흑룡강조선민족출판사, 1985. 이하 작품 인용은 「작품명」, 쪽수로 한다.

은 항일투사인 아버지가 사형당하고 어머니가 감옥에 끌려갈 때 목숨을 구해준 마을 할아버지 손에 자란 칭산과 감옥에서 낳은 순희와 살고 있던 칭산의 어머니 등 세 가족이 해방되고 20년의 시간이 지난 후 칭산이 대학을 졸업한 뒤 발령받아 간 항일 유적지인 고향 마을에서 감격적인 상봉을 하는 내용의 허해룡의 단편소설 「혈연」(『연변』, 1962.9)의 줄거리에 여러 사건을 첨가하여 재구성한 길지 않은 장편소설이다.[19]

『다시 찾은 고향』은 「혈연」의 가족 상봉이라는 주제에 크게 이상 실현을 위한 열정에 대한 예찬과 문혁의 혼란상에 대한 비판이라는 두 주제가 결합되어 있다. 대학을 졸업한 인재들은 누구나 도시에서 직장 생활을 하면서 안정된 삶을 영위하고자 하기 마련이다. 그러나 보훈 자녀로 임학원을 졸업한 송림은 송하임업국으로 지원하고, 임업국장 곽림이 영림과에 배치하려 하자 오지 중의 오지인 오림임장으로 가겠다고 우긴다.

> "조림학을 배우고 기관에 들어앉아 무얼 하겠습니까. 사무실에다 나무를 심을 수야 없지 않습니까. 또 오림은 저의 고향입니다. 전 황폐한 고향산천에다 소나무가 우거지게 하렵니다."
> "오림임장은 금년 봄에 갓 서서 시설이 말이 아닐 텐데."
> 곽림은 은근히 흡족해 하면서도 중 떠보듯 한 마디 뚱기쳤다.
> "그렇다는 말을 저도 들었습니다. 그래서 더 가고 싶습니다. 왜놈들이 짓밟아 놓은 고향을 제 손으로 일으켜 세워 보렵니다. 아버지 어머니가 피를 뿌린 고향 땅이 여태껏 잠자고 있다고 생각하면 가슴이 아픕니다."
> 곽림은 그 대답이 참으로 흐뭇하였다. 포부가 있고 기백이 있는 대학생이었다. 렬사의 후예라고 배려를 돌려 기관에 남기려고 하였는데 그렇게 나오니 곽림으로서는 정말 기뻤다. 학교에서도 그를 주림업국으로 소개를 하였

---

19 참고로 「혈연」은 200자 원고지 90매, 『다시 찾은 고향』은 200자 원고지 1300매 정도의 분량이다.

는데 기어이 번화한 도시를 버리고 이런 산간벽지로 찾아온 그가 못내 대견했다.[20]

일제는 만주국 시절 만주 지역을 철저히 수탈하였다. 만주 지역에서 산출되는 석탄과 철강 등의 광물과 밀과 쌀 등 농산물은 물론이고 만주 지역에 산재한 원시림의 목재 역시 수탈의 좋은 표적이었다. 특히 한반도에서 가까운 백두산 지역의 목재를 남벌하여 압록강을 따라 수탈하였으며, 만주국 시절 수없이 자행된 항일연군의 토벌 과정에서 적들의 근거지를 없앤다는 미명 아래 산림에 대한 방화도 적지 않아 만주 지역의 많은 산림들은 심하게 황폐해졌다. 중화인민공화국 수립 후, 만주 지역의 산림에 대한 육성은 중국 당국의 중요한 과제였고, 당의 정책에 따라 많은 작가들은 육림의 중요성을 강조하는 작품들을 창작하였다. 이 작품에서 송림이 임학원을 졸업하고 오지인 오림임장으로 자원하는 것은 고향에 돌아가 헐벗은 고향의 산림을 우거지게 하겠다는 소박한 의지의 표현이기도 하지만 육림을 통하여 미래에 대비한다는 청년다운 이상 실현의 열정이기도 하다.

거대한 산림 속에 터를 잡고 있는 임장들은 강인한 채벌부들이 모여 전문적으로 할당된 목재를 채벌하는 곳이다. 그러나 남벌로 산림이 황폐해지는 상황에서 채벌한 곳에 적당히 몇 그루 나무를 심는 것으로는 산림의 황폐화를 심화시킬 뿐이다. 치밀한 계획하에 지역에 알맞은 경제성 있는 수종을 선택하여 묘목을 육성하고 철저한 계획 아래 꾸준히 육림하고, 어느 정도 성장할 때까지 돌보는 노력이 담보될 때 산림의 경제적 순환이 가능하다. 그러나 송림이 주장하는 이러한 육림 계획에 대해 오림임장의 노동자들도 어느 정

---

20 『다시 찾은 고향』, 23~24쪽.

도 수긍은 하지만 채벌을 위한 노동력도 부족하니 일단 할당량을 채운 후에 시간을 내어 묘목장을 만들고 묘목도 심자고 한다.

송림의 헌신적인 노력과 설득으로 갈등을 극복하고 묘목장이 제대로 만들어지고 채벌과 육림의 병행이 가능해져 오림임장이 어느 정도 자리를 잡아간다. 이 과정에서 과로로 몸을 상한 송림이 간호를 해주던 오림임장의 간호사 춘메이와 사랑에 빠져 결혼 이야기가 오갈 때, 송하임업국에도 문혁의 혼란이 몰려온다. 타 지역에서 몰려온 조반파들이 오림임장에는 큰 영향을 미치지 못하고 돌아가 그런대로 안정을 유지하였지만 송하임업국에 업무차 들렀던 송림은 대학 동기생인 조반파 우두머리 장비 주임의 청탁 반 압력 반에 말려들어 혁명위원회의 일을 보게 된다. 폭력을 일삼는 조반파 무리의 행동이 탐탁하지는 않으나 장주임의 압력에 소극적으로 동조하던 송림은 임업국 주자파의 수괴로 곽림을 지명하고 학습반에 데려와 비판 투쟁을 하고, 그의 과거를 잘 알고 있는 춘메이를 키워준 어머니를 잡아 가두어 곽림에 대한 정보를 내놓으라고 폭력을 휘두르는 자리에 어쩔 수 없이 함께했다가 혼절하고 만다.

오림에서 어머니 소식을 들은 춘메이와 할아버지가 집에 돌아온 송림과 함께 감옥에 갔을 때 김금녀는 이미 거의 죽음에 임박해 있다. 이 자리에서 김금녀가 송림의 친모인 것을 확인한 할아버지가 그 사실을 알리자 송림은 울부짖고, 소식을 듣고 감옥에 와서 고함을 지르는 장 주임의 멱살을 잡고 절규한다.

"여기가 어딘가구? 왜놈의 감방이지 뭐야! 이 짐승 같은 놈아, 파쑈야! 학습반이라는 게 다 뭐야? 혁명위원회라는 건 또 뭐구? 사람 잡이 하자구 계급 대오 청리를 하냐? 이런 란장판이 어디 있는가 말이야! 이게 무산계급독재냐 아니면 자산계급독재냐? 그래 운동을 이렇게 하랬어, 이게 무슨 놈의 운동이야!…"

송림이는 가슴이 터지는 듯한 분노로 하여 갈범처럼 사납게 웨쳤다. 그의 기상은 험악했다. 눈에서 시퍼런 불길이 펄펄 일었다. 리병술이가 나서서 송림의 손아귀에서 겨우 장비를 빼놓자 장비는 시뻘겋게 된 목을 주무르며 발을 굴렀다.

"송림아, 너 잘 떠벌이는구나! 네 놈이 반혁명 절규를 해! 어디 보자!"

장비는 살기등등해서 방문을 탕 닫고 나가버렸다.[21]

송림의 분노는 다중적인 의미를 지닌다. 이는 혁명위원회 일을 보며 그들의 폭력적인 일 처리 방식에 대한 불만이자, 돌아가신 줄 알았던 어머니를 확인하는 순간 어머니가 죽음 앞에 서 있다는 절망감이자, 자기 자신의 어리석음과 부끄러움에 대한 절규이기도 하다. 그러나 송림이 장 주임에게 퍼붓고 있는 혁명위원회에 대한 비판은 문혁 기간 중 중국 도처에서 발생했던 계급투쟁 과정에서 만연했던 폭력에 대한 비판이며 그 시기 중국을 휩쓸었던 좌파적 오류에 대한 비판이기도 하다.

송림은 반혁명분자로 분류되어 문혁이 끝나는 때까지 8년간 감옥 생활을 하게 된다. 그사이 어머니는 고문의 후유증으로 죽고, 노쇠했던 할아버지는 송림의 일에 충격을 받아 얼마 살지 못하고 사망하였다. 긴 시간을 보내고 출옥한 송림은 인간으로서 못할 일들을 한 부끄러움이 가득한 송하임업국으로 되돌아와 이전의 동료들을 만나고, 오림임장에 자원하여 고향 땅이 경제수로 우거질 날을 기대하며 이전의 동료들과 새로운 노동자들과 함께 채벌과 육림을 계속한다.

『다시 찾은 고향』에서 전경화하고 있는 인물은 열사의 자손이자 대학 졸업

---

21 『다시 찾은 고향』, 227~228쪽.

자라는 신분의 우위를 버리고 고향으로 내려와 이상 실현에 헌신하는 송림이다. 그의 헌신의 과정 속에 임장 노동자들과의 갈등과 문혁 같은 사회적 혼란에 따른 어려움이 없는 것은 아니지만 송림의 열정은 이러한 난국들을 뚫고 나간다. 감옥에서 출소하고 고향에 돌아가 사람들을 만나기에 부끄러운 과거의 사건들도 그의 이상 실현을 위한 열정을 막지 못한다. 그는 또 다시 오지 오림임장에 돌아와 동료들과 함께 산림을 벌채하고 가꾸는 일에 최선을 다하고 그들에게 육림가로서의 전범을 보인다.

이 작품에서 송림이 보여주는 바, 개인의 영달을 바라지 않고 고향과 국가를 위하여 헌신하는 이러한 이타적인 인물상은 실사구시하는 능력으로 인민을 위해 헌신하는 기층간부를 예찬하던 데에서 한 걸음 더 나아간 작가의 현실인식을 보여준다. 이는 사회와 인민의 삶의 변화는 간부들의 열정과 헌신과 능력에 따라 결정되는 바 없지 않겠지만, 그보다 더 중요한 것은 인민들 각자의 각성과 헌신과 이상 실현을 위한 열정이라는 인식이다. 이는 작가 류원무의 현실인식이 초기 단편소설에서 한 걸음 진보한 것으로 평가할 수 있으며, 이상 실현을 위해 노력하는 삶은 그의 문학의 중요한 한 주제가 된다.

4. 엄혹한 현실에서 인간답게 살기 위한 분투

『다시 찾은 고향』을 발표하고 2년이 지난 뒤 류원무는 그의 대표작으로 언급되는 『봄물』[22]을 출간하였다. 이 작품은 개혁개방 초기 집체영농에서 개인

---

22 류원무, 『봄물』, 연변인민출판사, 1987. 이 작품은 한국에서도 류원무, 『일어서는 풀』 상, 하(토지, 1988)와 류원무, 『봄물』(동광출판사, 1989) 등 다른 제목으로 출간된 바 있다. 이하 작품 인용은 류원무, 『봄물』, 중국조선족문학대계(해방후편) 7(연

영농으로 바뀌는 시기 60여 호가 사는 수리봉 마을을 배경으로 농촌 개혁의 과정에 벌어진 여러 가지 일들을 제재로 하고 있다. 이 작품은 1978년 12월 중국공산당 제11기 3중전회에서 개혁개방을 당의 정책으로 결정하고 1982년 1월 당의 '중앙 1호' 문건으로 그 구체적인 농촌 개혁의 방향이 제시된 이후 많은 조선족 소설이 지향하던 개혁의 정당성을 그리는 개혁소설의 범주에 들어간다. 그러나『봄물』은 문혁 시기의 좌파적 오류에 따른 집체농업의 문제점을 극복하고 농촌의 경제적 번영을 약속하는 개인영농의 효과를 작품의 후경으로 사용하면서 악랄한 기층간부와 그에 분노하여 새로운 삶을 지향하는 정의감 있는 인물 사이의 갈등을 통해 소설적 긴장감을 확보하고,[23] 돈 때문에 받는 멸시에서 벗어나 떳떳하고 사람답게 살기 위하여 혼신의 힘을 다하는 인물을 형상화하고 있다.

『봄물』에는 전형적인 악질 기층간부와 자존심 강한 사나이가 갈등한다. 수리봉의 농민이었던 남재운은 계급대오청리가 시작된 사청운동과 문혁 기간 중에 계급투쟁의 맹장으로 나서 공사혁명위원회주비소가 나오자 주임후보자 명단에 오르면서 계급투쟁에 앞장선다.

60여 호밖에 안 되는 자그마한 수리봉 마을에서만 해도 주자파, 특무, 반역자, 지주, 부농, 반혁명분자, 나쁜 분자가 무려 10여명이나 끌려나왔다. 사람 잡이가 잘 될수록 김현준이나 백성호의 '죄악'은 커졌고 그럴수록 재운의

변인민출판사, 2011)로 하고 『작품명』, 쪽수'로 표시한다.

23 이 작품에 대해 선과 악이라는 이원대립의 갈등과 인물성격의 도식화와 단순화를 벗어나지 못하여 갈등 설정이나 일물 창조에서 선행 시기의 소설을 벗어나지 못하였지만 개혁개방이라는 현실생활을 소재로 한 첫 장편소설이라는 데 일정한 의의가 있다는 본고와는 다른 평가를 보이기도 한다. 김호웅 외, 『중국조선족문학통사』하, 연변인민출판사, 2012, 199쪽.

공로부에 찍혀지는 붉은 별은 더 많아졌다.[24]

　문혁 기간 중의 극좌적 정치판에 앞장서서 작은 감투를 얻은 그는 마을 처녀 은실이를 탐내 그녀의 형부인 공사서기 백성호를 주자파로 몰고, 그녀의 아버지를 반혁명분자로 몰아 결혼을 쟁취한 파렴치한 인물이다. 남재운은 공사회계라는 감투를 이용하여 마을 사람들 위에 군림하며 마을 사람을 불행에 빠뜨린다. 축구에 재질이 있는 가난한 리억석을 선수로 추천해주지 않아 꿈을 접게 하고, 빚 갚을 능력이 없는 사람에게는 공사의 돈을 대여해주지 않아 죽게 하는 등 온갖 악행을 저지른다. 아버지가 진 빚이 적지 않고 아버지 간병비까지 필요한 리억석이네는 집안사람이 다 나가 공수를 벌어도 이자도 못 가릴 처지이다. 가을걷이가 끝나고 식량 분배를 하는 날 남재운은 가난뱅이 주제에 자존심만 강한 리억석을 멸시하는 마음에 빚이 너무 많다는 이유로 쌀은 한 톨도 주지 않고 잡곡만 분배한다. 남재운의 악랄한 행태에 분노한 리억석은 생산대 탈곡장에서 벼마대를 훔쳐 나왔다가 남재운의 고발로 감옥에 가게 된다.

　돈이 없는 사람은 최소한의 인간 대접도 받지 못한다는 사실을 깨달은 리억석은 무슨 일을 해서든 큰돈을 벌어야겠다고 결심하고 출옥하여 집으로 돌아와 계획을 실천에 옮긴다. 동생들을 이끌고 한겨울에 개울에 들어가 얼음을 깨고 잡아들인 기름개구리를 판 돈으로 종돈과 소를 사고, 이전에 기층간부들이 일구었다 실패하여 황무지가 된 약진논을 개간하여 개인영농의 길로 나아간다. 이 과정에서 리억석은 주위 사람들이 부러워할 만큼 돈을 벌고, 마을 사람들 모두 개인영농으로 나아가려 하게 된다. 이미 당의 정책은

---

24 『봄물』, 285쪽.

개혁개방으로 정해졌지만 집체와 개체에 대한 명확한 정책이 결정되지 않은 상황에서 하달되는 정책에서도 지상에 발표되는 기사에서도 정확한 답을 얻을 수 없다. 이러한 불확실한 상황 속에 남재운은 자신을 앞설지도 모르는 리억석에 대한 증오심에 음모를 꾸며 그를 다시 감옥에 보내버린다. 이는 개혁개방 초기 정책의 혼선 속에서 빚어진 비극을 단적으로 보여준다.

리억석은 사람다운 삶을 살기 위해 돈벌이에 나선 인물이다. 사회주의는 모든 인민이 평등하게 잘 사는 것을 지향하는 이념이지만 그것이 올바로 시행되기 위해서는 이타적이고 헌신적인 기층간부의 존재가 필수적이다. 공사서기 백성호가 비교적 공평무사한 간부라고는 하나 돈줄을 쥐고 있는 공사회계가 비열한 경우 사회주의 정책의 올바른 실현은 불가능하다. 빚이 많고, 아버지의 노동력이 없고, 가족은 많은 리억석이네는 공사에 진 빚을 갚을 길이 없어 마을 사람들의 멸시의 대상이 될 뿐이다. 그런 리억석이 인간 대접을 받기 위해서는 돈을 벌어야 하는 바, 개혁개방은 그 좋은 기회이다. 자신이 알고 있는 정보를 바탕으로 생산대장을 찾아가 생산대의 농지를 개인영농하게 해달라고 했다가 거절을 당하자 버려진 논을 개간해 온 힘을 다해 농사를 짓고, 노동력이 필요해지자 인부를 고용해 소득을 극대화한다. 리억석은 자신의 이러한 행동이 사회주의에 위배될뿐더러 마을 사람들의 비판도 크다는 옥실의 지적에 다음과 같이 대답한다.

> "옥실이, 나도 귀가 있어 다 듣고 있소. 욕심쟁이다, 뜨개소다, 착취다, 신부농이다, 자본주의다, 무슨 말인들 못 들었겠소. 가을에 몽땅 몰수하지 않는가 두고 보라는 으름장도 놓으면서—그러겠으면 그러라지! 설사 내가 지은 농사를 짚 오라기 한 대 남기지 않구 깡그리 몰수해 간대두 이제 와서는 나는 원이 없소. 봄까지만 해도 나는 반발심도 나고 복수심도 나서 그 많은 논을 다 갈아엎었댔소. 이 억석이가 어떤 사람인가 한 번 보라구 말이요. 그

렇지만 지금은 생각이 좀 달라졌소."

억석이는 말을 잠간 멈추었다가 떨리는 어조로 이었다.

"나는 내가 무슨 욕을 먹든 다 달갑소. 나를 투쟁해서 납작하게 만들자는 사람이 있는 줄도 아오. 가을에 가서 혹 약진논의 벼가 모조리 몰수당할 수도 있겠지만 우리 농민이 어떤 사람들인가 하는 걸 보여준 것으로 하여 나는 마음이 거뜬할 거요. (후략)"[25]

리억석이 마을 사람들의 비난이나 시샘에도 불구하고 개인영농으로 나아가 성공할 수 있음을 보여주는 것은 돈을 벌어 남들보다 잘 살아보겠다는 욕망에서 비롯한 것이다. 그리고 그의 이러한 행동은 그동안 가난 때문에 마을 사람들의 멸시 속에 살아온 자신의 존재를 남에게 드러내 보이기 위한 즉 인간존엄에 대한 선언이다. 그리고 이는 농촌 개혁의 주체가 기층간부의 손에 있는 것이 아니라 자신과 같은 농민에게 있음에 대한 자기 확신을 보여주는 일이기도 하다.

리억석은 농촌 개혁의 방향이 확정되지 않은 상황에서 공사의 지지도 받지 않고 황무지였던 약진논을 개간하여 성공을 거두지만 남재운의 간계에 걸려 공안에게 잡혀간다. 그러나 이 사건은 리억석의 패배이기보다는 그를 가로막는 세력 즉 남재운으로 상징되는 구세력의 실패이다. 리억석이 잡혀가는 순간 광출이, 신용해, 형락이, 백성호 모두 달려나와 분노하고 광출이는 억석이 앞으로 다가가 추수는 남은 사람들이 할 터이니 집 근심은 하지 말라고 고함친다.[26] 이는 농민들이 당의 정책보다 먼저 농촌 개혁이 나아가야 할 방향을 전취하고 있음을 보여준다. 그리고 이러한 마을 사람들의 모습

---

25 『봄물』, 441쪽.

26 『봄물』, 609쪽.

은 리억석의 인간다움을 회복하기 위한 노력이 성공하였음을 보여주는 것이기도 하다.

이 작품은 리억석과 남재운의 인물 형상이 잘 그려져 갈등을 분명하게 하고 리억석이 개인영농에 성공하여 농촌 개혁의 방향을 보여준다는 점에 의의가 있다. 그러나 이와 함께 리억석의 행동은 농촌 개혁의 과정에 꼭 필요한 바 돈을 벌어야 한다는 강렬한 욕망과 그것을 실천해나갈 수 있는 강한 열정이 그것이다. 개인영농이 집체영농에 비해 성공적인 결과를 보이는 것은 개인적인 욕심 때문이다. 농촌은 전반적인 개혁을 위해서는 이보다 더 강렬한 욕망이 필요하다. 류원무가 제시한 것은 개인이 자신의 온 힘을 다하는 욕망으로 자신이 처한 현실을 뛰어넘으려는 욕망이다. 마을 사람들의 멸시를 벗어나려는 리억석의 욕망은 자신의 최선을 다하여 농촌 현실을 변화시키는 원동력이 될 수 있다. 바로 이 점을 소설화한 것이 『봄물』이 가지는 소설사적 의의라 할 것이다.

5. 농촌 개혁 과정에서 전문호 탄생의 의의

『봄물』을 통하여 농촌 개혁 과정의 혼란을 소설화한 류원무는 2년 동안의 집필 과정을 거쳐 유능한 기층간부의 방조 아래 전문 기술을 가진 농민이 전문호가 되어 진정한 농촌 개혁을 이루는 과정을 그린 『아리랑 열두 고개』를 탈고한다.[27] 서광촌은 마을의 정신적 지도자인 노당원 임봉학의 존재와 생산

---

27 「류원무 년보」에 따르면 『아리랑 열두 고개』는 1989년 12월에 탈고하고, 1990년 3월 『장백산』지에 발췌·소개되었으나 출판 여건상 2001년 7월 흑룡강조선민족출판사에서 출간되었으며, 2004년 5월 연변라디오방송국에서 전문 방송되었다. 한

대장 리달경의 생각에 따라 사회주의 농촌의 전형인 집체영농을 유지하다가 마을 사람들의 주장과 상급의 지도에 따라 다른 마을보다 한 해 늦게 개인영농으로 나아간다. 그들은 개인영농을 실시하면서 다른 마을에서 이미 시행한 것처럼 토지는 물론 가축과 농기구까지 전부 제비를 뽑아 나누어 갖는다. 그러나 마을의 한 구석에 자리한 몇 년간 제대로 가꾸지 않아 많이 황폐화된 상당한 넓이의 포도원을 어떻게 나눌 것인가에 대해 논의하다가, 포도원을 나누면 오히려 관리가 어려우니 상납금을 많이 내는 사람이 도맡기로 한다. 이 과정에서 딸만 많아 노동력이 부족해 늘 가난하게 살던 김태운이 상납금을 남보다 많이 내기로 하고 또 포도 농사에 밝다는 이유로 포도원을 도맡게 된다. 이는 먼저 도거리 농사를 시작한 마을들이 인삼장, 버섯장, 양어장, 양돈장, 과수원 등을 모두 조각조각 나누어 도거리를 시킨 데 비하면 전문호를 만들기 좋은 조건이 만들어진 것이다.

오늘 오전 집집의 세대주들이 참석한 사원대회에서도 포도원 '경매'가 멋들어지다 하리만큼 순조로웠다. 무엇보다 포도기술자인 김태운이가 포도원을 도맡은 것이 기뻤다. 비록 김태운이와는 어제 풋면목이나 익힌 정도였지만 그는 그가 마음에 들었다. 포도도 알고 경영관리도 알고 기백도 있고 담력도 있다고 생각되었다. 남들은 상납금을 고작 5천 원을 부르는데 그 곱절 만 원을 부르는 것만 보지!

왕예는 농촌에 이런 인재가 별로 없다고 생각하였다. 제비 놀음을 해서야 유능한 사람이 뛰쳐나올 수 있는가? 왕예는 자기가 경쟁 속에서 인재 하나를 얻어냈다고 자부심을 느끼었다. 서광촌의 도거리 농사는 남들보다 한 해 뒤떨어졌다지만 생산이 전문호의 길로 나아가는 면에서는 남들의 앞장에 섰

국에서도 『아리랑 열두 고개』 1, 2(한국학술정보, 2005)가 발간되었다. 이하 작품 인용은 한국학술정보판으로 하고 『작품명』 권수, 쪽수로 표시한다.

다고 생각되었다.[28]

　인용문에서 왕예 현장은 농촌 개혁이 나아갈 방향을 정확히 짚고 있다. 1982년 1월 당의 '중앙 1호' 문건으로 농촌 개혁의 방향이 개인영농으로 정해지자 많은 농촌에서는 생산대별로 소유하고 있는 모든 재산을 개인별로 나누기 시작했고, 분배 과정에서의 잡음을 없애기 위하여 제비를 뽑아 나누는 것이 일반적이었다. 그 결과 개인영농이 이루어지자 이전의 집체영농에 비해 생산성이 높아져 농민의 생활이 다소 향상되기는 하였지만 전문호를 양성하여 영농을 기업화한다거나 향진기업을 설립할 기초 자금을 형성하는 일이 쉽지 않았다. 이런 점을 감안하여 류원무는 농촌 개혁의 과정에서 벌어지는 다양한 현상들 중에서 전문호의 필요성과 전문호의 성장 과정 그리고 전문호의 등장에 따른 여러 문제 등에 대한 현실인식을 드러내고 있다.

　왕예 현장의 생각대로 조금 늦더라도 소규모로 집체영농 시절 생산대에서 소유하고 있던 재산을 개인별로 나누어 가진 도거리 농사를 짓는 것보다는 어떤 분야의 영농 전문가가 한 분야를 도맡아 영농을 책임지는 것이 생산성이 좋을 것은 당연하다. 더욱이 전문호가 발전하여 영농기업으로 성장하게 된다면 사회주의의 이념에는 다소 벗어날지 모르지만 마을 사람 전체가 영농기업에서 경제 활동을 할 수 있어 보다 빠른 경제적 성과를 낼 수 있을 것이다. 그런 점에서 왕예는 기술력도 있고 경영 관리에 대해 어느 정도 알고 배포도 있는 김태운 같은 사람을 방조하여 전문호로 양성하는 것이 큰 의미가 있는 일로 생각하여 적극적인 지원을 아끼지 않는다.

　김태운은 자신의 포도 재배 기술을 총동원하고 몸을 아끼지 않고 포도원

---

28 『아리랑 열두 고개』 1권, 130쪽.

에서 일을 하며 세 딸과 사위의 도움을 받아 한 해 농사에 크게 성공하여 상납금을 제하고도 2만 원이 넘는 돈을 남긴다. 김태운의 성공은 마을 사람들의 시샘을 받지만 현내에 포도왕으로 전문호 성공 사례로 알려지고 연변일보 주은송 기자가 김태운을 취재하여 신문에 소개되자 김태운은 현 단위의 유명인사가 되어버린다. 포도 농사와 포도 묘목 장사는 일정한 시한이 있을 수밖에 없다는 주은송 기자의 의견을 딸 곱단이로부터 전해들은 김태운은 포도주 공장을 세울 계획을 세우고 왕예 현장과 길림성의 간부들의 방조를 받아 은행에서 거금의 융자를 받는다. 그러나 은행에서 돈을 융자받는 과정에서 김태운은 포도원을 경영하는 전문호 시절에는 겪지 않았던 어려움에 부딪힌다. 이미 자본의 논리에 젖어든 기층간부들과 은행 관리들은 상급에서 내린 서류에도 불구하고 향응과 뇌물이 없으면 꼼짝도 하지 않는 것이다. 왕예 현장이나 성의 관리들의 힘으로 눌러 해결하려던 김태운은 오랜 시절 함께한 기층간부의 말에 따라 관과 은행이 요구하는 바대로 따르기로 한다. 이러한 김태운의 변화는 농촌에서 자신의 노력과 하늘의 도움만으로 성공이 가능했던 전문호에서 사업을 위하여 정치를 할 수밖에 없는 기업인으로 성장하는 과정을 보여준 것이라 하겠다.

우여곡절 끝에 서광촌에서 많은 간부들과 기업인들과 은행 사람들 그리고 주변의 전문호들까지 하객으로 참석한 가운데 포도주 공장 착공식을 성대하게 열기에 이른다. 포도 농사꾼 김태운이 전문호를 거쳐 완전한 기업인으로 성장한 것이다. 이 자리에 참석한 주은송은 공식적인 행사가 마무리된 후 곱단이와 함께 포도원을 둘러보며 긴 이야기를 나눈다.

"오늘 곱단이네 집에 온 손님들이 다 곱단이네를 위해서 왔다구 생각하지 말라구. 제일 진심으로 온 사람은 모르긴 몰라도 왕예 서기일 거야. 곱단이네는 왕예가 부추겨 세운 전형이거든. 곱단이네가 잘 되면 왕예두 잘 될 걸. 이번에 위 서기가 밀리구 그가 그 자리에 앉은 것만 보라구. 물론 왕예가 오로지 그것을 위해 곱단이네를 부추겨 세웠다는 거는 아니야. 그러나 어떤 사람들은 이른바 실적을 따내려고 밑구멍에 붙어서 가짜 전형을 만들어낸다는 걸 잊지 말라고. 곱단이두 일부 전문호들이 한 때 명성을 날리다가 꺼꾸러지는 걸 신문에서 보았겠지? 따지고 보면 그게 다 그렇게 일어선 전형들이지. 곱단이네는 절대 이런 전형이 되지 말라구. 포도원을 경영할 때는 하늘을 쳐다보았지만 포도주 공장을 세우게 된 지금에 와서는 이미 금전과 권력의 경쟁 속에 휘말려 들어갔다는 걸 잊지 말라고. 건국 이래 전국적으로 이름 놓던 전형이 꺼꾸러진 것이 얼마나 많아."[29]

사실 김태운이 포도주 공장을 세워 기업인으로 성장하는 데에는 왕예 현장의 방조가 절대적으로 작용을 하였다. 기층간부와 꿈을 가진 개인이 서로 도와 전문호가 탄생하고 나아가 기업인으로 성장하게 되며 이러한 전문호 탄생은 기층간부의 업적으로 기록되어 승진의 기회가 된다. 그러나 기층간부가 어떤 혁신적인 정책적 아이디어를 가지고 있더라도 그것을 현장에서 실현시켜줄 능력과 이상과 정열을 겸비한 농민을 만나지 못하면 전문호의 탄생은 불가능한 일이다. 류원무는 이 소설에서 현실을 변혁시키는 원동력은 기층간부의 헌신적인 노력만도 아니고, 이상 실현을 위한 열정만도 아니며, 인간다운 삶을 찾아 온몸을 바치는 노력만도 아니라는 점을 강조한다. 『아리랑 열두 고개』에서 류원무는 왕예 현장의 방조로 김태운이 전문호를 거쳐 기업인으로 성장하는 과정을 통해 농촌 현실을 진정으로 개혁하기 위해서는 기층간부의 올바른 정책 판단과 전문 능력과 이상을 가진 농민이 혼신의 힘을 다해 현실을 개척해나아가는 열정이 합해져야 한다는 보다 성숙

---

29 『아리랑 열두 고개』 2권, 280쪽.

한 현실인식을 드러낸다. 이 작품은 류원무가 오랜 고민과 창작 생활을 통해 도달한 현실인식의 위상을 보여준다는 점에 그 의의가 있다 하겠다.

6. 결론

류원무는 1980년대에 그의 소설을 대표할 만한 중요한 작품들을 대부분 창작했다. 등단 이후 아내의 부채 때문에 시달리게 되는 때까지 약 10년 정도 연변작가협회 전업작가로 활동하던 시간이 류원무가 가장 왕성하게 소설을 창작한 시기라 하겠다. 이 시기 류원무는 수많은 소설을 발표하였고 작품의 경향도 다양하였지만 그가 일관되게 사색하고 창작 과정 중에 매달린 주제는 개혁개방 시기 농촌의 현실에 대한 정확한 이해과 농촌 개혁의 올바른 방향에 대한 인식 문제였다. 류원무는 이 시기 소설을 통하여 농촌 개혁을 추진해나아갈 주체가 누구인가에 대하여 심각하게 고민하였고 여러 소설을 통하여 그 소설적 방안을 제시하였다.

등단 초기 류원무는 단편소설들을 통하여 농촌 개혁을 주도할 인민을 위해 헌신하는 기층간부의 중요성을 강조하였다. 당의 정책을 농촌 현실에 맞게 조정하여 농민에 앞장서 실천함으로써 농민의 삶을 보다 나은 방향으로 이끌어가야 한다는 생각이다. 그의 첫 장편소설『다시 찾은 고향』에서는 대학을 마치고 도시에서의 안락한 삶을 추구하기보다 산림 육성에 대한 이상을 가지고 산골 오지인 고향으로 내려와 임장에서 육림에 헌신하는 인물을 통해 이상을 실현하기 위하여 노력하는 일이 진정한 농촌 개혁을 가능하게 하리라는 인식을 보여준다. 이어『봄물』에서는 가난한 환경 때문에 꿈을 이루지 못하고 마을 사람들에게 멸시받는 한 인물이 개혁개방이 지향하는 바

개인영농을 선취하여 성공하는 과정을 통하여 현실을 변화시키고 성공해야 한다는 개인의 욕망과 열정이 농촌 개혁을 이루낼 수 있는 원동력이 될 수 있다는 인식을 보여준다.

류원무는 농촌 개혁의 주체가 누구이고 무엇이어야 하는가에 대해 고민을 지속한 결과 기층간부, 개인의 이상, 성공을 위한 열정 등 세 가지로 소설화한 후『아리랑 열두 고개』에 이르러 이를 종합한 새로운 현실인식을 드러낸다. 농촌 개혁을 제대로 이루어내기 위해서는 무엇보다 농촌의 생산성을 신장시킬 전문호의 탄생이 필요하고, 탄생한 전문호를 지속적으로 관리하고 방조하여 영농기업으로 성장시켜 농민들이 그를 중심으로 공존 번영하여야 한다. 이를 위해서는 무엇보다 기층간부의 정확한 정책 판단과 이 정책을 수행할 수 있는 전문적 능력과 이상을 가진 농민이 기층간부의 방조 아래 혼신의 힘을 다해 현실을 개척해나아가려는 열정을 가지고 추진해야 한다는 것이다. 이는 농촌의 개혁이 정책을 지도하는 기층간부나 개혁개방에 따른 소규모의 개인영농에 의해 이루어질 수 없고 대규모의 기업 영농과 농촌에서 감당할 수 있는 기업이 탄생하여야 농촌의 경제가 성장하여 더 많은 농민들의 삶이 윤택해질 수 있다는 것으로 개혁개방이 추진해나아가는 정책에 부합한다. 류원무가『아리랑 열두 고개』에서 도달한 농촌 개혁의 주체가 결국 기층간부와 능력과 이상이 있는 농민이 힘을 합쳐 열정적으로 추진해야 한다는 현실인식은 작가가 10여 년의 소설 창작에서 도달한 것으로 이는 조선족 소설이 1980년대에 도달한 하나의 커다란 성과로 평가할 수 있을 것이다.

본고는 류원무의 소설을 중국의 개혁개방 이후 농촌 개혁의 주체의 존재에 초점을 맞추어 논의를 진행하여 류원무 소설이 갖는 여러 의미를 놓친 한계를 지닌다. 류원무는 말년에 쓴 수필에서 사람답게 산다는 것이 무엇인가가 자신의 전반 소설의 주선률이고, 자신의 대표작 대부분이 동일한 주제를 반복했다고 주장한 바 있다.[30] 좌경 노선이 시정된 후에 문혁 기간 중 계급투쟁에 앞장서 동료들을 비판하고 투쟁한 일을 반성하며 어떻게 사는 것이 사람다운 것인가를 고민한 결과 삶의 화두가 되고 평생의 철리가 되었다[31]는 것이다. 류원무가 문혁 이후부터 소설을 창작한 바, 그의 소설을 검토하여 그가 문혁을 거치며 터득한 사람다움의 본질이 무엇이며, 그것이 어떻게 소설적으로 형상화되어 있는가를 살펴 그 의미를 구명하는 것은 또 다른 연구 주제가 될 것이다.

---

30 류원무, 「사람이 되겠습니다」, 『연변문학』 2009.2. 이 글의 말미에 2008년 11월 13일에 탈고한 것으로 되어 있다.

31 위의 글, 132쪽.

권위에 대한 비판과 부정

정세봉론

권위에 대한 비판과 부정

정세봉론

1. 서론

고중 졸업 후 농민으로 고된 삶을 살면서 소설 창작에 전념한 정세봉은 1975년 3월 『연변문예』에 「불로송」을 발표하여 등단한다. 이후 문혁 시기의 상처를 다룬 단편소설 「하고 싶던 말」(『연변문예』 1980.4)로 상흔문학을 대표하는 작가로 평가받고 다수의 문학상을 수상하였다.[1] 이어 극좌적 이념이 지배하던 시대에 당의 정책을 한 점 회의도 없이 인민들에게 집행한 순복도구와 같은 기층간부의 모습을 비판한 「'볼세위크'의 이미지」(『장백산』 1991년 2기)를 발표하였다. 작품 발표 후 반당, 반사회주의 독초라는 익명의 고

---

[1] 「하고 싶던 말」이 가진 상처문학으로서의 의의와 한계는 장정일, 「소박하고 아름다운 인간의 승리」, 정세봉 편저, 『문학, 그 숙명의 길에서 – 정세봉과 그의 문학』, 신세림출판사, 2017, 201~206쪽에 상론되어 있다. 정세봉 소설에 대한 평문의 대부분은 이 책에 재수록되어 있다. 이하 이 책의 인용은 '필자명, 「글 명」, 『문학, 그 숙명의 길에서』, 쪽수'로 밝힌다.

발로 필화를 겪을 뻔했으나 길림성 당위 선전부가 최종적으로 긍정적인 평가를 내림[2]으로써 이 작품은 조선족 문단에서 반성문학을 대표하는 작품으로 평가받게 되고[3] 정세봉은 밑바닥 인생 속에서 현실에 대한 강한 비판정신을 드러낸 작가로 문단의 주목을 받게 된다.

조선족 문단에서 정세봉의 소설에 대한 평가는 문혁 기간의 극좌적 현실에 의해 발생한 상처를 그린 대표작이라는 점에서 「하고 싶던 말」을, 공산당의 정책에 대하여 회의해보는 일 없이 농민들에게 강제하는 일에만 치중한 순복도구로서의 공산당 기층간부를 비판했다는 점에서 「'볼세위크'의 이미지」를 고평하는 데 바쳐지고 있다.[4] 또 농민으로서 밑바닥 인생을 살아가면서도 당대 중국의 현실과 그 시대를 살아가는 사람들의 삶을 비판적으로 인식하고 치밀하게 소설로 창작해내고 있다는 점도 그의 소설을 평가하는 일반적인 경향이 되고 있다.

정세봉의 문학세계를 다양한 관점에서 정리한 김호웅[5]은 정세봉의 문학을 밑바닥 삶을 통해 병든 사회의 제 면모를 불굴의 작가정신으로 그려낸 점이 돋보인다고 평가한다. 이어 김호웅은 정세봉이 치열한 작가정신을 바탕으

2　「'볼세위크'의 이미지」가 겪은 필화 사건 경과는 김철호, 「정세봉의 '볼세위크'의 이미지」, 『문학, 그 숙명의 길에서』, 63~68쪽과 조성일, 「소설 '볼세위크'의 이미지의 풍파」, 같은 책, 79쪽~89쪽에 상론되어 있다.

3　정세봉 소설이 조선족 문단에서 반성문학으로 갖는 의미와 위상은 김관웅·허정훈, 「중국 반사문학의 문맥에서 본 조선족의 반사문학」, 『문학, 그 숙명의 길에서』, 240~257쪽을 참조할 것.

4　정세봉이 자신에게 작가적 명성을 가져다 준 두 작품의 제목을 자신이 상재한 두 소설집(『하고 싶던 말』, 민족출판사, 1985, 『'볼세위크'의 이미지』, 흑룡강조선민족출판사, 1998)의 표제로 사용하고 있는 점이 작가의 두 작품에 대한 애정과 자신감을 알게 해준다. 이하 작품 인용은 작품집에서 하고 『작품명』, 『작품집명』, 쪽수'로 밝힌다.

5　「정세봉과 그의 문학세계」, 『문학, 그 숙명의 길에서』, 171~188쪽.

로 그려낸 문학세계를 세 단계로 나누어 농촌의 변화와 새로운 삶에 대한 희열과 열망을 드러낸 단계, 비정하고 허황한 역사에 대한 비판과 반성을 보여주는 단계, 신과 인간의 부재와 사회비판의 힘을 보여준 단계로 구분하여 그 의미를 해명하고, 정세봉의 문학이 정치사의 변천과 농촌의 인정세태 등을 다룰 때 밑바닥 인생의 관점에서만 아니라 위로부터 인간과 사회를 조망하는 시각을 확보하면 그의 문학이 한 단계 더 나아갈 것이라는 진단을 내리고 있다. 이 평문은 정세봉의 문학에 대한 조선족 연구자들의 기존의 평가를 정리하고 작가로서 나아가야 할 방향을 지적하여 현재까지의 정세봉 소설에 대한 폭넓은 평가와 함께 그의 문학이 지닌 한계를 잘 지적해주고 있다.

　본고는 상처문학, 반성문학이라는 관점과 현실에 대한 비판적 시각이 두드러진다는 인식을 중심으로 고평을 받아온 정세봉 소설에 대한 연구 성과를 보다 다양한 시각으로 확장하는 데 그 목적이 있다. 본고에서는 정세봉 소설에서 제시되는 여러 주제 중, 첫째 사회에 만연해 있어 누구도 그것이 갖는 문제점을 인식하지 못하는 권위에 대한 부정, 둘째 중국이 공산주의 국가를 실현해가는 과정에서 계급의 적을 상정하면서 만들어진 출신성분론에 대한 비판, 그리고 개혁개방 이후 중국 사회에 불어닥친 자본주의화에 대한 현실인식 등을 중심으로 살피고자 한다. 정세봉이 그의 소설을 통해 주장하고자 한 바를 이렇게 몇 가지로 나누어 살핌으로써 그가 소설을 통해 비판하고자 한 실체가 확인될 것이며, 이 과정에서 그가 「'볼세위크'의 이미지」를 상재한 이후 더 이상 소설 창작을 못 하게 된 이유를 짐작해볼 수 있을 것이다.

2. 권위 부정

공산당이 지배하는 중국에서 당원이란 자부심의 근거였다. 중국공산당 창당 이후 국민당의 공산주의자에 대한 탄압이 엄중했기에 공산당 측에서는 이념이 투철하고 당성이 지극하여 당의 존재에 해를 입히지 않을 인물들에 한해 당원 자격을 부여하는 등 당원 자격을 엄격히 심사하였다. 이러한 전통은 중화인민공화국이 수립된 이후에도 유지되어 당원이 되는 것은 개인에게 상당히 영광스러운 일로 인식되었다. 따라서 중국 인민들에게 공산당원이란 도덕적 인성과 지도자로서의 능력을 갖추어 인민을 위해 봉사하는 인물의 표징이 되었다. 공산당 기층간부들은 당이 결정한 정책을 현장에서 인민들과 힘을 합쳐 헌신적으로 실천함으로써 당이 요구하는 결과를 만들어내는 존재였다. 따라서 그들에게는 기층 단위에서 정책을 시행하는 과정에서 당원이자 기층간부로서 상당한 권위가 부여되고 기층 단위 내에서는 일정한 범위 안에서이긴 하지만 절대적 권력을 갖게 되었다.

상황이 이러하기에 한 인물이 공산당원이 되고 기층간부가 된다는 것은 기층 단위 내에서 일정한 권위와 권력을 갖는다는 점에서 경외의 대상이 되었다. 따라서 기층간부들이 인민을 위하여 헌신하는 모습은 많은 문학작품에서 중요한 제재로 등장하고 있다.[6] 이는 당의 정책에 복무하는 것이 문학의 중요한 기능이 되어 있는 중국의 현실을 고려하더라도 중국 인민들의 기층간부의 헌신에 대한 긍정적인 인식의 저변을 보여준 것이라 하겠다. 그러나 「'볼세위크'의 이미지」에서 정세봉은 기층간부인 공산당원을 완고한 이념

---

6   리원길의 『설야』에 등장하는 긴내천 지부서기 지탁준이나 류원무의 『봄물』에 등장하는 왕예 현장 등이 인민의 미래를 위하여 헌신하는 모습은 그 좋은 예가 된다.

에 사로잡혀 당이 결정한 정책의 타당성에 대해서는 고민조차 하지 않은 채 인민들에게 강제하는 순복도구로 그림으로써 공산당원과 기층간부의 권위를 부정한다.

아들이 기층간부인 자신의 행위를 비난하는 행실에 쓰러진 윤태철은 병상에서 지난날을 되돌아보게 된다. 그는 지주를 몰아내라는 당의 정책에 따라 구룡촌의 지주 허영세를 투쟁하여 죽음에 이르게 하고 그의 집을 몰수하여 자신이 들어가 살았고 집체영농이 시작되자 남보다 앞서 마을을 생산대 체제로 묶었다. 그러나 세월이 지나 정책이 집체영농에서 개체영농(호도거리)으로 바뀌자 토지를 분배받았으나 노동력이 없는 허영세 집안의 농사일을 도와주어야 하는 아이러니한 상황이 벌어진다. 건국 이후 당에서 하달된 수없이 많은 정책들이 구룡대대 당원들과 간부들에게 전달되면 그것이 군중운동으로 번져가기 마련이었다. 시간이 지난 지금 생각해보면 헌신적으로 실천하였던 많은 정책들이 현실과 맞지 않은 점이 있었다는 점에서 윤태철 자신은 당의 지시라면 그것이 무엇이든 인민들에게 내리먹이는 순복도구였음을 자인하지 않을 수 없는 것이다.

> 당규률을 무시하고 자기의 견해와 배짱대로 처사할 수 있는 당원질 하기란 기실 식은 죽 먹기인 것이다. 지난 세월에 당에서 하라는 일들이 윤태철의 마음에도 내키지 않았던 경우가 얼마나 많았던가? 그렇지만 윤태철은 무정무심의 강유력한 당규률과 다정다감하고 유분별한 마음과의 모순에서 오는 고민과 곤혹 속에서 결국은 일체를 무조건적으로 당규률에 복종하는 것을 철 같은 삶의 신조로 삼아왔다. 그는 당을 믿었고 또한 당에서는 그렇게 하도록 가르쳤던 것이다.[7]

---

7 「'볼세위크'의 이미지」, 『'볼세위크'의 이미지』, 219쪽. 이하 작품 인용은 원문대로 하되 가독성을 위하여 띄어쓰기는 한글맞춤법에 맞춘다.

윤태철은 당의 지시를 곧이곧대로 전파한 자신의 행동이 당원으로 당연한 결정이고 당을 믿은 자신의 결정이며 당에서 그렇게 하라고 교육을 한 결과라 생각한다. 윤태철의 이러한 생각은 일견 맞지만 상당 부분 왜곡된 것이라 하겠다. 중국 건국 초기 중국의 기층간부들은 당에 대한 열렬한 충성심으로 당의 정책을 소화하려고 하였다. 그러나 건국 이후 여러 정치 파동의 과정에서 관료와 지식인들이 탄압을 받는 것을 목격하고, 당의 정책을 곧이곧대로 수행하여 당이 원하는 결과를 내놓지 못하는 경우 숙청의 위험에 노출되는 것을 경험한 기층간부로서는 당의 정책에 이의를 제기할 도리가 없었을 것이다. 대약진운동, 사청운동 그리고 문화대혁명의 과정에서 엄청나게 많은 사람들이 투쟁을 당하고 폭력에 노출되고 죽음에 이르는 과정을 목격한 공산당원 기층간부들로서는 순복도구로 살아가는 것이 자신의 안위를 돌볼 유일한 방법이라는 것을 체득하게 된 것이다. 이런 점에서 윤태철의 과거 회상과 반성 그리고 아들 윤준호가 평가하는 아버지 윤태철의 모습은 당의 명령에 무조건 복종하여야 하는 공산당원이 가진 비인간적인 모습을 비판한 것이라 하겠다.

정세봉이 「'볼세위크'의 이미지」에서 보여준 공산당원 기층간부에 대한 이러한 날선 비판은 1991년 『장백산』지에 이 작품을 발표할 당시 주간 남영전과의 상의 과정에서 발표 후 발생할지 모를 문제를 우려해 삭제한 부분[8]에서 더욱 분명하게 나타난다.

"이건 바로 '볼세비키 화석'이지요. 틀림이 없습니다. 보십시오. 이 혈색이

---

8 소설집 『'볼세위크'의 이미지』에도 실리지 않았으나 2003년 한국에서 출간된 『볼세비키의 이미지』에 전문이 수록된 이 부분은 책으로 2쪽(200자 원고지 9매) 분량이며 윤태철의 꿈 내용으로 되어 있다.

딴딴한 갑각이 그걸 충분히 실증해주고 있지요. 여러분들이 좀 더 상세히만 관찰한다면 복부부위에 누른빛의 맛과 마치가 새겨져 있는 걸 무난히 발견할 수 있지요. 이건 시신 우에 덮었던 볼세비키 당 기폭이 수만 년 동안 수성암 속에서 그대로 화석으로 굳어진 겁니다. 이 적색의 갑각 속에서 인간은 언녕 죽어 있었지요. 말하자면 독립적 사유체로서의 인간, 다정다감한 감정체로서의 인간은 전혀 무시되어 있었다 그겁니다. 그 대신 볼세비키당의 집단적 신념과 의지 같은 것이 로보트처럼 움직이고 있었지요."[9]

윤태호는 혼수상태에서 자신의 시신이 화석으로 발견된 꿈을 꾼다. 자신의 시신을 두고 유명 인류학자는 화석인류라 결론짓고, 독립적 사유체로서의 인간이 아닌 볼세비키의 화석이라 주장한 것이다. 사태가 비약되어 자신의 시신이 헬리콥터에 실리어 박물관으로 이동하는 것을 느끼자 자신은 인간으로 태어나 볼세비키이기는 하였지만 다시 인간으로 회귀하여 묘혈에 묻힌 것이며 학자라는 사람이 인간이 볼세비키가 될 수 있고 볼세비키가 다시 인간으로 될 수 있다는 것조차 모르냐고 항변하지만 주변 사람들은 자신의 이야기를 듣지 못한다. 이 상황을 벗어나기 위해 발버둥치던 윤태호가 아내의 손에 의해 꿈에서 깨어나는 것으로 된 이 부분은 정세봉이 이 작품에서 이야기하고자 한 바를 함축하고 있다.

중국에서 발표할 때 삭제한 이 부분은 정세봉의 공산당원에 대한 부정적 시각을 매우 직설적으로 드러낸다. 정세봉이 생각한 공산당원은 독립적 사유를 하지 못하는 존재이자, 인간적인 면모를 갖지 못한 채 당의 이념이나 지시에 맹목적으로 반응하는 로봇 같은 존재일 뿐이다. 이는 당원이라는 신분 때문에 당의 정책에 순응할 수밖에 없는 공산당원에 대한 비판이며 중국 사회에서 공산당원 기층간부가 갖는 일정한 권위에 대한 부정이라 하겠다.

---

9   정세봉, 『볼세비키의 이미지』, 신세림, 2003, 148쪽.

정세봉이 「'볼세위크'의 이미지」에서 보여준 중국 사회에서 인정되는 공산당원 기층간부의 권위에 대한 부정은 「빨간 '크레용 태양'」에서는 중국 사회가 모두 인정하는 절대 권위를 부정하는 것으로 나타난다. 이 작품은 모 주석의 서거를 제재로 하고 있다. 정치대장인 아버지의 명을 어기고 친구들과 천렵을 나갔다가 해가 서천에 기울어 친구들과 구룡천 외나무다리를 건너면서 모택동의 만수무강을 비는 노래를 부르며 마을로 돌아오던 석호는 추도곡이 울리고 마을에 반기가 걸린 것을 알아차리고는 누군가 높은 사람이 죽었다는 사실을 인지한다. 그러나 마을에 도착하여 모택동 주석이 서거한 사실을 안 석호는 혼란에 빠진다.

> 전혀 상상해보지 못한, 우주 속의 '십장생(十長生)'과 더불어 길이길이 만수무강하리라고 추호도 의심치 않았던 통념과 확신이 우리의 머릿속에서 드디어 돌사태처럼 무너져내리는 순간이었다. 그것이 신화였음을, 신화였기에 깨여지는 것임을 우리들의 두뇌가 번개처럼 터득하는 순간이였던 것이다.[10]

모 주석의 서거를 안 순간 이러한 각성에 이르는 것은 중국 인민들에게 절대적인 권위를 가진 모 주석이라는 존재에 대한 새로운 깨달음이다. 이런 깨달음을 얻은 석호는 마을 사람들이 아버지를 중심으로 최대한의 슬픔 속에 근엄하게 모 주석을 애도하는 것을 바라보면서 프롤레타리아의 감정이 부족한 듯 눈물을 보이지 않는다. 그리고 하루를 근엄과 슬픔 속에 애도의 시간을 보낸 후, 아버지가 마을 사람들에게 자신의 비통한 심정을 말하고는 모 주석의 태산 같은 은덕과 유지를 이어받아 계속 혁명을 이어가기 위해 저녁 후에 담배 작업을 완성하자는 연설을 하는 것이 자연스럽지 못하다고 생각

---

10 「빨간 '크레용태양'」, 『'볼세위크'의 이미지』, 160쪽.

한다. 저녁식사 자리에서 아버지에게 꾸중을 들은 석호는 집을 뛰쳐나와 마을을 배회하다 마을 한켠 초막에서 누워 정체 모를 응어리에 시달린다.

> 뜻밖의 충격적인 사변, 모주석 서거로 인발된, 이제 세상은 어떻게 되여지는 걸가? 이런 의혹과 우리들이 여태껏 영위해 온 즐거운 삶과 질서가 송두리째 뒤흔들릴 것만 같은 불안과 자기 개인보다는 나라의 민족이 일조에 기둥을 잃은 것만 같은 그런 한없는 허전한 괴로움이였다.[11]

모 주석의 서거는 절대적 권위의 몰락이었고 안정되었던 시대의 마감을 의미하는 것이라 느껴졌다. 그러나 정치대장인 석호의 아버지는 모 주석의 서거를 애도하면서도 모 주석이 지도한 바 혁명을 위하여 담배 작업을 완수하자고 하여 모 주석의 죽음이 주는 충격보다는 일상의 지속이 더 중요함을 보여준다. 또 집을 뛰쳐나온 석호는 모 주석의 서거로 삶의 질서가 송두리째 뽑힐 것 같은 괴로움을 느끼지만 잠든 사이 찾아온 동네 바람쟁이 희애와 육체의 즐거움에 빠져든다. 오랜 시간 탐욕에 빠져 있는 동안 조금 전까지 그를 사로잡았던 불안와 우울은 순식간에 사라져버린다. 그 순간 석호와 희애에게는 모 주석이라는 절대적 권위는 아무런 의미를 갖지 못한다. 정세봉은 모 주석의 서거를 접한 석호 부자의 심적 추이와 행동을 통하여 그들이 절대적인 존재로 인식하던 것이 실상 일상의 삶에 아무런 영향을 미치지 못하는 것이라는 인식을 보여준다.

이외에도 「태양은 동토대의 먼 하늘에」에서는 문단에서 권위를 인정받는 원로 시인이 자신이 살 주택 문제를 해결하지 못해 백방으로 노력하고 권력을 가진 제자를 찾아갔다가 문전박대를 당하는 이야기를 통해 권위가 일상

---

11 「빨간 '크레용태양'」, 『볼세위크'의 이미지』, 168쪽.

적 삶에서 아무런 의미를 갖지 못함을 보여준다. 이와 비슷한 주제를 가진 작품으로 「인간의 생리」에서는 불우 작가 농우 선생을 존경하던 현미가 그의 작가적 능력과 위상에도 불구하고 작품집을 출간하지 못하는 처지를 돕기 위해 출판 경비를 찬조받기 위해 애를 쓴다. 이 과정에서 경제력과 인품을 갖춘 이군철 사장을 만나 현실에 눈을 뜨게 되자 "농우 선생의 작가적 후광"은 마음속에서 희미하게 지워져 숭모하던 마음이 사라진다. 그 결과 현미의 눈에 비친 농우 선생의 이미지는 초라하고 가련한 밑바닥 인생[12]일 뿐이다. 이 작품 역시 위대한 작가라는 권위는 현실의 무게 속에서 부정될 수밖에 없음을 보여준다.

위에서 살폈듯이 정세봉은 사회주의 중국을 지배하던 무조건적 권위를 부정하였다는 점에서 조선족 비평가들에 의해 당대 현실에 대한 비판적 성향을 드러내는 작가로 고평을 받아왔다. 농민으로 사회의 하층에서 오랜 기간을 살았던 정세봉이 공산당원과 기층간부의 권위를 부정하고, 모 주석의 죽음은 물론 사회에 만연한 작은 권위들까지 회의해본 것은 당대 사회의 부정적 현실을 냉정하게 바라본 비판정신의 결과이다. 정세봉이 보여준 이 같은 사회 전반에 퍼져 있는 크고 작은 권위와 권위의식에 대한 부정은 그가 작가로 나아가게 해준 원동력이었다. 그리고 정세봉의 이러한 비판정신은 사회 전반에 만연한 크고 작은 권위가 약화되는 데에서부터 평등사회가 담보된다는 점에서 그의 작가로서 치열함을 보여준 것이라 하겠다.

---

12 「인간의 생리」, 『'볼세위크'의 이미지』, 53~54쪽.

3. 출신성분론 비판

　정세봉 소설에서 현실 비판의 중심에 자리한 것 중 하나로 사회주의 국가 중국이 수립된 이후 문혁 시기에 이르기까지 중국 사회에 만연했던 출신성분론을 들 수 있다. 중국공산당은 국공내전 기간 중 국민당의 부패와 폭력에 저항하는 계층과 연대하여 엄청난 군사력을 자랑하던 국민당과의 전쟁을 불과 4년 만에 승리로 이끌고 1949년 10월 1일 중화인민공화국 수립을 선포한다.[13] 중국공산당은 중국 수립 이후 공산주의 사회로의 전환 과정에서 지주와 친일파, 국민당 스파이 등에 대한 대대적인 탄압을 진행하였고, 이 과정에서 국공내전 시기에 연대했던 다양한 정치 집단도 숙청당하게 된다.[14] 공산주의 국가 건설 과정에서 중국 정부가 사회 혼란의 책임을 이전 사회의 기득권 세력인 친일 관료와 지주, 그리고 자본주의적 교육을 받은 지식인들에게 전가한 것이다. 특히 이들 중 과거에 대한 향수를 가질 수밖에 없는 친

13　중화인민공화국 수립을 선포할 때도 중국 대륙은 전쟁 중이었다. 1949년 10월 14일 인민해방군이 광저우를 함락시키고, 12월 10일 장제스가 충칭에서 타이완으로 탈출하면서 국공내전은 종식되었으나, 1950년 10월 인민해방군이 신강과 티베트를 점령하기까지는 내전이 지속되었다.

14　1950년 6월부터 1952년까지 진행 토지개혁, 1950년 10월부터 1년여에 걸친 반혁명 진압, 1951년 10월부터 이듬해까지 고위 관리를 정화한 삼반운동, 1952년 1월부터 6월까지 민간 부문에 대해 일으킨 오반운동, 1954년부터 이듬해 12월까지 77만 명 이상의 지식인들을 체포한 반혁명사건 등은 공산주의 국가 체제를 공고히 하는 과정이었으나 지주와 관료 그리고 지식인들이 엄청난 피해를 입었다. 이 과정에서 지주, 친일파, 국민당 스파이 등을 사회주의 체제를 무너뜨리려 암약하는 인민의 적으로 규정하여 사회적 혼란의 책임을 그들에게 돌려 폭력을 자행하였고, 그들의 자손도 출신성분이 그러하므로 언제든 인민의 적으로 자랄 수 있다는 논리로 철저하게 탄압하였다. 중국 건국 초기 정치적 탄압과 숙청 과정에 대해서는 프랑크 디쾨터, 『해방의 비극』(고기탁 역, 열린책들, 2016)에 상세하게 고구되어 있다.

일파와 지주는 당사자는 물론 그들의 자손들까지 차별과 억압의 대상이었다. 출신성분이 좋지 않다는 이유만으로 비판과 박해의 대상이 되는 상황은 대약진운동과 사청운동을 거쳐 문화대혁명이 진행된 1970년대 중반까지 거의 30년 동안 지속되었다.

많은 작가들은 본인의 인성이나 능력과 상관없이 출신성분에 따라 한 인간의 삶과 미래가 결정되는 출신성분론에 대해 많은 비판을 가하고 있다. 김학철은 「분내와 흙내」를 비롯한 여러 편의 산문에서 세상을 떠난 지 오래된 조상의 성분을 근거로 그 자손을 계급의 적으로 돌리는 출신성분론에 대해 직접적인 비판을 가했다. 또 리원길, 류원무, 박선석 등 극좌적인 정책이 시행되던 시기를 시간적 배경으로 다룬 많은 작가들은 출신성분으로 인해 계급의 적으로 분류되어 핍박을 받는 인물들 중 상당수가 공산주의 사회를 와해하려는 위험분자이기보다는 공동체에 헌신하고 또 사회 발전에 도움을 줄 수 있는 능력을 갖추고 있음을 사실적으로 그려냄으로써 출신성분론의 한계를 지적한다. 정세봉 역시 「민들령」, 「'볼세위크'의 이미지」 등의 소설에서 출신성분론의 폐해를 소설의 중요한 주제로 사용하면서 보다 강도 높은 비판을 보여준다.

「민들령」의 작중화자 분희는 지주 성분에 우파분자였던 아버지가 교단에서 쫓겨나 민들령으로 와서 노동 개조를 하던 중 문화대혁명이 발발하자 독재소조 성원들에게 몰매를 맞은 끝에 처참하게 죽음에 이르고 어머니까지 그 자리에서 사망하는 비극을 당한다. 부모의 장례를 치른 날 밤, 해란강에 투신하려 한 분희를 살려낸 고중 동창 현철은 출신성분론에 대해 이렇게 말한다.

나는 그때부터 많은 것을 생각했어. 조상의 성분 때문에 후대까지 기를 펴

지 못하는 것이 억울한 것 같았어. 분희만은 정말 억울한 것 같았어!¹⁵

이는 고중 시절 학급에서 가장 공부를 잘하는 학생 중 하나였던 분희가 학급에서 이상을 발표하는 자리에서 부름에 따라 일하겠다고 한 것에 대한 감회를 이야기한 것으로 열사의 아들인 현철이가 출신성분론에 대해 회의하게 된 계기를 보여준다. 분희는 현철이가 아무리 폭풍 속의 바다 같은 인간 세상이라 하더라도 자신의 운명을 자기 스스로 개척해나아가야 한다고 이야기하며 자신에 대한 사랑을 드러내자 작으나마 삶에 대한 새로운 희망을 갖게 된다.

현철의 사랑과 도움 아래 분희는 생산대의 일에 적극적으로 나서 출신성분에도 불구하고 인민을 사랑하고 그에 충성한다는 것을 실천으로 보여준다. 현철이 생산대 저작학습이론 보도원 겸 청년대표로 대무위원회 성원이 되어 분희의 진보를 적극적으로 협조해주자 마을 사람들도 점차 마을을 위해 헌신하는 분희를 인정하기에 이른다. 현철이 분희에게 청혼을 하여 두 사람의 마음이 하나가 되지만 열사의 가족이라는 이름을 지키는 것이 무엇보다 중요한 현철의 어머니는 이를 알자마자 새벽부터 분희를 찾아와 헤어질 것을 강요한다.

"기특한 말이오만 방법이 없소. 렬사의 후손들에게 지주 계급의 색다른 피가 섞여 흐르게는 못 하겠으니 그리 아오!"¹⁶

출신성분은 나쁘지만 조부와 손녀를 갈라보아 올바로 이끌어준다면 열사

---

15 「민들령」, 『하고 싶던 말』, 27쪽.
16 「민들령」, 『하고 싶던 말』, 40쪽.

집안 며느리가 되기 위해 힘쓰겠다는 분희의 말에 서로 피가 다르다는 말로 대응한 것이다. 지주의 자손이라는 의미를 넘어 열사와 지주의 피가 다르기에 서로 섞여서는 안 된다는 인식은 출신성분이 단순한 차별과 배제의 문제가 아니라 공존할 수 없는 관계라는 인식이다. 이는 봉건시대의 신분제와 다름이 없는 인간관으로 공산주의라는 평등사회를 지향하는 중국에서 존재할 수 없는 현실인식이다. 중국 당국으로서는 공산주의 혁명을 이끌어가는 과정에서 계급의 적을 설정하고 타도와 개조의 대상으로 삼아 인민의 힘을 결집하려 한 것이겠지만 그것이 중세의 신분제보다 더한 완고한 인간관으로 자리 잡은 것은 평등을 지향하는 혁명의 정당성을 상실하게 한다.

현철 어머니를 만난 날 저녁 분희는 현철의 집을 찾아가 현철과 그의 어머니 앞에서 현철의 장래를 위해 물러서겠다고 선언하고 뒤도 돌아보지 않고 집으로 돌아와 구촌 당숙 부부와 함께 마땅한 혼처를 찾아 한 달도 지나지 않아 결혼하고 민들령을 떠나고 만다. 10년의 시간이 지난 후 지구우수교원이 된 분희는 민들령에 출장을 왔다가 구촌 당숙모로부터 분희가 떠나는 시간 현철이가 민들령에 올라 기차를 보고 대성통곡을 하다 기진하여 풀밭에서 잠들었는데 다음 날 마을 사람들이 업고 마을로 데려와 보니 실성해 있었다는 비극적 사실을 듣게 된다. 다음 날 부모의 묘를 찾아 민들령에 오르던 분희가 산속을 떠도는 현철을 만나 인사를 해도 그녀를 알아보지 못한다. 사랑하던 사람이 좋은 사람을 만나 뜻을 이루며 살기를 기원했던 분희의 기대는 물거품같이 사라져버린 것이다.

이것은 출신성분론에 매여서 아들이 진정 사랑하는 여자를 강제로 떼어놓은 현철 어머니가 잉태한 비극이다. 우수한 성적으로 대학에 진학할 정도로 총명했던 아들이 자신의 탓으로 실성한 채 평생을 살아야 하는 것을 바라보는 어머니의 삶은 죽음보다도 못한 삶일 것이다. 「민들령」이 보여주는 이러한 결말은 출신성분론이 단지 출신성분이 나쁜 사람을 배제하고 억압하여 불행에 빠뜨릴 뿐 아니라, 출신성분론의 정당성을 믿는 사람들에게도 비극으로 되돌아온다는 점을 보여준다. 이 작품이 보여준 출신성분론에 대한 비판은 출신성분으로 차별과 억압에 시달리는 인물을 그린 여타 작가들의 작품에 비해 보다 강렬하다.

「'볼세위크'의 이미지」는 앞에서 살폈듯이 공산당의 순복도구가 된 기층간부에 대한 비판을 통해 공산당원의 권위를 부정하는 주제가 중심을 이루지만 부자간의 갈등 요인이 되는 출신성분론 또한 작품의 중요한 비판의 대상이 되어 있다.

> "엊저녁에 뭘 했어요? 순정이를 불러내다가 무슨 말 했는가 말입니다."
> "관계를 끊으라구 했다. 그리구 류산을 하라구 했는데 그게 못할 소리냐?"
> "류산이요? 어떻게 류산을 해요? 아버진들 제 피덩이를 긁어치울 수가 있는가 말입니다. 그렇게 지독할 수가 있는가 말이예요!"
> 윤준호는 울분을 삭일 수 없어 아궁이 앞에서 도끼를 쥐여들고 가마뚜껑을 단매에 박산을 냈다. 그리고 찬장을 마구 들부시기 시작했다.
> 어머니가 울면서 빌고 말리고 해서야 광기를 멈추고 도끼를 떨어뜨렸다. 그 맵시로 벽에 이마를 붙이고 나서 서럽게 울기 시작했다.[17]

윤태철은 공산당 입당을 앞둔 아들 윤준호를 현 후계자 양성반을 거쳐 기층간부로 성장시킬 복안을 가지고 있다. 그런데 아들이 토지개혁 초기에 청산을 맞아 죽은 허영세의 손녀 허순정과 사랑을 나누어 임신 5개월인 것을 알자 아들 몰래 순정이를 만나 유산을 강요하였다. 윤태철은 어떤 일이 있어도 출신성분이 좋지 않은 허순정과 자신의 아들을 결혼시킬 수는 없는 것이

---

17 「'볼세위크'의 이미지」, 『'볼세위크'의 이미지』, 213쪽.

다. 윤태철의 출신성분론에 따른 협박과 회유는 순정이가 구룡천에서 자살하도록 내몰았고, 윤준호가 볼세위크 아버지에 대한 원한을 가슴 깊이 새겨 윤태철의 죽음 직전까지 부자가 의절하는 상황에 이르게 하였다.

「'볼세위크'의 이미지」에서도 출신성분론은 조상을 잘못 둔 인물들에게 비극적인 삶을 영위하게 하고, 또 출신성분론을 맹종하여 자식의 사랑을 가로막은 결과 자살과 부자 의절이라는 비극을 초래한다. 결국 윤태철은 척을 지고 지내던 아들의 비난에 충격을 받아 쓰러진 후 생사의 기로에 선 순간에야 아들과 화해한다. 이러한 결말은 「민들령」에서 보여준 비극과 동궤로 출신성분론에 대한 정세봉의 강한 거부감을 보여준다.

정세봉이 이렇듯 출신성분론에 대해 강한 거부감을 드러낸 이유는 그의 생애와 관련지어 이해해볼 수 있다. 정세봉은 1943년 하얼빈에서 댄스홀을 경영하던 정재모의 아들로 태어나 해방 후 부모를 따라 조부모가 살던 연변을 거쳐 한국으로 귀국하려 하였으나 길이 막혀 연변의 농촌에서 성장하였다. 1958년 어린 나이에 문학에 빠져 대학 진학을 포기하고 농민으로 호적을 붙이게 되었고, 오랜 동안 농민으로 지내면서 생산대 정치대장, 룡호대대 지부 당지부서기, 중학교 임시교사 등을 지내는 중에 소설 창작에 힘써 1975년 등단하였다. 그러나 정세봉이 이렇듯 농민으로 하층의 삶을 살면서 창작을 계속한 점만으로는 그가 출신성분론에 그처럼 격렬하게 반응한 것이라기에는 의문이 따른다.

이러한 의문은 작가 스스로 밝힌 연보[18]에서 이해의 단초가 마련된다. 연보에 따르면 그의 큰형 정세웅은 하얼빈 대도관고등학교 2기생으로 해방 후 동창들과 서울로 나가 해병대에 입대하여 5·16군사구데타의 주체 세력으

---

18 「정세봉의 프로필 및 연보」, 『문학, 그 숙명의 길에서』, 458쪽.

로 국가재건최고회의 최고위원을 지냈으며 국립묘지 장군 제1묘역에 묻혀 있다. 그리고 작은형 정세룡은 큰형과 같은 학교 6기생으로 광복 직후 조선 의용군 3지대에 입대하였고, 1948년 북한으로 나가 조선인민군에 편입되어 한국전쟁에서 전사하였다. 즉 정세봉은 아버지와 함께 한국으로 귀국하려 했으나 실패해 연변에 남아 농민이 되었고, 큰형은 남한으로 귀국하여 해군 소장, 한국조폐공사 사장 등 영달의 길을 걸었고, 작은형은 북한으로 귀국하여 인민군 탱크병으로 한국전쟁에 참전했다 전사한 것이다.

이러한 정세봉의 가족사[19]는 그가 고중을 마치고 농민으로 남은 것이나 출신성분론에 강한 반감을 보이는 것이나 모두 그의 가족사와 무관하지 않음을 짐작하게 한다. 정세봉의 아버지는 만주국 시대 하얼빈 중심가에서 해방 직후 조선의용대 3지대 문공단 본부가 될 정도의 규모를 가진 댄스홀을 경영했다는 점에서 그의 출신성분은 자산가나 친일파로 분류되었을 것이고, 큰형이 해방 직후 한국으로 나가 장군이 되었다는 사실도 정세봉의 성분 획정에 부정적으로 작용하였을 것이다. 또 그의 작은형이 한국전쟁에 참전하여 전사했다고는 하나 1948년 북한으로 건너가 조선인민군이 편입해 참전하였기에 그가 열사 가족이라는 명예를 얻는 데는 도움이 되지 않았을 것이다. 이러한 가족사는 그가 지주나 친일파의 자식으로 직접적인 박해를 받았는지는 분명치 않지만 그가 사회의 중심으로 나아가는 데 제약이 되었을 것이며, 자연스럽게 그가 출신성분론에 대해 강한 비판적인 견해를 견지하도록 하였으리라 짐작하게 해준다.

'문화대혁명' 시기에는 차마 눈뜨고 볼 수가 없었다. 한 시기에는 매일이다

---

19 정세봉의 가족사는 해방 이후 재만조선인이 경험한 비극을 압축적으로 보여준다.

시피 '개패'를 걸고 고깔모자를 쓰고 '투쟁'을 당했는데 그 '개패'라는 걸 무거운 널로 짜가지고 가느다란 철사로 끈을 달아 목에 걸었다. 고깔모자도 거칠은 널로 삼각형 모양으로 만들었는데 한 번 쓰고 '투쟁'을 당하고 나면 얼굴과 머리가 온통 피투성이가 되군 했다. 때론 얼굴에 먹칠을 해가지고 개처럼 목을 매여 끌고다니군 했다. 지주의 아들인데가 할빈 '대도관초등학교'를 다닐 적에 일본 센또보시를 쓰고 찍은 사진 때문에 그런 고초를 당하게 되었던 것이었다.[20]

지주의 아들이라는 출신성분 때문에 끊임없이 박해를 받던 허순영의 아버지가 문화대혁명 때 투쟁당하던 모습을 서술한 이 장면에서 허순영의 아버지가 하얼빈 대도관국민학교를 다니던 어린 시절에 일본군 전투모를 쓰고 찍은 사진 때문에 더욱 모진 시달림을 당한 것으로 이야기하고 있다. 하얼빈의 일본인 학교인 대도관고등학교에 다닌 정세봉의 형들을 연상하게 하는 이 장면은 그에게 있어 가족사가 극좌적 정치 상황 속에서 얼마나 정신적으로 고통을 주었는지 짐작하게 한다. 이러한 정세봉의 가족사는 그에게 커다란 트라우마로 작용하여 그의 작품에서 출신성분론에 대한 강한 반발심을 드러내게 된 것으로 짐작해볼 수 있다.

4. 개혁개방 전후의 현실과 이기심

문화대혁명 직후 작가 생활을 시작한 정세봉은 집체경제에서 개체경제로 변화하는 개혁개방기를 시간적 배경으로 하여 그 시기를 살아가는 사람들의

---

20 「'볼세위크'의 이미지」, 『'볼세위크'의 이미지』, 199쪽.

모습과 변화하는 현실에 적응하는 과정에서 드러나는 이기심을 비판한 작품을 여러 편 발표하였다. 인민공사로 대표되는 집체경영 방식은 공산주의가 지향하는 경제 체제라는 점에서 소련이나 중국에서 전국적으로 시행하였지만 생산성의 저하로 국가 경제가 황폐화되자 포기하기에 이른다. 인민공사에 소속된 모든 인민들이 능력껏 생산하고 필요한 만큼 소비한다는 공산주의적 인간에 도달해야 가능한 공산주의 경제 체제는 인간의 이기심이라는 벽에 부딪혀 실패로 끝나고 만 것이다. 정세봉이 이와 같은 집체영농의 폐해를 그려 낸 작품으로 「농촌점경」을 들 수 있다.

집체영농 시기에 농민들은 생산대장이 배정해준 일을 마친 뒤 공수책에 작대기 하나를 긋고, 그에 따라 가을걷이 후에 공수 등급을 매겨 생산물을 분배받게 된다. 강동마을의 선천적 청각장애인 김억손은 농사 요령은 없어도 맡은 일은 드세게 하던 인물이지만 배정된 곳에서 하루 일만 하면 동일한 공수를 받는다는 것을 터득하고는 대장이 어떤 일을 배정하든 편한 작업장으로 가서 하루를 얼렁거리다가 작대기만 받아둔다. 일의 성과와 관계없이 참여만 하면 공수가 주어진다면 열심히 일하는 것이 손해라는 것을 깨달은 것이다. 이렇게 게으른 농사꾼이 되어버린 김억손은 개체영농이 시작되자 자기가 분배받은 농토는 실농하면서도 다른 사람들 논밭에서 얼렁거리고는 자기가 만든 공수책에 작대기 하나를 그어둔다. 다른 농군들이 공수만을 챙기는 그의 속심을 짐작하고 일을 못 하게 하자 싸움판을 벌이고 대대사무실에 고소하러 가기도 한다.

동뚝에서 어느새 내려왔는지 '토개아바이'는 지팽이를 집고 그린 듯 어딘가 먼 곳을 바라보고 있었다. 그의 머릿속에는 강동마을의 반세기 력사가 전책처럼 묶여져 있다. 필경 그는 그 전책을 한 페지 한 페지 번져보고 있었으리라!…

"세월이 게으름뱅이를 만들었누? 얼뜨기 농사군이 세월을 희롱했누?"
'토개아바이'는 급기야 땅이 꺼지게 한숨을 지었다.[21]

　김억손이 벌인 소란을 지켜본 마을의 어른 토개아바이는 회한에 사로잡힌다. 성실했던 농사꾼들이 농사꾼의 본심을 잃어 얼뜨기 농사군으로 바뀌어버린 세월을 아쉬워하는 것이다. 이 작품은 집체영농으로 생산성이 저하되자 개체영농으로 전환하기는 했지만 집체영농 시기에 형성된 이기심 때문에 마을의 실농꾼들이 얼치기 농사꾼으로 변해버린 현실을 비판하고 있다. 또 이러한 얼치기 농사꾼들이 자신의 힘으로 자기에게 배분된 농토에서 책임지고 성실하게 농사를 짓지 않으면 안 된다는 것을 깨달아야 개체영농이 성공할 수 있다는 사실을, 즉 개혁개방의 시대를 맞이하여 개인의 능력에 따라 소득이 달라지는 자본주의 경제 체제에 적응하여야 함을 보여준다.

　「토혈」 연작[22]은 흥수와 종철이란 두 인물을 통해 시대 변화에 적응 여부에 따라 개인의 삶이 달라지는 현실을 소설화하고 있다. 집체영농 시절에 종철은 마을회의에서 "논일과 밭일에 막힘이 없고 육모와 논물 빼기에 기술이 높은"[23] 흥수를 "회의에 와서 한 마디도 할 줄 모르는 정치불문이 표준공을 받을 수 있소? 흥수를 세 번째 등급으로 앉혔으면 좋겠다"[24]거나 "육모관리도

21　「농촌점경」, 『하고 싶던 말』, 148쪽.
22　1982년 발표한 「첫대접」(『하고 싶던 말』 수록)과 그 후일담에 해당하는 「최후의 만찬」(1993) 그리고 두 작품의 속편이라 부제를 붙인 「토혈」(1994) 등 세 작품은 『볼세위크'의 이미지』에 「토혈」이라는 제목 아래 각 장으로 수록되어 있다. 본고에서는 세 작품을 합쳐 「토혈」 연작'이라 칭하고, 각 작품을 개별적으로 언급할 때에는 각 작품의 제목을 사용하며, 작품 인용은 「토혈」, 『볼세위크'의 이미지』, 쪽수'로 한다.
23　「토혈」, 『볼세위크'의 이미지』, 79쪽.
24　「토혈」, 『볼세위크'의 이미지』, 82쪽.

정세봉론　권위에 대한 비판과 부정

제 공수벌이지. 정치사상이 낮은 사람이 모범사원 자격이 있나요?"[25]라는 말로 깎아내려 공수를 낮추고 제 공수는 열심히 챙겼다. 그러던 그가 개체영농이 시행되자 난생 처음으로 생일날 홍수를 초대해 대접을 하면서 '책임제 농사를 하자니 근심이 태산 같다니까. 말말 간에 장을 빈다고 홍수가 도와줬으면 시름을 놓겠소. 자, 술을 드오!'[26]라 홍수를 얼러 이익을 챙긴다. 현실 변화에 약삭빠르게 대응하는 종철은 개혁개방으로 개인사업이 허용되자 도시로 나가 식당으로 또 노래방으로 돈을 벌고는 홍수를 꼬드겨 도시로 나오게 한다. 그러나 홍수가 경제적으로 어려움을 당해 찾아가 도움을 청하면 위로를 하는 척하지만 실질적 도움은 주지 않아 홍수가 고향으로 돌아가고 결국 죽음에 이르게 한다.

공산주의 이념에 따른 집체경제의 한계를 극복하기 위해 자본주의 경제 체제를 수용할 때, 사회 변화에 대응하기 위해서는 무엇보다 개인의 이익 창출에 대한 열망과 능력이 요구된다. 이는 자본주의 사회는 인간의 합리적 이기심에 기반해야 한다[27]는 점에서 공산주의적 인간과 같이 공동체 구성원들의 이타심을 요구하는 사회와는 다르기 때문이다. 결국 홍수의 몰락은 농업 사회의 가장 중요한 덕목인 영농 기술을 가지고 있지만 자신의 몫을 챙길 욕심도 변화된 사회에 적응할 능력도 없는 자에게 예정된 결말이다. 이런 점에서 「토혈」 연작은 집체영농 때나 개혁개방 이후나 세상을 살아가기 위해서는 성실함보다 이악스러움이 더 필요한 현실을 비판하고 있다는 평가가 가능하다.

---

25 「토혈」, 『'볼세위크'의 이미지』, 83쪽.
26 「토혈」, 『'볼세위크'의 이미지』, 82~3쪽.
27 이하 합리적 이기심에 대해서는 아인 랜드, 『이기심의 미덕』(정명진 역, 부글, 2017)의 1장 참조.

「토혈」 연작에 나타난 시대 변화에 대한 인식은 앞에서 본 「농촌점경」에서 보여준 현실인식과 동궤에 놓이면서도 상당한 차이를 보인다. 「농촌점경」과 「첫 대접」은 집체영농이 개체영농으로 전환한 시기에 발표된 데 비해 「최후의 만찬」과 「토혈」은 중국의 개혁개방이 본격화된 1993년 이후에 발표되었다. 집체영농의 한계를 극복하기 위해 개체영농을 받아들인 것은 인간의 이기심 때문에 생산성이 약화되는 것을 경험했기 때문이기에 「농촌점경」의 결말에서 보여주듯 농민들이 자기에게 배분된 농토에서 성실하게 일을 하면 부가 획득되리라는 논리가 강조되었다. 그리고 농사 기술이나 노동력이 부족한 가족들에게는 공동체 사람들이 상부상조함으로써 다 함께 부유해질 수 있다는 기대감에 부풀었다.[28] 그러나 인간의 이기심은 개체영농이 시작되면서 더욱 심해져 자신의 농토를 임대하고 도시로 나가 개인사업에 종사하는 사람이 등장하면서 농촌 사회는 급속히 파괴되고 빈부의 차가 심해지기 시작한다. 「최후의 만찬」과 「토혈」은 이러한 변화가 사회에 만연하기 시작한 시기에 창작된 것으로 「첫 대접」에서 보여준 이악스러운 사람들의 이기심에 대한 비난을 넘어서 개혁개방으로 극명하게 드러나 이기심 탓으로 빈부의 차가 심해지고 인간성이 타락하는 현실을 비판하기에 이른 것이다.

「슬픈 섭리」는 개혁개방 이후 자본주의 경제 체제에 적응하는 일과 새로운 윤리의 문제에 대한 모색을 보여준다. 문승규는 10년 전 콩기름 장사꾼으로 나서서 고생 끝에 두유대왕이라는 이름을 얻을 정도로 성장한다. 그가 사업에 성공하자 ○시장에서만 14명의 기름 장사꾼이 경쟁하게 되었으므로 문승규는 그들과 공존하려 애를 쓴다. 그러나 오씨 형제가 공상국과 시장 관리소

---

28 개체영농이 시작된 초기 발표된 많은 소설 작품에 이러한 상부상조에 대한 기대가 잘 드러나 있다.

를 끼고 시장 매대의 요지를 장악하자 그들의 비리와 부정을 응징하기 위해 가격 경쟁을 벌인다. 콩기름 가격이 폭락하자 오씨 형제는 버티지만 시장의 거의 모든 장사꾼들이 폐업하고, 시내 여러 시장에서도 동요가 일어난다. 6개월 정도만 더 버텨 오씨 형제에 대한 응징을 마무리하려던 문승규는 시장 상인들에게 납치되어 협박과 폭력에 시달린 뒤 어디엔가 버려지자 상인들에 대한 원망을 터뜨린다.

> '그들은 마땅히 나를 리해해야 하는 건데… 나와 동심협력해서 오씨 형제와 부정한 권력을 싸워 이겨야 하는 건데… 도리여 나를 꺼꾸러뜨리려 하다니? 눈앞의 리익에만 눈이 멀어 있는 바보 같은 것들!… 불쌍한 것들!…'
> 문승규는 그들이 몹시도 야속했고 형언할 수 없는 커다란 실의에 젖어 있었다. 그리고 권력에 순종하고 온갖 비리와 부정을 어쩔 수 없는 것이 백성의 삶임을, 그것이 곧바로 눈멀고 모래알처럼 흩어져 있는 백성들의 인생 섭리임을 새삼 깨달았다. 그 섭리를 거역하고 나선 자신이 우습기 짝이 없었다.[29]

국가 정책에 따라 모든 경제 활동이 계획되고 지배되던 집체경제를 벗어나 개인들의 자유로운 경제 활동을 가능하게 한 자본주의 경제 체제의 도입은 개인의 능력에 따라 최대한의 이익을 창출하는 것을 가능하게 해주었다. 그러나 자본주의 경제 체제의 전환에는 경제와 사회의 정상적인 발전을 가능하게 하는 자본주의적 윤리의 확립도 필요하다. 즉 자본주의 경제 체제 속에서 사회 구성원이 최대한의 자유 속에서 각자의 이익을 추구하며 공정하게 성장하기 위해서는 사회 구성원 전체가 자신의 이익을 위하여 타인의 이익을 침해하지 않는다는 합리적 이기심이 전제되어야 한다. 문승규가 권력

---

29 「슬픈 섭리」, 『볼세위크'의 이미지』, 83쪽, 135쪽.

과 결탁한 부정한 장사꾼 오씨 형제를 응징하기 위하여 자신과 같은 백만장자 장사꾼이 아니고는 견디지 못할 가격 경쟁을 벌임으로써 시장 내 모든 동업자들을 폐업으로 내몬 것은 자본주의 경제 체제를 올바로 이해하지 못한 결과이다. 부정한 장사꾼을 응징해야 한다는 이유로 시장에서 콩기름을 팔아 가족의 생계를 꾸려가는 시장 내 장사꾼들의 생계를 끊어버리는 것은 비윤리적이다. 또 가격 경쟁의 결과는 그 의도가 어떠했든 최종적으로는 독점으로 나아가는 길이기 때문에 자본주의 경제 체제 내에서도 법적 제재를 받아야 할 죄악이다.

문승규는 시장의 장사꾼들이 부정한 장사꾼을 몰아내려는 자신의 의도를 몰라주는 것을 섭섭해한다. 그는 이 폭력 사건을 통해 권력에 순응하고 비리와 부정을 용인하는 것이 모래알 같은 백성들의 섭리이고 그것을 거역하려 했던 자신이 어리석었다는 인식에 도달한다. 그러나 이것은 자본주의적인 경쟁 원리를 이해하지 못한 탓이고, 의도가 선하더라도 방법이 옳지 못하면 악이 될 수밖에 없다는 점을 망각한 결과이다. 이는 시장 내의 비리와 부정에 대항한다고 하더라도 동업자들과 연대하여 공존을 추구하여야 한다는 시장경제의 윤리를 이해하지 못한 데 기인한 것이라 하겠다.

정세봉은 개혁개방으로 대두한 사회 변화에 따라 등장한 다양한 사회문제를 소설화하였다. 그는 개혁개방 초기에는 성실하게 일을 하면 부를 획득할 수 있다는 점을 강조하며 얼치기 농사꾼을 풍자하였지만, 개혁개방이 본격화되면서 점차 빈부 격차와 인간성 타락 등을 비판하고 시장 내의 비리와 독점 등의 문제를 다루었다. 이는 개혁개방은 공산주의 경제정책의 실패를 극복할 수 있는 대안이라는 점에서 작가로서 정책 변화에 큰 희망을 보였지만 이후 시장경제의 병폐를 경험하고 그를 소설화한 결과이다. 그러나 정세봉이 보여준 개혁개방과 개체경제로의 전환에 따라 대두된 사회문제들을 다룬 소설들은 그러한 문제가 발생한 원인과 그 해결 방안에 대한 천착이 없이 드러난 외면적 현상만을 사실적으로 그려내고 있을 뿐이다. 이는 개혁개방으로 자본주의화가 진행되는 현실에서 정세봉이 자본의 문제점을 읽어내기는 하였지만 자본주의와 시장경제를 떠받치는 합리적 이기심에 대한 정확한 이해가 불가능했음에 기인한 것이라 하겠다. 이러한 자본주의와 시장경제에 대한 이해 부족은 이후 정세봉이 더 이상의 소설 창작을 하지 못하는 한 요인이 된다.

5. 결론 : 정세봉의 작가적 한계

정세봉은 첫 소설집 『하고 싶던 말』의 머리말에서 "나의 소설들에 등장된 인물들은 거개가 다 고향 농촌에서 모델을 찾은 것이며 소재와 이야기 줄거리 및 세절에 이르기까지 생활 속에서 오지 않은 것이란 없다"[30]고 밝힌 바 있다. 이러한 작가의 변은 자신의 소설이 사회 현실을 철저히 반영하고 있고 또 사실적임을 강조하기 위한 것으로 판단된다. 그러나 작품에 등장하는 인물 모두가 작가 자신이 살았던 농촌에서 직접 본 인물을 모델로 하였고 소재와 줄거리는 물론 사소한 부분들까지 자신의 주변에서 보고 겪은 일들을 기반으로 창작되었다는 사실은, 그의 문학 세계가 어느 정도에서 더 이상 확장되지 못하게 하는 결과를 낳고 만다.

문학에 빠져 중학교를 마친 뒤부터 농민으로 살아가면서 소설 창작에 매진한 정세봉으로서는 농촌의 현실을 극적으로 보여주는 주변 인물들을 통

---

30 「머리말」, 『하고 싶던 말』, 3쪽.

해 공산주의 이념이 지배하다 개혁개방으로 나아가는 혼란스러운 시기의 농촌 모습을 소설화하는 것이 창작의 한 방안이 될 수 있었다. 출신성분에 막혀 사랑을 이루지 못하고 죽음으로 내몰리는 인물, 지주와 그 자손을 인민의 적으로 심판하던 기층간부가 국가의 정책이 바뀌자 그들의 농사일을 도와주고 있는 마을 간부의 모습을 소설화하여 변혁기 농촌의 모순을 전형적으로 보여줄 수 있었던 것이다. 그러나 마흔이 넘은 나이에 농민호구를 벗고 전업작가가 되어 연길로 이주한 정세봉은 그가 농촌에서는 전혀 경험해보지 못한 개혁개방 이후 급변하는 중국 사회의 다양한 문제들과 마주하게 된다.

낯선 도시에서 빈민으로 살아가게 되어 농촌에서와는 달리 소설의 제재가 될 만한 인물이나 사건을 직접 만나기 어려워지자 경험을 바탕으로 소설을 써온 정세봉으로서는 창작에 어려움을 겪을 수밖에 없었다. 급변하고 있는 중국의 여러 사회문제와 자본주의적 사회의 모순을 보여주는 전형적인 인물이나 사건을 접하기 어렵고 또 그러한 인물이나 사건의 이면에 깔린 다양한 의미들을 짚어내는 정치적 감수성이 부족한 정세봉은 「슬픈 섭리」(1992), 「최후의 만찬」(1993), 「토혈」(1994), 「엄마가 교회에 나가요」(1995) 등 자본주의화된 중국의 도시가 보여주는 사회문제를 다룬 소설들을 발표하지만 농촌을 제재로 한 전작들이 보여주던 현실에 대한 치열한 분석과 비판의식이 부족해진다. 이에 한계를 느낀 듯 정세봉은 1998년 「'볼세위크'의 이미지」를 출간한 후 창작을 중단하고 만다.

장기간의 절필 끝에 정세봉은 단편소설 「고골리 숭배자」[31]를 중국과 한국

---

31 이 작품은 『장백산』 2015년 6호와 『국제문예』 2015년 가을호 등에 발표되었다. 본고에서는 정세봉의 네이버 블로그(https://muzhu221.blog.me/90131808899)에 실린 판본을 참고했다.

에서 발표한다. 이 작품의 주인공인 노작가 니꼴라이 유는 고골리를 숭배해 그런 작가가 되기 위해 평생을 바쳐 작가로서 명성을 얻었지만 스스로 작가로서의 능력에 실망하여 절필을 결심하고 자신의 모든 작품을 불태운다. 그 순간 잠재의식으로 비롯한 환영의 세계로 빠져든 니꼴라이 유는 청년 시절의 자신을 만나고, 러시아 대지에서 펼쳐지는 고골리 탄생 206주기 기념 축제장으로 가게 된다. 그곳에서 그는 감상에 젖어 고골리 같은 위대한 작가가 되기 위해 노력하였지만 그 벽을 넘지 못한 자신을 한탄하다가 세 필의 말이 끄는 눈썰매를 타고 눈 덮인 벌판을 달리며 무아의 경지에 빠져든다.

환상으로 점철되어 있는 이 작품에서 정세봉은 니꼴라이 유를 통해 장기간 절필을 한 작가로서 자신의 심경을 보여준다.[32] 니꼴라이 유가 혹여 작품에 대한 미련이 남아 갈등하는 일이 생길까 두려워 분서를 결행하는 순간 열혈 문학소년이었던 자신인 꼴랴[33]가 나타난다. 꿈만 먹고 사는 꼴랴에게 자신은 패배자라고 말하자 꼴랴는 지금 내 미래의 운명을 보고 있는 것이냐 항변한다. 이에 당황한 니꼴라이 유는 "열혈 문학소년 꼴랴는 영원한 꼴랴이고, 잔디 언덕의 꿈은 영원히 영롱하고 찬란한 것"이라 대답한다. 이 같은 니꼴라이이 유와 꼴랴의 대화에서는 오랜 시간 절필한 작가로서 가지게 되는 꿈에 부풀었던 젊은 시절에 대한 그리움과 아쉬움 그리고 작품을 창작하지 못하는 작가로서 느끼는 절망감과 회의가 동시에 느껴진다.

작가적 능력에 회의를 느낀 노작가가 열정적인 작가지망생이었던 청년 시

32　이시환은 이 작품을 고골리의 러시아 문학에 심취했지만 그 한계와 벽을 넘어서지 못한 자신의 절망감과 우울을 형상화한 것이라 평가한다. 「정세봉의 문제작 「고골리 숭배자」를 읽고서」, 『문학, 그 숙명의 길에서』, 278쪽.

33　니꼴라이는 고골리의 이름이고 꼴랴는 니꼴라이의 애칭이라는 점에서 이 작품을 쓰는 정세봉의 내면풍경을 짐작하게 해준다.

절의 자신을 대면하는 일은 상상하기 싫은 상황일 것이다. 「고골리 숭배자」에서 니꼴라이 유와 꼴랴가 긴 대화를 나눈 후, 환영 속에서 고골리의 문학 속에 등장하는 인물들을 만나는 장면은 작품을 쓰지 못하는 고통에 시달리는 정세봉의 정신세계를 짐작하게 해준다. 이런 점에서 니꼴라이 유가 봉착한 절망은 「하고 싶던 말」과 「'볼세위크'의 이미지」 등의 작품에서 보여준 치열한 현실비판을 개혁개방 이후 변화한 시대에 대한 깊이 있는 성찰과 현실인식으로 이어가지 못해 절필한 작가 정세봉이 느끼는 정신적 황폐감과 동궤라 할 것이다.

문화대혁명의 상흔과 극복

우광훈론

문화대혁명의 상흔과 극복

우광훈론

1. 서론

우광훈은 문혁 세대[1]이다. 1954년에 출생한 우광훈은 1958년 아버지가 우파로 분류되어 사상 개조를 명령받아 농장에서 강제노동을 하게 되자 부모와 헤어져 살게 된다. 우광훈은 셋째 누님과 요녕성 심양시 소가툰에 있는 외가에 가서 3년을 살다가 외할아버지를 비롯한 외가 식구들이 북한으로 비법월경을 하여 어쩔 수 없이 1960년 연길로 되돌아와 초등학교에 입학한다. 문혁이 시작되던 1966년 초등학교에 다니던 우광훈은 우파의 자식이라는 주위의 멸시에 찬 눈길에 주눅이 들어 지냈고, 문혁 초기 동년배 무리들과 폭력과 죽음을 목격하고 그것을 흉내 내어 전쟁놀이를 하며 지낸다. 1969년 우파인 아버지를 따라 돈화의 마호향 자피거우라는 중국인 마을로 하향

---

1   중국에서는 흔히 1966년부터 10년에 걸친 대동란인 문화대혁명의 경험 여부에 따라 문혁 세대와 문혁 후 세대(흔히 80후 세대라 함)로 구분한다.

하게 된 우광훈은 이 마을에서 만 5년간을 살면서 중국어를 배웠고, 한족 소녀와 첫사랑을 경험한다. 1974년 고중을 마친 우광훈은 화룡에 있는 조선족 집거마을에서 3년간 집체호 생활을 하다가 1976년 12월에 지질 탐사대의 탐사공으로 추천을 받아 도시호구를 얻게 되어 농촌 여자와 결혼한다. 탐사공 생활 틈틈이 거친 지질 탐사대 노동자들의 삶을 다룬 소설을 써서 등단한 우광훈은 1983년 조선족 작가 양성을 위해 특별히 설립된 연변대학 문학반에서 수학하여 전업작가의 길을 걷게 된다.[2]

이렇게 우광훈의 초기 생애를 정리하면 우파로 분류된 부친 때문에 어린 시절에 가족 이산을 경험했고, 문혁 기간에도 우파의 자식으로 주위 사람들의 불편한 대접을 당했으며, 문혁 초기 초등학생이어서 연길에서 벌어진 무력 충돌에 참가하지는 않았지만, 연길의 혼란스러운 상황과 흉흉한 소식을 보고 들었음을 알 수 있다. 탐사공 체험을 바탕으로 소설 창작을 시작하여 작가로 등단한 우광훈은 초기 작품에서 거친 지질 탐사대 체험을 제재로 사용했다. 또 어린 시절 소가툰의 외할아버지 댁에서의 체험과 문혁 기간 아버지와 하향되었던 자피거우에서의 생활과 한족 소녀와의 첫사랑의 실패 그리고 화룡 조선족 마을에서의 집체호 생활 등이 우광훈 소설에서 중요한 제재로 반복된다. 즉 우광훈에게 있어 반우파투쟁기로부터 문혁에 이르는 기간의 강렬한 체험은 중요한 문학적 배경이 되고 있는 것이다.[3]

많은 중국인들이 문혁 세대와 문혁 후 세대 간의 단절을 쉽게 이야기하고 있지만 양 세대 사이의 차이를 구체적으로 형상화한 글은 그리 많지 않다. 문혁이라는 이념 과잉의 시대가 지나간 후 개혁개방의 시대가 되자 급작스

---

2   최병우, 「우광훈 소설에서 '고향'의 의미」, 『조선족 소설의 틀과 결』, 국학자료원, 2013, 125~128쪽.
3   최병우, 「우광훈 초기 소설의 주제 특성」, 앞의 책, 241~259쪽.

럽게 실리가 시대의 중심에 자리 잡는다. 이러한 급작스러운 변화는 문혁 전후 세대 간의 의식차를 유발하였을 뿐 아니라 이념을 추구하며 한 시대를 살았던 문혁 세대들이 시대 변화에 쉽게 적응하지 못하는 결과를 낳는다. 우광훈은 자신이 바라본 개혁개방 이후 문혁 전후 세대의 현실인식의 차이, 자신을 포함한 문혁 세대의 문혁 체험이 개혁개방 이후 현재의 삶에 미친 영향 등에 관심을 갖는다. 이러한 시대 변화에 대한 관심으로 우광훈은 몇 년간의 준비 작업을 거쳐 개혁개방과 한중수교 이후 중국과 조선족 사회의 변화와 문혁 시기 치열한 삶과 비극적인 체험이 현재의 삶에 드리운 상흔을 다룬 장편소설 『흔적』[4]을 집필한다. 본고에서는 우광훈의 『흔적』을 통하여 문혁이라는 트라우마가 현대를 살아가는 조선족에게 미치고 있는 상흔의 양상과 그 의미를 밝히고자 한다.

2. 문혁 트라우마와 소설화의 한계

1966년부터 10년에 이르는 대동란인 문혁은 중국인 모두에게 커다란 상처를 남겼다. 진정한 사회주의 사회를 만들겠다는 이상주의적 열정으로 홍위병을 비롯한 다양한 대중혁명 조직이 출현하여 전사회적인 모순과 폭력을 노출하였다. 문혁은 당의 정풍을 위하여 당의 지도하에 일어난 대중혁명이었지만 대중운동이 당의 통제를 넘어서자 당과 대중운동 사이의 모순이 첨예하게 드러나게 되고, 결국 당은 대중운동의 무질서보다는 당의 질서를

---

4 이 작품은 2004년 4월부터 2005년 4월까지 『도라지』에 연재되었고, 2005년 12월 연변인민출판사에서 단행본으로 출간되었다. 본고에서는 단행본을 텍스트로 하고 작품의 인용은 「흔적」, 쪽수'로 밝힌다.

선택하게 된다.[5] 문혁 초기에 문혁을 주도한 홍위병이나 조반파들이 몰고 온 혼란과 무질서가 중국 사회 전반을 혼란으로 몰고 가자 중국공산당은 사회의 안정을 위하여 군을 동원하여 혼란을 잠재우고 당의 정책에 따라 대중운동을 주도한다. 그 결과 문혁 초기에는 극심한 혼란과 폭력으로 많은 사람들에게 불안과 공포를 제공하였고, 이후로는 당의 지도하에 벌어진 상산하향운동으로 지식인들이 육체적 고통과 함께 자신 삶이 타자에 의해 결정되는 부조리를 경험하였다.

문혁 기간 동안 수없이 많은 사람들이 반혁명분자, 우파분자, 주자파 등으로 분류되어 비판받고 비인간적인 대접을 받았으며 죽음에 이르기도 하였다. 또 문혁의 와중에 문혁이 지닌 논리적 오류와 혁명 과정의 비정상성에 대해 비판하고 항거하다가 죽음으로 내몰린 경우 또한 허다하였다.[6] 더욱이 문혁 기간 내내 반혁명분자라는 고발만으로도 비판의 대상이 되어 나락으로 떨어지게 되는 불안한 사회 분위기 속에서 살아남기 위하여 서로가 서로를 고발하고 가족끼리도 믿지 못하여 계선을 나누는 상황으로 이어져 중국인 전체가 인간으로서의 존엄성을 상실하는 비극적 결과를 낳았다. 이러한 정치적 폭력이 난무한 문혁은 그 시기를 산 중국인 모두에게 고통스러운 체험이었고, 중국 현대사의 커다란 정신적 외상 즉 트라우마로 남아 있다.

변방의 소수민족이자 압록강과 두만강 건너에 모국을 두고 있는 과경민족인 조선족에게 문혁은 다른 어떤 지역의 중국인들에 비해 치열하게 전개되어 고통스러운 기억으로 남는다. 문혁 자체가 사회주의라는 보편적인 가치를 지향한 바, 자신들의 고유한 문화를 간직하며 살아가던 중국 소수민족

---

5   백승욱, 『문화대혁명 : 중국 현대사의 트라우마』, 살림, 2007, 97쪽.
6   문혁 기간 중의 지식인들의 저항과 피해에 대해서는 번성, 『포스트 문화대혁명』, 유영하 역, 지식산업사, 2008, 38~96쪽에 상론되어 있다.

들은 문혁이라는 정치적 혼란과 함께 자신의 고유문화가 비판받고 자신들의 삶이 와해되는 과정에서 이중적인 고통을 받았다. 더욱이 과경민족인 조선족들의 경우 중화인민공화국이 건립된 후 조선족으로서 중국 공민의 자격을 획득하였으나 문혁이 시작되기 직전부터 중국과 북한의 외교관계가 악화되자 조선 간첩이라는 오해를 받아 삼중적 고통에 빠져든다. 예컨대 조선족자치주 주장이었던 조선족 지도자 주덕해의 처리와 관련하여 심각한 무력 투쟁을 벌인 보황파와 홍색파 사이의 갈등으로 연변 지역의 문혁은 다른 어떤 지역보다 치열하게 전개되었고, 그만큼 더한 고통을 후유증으로 남긴다.[7]

문혁은 중국인들의 트라우마로 남아 그에 대해 기억하는 일조차 고통스럽게 느껴진다. 문혁 트라우마는 기억되지 않고 의식의 밑바닥에 가라앉아 있는 불안과 공포감으로 존재한다. 문혁 자체가 고통스러운 체험이었고, 문혁 기간 동안 인간으로서의 최소한의 존엄성을 유지하지 못하였고, 내가 살기 위해 남을 물어뜯은 기억하고 싶지 않은 상처로 남아 있기 때문이다. 홀로코스트가 가해자와 피해자가 분명한 데 비해 모두가 가해자이기도 피해자이기도 하다는 점에서 문혁 트라우마는 기억하고 이야기하기 쉽지 않은 대상이 되고 있다. 따라서 문혁을 체험한 사람들 특히 조선족들의 경우 문혁에 대해 말하거나 문혁 기간 중에 있었던 일을 기억하기보다는 그 자체를 회피하게 되는 것이다.

문혁에 대한 중국 사회의 기억은 크게 권력이 정리하여 제시된 기억, 지식인들이 자신들의 시각을 통해 재구성하여 유포한 기억, 잠재된 일반 대중들

---

7 연변지역 문혁의 흐름과 그 특수성에 대해서는 최병우, 「조선족 소설과 문화대혁명의 기억」, 『현대소설연구』 54, 2013.12, 499~508쪽을 참조할 것.

의 기억[8]으로 나누어 볼 수 있다.[9]

권력의 기억은 1981년 6월 27일 중국공산당 제11기 중앙위원회 제6차 전체회의에서 발표한 「건국 이래 당의 약간의 역사문제에 관한 결의문」으로 대표된다.[10] 문혁에 대한 중국공산당의 공식적인 결정 문건인 이 결의문에서는 문혁이 당과 국가 그리고 인민에게 엄중한 좌절과 손실을 안겨준 사건이며, 문혁이 내세운 수정주의 노선 혹은 자본주의의 길과의 투쟁이라 하였지만 타도 대상인 주자파는 당과 국가의 사회주의 사업의 중심 역량이었고, 그들에게 씌운 죄명은 임표와 사인방 등에 의해 날조된 것이며, 문혁 자체가 지도자의 잘못으로 발동한 운동이 반혁명집단에 의해 이용되어 당과 국가 그리고 각 민족과 인민에게 심각한 재난을 가져오게 한 내란이었다고 규정한다.

중국공산당의 이러한 문혁에 관한 규정은 권력이 가진 입장 정리의 어려움을 단적으로 보여준다. 이러한 고민은 문혁이 지도자 즉 모택동의 잘못으로 촉발되고 사인방 등에 의해 증폭된 것으로 정리하여 당의 책임을 약화시키고, 문혁 기간 동안 투쟁 역량이 집중되었던 유소기·등소평으로 대표되는 주자파들 역시 당의 중요한 구성원이었다는 것으로 정리하게 하였다. 이는 문혁에 대한 당의 책임을 최소화하고, 현재 당이 지도하고 있는 개혁개

---

8 세 가지 기억 중 대중들의 기억은 상당 기간 문자화되는 기회를 갖지 못하였다. 최근 들어 구술사적인 관점에서 대중들의 기억이 채록되어 간행되기 시작했다. 대중의 기억은 권력과 지식인의 기억과 다른 시각을 보여준다는 점에서 문혁에 대한 새로운 이해와 접근이 가능해질 것으로 기대된다.

9 김진공, 「현대 중국의 상흔문학의 성격에 대한 재검토」, 『중국현대문학』 47, 2008.12, 105쪽.

10 이 결의문 내용은 김재선, 『모택동과 문화대혁명』, 한국학술정보, 2009, 185~198쪽 부록에 실린 번역문을 참고한다.

방의 길 역시 정당화하기 위해서는 중국공산당 창립 이후 국민당과의 투쟁과 중화인민공화국의 성립에 이르는 사회주의 전통과 문혁 이후 진행되는 개혁개방의 정책이 중국공산당의 일관성을 지닌 일련의 과정으로 설명해야 하는 필요성에 기인한 것이다.[11]

문혁에 대한 권력의 기억에 비해 지식인들의 기억은 문혁 직후부터 상당히 많은 양이 발표되어 다양한 시각을 보여준다. 문혁 이전부터 작가로 활동하던 원로 작가들이나 산간벽지로 하향되었다가 문혁 이후 등단한 신진 작가들이나 문혁 시기에 체험한 고통과 부조리했던 현실을 제재로 한 작품들을 발표하여 문혁의 기억을 쏟아내기 시작하였다. 문혁 직후 발표된 루신우의 「학급담임」(『인민문학』 1977.11)과 루신화의 「상흔」(『문회보』 1978.8)과 같은 단편소설이 문혁 기간에 체험한 상처들을 작품화하여 상흔소설이라는 이름을 얻었고, 이후 많은 작가들이 문혁의 기억을 작품화하기 시작하였다. 상흔소설에 이어지는 반사(反思)소설이나 개혁소설 역시 문혁의 상처를 기억하고 반성한다는 점에서는 유사한 경향으로 이해해볼 수 있고, 이후에도 문혁의 기억을 제재로 한 소설들이 다수 창작된다.

조선족 소설 역시 문혁 이후 문혁의 기억이 소설의 중요한 제재로 사용되었다. 조선족 소설의 경우에도 문혁이라는 비정상적 상황 속에서 겪게 된 고통스러운 기억과 부조리했던 문혁 시기의 현실을 제재로 하여, 가해자와 피해자가 구별되지 않고 서로가 서로를 모함하던 문혁 시기에 인간으로서의 존엄성을 상실했던 기억을 떠올려 반성하는 소설, 사회주의에 경도되어 고도한 보편성을 추구하던 국가 정책의 오류를 비판한 소설 등이 다수 발표되

---

11   이런 점에서 김진공은 "중국의 지식인들이 갖는 문혁의 진짜 상흔 또는 트라우마란 문혁 이전과 이후의 '기억의 단절'에서 기인한다"(「문혁, 상흔, 기억, 서사」, 『중국문학』 66, 2011.2, 148쪽)는 주장을 하게 된다.

었다. 또 연변 지역의 조선족들이 경험한 문혁의 특수성을 기억하여 그 문제점을 비판한 것은 문혁 이후 조선족 소설의 중요한 특성이 된다.[12]

문혁은 중국인들에게 집단적인 트라우마이다. 중국 당대소설이 문혁의 기억을 다루고 있기는 하지만 문혁이 가진 역사적, 사회적, 문화적 의미를 해명하기에는 부족하다. 이는 10년에 걸친 문혁이라는 역사적 실체가 너무나 엄청나서 역사적 실체를 파악하기 쉽지 않다는 점이 큰 이유가 된다. 또 문혁 트라우마가 지닌 가해자와 피해자가 구분되지 않는다는 특수성은 그 기억을 소설의 제재로 하여 의미를 구명하는 데 커다란 장애로 작용한다. 더욱이 이념의 시대에서 실리의 시대로의 전환을 이끈 개혁개방으로 급격한 변화를 경험한 중국인들에게 문혁의 기억이 점차 옅어지고, 문혁 전후 사이에 의식의 단절이 존재할 수밖에 없는 점도 문혁의 기억을 되살려 그 의미를 구명하는 일에 소홀할 수밖에 없게 하고 있다. 문혁의 기억을 다루는 중국당대소설이 접하는 이러한 현실은 조선족 소설에도 그대로 대입된다. 문혁 직후 문혁의 기억은 조선족 소설의 중요한 제재가 되었지만, 개혁개방의 본격화에 따른 경제적 성장과 한중수교에 따른 한국 열풍으로 조선족 소설에서 문혁의 기억은 소재적 차원으로 떨어지고 만다.

3. 문혁 상흔과 극복의 길

문혁 세대인 우광훈은 문혁 시기의 체험과 그와 관련한 기억[13]을 바탕으로

---

12 문혁을 다룬 조선족 소설의 양상에 대해서는 최병우, 앞의 글의 3장에서 상세히 다룬 바 있다.

13 여기서 체험은 직접적이고 개인적인 기억을, 기억은 당대를 산 사람들이 공유하는

『흔적』을 집필한다. 그러나 우광훈의『흔적』은 문혁의 기억을 선택하여 소설화하면서 문혁 시기의 공포스럽고 부조리한 현실을 다루어 그 의미를 해명하기보다는 문혁의 기억이 문혁 세대가 개혁개방과 한중수교 이후의 현재를 살아가는 데 어떻게 작용하는지에 대해 관심을 갖는다. 즉 문혁이라는 트라우마가 현대를 살아가는 우리에게 어떠한 상흔으로 남아 있는가를 보여주고자 하는 것이다.

큰 위험이나 고통을 동반한 기억들은 쉽게 지워지지 않고, 고통스런 강박적 기억과 정신적 무기력 현상을 겪게 된다.[14] 문혁 세대들에게도 문혁 기간에 겪은 고통스런 체험은 정신적 외상 즉 트라우마가 되어 이후의 삶에 지속적으로 영향을 미친다. 그들은 이미지, 상기, 지각을 수반하여 사건을 집요하게 되풀이하여 회상한다거나, 꿈속에서 사건을 여러 번 되풀이하여 본다거나, 아니면 환영, 환각, 플래시백 등과 함께 사건이 마치 다시 일어나고 있는 듯 생생한 감각이 발생하며 사건을 스스로 연출하는 등의 증상을 나타낸다.[15] 우광훈은『흔적』에서 문혁의 상흔을 짊어지고 살아가는 창호와 그의 아내 금화, 그리고 창호가 집체호 시절 사랑하다 강제로 헤어진 카이란, 집체호 시절 만난 우파분자란 이유로 하향된 캉 아저씨 등 네 인물을 등장시켜 문혁 트라우마가 개혁개방과 한중수교 이후 그들의 삶에 미치는 영향을 구체적으로 보여준다. 그러면『흔적』에 등장하는 문혁의 상흔을 짊어지고 살아가는 네 인물을 트라우마의 발현 양태에 따라 나누어 살피기로 한다.

지식을 의미한다. 위스타슈는 이를 일화적 기억과 의미적 기억으로 나누어 장기 기억의 두 양상으로 설명한다. 프란시스 위스타슈,『우리의 기억은 왜 그토록 불안정할까』, 이효숙 역, 알마, 2009, 42쪽.
14 진은영,「기억과 망각의 아고니즘」,『시대와 철학』21-1, 2010.3, 166쪽.
15 오카 마리,『기억 서사』, 김병구 역, 소명, 2004, 51쪽.

1) 트라우마에 의한 강박행동

창호는 『흔적』의 전체적인 사건을 초점화하는 중심인물이다. 그는 초중을 다니던 시기에 문혁이 발발하자 홍위병에 참가하여 맹렬한 활동을 하고, 살육과 혼란의 절정기가 지나자 재교육을 받기 위해 하향되어 집체호 생활을 한 전형적인 문혁 세대이다. 그는 문혁이 발발하자 홍위병이 되어 낡은 것을 타파한다는 구호 아래 책을 불태우고 낡은 것이라 생각되는 모든 것을 파괴하고 돌아다녔다. 그러고는 서로 패가 나뉘어 몸싸움, 돌싸움을 하고 나아가 총격전으로 발전하여 서로에게 죽음을 강요하고 총질하고 수류탄을 던졌다. 귓전을 째는 듯한 총성과 폭발음은 소년 소녀들을 흥분시켜 점점 더 광기에 사로잡히게 된다. 창호와 같은 반이던 금자라는 소녀는 열성적으로 싸움에 참가하고 다니다가 한여름 어느 날 가슴에 총을 맞고 쓰러졌다.

> 가슴을 헤치자 피가 솟는 총상이 보였다. 그러나 창호의 가슴을 딱 멈추게 하는 것이 있었다. 솟는 피에 물들어가는 무르익은 하얀 젖가슴이었다. 핑크빛의 유두가 눈부셨다. 금자는 모여든 동학들에게 미소를 짓고 있었다. 고통의 빛은 없었다. 금자는 모주석만세라고 중얼거렸다. 소리를 지르고 싶었는지 입은 크게 벌렸지만 그것은 중얼거림으로만 들릴뿐이었다. 그러고는 분수처럼 피를 토하고 숨을 거두었다.[16]

창호에게 금자가 가슴에 총상을 입고 피 흘리며 죽는 장면을 목격한 사건은 엄청난 충격이었고, "소년을 완성시키는 참혹하고 잔인한 계기"[17]가 되었다. 어린 나이에 하얀 젖가슴에 피를 흘리며 죽는 금자의 모습을 본 것은 창

---

16 『흔적』, 14쪽.
17 『흔적』, 14쪽.

호에게 커다란 상처로 남는다. 그가 성장한 후에 여성들의 벗은 가슴을 볼 때마다 피에 물들어가는 하얀 젖가슴을 떠올리는 것은 그에게 있어 금자의 죽음이 준 충격의 강도를 보여주며, 이 사건이 창호에게 트라우마가 되어 있음을 알게 해준다.

또 창호는 젊은 여성을 볼 때마다 집체호 생활을 하던 벌목장 지역의 한족 마을 따구쟈에서 만나 사랑에 빠지고, 사랑하기에 죽을 수도 있다고 생각했던 카이란을 떠올린다. 비행기에서 스튜어디스의 뒷모습을 볼 때나, 술집에서 만나 하룻밤을 함께한 여성을 볼 때나, 음식점 종업 면접에서 레이홍을 만났을 때나 그의 마음 깊은 곳에서 갑작스레 카이란의 모습이 튀어나온다. 창호와 카이란은 서로 열렬히 사랑했지만 카이란의 부모는 창호가 우파분자의 자식이라는 점이 꺼려져서 딸의 편안한 삶을 찾아주기 위해 멀리 떨어진 산골 마을의 한족 청년과 결혼시켜버린다. 결혼 전날 카이란은 창호에게 처녀성을 주었으나 출신성분이 내세울 것 없었던 창호는 카이란이 친척들의 손에 의해 강제로 결혼마차에 올려지고 "창호! 넌 남자가 아니야!…"라고 부르짖으며 마을을 떠날 때까지 아무런 행동도 하지 못했다.[18] 카이란이 떠난 날 저녁 창호는 따구쟈를 떠나 친구가 집체호 생활을 하는 마을로 찾아가 거기서 문혁이 끝날 때까지 생활하고, 집체호 생활 중에 만난 금화와 결혼하여 딸까지 낳고 살고 있다.

카이란과의 사랑과 이별은 창호에게 트라우마로 자리잡고 있다. 창호가 따구쟈로 하향되어 간 것도 우파로 분류된 아버지의 탓이고, 사랑하던 카이란의 부모가 둘 사이를 갈라놓은 것도 자신의 출신성분 탓이다. 사회주의적 이상향을 꿈꾸고 우파분자와 주자파를 몰아내려 한 문혁 시기의 사회 분위

---

18 『흔적』, 118쪽.

기는 창호와 같은 인물과는 계선을 나누는 것이 당연한 일이었기에 카이란의 부모가 평범한 농촌 총각에게 카이란을 시집보낸 것은 상찬을 받아야 할 행동이었다. 그러나 이러한 결정이 문혁 시기의 사회 분위기와 무관하다 할 때, 문혁이 한 시대를 혼란과 고통 속으로 몰아넣었듯이 개인의 삶을 마구 유린한 것이다. 카이란과의 강제적인 이별은 창호에게 트라우마가 되어 그의 의식에 강박적으로 작용한다.

창호는 오랜 기간 정상적으로 보이는 결혼 생활을 하고 있고, 딸도 초중을 다닐 정도로 성장해 있는 평범하고 화목한 가정의 가장이다. 그러나 아내와의 생활에도 불구하고 창호는 비정상적으로 자주 주변 여성과 육체적 관계를 맺는다. 친구를 통해 문혁 후 세대인 경희라는 여성을 소개받았을 때 카이란을 떠올리며 육체적 관계를 맺고 이혼을 생각할 정도로 깊은 사랑에 빠진다. 또 동업을 하기로 한 한국의 정준태 사장이 한국으로 초청하여 고향을 방문시켜주고 술집에 데려가 하룻밤 관계를 맺어준 나래에게서도 카이란을 보게 되고 사랑에 빠져 중국으로 초청하고 아이를 갖게 한다. 또 정준태 사장의 연인인 조선족 인순이도 한국에서 소개받아 중국으로 함께 온 후 사업차 함께 일하다가 육체적 관계를 맺는다. 창호는 자기 주위의 많은 여성들과 육체적인 관계를 맺으면서 카이란의 모습을, 나아가 진정한 사랑의 대상을 찾고 있다. 창호의 이러한 행동은 프로이트가 『금제, 증상, 불안』에서 설명한 "그는 그것을 기억으로서가 아니라 행동으로 재생한다. 그는 자신이 반복한다는 사실도 모른 채 그것을 반복한다. 그래서 마침내 우리는 그것이 그가 기억하는 방식이라는 것을 알게 된다"[19]는 양상을 그대로 보여준다. 창호

---

19 박찬부, 「기억과 서사 : 트라우마의 정치학」(『영미어문학』 95, 2010.6), 108쪽 재인용.

에게 트라우마가 되어 있는 카이란의 존재는 순수한 사랑의 공간이었고, 그는 무의식적으로 그것을 찾아 헤매어 반복적인 육체적 탐닉에 빠진 것이다.

창호의 반복적 행동은 잠재되어 있는 문혁 트라우마가 현재의 삶 속에서 강박장애로 나타난 결과이다. 그는 문혁 이후 신문사 기자로 취직하고 개혁개방 이후 사회인으로서 건실하게 살았고, 한중수교로 한국의 자본이 연변으로 모여들자 정준태 사장과 동업을 하여 음식점과 노래방 사장이 되어 사업에 몰두하는 등 지극히 정상적인 삶을 살아간다. 그러나 그의 의식 깊은 곳에 문혁의 트라우마들이 자리 잡아 특정한 상황에서 피 흘리는 하얀 젖가슴을 떠올리거나 카이란의 모습을 보게 되고, 여성들과 육체적 탐닉에 빠지는 등 강박행동에 시달리게 하는 것이다.

2) 새로운 삶의 시도와 트라우마 극복의 가능성

창호는 자기 목숨과 바꿀 수도 있다고 생각할 만큼 사랑했던 카이란이 결혼한 날 저녁 따구쟈 마을을 떠나 중학교 때 친구가 집체호 생활을 하던 마을을 찾아간다. 집으로 돌아갈 수 없고 따구쟈 마을에 남아 있기도 어려웠던 창호에게 다른 선택이란 없었다. 그곳에서 외모가 수수하고 가정 성분이 지주로 되어 있는 금화를 만난다. 몇 년 지나지 않아 집체호 친구들은 군대로, 도시 노동자로, 대학으로 추천되어 떠나고 창호와 금화만이 집체호에 남게 된다.

우파분자의 아들이었던 창호와 마찬가지로 금화는 이 사회가 저주가 필요할 때에만 기억되는 인간 존재였다. 창호에게는 그래도 지식인가정의 교양이 있었고 총명이 있었지만 금화에게는 그런 교양이 있을수 없는것은 물론, 남보다 특별한 총명함도 없는, 어디서나 만날 수 있는 보통의 평범한 여자였

다.[20]

　금화는 지주 성분을 가진 교양도 부족하고, 총명하지도 않고, 미모도 없는 여성이어서 추천받아 집체호를 떠날 형편도 되지 못하고, 평범하게 생긴 탓에 집체호에서 함께한 어느 누구도 연애를 걸어오지 않았다. 그러나 집체호의 동료들이 모두 떠나고 창호와 금화만 남자 남녀 10여 명씩 쓰던 큰 방 두 개를 나누어 쓰기 부담스럽고 겨울이 되어 땔감 구하기가 어려워지자 한 방에서 생활하게 되고, 자연스럽게 육체적 관계를 맺게 된다. 문혁이 끝난 후 그들은 도시로 나와 사랑도 없이 결혼을 하고 딸을 얻어서 남 보기에 안정된 가정을 꾸린다.

　밖에서 보기에 창호는 가정적인 남자였고, 창호네 가정은 행복한 가정으로 알려져 있다. 그러나 금화는 조용한 여자이고 직접 가까이 가보지 않으면 알 수 없는 차가움을 가진 여자이다. 화장도 언제나 적당하게, 옷도 촌스럽지 않게 적당히, 목소리도 높지도 낮지도 않게 적당히, 사람을 대할 때도 미소도 정색도 아니게 적당히. 그녀는 남에게 책을 잡히지 않을 정도의 삶을 살아간다. 이런 금화는 창호에게 쇠로 된 공 같은 느낌으로 다가온다. 모가 나지 않아 부드러움이 있고 오래 쥐고 있으면 따스해지는 존재, 언제나 그 존재가 느껴지지만 다루기에는 부담스러운 존재로 다가온다. 이런 금화의 모습은 창호가 가정을 지키고 딸애를 키워주는 아내에게 고마움을 느끼지만 가정을 지켜야 한다는 부담을 갖지 않게 해주고, 자신의 욕망에 따라 행동하면서도 아내에 대한 죄책감이나 부담감은 느끼지 않게 한다.

　더욱이 문혁 트라우마에 따른 강박행동을 보이는 창호는 자신의 행동에

20　『흔적』, 170쪽.

대해 죄책감을 느끼지 않고, 아내 금화에게도 남편으로서의 책임감을 크게 느끼지 않는다. 창호에게 금화는 무관심의 대상이고 아내일 뿐이며 그 보상으로 금화에게서 돌아오는 것은 무관심과 싸늘함뿐이다.

금화는 집체호 생활을 하면서 엄청난 정신적 충격을 받았다. 자신의 의도와 관계없이 낯선 곳에서 낯선 젊은이들과 공동 생활을 하면서 많은 고통을 느꼈고, 또 지주라는 출신성분 때문에 받게 되는 차별과 멸시 또한 견디기 어려운 경험이었다. 더욱이 집체호 동료들이 모두 추천을 받아 도시로 고향으로 돌아가는데 출신성분 때문에 마지막까지 추천되지 못하고 창호와 단둘이 집체호 공간을 덩그러니 지키고 있으면서 사랑 없는 육체적 관계를 맺기까지 금화가 느낀 정신적 충격과 고통은 감내하기 어려운 것이었다. 이러한 문혁 시기의 정신적 충격은 그녀에게 트라우마로 남아 그것을 망각하기 위해 현실에 최대한 충실해 보이는 삶을 살아간다. 현실의 변화를 있는 그대로 인정하고 일상적 행복을 가장함으로써 문혁 트라우마를 극복하려 애를 쓴 것이다.

그러나 창호가 강박행동으로 지속적으로 다른 여성들과 관계를 맺는 것은 금화의 가장 아픈 기억인 카이란의 존재를 떠올리게 하고, 그것은 그녀가 망각하고자 애쓰는 문혁 트라우마를 되살리게 한다. 남편의 행동이 문혁 시기의 아픔으로부터 벗어나기 위한 강박행동임을 모르지는 않지만 그 행동이 용납되는 것은 아니다. 그리하여 금화는 딸을 이모에게 맡기고 한국으로 이주하여 돈을 벌면서 새로운 삶을 찾아보려 한다. 창호 몰래 한국행을 준비하고, 남편의 만류에 앞으로 딸의 학비가 만만치 않을 것이기에 돈을 벌어야 된다며 자신의 뜻을 굽히지 않는다. 출국 날 비행기 시간을 잘못 안 듯이 공항에 일찍 나가 찻집에서 창호와 마주 앉아 작심하고 자신의 아픔을 토로한다.

"당신은 잃은 것을 찾고 싶다는 집착에 빠져있는 동안 다른 사람의 존재를 무시했어요. 억울하게 잃은 사람이기에 그것을 찾는 것은 합리하다는 론리에 빠져있었어요. 마치 저희 할아버지를 때려 죽인 가난한 사람들처럼 말이예요. 가난하기에 부자의 것을 빼앗고 죽일 수 있다는 론리가 통한다고 생각하세요? 당신은 잃은 자이기에 얻으려는 무한정한 노력이 합리하다고 생각해요?… 당신이 억울함을 당했기에 어떤 방법으로든 그 억울함을 풀면 된다라고 생각한 거예요? 그동안 전 당신을 리해하려고 노력했어요. 저에게도 잃은것은 당신 못지 않게 많아요. 당신보다 더 많을지도 모르고. 그렇지만 전 그 지저분한 보상에 대해 집착하지 않았어요. 다만 당신이 불쌍하고 기가 막힐 뿐이예요. 그래서 그만둔 거래요. 몰라서가 아니예요.[21]

금화의 할아버지는 소작농 세 명을 썼다는 이유로 지주로 분류되어 중국의 토지개혁 때 비판받고 가난한 농민들에게 맞아 죽었다. 금화는 할아버지를 보지도 못했고 유산 하나 받은 것이 없지만 지주의 자손이라는 이유로 주변 사람들로부터 멸시와 저주를 받았다. 금화는 창호와의 결혼도 문혁 당시 이 사회의 찌꺼기로 분류된 존재라는 동질감을 가지고 있었기에 가능하였다고 생각한다. 그러나 창호는 카이란에 대한 기억 때문에 금화에게서 동질감을 느낄 수 없었고, 카이란의 흔적을 찾아 끝없이 방황하였다. 금화는 창호의 아픔을 알기에 거기에 집착하지 않았지만 남편의 반복된 행동은 결국 남편에 대한 포기로 나아가게 된다. 창호의 행동은 논리적으로 설명이 되지 않는 정신병리적인 현상이다. 그러나 그것을 곁에서 지켜보고 직접적인 피해를 입는 아내 금화로서는 견디기 어려운 고통이다. 창호의 반복되는 강박 행동은 문혁 트라우마를 망각하기 위하여 죽을힘을 다하는 금화에게 또다시 트라우마에 사로잡히게 하는 비극을 연출한다.

---

21 『흔적』, 288쪽.

금화는 결국 남편에 대한 이해와 기대를 포기하고 한국으로 나가 새로운 삶을 개척하려 한다. 그러나 금화는 딸에게만은 안정된 가정을 물려주어야 한다는 생각에, 창호가 무슨 일을 하든 어떤 여자와 잠자리를 같이하든 관계하지 않겠지만 이혼만은 결코 안 된다고 못을 박는다. 이혼으로 가정이 파괴된다면 자신들의 상처가 딸에게 또 다른 비극으로 전수될 것이기 때문이다. 그래서 금화는 딸에게 부모의 일은 비밀에 부치고 언니에게 맡기고는 창호에게 딸에게 관심을 좀 가져달라는 당부를 한다. 그리고 금화는 자신의 행동과 말에 머리가 멍해진 창호를 남겨두고 눈물을 흘리며 한국행 비행기에 탑승한다. 금화는 "외상적 기억에 대한 고집스러운 집착을 해소시키는 것은 새로운 삶의 열정으로만 가능하다"[22]는 지적대로 문혁 트라우마를 반복적으로 떠올리게 되는 중국을 떠나 한국으로 이주하여 새로운 환경에서 새로운 삶을 개척함으로써 문혁 트라우마에서 벗어날 가능성을 갖게 된다.

3) 트라우마 고통의 감내 그리고 죽음

따구쟈 마을에 하향된 창호는 반우파투쟁기에 우파분자로 분류되어 강제노동을 하던 중 오른손을 다쳐 장가도 못 가고 어렵게 살고 있는 캉 아저씨를 알게 되고, 그가 아버지와 같은 지식인 출신이라는 동질감에 무척이나 따랐다. 우파분자로 타인들의 멸시와 무관심 속에 살아가던 캉 아저씨는 자기를 인간적으로 따르는 창호에게 깊은 사랑을 느낀다.

캉 아저씨는 귀주성 오강 가의 부용진이라는 마을 출신으로 고향에서 처음으로 대학생이 된 인재였다. 할빈임업대학에 입학하여 청운의 꿈을 키웠으나 졸업을 앞두고 반우파투쟁기에 우파분자로 분류되어 북대황의 노동개

---

22   진은영, 앞의 글, 174쪽.

조농장에서 강제노동에 시달렸다. 그가 우파로 분류되면서 서남지방 오지에 살고 있던 가족들에게도 피해가 돌아가 부친은 비판을 받다가 죽음에 이르고, 동생을 비롯한 가족들은 부용진에서 쫓겨나 오지 마을인 서릉채로 강제 이주를 당하게 되어 가족으로서의 인연이 끊어지고 만다. 문혁이 끝나고 억울하게 우파분자로 분류되어 고생한 사람들에게 원래의 대접을 해주라는 정책으로 캉 아저씨는 25년 만에 도시로 다시 돌아와 직장에 배치받고 붉은 벽돌로 지은 2층 아파트에 살게 된다.

그러나 캉 아저씨는 우파분자로 분류되어 비인간적인 대접을 받던 세월의 일들이 트라우마가 되어 타인과 단절하고 묵묵히 자신만의 삶을 살아간다. 고향의 가족들과 연락도 끊고 직장의 누구와도 인간적인 관계를 맺지 않으며, 오로지 따구쟈에서 헤어진 후 수년 만에 다시 만나 그때의 고마움을 잊지 않고 자신을 친삼촌처럼 모시는 창호와 동북지방에 사는 외가 쪽 먼 조카뻘인 리후이 두 사람과만 소통하며 지낸다. 반우파투쟁과 문혁을 거치는 긴 세월 동안 그의 삶은 황폐해지지만 그는 그 트라우마를 감내하며 자신의 방식대로 살다가 창호와 리후이 둘만이 임종하는 가운데 운명한다. 문혁이라는 역사적인 혼돈 속에서 비극적인 삶을 살아야 했고, 그 시기의 트라우마를 안고 그 고통을 감내하면 살아갈 수밖에 없었던 캉 아저씨의 죽음 앞에서 창호는 그의 삶이 갖는 의미와 시대의 불합리에 대해 생각한다.

황금으로 만들어졌어도 쓰레기통에는 쓰레기를 담기 마련이다. 쓰레기통이라면 아무런 쓰레기나 던지고 침을 뱉게 된다. 아무리 고귀한 소재라고 하더라도 누구인가가 쓰레기통으로 만들어 버리면 사람들은 쓰레기통으로 사용하게 되고 천대하게 되는 것이다. 누군가가 황금을 변기로 만들어 버렸다면 누군가는 그 우에서 변을 볼 것이었다. 캉아저씨는 어떤 정신에 의해 만들어진 쓰레기통이었다. 그리하여 그런 인간으로부터 천시를 받고 괴롭힘을

당해왔다. 그것은 그 시대 존재의 숙명이었다.[23]

 캉 아저씨의 능력과 본심이 어떠하든 우파로 분류되어 사회적 비난의 대
상이 되었을 때, 주변의 모든 사람들은 그를 멸시하고 비난하고 모든 잘못된
일은 그로부터 비롯된 것으로 생각한다. 사회주의 이상향을 건설하려는 의
도에서 촉발된 문혁을 위해 적절한 비판의 대상이 필요하였기에 어떤 사람
들에게 우파분자, 반혁명분자라는 이름을 들씌워 사회 전체의 저주 대상으
로 만든다. 일단 비판 대상으로 전락하면 그가 어떤 존재이든 상관없이 사회
로부터 소거되고 주변의 멸시가 쏟아진다. 이미 비판 대상으로 분류된 자들
은 자신에게 명명된 존재로부터 벗어날 수 없고, 주변 사람들은 그러한 존재
로 떨어지지 않기 위해 그들과의 관련을 부정하고, 필요하다면 계선을 나누
기도 한다.

 캉 아저씨는 자신에게 주어진 우파분자라는 이름을 주어진 그대로 감내한
다. 그는 어떤 고난의 순간에도 현실을 받아들이며 자신의 방식대로 살고,
복권되어 사회에 복귀한 후에도 그러한 삶을 그대로 유지한다. 그는 자신의
나약한 모습을 보이지 않기 위하여 또 타인의 싸구려 동정을 받지 않으려 엄
청난 고통을 견디면서도 결코 눈물을 보이지 않는다. 강한 의지로 트라우마
를 견디어내는 캉 아저씨는 남들이 보기에 옹색한 삶을 살아가면서도 꾸준
히 저축을 하여 적지 않은 돈을 모으고, 조그마한 나무 하모니카와 '1956년
봄'이라는 글이 적혀 있는 젊은 여자의 사진과 젊은 날 찍은 사진 등 자신의
과거와 꿈을 기억할 수 있게 해주는 물건들을 작은 상자 안에 감추어둠으로
써 자신의 자존감을 유지한다.

---

23 『흔적』, 271쪽.

그러나 캉 아저씨는 죽음이 다가오고 있다는 것을 감지하고는 차근차근 자신의 마지막 순간에 대비한다. 유서를 작성하여 공증을 받아두고, 병원의 연명 치료를 거부하고, 자신이 죽기 전에 처리해야 할 일들을 꼼꼼히 챙긴다. 자신의 유산 중에서 문상을 온다는 조건으로 가족에게 5만 원이라는 거금을, 나머지 저축과 재산은 자신을 마지막까지 돌보아준 리후이에게, 젊은 날 북경에서 구입한 고가의 제백석의 그림을 창호에게 유산으로 남긴다. 마지막까지 자신을 돌보아주고 인간적으로 대해준 창호와 리후이의 고마움에 대한 보답이다. 이렇게 자신의 죽음에 대비하는 모습은 트라우마를 감내하고 오랜 시간을 의연히 살아온 캉 아저씨의 삶의 자세를 집약적으로 보여준다.

죽음을 맞이하는 순간 캉 아저씨는 리후이를 내보내고 창호에게 카이란에 관한 기억을 들려준다.

> "이 말을 할지 말지 나도 오래동안 고민을 했었다… 네가 따구쟈를 떠나서 반년 후 카이란이 왔댔어. 임신이더라. 카이란이 날 찾아와 네 아이라고 하더라. 널 찾고 있는데 나도 모르고 있었잖니?…" …(중략)…
>
> "네가 실종되었다는 말을 듣고 카이란은 아무 말도 않고 울기만 했어. 그리고 돌아갔는데 소문에 돌아가서 얼마 안되여서 가출을 했다더라… 카이란네 집에서 찾는다고 산동이고 흑룡강이고 돌아다녔지만 끝내는 찾지 못했어. 내가 따구쟈를 떠날 때에도 애는 소식이 없었어…" …(중략)…
>
> "근데 왜 이제야 이 말을 하십니까? 네 왜서요?!…" …(중략)…
>
> "말한들 어쩌겠니? 찾을 수도 없고 찾을 길도 없는데… 인생에 부담만 되는 거잖니?…"[24]

---

24 『흔적』, 264~265쪽.

창호와 카이란의 사랑을 잘 알고, 자신의 집을 두 사람의 사랑의 장소로 제공해주었던 캉 아저씨는 창호를 다시 만난 이후 가끔 카이란에게서 연락이 있느냐고 묻곤 했다. 그런 캉 아저씨가 죽음을 맞이한 순간 창호에게 들려준 카이란에 대한 기억은 창호에게 충격 그 자체이다. 한 남자의 아내로 살고 있을 줄 알았던 카이란이 자신의 아이를 배고 자신을 만나러 따구쟈로 왔다가 돌아가 가출했다는 사실은 창호로서는 받아들이기 어려운 현실이다. 그러나 이미 깨져버린 인연이고, 카이란을 다시 찾을 수도 없을 뿐 아니라 그 일을 아는 것이 살아가는 데 부담만 될 것이라 말하지 않았다는 캉 아저씨의 말은 창호에게 아픔을 전하지 않겠다는 배려이다. 그리고 이러한 일 처리 방식은 현실을 감내하고 살아온 캉 아저씨의 삶의 자세와 일치하는 것이기도 하다. 캉 아저씨가 죽음의 순간 창호에게 전해준 카이란에 관한 기억은 창호로 하여금 카이란의 흔적을 찾아 따구쟈로 가는 계기가 된다.

4) 애도를 통한 트라우마의 극복

『흔적』에서 카이란은 창호와 캉 아저씨 그리고 그녀의 가족들 기억 속에만 존재하는 인물이었다가 작품의 말미에서 그 모습을 드러낸다. 따라서 카이란의 행적은 작중인물들이 그녀와의 기억을 떠올릴 때 단편적으로 제시된다. 작중인물들의 기억을 바탕으로 카이란의 삶을 정리하면 그녀는 창호와의 열정적인 사랑이 끝난 후 매우 비극적인 삶을 살았다. 따라서 그녀에게 문혁 기간 창호를 만나고 헤어진 일련의 사건은 엄청난 정신적 육체적 고통과 상처일 수밖에 없다.

창호의 기억에 따르면 카이란의 부모가 카이란을 다른 마을의 한족 청년에게 결혼시키려 하지만 우파분자의 자식으로 비판의 대상이었던 창호로서는 그녀의 결혼을 막을 수는 없었다. 카이란이 시집가기 전날 그들의 밀회

장소였던 캉 아저씨의 집에서 처음으로 육체적 관계를 맺었으나 그러한 행동이 그들의 이별을 막을 수는 없어서 카이란은 친척들의 손에 이끌려 시집으로 가고, 창호는 따구쟈 마을을 떠났고 이후로는 카이란의 소식을 들은 적도 따구쟈 마을에 가본 적도 없다.

그러나 캉 아저씨의 기억에 의해 카이란에 관한 새로운 사실이 확인된다. 카이란은 결혼한 지 반 년 후에 친정 마을로 돌아와 캉 아저씨 집에 와서 창호를 찾으며 창호의 아이를 가졌다고 한다. 그러나 창호가 종적을 감춘 것을 알고는 시댁으로 돌아갔다가 얼마 후 가출을 하였고, 카이란 집안에서는 산동과 흑룡강 등 그녀가 갈 만한 곳은 모두 찾아보았지만 행방이 묘연하다는 것이다.

캉 아저씨에게서 카이란에 관한 새로운 이야기를 들은 창호는 따구쟈에 한번 가보아야겠다고 생각하였으나 쉽게 실행에 옮기지는 못한다. 어느 날 창호는 아내가 없는 집에서 처음부터 카이란을 떠올리게 했던 음식점 종업원 레이훙과 밤을 지내면서 카이란을 떠올린다.

> 창호는 카이란을 생각했다. 가슴에 안긴 이 녀자가 카이란이라는 착각이 들었다. 레이훙과 카이란이 뒤섞여 있었다. 누구인지 분간이 안되었다. 그리고 품 속의 사람이 레이훙이라는 긍정을 확인했을 때 창호의 눈에서는 눈물이 흘렀다. 과거의 사랑에 대한 추억과 성적인 욕망이 사라져 있는 이 순간의 자신에 감동하여 울었다. 목메이지는 않았다. 다만 눈물만이 그렇게 흐를 뿐이었다.[25]

레이훙을 안으면서 창호은 카이란과 관련한 트라우마에서 서서히 벗어난

---

25 『흔적』, 323쪽.

다. 그는 카이란을 떠올리며 레이홍을 안았지만 자신이 안고 있는 여인이 레이홍이라는 사실을 깨닫고 카이란에 관한 상흔도 성적 욕망도 사라져가는 것을 느낀다. 문혁 트라우마로부터 어느 정도 거리를 두게 된 자신을 확인한 순간 창호는 눈물을 흘리게 되고, 카이란과의 기억이 묻혀 있는 따구쟈로 가서 카이란의 가족들을 만나볼 생각을 하게 된다.

따구쟈로 찾아가서 카이란의 오빠를 만나자 그는 어렵사리 창호에게 카이란에게서 소식은 있느냐고 물어본다. 그 긴 시간 동안 카이란네 집에서도 카이란의 생사를 알지 못하고 있는 것이다. 다만 카이란의 오빠에게서 카이란의 남편은 아내가 사라진 후 아내를 찾아다니다가 정신이 이상해져서 기차역에서 하염없이 카이란을 기다리고 있다는 소식과 카이란의 아버지가 죽는 순간까지 카이란을 강제로 시집보낸 것을 후회했다는 이야기를 듣게 된다.

카이란의 존재는 그녀를 아는 사람들의 기억 속에만 남아 있고, 그 이후의 모습은 전혀 확인되지 않는다. 그러나 카이란의 존재는 창호가 캉 아저씨가 가족에게 남긴 유산 5만 원을 전하기 위해 캉 아저씨의 고향인 부용진 서릉채로 찾아가면서 갑작스레 현현한다. 어렵사리 서릉채로 찾아간 창호는 캉 아저씨의 동생을 만났지만 이미 인연이 끊어진 형의 유산을 받을 수 없다는 도리를 내세우는 노인 앞에서 절망하고, 교통편이 닿는 곳까지 마중 나온 캉 아저씨의 조카에게 그 돈을 넘겨주고 부용진으로 돌아온다.

돌아갈 차편의 시간이 많이 남은 창호는 부용진에서 유일하게 가볼 만한 은혜사(隱慧寺)라는 절을 찾아간다. 999계단을 세 번이나 올라가 닿은 은혜사 법당에서 창호는 "창호?…" 하고 회한에 차 부르짖는 목소리를 듣고는 마음속으로 "카이란!…" 하고 외쳤다. 돌아보니 그 자리에 많이 여위고 늙은 승복을 입은 카이란이 슬픔도, 아픔도, 기쁨도 없이 애수가 살짝 배어나오는 표정으로 창호를 바라보고 있다.

카이란은 사랑하는 창호의 자식을 지키기 위해 시댁을 나와 자신과 창호를 연결해주는 유일한 인물인 캉 아저씨의 고향으로 무작정 찾아가다가 길에서 문혁으로 강제 환속한 비구니의 도움으로 남자아이를 사산하고 말았다고 표정 없는 눈에 물기를 실으며 이야기한다.

> "죽은 애를 낳았어. 아마 애를 먹어서 다시 내 배 속에서 살릴 수 있다면 난 그 애를 먹었을지도 몰라"
> 카이란은 얼굴을 돌렸다. 측면으로 보이는 카이란의 입가가 경련을 일으키고 있었다.
> 사랑하는 사람의 애를 살리고싶어 그 애를 먹고 싶었다는 녀자, 그때 그 녀자의 아픔을 어떻게 상상할 수 있겠는가. 누가 그 아픔의 깊이를 표현할 수 있을 것인가?!...[26]

카이란이 겪은 고통은 『흔적』에 등장하는 어느 누구보다 더 가혹하다. 목숨을 바칠 생각을 할 만큼 사랑한 남자와 이별당하고, 얼굴도 모르는 남자와 강제로 결혼하고, 사랑하는 남자의 아이를 가진 것을 알고는 그것을 온존히 지키기 위해 가출하고, 동북지방에서 서남지방까지 그 먼 거리를 걸어서 간 고통. 그리고 길에서 환속한 비구니의 도움으로 남자애를 사산하고, 그 아이를 먹어서라도 다시 살리고 싶었던 절망. 이러한 고통과 절망은 인간으로서 감내하기 어려운 극한이었을 것이다.

문혁이라는 소용돌이 속에서 한 개인의 존엄성이 완전히 파괴되고, 사랑하는 사람과 함께할 수 없을 뿐 아니라 그 자식조차 지킬 수 없었다는 것은

---

26 『흔적』, 381쪽.

그 시대의 아픔이었으며 카이란에게는 지우지 못할 트라우마였다. 그러나 그녀는 이러한 엄청난 아픔과 트라우마를 자신을 구해준 비구니를 따라 종교에 귀의함으로써 극복한다. 상실한 것을 잊지는 않되 그것에 집착하지 않고 애도함으로써 사랑하는 사람과 자식의 상실이라는 상처를 극복할 수 있었던 것이다. 이것은 프로이트가 말한 상실된 대상에 대한 집착인 우울을 극복하는 방법으로서 애도에 해당한다.[27]

카이란은 종교에 귀의해 상실한 것들에 애도함으로써 트라우마를 벗어날 수 있었다. 창호를 만난 순간 카이란은 크게 동요하지만 바로 평정심을 되찾고 자신이 여기까지 오게 된 인연을 이야기한다. 창호는 카이란에게 그간 못해준 모든 것을 해줄 테니 돌아가자고 애원하지만 카이란은 손끝으로 창호의 손가락을 잡고 자비에 가득 찬 눈으로 바라보며 조용한 목소리로 "돌아는 갈 거야. 그러나 지금은 아니야…"[28]라고 말한다. 그것이 이승에서가 아니라 다음 생을 이야기한다는 것을 알아차린 창호는 더 이상 어쩌지 못하고 눈물을 흘리며 돌아선다. 절벽 사이로 난 길고 가파른 계단을 다 내려온 창호가 은혜사를 향해 절을 하는 순간 절벽을 때리는 카이란의 통곡 소리가 들려온다. 그것은 창호를 만남으로써 현세와의 속된 인연이 모두 끊어졌음을 깨달은 카이란의 마지막 울음일 것이다.

---

27 프로이트는 상실된 대상에 대한 집착을 '우울'이라고 지칭한 바 있다. '우울'은 사랑하던 대상의 상실이 마치 자기 자신의 상실인 양 착각하게 되는 심리 현상으로, 심할 경우 만성자폐증으로 이어질 수도 있다. 프로이트가 우울증을 극복할 수 있는 해법으로 제시한 것은 다름 아닌 애도이다. 애도란 타자의 상실을 지속적으로 슬퍼하는 행위를 일컫는다. 애도가 가능하기 위한 전제조건은 과거를 기억하되, 더 이상 그것에 집착하지 않는 것이다. 전진성, 「트라우마의 귀환」, 전진성·이재원 편, 『기억과 전쟁』, 휴머니스트, 2009, 32쪽.

28 『흔적』, 382쪽.

4. 결론

문혁은 중국 현대사의 가장 큰 비극이었고, 중국인 모두에게 트라우마로 남아 있으며, 현대를 살아가는 중국인들에게 지속적인 영향을 미치고 있는 사건이다. 그러나 문혁이 끝나고 개혁개방으로 나아간 지 30여 년의 시간이 경과했지만 중국에서 문혁의 기억은 자유롭지 못하다. 수없이 많은 사람들이 문혁 트라우마로 고통을 받고 있지만 그것을 치유하기 위한 국가적 또는 사회적 애도가 이루어진 바 없다. 또 문혁 트라우마를 치유하기 위하여 그것을 기념하기 위한 기념물을 건립하고 학문적으로 기억을 재구성하기 위한 시도조차 본격적으로 이루어지지 않고 있다. "기억의 궁극적 기능은 변형시키고, 결합시키고, 주체의 일관성에 일치하는 표상을 구축"[29]하는 것이라는 점에서 문혁을 기억하고 기념하는 행위는 문혁 트라우마 치유를 위하여 필요한 사업이다.[30]

우광훈은 문혁이 현재를 살아가는 문혁 세대들에게 미치는 영향을 아래와 같이 간단히 정리한다.

> "우리 세대의 아픔이라는 건 오히려 겪는 순간의 아픔보다 지나간 후의 아픔이 더 심각했을 수 있어요. 리해가 안되지요? 그것이 바로 우리 세대의 아픔의 특징이예요. 가슴 깊이에 도사리고 있다가 어느 순간에 독즙을 내뿜으며 물어뜯는 독사라고 할가요? 언제나 그 독즙의 고통에 시달리는 그런 아

---

29 프란시스 위스타슈, 앞의 책, 73쪽.
30 문혁 시기를 살아온 사람들의 기억을 수집하고 정리하고자 하는 노력은 최근에 들어와 일부 학자들에 의해 산발적으로 이루어지고 있다. 문혁 기억을 정리하여 서사화하는 일은 문혁의 전체상을 알고, 문혁 트라우마의 치유 방안을 모색하기 위한 기초 작업이 될 수 있을 것이다.

품, 아마 그럴 거예요."[31]

　창호의 말로 표현된 바, 문혁 세대들의 아픔은 문혁 시기에 겪은 고통만이
아니라 문혁이 그들에게 트라우마가 되어 지속적으로 고통에 빠뜨리고, 그
결과 그들의 삶을 파괴하는 것이 더 문제적이라는 지적이다. 문혁의 독소가
마음속 어디엔가 숨어 있다가 자신도 자각하지 못하는 사이에 내뿜는 독소
의 고통에 시달리게 된다는 것은 문혁 트라우마의 본질을 잘 보여준다. 우광
훈의 『흔적』은 문혁 트라우마가 현재를 살아가는 문혁 세대들에게 남아 있
는 상흔을 여실하게 보여주고, 그러한 고통스러운 트라우마의 치유 과정을
보여준다는 점에서 큰 의의를 지닌다.

　이 작품에 등장하는 문혁 세대들 모두 문혁 트라우마에 고통 받는 인물로
문혁 이후 오랜 시간 동안 강박(창호), 회피(금화), 감내(캉 아저씨), 절망(카
이란) 등 각각 다른 상흔으로 고통을 받는다. 그러나 금화는 한국행을 통해
새로운 삶을 시도함으로써 트라우마 치유의 가능성을 열고, 카이란은 종교
에 귀의하여 애도를 통해 트라우마를 초월하고, 캉 아저씨는 의연한 자세로
죽음에 임함으로써 트라우마에서 영원히 벗어난다. 『흔적』의 중심인물인 창
호는 문혁 트라우마로 강박행동을 반복하는 문제적인 인물이었으나, 잠자
리에서 자신에게 안긴 레이홍이 카이란이 아닌 레이홍으로 보여 강박증이
던 성적 욕망에서 벗어날 수 있게 되고, 카이란을 만나 그녀의 과거와 현재
를 확인한 후 문혁 트라우마에서 벗어날 힘을 얻게 된다. 더욱이 카이란을
만나고 북경에 도착한 날, 창호는 자신과의 사이에 태어난 갓난 아들을 안
고, 오직 사랑하는 자신 하나만을 찾아 북경 공항에 내린 나래에게서 강박적

31　『흔적』, 140쪽.

으로 찾아다니던 진정한 사랑의 모습을 보게 된다. 이 장면은 창호가 자신을 괴롭히던 문혁의 상흔에서 완전히 벗어났음을 암시적으로 보여준다.

우광훈은 『흔적』에서 문혁 시기의 고통스러운 체험으로 형성된 트라우마의 길고 어두운 터널을 벗어나는 길은 문혁 시기의 비극적인 사건들을 기억하여 정확히 인식하고, 그를 통해 진정으로 그 시대를 애도하고, 이해하고, 사랑하는 데 있다는 깨달음을 소설적으로 보여준다. 바로 이런 점에서 우광훈이 『흔적』에서 보여주는 문혁의 상흔과 치유의 서사는 풍요로우나 고통스러운 이 시대를 살아가는 사람들에게 커다란 울림으로 다가오게 된다.

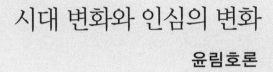

시대 변화와 인심의 변화

윤림호론

시대 변화와 인심의 변화

윤림호론

1. 서론

윤림호는 개혁개방 전기에 등단한 조선족 작가[1]로 소년기에 문혁 초기 홍위병들에 의한 혼란을 경험하고 문혁 중에 성장한 세대[2]이다. 윤림호는 1954년 5월 23일 흑룡강성 동녕현 로흑산향 만보만에서 윤영호와 라경옥 부부의 7남 3녀 중 아홉째로 태어났다.[3] 아들이 귀한 집안에서 허약한 몸으

---

1 개혁개방 전기에 변화된 문화정책에 따라 리원길, 정세봉, 고신일 등 많은 작가들이 등단하여 조선족 소설문학을 새로운 발전단계로 들어서게 하였다. 김호웅·조성일·김관웅, 『중국조선족문학통사』 하, 연변인민출판사, 2012, 94쪽.
2 1950년대 전반기에 태어나 소학교 시절에 문화대혁명이 시작되어 감수성 예민한 청소년기를 정치적 혼란 속에서 보내고, 각자의 재능과 노력을 바탕으로 개혁개방 이후 등단한 대표적인 작가로 리광수, 김관웅, 최홍일, 허련순, 우광훈, 윤림호, 리혜선 등을 들 수 있다. 이들 세대의 문학적 특징에 대해서는 최병우가 「한중수교가 중국조선족 소설에 미친 영향 연구」(『조선족 소설의 틀과 결』, 국학자료원, 2012)에서 허련순, 우광훈, 윤림호, 리혜선을 중심으로 살핀 바 있다.
3 이하 윤림호의 생애는 강걸, 「윤림호 소설의 주제학적 연구」(연변대학교 석사학위

로 태어난 윤림호는 다섯 살 때까지 제대로 걷지도 못했으나 점차 건강해져 집안의 유일한 아들로 성장하였다. 아버지의 하방으로 소련과의 변경지대인 동녕현 삼자구향 포자연촌에서 소학교를 다니던 윤림호는 5학년 때 문혁이 시작되자 소학교를 자퇴하고 사회로 나온다. 윤림호의 아버지는 친일부역죄로 문혁 내내 타도 대상이었고, 남편 때문에 고초를 겪던 윤림호의 어머니는 1972년 사망한다. 어머니가 죽은 이듬해 둘째 누이가 사는 흑룡강성 해림현 해남향 남라고촌으로 이주해 촌당지부서기였던 자형의 도움으로 벽돌공장 노동자 생활을 하며, 1978년 박순녀와 결혼하여 두 딸을 얻는다.

아버지의 역사 문제로 고민하던 윤림호는 자기 존재를 증명하고자 1977년 겨울부터 소설을 쓰기 시작해 노동과 창작을 병행하였다. 투고한 작품마다 주제가 산만하고 언어 사용이 합당하지 않다는 이유로 퇴짜를 맞았는데 소학교 중퇴 학력인 윤림호로서는 이해하기 힘든 일이었다. 1979년 봄 흑룡강신문사에 투고한 「셋째 사위」가 발표된 뒤 윤림호는 남라고촌에 살면서 창작을 지속하였고, 1983년 민족작가 양성의 필요성에 따라 연변대학에 설립한 연변대학 문학반[4]에 입학하여 1985년까지 수학하였다.[5] 졸업 후 윤림

논문, 2003)의 2장 2절 '윤림호의 인생과 작가의 길'을 참조한다.

4 연변조선족자치주 문학예술계련합회 당조에서는 문학예술인 양성을 위해 중공연변주위와 주정부에 방안을 제기. 중공연변주위와 주정부에서는 연변대학에 위탁하여 조선어문반, 한문반 '연변대학 문학반'을 꾸리도록 비준했다. 자치주내 각 현, 시 문련 당조에서 인재를 선발, 정부에서 학비를 책임지고 본인 직장에서 월급을 지급, 학제는 4년, 학생은 조선족, 한족 33명이다. 리혜선 · 손문혁 정리, 『연변작가협회 대사기』, 연변인민출판사, 2006, 88쪽, 1983년 2월 28일자.

5 연변대학 문학반 졸업이 윤림호의 유일한 학력이다. 그의 동창으로는 소설가 우광훈, 김동규, 리선희, 김경련과 시인 김학송, 최룡국 그리고 아동문학가 김철호 등이 있으며, 동기들의 상당수가 50세 전후에 요절하여 현재 절반도 안 되는 사람들만 남아 있다. 우광훈의 2017년 1월 24일 메일과 김호웅의 2017년 2월 11일 메일 참조.

호는 1987년부터 1988년 사이 『송화강』 편집부에서, 1993년부터 1996년까지 『꽃동산』 소년아동 편집부에서, 1997년 흑룡강조선민족출판사 조문편집부에서 편집담당으로 근무한 3년 반 정도와 1996년 10월에 세계한민족문학인대회에 참가차 한국에 갔다가 불법체류한 6개월을 제외하고는 농민작가로서 창작에 전념하였다. 그 결과 윤림호는 세 권의 소설집과 두 편의 장편소설 그리고 적지 않은 수의 중단편소설과 동화와 수필 등을 남기고, 2003년 3월 31일 간암으로 타계하였다.[6]

윤림호는 작품의 양이나 작가적 명성에도 불구하고 비교적 평단의 관심 밖에 놓여 있었다.[7] 윤림호의 생애와 소설에 대해 본격적인 연구를 시도한 논문으로 강걸의 「윤림호 소설의 주제학적 연구」가 있다. 강걸은 이 논문에서 윤림호의 생애를 정리하고, 그의 소설의 중심 주제로 영웅에 대한 부정, 원시적 생명력에 대한 찬미, 모성애에 대한 갈구, 농촌 탈출의 양상 등을 들고 있다. 이 논문은 윤림호 소설에 대한 최초의 본격적 연구로서의 의의를 지니지만 콤플렉스 이론의 적용이 너무나 주관적인 점, 작품의 주제를 산출한 내적·외적 배경을 밝히지 못한 점, 윤림호의 장편소설 중 하나인 『명암의 세계』에 대한 검토가 없는 점 등에서 한계를 보인다.

한국에서는 박지혜[8]가 최초로 윤림호 소설을 연구 대상으로 다루었다. 박지혜는 소설집 『투사의 슬픔』과 『고요한 라고하』에 수록된 작품들을 통해 그

---

6 『연변작가협회 대사기』 265쪽의 3년 3월 31자에는 "소설가이며 연변작가협회 리사, 농민작가인 윤림호가 병마와 싸우다가 49세를 일기로 타계했다"고 기록되어 있다.
7 그에 대한 평문은 열대여섯 편뿐이며 상당수는 사후 발표된 추도문이다. 강걸, 앞의 글, '참고문헌' 참조.
8 박지혜, 「윤림호 소설의 민족의식 표출양상과 의미」, 『현대소설연구』 제33호, 한국현대소설학회, 2007.

의 작품 속에 내면화되어 있는 조선족의 민족의식을 드러내는 제재 몇 가지를 찾고, 이들 제재들이 중국의 소수민족으로서 조선족의 민족의식을 어떻게 전경화하는가를 밝히고 있다. 호미 바바의 탈식민주의 이론을 바탕으로 작품에 내면화된 틈새를 읽어내려 한 이 논문은 윤림호 소설의 내밀한 부분을 읽어냈다는 의의를 지니나, 윤림호의 삶이나 조선족의 역사에 대한 고려가 없어 윤림호 소설에 대한 전반적 이해로는 부족하다. 최병우[9]는 한중수교 이후 조선족 소설의 변화를 다루면서 윤림호의 소설이 한중수교가 조선족의 삶에 미친 변화보다는 변하지 않는 것에 더 관심을 보인다는 점을 밝힌 바 있다. 이 논문은 윤림호론이기보다는 한중수교라는 역사적인 변화에 대응하는 조선족 소설의 양상을 밝히는 데 윤림호를 대상으로 하였다는 정도의 의의만 지닌다.

본고는 기존 연구들이 갖는 부분성을 극복하기 위하여 그의 소설 전체를 주제적 특징에 따라 정리하고, 이러한 주제가 조선족이 처한 상황의 변화와 윤림호의 개인적 삶 등과 어떤 관련을 갖는가를 밝히고자 한다. 윤림호의 삶에 커다란 영향을 준 사건으로 청소년기의 삶을 규정한 문혁과 개혁개방, 인간으로서 또 작가로서의 삶에 변화를 준 연변대학 문학반 생활, 그리고 조선족의 삶을 뒤흔든 한중 교류 등을 떠올릴 수 있다. 윤림호가 1985년에『투사의 슬픔』을, 1992년에『고요한 라고하』를 출간하고, 2000년대에 들어『조막손로친과 세다리 개』와『승냥이가 울던 계절』등을 상재한 것은 윤림호의 삶의 전환점과 어느 정도 일치점을 갖는다.[10] 이런 점에 착안하여 본고에서는 각 시기의 작품들이 보여주는 주제의 경향을 정리하고, 각 시기에 그러한 주

---

9   최병우, 앞의 글.
10   1985년에 대학을 졸업하고, 1992년에 한중수교가 이루어졌으며, 1996년 겨울에 한국에서 불법체류를 했다.

윤림호론   시대 변화와 인심의 변화

192
193

제에 집중하게 된 내외적 요인을 찾아보고자 한다.[11] 이러한 분석을 통하여 윤림호 소설이 갖는 의의와 한계가 어느 정도 해명될 것으로 기대한다.

2. 억압된 정치 상황 속의 감추어진 영웅

윤림호는 1983년 연변대학 문학반 신입생을 선발할 때 흑룡강성에서 추천한 3명에 속해 소학교 중퇴의 학력으로 대학생이 되었다. 서른 나이의 가장인 윤림호는 인생수업이나 문학수업에 필요하다고 생각되는 과목만 열심히 수강하고 여타의 과목은 불성실하게 넘어갔다. 당시 문학반의 대부분 학생들이 이미 결혼을 하였고, 등단한 사람들도 없지 않아서 공부보다는 정치 토론이나 문학 이야기로 시간을 보내곤 하였다. 윤림호는 1985년 대학을 졸업하면서 등단 이후 쓴 작품들을 모아『투사의 슬픔』[12]을 간행한다. 그가 대학 졸업을 맞아 첫 작품집을 기획한 것은 소학교 중퇴 학력으로 소설가가 되어 작품을 창작하고 연변대학 문학반에서 소설이 무엇인가에 대한 나름의 시각을 확보하고 난 뒤, 작가로서 하나의 전기를 만들겠다는 의지를 표명한 것이라 하겠다.『투사의 슬픔』에 수록된 작품들은 작가로서 출발점에 서서 정열적으로 창작에 임하던 시기의 문학정신을 담고 있다는 점에서 이 작품집에 수록된 작품들이 지향하는 주제를 파악하는 일은 윤림호 소설의 밑바탕을 읽어낸다는 의미를 지닌다.

소설집『투사의 슬픔』에 수록된 17편의 소설은 등단 후 6~7년간 발표한

---

11   이하 작품집에 수록된 작품을 인용할 경우 『작품집명』, 쪽수'로 한다.
12   흑룡강조선민족출판사, 1985.

작품 중에서 선정되어 다양한 스펙트럼을 보인다. 윤림호가 등단한 것은 문혁 직후인 1979년으로, 사회주의 이념 강화로 국가적 혼란을 경험한 중국 사회가 새 시대로 나아가려 하지만 이념을 중시하는 보수파와 실리를 중시하는 진보파의 갈등으로 일정한 방향성을 갖지 못한 시기였다. 이 시기 중국 문단은 문혁의 상처를 기록한 상흔문학과 문혁 시대를 반성하는 반사문학 등이 주를 이루었다. 그러나 『투사의 슬픔』에 실린 작품 대부분은 새로운 시대를 지향하여 집체에서 개체로 나아가는 시기에 자신이 경험한 중국 현실을 소설화하고 있다. 특히 이들 작품은 중국 현대사의 모순에 찬 시대에 주위의 비난을 감수하고 자신이 해야 할 일을 실천했던 인물, 즉 왜곡된 현실 속에 감추어진 작은 영웅들을 기린다는 공통점[13]을 지닌다.

단편소설 「투사의 슬픔」은 만주국 때 순사를 지낸 전력으로 정치투쟁의 대상이 되어 온갖 박해를 받다 쓸쓸한 죽음을 맞이한 절름발이 영감 염창록의 숨은 과거를 제재로 한다. 위대한 항일투사 황영옥의 아들 김기욱이 교사가 되어 용드레촌에 부임하자 친일분자로 마을 사람들의 멸시를 받는 절름발이 영감이 어머니의 안부를 물어 당혹스럽게 한다. 자주 어머니의 안부를 묻던 영감은 죽음을 맞이한 순간 김기욱을 불러 어머니가 보고 싶다는 말을 남긴다. 정치투쟁의 대상이었던 염창록의 말에 모멸감을 느낀 김기욱이 어머니에게 소식을 전하자 단숨에 달려와 심심한 조의를 표해 기욱을 당혹하게 한다. 어머니의 회고에 따르면 염창록은 지주의 아들로 만주국 시대에 순사

---

13 작가를 지망하여 가난한 현실을 감내하는 인물을 그린 자전적 소설 「천리동의 대학생」과 명부를 다녀온 할머니의 이야기를 통해 자살하지 않고 살면 살아지는 것이 인생이라는 내용을 담은 「태양은 래일 또 뜬다」, 사랑을 쟁취하기 위해 노력하는 인물을 그린 「귀뚜라미 소리」 등을 제외한 열네 편의 작품은 주제적으로 일정한 경향을 보인다.

를 지내 해방된 중국에서 정치투쟁을 받았지만 실상 그는 아버지의 지시로 어쩔 수 없이 순사를 한 인물이다. 그는 짝사랑하던 황영옥이 항일운동을 하다 감옥에 갇히자 그녀의 부탁으로 항일 무장단체에 일군의 동태를 전해주고, 사형장에 끌려갈 때 사형집행인을 죽이고 총을 쥐어주면서 일을 수습한 후 항일 무장단체에 귀순하기로 약속했다. 그러나 그는 황영옥을 추격하는 일본군을 따르다가 그녀가 쏜 총에 다리를 다쳐 순사를 그만두고 만다. 황영옥은 염창록이 자신의 총에 맞아 죽은 줄만 알고는 그를 잊고 살았고, 염창록은 반역사분자로 투쟁을 당하면서도 황영옥의 공적에 누가 될까 두려워 사실을 감추고 살았다.

「투사의 슬픔」은 한 투사의 회고를 통해 중화인민공화국 수립 후 지주 계급과 국민당 특무 그리고 친일분자를 투쟁의 대상으로 삼아 과거 청산은 이루었겠지만, 그 과정에서 얼마나 많은 무고한 사람들이 억울한 희생을 당했겠는가를 묻고 있다.[14] 아울러 암울한 시기를 살면서 과오보다 공적이 적지 않았음에도 박해를 당하면서도 사랑을 위해 자신을 희생한 염창록 같은 인물이야말로 암울하고 억압적인 정치 상황 아래서 진실한 삶을 산 감추어진 영웅이라 주장한다. 이렇듯 『투사의 슬픔』에 실린 작품들은 사회적으로 숭앙을 받을 만한 인물은 아닐지라도 억압된 시대에 자신이 해야 할 일을 묵묵히 수행한 감추어진 영웅을 현양하는 데 바쳐지고 있다.

「라고하 뱃사공」은 19년 동안 라고하에서 뱃사공 일을 하며 사람들에게 편의를 제공하다가 라고하 다리를 건설하는 공사가 시작되자 모아두었던 돈을 희사하고 다리가 완공되기 직전에 숨을 거둔 노인의 일생을 통해 남을

---

14 중화인민공화국 수립 초기의 과거 청산 과정과 의미 등에 대해서는 왕단, 『왕단의 중국현대사』(송인재 역, 동아시아, 2013)의 3강~5강을 참조할 것.

위해 헌신하는 작은 영웅의 모습을 보여준다. 「무지개」에서는 말광대다리 자리에 새 다리를 건설하려 애쓰던 할아버지가 문혁 중에 비판받다 죽고, 많은 시간이 지난 뒤에 할아버지를 돕던 벙어리 삼쇠가 자발적으로 헌금을 하자 마을 사람들도 참여해 다리를 완공하는 모습을 통해 자신의 이익을 돌보지 않고 마을 사람들을 위해 헌신하는 인물이 진정한 영웅이라는 시각을 드러낸다.

또 「도라지꽃」에서는 한국전쟁 때 마을 사람들에게 다가가 마을 사람들의 경계심을 풀어내고 국군의 특무로 체포된 명림의 마음을 되돌려 정보를 얻지만 총상으로 죽은 리철주 반장이, 「비뚜렁 처녀」에서는 여성스럽지는 않지만 세 쌍둥이 중 막내로 집안일을 다 하고 농사도 혼자 지어 집안의 기둥이 되는 삼숙이가, 「두만령감」에서는 자기 집 머슴을 도와주다 함께 도망쳐 정치투쟁이 심하던 시기에 비판을 받았으나 남편을 위해 헌신하다 죽은 여성이, 「민들레꽃」에서는 항일운동을 하던 인물을 구하기 위해 일본인 의사를 죽였으나 놈이 지른 불에 다섯 명의 환자가 죽어 해방 후 살인죄로 투쟁당한 큰아버지가, 「자취」에서는 혁명 영웅이라는 이름 때문에 마을 일에 앞장서다 건강이 망가진 아내를 조금이라도 쉬게 하려 애쓴 남편이 등장한다. 또 이 작품들과 비슷한 시기에 발표된 중편소설 「산의 사랑」[15]도 만주국 말기부터 문혁까지의 무법적인 시대에 사령산의 나무를 지켜내려 노력하다 죽어 사령뫼에 묻힌 네 사람과 그들의 딸로 태어나 산과 나무를 돌보며 사령산을 미래의 자원으로 키우다가 실화로 발생한 산불을 진화하고 죽어 사령뫼의 다섯 번째 인물이 된 산골 처녀를 그리고 있다.

이들의 삶은 국가 정책에 따라 모든 사람이 한 방향으로 나아갈 것이 강요

---

15 『아리랑』 1986.5.

되는 정치 상황에서는 비판의 대상이 될 수 있지만 인간으로서 주위 사람들을 사랑하고 그들을 위해 자신이 할 수 있는 일에 최선을 다하였다. 이런 점에서 그들은 시대가 요구하는 인물이 아니었지만 타인을 진정으로 사랑하는 일이 어떠해야 하는가를 보여주어 주변에서 그들을 칭송하지 않더라도 진정한 가치를 실천한 것이다. 윤림호는 이러한 평범한 사람들의 평범한 듯하나 쉽게 가기는 쉽지 않은 길을 간 사람들의 삶을 통해, 억압된 시대적 상황 속에서도 인간으로서의 도리를 지킨 이들이야말로 진정한 감추어진 영웅임을 강조한다.

거창하지는 않지만 인간이 지켜야 할 도리와 타인에 대한 사랑을 견지한 작은 영웅들에 대한 관심이 윤림호의 초기 소설이 지향한 세계였다. 몇 년간의 노력을 통해 등단을 하고, 늦은 나이에 가장의 책무를 버려두고 가족과 떨어져 대학 생활을 하면서 윤림호는 문학에 대한 열정과 인간의 진정성에 대한 믿음을 가지고 창작에 임하였다. 그의 초기 소설이 보여준 인간으로서 최소한의 도리를 지키는 삶에 대한 예찬은 그의 초기 소설을 관통하는 한 주제였다. 그의 이러한 인간다움에 대한 경사는 억압된 정치 상황에 따라 시대 흐름에 부화뇌동하여 인간성을 상실한 인물을 비판하는 소설로 변형되어 나타난다.

「념원」에서 문혁 중에 극렬좌파로 나선 한길녀는 남편 문일 영감이 아들 약값에 보태려 시작한 담배밭을 고발하여 갈아엎고, 인삼밭을 몰래 개간하자 소자본주의의 길로 나간다고 고발하려 한다. 또다시 조리돌림 당할 일이 겁나고 너무나 변한 아내가 무서워진 영감은 아내의 목을 조른 뒤 스스로 목을 매어 죽는다. 다행히 죽음을 면한 아내는 남편의 유서를 보고 각성하여 공산당적을 버리고 참회 속에 살다 사망하고, 새로운 시대를 맞이하여 영감의 인삼밭에서 몇 년 묵은 인삼들이 발견되자 현 정부에서는 큰 관심을 보인다. 문혁 기간 중 그들이 타도의 대상으로 삼았던 문일 영감이 억압의 시기에도 묵묵히 인삼밭을 일구고 경제 문제에 치중한 데 대해 긍정적 평가를 내린 것이다. 이 작품은 문혁이라는 정치적 광풍 속에 변해버린 인간성을 비판하고 그 속에서도 자신의 일에 충실했던 인물을 재평가하여 개혁개방 이후의 경제 정책을 옹호하고 있다. 노동영웅, 상장 등으로 호도하여 노동력을 착취하던 문혁이라는 정치 상황이 만든 사회적 혼란과 그에 부화뇌동하여 인간성을 내팽개친 인간들에 대한 강한 적개심을 드러내 보이는 이 작품은 『투사의 슬픔』에 실린 소설 중에서 가장 강한 비판 정신을 드러낸다.

그러나 『투사의 슬픔』에 실린 소설들은 현실에 대한 강한 비판의식보다는 현실 상황에도 불구하고 인간다움을 견지하는 사람들에 대한 관심이 두드러지는 바, 그 대표적인 예가 「개를 잡은 사람」이다. 이 작품은 개혁개방으로 경제 정책이 책임제로 전환된 후, 알뜰한 집안 살림으로 마을의 부자가 되지만 마을 사람들의 존경을 못 받는 조 영감과 마을 사람들과 함께하고 그들의 일을 도와 마을 인심을 얻어 좌상으로 숭앙받는 오 노인과의 비교를 통하여 상부상조하는 공동체 의식의 중요성을 강조한다.

> 몇년래 정책이 좋아지여 우리에겐 살길이 열리였네. 그러나 빨리 부유해지고 늦게 부유해지는 자가 있지만 빨리 부유해졌다구 사람들을 떠나선 안되네.[16]

개혁개방으로 경제적인 부가 축적될 수 있는 상황이 마련되면서 빈부의 차가 발생하기 시작한다. 이러한 상황에서 개인적인 부지런함으로 다른 사

---

16 『투사의 슬픔』, 46쪽.

람보다 부유해진 조 영감은 자신의 부가 노력의 결과라 생각에 마을 사람들과 거리를 두고 살다가 마을 사람들로부터 따돌림을 받는다. 오 노인은 마을 사람들로부터 따돌림을 당하고 억울해하는 오랜 벗 조 영감에게 마을 사람들과 공동체 의식을 가질 것을 부탁한다. 정치적으로 또 경제적으로 자유로워진 시대에도 무엇보다 주변 사람들과 함께 살아가는 자세와 인간다움을 유지하는 것이 중요하다는 충고이다. 이는 정치적 억압이 사라지고 경제적 자유가 주어진 시기에 어떻게 살아야 할 것인가에 대한 작가 윤림호의 대답일 것이다.

3. 시대 상황에 따라 변화하는 인간

문혁이 끝나고 개혁개방이 본격화하면서 중국 사회는 점차 경쟁이 치열해지고 빈부의 차가 생겨나기 시작하여 돈에 대한 열망이 폭발한다. 개혁개방은 개인적인 부의 축적을 가능하게 하였고, 소수의 사람들이 부를 축적하여 개혁개방의 혜택을 누리게 되자 가난하나마 공동의 가치를 지향하던 마을이 와해되어 타락한 방법으로라도 부를 획득하기 위하여 혈안이 된다. 특히 조선족 사회에서는 서울 아시안게임과 서울 올림픽으로 대한민국의 존재를 알게 되고, 가족 방문의 형태로 한국에 가서 큰돈을 벌어 오는 사람들이 늘어나자 돈을 벌기 위해 인간관계를 파괴하고 출국을 위해 불법을 저지르는 일들이 빈발한다.

윤림호는『투사의 슬픔』을 출간하고 남라고촌으로 돌아가 농사를 지으며 창작을 하는 생활을 이어간다. 정치적 억압 속에서도 인간다움을 잃지 않는 작은 영웅들의 삶에 깊은 관심을 가졌던 윤림호는 돈이 인간을 지배하는 사회를 바라보면서 개혁개방이 갖는 의의보다는 그에 부응하여 폭발하는 인간의 욕망을 비판적으로 바라본다. 윤림호는 7년 동안 발표한 소설 중에서 단편소설 13편과 중편소설 2편을 선별하여 한중수교가 이루어지기 직전에 『고요한 라고하』[17]를 출간한다.

이 작품집에 실린 작품에서 우선 눈에 뜨이는 주제는 사랑인 바, 그 예로 노년의 사랑을 담고 있는 「할미꽃」을 들 수 있다. 할머니가 산속 움막의 육손이 노인과 정분이 나서 돼지 먹일 풀을 뜯으러 다니는 것을 안 아들 내외가 소문이 두려워 산에 가지 못하게 돼지를 팔고 남은 것은 도축한다. 육손이 노인을 만나지 못하게 된 할머니는 시름시름 앓고, 노인이 찾아와 아들 내외에게 산속에 데려가 병을 고치겠다고 하나 거절당한다. 결국 할머니는 병으로 죽고, 육손이 노인은 라고하에 투신자살한다. 삶의 끝자락에 선 노인들이라도 사랑을 느낄 수 있지만 자식들은 주변의 소문이 두려워 그것을 막는 것이 보통이다. 윤림호는 이러한 일반적인 행태에 대해 노년의 진실한 사랑이 그들에게 하나의 권리라는 점을 분명히 하고, 누가 소문이라는 굴레로 노년의 사랑을 막을 수 있는가 하는 질문을 던진다.

우리가 간과하기 쉬운 주변의 소수자, 약자들의 사랑에 대한 윤림호의 관심은 여러 작품에서 반복된다. 옆집 홀아비에 대한 관심을 주변과 시어머니의 눈 때문에 포기한 미망인 미금이가 이혼녀인 친구 미자가 홀아비와 결혼하자 미쳐가는 줄거리로 과부의 욕망을 그린 「락엽」, 쌍둥이 아들을 가진 남선생과 사랑하여 자식을 얻는 추녀 여선생의 사랑을 그린 「산촌의 단풍」, 남성스러운 외모와 성격으로 산속에서 양봉을 하며 홀로 지내던 손이랑이라는 처녀와 약재밭을 관리하러 온 정호와의 사랑과 이별을 그린 「뻐꾹새」, 아

---

17 흑룡강조선민족출판사, 1992.

버지의 역사로 살길이 없어 방목장 한족 장 서방에게 팔려 간 천치 빵떡이가 보여주는 남편과 동생에 대한 사랑을 그린「천치 빵떡이」등의 작품이 그 예이다. 약자의 사랑, 인간이면 누구나 갖게 되는 이성에 대한 욕망을 비난하기보다 그것을 이해하고, 이성에 대한 사랑이야말로 그들의 권리이며 그들도 인간임을 강조한 이들 작품은 윤림호의 인간관을 잘 보여준다.[18]

『고요한 라고하』에는 개혁개방과 한국과의 교류에 따라 일확천금하려는 욕망을 보여주는 작품들이 다수 등장한다.「고향에 온 손님」에는 가공공장 민창호과 양돈호 우대일 그리고 양계호 오봉식 등 선향촌에서 개체로 공장과 농장을 하려는 세 동서가 등장한다. 이들은 선향촌 출신으로 해외에서 부호가 된 우락부 노인이 고향을 방문한다는 소식을 듣고는 행정 단위 사람들을 따돌리고 노인을 마을로 모셔 극진히 대접한다. 그러나 많은 음식을 준비하여 아부하는 민창호, 아내 묘란의 애교로 환심을 사는 오봉식, 동성동본임을 내세워 접근하는 우대일 등이 각자의 욕심 때문에 갈등하지만 노인이 갑자기 죽어 모든 일이 물거품이 된다. 개혁개방 이후 화교들이 고향에 투자를 하면서 일어나는 사건을 풍자한 이 작품은 돈을 벌려는 욕심에 들끓는 현실을 비판하고 있다. 이 작품의 말미에 우락부 노인의 아들이 장례를 치르고 나서 세 동서에게 하는 마지막 말에 작품의 주제가 요약되어 있다.

> 나는 부친이 오시기 전후의 일들을 다 료해하였습니다. 동포로서의 나의 이번 체득은 아주 깊습니다. 그것을 한 마디로 규납(귀납 ; 필자)한다면 합심이 투자보다 낫다는 그거지요.[19]

---

18 이와는 달리「길섶의 들국화」와「락화시절」에서는 권력을 이용하여 여성을 유린하는 인간을 비판하고 있어 남녀간의 사랑에 관한 윤림호의 시각을 보다 분명히 해주고 있다.

19 『고요한 라고하』, 32쪽.

외국에서 들어오는 투자금을 잡기 위해 경쟁하기보다 합심하라는 이 말은 개혁개방으로 외국 자본이 투자되고 화교들이 고향에 투자하는 상황에 대처할 방안을 소설적으로 제시한 것이라 하겠다. 투자를 기대하고 각자도생하기보다는 합심하는 것이 낫다는 지적은 개혁개방 직후 집체에서 개체로 나아가는 시기에 중국의 향촌 사회가 겪은 현실과 새로운 시대에 대응할 수 있는 방법을 잘 보여준다.[20]

이와 비슷한 상황은 「편지」에서도 그려진다. 항미원조전쟁에서 포로가 되었던 과거 때문에 정치투쟁의 대상이 된 피덕구는 이혼을 당하고 자식과도 계선을 나눈 채 어렵게 살아간다. 그런데 한국에서 전사한 줄 알았던 전우 정회찬의 편지가 오자 왕래도 없이 지내던 두 아들은 갑자기 효도를 하고, 새남편이 감옥에 간 전부인도 찾아온다. 정치투쟁의 대상이 되어 힘든 아버지와 계선을 나누고 왕래를 단절했던 아들들이 한국에서 편지가 오자 돈을 벌 기회가 왔다는 욕심에 아버지를 서로 모시겠다고 싸우는 모습은 개혁개방과 한국과의 교류 이후 돈에 대한 욕망만 가득한 현실을 희화한 것이라 하겠다.

자신의 행동은 반성도 않고 돈만을 따라 달려드는 인간의 모습을 비판한 작품으로 백만호 부자와 불로담이라는 오지에 살고 있는 구구할미의 관계를 그린 「불로담에 깃든 이야기」가 있다. 백만호의 아버지는 항일유격대의 자식인 자신을 불로담에 데려다 길러준 구구할미의 남편이 친일 문제로 투쟁당했을 때 외면하고는, 자신이 정치적 이유로 타도되자 아들을 불로담에 보낸다. 백만호는 구구할미가 데려다 키운 깜장네를 겁탈하고 부부로 인정

---

20 개혁개방 초기에 마을의 생산대원들이 힘을 합쳐 모래벽돌공장을 운영하여 경제적 번성을 이룬 린 마을과 같은 성과(황수민, 『린 마을 이야기』, 양영균 역, 이산, 2003, 243~238쪽)가 작가의 이러한 견해를 지지해준다.

받았지만 아버지가 복권되자 도시로 도망쳐 연락을 끊어버린다. 그러나 사업을 벌였다 망한 백만호는 큰돈을 벌었다는 구구할미를 찾아 불로담에 가서 대형 식당의 경리가 된 깜장네와 자신의 딸 산매를 만난다. 질병을 고쳐준다는 불로담이라는 신성 공간에서 백만호 부자의 모든 잘못이 용서되어 설화 같은 분위기를 보이는 이 작품은 자신에게 이익이 된다면 두 번씩이나 배신하고 도망쳐 연락을 끊었던 곳까지 찾아가는 인간의 얄팍한 욕심을 보여준 점이 문제적이다.

이들 작품과는 달리 중편소설 「기념비에 깃든 일사」에서는 열사비에 적혀 있던 사람이 퇴역장군이 되어 고향을 찾자 그의 위엄을 지켜야 한다는 명분으로 장군의 젊은 시절 아내인 곱추 할미와 서로 사랑하던 청춘 남녀가 자살하게 하고, 장군이 낚시할 장소를 만들다가 들판이 물에 잠기게 되자 장군의 손녀가 장군을 설득해 고향을 떠나는 이야기[21]를 통해 귀향한 퇴역장군이 마을에 베풀 작은 이익을 기대해 일을 벌이는 소인배들의 행태를 비판하고 있다. 이 작품은 개혁개방에 따른 돈에 대한 열망의 폭발을 보여주지는 않지만 작은 이익 때문에 마을 사람들을 압박하고 퇴역장군의 눈에 들기 위해 온갖 불합리를 저지르는 인간을 풍자한다는 점에서는 위의 몇 작품과 동궤를 이룬다.

『고요한 라고하』에 실린 작품들은 남녀 사이의 진정한 사랑의 의미, 개혁개방 이후 돈에 대한 열망으로 변화한 인심 등을 소설화한 작품들이 주류를 이룬다. 이와는 달리 라고하 뱃사공을 하며 고향을 떠나 두만강을 건널 때 헤어진 누이와 미국, 캐나다, 일본, 남한으로 흩어진 자식들을 기다리다 쓸

---

21 이 작품에 등장하는 열사비에 적힌 사람이 퇴역장군이 되어 고향에 돌아와 발생하는 사건은 이후 장편소설 『승냥이가 울던 계절』에서 동일하게 반복된다.

쓸히 죽음을 맞이하는 노인을 그린 「모래성」과 한국전쟁 때 국군을 피해 만주로 이주해 라고하 뱃사공을 하며 평생 고향을 그리며 산 부친이 남한에 두고 온 아내의 연락으로 고향 방문팀에 합류하나 출발 직전에 지병인 심장병이 발작해 사망하는 내용을 담은 「아리랑 고개」 등은 조선족의 이산과 이주의 체험을 다루고 있다. 이 작품들은 만주로 이주하여 평생 떠나온 고향을 그리며 산 조선족들의 삶을 제재로 선택한 점에서 이주문학으로서의 의미를 지닌다. 그러나 이 작품들에서는 이산의 경험을 가진 조선족 1세대들과 만주에서 태어나 자란 2세대들의 고향 의식이 같을 수 없음을 보여준다.

> 아름다운 라고하! 아버지께서 뿌리내린 곳, 어머니께서 묻힌 곳, 내가 나서 자란 고향, 여기에도 우리 선조들의 슬기와 자랑과 피어린 투쟁사가 찬란하게 새겨져 있는 것이다.[22]

「아리랑 고개」에서 고향 방문을 하지 못하고 사망한 아버지의 장례를 치른 후, 그가 만주에서 새로 결혼하여 얻은 딸은 아버지가 평생을 잊지 못한 고향이 한국이듯이 자신의 고향은 바로 이곳 만주 땅이라 생각한다. 조선족의 후예들은 자신이 살고 있는 이 땅이 선조들에게는 과경민족으로서 피어린 투쟁을 통해 힘들게 뿌리내린 이방이지만 자신들에게는 고향일 수밖에 없다는 것을 인식하게 된다. 이는 한국과의 만남으로 조선족들이 경험한 정체성에 관해 윤림호의 견해를 드러낸 것으로 한중수교 이후 한국 체류를 통해 조선족들이 경험한 이중정체성[23]을 선취한 것이라 하겠다.

---

22 『라고하 뱃사공』, 97쪽.
23 조선족들이 경험한 한국과의 교류 과정에서 나타나는 이중정체성에 관해서는 최병우, 「조선족 소설에 나타난 민족의 문제」, 앞의 책에서 상론된 바 있다.

윤림호는 대학을 졸업하고 1987년부터 1년 정도 하얼빈에 소재한『송화강』지에서 편집 직원을 한 이외에는 남라고촌에서 농사를 지으며 창작에 힘을 기울였다. 이 시기 대학 생활에서 작가로서의 능력과 자존감을 확인한 윤림호는 개혁개방으로 급격한 변화를 겪고 있는 조선족 사회의 여러 문제에 대해 관심을 보인다. 작가로서 왕성한 창작열을 가지고 개혁개방으로 급변하는 중국 사회와 조선족이 경험하는 정체성 문제에 관심을 보이기도 한다. 무엇보다 이 시기에 개혁개방으로 나타난 금전만능주의와 인간의 도리를 잊어버리는 세태를 비판하는 작품과 자신들이 터 잡은 이 땅이 부모들의 피땀으로 일군 진정한 고향임을 보여주는 작품을 다수 발표하는 바, 이는 작가로서 현실을 바라보는 치열한 의식을 보여준다. 그러나「불로담에 깃든 이야기」에서와 같이 설화적 세계에 대한 탐닉을 보이거나「기념비에 깃든 일사」에서 보이는 주제의 분산은 작가로서의 긴장이 약화된 것이 아닌가 하는 의문을 갖게 한다.

4. 환상을 통한 야생과 인간의 대비

윤림호는 1990년대 중반에『꽃동산』잡지사와 흑룡강조선민족출판사에서 근무하던 3년 반 정도를 무단장(牧丹江)에서 살았고, 6개월 남짓 한국에서 불법체류하는 등 4년 정도 도시 생활을 하였는데 이는 남라고촌에서 생활하던 그에게 있어 커다란 변화였다. 이 시기 10여 년 동안 윤림호는 그로서는 번잡하게 살면서도 소설집『조막손로친과 세다리 개』[24]와 장편소설『승냥이

---

24 료녕민족출판사, 2001.

가 울던 계절』[25]을 상재하고, 장편소설『명암의 세계』[26]를 연재하였으며, 「생
활의 교실」[27]을 비롯한 중편소설 10여 편과 30여 편의 단편소설 그리고 10여
편의 동화와 적지 않은 수필과 수기 등을 발표하였다.[28]

이 시기에 발표된 윤림호의 작품은 한국 체험의 등장 여부에 따라 크게 두
경향으로 나누어볼 수 있다.[29]『조막손로친과 세다리 개』에 수록된 9편의 소
설 중에서 한국 체험이 등장하는 작품은 한국에 가서 큰돈을 벌어오는 일
을 소재로 사용하는 「숙명론」과 「조막손로친과 세다리 개」뿐이고, 나머지 일
곱 작품과 장편소설『승냥이가 울던 계절』에는 한국 체험이 등장하지 않는
다. 반면 장편소설『명암의 세계』는 작가 자신의 한국 체험을 바탕으로 창작
되었다.『고요한 라고하』를 상재한 직후 한중수교가 이루어지고 조선족들의
한국행이 본격화되어 조선족 사회의 이슈가 되었고, 작가 자신이 한국에서
불법체류를 한 바 있음에도 이 시기에 발표된 작품에 한국행 열풍이나 한국
체험 등이 등장되지 않은 것은 매우 특이하다.

「조막손로친과 세다리 개」는 한국에서 큰돈을 벌어와 삶은 풍요해졌지만
인정을 상실한 현실을 풍자하고 있다. 아이를 낳지 못하고 홀과부가 된 회령
댁은 어미 잃은 한족 아이를 양아들로 키우며 살림이 어려워 버려진 오두막
에 살다가 다리가 셋밖에 없는 강아지를 데려다 키운다.

---

25 흑룡강조선민족출판사, 2002.
26 『연변문학』 2000.1~2000.10.
27 『천지』 1998.6.
28 윤림호의 발표 작품 목록은 강걸, 앞의 글, '참고문헌' 참조.
29 한중수교 이후 조선족 소설에는 한국이 소설의 중요한 제재가 되어 소설의 한 주된
     경향으로 나타난다. 최병우, 「한중수교가 중국조선족 소설에 미친 영향 연구」, 앞
     의 책 참조.

그때 보니 뒤다리 하나가 이런 병신이더군. 낳자 그런 병신이였던가봐. 주인집에서 싫다고 내다버린 게 분명했네. 글해서 난 불쌍히 여겨 감자 씨광주리에 넣어 머리에 이고 왔네. 집에 들어서자 우리 영욱이가 보더니 내다버리라고 하더군. 내가 숨가진 걸 그러면 못 쓴다고 나무람하자 영욱인 개도 크면 사람처럼 은혜를 알 줄 아는가고 날 비난하더군. 나 그거야 키워봐야 안다고 대답했네. 내가 평생에 음덕 두가지를 쌓았다면 하나는 영욱이를 키운 거구 하나는 놔두면 죽었을 이 세다리 개를 가져다 키운 거라네.[30]

양아들 영욱이 한족으로 족적을 바꾸기 위해 오두막으로 찾아온 자리에서 며느리에게 세다리 개를 키우게 된 경과를 말하는 인용 부분에서 작품의 주제가 직접 노출된다. 자식을 키우고 싶었던 회령댁은 한족 아기 영욱을 얻어다 조막손까지 되어가면서 정성을 다해 키웠다. 하지만 헤어진 지 50년 만에 남동생에게서 연락이 오자 영욱은 돈을 벌 기회라며 조선족으로 족적을 바꾸어 한국에 다녀와 새 집을 짓고 한족 여자와 결혼하지만 노친을 모시지 않는다. 그러다 사기를 당하고 이혼해야 할 상황에 다시 만난 생부의 재산을 탐내어 한족으로 족적을 바꾸겠다고 한다. 조막손로친이 영욱의 처신에 마음을 비우고 집을 나서는 순간 낡은 오두막이 무너지고, 로친이 죽자 그녀의 무덤은 세다리 개만 지키고 있다.

이 작품은 얻어다 키운 양아들과 데려다 키운 세다리 개를 대비하여 개보다 못한 인간을 비판하는 데 한국 방문이 소재로 선택되었다. 이 작품에서는 조선족 사회에 엄청난 영향을 미친 한국행이 혈육 상봉 욕망과 큰돈을 벌기 위한 기회가 교차하는 일 정도로 처리되고, 큰돈을 번 뒤 인간으로서의 도리를 잃어버리는 세태를 비판하기 위한 소재로 사용된다. 「숙명론」에서도 억

---

30 『조막손로친과 세다리 개』, 183쪽.

척스러운 노동으로 집안의 기둥으로 살아온 염씨는 아들 내외가 한국에서 큰돈을 벌어 와서 새 집으로 이사한 후부터 집안에서 존재감이 사라져 강아지보다 못한 대접을 받는다고 느끼자 강아지를 밟아버린다. 이 작품에서도 돈 때문에 인간의 도리를 내팽개치는 조선족 사회를 비판적으로 형상화하는 과정에 한국행이 소재로 사용될 뿐이다.

이들 작품과는 달리 「승냥이골의 마지막 종족」은 인간과 승냥이의 싸움을 통해 승냥이의 야생성과 종족 간의 사랑을 보여준다. 산지기 영감이 백승냥이에게 죽은 뒤, 나는 새끼 세 마리를 승냥이에게 잃고 한 마리(가미)만 키우는 황구와 산막에서 지낸다. 백승냥이를 사살하고 한 마리 남은 백승냥이의 새끼(야미)를 산막에 데려와 황구의 젖을 먹여 키우자 야생성이 남아 있는 야미는 가미를 죽이고 산막을 떠나 가끔 집 앞에 먹이를 물어다 놓는다. 소련과의 전쟁 준비로 승냥이골의 개를 박멸할 때 황구도 살해되고, 승냥이 소탕 작전에 야미를 쫓아 굴까지 추적해보니 하반신을 못 쓰는 황구와 새끼 두 마리가 살고 있어서 그곳을 가려 두고 돌아왔다가 후에 가보니 야미와 황구 가족은 자취를 감추었다.[31]

이 작품은 백승냥이와 그 새끼 야미를 통해 승냥이의 지혜와 잔인성을 그리면서도, 어미의 원수를 갚기 위해 가미를 죽이고 젖을 먹여 키워준 은혜를 갚으려 황구에게 먹이를 물어다 주고 또 황구의 목숨을 구해주는 야미를 통해 인간 못지않은 사랑을 보여준다. 이것은 야생성이란 날것 그대로의 삶이며 개체 보존과 종족 보존 본능만이 지배하는 것으로 생각하기 쉽지만, 그것은 본능만이 부딪히는 세계가 아니라 본능 속에 보존된 어떤 의미에서 인간

---

31 인간과 개와 승냥이의 갈등을 다룬 이 제재는 장편소설 『승냥이가 울던 계절』의 중심 내용이 된다.

의 윤리보다 더 진실한 것일 수 있다는 윤림호의 생명관을 반영한다. 그러나 짐승의 삶을 통해 인간에 대한 비판적 성찰을 보여주려 한 이 작품은 설화적 분위기와 환상의 남용 등으로 사건의 전개에서 개연성이 부족해졌다는 평가가 가능하다.

『조막손로친과 세다리 개』에 수록된 작품 중 앞의 세 작품을 제외한 작품들은 환상과 비현실적인 전개로 구성이나 주제상에서 긴장감을 상실하고 있다. 「귀신포」는 신혼여행길에 산속에 숨어사는 고모를 만나러 가다 길을 잃어 들어가면 죽는다는 귀신포에서 정신을 잃었다가 고모네 집에 깨어나는 환상적인 상황과 비현실적 사건 전개를 보여준다. 또 「청춘의 태공나라」는 산속 기상관측소에서 기사로 일하며 과학 환상소설을 쓰는 인물이 엉터리 과학으로 사람들을 현혹하고 외계인을 통해 영원한 청춘을 준다고 여성을 속이고 지방 정부로부터 사업 제안을 받는 등 현실성 없는 사건이 지리멸렬하게 이어진다.[32] 또 의부증 아내 때문에 교사에서 해직되어 술집을 운영하는 남자와 시누이 자리의 모함으로 교사직을 그만두고 술집에 취직한 여자가 사랑을 일구는 「남장마을의 별곡」과, 같은 학교 민영교원인 친구의 여동생이 가출해 있다는 것을 알고 찾아갔다가 경험한 암흑세계의 이야기를 담은 「교정에서 먼 곳」은 진정한 사랑의 모습을 보여주려 한 듯하나 중편소설 정도의 분량에 너무 많은 음모와 우발적 사건들을 나열해 작품의 주제가 분산되고 작품의 전개가 비현실적이라는 한계를 보인다.[33]

---

32 아이 안 낳겠다는 며느리 몰래 콘돔에 구멍을 내어 얻은 손녀가 몸이 약해 걷지도 못하자 병 고치러 다니는 중에 일어난 비현실적인 일을 그린 「엄마새」와 바람기 많은 과부의 딸과 억지로 결혼을 한 아들과 며느리를 미워하는 부모가 겪는 이야기를 그린 「눈 내리는 날」 등은 비현실적이고 저질스러운 사건들이 지리멸렬하게 전개된다는 점에서 이들 두 작품과 동궤를 보인다.

33 이들 작품은 비현실적이고 극단적인 인물을 설정하고, 우발적이고 자극적인 사건

장편소설『승냥이가 울던 계절』은 문혁과 중소 국경분쟁으로 긴박한 국경 마을의 현실, 인간의 욕망이 드러나는 계급 갈등, 인간과 승냥이 무리의 갈등 그리고 남녀 간의 사랑 등 네 가지 제재를 중심으로 다양한 사건이 전개된다. 전쟁에 대비하여 방공호를 만들고 전투 훈련도 하는 마을 사람들의 고통과 계급 획분으로 투쟁당한 사람들의 억울함 그리고 마을의 작은 권력을 개인적 이익을 위해 휘두르는 인간들의 욕망과 열사 집안의 명예를 위해 인간성을 억압하는 비정상적 행태 등 다양한 사건이 전민병련장 조명섭을 둘러싼 삼각관계를 중심으로 전개된다. 작품 전반부에 전개되는 한 마을에 압축된 모순과 갈등이 맺히고 풀어지는 모습은 작품의 긴박감을 형성한다.

그러나 작품 중반에서「기념비에 깃든 일사」의 제재인 열사비에 적힌 전쟁 영웅이 고향을 찾아오면서 벌어지는 사건들 – 열사비를 관리하던 노파의 자살, 전쟁 위기 속에 연애나 하는 일은 총살감이라는 영웅의 한마디에 자살해 버린 연인, 영웅의 낚시를 위해 마련한 보 때문에 농지에 물이 차는 사건 등, 작품 전체와 동떨어진 사건들이 나열되면서 작품의 전개가 혼란스러워진다. 특히「승냥이골의 마지막 종족」의 내용이 변형된 사냥개 랑구 가족과 백승냥이 종족에 관한 이야기가 중심 서사 중 하나로 자리 잡고부터는 소설의 방향이 더욱 흔들린다. 랑구의 영특함과 용감함 그리고 승냥이 가족의 잔인함과 생명력이 대비되어 전경으로 등장하면서 도입 부분에서 보여준 문혁과 중소 분쟁 시기의 계급 갈등과 전쟁 위기 등 중국 현대사의 한 시기에 변방 마을에 살던 조선족들이 겪은 고난과 극복이라는 주제가 후경으로 물러선 것이다. 그 결과 동물들의 야생성에 관한 환상적 서사가 열사의 아들 조

전개를 보이다가 해피엔딩으로 끝난다는 점에서 한국의 대중드라마에서 언급되는 소위 '막장' 드라마와 유사한 양상을 나타내고 있다.

명섭과 지주분자의 딸 염윤자가 명섭 모친과 명섭을 짝사랑하는 오봉숙 등 주변 사람들의 방해와 비난을 극복하고 우여곡절 끝에 산지기막에서 단둘이 결혼하는 사랑 서사와 혼합되면서 소설적 리얼리티를 상실하게 된다.

『고요한 라고하』를 상재하고『승냥이가 울던 계절』을 출간하기까지 10년은 개혁개방의 성과가 드러나고 한중수교로 한국 방문이 자유로워져 조선족의 삶에 엄청난 변화를 맞이한 시기였다. 한국에서 부를 획득한 조선족들이 자녀 교육의 기회와 삶의 질 향상을 위해 도시로 이동하여 농촌의 조선족 공동체가 와해되었고, 한국에서 유입되는 자본의 증가로 조선족 사회는 돈이 지배하는 타락한 사회로 급변하는 등의 문제를 노정하였다. 나아가 한국과의 교류 과정에서 이중정체성을 경험하고 한국인과의 접촉을 통하여 한국에 대한 환상이 무너지기도 하였다.

윤림호 소설에는 조선족 사회의 급격한 변화에 대한 성찰을 보여주는 서사가 별로 존재하지 않는다. 그는 등단 초기부터 개혁개방으로 가난하나마 서로 돕던 공동체 사회가 와해되는 현실에 비판적 시각을 보였다. 그의 공동체 지향 의식은 한중수교 이후에도 유지되어 그의 작품은 시대의 급변에도 변하지 않는 인간다움을 강조하고, 돈이 지배하는 사회에서 인간의 도리를 망각하는 인간과 은혜를 갚는 짐승을 대비하여 인심의 변화를 비판한다. 이처럼 윤림호가 공동체적 가치관이 유지되는 사회를 지향하는 것은 개혁개방과 한중수교 이후의 사회 변화를 바라보는 나름의 현실인식 방법으로 의미를 지닌다.

이러한 현실인식은 윤림호가 조선족 집거지인 연변을 벗어난 산재지구에서 생활하여 조선족 공동체가 더욱 빨리 와해되는 현실을 목도한 때문이라는 해석이 가능하다. 그러나 금전 중심으로 변화하는 현실을 비판하기 위해서 현실을 객관적으로 분석하여 현실의 문제점을 발견하고 소설적 해결 방안을 모색하기보다 야생성과 대비하거나 환상의 세계로 나아가 소설적 긴장감을 상실한 것은 윤림호의 작가적 한계로 지적할 수 있다. 그리고 이러한 한계는 작가 윤림호가 시대의 변화를 올바로 인식하고 비판적으로 평가하여 그 소설적 대안을 제시할 능력이 부족했다는 비판을 가능하게 한다.

5. 한국 체험의 소설화, 그 한계와 의의

윤림호의 소설에 조선족들의 한국행과 관련한 소재가 사용된 것은 『고요한 라고하』를 상재한 시기부터이다. 그러나 이후 출간된 두 소설집에 실린 24편의 작품 중에서 한국 방문이 소재로 사용된 것은 전 아내의 연락으로 가족 방문의 기회를 잡으나 출국 전 사망하는 「아리랑 고개」, 죽은 줄 알았던 전우의 편지에 자식들이 흥분하나 본인은 발광하는 「편지」, 어머니 덕에 한국에 가서 큰돈을 벌어 와서는 인간의 도리를 잃어버리는 「숙명론」과 「조막손로친과 세다리 개」 등 네 편뿐이며, 한국 방문 이후 발표한 중편소설 「생활의 교실」에서도 아내의 병을 고치기 위하여 러시아로 한국으로 돌아다녔다는 내용이 간단히 서술될 뿐이다.

한국 방문을 마치고 3년 가까운 시간이 지난 후 윤림호는 불법체류자 신분으로 울산의 현대콘테이너 공장에서 근무했던 경험[34]을 제재로 하여 한국

---

34 윤림호는 세계한민족문인대회가 끝난 후, 김철수 박사가 꾸린 '해외동포의 집'에 잠시 체류하고 그의 소개로 전남 곡성군 오산면 소재 한국수산개발주식회사에서 수위로 근무하다 비자 기한을 넘겨 불법체류자 신분이 되자 울산에 체류하던 자형의 도움으로 현대콘테이너 공장에서 몇 달간 노동자 생활을 하였다.

사회에서 불법체류하는 조선족들의 삶을 다룬 『명암의 세계』[35]를 발표하였다. 이 작품은 A시에 있는 태성산업이라는 하청 콘테이너 공장을 공간적 배경으로 노동쟁의로 몸살을 앓는 한국 사회, 한국인들로부터 차별과 멸시를 당하는 조선족의 고통, 열악한 환경에서 꿈을 이루기 위해 최선을 다하는 조선족의 삶 등 세 가지의 내용을 기둥으로 조선족들이 한국에서 경험하는 다양한 사건들을 다룬다.

중국에서 체육교사를 하다 한국에 입국해 불법체류하면서 콘테이너 생산회사 노동자로 일하는 충호라는 인물을 초점화자로 하는 이 작품에는 외환위기로 IMF에 구제금융을 신청하기 직전 한국 사회에 만연했던 노동쟁의가 배경으로 깔려 있다. 노동자들은 노조 소식지를 돌리고 벽보를 붙이며 쟁의를 벌이고, 사장과 간부들은 조회 시간마다 경제 현황과 회사의 사정을 알리고 애사심을 강조하며 노동자들을 회유하기도 한다. 특히 조선족 노동자들에게는 불법체류 중이므로 노동쟁의에 참가하면 강제 출국된다고 겁을 주기도 한다. 조선족 노동자들은 이런 현실을 혼란스럽다고 느끼고 또 이에 대해 한국인 노동자들이 바로 이런 것이 자유이고 정의라고 하는 말에 당황하기도 한다.

중국 사회에 노동운동이라는 개념이 부재했던 1990년대 중반에 한국에 입국한 조선족들로서는 임금을 받고 노동을 하면서 회사를 상대로 시위하고 파업하는 일을 이해하기 어려웠을 것이다. 이런 점에서 초점화자인 충호가 노동쟁의에 대하여 어떠한 판단을 내리지 않고 관찰자적 자리에 서는 것은 너무나 당연하다. 불법체류 기간 중에 3개월 정도 울산의 현대콘테이너

---

35 한국에서의 조선족들의 불안한 삶과 함께 밝음과 어둠이 공존하는 한국 사회를 제재로 한 이 작품은 윤림호가 자신의 한국 체험을 제재로 다룬 유일한 소설이라는 의의가 있다.

에서 근무한 것이 한국에서의 노동 체험의 거의 전부인 윤림호가 그 시기 한국 사회의 중요한 사회적 이슈였던 노동 문제에 대한 명쾌한 답을 내린다는 것은 불가능한 일이었을 것이다. 더욱이 『명암의 세계』에서와 같이 대기업의 하청업체인 태성산업 같은 업체가 원청업체와 노동자 사이에서 겪는 복잡한 상황은 한국 사회에 대한 이해가 부족한 작가로서는 관찰자적 서술 이외의 다른 방법을 선택할 수가 없었을 것이다.

따라서 『명암의 세계』에서는 한국 사회의 거시적 문제보다 작가 자신이 직접 경험한 직장의 한국인 간부와 노동자, 집주인, 가게 주인 등 주변적 인물들이 주로 다루어진다. 직장에서 관리직 간부들은 노동자들을 무시하며 거친 언사를 사용한다. 특히 불법체류자 신분인 조선족들에게는 무소불위의 권력을 휘두르며, 여성 노동자들을 성적 대상으로 생각하기도 한다. 태성산업의 간부 류총무가 조선족 여성 홍현실을 성적 대상으로 삼는 것이 그 좋은 예이다. 또 술집 주인은 갖은 애교로 조선족들의 임금을 노리고, 여관이나 술집 종업원들은 외로운 조선족 남성에게 성을 팔아 돈을 챙기고, 식당 주인은 충호의 전우 청삼의 한의학 지식을 이용하여 불법 시술로 큰돈을 벌려 하고, 셋집 주인은 세들어 사는 조선족 여성에게 눈독을 들이고, 한국인 노동자들은 허풍이 센 청삼에게서 술과 안주를 얻어먹으며 의리를 부르짖다가 막상 청삼이 위급한 상황이 되자 등을 돌린다. 이렇듯 이 작품에 등장하는 한국인들은 조선족들의 돈을 갈취하거나 성적 욕망을 채우는 인물로 그려져 있다. 이러한 인물 설정은 한국이 경제적 번영으로 가난으로부터 벗어났지만 그 과정에서 인간으로서의 윤리나 가치를 상실하였다는 비판을 위한 소설적 장치로 이해된다.

충호와 한 조의 조원으로 일하면서 조선족이라고 업신여기고 괴롭히던 한씨는 충호와 주먹다짐을 하고는 절친한 관계로 발전하여 조선족의 처지를 이해하는 인물이 된다. 또 셋집 주인의 딸 정임순은 독실한 기독교 신자로 조선족들을 도와주기에 힘써, 기독교 협회의 이웃돕기 활동의 도움을 받아 홍현실의 병을 고쳐주고 중국으로 귀국하도록 조치해주기도 한다. 이 두 인물은 조선족을 멸시하던 인물이 개심하는 경우와 원래 기독교적인 사랑으로 조선족을 포용하는 인물이라는 성격의 차이가 있다. 그러나 이 작품에는 이들만큼이라도 조선족의 처지를 이해하고 공존하려는 인물은 거의 등장하지 않는다.

이렇듯 『명암의 세계』는 조선족을 괴롭히는 인물과 사랑을 베푸는 인물이 공존하고, 경제적으로 번영했지만 윤리적으로는 타락한 사회 즉 명과 암이 함께하는 한국 사회를 보여준다. 그러나 이 작품에서 한국 사회의 명과 암보다 더욱 중요한 제재는 한국에서 불법체류하고 있는 조선족들의 삶이다. 이 작품에서 한국에 입국한 조선족들은 중국에서 견디기 어려운 아픔을 겪고 그것을 피해 출국하여 신산한 삶을 살고 있다. 충호는 첫사랑 전순미가 한국 남자와 결혼해 출국하자 마음 없는 결혼을 했다가 모순투성이인 혼인 생활을 청산하고 출국하였고, 청삼은 첫사랑을 현 간부 아들에게 뺏기고 결혼 당일 술김에 신랑의 천치 여동생을 겁탈했다가 그녀와 강제 결혼하고 큰돈을 벌어 온다는 핑계로 출국하였다. 또 충호와 결혼을 약속했던 전순미는 돈을 탐낸 아버지의 강요로 한국 남자와 결혼해 출국하였고, 조홍자는 아버지가 진 빚 때문에 강제로 결혼한 현 간부 아들이 도박을 일삼고 폭력을 휘두르자 자식을 친정에 맡기고 출국하였으며, 할빈민족문화관 가무단원이었던 홍현실은 자신의 예술적 욕구를 채워주지 못하는 중국이 지겨워서 공연차 한국에 왔다가 불법체류를 하였다.

이들은 돈 때문에 사랑이 파괴되자 그 고통에서 벗어나고 또 자신을 이렇게 만든 돈을 벌어 꿈을 이루겠다는 심경으로 큰 빚을 져가며 한국행을 감행하였다. 이 작품의 인물들이 한국을 중국에서 겪은 견디기 힘든 고통을 회피할, 또 꿈을 이룰 만한 돈을 벌 수 있는 공간으로 인식하는 것은 조선족들의 내면적 진실의 한 부분을 보여준다. 한국에 입국한 조선족들은 꿈을 실현하기 위하여 아니 그보다 먼저 한국행을 위해 진 막대한 빚을 갚기 위해서 죽기 살기로 돈을 벌어야 한다. 그러나 그들이 한국에 와서 차별과 멸시 속에 힘든 노동을 하여도 생각했던 것처럼 돈이 모이지는 않는다.

> 달세 10만원의 방값을 같이 지내는 현실이와 5만원씩 반분해 주인집에 내고 전기세, 물세, 위생비, 전화비 등 잡비용을 청리당하고 나면 매달 집에 40만원씩 송금하는 것도 아름찬 부담이 되어졌다. …(중략)…
>
> 휴무일까지 련속 작전해야 60만원이면 기록이었고 그것으로 잡세를 물고 회사의 식비를 떼고 집에 부치고 생활을 조직해야 했다. 한마디로 꼬리에 꼬리를 물고 강을 건너는 쥐무리처럼 일단 놓기만 하면 안되게 늘상 빠듯빠듯한 생태였다.[36]

조홍자의 생각으로 서술된 이 부분은 한국에서 노동자로 열심히 일하고 출퇴근 이외에 다른 어떤 일에도 관심 두지 않아도 생각처럼 돈이 모이지 않는 현실을 보여준다. 이런 상황에 자식을 앞세워 돈을 강요하고 그 돈을 술과 노름으로 탕진하는 남편을 둔 조홍자나 가족의 생활비와 빌린 돈을 갚아야 하는 대부분의 조선족들의 미래는 암담할 뿐이다. 또 착실하기 그지없는 칠수처럼 몇 년 동안 저금통장을 만들지 못해 임금을 류 총무에게 맡겨두었다가 돈을 다 날릴 위험에 빠지는 경우도 한다. 이처럼 돈은 모이지 않고 중국의 빚이 늘어가기만 하게 되면 청삼처럼 자포자기의 심정으로 술과 여자에 탐닉해 돈을 탕진하기도 한다. 그들에게는 중국에서의 삶이 피폐했듯이

---

36 『명암의 세계』, 『연변문학』 2000.3, 105쪽.

한국에서의 삶 역시 불안정하다.『명암의 세계』에서 이러한 상황을 설정한 것은 가난을 벗어나기 위해 중국을 떠나 한국으로 와도 그 삶이 크게 달라지지 않는다는 작가의 현실인식을 드러내기 위한 장치이다.

충호는 불안정한 한국 생활 중에 한국인 한씨와 주먹다짐을 벌인 일로 한국인의 차별을 견디며 살아가는 조선족들에게 주목을 받는다. 뛰어난 무술 실력과 타인의 어려움을 돌보는 그의 모습은 조선족들의 존경의 대상이 되고, 공장 측에서도 이전과는 다르게 취급해준다. 또 이 일로 조신한 처신으로 태성산업 남자들의 표적이 되던 조홍자도 충호에게 관심을 보이고 사랑을 나누게 된다, 그러나 늘상 첫사랑 전순미가 한국에서 어떻게 살고 있는가를 궁금해하던 충호는 한씨의 부탁으로 폭력배 하나를 때려눕히고 형사들을 피해 도주하다가 피신해 들어간 집에서 지체부자유에 성적 능력도 없는 의처증 환자와 지옥 같은 삶을 살고 있는 전순미를 만난다. 그녀의 절망 끝을 보아버린 충호는 그녀와 영원히 헤어지자 결심했지만, 전순미의 아버지가 사고로 죽은 일을 처리하는 과정에서 다시 만나고, 우여곡절 끝에 충호의 남성다움에 매료되었던 조홍자의 도움으로 전순미와 함께 중국으로 돌아간다.

충호는 한국에서 수많은 일을 경험하고, 자신을 A시로 부른 전우 청삼을 잃고, 남편에게서 도망치기로 한 전순미가 남편에게 남겠다고 하고, 함께 중국으로 가기로 한 조홍자도 동행을 포기하자 홀로 중국으로 돌아가기로 결심한다. 그러나 조홍자의 설득으로 함께 귀국하려 공항으로 달려온 전순미를 만나 비행기에 오르고, 이륙하는 순간 무엇을 위하여 한국에 와서 이런 생활을 했는가 하는 상념에 잠긴다.

중국민항려객기는 활주로를 달리기 시작하였다. 해탈의 몸부림인 듯 몸체를 세차게 떨고있었다.

　충호의 머리속에는 출국나들이붐으로 하여 황폐해져가는 동네의 정경이 떠올랐다. 땅을 버리고 삶의 터전을 버리고 사랑을 버리고…… 사실 교포들의 비극은 한국땅에서가 아니라 두고 온 땅에서 더 크다는 것을 충호는 깨달았다. 무엇때문인가? 누구탓인가?[37]

　충호는 한국에서의 체험을 통하여 조선족들의 한국행 열풍의 비극은 차별과 멸시를 받았다고 생각하는 한국 땅에서보다 남겨진 사람들과 황폐화된 고향에서 더 큰 고통으로 다가오고 있다는 자각에 이른다. 이는 한국과의 교류가 시작되면서 많은 조선족들이 한국에서 불법체류를 하며 돈벌이에 나서 차별과 멸시를 견디며 살았다는 비극적인 사실보다 한국행 열풍으로 파괴되는 조선족 공동체의 와해가 더 심각한 문제라 인식한 것이다. 한국에 가서 돈을 벌고 또 그 돈으로 보다 나은 삶을 추구하면서 선조들이 낯선 땅에 이주해 와서 피땀으로 일구어 만들어놓은 고향, 조선족 공동체 속에서 인정 가득하고 인간다움을 유지하면서 살았던 고향이 폐허로 변하는 것이 가장 큰 비극이라는 것이 윤림호가 『명암의 세계』를 통해 독자에게 전달하고 싶은 메시지인 것이다.

　윤림호가 보여준 인간다움과 공동체적 삶에 대한 지향은 한중 교류 이후 조선족들이 한국에서 겪은 차별과 멸시라는 현실적인 아픔이나 이중정체성과 국민정체성과 같은 관념을 문제 삼은 기존의 작가들과는 다른 현실인식이다. 더욱이 조선족이 경험하는 한국에서의 인간적 모멸보다 중국에서 벌어지고 있는 조선족 사회의 황폐화가 더 문제라는 지적은, 허련순이 『바람꽃』에서 보여준 한중수교 이후 조선족들이 국민정체성을 확인하게 되었다

37　『명암의 세계』, 『연변문학』 2001.10, 118~119쪽.

는 인식의 차원이 아니라, 조상들이 가꾸어왔고 조선족의 미풍이 이어져 인정이 존재하고 화목하게 살아가던 고향의 회복이라는 현실 차원의 꿈을 보여준다. 이렇듯 윤림호가『명암의 세계』에서 선조들이 일구고 그들이 삶을 영위해온 고향이 황폐해지는 현실을 아쉬워하며 그 회복을 기대한 것은 그가 과거를 지향하는 보수적 현실인식을 견지했음을 알게 해준다.

6. 결론

본고는 윤림호 소설의 주제와 경향을 창작 시기별로 경향을 정리하고, 각 시기에 그러한 주제에 집중하고 일정한 경향성을 띠게 된 내·외적 요인을 검토하여 윤림호 소설의 전체적 모습을 해명하고자 하였다. 이를 위하여 작품집 발간을 기준으로 윤림호 소설을 크게 세 시기로 구분하고 시기별로 장을 나누어 작품의 특성을 살피고, 작가 자신의 한국 체험을 제재로 한『명암의 세계』는 별도의 장에서 살펴보며 한국행 열풍에 대한 윤림호의 현실인식을 검토하였다.

『투사의 슬픔』에 수록된 작품은 암울한 시대 상황에도 인간으로서의 도리를 지킨 감추어진 영웅을 헌양하고, 경제적으로 풍요로워지더라도 공동체 의식을 잃지 말고 인간다움을 유지하는 일이 중요함을 보여준다.『고요한 라고하』에 실린 작품은 노인과 약자들의 사랑에 따듯한 시선을 보이고, 돈의 노예가 되어 인간의 도리를 잃어가는 인간을 비판하고, 조상들이 뿌리내린 이 땅이 자신들에게는 고향이라는 인식을 보여준다. 그리고『조막손 로친과 세다리 개』에 수록된 작품과『승냥이가 울던 계절』은 큰돈을 벌고는 인간의 도리를 잃는 인간을 비판하고 동물들의 야생성을 예찬하고 있으나, 환상에 치중해 비현실적인 전개를 보여 소설적 긴장감을 상실한 작품이 많다. 『명암의 세계』에서는 한국 체험을 바탕으로 노동쟁의로 혼돈스러운 한국 사회와 그 속에서 차별을 견디며 묵묵히 일해 꿈을 이루려 애쓰는 조선족을 통해 조선족들에게 한국이란 무엇인가에 대한 답을 제시하고 있다.

윤림호의 거의 모든 소설은 급변하는 현실에도 인간관계가 살아 있던 공동체를 지향하고, 개혁개방과 한중수교 등으로 경제적으로 윤택해지면서 인간으로서의 도리를 버리는 세태를 비판하고 있다. 그리고 한국과의 교류로 조선족의 뿌리인 한국과 가까워지고 한국을 통해 부를 획득하였지만, 한국과의 접촉 과정에서 그들이 나고 자란 중국 땅이 진정한 고향이라는 의식을 강화하는 모습을 보여준다. 즉 윤림호는 반우파투쟁기에서 문혁을 거치는 정치적 억압과 개혁개방과 한중수교로 상징되는 경제적 자유를 맞이한 중국 현대사의 흐름 속에 시대가 어떻게 변하더라도 공동체적 가치와 고향의 회복을 지향하는 점에서 작가적 일관성을 보인다.

윤림호 소설의 주제적 일관성은 문혁 이후 급변하는 조선족의 현실을 올바로 형상화하고 새로운 시대에 필요한 가치관을 제시하지 못했다는 점에서 한계로 지적될 수 있다. 또 『조막손로친과 세다리 개』 이후에 급격히 환상과 야생성에 매달림으로써 리얼리티를 상실하고, 한 작품에서 필요 이상의 사건을 나열함으로써 주제의 분산이 심해진다. 이는 조선족의 삶이 급격한 변화를 보이고 고향이 황폐해지는 상황에서 이를 소설화할 새로운 주제나 제재를 마련하지 못해 창작의 동력을 잃은 결과로 보인다. 윤림호가 이러한 한계를 부딪치게 된 것은 그가 시종 견지한 보수적 현실인식으로 인해 급변하는 시대에 대응하여 조선족이 나아갈 길에 대한 소설적 대안을 찾지 못했기 때문이라 하겠다.

본고는 윤림호 소설에 대한 전체적인 이해를 목적으로 하여 개별 작품에 대한 세밀한 분석이나 윤림호 소설이 담고 있는 여러 주제를 해명하지 못한 한계를 지닌다. 이를 보완하기 위하여 윤림호의 소설이 지향하는 가치와 고향의 의미를 좀 더 천착해볼 필요가 있다. 그리고 윤림호의 소설에서 정신적 고향처럼 등장하는 라고하[38]의 의미를 해명하는 일과 그의 소설에 사용된 독특한 문체적 특성과 소설적 장치를 살피는 연구도 심도 있게 이루어져야 할 것이다.

38　라고하는 윤림호가 남라고촌을 흐르는 해랑하를 사랑하여 마을 근처 일부 구간에 붙인 이름이다. 라고하를 배경으로 한 소설로는 「라고하 뱃사공」, 「무지개」(이상 『투사의 슬픔』), 「태양은 래일 또 뜬다」, 「아리랑 고개」, 「할미꽃」, 「모래성」(이상 『고요한 라고하』)과 중편소설 「라고하」(『아리랑』 1991.11) 등이 있다.

비극적 역사의 희화화

박선석론

비극적 역사의 희화화

박선석론

1. 서론

조선족 작가 박선석의 생애에서 가장 중요한 사실은 평생을 '농민'[1]으로 살았다는 사실이다. 박선석은 1945년 3월 25일 길림성 집안시 유림향 영수촌에서 부농으로 분류된 가정에서 출생하여 부농의 자제라는 이유로 극좌노선이 지배하던 젊은 시절을 정치적 박해 속에서 어렵게 지냈다.[2] 1961년 매

---

1   중국에서 '농민'이란 직업이 아니라 신분에 해당한다. 중국의 호적 제도에 따르면 농업호적을 가진 공민 즉 농민은 원칙적으로 다른 호적으로 전환할 수 없고 도시로 이주할 권리도 없다. 중국 사회에서 농민의 신분적 특징에 대해서는 최삼룡, 「박선석의 소설과 농촌사회학, 박선석의 소설을 보는 한 시각」(『연변문학』 2008.11) 1장을 참조할 것.

2   박선석의 증조할아버지는 3·1운동 때 체포되어 고문을 받다가 운명하였고, 할아버지는 연변 지역에서 항일운동을 하다가 민생단 사건에 연루되어 사망하였다. 그의 아버지도 민주연맹에 가입해 공산당 유격대를 돕다가 1947년 국민당군에 체포되어 사형당할 위기에 처했지만 한족 지주의 보증으로 살아남았다. 이후 산골짜기에 논을 풀어 경제적 안정을 얻고 마을 아이들을 위해 소학교도 세운 아버지는 토

하구시 제2중학교를 졸업하고 농민 신분으로 농촌에서 농사를 지을 수밖에 없었던 박선석은 답답한 마음을 글쓰기로 달래다가 개혁개방 이후 복권이 되자 1980년 단편 「발자국」으로 등단하여 현재까지 100편이 넘는 소설을 발표하였다. 이런 점에서 박선석은 평생을 농민 신분으로 농업 노동에 종사[3]하면서 과외로 소설 창작을 계속한 진정한 '농민'작가라 하겠다.

박선석은 농민으로 살면서 자신이 체험한 바를 바탕으로 창작에 임하였기에 대부분의 작품은 농촌을 공간적 배경으로 하여 농민이나 농촌의 간부들이 직접 경험한 사건들을 해학적으로 서술한다. 또 박선석의 대표작인 장편소설 「쓴웃음」과 「재해」는 건국 직후 토지개혁 때부터 문화대혁명[4]이 끝날 때까지의 농촌의 현실을 치밀하게 형상화하여 정치가 모든 것의 우위에 놓인 시기에 조선족 농민들이 어떠한 삶을 살았는지를 매우 사실적으로 보여주고 있다. 그의 작품이 가진 이러한 특징은 문화대혁명 때 불합리를 직접 체험한 농민 독자들에게 인기를 얻는 중요한 이유가 되었다.[5]

우파의 자식으로 성장기의 대부분인 30여 년을 정치적 박해를 받으며 보낸 박선석은 문혁이 끝나고 20년의 시간이 경과하여 창작의 자유가 어느 정

지개혁 때 농회 선전위원으로 있으면서 백 호가 넘는 마을에 지주나 부농이 하나도 없으면 곤란하다는 공작대의 지적에 스스로 부농으로 신분을 분류하였는데 이후 부농이라는 이유로 가장집물까지 다 뺏기고 온갖 투쟁을 당하다가 문화대혁명 중에 운명했다. 그 결과 박선석도 부농의 자제로 분류되어 개혁개방으로 복권되기까지 30여 년 동안 암울한 삶을 살았다. 서령, 「박선석문학연구」, 인하대학교 석사학위 논문, 2011, 9~12쪽 참조.

3   박선석은 1990년대 중반 매하구시 조선민족문화관에 초빙되어 일한 적이 있으나 2년도 견지하지 못하고 그만두었으며 그 일을 하는 사이에도 농사를 그만둔 적이 없다고 한다. 최삼룡, 앞의 글, 116쪽.

4   이하 '문혁'으로 약칭한다.

5   박선석 소설의 대중적 호응의 양상과 그 요인과 의의 등에 대해서는 박춘란, 「박선석 소설 연구」(「한중인문학연구」 39, 2013.4)에 상론된 바 있다.

도 확보된 1990년대 중반에 정치가 일상을 지배하는 시기의 모순된 사회의 모습을 비판하는 작품을『장백산』에 발표하기 시작한다. 1995년부터 7년간 연재를 하고 단행본으로 출간된『쓴웃음』[6]은 문혁을 전후한 10여 년의 사건을, 그리고 이어서 2004년부터 2년간 연재하고 출간한『재해』[7]는『쓴웃음』에서 다룬 시간보다 앞선 정치 중심 시대를 제재로 하고 있다. 이 두 작품은 시대적 상황이나 제재의 설정은 거의 동일하고 먼저 발표된『쓴웃음』이 시간적으로『재해』에 이어진다는 점에서 연작에 해당한다.[8]

박선석 소설의 대표작으로 평가되는『쓴웃음』연작에 대한 연구는 중국 조선족 내에서의 작품의 인기나 명성만큼이나 여러 조선족 연구자에 의해 연구되었다. 박선석의 인기와 명성에 맞추어 그의 문학에 대한 학술세미나도 몇 차례 개최된 바 있고,[9] 학술세미나와는 별개로 수행된 평문으로서 최삼룡의 평문[10]이 있다. 박선석의『쓴웃음』연작에 대한 본격적인 연구는 서령[11]이 선편을 쥐어 작가의 생애 조사와 작품에 대한 기본 정리가 시도되었다. 그리고 박선석 문학에 대한 연구를 집중적으로 수행한 박춘란은 2013년『쓴웃

---

6 박선석,『쓴웃음』상, 중, 하, 료녕민족출판사, 2003. 이하 작품 인용은『쓴웃음』권수, 쪽수'로 한다.

7 박선석,『재해』, 흑룡강조선민족출판사, 2007. 이하 작품 인용은『재해』, 쪽수'로 한다.

8 이하 두 작품을 동시에 지칭할 때는『쓴웃음』연작'이라 한다.『쓴웃음』연작이 제재, 서사 상황, 인물 성격, 갈등 구조, 사건 전개 등의 설정이 유사하고 시간적 선후가 뒤바뀌어 있다는 점에서『재해』는『쓴웃음』의 성공에 기대어 시간적 배경만을 달리해 창작한 작품이라는 지적이 가능하다.

9 1996년, 2002년, 2010년 등 세 번의 학술세미나가 개최되었는데 세 차례 모두『장백산』잡지사가 관계했다. 이 세 차례의 박선석학술세미나에서 발표된 평문이 그간 박선석 문학 연구의 중심이 되고 있다.

10 최삼룡, 앞의 글.

11 서령, 앞의 글.

음』연작을 대상으로 한「중국의 정치변동과 조선족 농촌사회의 문학적 형
상화」로 성균관대학교에서 박사학위를 획득한 후,「박선석 소설 연구」(『한중
인문학연구』 39, 2013.4),「박선석 소설의 이데올로기 연구」(『한민족문화연
구』 42, 2013.4),「문화대혁명과 조선족 농촌사회의 문학적 형상화」(『한중인
문학연구』 46, 2015.2) 등의 논문을 통하여『쓴웃음』연작의 주제적 특징, 사
상적 경향, 미학적 특징 등 다양한 면모를 정리한 바 있다. 박선석의『쓴웃
음』과 이문구의『장한몽』을 비교한 김현철은『쓴웃음』의 이광수와『장한몽』
의 김상배는 역사 속에서 자신의 의지와 상관없이 정치적 이유로 억압받은
작가 자신의 초상이며, 그들의 행적은 소설을 통하여 상처를 치유하는 과정
이라 규정하고 치유의 양상을 면밀히 비교 · 고찰하여 박선석 문학 연구의
새로운 방향을 제시하였다.[12]

　본고는 중화인민공화국 수립 후 문혁까지 공명(公名)의 시기[13]를 시간적
배경으로 한『쓴웃음』연작의 주제적 성격과 함께 이 연작이 가진 서술방식
의 특징을 살피고자 한다.『쓴웃음』연작에 대한 그간의 평가는 정치 중심 시
대의 모순과 피해를 사실적으로 담아내고 있고, 이 기간 동안 조선족 농민
들이 경험한 불합리와 정치중심 시대의 이데올로기의 비현실성 등을 고발
하고 비판하고 있으며, 동시에 이러한 묵직한 주제들이 구체적 사건들과 해
학적인 문체를 통하여 얼마나 생동감 있게 그려지고 있는가 등을 논구하고

12　김현철,「박선석과 이문구 소설에서의 상처 치유 양상 비교」,『현대문학의 연구』
　　59, 2016.6.
13　천쓰허는 50~60년대의 '사회주의 혁명과 건설', '계급투쟁 강령', '두 노선의 투쟁'
　　같은 통일된 거대한 시대적 주제들이 시대정신의 향방을 무게 있게 담아내기는 했
　　으나 동시대 지식인들이 다양한 문제의식으로 사고하는 것이 제약이 되는 문화 상
　　태를 '공명'이라는 용어로 정리한 바 있다. 천쓰허,『중국당대문학사』, 노정은 · 박
　　난영 역, 문학동네, 2008, 25~26쪽.

있다. 본고에서는 그간의 연구들이 보여준 작품의 주제에 대한 평가를 수용
하면서 조선족의 문혁에 대한 소설화 방식이라는 관점에서『쓴웃음』연작이
여타의 조선족 소설들과 다른 특징을 살피고, 이와 함께 이 연작이 보여주고
있는 서사적 장치를 분석하여 그 의의와 한계를 해명하고자 한다. 이러한 작
업을 통하여 이 연작이 가진 소설적 가치에 대한 긍정적 평가와 함께 비판적
시각을 동시에 마련할 수 있을 것으로 기대한다.

2. 농민의 삶으로 재현한 중국 현대사의 비극

1) 농촌 현실의 희화화를 통한 문혁의 비인간성 비판

『쓴웃음』은 1963년부터 인민공사를 중심으로 전 인민을 상대로 전개된 정
치, 경제, 조직, 사상을 깨끗이 하여 진정한 사회주의를 이루자는 사청운동
부터 사회주의 운동이 보다 복잡화한 양상으로 전개된 문혁이 끝날 때까지
를 시간적 배경[14]으로 하여 정치운동이 지배하던 시기의 왜곡되고 모순에 찬
사회 현실을 비판적으로 그려낸다. 사청운동과 문혁으로 경제나 문화와 같
은 사회의 제반 문제는 부차적인 것이고 전 사회가 사회주의 특히 모택동주
의로 무장하느냐가 가장 중요한 현안으로 인식되는, 즉 정치 중심 시대가 도

---

14 흔히 문혁을 권력투쟁 과정에서 벌어진 특수한 사회주의 운동으로 이해하지만, 박
   선석이 이 작품에서 사청운동을 문혁의 출발점으로 본 것은 농민으로 체득한 농촌
   의 문혁에 대한 정확한 인식일 수 있다. 복건성 린 마을의 예서기는 체험을 바탕으
   로 농촌에서는 문혁보다 토지개혁이나 사청운동이 더 큰 영향을 미쳤으며, 홍위병
   에 의해 전개된 것으로 알려진 '파사구(破四舊)' 같은 대규모 파괴를 몰고온 사회 운
   동도 사청운동 기간에 시작되었다고 주장한다. 황수민,『린 마을 이야기』, 양영균
   역, 이산, 2003, 170~175쪽 참조.

래한다. 이백 가구에 이르지 않는 작은 조선족 농촌인 팔방마을에 사청운동과 문혁이 몰아치자 상부상조하며 화목하게 살아가던 순박했던 농민들이 자본주의로 복벽하려는 자들을 색출하는 정치투쟁에 내몰리게 된다.

팔방마을에는 한 시기 중국 사회에 광풍으로 휩쓸고 간 정치투쟁들이 몰아닥친다. 봉건적이고 자본주의적인 낡은 관습을 쓸어내고 진정한 사회주의로 나아가기 위한 사청운동, 진정한 사회주의자로 거듭나기 위하여 모택동의 교시를 따라 배우는 모주석 저작 학습 운동, 낡은 이념에 기대어 자기 계급의 기득권을 유지하려는 지도부를 공격하라는 지도부 포격 운동, 주변에 남아 있는 봉건적이고 자본주의적인 유물을 일거에 파괴해버리자는 파사구 운동, 기왕에 갈려 있는 지주−부농과 중하빈농이라는 계급 차이를 보다 분명히 하고 자본주의적으로 복벽하는 자들과 계선을 정확히 가르는 계급대오 청리운동, 진보도전투 이후 전쟁을 준비하기 위한 광풍과 이에 따른 방공호 파기 운동, 임표 숙청 이후 몰아닥친 임표와 공자를 공격하는 비림비공 운동 등이 그것이다. 이러한 사회주의 운동의 광풍이 몰아닥칠 때마다 팔방마을 사람들은 자신의 투쟁의 대상이 되지 않기 위하여 타인을 무함하는 일을 반복한다.

사청운동이 시작되기 이전에 이미 팔방마을 사람들의 계급은 분류되어 있었다. 반우파운동 시기에 우파분자 고깔을 쓰고 팔방마을로 하향된 강명길과 토지개혁 때 공작대가 팔방 정도의 큰 마을에 부농이 없으면 안 된다기에 스스로 부농으로 분류한 리용구 영감과 아들 리광수[15] 그리고 몇몇 부농 출

---

15 리용구−리광수 부자는 박선석이 자신의 삶을 투영한 존재로 이해해볼 수 있다. 김
   현철 역시 박선석이 '이광수'라는 자화상을 통하여 자신이 하고 싶은 말을 한 것으
   로 이해한다. 김현철, 「박선석과 이문구 소설에서의 상처 치유 양상 비교」, 『현대문
   학의 연구』 59, 2016.6, 452쪽.

신이 계급의 적으로 존재한다. 그러나 매번 정치투쟁이 진행될 때마다 새로운 계급의 적이 탄생되어야 했고, 그에 따라 이들 계급의 적들과 함께 새로운 정치운동에 적응하지 못한 사람들이 계급의 적으로 투쟁의 대상이 된다. 이러한 과정이 지속적으로 전개되면서 팔방마을에서의 문혁의 전개는 정치운동이거나 사상운동이기보다는 토지개혁과 사청운동으로 정해진 계급 모순과 투쟁의 연속이었고 개인적인 권력욕과 성적 욕망 그리고 복수심 등으로 증폭된 폭력적인 운동으로 변질된다.

　송길동은 부농 출신으로 부친이 죽은 뒤 주색잡기로 재산을 다 날리고 떠돌다 수전 개발로 인력이 모자라는 팔방마을에 자리 잡아 토지개혁 때 빈농으로 분류된 인물이다. 권력욕이 지나친 송길동은 사청운동 기간부터 남보다 빨리 공작대의 눈에 들어 팔방마을의 농민대장 자리를 차지하고, 일의 옳고 그름을 차치하고 당의 정책만 철저하게 실천해서 윗사람의 눈에 든다. 또 주관이 없고 게으른 청년인 방춘달은 성적 욕망이 남달라 제가 좋아하는 여성을 얻기 위해 송길동의 앞잡이가 되어 마을의 권력으로 나아가게 된다. 송길동과 방춘달은 자신들을 업신여긴 이전 마을 간부들에게 앙갚음할 마음도 없지 않고, 위에서 하달되는 정책을 강압적으로라도 실현해야 하고, 자신의 권력도 유지할 목적으로 사청운동 때 공작대원들이 했듯이 쉼 없이 마을 사람을 모아 회의를 하고 비판을 하고 정치투쟁을 하게 하여 서로 의심하고 비판하고 무함하게 만든다. 예컨대 '29장 신경과민' 편[16]에서 총 분실 사건이 발생하자 반동 조직의 준동으로 규정하고 최영삼을 반동 조직원으로 몰아 투쟁을 하자 최영삼은 이를 모면하기 위해 적극분자인 방춘달을 자신의 상급이라 물어먹는다. 또 투쟁대회 때마다 폭력을 휘둘렀던 방춘달은 자신에

---

16 『쓴웃음』 중, 1321~1370쪽.

대한 투쟁에서 쏟아지는 매를 견디지 못해 자신을 제일 많이 때린 김성규와 차문남을 물어먹는 등 서로 물고 물리는 악순환이 계속된다. 그 결과 팔방마을에서 문혁이 진행되는 기간 동안 서로가 서로를 물어먹는 상황을 연출하여 인간성이 훼손되고 작은 공동체 내의 인간관계가 파탄이 나게 된다.[17]

정치중심주의가 극에 달한 문혁으로 중국 사회가 경험한 혼란과 폐해를 구체적 사건들을 통해 희화하고 있는『쓴웃음』은 조선족 농촌 마을에 불어닥친 혁명의 양상을 드러낼 뿐이다. 이는 작가 박선석이 우파분자 농민으로 생활하면서 직접 경험한 기억이자 주변 사람들과 공유한 문혁의 기억이다.

> 원래 필자는 98년 6기에 실린『쓴웃음』속의 '변태'를 보고 독후감 삼아 여기 이 고장에서 벌어졌던 끔찍한 사건들을 몇 건 적어 편지로 보내고저 3500자 가량 써놓았는데 연후에 발표된 '구원'과 '도주'를 보니 상당히 많은 사건들이 어쩌면 내가 써놓은 것과 일치할 줄이야.[18]

독자 투고문인 인용문은『쓴웃음』의 불합리하고 부조리한 제재들이 작가 자신의 직접 체험과 주변 사람과 독자들의 제보를 통해 수집한 것임을 짐작하게 해준다. 농민 박선석이 자신에게 제보된 사건들 중에서 자신의 체험과 일치하거나 자신의 경험에 비추어 있을 법하다고 판단되는 사건들을 선택하였기에『쓴웃음』에 등장하는 사건들은 도시 지역과 농촌 지역의 문혁의 차이를 분명하게 보여준다. 문혁 초기에 가장 극렬한 활동을 보인 것은 홍위병과 같은 반란파들이 기존의 공산당 지도부를 공격하여 권력을 탈취하려

---

17 『쓴웃음』에는 무수히 많은 사건들과 투쟁대회가 등장하나 이들 모두는 문혁이라는 잘못된 정치운동에서 비롯된 비극이며, 순박한 농촌 공동체의 파괴 과정에 다름 아니다.
18 『장백산』1999.3, 207쪽. 박춘란, 앞의 글, 241쪽에서 재인용.

하고 지도부를 옹위하려는 세력들이 새로운 조직을 만들어 내전 수준의 전투를 치른 데 있다. 그러나 반란파와 수구파 간의 무력 투쟁과 같은 극도의 혼란은 팔방마을에는 발생하지 않는다. 팔방마을의 경제적 발전을 위해 애쓰던 정인철 대장이 사청운동 시기에 수구파로 몰려 철직당하고 그 자리에 송길동이 오른 후에 새로운 타도의 대상이 있을 수 없었던 것이다. 더구나 정인철이 마을 사람들의 존경을 받는 상황에서 그를 더 이상 투쟁 대상으로 삼기가 어렵고 정인철의 아들 정태안이 현의 홍위병 대장으로 활동하고 마을로 내려오는 상황에서 송길동은 정인철을 산속에 있는 농장의 경영자로 올려 보내는 정도로 그치고, 그를 도와 일하던 이전 간부들을 투쟁 대상으로 삼는다. 그러나 사청운동 때 만들어진 신분과 조직에 의한 투쟁이 지속되면서 문혁이라는 정치운동 기간 내내 투쟁이 반복되고 그에 따른 갈등이 첨예화되면서 팔방 마을 사람들 사이에는 서로가 서로를 물어먹는 비인간성이 드러나고 점차 마을 사람들은 정치투쟁에 질리게 된다. 이런 점에서 『쓴웃음』은 도시 지역과 농촌 지역의 문혁이 크게 다르게 진행되었으며 정치투쟁으로서의 강렬함이 존재했던 도시 지역의 문혁과는 달리 농촌 지역의 문혁은 사청운동의 연장선상에 놓여 있었음을 보여주어 농촌 지역 문혁의 실상을 여실히 보여준다.

그런데 『쓴웃음』에 등장하는 팔방마을의 조선족 농민들이 경험한 문혁은 조선족 집거지인 연변 지역의 문혁과는 상당한 차이를 보인다. 연변 지역의 문혁은 이 시기 중국 전역에 불어닥친 정치적, 문화적 혼란과 함께 소수민족 문화 말살 정책에 따른 핍박, 중국과 북한의 외교적 대치에 따른 조선족에 대한 의심과 비판 등 삼중적인 고난이라는 특징을 지닌다.[19] 연변 지역에서

---

19 연변 지역의 조선족이 경험한 문혁의 삼중적 고난에 대해서는 최병우, 「조선족 소

는 주덕해를 위시한 연변 지역의 공산당 기존 세력을 공격하라는 모원신의 지도에 따라 주덕해를 몰아내려는 홍색파가 만들어지고 조선족자치주를 만들어 조선족의 삶을 윤택하게 만든 주덕해를 옹호하려는 세력들이 모여 보황파 조직을 조직해 무력 투쟁으로 이어져 엄청난 인명 피해가 발생했다. 더욱이 조선족들이 북한의 스파이라는 대자보가 붙는 상황에까지 이르러 문혁 기간 연변 지역의 조선족들이 경험한 고통은 이루 말하기 어려웠다. 그러나『쓴웃음』에는 이러한 연변 지역의 조선족들이 경험한 바와 같은 폭력과 파괴적인 혼란은 존재하지 않는다. 산재지구의 작은 조선족 농촌 마을에서의 문혁이란 같은 마을 사람끼리 계선을 나누고 투쟁을 반복하는 것으로 마을 사람들 사이에 서로 물어먹으면서 심한 갈등이 발생하고 마을 사람들 사이에 인간관계가 깨어지기는 하지만 무차별적인 폭력 사태로 발전할 수 없는 상황이 지속된다.『쓴웃음』에서 보이는 이러한 문혁의 양상은 산재지구 농촌 지역에서 벌어진 문혁의 양상으로 연변 지역의 문혁과는 커다란 차이를 보이는 바, 이는 박선석이『쓴웃음』을 창작하는 과정에서 산재지구의 농민으로 직접 체험한 사실을 제재를 선택한 결과로 이 작품이 갖는 의의이자 한계라 할 수 있다.

2) 공산주의적 경제 정책에 따른 인위적 재해 비판

『쓴웃음』이 문혁 기간의 정치투쟁에 초점이 맞추어져 있는 데 비해『재해』는 대약진운동 시기의 경제정책의 오류에 따른 궁핍과 기아로 인하여 조선족 농촌 사회가 와해되는 과정을 보여준다. 토지개혁 이후 중국 정부는 단기

설과 문화대혁명의 기억」(『현대소설연구』 54, 2013.12)의 2장 2절 연변 문혁의 특수성(499~508쪽)에서 상론된 바 있다.

박선석론 비극적 역사의 회화화

간에 경제 발전을 이룩하여 영국과 미국을 능가하는 공산주의 사회를 완성하려는 열망에 현실성이 없는 경제정책을 수립하여 지역적 상황과 특성을 고려하지 않고 일률적으로 시행한다. 공동노동을 통해 노동생산력을 높여 빠른 시간 안에 공산주의를 실현하기 위해, 개체에 의한 농업을 포기하고 집체화를 시도하여 합작사를 거쳐 인민공사로 진행한다. 토지와 가축 그리고 모든 재산의 개인 소유를 금지하고 합작사 소유로 전환한 뒤 공동으로 작업하고 소득은 통일 분배하자 당장 심각한 문제가 발생한다.

> "땅이 많은 것도 나쁜가?"
> 땅 욕심이 많은 리석태는 리해할 수가 없었다.
> "땅이 많으면 뭘 하우? 농사를 많이 지어선 뭘 하나 말이요? 많이 벌었건 적게 벌었건 통일분배를 하는데, 안 그렇소?"
> 그 말도 틀리지는 않았다. 분배 방법이 틀려먹었다. 리석태는 할 말이 없어 쓴웃음을 지었다. 아무튼 세월이 변했다고 생각했다. 세상도 변하고 사람도 변했다. 격세지감이 난다. 해방 전에는 손바닥만한 땅도 없어 소작살이를 동냥을 해먹던 사람들이 인제 땅이 싫단다. 토지개혁 할 때는 한 치의 땅이라도 더 가지려고 아웅다웅 다투던 사람들이 인제 땅을 적게 가지겠단다. 농사군이 땅을 싫다고 하니 어딘가 잘못 되어도 크게 잘못 되였다. 농업합작화가 잘 되겠는지가 의심된다.[20]

팔방마을 사람들이 리석태에게 불만을 터뜨린 바대로 공동 작업을 하고 통일 분배를 하는 공산당의 정책은 농민들의 근로 의욕을 상실시킨다. 능력껏 일하고 필요한 만큼 가져간다는 공산주의적인 정책은 인간의 욕망을 도외시한 이상론에 지나지 않는 것이다. 려명촌 농민들은 자신이 속한 조가 조

---

20 『재해』, 156쪽.

금이라도 적은 땅을 맡아서 남보다 편하게 농사를 짓고 가을에 분배는 같이 받고자 한다. 농민들의 의식이 이러하다면 농업 합작화는 실패로 끝날 수밖에 없는 일이어서 불과 몇 년이 지나지 않아서 한 해 동안 뼈 빠지게 농사를 지어 한 호구당 분배된 소득이 10원에 그치는 상황을 맞이한다.

상급에서는 이 같은 농촌의 현실을 고려하지 않은 정책이 지속적으로 하달되고, 합작사나 인민공사의 지도자들은 사원들을 닦달하여 어떻게 해서든 하달된 정책을 실천하여 상급의 신임을 얻으려 노력한다. 그 결과 과장된 성과가 보고되고 그에 따라 상급에서는 더 높은 목표치를 하달하여 결국은 국가경제 전체가 파탄에 이르게 된다. 이러한 상황에서 상급의 지시대로 집행하다가 좌절하고 사원들에게 막대한 손실을 입혀 숱한 욕을 얻어먹는다. 사원들의 믿음을 잃은 간부들이 매사에 신중해져 상급의 지시에 맹목적으로 따르지 않고 하달된 정책에 대해 회의하기도 하지만, 상급에서는 이러한 간부들을 비판대에 올리고 철직시키는 등 압박을 가해 간부들은 어쩔 수 없이 상급의 정책을 따르게 된다.[21] 이러한 현실성이 없는 정책의 강압적인 집행에 따라 나타나는 우스꽝스러운 결과는 『재해』의 전체 줄거리를 형성한다.

합작사와 인민공사 같은 집체농업의 실패는 물론, 노동력에 비해 수자원 관리에 도움이 되지 않고 큰비가 올 때 홍수의 빌미가 되는 소규모 저수지 만들기, 인민공사마다 소규모 제철로를 만들어 철강 생산을 하도록 독려하려다가 멀쩡한 철제품으로 파철만 만들고 노동력 상실로 농사를 망치는 현실, 대규모 인력을 동원하여 참새와 쥐를 박멸하려 했다가 천적의 부재로 오히려 더 심해진 병충해, 논농사에 대한 기초 상식도 없이 증산을 위해 심경

---

21 『재해』, 310~316쪽.

과 밀식을 강요하는 일 등, 반복되는 정책의 오류로 농민들은 극도의 궁핍으로 내몰린다. 특히 노동집약적인 논농사에 매달리는 려명촌의 농민들은 농번기에 저수지 공사, 참새 잡이, 제철 사업 등으로 노동력이 분산되어 심각한 노동력 부족을 유발한다. 게다가 한전에나 필요한 듯한 작물의 뿌리를 깊이 내리게 해 증산하려 땅을 깊게 가는 농법인 심경은 소들이 논에 들어가 일을 하지 못하게 되어 농민들의 노동력을 배가시키고, 단위당 생산량을 높인다고 많은 모를 좁은 간격으로 내는 밀식은 벼를 웃자라게 하고 도열병이 창궐하게 하여 한 톨의 쌀도 수확하지 못하는 결과를 빚고 만다. 이러한 정책의 혼란 속에 가뭄과 홍수가 번갈아 닥쳐와 몇 년간 대흉년이 들자 옥토로 소문이 난 려명촌의 많은 사람들이 굶어 죽고 유리걸식하는 일이 발생한다. 경제정책의 오류로 점철된 대약진운동으로 인해 성실한 농사꾼으로 마을의 존경을 받는 노당원 김덕순조차 아들을 저수지 공사장 사고로 잃고 아내가 굶어 죽자 며느리와 막내아들을 위험을 무릅쓰고 북한으로 월경시키기에 이른다.[22]

『재해』는 대약진운동 시기에 중국 전역에 만연한 급진적인 공산주의 경제정책의 운용과 그에 따른 사회·경제적 혼란과 수많은 농민들이 아사에 이르는 비극을 그려내고 있다. 이러한 경제적 궁핍과 기아를 2년 연속 계속된 자연재해의 탓으로 돌리려는 려명촌의 생산대장 최만근의 변명에 대해 그간 당에서 내려온 정책의 오류를 지적하며 이것이 자연재해의 탓이냐고 반

---

22 과경민족인 조선족들은 중국의 정치경제적 상황에 따라 북한으로 이주하거나 다시 중국으로 귀환하는 일이 적지 않았다. 대약진운동 시기에 3만 명에 가까운 조선족들이 아사를 면하기 위해 북한으로 건너갔고 이는 문혁 기간 중에 조선족들을 북한의 스파이로 몰아가는 빌미가 된다. 최병우, 앞의 글, 505쪽.

문하며 울분을 터뜨리는 김덕순의 말[23]은 대약진운동 시기에 정치운동을 배경으로 공산주의적인 경제정책을 강제로 추진하는 오류로 인하여 수많은 사람들이 굶어 죽은 것은 인위적인 재해라는 점을 분명히 하고 있다.

정치가 중심이 된 반우파투쟁 시기부터 문혁까지의 20년 세월의 모순에 가득 찬 중국 농촌의 현실을 세밀하게 그려 철저하게 비판하고 희화화한 『쓴웃음』 연작은 문혁이 끝난 지 20년이 지난 시기에 10여 년간 연재되어 독자들에게서 좋은 반응을 얻었다. 『쓴웃음』 연작이 대중적인 인기를 확보할 수 있었던 것은 무엇보다 농민들이 경험한 부조리와 불합리 그리고 고통스러웠던 삶을 통해 문혁과 대약진운동의 실상을 고발한 데 기인할 것이다. 박춘란은 『쓴웃음』 연작의 대중적 호응의 요인에 대해 역사에 대한 기억의 공감과 진지한 성찰 유도, 국가의 부당한 처우에 대한 비판의식 분출, 가난 극복의 욕망에 대한 당위성 제공[24] 등 세 가지를 들고 있다. 이는 개인이 경험한 고통의 기억을 되살리고 국가의 부당함을 비판하였다는 점과 함께 개혁개방 이후 경제 우위 정책에 따른 정치의식의 변화를 『쓴웃음』 연작의 의의로 정리한 것은 1990년대 후반이라는 중국 현실을 고려한 의미 있는 평가라 하겠다.

---

23 『재해』, 538쪽.
24 박춘란, 앞의 글, 252쪽.

3. 인물의 성격과 서사 구조의 단순성

1) 인물의 성격과 갈등의 비현실성

문혁 기간 정치투쟁의 모순을 그리고 있는『쓴웃음』에는 크게 나누어 다섯 가지의 인물군이 등장한다. 팔방마을 외부에 존재하며 상부에서 하달된 새로운 정책을 시달하고 정책의 시행 여부를 감독하는 상급 지도자들은 중간간부로서 정부가 결정하고 하달하는 정책을 지시하고 감독하는 일만 처리하고 정책에 대한 타당성이나 현실성 등을 회의하지 않는 단순히 권력을 손에 쥔 꼭두각시일 뿐이다. 그리고 팔방마을 사람들은 네 가지의 인물군으로 나누어볼 수 있다. 사청운동과 문혁이라는 정치적 혼란기에 약삭빠르게 상급 지도자의 신임을 얻어 마을의 권력을 쟁취하고 그들의 지시에 맹종하여 마을을 혼란으로 내모는 인물, 정치운동의 와중에 부화뇌동하며 놀고 먹으면서 정치투쟁에 앞장서서 타인을 괴롭히는 인물, 계급의 적으로 분류되어 있기는 하나 성실하고 경제 능력이 뛰어난 인물 그리고 정치 문제에 큰 관심이 없으나 투쟁의 대상이 되지 않기 위하여 현실을 관망하고 추종하는 인물 등이 그것이다. 이러한 기준에 따라『쓴웃음』에 등장하는 인물들을 나누어 보면 아래와 같다.

상급의 지도자(O)	공작대장 백명길, 현 혁명위원회 왕동방홍 주임 등
권력에의 추구자와 맹종자(A)	송길동, 방춘달 등
부화뇌동자와 열성분자(B)	전화숙, 강만화 노친, 김순임, 최순필 영감 등
우파, 부농 등 계급의 적(C)	강명길, 리용구 · 리광수 부자, 정인철 등
현실 관망 및 추종자(D)	대다수 팔방마을 사람들

『쓴웃음』의 작중인물들을 이렇게 다섯 인물군[25]으로 나누었을 때 작품의 갈등 구조는 O의 방조 아래 A의 지도에 따라 B가 선도적으로 나서서 C를 비판하고 투쟁하는 과정에 D는 동조하거나 방관한다.

> 송길동은 내부에서 적발하고 외지에 가 조사를 하여 계급의 적들의 자료를 완전히 장악했다고 했다. 그는 말을 마치고 큰소리로 물었다.
> "혁명적 동지들, 계급의 적들과 끝까지 싸울 결심이 있습니까?"
> "있습니다."
> 열성분자들이 힘차게 대답했다.
> "그런 지금부터 자기들의 결심을 발표하겠습니다. 누구부터 하겠습니까?"
> 열성분자들은 다투어 손을 들었다. …(중략)…
> "저 뒤에서는 왜 벙어리들인가? 이번 운동에 안 참가하겠는가? 강명길!"
> "보다싶이…… 저는 인민의 적이기에 …… 할 말이 없습니다."
> "할 말이 없다니? 태도부터 틀려 먹었구만. 그럼 어떻게 탄백을 잘 하구 투쟁을 잘 받겠다는 결심도 없는가?"
> 사람들은 속으로 쓴웃음을 지었다. 투쟁을 잘 받겠다는 결심을 하라니 말이다.[26]

상급에서 내린 계급투쟁을 올곧게 시행하려는 송길동이 마을 회의 장소에서 성공적인 계급투쟁을 이어가기 위한 결심을 발표하라고 말하자, 부화뇌동하는 열성분자들이 앞다투어 자신의 결심을 밝힌다. 이어 송길동은 우파분자인 강명길과 리광수에게 결심을 말하라 하고 자신들은 투쟁의 대상이

---

25 『재해』에 등장하는 인물들도 크게 이러한 구분이 가능하다. 다만 정치투쟁의 강도가 약하여 B와 D유형의 인물군의 경계가 분명하지 않다. A유형에는 생산대장 최만근이 C유형에는 실농군 리석태, 노당원 김덕순 등이 포함되며 작품 내에서의 역할은 대등하다.
26 『쓴웃음』 중, 1040~1041쪽.

기 때문에 투쟁의 의지를 밝힐 수 없다고 하자 송길동은 그들을 핍박하고 열성분자들이 다 함께 그들을 비판한다. 이런 과정에서 팔방마을의 대부분 사람들은 쓴웃음을 짓고 앉아 있을 수밖에 없다. 이러한 상황의 전개는 상급에서 내려오는 정책을 시행할 때마다 반복된다. 그런데 팔방마을에서 벌어지는 이러한 쓴웃음 나는 투쟁과 갈등은 선과 악의 대결이 아닌 문혁이라는 극렬한 정치운동으로 인해 발생한 것으로 "정치운동 속에서 감정이 상할 대로 상한 사원들은 갈등과 모순 속에서 서로 적개심을 품고 경계했으며 언제든 한 번 보자고 벼르고 있어, 정치운동이 남겨준 것은 사람들 간의 경계와 대립 정서뿐"[27]으로 팔방마을 사람들은 점차 정신적으로 피폐해지는 상황이 되고 만다.

이러한 정치운동의 폐해와 함께 『쓴웃음』에는 인간적이고 도덕적인 갈등이 여러 차례 발생한다. 그런데 『쓴웃음』에 등장하는 인물군 중에 A에 속하는 송길동과 방춘달은 권력욕과 성욕으로 여러 문제를 발생시키는 인간적, 도덕적으로 결함을 지닌 인물이고, B군 인물은 자기 판단 없이 상황의 변화에 따라 행동하는 도덕성이 마비된 인간임에 비해 C군 인물은 주변의 자신이 투쟁당하면서도 타인을 물어먹지 않고 어려운 사람을 암암리에 돕는 등 인간적으로나 도덕적으로 완벽함을 보인다. 또 능력 면에서도 A군 인물은 무능하고 성과에 대한 욕심만 많고, B군 인물은 무능하고 게으르나 주관이 없이 권력의 지시에 동조하는 데 비해 C군 인물은 능력도 뛰어나고 성실하며 주관이 뚜렷하고 D군 인물은 성실하나 주관이 없이 자신에게 주어진 일이나 앞가림하는 인물이다. 이러한 인물 갈등을 설정한 것은 사회주의 문학에서 탐욕스럽고 악랄한 지주와 부농 등 자산가와 성실하고 순박한 소작인

---

27 『쓴웃음』 중, 789~790쪽.

과 노동자라는 도식의 변용으로 이해해볼 수 있다.

이러한 갈등 구도에서 대립의 양극에 서 있는 A군과 C군 중에서 A군 인물인 송길동과 방춘달은 권력욕에 눈이 멀어 팔방마을 사람들을 극단적인 정치투쟁의 장으로 몰고 가고, 권력의 힘을 빌려 마을의 여성들과 간통하고, 자신의 죄상을 덮기 위해 살인도 서슴지 않는 절대 악인으로 설정하고 있다. 반면 계급의 적으로 비판받는 C군 인물인 정인철과 리광수 같은 인물은 생산대장에서 철직되어도 마을 사람들을 위해 헌신하고 도움이 필요한 마을 사람들에게 선의를 베푸는 절대 선인으로 설정되어 있다. 이러한 극단적 선인과 악인이라는 인물 설정은 지극히 비현실적이다.[28] 인간은 도덕적 가치(윤리)와 인간적 욕망(본능)을 공유하는 존재로 정도 차이는 있을지언정 절대 선인과 절대 악인은 현실 속에 존재하지 않는다. 인간은 적당히 선하거나 악한 존재로서 상황에 따라 상대적으로 선하거나 악한 결정을 내리는 존재일 뿐이기 때문이다.[29]

본능보다는 윤리 의식이 강해서 인간으로서의 도리를 지키려 애쓰는 C군

---

28 이는 악인 지주와 선인 소작인이라는 사회주의 계열 농촌 소설의 선악 구도가 갖는 비현실성의 역전이다.

29 일반적으로 인간을 '선인–범인–악인'으로 구분하지만 이는 인간의 선악을 논하기에는 부족하다. 김중신과 유미향은 C.S. 루이스의 이론을 원용하여 인간의 선악을 일곱 층위로 세분한 바 있다(「문화의 시대와 문학적 문식성」, 『문학교육, 사회적 어젠다에 답하다』, 한국문학교육학회 창립 20주년 기념학술대회 발표문집, 2016.9.3, 23쪽). 본고는 이 구분을 참조하여 아래와 같이 네 층위로 나누어보았다.

절대 선인	적당히 선한 사람	적당히 악한 사람	절대 악인
윤리○ 본능✕	윤리 〉 본능	윤리 〈 본능	윤리✕ 본능○
법 없이도 살 사람	법이 있어야 살 사람	법이 없으면 잘 살 사람	법이 없으면 더 잘 살 사람
비현실적 인물	현실적 인물		비현실적 인물

인물은 무법 상황인 문혁 기간에는 핍박을 받지만 문혁이 마무리되면서 정인철은 생산대장의 자리를 되찾고, 강명길은 우파분자의 딱지를 떼고, 리광수는 빈농 신분으로 재분류되어 마을의 발전을 위해 헌신한다. 반면 윤리 의식보다는 본능에 충실했던 A군 인물 송길동과 방춘달은 무법천지였던 문혁 기간 중에는 권력을 누리지만 송길동은 아내의 샛서방인 방춘달의 손에 죽고 방춘달은 문혁이 끝나자 투쟁이 두려워 자살하고 만다. 이렇듯 A군 인물을 절대 악인으로 C군 인물을 절대 선인으로 설정하고, C군의 인물을 투쟁하는 데 앞서 비인간적인 행동일 일삼았던 B군의 인물들이 죽거나 미치거나 다른 마을로 이주한 것으로는 처리한 것은 문혁의 오류와 정치투쟁의 비인간성을 비판하기 위한 장치라 하더라도 극단적인 인물 설정은 비현실적인 소설적 장치라는 지적이 가능하다.[30]

2) 에피소드의 연쇄와 만담 수준의 상황 설정

『쓴웃음』은 원고지 9,500매, 책 2,200쪽에 달하는 분량으로 58개의 장으로 나뉘어 각 장마다 소제목이 붙어 있고, 각 장은 각각 숫자로 표시된 몇 개의 절로 나뉘어 있다. 『재해』는 원고지 3,000매, 책 600쪽으로 13개의 장으로 나뉘고 이하 장절의 형태는 『쓴웃음』과 동일하다. 이같이 소제목이 붙은

---

30 『쓴웃음』에 비해 『재해』에서 A, C군에 속한 최만근과 리석태, 김덕순 등은 그 양상을 조금 달리한다. 대약진운동 기간 중에 생산대장을 지낸 최만근은 권력욕에 불합리한 상급의 정책을 밀어붙여 려명촌의 경제를 파탄내었지만 윤리적인 파탄을 보이지 않았고, 또 대약진운동은 경제 운동의 성격이 강하고 정치투쟁적 성격이 약해 마을 사람들 사이의 대립이 극심하지 않았기에 대약진운동이 끝나고 김덕순이 생산대 일을 다시 맡은 후에도 타도당하지는 않는다. 이렇듯 『재해』는 A, C군에 속하는 인물들이 적당히 선하거나 악한 사람이라는 점에서 『쓴웃음』보다는 인물의 성격 설정이 어느 정도 현실성을 갖는다는 지적이 가능하다.

『쓴웃음』 연작의 각 장은 대약진운동 시기부터 문화대혁명까지 려명촌과 팔방마을이라는 조선족 농촌에서 벌어진 여러 사건이 발생하고 마무리되는 과정을 이야기하는 장회체 형식을 사용하고 있다. 이렇게 한 장에 하나의 사건을 담아 각 장마다 다른 사건을 이야기하는 구성 방식은, 작품 전체가 시작과 중간과 끝이라는 하나의 완결되는 구조를 가지는 일반적인 소설의 구성 방식과는 달리, 동일한 공간에서 동일한 인물들이 체험한 사건들을 나열하는 방식, 즉 에피소드의 연쇄[31]라 명명할 수 있을 것이다.

『쓴웃음』 연작이 이러한 에피소드의 연쇄를 사용한 것은 이들 작품이 『장백산』지에 장기간 연재되면서 한 기마다 작가 자신이 직접 체험한 사건이나 주변에서 수집한 일화를 소개하는 형식을 취한 결과이다. 문화대혁명을 비롯한 정치 중심 시대에 발생한 수많은 우스꽝스럽고 비현실적인 사건들을 긴밀한 서사적 연관성 없이 나열하는 에피소드의 연쇄는 장기간에 걸쳐 중국 전체에서 발생한 문혁이라는 대규모의 동란을 단순한 소설적 구성 속에 담기 어렵다는 점을 감안하여 고안된 소설적 장치라 하겠다. 박선석은 문혁 기간 동안 부농의 자제로서 직접 경험한 사건들을 에피소드의 연쇄를 통해 상황을 재현함으로써 독자들이 경험한 대약진운동에서 문혁에 이르는 정치 중심 시대의 비합리적 사건들을 떠올려 작가가 말하고자 한 바에 감응하게 한 것이다. 또, 에피소드의 연쇄는 작품 전체가 구조적 긴밀성을 지니고 있지 않고 각 장 별로 독립된 이야기를 제공하여 독자들은 작품을 순서대로 읽지 않고 어느 한 장만 읽어도 작가가 말하고자 하는 바를 이해할 수 있게 된다는 점에서 독자 확보에 도움이 된다. 이런 점에서 에피소드의 연쇄는 『쓴

---

31 이러한 구성 방식을 소설론에서는 피카레스크식 구성이라 한다. 박태원의 『천변풍경』에서 효과적으로 사용된 이 방식은 객관적인 서술을 통해 작가가 말하고자 하는 주제에 독자가 감응하게 하는 효과를 얻을 수 있다.

웃음』연작이 대중적 인기를 확보할 수 있었던 내·외적 요인이라 하겠다.

에피소드의 연쇄를 구성 방식으로 선택한『쓴웃음』연작은 각 장마다 대약
진운동과 문혁과 같은 정치 중심 시대에 있었던 불합리하고 비합리적인 사
건들이 나열된다. 그런데 작가가 직접 체험한 사건이든 주변에서 수집한 일
화든 그것이 소설화되기 위해 반드시 거쳐야 할 핍진성 확보에 소홀한 탓으
로 만담 차원의 상황으로 전개되는 경우가 적지 않다. 그 좋은 예는『쓴웃음』
에서 절대 악인으로 등장하는 송길동의 신분 바꾸기이다. 3장 '참패'편[32]에서
송길동은 공산당 가입 서류를 심사하는 과정에서 부친이 부농이었음이 밝
혀져 토지개혁 당시 신분 분류 과정에서 오류가 있었음이 판명되어 계급의
적으로 투쟁을 받게 된다. 이로 인해 송길동은 6장 '둔갑'편[33]에서 자살을 하
려다 포기하고는 기분 전환을 위해 이발소에 들렀다가 아들을 찾아다닌다
는 조선족 노인을 만나 이야기를 나누다가 그가 신빈 사람으로 송씨이고 그
의 아들이 조선전쟁에 참전했다가 돌아오지도 않고 열사증도 오지 않아 1년
이상을 아들을 찾아 전국을 떠돌아다닌다는 사실을 듣게 된다.

송 영감이 빈농이며 아들 이름이 송길동이라는 이야기를 듣는 순간, 송길
동은 조선전쟁에 참가했을 때 우연히 만난 운전병이 신빈에서 온 송길동이
었다는 사실을 떠올리고는 신분 바꾸기를 감행한다. 송길동은 송 영감에게
그의 아들이 한국전쟁에서 폭격으로 사망했다고 속이고, 부모가 없는 자신
이 송 영감을 아버지로 모실 터이니 빚값에 아들 송길동을 지주 송채호에게
빼앗긴 친아버지로 연극을 놀아줄 것을 부탁한다. 송 영감의 도움으로 송영
길은 빈농 출신으로 부농의 집에 끌려간 불쌍한 빈농 자제로 조선전쟁에 참

---

32 『쓴웃음』상, 101~141쪽.
33 『쓴웃음』상, 222쪽~262쪽.

가했다가 귀환하여 양아버지가 죽은 후 팔방마을에 흘러들었고, 이제 우연히 친아버지를 만난 것으로 위장한다. 송 영감의 출현으로 진정한 빈농으로 재분류된 송영길은 꿈꾸던 공산당원이 되고 생산대장으로 추대되는 영예를 누리고, 방춘달의 손에 죽을 때까지 온갖 권력을 휘두르며 팔방마을을 황폐하게 만든다.

우연에 우연을 뒤섞은 이러한 신분 바꾸기 과정과 송길동의 딸과 누님까지도 그의 사기 행각에 적극 협조한다는 것은 거의 만담 수준의 상황 설정에 지나지 않는다. 더욱이 송길동이 죽은 후, 39장 '풍파'편[34]에서 송 영감의 친아들인 군관 송길동이 팔방마을로 찾아와 아버지와 상봉하고는 아버지를 모시고 자신의 근무지로 떠난다. 송길동이 위계로 신분을 바꾼 사실을 알게 된 마을 사람들이 죽은 송길동을 계급의 적으로 재분류하고, 그의 공적을 모두 말소하고, 무덤조차 파헤쳐버린다는 에피소드는 작품 구성상 불필요한 부분이자 만담보다 더 억지스러운 상황 설정이다. 이러한 만담 수준의 상황 설정은 『쓴웃음』 연작의 도처에 발견되는 바, 이는 작가의 직접 체험과 주변 사람들에게서 수집한 일화에 과도하게 허구적인 상상력을 첨가한 결과로, 이들 작품이 근대소설이 지향하는 소설 구성의 수준에 미달된다는 느낌을 주는 요인이 된다.

『쓴웃음』 연작은 에피소드의 연쇄를 통해 대약진운동부터 문혁까지의 정치 중심 시대에 전개된 모순과 불합리를 비판하고 있다. 그러나 소설의 구성상 에피소드의 연쇄는 고전소설의 장회체 형식을 답습하였으며, 주제 면에서도 권선징악이라는 전통적인 가치관을 크게 벗어나지 못하고 있다. 이 연작은 1950년대 말부터 70년대 말에 이르는 기간에 중국 정부가 조속히 공산

---

34 『쓴웃음』하, 1811쪽~1859쪽.

주의 국가를 완성해야 한다는 조급함으로 현실을 무시한 정책을 강압적으로 집행하여 정치·경제·사회·문화 전반에 만연하게 된 불합리한 혼란을 희화하여 신랄한 고발과 비판을 보여준다. 그러나 이들 작품의 이면에는 적당히 선한 인물들은 투쟁 대상이 되었다가 복권이 되어 원래의 자리로 돌아가는 고진감래의 면모를 보이고, 적당히 악한 인물들은 타인들 위에 군림하다가 끝내는 비참하게 죽거나 미치는 인과응보의 결과를 보여준다. 이러한 고진감래와 인과응보 같은 권선징악의 가치관은 『쓴웃음』 연작에서 정치중심 시대의 혼란과 왜곡된 가치를 비판한다는 전경화된 주제와 함께 후경화된 주제를 형성한다. 『쓴웃음』 연작의 이 같은 이중적인 주제 설정은 현실에 대한 객관적이고 합리적인 서술과 평가를 지향하는 근대소설과는 달리 고전소설의 서사 전통을 답습한 것이라는 평가가 가능하다.

4. 결론

박선석은 문혁의 상처와 기억을 소설화한 상흔문학과 반사문학이 유행한 지 10여 년이 지난 시기에 『쓴웃음』 연작을 발표했다. 이 시기 조선족 문단은 중국 주류 문단의 흐름과 한중수교 이후 한국문학의 영향 아래 새로운 문학사조를 받아들여 획일적인 창작 방식을 벗어나 창작상의 실험이 이루어지고 있었으며, 이념이나 역사와 같은 거대 서사보다는 개인의 문제를 다루는 미시 서사가 강조되고, 한국과의 교류를 통해 나타나는 조선족 사회의 물신화 경향과 이중정체성 문제를 중심 주제로 하고 있었다. 박선석은 이러한 조선족 문단의 변화에 따르지 않고 대약진운동부터 문화대혁명까지 조선족 농촌 사회에 불어닥친 왜곡된 현실과 그 속에서 고난의 시기를 보낸 조선족 농민들의 삶을 재현함으로써 역사에 대한 반성을 촉구하여 독자들의 공감을 얻었다.[35] 그러나 농촌 지역의 조선족 문혁 체험세대들의 공감에도 불구하고『쓴웃음』이 보여준 문혁 시기에 작가가 농촌 지역에서 체험한 바를 에피소드 연쇄로 그려내는 방식은 그 방대한 분량에도 불구하고 조선족이 경험한 문혁의 일부만을 보여준 한계를 드러낸다.[36]

『쓴웃음』 연작은 조선족 문단의 흐름과 이질적인 성격을 띠고, 대약진운동에서 문혁에 이르는 시기가 갖는 정치적·경제적 문제의 다양성을 제거하고 자신의 경험에만 한정했고, 특히『쓴웃음』에서 다룬 문혁 상황은 조선족 집거지인 연변 지역의 문혁과는 다르다는 한계를 보인다. 그러나 작품에서 이야기되고 있는 바가 중국 사회의 주변부에 놓인 조선족 특히 농촌의 조선족들이 경험한 문화대혁명의 체험과 맞닿아 있다는 점에서 독자들이 느끼게 된 공감력이 대중적 인기를 확보하는 데 크게 기여하였다. 그리고 이러한 독자가 공감할 수 있는 제재를 익숙한 구성을 통해 전개함으로써 독서에 편리를 제공하여 더욱 대중에게 다가갈 수 있었다. 박선석은 이 같은 대중적 취향과 관련하여 작가로서의 자세를 언급하는 글에서 아래와 같이 독자의 중요성을 언급한다.

---

35 박선석이 조선족 문단의 주류적인 흐름과 다른 방향을 선택함으로써 김호웅·조성일·김관웅,『중국조선족문학통사』하(연변인민출판사, 2012)를 비롯하여 조선족 문학을 사적으로 연구한 대부분의 연구에서 논의의 대상에서 제외되는 결과를 낳았다.

36 박선석이 과도하게 자신과 독자들의 체험에 기댐으로써 농촌과 도시의 문혁이 다르게 전개되었고, 조선족 산재지구와 조선족 집거지인 연변 지역에서의 문혁이 그 폭력성에서 완연히 달랐음을 고려하지 못하는 한계를 드러낸다. 또 에피소드가 마을 사람들의 갈등과 투쟁에 치중함으로써 문혁을 경험한 세대들에게 중요한 상처로 남아 있는 홍위병 사건이나 집체호 문제가 부수적인 사건으로 그려지는 것도 한계로 지적할 수 있다.

내가 제일 두려워하는 것은 독자들이 나의 글을 읽어주지 않는 것이다. 읽고 나서 욕을 해도 읽어만 준다면 감사하다. 읽기부터 않는다는 것이야말로 작자를 놓고 볼 때 얼마나 맹랑하고 수치스럽고 안타까운 일인가? 문학작품은 우선 독자들을 흡인할 수 있는 자성(磁性)을 가져야 한다고 생각한다. 소설로 천하를 좌지우지할 수는 없다. 독자들로 하여금 오락삼아 읽게 하고 좁쌀만큼 한 그 무엇이라도 독자들에게 선사할 수 있다면 나는 만족이다.[37]

박선석의 『쓴웃음』 연작이 대중적 성공을 이룰 수 있었던 것은 무엇보다 대약진운동과 사청운동 그리고 문혁에 이르는 정치중심 시대를 농민으로 살면서 경험하고 또 주변에서 수집한 불합리하고 고통스럽고 우스꽝스러웠던 사건들을 소설화하여 독자들의 공감을 얻을 수 있었기 때문이다. 특히 박선석이 이들 작품에서 독자들과 공유한 경험을 에피소드의 연쇄를 사용하여 작품 읽기를 수월하게 하고, 독자들에게 익숙한 선악의 대립 구도와 권선징악의 결말을 사용한 것은 독자들이 큰 거부감이 없이 접근하는 데 어느 정도 기여하기도 한다.

그러나 독자들을 흡인할 수 있는 작품을 써서 독자들이 오락 삼아 읽고 일정한 감응을 받을 수 있으면 충분하다는 작가적 태도로는 대약진운동과 문혁과 같이 그 영향력이 거대한 역사적 사건을 다루기에는 한계를 드러내게 된다. 거대하고 복합적인 역사적 사건을 소설화하기 위해서는 역사적 사실에 대한 의미화 과정이 선행되어야 한다. 역사적 사실의 의미화를 통하여 개개의 사실이 가진 의미에 대해 작가가 분명한 시각을 마련하지 못한다면 역사적 사건은 하나의 에피소드로 존재하게 된다. 박선석의 『쓴웃음』 연작이

---

37 박선석, 「나의 문학관」, 『장백산』 1987년 5호, 176쪽. 오상순, 「흑색유머에 의한 역사 담론의 해체-장편소설 『재해』 시론」, 『조선족 정체성의 문학적 형상화』, 태학사, 2013, 307~308쪽에서 재인용.

갖는 소설사적 의의는 중국 당대사의 정치적 · 정책적 오류와 그로 인해 전국민들이 엄청난 고통을 겪은 비극을 소설화하였다는 점이다. 그러나 제재에 대한 의미화 과정이 결여된 결과 그것이 단순한 에피소드의 연쇄로 끝나고 만담의 수준으로 하락한 것은 이들 작품이 가진 소설적 한계라 하겠다.

조선족 이주사의 소설화

최홍일론

조선족 이주사의 소설화

최홍일론

1. 서론

최홍일은 1954년 요녕성 무순시 신빈현(현재 조선족자치현임)에서 태어나 세 살에 부모를 따라 연길로 이사하여 연길에서 성장하였기에 그 자신은 고향에 대한 인상은 별로 없고 열네 살 나던 1967년 고향 친척집에서 반 년 정도 생활한 것이 고향에 대한 유일한 기억으로 남아 있다고 한다.[1] 연길시 공원소학교와 연길시2중을 졸업하고 화룡현 덕화향 룡연촌으로 하향하여 7년 동안 집체호 생활을 하며 농사를 짓던 최홍일은 마지막 공농병학생으로 추천받아 1977년 3월 연변대학 정치계에 입학했다가 첫 학기에 조문계로 전과하여 졸업하고, 『연변문학』 편집부에 배치받아 근무하던 1982년 단편소

---

1 최홍일의 생애는 필자가 2016년 8월 3일 작가에게 보낸 생애 및 작품과 관련한 질문 메일에 8월 9일 보내준 답신 메일 내용과 첨부한 200자 원고지 45매 정도의 연변방송국과의 인터뷰 내용을 바탕으로 정리하였다. 인용할 경우 메일 내용은 '최홍일 메일'로 첨부한 인터뷰 내용은 '인터뷰 내용'으로 밝힌다.

설 「아버지」를 『연변문학』에 발표하며 작가 생활을 시작하였다. 4년간 『연변문학』 편집부 생활을 한 최홍일은 연변인민출판사 문학편집 담당으로 15년 이상 근무하고 2000년 7월 사직한 후, 전업작가로 활동하고 있다. 그간 최홍일은 『흑색의 태양』, 『도시의 곤혹』 등의 소설집을 출간하였고, 중편소설 「생활의 음향」(1989)으로 문단의 주목을 받은 바 있다.[2] 1989년 정치 풍파에 말려들어 좌절을 겪은 최홍일은 몇 년간 폐인처럼 지내다가 자각하고 소설 집필에 매달려 1992년부터 『장백산』지에 『눈물 젖은 두만강』을 연재하고,[3] 1999년 민족출판사에서 상·하권으로 출간하였다.

조선족의 초기 이주사를 소설화한 『눈물 젖은 두만강』이 발표되자 이 작품에 앞서 조선족 이주사를 다룬 김학철의 「해란강아 말하라」나 리근전의 『고난의 년대』 등이 보여준 계급 갈등과 이념의 실천 등을 제거하고 탈이념화된 재만조선인의 초기 정착사를 다루었고, 조선인의 전통문화가 매우 자세하게 그려져 있다는 점에서 조선족 평단의 주목을 받았다. 그러나 이 작품에 대한 학문적인 연구는 거의 이루어지지 않다가 2000년대 중반에 들어 조선족의 역사를 다룬 소설을 연구하는 논문에서 타 작품과 비교하는 연구가 시작되었고,[4] 2008년에 이르러 송현호[5]에 의해 이 작품에 대한 본격적인 분석

2 이 작품은 1992년 와세다대학출판사에서 6권으로 기획 편찬한 "새로운 중국문학" 시리즈에 『도시의 곤혹』이란 책명으로 출판되었다. 최홍일 메일 참조.

3 인터뷰 내용.

4 이해영, 『중국 조선족 사회사와 장편소설』, 역락, 2006.
서영빈, 『남북한 및 중국 조선족 역사소설 비교연구』, 한남대학교 대학원 박사학위 논문, 2006.
최병우, 「한국현대소설에 나타난 두만강의 형상과 그 함의」, 『현대소설연구』 39, 2008.12.

5 송현호, 「최홍일의 「눈물 젖은 두만강」의 서사적 특성 연구」, 『현대소설연구』 39, 2008.12.

이 이루어졌으나 이후 발표 당시의 조선족 평단의 관심에 비해 연구가 소홀한 실정이다.

이해영의 저서는 박사학위 논문『중국 조선족 소설교육 내용 연구』(서울대, 2005)를 단행본 체제에 맞추어 출간한 것으로 김학철의「해란강아 말하라」와『격정시대』, 리근전의「범바위」와『고난의 년대』, 리원길의『설야』, 최홍일의『눈물 젖은 두만강』등 조선족 작가의 장편소설 여섯 편을 대상으로 조선족 소설과 조선족 사회의 연관성을 검토하고 조선족 소설의 형상화 원리를 구명하고 있다. 또 서영빈은 안수길의『북간도』, 이기영의『두만강』, 최홍일의『눈물 젖은 두만강』등 남북한과 조선족 작가의 장편소설을 역사소설의 이론을 바탕으로 분석하여 그 차이와 의의를 해명하고 있다. 또 최병우는 안수길의『북간도』, 리근전의『고난의 년대』, 최홍일의『눈물 젖은 두만강』, 리기영의『두만강』등 네 편의 장편소설에 나타난 두만강의 함의의 차이를 밝히고, 그 차이는 남북한 그리고 조선족 세대 사이에 존재하는 두만강 나아가 조선족 역사에 대한 인식 차이를 반영한 것이라 정리하였다.

송현호는 최홍일의『눈물 젖은 두만강』을 한민족 디아스포라 문학 연구에서 큰 의미를 지닌 간도를 다룬 점에 의의를 부여하고 작품을 분석하여, 이 작품이 조선인의 간도 이주 과정에서 겪은 고난을 세밀하게 그리고 있으면서도 이민과 정착 과정에서 겪은 재미있고 아름다운 일들이 중심을 이루고 있으며, 간도로의 이민 과정에서 생존의 문제에 부딪혀 가부장적인 질서나 가장으로서의 권위를 내세우기 어려운 경험을 보여준다는 점이 특징적이라 정리한다. 그리고 대부분의 조선족 작가들이 반봉건주의와 반제국주의를 바탕으로 민족주의적 시각에서 조선족의 역사를 다루는 데 비해 이 작품은 간도는 우리 땅이라는 인식을 바탕으로 민족 문제를 생존의 차원에서 다루었다는 점이 특징적이라 평가하고 있다.

최홍일은 『눈물 젖은 두만강』을 발표한 후, 중국의 지식분자에 대한 제재 문제를 다룬 소설을 구상하였으나 여러 가지 여건으로 집필하지는 못하고,[6] 『눈물 젖은 두만강』이 출간되고 10여 년이 지난 시점에 4년 이상의 집필 기간을 거쳐 『룡정별곡』 3권[7]을 『눈물 젖은 두만강』의 속편이라는 부제를 붙여 완간하였다.[8] 『눈물 젖은 두만강』 연작은 동일한 공간적 배경, 동일한 인물의 이야기가 시차를 두고 이어져 『눈물 젖은 두만강』은 용정에 조선인들이 터를 잡은 시기부터 조선이 일제에 합병되기 직전인 1907년까지의 역사를, 『룡정별곡』은 용정대화재가 발생한 1911년부터 한국전쟁이 발발하기 직전인 1950년까지의 시간을 다루고 있다. 이는 조선족의 선조들이 청나라, 민국, 만주국 시절을 어떻게 살아왔는지에 대한 즉 조선족의 역사에 대한 소설적 해석이라는 의미를 지닌다.

어떤 이유로든 고향땅 한반도에서 생존이 어려워진 조선인들은 살길을 찾아 압록강과 두만강을 건너 만주 땅으로 이주하였다.[9] 그들은 만주에서 나라 잃은 국민으로 간난의 세월을 보내면서 조국 광복을 위한 투쟁과 함께 자신들이 살고 있는 땅에 정착하기 위한 노력을 지속하여왔다. 그들은 이주해 온 땅 만주에 자신과 후손들이 살아갈 새로운 고향을 만들기 위해 전력을 다한

---

6 최홍일 메일.

7 1, 2권은 2013년, 3권은 2015년에 연변인민출판사에서 출간하였다.

8 이런 점에서 본고에서는 두 작품을 함께 지칭할 때에는 『눈물 젖은 두만강』 연작'이라 칭하기로 한다. 그리고 작품을 인용할 때에는 『눈물 젖은 두만강』은 2011년 발간된 연변인민출판사 판본으로 하여 「눈물 젖은 두만강 권수」, 쪽수'로, 『룡정별곡』은 「룡정별곡 권수」, 쪽수'로 밝힌다.

9 김준엽과 김창순은 만주로의 이주는 한일합병 전까지는 기아, 이후 삼시협정 (1925.6.11)까지는 정치적 계기, 만주침략(1931.9)까지는 정치적·경제적 계기가, 해방(1945.8)까지는 정책적 계기가 작용했다고 정리하여 만주 이주의 다양한 요인을 밝힌 바 있다. 김준엽·김창순, 『한국공산주의운동사』, 청계연구소, 1986, 16쪽.

것이다. 조선족 선조들이 살아온 현실과 역사는 조선족에게 있어 삶의 근거이자 존재의 조건이기에 조선족 초기 작가인 김학철과 리근전은 물론 이후 많은 조선족 작가들이 소설의 제재로 선택한 바 있다.

본고는 최홍일의 『눈물 젖은 두만강』 연작이 보여주는 조선족의 현실과 역사와 함께 그것을 소설화하는 방식을 구명하는 데 그 목적이 있다. 이는 조선족의 선조들이 겪은 간고한 삶과 투쟁의 역사가 『눈물 젖은 두만강』 연작에 어떻게 소설화되어 있으며, 이 작품이 보여주는 조선족 역사의 소설화 방식이 조선족 소설사에서 어떠한 위상을 지니며, 그것이 갖는 소설사적 의미가 무엇인가를 해명할 수 있는 단초를 마련해줄 것이다.

2. 범인(凡人)의 일생을 통한 용정 개척의 역사

19세기 중반까지도 청나라의 발원지로서의 의미 때문에 봉금되어 있던 만주 지역은 중국 관내의 천재지변으로 인한 만주로의 이주와 19세기 중반 이후 살길을 찾아 강을 건너와 농지를 개간하는 조선인들과 만주 지역으로 세력을 뻗쳐 오는 러시아로 인해 만주 지역의 봉금 정책을 파기하고 개방의 길로 나아갈 수밖에 없었다. 조선에서의 삶이 각박해지자 월강하여 봉금령으로 거주가 허용되지 않는 만주 지역으로 건너가기 시작하였고, 1869년 함경북도 6진 지역에 큰 가뭄이 들자 기아에 빠진 조선인들이 대규모로 월강하여 연변 지역의 황지를 개척하기 시작하여 간도 지역에 대한 조선인들의 이주와 정착이 대규모로 이루어지기 시작하였다.[10] 이후 1883년 조선 측에

---

10   연변조선족자치주당안관 편, 『연변대사기 1712~1988』, 연변대학출판사, 1990, 8

서 어윤중에 의해 봉금령이 폐지되자 조선인들의 간도 이주가 더욱 활발해졌으며, 조선과 청국 정부가 '길림조선상민무역지방협정'을 체결하고 중국 측 화룡욕, 광제욕, 훈춘 등지에 조선 측 회령, 종성, 경원 등지에 상무국과 월간국을 개설[11]하여 봉금령 시대의 구폐를 철폐하자 조선인들과 청인들의 간도 이주가 본격화되기 시작하였다.[12]

『눈물 젖은 두만강』은 과경민족인 조선족이 용정 지역에서 벌여온 치열한 개척과 정착의 역사를 보여준다. 『눈물 젖은 두만강』의 중심인물은 용드레촌(용정)에 처음 개간을 시작한 박칠성이다. 그는 간도 이주가 합법화된 직후인 1884년 이른 봄 고향 땅 회령에서 득보, 갑술 영감 등과 함께 식솔을 이끌고 두만강을 건너 오랑캐령을 넘어 이미 조선인들에 의해 개간이 시작된 화룡욕을 경유하여 륙도하를 따라 북쪽으로 들어가 륙도하와 서쪽에서 흘러나온 강(해란강)과 합수하는 곳에 자리한 버들숲과 잡초가 우거진 평야를 처음으로 개간하였다.[13] 인력만으로 황지를 개간하여 제가끔 밭을 일구었으나 식량도 떨어지고 종자곡도 없어 칠성은 화룡욕의 청인 지주 동 영감을 찾아가 아들 팔룡을 머슴으로 맡기고, 득보는 홀아비인 청인에게 딸을 주고 식량과 종자곡을 얻어 와서 그해를 나고 풍성한 가을걷이에 성공한다. 이에 희망을 품게 된 칠성 일행은 계속하여 황지를 개간하여 농지를 넓히고, 식수

쪽.

11 위의 책, 14쪽.

12 김준엽·김창순, 앞의 책, 19쪽. 이에 대해서는 「눈물 젖은 두만강 상」, 45~46쪽에 간단히 언급되고 있다.

13 용정 개척은 1877년에 시작되었다는 설도 있다. 이에 대한 필자의 질문에 대해 최 홍일은 "룡정의 력사에서 개척을 놓고 두 가지 설 1877년 설, 1884년 설 두 가지가 있습니다. 제가 보건대는 1884설이 신빙성이 갑니다"(최홍일 메일)라고 해명하고 있다.

때문에 고생을 하다가 도인의 도움으로 용드레 우물을 발견하여 큰 마을을 이룰 기반을 마련하였다.[14] 칠성은 황지를 일구고 조선인 간민들을 폭넓은 아량으로 받아들여 용드레촌을 발전시켜 조선인 농민들 사이에 영향력 있는 인물이 된다.

그러나 칠성 영감이 그린 황지 개간의 꿈은 많은 어려움을 겪게 된다. 나라 잃은 백성이기에 그들의 이익을 대변해줄 권력이 존재하지 않아서 조선인의 황지 개간을 용인은 하지만 토지 소유는 금하고 있는 청국 정부의 정책에 시달리고, 화룡욕에 자리 잡은 동 영감과 같은 청인 지주들의 돈의 위세에 밀려 수탈을 당하며, 수시로 출몰하는 토비들의 폭력에 고통을 받기도 한다. 용드레촌의 조선인 농민들은 칠성을 중심으로 똘똘 뭉쳐 갖은 어려움을 극복해나가지만 그 과정은 고통스럽기 그지없다.

그 대표적인 것이 청국 정부의 정책과의 마찰이다. 청국 정부는 기본적으로 간도 지역에 조선인이 급증하고 토지를 소유하게 되는 사태에 이르는 것을 원하지 않는다. 역사적으로 간도를 두고 청국과 조선 사이에 국경 분쟁이 없지 않았기에 청국 국민이 되기를 결사코 반대하는 조선인들이 대규모로 간도에 유입되는 것은 외교 문제를 유발할 수 있는 일이므로 간도에 거주하는 조선인들에게 청국 국민으로 국적을 변동할 것을 요구하였다. 이러한 정책이 받아들여지지 않자 대안으로 내세운 것이 조선 복식을 버리고 청국의 복식을 따르는 조선인에게만 토지소유권을 준다는 치발역복 정책이다.

　　"형님, 어쩔 셈이유?'
　　베조끼 바람의 사내가 팔뚝에 매달리는 모기를 찰싹 치고 나서 칠성이보고

---

14 「눈물 젖은 두만강 상」, 82~94쪽.

묻는다.

"어쩔 게 있소. 호복을 입긴 싫지 데비 강건너루 가는 쉬밖에 없지."

옆에 앉은 득보가 맥빠진 소리를 한다.

"데비 간다구? 나는 싫소. 살기 바빠 왔는데 데비 가문 어떻게 사우?"

"그럼 호복을 입겠다는 말인가?"

"쉬 싹 날기는 소리는 하지두 마오. 죽으문 죽었지 그눔 짓은 안한다우."

"깊숙한 산 속으루 들어가 화전이나 일굴 판이지. 그눔들이 간대루사 거기까지 쫓아오겠수."

입이 열기기 시작하자 의론들이 분분하여졌다.[15]

소유주가 없는 황지를 일구어 자작농처럼 농사를 짓고 있던 조선인 농민들에게 토지소유권의 문제는 초미의 관심사이다. 피땀으로 일군 땅을 청국인들 소유로 넘겨주고 높은 소작료를 지불하여야 하는 지팡살이와 같은 생활을 하는 것은 죽기보다 싫은 일이지만 굶어 죽을 수밖에 없어 떠나온 고향 땅 조선으로 돌아가는 일은 그보다 더 난감한 일이다. 중국 관원이 공포하고 간 치발역복 정책에 어떻게 대응할 것인가를 가지고 마을 사람들이 설왕설래할 때, 칠성이가 궁리 끝에 내놓은 방안은 용드레촌 조선인 농민들에게 얹혀살다시피 하는 가난한 한족 충 서방과 마을에서 농사일은 하지 않고 가무나 즐기는 한량 강 서방에게 청국 복식을 입고 변발을 하게 하여 청국 정부로부터 땅문서를 발급받고, 문서의 뒷면에 실제 토지 임자와 면적을 적어 붙여 각 집의 토지소유권을 확보하는 '마상초'라는 방법이었다.[16]

---

15 『눈물 젖은 두만강』 상, 235~236쪽. 이하 인용은 원문대로 표기하나 띄어쓰기는 읽기의 편리를 위하여 한글맞춤법에 맞춘다.

16 실제로 조선 간민들의 귀환을 원하지는 않은 청국 관청은 마상초를 묵인해주었다. 마상초는 조선 간민들이 청 관청의 치발역복책에 대처하기 위해 찾아낸 교묘한 절충 방법이었다. 『눈물 젖은 두만강』 상, 251쪽.

용드레촌 조선인 농민들이 직접 부딪히는 고통은 동 영감과 같은 청인 지주들의 탐욕이었다. 그들은 농민들의 법에 대한 무지를 파고들어 조선인 농민들이 피땀 흘려 황지를 농지로 개간하여 거의 마무리 단계에 이르렀을 때 초간국에 그 땅을 자신의 황지로 등록하고는 법을 내세워 조선인 농민들을 몰아내고 소작을 부치도록 만든다. 칠성을 비롯한 조선인 농민들이 피땀을 흘려 수전을 개간했을 때, 청국 관헌의 비호로 지주가 된 오강이 토지문서를 만들어 땅을 빼앗으려 하자 칠성은 벼를 심을 수 있게 개간한 수전을 땅을 포기하는 대신 용드레촌 누구도 그 수전을 부치지 못하도록 함으로써 다시 황지를 만들어버리는 소극적 대응을 할 수밖에 없다. 또 토비들이 마을 아낙네들을 납치하고 200원을 요구하자 어쩔 수 없이 가을에 갚지 못하면 토지를 바치겠다는 문서를 작성하고 동 영감에게 거금을 빌려 사람을 구해낸다. 동 영감이 빚값으로 토지를 빼앗으려 칠성이를 붙들어가는 상황에서 마을 훈장의 딸 삼월이가 자신의 혼인 예물로 준비해두었던 폐물을 바치고 무마하기도 한다.

동 영감은 초간국 관리인 조카 동림을 등에 업고 마을 사람들 위에 군림한다. 또 동림의 도움으로 아편 재재를 통해 부를 축적한 청인 지주 오강은 금전을 바탕으로 자신을 도와주던 마을 사람들 위에 군림하고, 동 영감의 사위가 되어 동 영감 사후 용드레촌으로 이주해온 용달 역시 용드레촌의 새로운 지주로 자리 잡는다. 이러한 현실적인 어려움 속에서도 용드레촌의 개척자로 조선인 농민의 정신적 지주인 칠성은 닥치는 많은 어려움에 현실과 타협하고 각고의 노력으로 극복하면서 용드레촌을 새로운 고향으로 만들어간다. 그러나 일본 경찰이 조선인 보호를 명분으로 용드레촌에 간도파출소를 만들어 항일분자들을 잡아들이고, 조선인들을 취체하고, 용드레촌 조선인 농민들의 문제에 개입하는 등 간도 침략을 노골화하자 일은 점점 더 복잡해진다. 오강의 밑에서 마름 노릇을 하던 향약 김응구가 일본 경찰의 편에 서서 작간을 하여 청국 관헌에 의해 오강의 소유가 된 토지를 일본 관헌의 힘으로 조선인들의 손에 넘어오게 하려는 일이 벌어지자 일본의 간도 진출을 못마땅하게 바라보던 용드레촌의 조선인 농민들이 일본의 간섭에 반대하는 시위를 벌이다가 칠성의 맏손자 금돌이가 감옥에 갇힌다. 이 일로 수전 사건 이후 오랜 시간 병치레하던 칠성 영감은 끝내 숨을 거두고 만다.

> 칠성령감이 세상을 뜨자 온 마을이 슬픔에 잠기였었다. 마을의 첫 개척자이고 동네의 크고 작은 일을 돌보면서 어른으로 대접받던 량반, 사람들의 마음을 묶어세워 험난 세파를 겪어오면서 오늘의 번창을 이룩해온 동네의 기둥이였었다. 용드레촌에 와서 자리 잡은 사람치고 많게 적게 그의 도움을 받지 않은 집이 거의 없을 정도로 마음씨 또한 순후하고 너그러워 존경을 받아온 인물이였다. 마을 사람들은 너나없이 고인의 인품을 떠올리며 눈물을 흘리였고 고인의 공적을 되새겨보면서 명복을 빌었다.[17]

인용문 속에는 칠성 영감의 일생이 가진 의미가 잘 정리되어 있다. 칠성 영감은 남보다 먼저 용드레촌을 개척하기도 했지만, 이후 용드레촌으로 흘러드는 조선인 유민들을 거두어들이고, 그들이 자리 잡을 때까지 마을 사람들 집에 나누어 묵게 하고 아무런 대가를 바라지 않고 마을에 정착할 수 있도록 도와주고, 마을에 큰일이 있을 때마다 주도적으로 일을 처리하여 용드레촌 조선인 농민들의 존경을 받았다. 타국 땅 간도에서 청국 관리와 지주들과 갈등하고 타협하며 용드레촌의 발전과 성장을 지켜온 칠성 영감이 을사조약 후 일본 경찰이 간도출장소를 설치하고 조선인들을 교묘하게 억압하

---

17 『눈물 젖은 두만강』 하, 504쪽.

는 현실을 바라보면서 더 이상 버티지 못하고 숨을 거두는 모습은 용드레촌의 암울한 미래를 암시하는 것 같기도 하다.

마을 사람들의 추도 속에 삼일장을 성대하게 치르고 난 뒤, 발인제를 지내고 상여를 뒤따르는 팔롱이는 부친을 따라 고향땅을 떠나던 일을 생각한다. 부친은 조상들의 산소에 절을 하고, 부모 산소에 엎드려 대성통곡을 하고는 산소의 흙을 주머니에 퍼담아 왔다. 팔롱이는 칠성의 장례 날 그 흙주머니를 손에 들고 상여를 따라가 부친의 시신을 매장한 뒤 고향에서 가져온 흙을 봉분에 묻어준다.[18] 이러한 팔롱의 행동은 죽어서도 고향으로 돌아가 묻히지 못하는 아버지의 한을 풀어주기 위한 행동이자, 이제 아버지가 묻힌 이곳이 조상들이 묻혀 있는 회령의 고향땅과 이어지는 진정한 자신들의 고향임을 선언하는 행위이기도 하다. 부친의 산소에 고향땅의 흙을 묻음으로써 지금 자신이 삶을 영위하고 있는 간도 땅을 진정한 고향으로 받아들이는 팔롱의 모습은 조선족 3세대 작가 최홍일이 가지고 있는 고향 의식, 즉 "간도에서 태어나 간도에서 자라 간도를 완전한 자신의 고향으로 인식하고 있는 조선족 2~3세대들의 민족에 대한 인식 나아가 고향을 인식하는 태도"[19]를 형상화한 것이라 하겠다.

이에서 알 수 있듯이 최홍일이 『눈물 젖은 두만강』에서 보여주고자 한 것은 평범한 농민으로 일생을 살다 간 칠성 영감의 삶은 조상들이 묻힌 고향을 떠나 두만강 건너 용드레촌에 새로운 고향을 만드는 위대한 과정이었다는 문제의식이다. 문제적 개인이 역사의 방향성을 인식하고 치열한 투쟁을 통해 새로운 역사를 개척하는 서사에 익숙한 조선족 문단에서 평범한 인물의

---

18 『눈물 젖은 두만강』 하, 507쪽.
19 최병우, 앞의 글, 351쪽.

범상한 일생을 보여주는 서사를 통하여 용정 개척의 역사 나아가 조선족의 초기 역사를 서사화한 것은 이 작품이 조선족 소설사에서 갖는 중요한 의미일 것이다. 최홍일이 『눈물 젖은 두만강』에서 보여주는 이러한 역사적 사실을 다루는 서사 방식은, 1980년대 중반 중국 소설사에 등장한 바, 역사적 사실들을 소설화함에 있어 권력에 의해 발생된 역사 해석에 따라 바라보거나 역사의 변화를 계급 갈등의 관점에서 바라보는 방식을 거부하고 민중의 삶을 원래 모습 그대로 재생하려는 신역사소설[20]의 창작 방식을 수용한 결과이다.[21] 최홍일이 보여준 이러한 역사 제재의 접근 방식은 김학철의 「해란강아 말하라」나 리근전의 『고난의 년대』에서 사용된 민족투쟁이나 계급투쟁 일변도의 서술 방식으로 극복하려는 노력의 결과로 이후 조선족 소설에서 역사 제재의 소설화 방식에 커다란 영향을 미친다.

3. 용정 역사의 재구와 역사 서술의 과다 개입

『룡정별곡』은 『눈물 젖은 두만강』의 칠성 영감이 죽은 지 4년이 지난 1911년부터 일본이 패망하고 국공전쟁과 한국전쟁으로 이어지는 1950년까지의 용정 역사를 세 권으로 나누어 전개한다. 1권은 신해혁명이 일어나고 용정 대화재가 발생한 1911년부터 3·1운동과 청산리전투 등으로 이어지는 민

---

20 천쓰허, 『중국당대문학사』, 노정은·박난영 역, 문학동네, 2008, 433~440쪽.

21 김호웅은 『눈물 젖은 두만강』이 중국 주류문단의 신역사소설과 일맥상통함을 지적하면서도, 북간도에서 민중의 역사는 정치적 투쟁사와 완전한 분리가 불가능하다는 점에서 이러한 창작 방법이 이 작품의 맹점이 될 수 있다고 비판한다. 김호웅·조성일·김관웅, 『중국조선족문학통사』 하, 연변인민출판사, 2012, 516~518쪽.

족주의 진영의 항일운동이 왕성하게 전개되던 1921년까지의 이야기를 담고 있다. 2권은 용정에 철도가 놓인 1923년부터 흑하사변과 경신참변 등으로 민족주의 계열의 항일 세력이 약화되고, 조선공산당 계열의 항일 세력이 등장하였다가 점차 중국공산당의 지도로 변화해가고 9·18사변이 발생하는 1931년까지를 시간적 배경으로 한다. 그리고 3권은 9·18사변 이튿날부터 만주국 수립과 중일전쟁을 거쳐 일본의 항복 후 중국이 공산화되고 한국전쟁이 발발하기 직전인 1950년까지의 비교적 긴 시간을 다룬다.

이러한 용정 역사의 시기 구분은 간도 역사를 한반도의 정국 변화와 맞물려 인식하는 한국인의 입장에서 보면 상당히 낯설게 느껴진다. 이는 우리가 흔히 생각하는 한일합방, 3·1운동, 청산리전투와 경신참변, 만주국 수립과 중일전쟁 그리고 해방으로 이어지는 시간적 계기와 달리『룡정별곡』에서는 1권이 용정대화재로, 2권이 용정－개산툰 열차 개통으로, 3권이 만주사변으로 시작하는 등 커다란 차이를 보이기 때문이다. 이러한 용정 역사의 시대 구분은 용정 역사는 한반도의 정세보다는 만주 지역의 변화를 반영하고, 당시 조선인의 삶의 실상과 현재의 조선족의 현실에 영향을 미친 사건을 중심으로 정리되어야 한다는 역사인식과 관련됨을 알게 해준다. 이에 대해 최홍일은 연변방송과의 인터뷰에서『룡정별곡』의 줄거리를 요약해달라는 질문에 대한 답을 통하여 이 작품의 전체적인 줄거리와 함께 작품에서 견지한 역사인식을 간단히 설명해주고 있다.

이 작품은 대하소설이다 보니 사건과 이야기가 많습니다. 그러나 주요한 스토리는 두 개 있습니다. 하나는 외재적인 스토리, 룡정이란 이 지방의 발전 변화와 룡욕, 다시 말하자면 1911년부터 1950년에 이르기까지 룡정이 겪어온 중대한 사변들과 변천입니다. 다른 하나, 내재적인 중심 스토리는 주인공 철진이와 다음으로 중요한 인물, 금돌이의 재부 축적와 생업을 위한 분투의 과정입니다. 철진이는 아버지 용달로부터 막대한 재산을 물려받고 룡정에서 손꼽히는 부자로 됩니다. 그는 아버지와는 달리 농사보다는 장사와 기업에 눈을 돌리고 자본가의 꿈을 꿈니다. 술공장, 발전공장, 수도회사 등 기업을 꾸리는데 정열을 쏟으면서 립신양명을 실현하려고 합니다. 그러나 결국은 일제의 침략과 략탈에 의해 좌절당하고 실패하고 맙니다. 금돌이도 마찬가지라 하겠습니다. 목재 채벌업에 성공하여 자동차 두 대를 사서 회사를 꾸렸으나 종당엔 회사가 일본인의 기업에 흡수되고 맙니다. 한마디로 룡정 공상업의 흥기와 발전, 사멸의 과정이 이 작품의 주요 스토리라 하겠습니다.[22]

『룡정별곡』은 작가의 말대로 1,600쪽이 넘는 방대한 소설로 40년 동안 용정 사람들의 삶과 용정의 역사를 다룬다. 이 작품의 중심이 되는 인물은 『눈물 젖은 두만강』의 중심인물이었던 칠성 영감의 손자 금돌과 석돌, 조선인 지주 용달의 아들 철진과 철수, 그리고 용정 지역의 교육자 석준의 아들 호범과 룡범이다. 이들 중 철진과 금돌은 사업가로 성장하여 용정의 흥망과 함께 하며 일제의 수탈을 직접 몸으로 견뎌내는 인물이고, 석돌, 철수, 호범, 룡범 등은 항일 무장투쟁에 헌신하는 인물이다. 항일 무장투쟁에 나선 네 인물 중 형 세대인 호범과 석돌은 민족주의 계열로 아우 세대인 용범과 철수는 사회주의 사상 단체에 가입하였다가 항일 무장투쟁에 투신하여 조국과 계급의 해방을 위하여 헌신한다. 사업가로 성장한 두 인물이 용정 공상업의 흥기와 발전과 사멸의 과정을 통하여 용정의 역사를 구체적으로 보여주는 인물이라면, 무장투쟁에 헌신한 네 인물은 일제강점기 조선인들이 만주와 중국 그리고 러시아 지역에서 벌인 고난에 찬 항일의 역사를 대변[23]해준다. 이

22　인터뷰 내용.
23　흑하사변 이후 간신히 만주로 돌아온 호범은 김좌진 장군의 추천으로 운남강무당에서 수학하고 중앙군관학교 무한분교 교관을 지내고 광주봉기에도 참여하는 등

러한 인물의 설정을 통하여 최홍일이『룡정별곡』을 집필하며 의도한 바 "시간적으로는 근 반세기, 공간적으로는 룡정을 중심으로 전 동만과 북만 지역, 중국 남방, 조선반도와 로씨야 등 넓은 지역을 담고, 사회생활 측면도 룡정의 공상업을 중심으로 민생, 교육, 종교, 민속, 혁명, 항일 등 제 분야를 다각적으로 반영하려는 시도"[24]를 효과적으로 형상화할 수 있게 된다.

작가의 의도가 이러하다 보니『룡정별곡』에는 간도의 역사를 다루고 있는 여타 작품들이 보여주는 것보다 더 다양한 역사적 사건들이 등장하고 있다. 『룡정별곡』이 시작되는 1911년부터 마무리 단계에 들어가는 1945년까지 작품 내에서 언급된 역사적 사건들을 정리하면 아래와 같다.

> 1911년 용정대화재
> 1915년 라자구 군관학교
> 1917년 해란강 목조다리 완공
> 1918년 용정 최초의 술공장 건설 / 중광단
> 1919년 3·13만세운동
> 1920년 십오만원 사건 / 봉오동전투, 청산리전투 / 경신참변 / 흑하사변

혁혁한 공을 세우고 만주로 돌아와 항일연군에 참가하나 민생단으로 몰려 사형당한다. 석돌은 흑하사변 후 만주로 돌아와 독립운동에 참가하나 민족주의 계열 항일세력의 분열상에 실망하고 피륙장사로 나서고 토비가 되었다가 다시 항일연군에 가입하나 민생단 사건 때 도피하여 지내다 토비 숙청에 나선 소련홍군에 의해 폭살된다. 항일투쟁을 하다가 중앙군관학교 무한분교에서 수학하고 조선의용군을 따라 광복군에 편입된 철수는 광복군 정진군으로서 한국으로 귀환한다. 만주 지역에서 항일연군으로 투쟁하다 일제의 토벌작전으로 러시아로 철수하여 해방 후 홍군 장교로 용정에 금의환향한 룡범은 항일연군 퇀장 자격으로 해방된 용정의 안정과 재건에 크게 기여한다. 항일투쟁에 뛰어든 이들 네 사람의 행적은 만주 지역에서 항일투쟁에 헌신했던 조선인들의 고난에 찬 삶의 과정과 종말을 압축적으로 보여준다.
24 인터뷰 내용.

1923년   천도철도 용정 – 개산툰 구간 완공
1924년   대흥전등주식회사 설립
1926년   용정 전기 가설 / 조선공산당 만주총국 동만구역국 성립
1928년   등비자동차행 설립 / 제1차 간도 공산당 사건
1927년   남창봉기, 광주봉기, 국공분열
1930년   용정 양말공장 설립 / 5 · 30폭동 / 길돈폭동
1931년   9 · 18사변
1932년   만주국 수립 / 명월구 회의 / 항일유격대 창건 / 해란강 참안 / 왕
          우구 소비에트 설립
1935년   민생단 사건 / 운수업 만철 독점 / 전기사업 국유화
1937년   일본영사관 폐쇄하고 육군병원으로 활용
1938년   용문교 홍수로 파괴, 1941년 콩크리트 목재 혼합교로 복원
1940년   캐나다 선교사 추방
1944년   청림교 사건
1945년   해방, 귀국 열풍

이렇게 『룡정별곡』에서 다루어진 역사적 사건을 정리하고 보면 기존의 조선족의 역사를 다룬 소설들에 비해 역사 제재의 선택에서 아래와 같은 차이를 보이고 있음을 알 수 있다.

첫째, 『룡정별곡』에서는 역사적 제재를 선택함에 있어 이념의 제한을 받지 않고 있다. 그간 한국문학에서 간도 지역의 역사를 다룬 작품들은 작가가 선택한 또는 작가가 속한 지역의 이념에 따라 그 선택에 있어 매우 제한적이었다. 리근전의 『고난의 년대』과 안수길의 『북간도』는 일제강점기 간도 지방의 항일의 역사를 다루면서 리근전은 3 · 13만세운동을 제외한 민족주의 계열의 항일투쟁과 조선공산당의 항일투쟁은 전혀 다루지 않고, 중국공산당의 지도에 따른 5 · 30폭동과 같은 항일투쟁의 역사만을 다룬다. 반면 안수길은 3 · 13만세운동과 청산리전투와 같은 민족주의 계열의 항일운동은 자세하게

서술한 반면 공산계열의 항일투쟁은 전부 제거하고 1944년의 청림교 사건만을 다루고 있다.[25] 이러한 사건 선택은 자신이 속한 국가의 이념에 지배를 받은 것으로 만주 지역의 항일의 역사 나아가 조선족의 역사의 일면만을 보여준 한계를 가진다. 이에 비해 최홍일은 십오만원 사건,[26] 봉오동·청산리전투 등 민족주의 계열의 항일투쟁과 조선공산당 만주총국 동만구역국 성립과 활동, 제1차 간도 공산당 사건 등 조선공산당의 항일투쟁 그리고 5·30폭동, 길돈폭동, 왕우구 소비에트 설립 등 중국공산당의 항일투쟁과 함께 조선인 항일투사들의 학살로 이어진 민생단 사건과 같은 중국공산당의 오류까지 다룸으로써 연변 지역의 항일투쟁사를 거의 완전한 모습으로 재구하였다는 의의를 지닌다.

둘째, 『룡정별곡』은 용정 지역의 정치적 사건과 함께 문화적, 사회적, 경제적 변화에 대한 관심을 보여준다. 조선족의 역사를 다룬 대부분의 소설은 조국 독립이나 계급 해방이라는 이념 지향이 강하였기에 작품에서는 대체로 간도 지역의 정치적 변화와 조선인, 한인 그리고 일본인 사이의 갈등 그리고 항일투쟁을 중심으로 줄거리를 형성했다. 특히 역사의 방향성을 선취한 문제적 개인의 지도 아래 정치적 투쟁을 전개하는 것을 기본 서사구조로 하는 리얼리즘 계열의 소설이 주를 이룬 조선족 소설에서 역사 제재의 선택은 제

---

25 두 작품에 나타난 이념에 따른 역사 제재 선택의 차이에 관해서는 최병우, 「이념의 차이와 역사 제재 선택에 관한 연구」(『리근전소설연구』, 푸른사상사, 2007)에서 상세하게 정리한 바 있다.

26 1920년 1월 최봉설 등 6인이 호령에서 용정은행으로 수송되는 현금을 강탈한 이 사건은 중앙아시아 고려인 작가 김준에 의해 『십오만원 사건』이라는 제명의 장편소설로 다루어졌으나, 조선족 작가들이 소설화한 바는 없다. 김준의 『십오만원 사건』에 관해서는 여러 연구가 이루어진 바 있다. 최병우, 「이념과 현실 그리고 사실의 변용」(『이산과 이주 그리고 한국현대소설』, 푸른사상사, 2013.) 참조.

한적일 수밖에 없었다. 그러나『눈물 젖은 두만강』에서부터 신역사소설적인 방식을 선택하여 거대 서사에 치중하지 않은 최홍일은『룡정별곡』에서 용정 지역의 전기, 수도, 기차, 극장과 같은 공공시설의 등장과 함께 택시, 화물차 같은 운수업과 술공장, 양말공장과 같은 제조업의 등장과 발전 등에 대해서도 관심을 보인다.『룡정별곡』에 보이는 이러한 제재 선택의 광범위함은 정치와 권력 그리고 항일 무장투쟁 등이 조선족의 역사를 변화시키는 힘이기는 하였지만, 문화적, 경제적, 사회적인 크고 작은 변화들이 그 시대 용정 사람들에게 미친 영향은 적지 않았고 그러한 작은 것들의 변화가 바로 용정의 역사라는 작가의 새로운 역사 인식을 잘 보여준다.[27]

셋째,『룡정별곡』에서 작가는 역사 주체의 어느 쪽에 대해서도 극단적인 판단을 유보하고 있다. 일제강점기의 만주 지역 조선인의 역사를 다룬 많은 소설들은 리얼리즘 이론에 기반하여 작중인물을 선과 악으로 구분하고 그들 사이의 갈등이 첨예화되었다가 해결의 국면에 이르는 구조로 되어 있었다. 따라서 자본가, 지주, 권력 등은 절대악으로 존재하고 노동자, 농민, 서민들은 일방적으로 피해를 입는 선한 존재들로 설정되어 있기 마련이었다. 그러나『룡정별곡』은 이러한 인물 간의 선악이 분명하게 설정되어 있지 않다는 것이 특징적이다. 지주에서 사업가로 변신한 철진이나 목재 채벌업으로 돈을 벌어 운수업에 뛰어든 금돌이나 중국인 부호 여 대인이나 사업을 확장하고 경제적 이익을 위해 노력을 하지만 그렇다고 해서 가난한 사람들을 착취하지는 않는다. 오히려 용정의 발전을 위하여 거금을 희사하기도 하는

---

27 이러한 제재 선택 문제에 대해 최홍일은『룡정별곡』에서 "혁명과 항일이라는 시각 보다는 민생론의 시각, 문화론의 시각을 앞세웠습니다. 또 한편 거대서사와 미소서 사를 결합하는 전략을 취했습니다. 한마디로 말하면 해방 전 조선족의 력사를 다각 적이면서도 립체적으로 조명하려고 했습니다."라 설명하고 있다. (인터뷰 내용)

존재로 등장한다. 그들보다는 조금은 이악스러운 부자로 등장하는 한인 오강과 오빙 부자나 중국 관원이나 일본 측에 기생해 부를 축적한 김응구 같은 사람 역시 자신의 부과 권세를 위해 그런 일을 벌이지만 절대악으로 그려지지는 않는다. 누구든 자신의 방식대로 보다 나은 삶을 살려고 노력하지만, 민국, 만주국 그리고 해방으로 시간이 흐르면서 룡정의 모습은 변화하고 시대가 달라지고 역사는 변화해가는 가운데 그 속에서 사는 많은 사람들은 흥망성쇠를 경험한다. 이런 점에서 최홍일은 『룡정별곡』에서 주체 사이의 갈등과 해결이라는 리얼리즘적인 도식보다는 역사의 흐름 속에서 부침하고 변화해가는 인간들의 삶과 의식을 그려내는 데 치중하였음을 알 수 있다.

> 지난 9년 동안, 비록 괴뢰만주국의 치하일망정 룡정은 자기의 행보를 멈추지 않았고 그 행정에서 나름대로의 변천과 곡절도 적지 않게 겪었다.[28]

> 세상이 바뀌면 모든 게 달라지는 게 아니겠소. 그 흐름을 누가 막겠소.[29]

위의 두 인용문은 서술자의 목소리로 용정의 변화에 대해 의미를 부여하는 대목이다. 민국 시대든 만주국 시대든 용정은 시대적 상황에 따라 많은 변천과 곡절을 겪으면서 발전과 변화를 멈추지 않았고, 그렇게 세상이 바뀌면 모든 게 달라지기 마련이기에 그러한 변화는 누구도 막을 수 없다는 인식이다. 이러한 현실인식은 주체의 힘으로 세계를 변화시켜야 한다는 사회주의 인간관에 대한 반성이다. 『룡정별곡』에서 역사적 제재를 선택하는 작가의 역사인식이나 위의 인용문에서 보여주는 현실인식은 동궤에 놓인다. 이는

---

28 『룡정별곡』 3, 382쪽.
29 『룡정별곡』 3, 450쪽.

사회 변화의 주동이 인간에게 있기보다는 인간과 사회의 변화를 주도하는 시간 곧 역사라는 작가 인식을 보여준 것으로, 이것이 바로 최홍일이『룡정별곡』의 주제이자 용정 역사의 재구를 통해 이야기하고자 한 요체일 것이다.

이러한 용정 역사의 재구에 대한 열망은『룡정별곡』의 여러 중요한 장면에서 역사적 사실을 상세하게 기술해주는 형식으로 나타나기도 한다.

> 뿡-!
> 이 괴물은 룡정과 개산툰 구간을 달리게 될 첫 기관차였다. 바로 오늘이 그 개통식 날이다.
> 룡정과 개산툰 사이의 이 로선은 "천도경편철도(天圖輕便鐵道)"의 첫 구간으로서 동만 땅에 처음으로 부설된 철도였다. 천도경편철도공사는 룡정과 개산툰 사이, 룡정과 조양천 사이, 조양천과 국자가 사이에 철도를 놓기로 계획하고 작년 9월에 먼저 룡정과 개산툰 사이의 첫 구간 공사를 시작한건데 한 달 전에 완공되어 51킬로메터 되는 철도가 동만 땅에 처음으로 선을 긋게 되었다.
> 허나 이 철도가 부설되기까지는 곡절이 많았다. 1909년 "간도협약"에 의해 길회철도(길림부터 회령까지) 부설권을 획득한 일본은 먼저 천도철도를 부설하려고 오래전부터 시도해왔었다. 천보산 동광과 로투구 탄광의 경영권을 장악한 남만태흥합명화사는 1915년 룡정령사관의 지지를 받아 지방당국과 교섭을 시작하였고 1915년에는 룡정에서 일본인들끼리 천도경편철도추진회를 조직하기도 하였다. 1918년에는 당국의 승인 밑에 태흥합명회사의 대표 이이다엔 다로오와 길림의 중국 상인 대표 문록(文綠)이 "천도철도를 중일 쌍방이 공동으로 경영할 데 관한 계약"을 체결했다.[30]

1923년 용정과 개산툰 간 철도 개통식 날 기차가 용정 역사로 들어오는 당시로서는 놀라운 장면을 서술하는 부분에서 이 철도의 설립 과정에 관한

---

30 『룡정별곡』1, 499~500쪽.

인용문과 같은 상세한 설명이 2쪽 이상 장황하게 이어진다. 이는 용정의 역사를 정확하게 재구하려는 작가의 열망이 드러난 것이기는 하나 이러한 작가에 의한 역사 서술이 과다하게 작품 속에 등장하는 것은 소설적인 긴장감을 떨어뜨리는 결과를 빚는다. 『룡정별곡』에는 이와 같은 작가에 의한 역사 정보를 제공하는 서술이 작품의 도처에서 한 문단 또는 몇 페이지에 걸쳐 등장한다. 이는 작가가 용정 역사를 재구한다는 주제 의식에 몰입한 결과로, 보다 상세한 용정의 역사를 독자에게 제공한다는 이점이 없지는 않지만, 소설의 서사적 전개와는 거리가 있는 작가 또는 전지적 서술자에 의한 역사서술의 과다 개입이라는 점에서 소설적 한계로 지적할 수 있다.[31]

4. 『눈물 젖은 두만강』 연작의 서사 특성

『눈물 젖은 두만강』 연작의 시공간적 배경은 특이한 양상을 띤다. 『눈물 젖은 두만강』은 칠성 영감을 비롯한 회령의 세 가족이 고향을 떠나 두만강을 건너 용정에 터를 잡은 1884년부터 조선인들의 자발적 항일 교육기관인 서전서숙이 폐교되고 일제의 간도에 대한 간섭이 본격화되는 1907년까지 떠나온 고향 회령과 장재촌, 명동촌, 용드레촌 등지의 조선인의 삶을 중심으로 전개된다. 그리고 그 속편인 『룡정별곡』은 용정대화재가 발생한 1911년부터

---

31   이러한 역사 서술의 과다 개입은 리근전의 『고난의 년대』나 안수길의 『북간도』에서도 자주 발견된다. 이런 점에서 역사서술의 개입은 역사적 사실에 대한 이해가 부족한 독자들의 작품 이해를 돕기 위한 장치로 볼 수 있다. 그러나 전지적 서술자에 의한 역사 서술의 과다 개입은 소설의 전개를 중단시키고 소설적 긴장을 파괴한다는 점에서 비판의 여지가 없지 않다.

일제로부터 해방되어 용정이 공산화된 1950년까지 긴 시간 동안 용정을 중심으로 서울, 부산 등 한반도와 연해주 지역 그리고 중국 관내의 여러 지역을 공간적 배경으로 한다. 이러한 시공간적 배경의 설정은 3장에서 살폈듯이 시간적으로 보아 한일합방과 같은 한반도 내의 정치적 변화보다는 조선족의 삶에 직접적인 영향을 미친 사건들을 중심으로 서사를 전개하여 용정역사 즉 조선족의 역사를 소설적으로 재구하겠다는 작가의식이 반영된 것이다.

공간적 배경 역시 용정 개척의 역사와 흥망성쇠를 그리려는 작가의 창작의도가 반영되어『눈물 젖은 두만강』연작의 공간적 배경의 중심은 용정을 비롯한 간도 지역으로 되어 있으나, 작중인물들의 이동을 따라 한반도 북단의 회령에서 장재촌, 명동촌, 용드레촌, 연길 등 간도 지역과 신한촌 같은 연해주 지방과 흑하사변이 발생한 러시아령 자유시 등으로 공간이 확장된다. 더욱이『룡정별곡』에서는 철진이가 사업 상 부산과 서울로 이동하고, 흑하사변에서 살아남아 만주로 돌아온 철진의 아들 호범이가 항일 운동의 열악한 상황을 고려한 리범석 장군의 소개로 운남강무당에 입학하게 되어 관내로 이동하여 운남, 무한, 광주 등지에서 항일투쟁을 계속하고, 철진의 막내동생 철수도 가족 몰래 광주로 건너가 황포군관학교를 졸업하고 관내에서 항일투쟁을 하는 등 공간적 배경이 관내로까지 확장된다. 이러한 설정은 간도 지역이 일제강점기 만주 지역 조선인의 항일운동 본거지였기에 조선인 항일투사들은 간도 지역에서 주로 활동하다가 흑하사변 이후 지속적인 항일 무장투쟁을 위해 관내로의 이동을 시작하였다는 역사적 사실과 일치한다. 즉『눈물 젖은 두만강』연작의 시공간적 배경은 용정 사람들의 삶의 영역 확장과 그들의 삶에 영향을 준 시공간으로 한정된다. 이는『눈물 젖은 두만강』연작을 통해 조선족의 역사와 삶을 복원하려는 최홍일의 창작 의도가 철저하게 반영된 것 결과이다.

『눈물 젖은 두만강』연작은 동일한 인물과 그 자녀들의 이야기로 이어지지만 인물의 성격 설정 면에서는 상당한 차이를 보인다.『눈물 젖은 두만강』은 고향을 떠나 간도로 건너온 조선인들이 용정 지역에 정착하는 과정이 중심 서사이다. 따라서 이 작품의 중심인물들은 각기 다른 방식으로 이주 현실에 대응하는 모습을 보인다. 기아를 면하기 위해 가족을 이끌고 간도로 건너와서 용드레촌에 터를 잡은 칠성은 농업으로, 그의 건장한 아들 팔룡은 노동과 상업으로 삶의 터전을 마련하여 용정에 새로운 고향 만들기를 시도한다. 이에 비해 조선 땅에서 부모를 잃은 뒤 간도로 건너와 장재촌의 한인 지주 동 영감집 머슴으로 살아가는 용달은 동 영감의 수족으로 일하며 신임을 얻기 위해 치발역복을 하고 청상과부가 된 동 영감의 딸 동 소저와 결혼하여 재산을 상속받아 용드레촌으로 이사하여 토지 소유를 늘려 재부를 통한 현실적 꿈 이루기에 치중한다. 이에 비해 지식인으로 나라를 바로세우기 위해 동학 군에도 참여했던 석준은 몸을 피해 간도로 넘어오다가 삼월이의 생명을 구해주고 그녀와 결혼하여 장인 최림이 운영하던 용드레촌 서당의 훈장으로 서전서숙의 교사로 활동하며 민족의식을 전파하며 직접 행동을 통한 나라 되찾기에 나선다.『눈물 젖은 두만강』의 중심인물인 칠성-팔룡 부자와 용달 그리고 석준은 용정 개척 시기의 대표적인 세 유형의 인간군을 보여준다. 용정 사람들은 용정 지역에서 세력을 확장하여 조선인의 삶을 간섭하는 일본 경찰을 보며 앞날을 불안하게 느끼지만 자신의 꿈을 이루기 위해 노력하며 살아간다. 이런 상황에서 지식인 석준은 나라를 되찾기 위한 노력을 게을리 하지 않고 항일세력들과 연대를 모색하고 있지만, 대부분의 용정 지역의 조선인들은 경제적 안정을 이루기 위해 노력할 뿐이다.

이에 비해『룡정별곡』의 인물들은 훨씬 다양한 면모를 보인다.『눈물 젖은 두만강』의 중심인물들과 그 후손들은 각자 자신의 삶을 모색한다. 팔룡은 광산 노동으로 번 돈을 밑천 삼아 여관업을 하고 큰아들 금돌은 목재 채벌업과 운수업 등 사업을 하지만 작은아들 석돌은 항일 무장투쟁에 나섰다가 흑하사변을 겪고 만주로 돌아와 항일연군에 참여한다. 용달의 맏아들 철진은 아버지의 재산을 물려받아 술공장, 전기사업, 수도사업 등에 손을 뻗쳐 용정 상공회 회장을 지내는 등 사업가로 성장하고 둘째 철민은 대학을 졸업하고 용정에서 교사를 하는데 비해 막내 철수는 항일투쟁에 나서 황포군관학교를 졸업하고 관내에서 항일투쟁을 계속한다. 석준의 맏아들 호범은 항일 무장투쟁에 나서 흑하사변을 겪은 후 운남강무당을 졸업하고 항일투쟁에 헌신하고, 작은아들 룡범은 사회주의 계열의 항일운동에 참가했다가 항일연군에 들어가 치열한 투쟁을 이어가는 반면 딸 선이는 의대를 졸업하고 용정 자혜병원에서 의사 생활을 한다. 『룡정별곡』의 중심을 이루는 인물들은 민국 정부와 일제의 갈등과 알력, 만주국 수립 이후 항일 무장세력의 초토화를 위한 일제의 치안숙정공작 그리고 중일전쟁으로 이어지는 혼란스러운 기간을 가족과 친지와의 별도로 각자 자신이 옳다고 판단한 분야에서 최선을 다하며 살아간다. 이런 치열한 삶의 모습은 용정 개척 시대의 단순한 사회를 벗어나 중화민국과 만주국을 거치는 복잡하고 혼란스러운 고난의 역사 속에서 민족의 자존심을 지키며 살아간 용정 사람 나아가 조선인의 모습을 함축한다 하겠다.

이같이 급변하는 현실 속에서 자신의 삶을 개척해나간 용정의 인물 군상은 몇 가지로 유형화해볼 수 있다. 첫째는 호범, 석돌, 룡범, 철수 등 현실을 변혁시키려는 신념으로 항일운동에 나선 항일파로 『룡정별곡』의 중요한 줄거리를 형성한다. 둘째는 철진, 금돌과 한인 여공파 등을 중심으로 한 상공회 사람들로 현실이 허용하는 한에서 사업을 하며 음으로 항일파를 지원하기도 하고 용정을 발전시켜나가나 일제의 정책에 따라 점차 몰락해가는 중간파들로『룡정별곡』의 또 다른 핵심 줄거리를 형성한다. 이 두 유형의 인물들은『룡정별곡』의 중심인물로 작동하며 조선족의 삶과 역사를 그려내는 핵심적인 역할을 담당한다. 이외에도 경제적인 여유를 바탕으로 대학까지 수학한 지식인으로서 일본인과 결혼하여 현실에 적절히 타협하고 살아가는 철민과 선이 같은 현실파와 일제에 빌붙어 부와 권세를 누려 용정 사람들의 비난을 받는 친일파 김웅구, 한인 오빙 등은 작품 내에서 소설적 긴장감과 현실감을 확보해주는 인물로 기여한다.

『눈물 젖은 두만강』 연작의 작중인물들은 이와 같이 지향하는 바가 매우 달라 심각한 갈등을 야기할 수 있는 조건을 가지고 있다. 그러나 작품 내에서 이들 사이에 발생하는 갈등의 양상과 해결의 과정은 한 시공간을 살아가는 사람들 사이에 일상적으로 발생하는 일상적 수준을 크게 넘어서지 않는다. 그 예로 이념적으로 대척점에 서 있는 항일파와 친일파가 만나는 장면을 보자.

"너… 너… 서당댁네…"

룡범이를 알아본 그는 초풍하리만치 놀랐다. 서당댁 네 둘째 아들, 재작년에 연길감옥을 탈출한 항일분자였던 것이다.

룡범이도 김웅구를 알아보고 흠칫 몸을 떨었다.

"이놈 잡아라. 항일분자다!"

김웅구는 뒤걸음 치며 소리를 내질렀다. 찰나, 룡범이가 갓을 김웅구의 얼굴을 향해 던지고는 아직 얼빤해 있는 자위대원에게 달려들어 주먹으로 그의 턱을 내갈겼다. 놈은 어쿠 하고 휘청거리는데 다음엔 박치기가 들어갔다. 용삼이도 다른 자위단원의 배를 걷어차고 멨다꼰지였다. 두 자가 나동그라지자 룡범이와 용삼이는 품에서 모젤을 뽑아들고 다리 쪽으로 내뛰었다.

혼비백산해 제풀에 땅바닥에 주저앉았던 김웅구는 돼지 멱따는 소리로 고함을 내질렀다.

"항일분자다. 잡아라!"[32]

　같은 마을에 살았던 룡범과 김응구는 용정을 드나드는 자를 감시하는 초소에서 마주치게 된다. 항일연군의 하급간부인 룡범과 용정 자위단장으로 친일파의 거두인 김응구의 만남은 갈등이 최고조에 달하는 사건이다. 그러나 인용에서 보이는 김응구와 룡범의 만남은 갑작스런 상황이기는 하지만 서로 다른 길을 걷고 있는 용정 사람들의 우연한 만남 수준을 크게 넘지 않는다. 항일투쟁을 하는 사람들에게 김응구는 눈엣가시 같은 존재이나 이 작품에서는 그를 제거하기 위한 어떤 노력도 하지 않으며, 김응구도 룡범이의 얼굴을 알아보았을 때 놀라 자빠지고 항일분자이니 잡아야 한다고 고함만 지르지 룡범을 포함한 항일분자를 체포하기 위한 대책을 마련하지 않는다. 급작스러운 만남에서 서로가 피해버리고 이후에도 상대를 제압하기 위한 방안을 모색하지 않고 각자 자신의 임무에 충실하며 살아갈 뿐이다.

　작중인물 사이의 이러한 느슨한 갈등 관계는 아버지를 죽음에 이르게 한 한인 지주 오강에 대한 철진의 복수가 경제적인 손해를 입히는 정도로 끝나고, 오강이 철진에게 되갚음하는 복수도 철진의 새로운 사업에 훼방을 놓는 선에서 마무리되는 데서도 잘 나타난다. 또 오강이 농민들 몰래 만든 토지문서로 용드레촌 농민들이 개간한 수전을 빼앗으려 하나 조선인 농민 전체가 소작을 거부하자 땅을 묵힐 수밖에 없게 되는 것도 마찬가지이다. 『눈물 젖은 두만강』 연작에서 용정 사람들 사이에는 지주와 소작인의 갈등이거나 자본가 사이의 알력이거나 어느 경우에도 완전한 승리도 없고 완전한 패배도

32　『룡정별곡』 3, 369~370쪽.

최홍일론　조선족 이주사의 소설화

없이 적당한 선에서 마무리된다. 소작인 없이는 지주는 토지를 유지할 수 없고, 지주가 없으면 소작인이 부칠 땅이 없는 것이 현실이다. 또 용정의 상공인들은 각자의 이익을 위해 갈등하고 대립하지만 상대를 완전히 무너뜨리는 것은 상도의에 어긋나기도 하거니와 제삼자인 상공인들의 존재 때문에 불가능한 일이기도 하다. 그래서 용정 사람들 사이에 갈등과 알력이 생기기는 하지만 적절한 선에서 타협하게 되는 것이다. 이러한 용정 사람들끼리 공존하는 삶의 모습은 만주국 수립으로 일본인의 독점적 지위가 강화되면서 용정의 기업들이 일본 기업에 합병되어 기업주가 고용인으로 전락하거나 소상인으로 몰락하는 등 용정 사람들의 삶이 서서히 피폐해지는 것으로 그려진다. 이렇듯 시간의 흐름 속에서 극단적인 갈등 없이 전개되는 『눈물 젖은 두만강』 연작의 구성 방식은 갈등과 해소라는 소설적 긴장감이 없어 다소 밋밋한 느낌을 주지만 용정 사람들의 삶과 역사를 있는 그대로 가감 없이 보여주는 효과가 있다.

이외에도 용정 사람들의 삶을 사실적으로 그려내기 위해 최홍일은 『눈물 젖은 두만강』 연작에서 용정 설화와 장례, 혼인, 강신 절차 그리고 다양한 굿 등 조선인의 전통문화에 대해 매우 상세하게 서술하고 있다. 『눈물 젖은 두만강』 전반부에 등장하는 용드레 우물과 관련한 설화는 『룡정별곡』에서도 반복되어 용정 사람들이 가지고 있는 우물과 용드레촌의 신성성에 대한 믿음을 잘 보여준다. 또 작중인물이 결혼이나 상례를 치르는 경우 몇 쪽에 걸쳐 그 절차가 상세히 제시되고 그 과정에 등장하는 민요들도 자세하게 기록한다. 또 청산댁이 무병에 걸려 강신무가 되는 과정이 10여 쪽에 걸쳐 세밀하게 그려지고, 삼신굿이나 씻김굿을 하는 장면에는 굿을 정차와 함께 긴 무가가 원문 그대로 기록되어 최홍일의 전통문화에 대한 관심을 보여준다.

최홍일이 연변 지역에 무가가 구전하지 않고 채록된 무가 자료도 없는 현실에서 한국에서 정리한 무가 자료집에서 함경도 무가를 찾아 적당히 수정하면서까지[33] 무가의 원문을 자세하게 기록한 것은 조선족의 전통문화를 소개하고 그 흔적이나마 복원하려는 의지의 발현이다. 이는『눈물 젖은 두만강』연작에서 작가가 용정의 역사와 함께 한 조선족 선조들의 삶을 보다 사실적으로 그려내고 조선족의 뿌리를 확인하기 위하여 선택한 서사 방식일 것이다. 이 같은 조선족 문화의 복원은 한족 문화가 중심이 된 다민족사회 중국에서 소수민족으로 살아가는 조선족의 유구한 전통문화에 대한 자긍심을 보여주는 방법이다. 그리고 조선족 소설에 자주 등장하는 조선족 전통문화의 재구는 이미 거의 사라져버린 조선족의 전통문화를 확인하고 보존하여야 한다는 작가로서의 책임감에 기인한 것이라 하겠다.

5.『눈물 젖은 두만강』연작의 역사 재구가 갖는 의의

최홍일의『눈물 젖은 두만강』연작은 1884년부터 60년이 넘는 기간 동안의 용정 지역을 시공간적 배경으로 하여 용정의 개척과 흥망성쇠를 상세하게 다루어 조선족의 삶과 역사를 사실적으로 그려내고 있다. 이 연작의 전편인『눈물 젖은 두만강』은 한 인물의 일생을 통하여 용드레촌의 개척사와 조선족의 새로운 고향 만들기의 과정을 소설화하였다. 그리고 속편인『룡정별곡』은 40년에 걸친 기간 동안 용정 사람들이 경험한 정치적, 경제적, 문화적, 사회적 사건들을 통하여 용정의 변화와 그 변화에 부대끼며 살아간 용정 사람들의 삶을 통하여 이 시기 조선인들의 역사를 재구하고 있다.

---

33 인터뷰 내용.

『눈물 젖은 두만강』 연작은 기존의 조선족 역사를 다룬 소설들이 주로 조국 해방과 계급 해방의 관점에서 정치적, 항일투쟁사적, 계급 해방적인 문제에만 집중하여 역사의 일면만이 강조된 데 비해 경제, 문화, 사회, 전통문화 등 다양한 방면까지 제재로 선택함으로써 조선족의 역사의 전모를 그려내려 한 데 그 의의가 있다. 특히 항일투쟁사를 다루면서 이념적 제한에 따라 역사 제재 선택이 제한되던 기존 소설들이 보여준 한계를 벗어나 십오만원 사건, 봉오동·청산리 전투, 제1차 간도 공산당 사건, 5·30폭동과 길돈폭동, 민생단 사건, 청림교 사건 등 주체 이념적 성향과 관계없이 항일투쟁 사건들을 서술한 것은 항일투쟁사의 완전한 소설적 재구로서 의의를 지닌다.

또 이 연작은 사회 변화에 따른 용정 사람들의 삶의 변화에 초점을 맞추어 그러한 변화의 요인으로 경제, 사회, 문화적 변화에 관심을 보인다. 이러한 노력은 정치, 항일투쟁사로 일관한 기존의 소설의 틀을 벗어나 공상업의 변화, 전기, 수도, 철도, 학교, 병원 등 용정 사람들의 삶에 직접적인 영향을 미친 사건들을 매우 사실적으로 서술하고 있다. 또 조선족들의 민족적 특징으로 그들의 삶을 지배하던 전통문화에 대한 세밀한 묘사는 용정 사람들의 삶을 통해 조선족의 역사를 재구하려 한 작가가 선택한 또 하나의 소설적 장치로서 훌륭히 기능한다.

『눈물 젖은 두만강』 연작에는 다양한 인물군들이 등장하여 서로 다른 가치를 지향하고 살아가기에 복잡한 갈등이 발생하고 또 해결된다. 그러나 이 연작에 등장하는 인물 간의 갈등은 첨예한 모순이 최고조에 달했다가 해소되는 리얼리즘 소설의 갈등 구조보다는 서로의 이익과 가치가 충돌하다가 적절한 선에서 타협을 하며 해결되는 느슨한 갈등 구조로 이루어져 소설적 긴장감을 약화시키는 결과를 낳는다. 그러나 용정에서 사람들이 한 공간에서 더불어 살아가는 이야기를 통하여 용정 역사의 온존한 모습을 소설적으로 재구하고자 하는 작가 최홍일의 의도는 이러한 느슨한 갈등 구조를 통하여 보다 효과적으로 전달되고 있다.

『눈물 젖은 두만강』 연작이 보이는 이러한 역사 제재와 갈등 구조의 선택의 새로움은 역사 변화의 주체가 무엇인가에 대한 역사인식 변화의 결과이다. 역사의 변화는 사회의 모순을 깨달은 문제적 개인이 올바른 역사의 방향으로의 진전을 위한 투쟁을 통하여 이루어진다는 사회주의적 역사인식에 따라 많은 소설은 문제적 개인의 영웅적 투쟁을 그려왔다. 그러나 1980년대 중국문학계에서는 이러한 이념 지향의 역사소설을 반성하여 민중의 삶을 원래 모습 그대로 재생하려는 신역사소설이 등장하며 투쟁 일변도의 서사에서 벗어나려는 움직임을 보였다. 최홍일은 전통적인 역사소설과 신역사소설이 보여준 서로 다른 이론을 받아들여 역사의 변화를 추동하는 주체와 함께 거대한 시간의 흐름 속에 서서히 변화해가는 인간들의 삶에도 관심을 갖는다. 이는 역사란 정치적 변화에 조건지어지는 바 적지 않지만 최종적으로는 평범한 개인들의 평범한 삶의 작은 변화들이 역사를 추동한다는 인식을 바탕으로 용정 역사를 소설화한 것으로 파악할 수 있다. 『눈물 젖은 두만강』 연작에서 보여주는 정치, 항일투쟁 중심의 거대 서사와 사회문화적인 작은 변화를 다룬 미시 서사를 결합하는 최홍일 특유의 역사를 소설화하는 방식은 용정 나아가 조선족의 삶과 역사를 총체적으로 서사화하는 데 효과적으로 기여하고 있다.

조선족 정체성의 변화 양상

허련순론

조선족 정체성의 변화 양상

허련순론

1. 서론

한 개인의 정체성 형성에 관여하는 것이 그를 형성하는 "모든 부분집합들이 교차되는 집합 또는 그 모든 소속들의 총합"[1]이라면 정체성에 관한 담론은 그 범주가 매우 넓어진다. 국가, 출신 지역, 민족, 종족, 시대, 가족, 직업, 성, 종교, 학력, 취미, 건강, 외모 등 한 개인의 정체성 형성에 미치는 요인이 무수히 많아지기 때문이다. 그러나 개인들은 자신의 정체성과 관련한 여러 요인들 중에서 주변 사람들과 다른 몇 가지에 매달려 정체성을 강화하거나 혼란을 일으킨다. 마찬가지로 한 작가가 정체성을 주제로 다루고자 할 때에는 많은 정체성 형성의 요인 중에서 작가 자신의 정체성과 관련된 몇몇 요소나 자신이 속한 시공간을 의미화하는 데 중요하다고 판단되는 요인을 중심

1 　미셸 세르, 「약간의 철학」, 미셸 세르 · 실비 그뤼스조프 외 9명, 『정체성, 나는 누구인가』, 이효숙 역, 알마, 2013, 145쪽.

으로 제재를 선정하기 마련이다.

허련순은 조선족 여성 작가이다. 허련순에 대한 이러한 간단한 정리는 그녀가 중국의 소수민족인 조선족으로서의 정체성과 여성으로서의 정체성에서 자유롭지 못함을 보여준다. 허련순은 1986년 「아내의 고뇌」로 등단한 때부터 여성 작가로서 여성에 대한 성차별과 여성정체성에 깊은 관심을 보여, 「사내 많은 남자」(1989), 「투명한 어둠」(1994), 「하수구에 돌을 던져라」(2004)를 비롯한 일련의 중단편을 통하여 여성 문제에 치중하여 페미니즘적 시각에서 남성중심주의를 통렬히 비판하는 드러내는 작품을 다수 발표하였다.[2] 허련순은 한중수교 이후 모국인 한국과의 만남을 통해 여성정체성에 대한 관심과 함께 중국 공민으로서의 국민정체성과 한민족으로서의 민족정체성 사이에서 갈등을 겪게 된다. 흔히 이중정체성[3]이라 일컬어지는 조선족으로서의 정체성은 한국과의 교류 과정에서 조선족들이 심각하게 경험한 바로 한중수교 이후 조선족 소설에 나타난 주제의 한 축을 이룬다.[4]

열아홉 살에 홍소병 잡지에 시를 발표한 후 다양한 장르의 글을 쓴 허련순은 1986년부터 소설을 쓰기 시작하여 1989년 겨울 첫 한국행 당시 동아출판사에서 단편집 『사내 많은 여인』을 상재한다. 이 책을 발간할 때, 편집인에게서 60년대 소설 같지만 조선족 작품이라는 호기심에서 출판한다는 이야

---

2 김미란, 「허련순 중단편 소설의 페미니즘 경향에 대한 통시적 연구」, 『한중인문학연구』 45집, 한중인문학회, 2014.12. 참조.

3 오상순은 조선족이 경험한 이중정체성을 정리하고 그 문학적 형상화가 조선족 문학의 한 특징임을 설파한 바 있다. 오상순, 「이중정체성의 갈등과 문학적 형상화」, 『현대문학의 연구』 29집, 2006.7, 한국문학연구학회, 40~46쪽.

4 최병우는 한중수교 이후 조선족 소설의 이전과 어떤 차이를 보이는가를 검토하면서 이중정체성이 그 한 특징이 됨을 밝힌 바 있다. 최병우, 「한중수교가 조선족 소설에 미친 영향」, 『조선족 소설의 틀과 결』, 국학자료원, 2012, 191~220쪽.

기를 듣고, 교보문고에서 본 한국 소설의 수준을 느끼면서 작가로서의 한계를 절감한다. 첫 한국행에서 만난 이러한 놀라움은 자신의 생의 조건이자 출발점인 여성성을 찾는 것과 민족의 뿌리 찾기로 자신의 문학의 돌파구를 열어보려는 결심으로 이어진다.[5] 허련순은 이때의 결심을 현실화시키기 위하여 한국 출판사와 계약을 맺고 1년에 한 번씩 한국 체험을 하면서 조선족들의 삶을 직접 체험하고 밤에는 독서를 하고 글을 쓰는 힘든 과정[6]을 통하여 조선족의 이중정체성의 문제를 본격적으로 다룬 장편소설『바람꽃』[7]을 발표한다.

『바람꽃』을 발표한 후 중단편집 두 권과 장편소설 두 권을 상재한 허련순은 1990년 초보다 더 극심한 작가적 한계를 느낀다. 이를 극복하기 위하여 허련순은 한국문학을 체계적으로 접근하고 한국 문인들이 문학을 통하여 사유하는 방식을 배우기 위하여 한국으로 건너와 2년간 석사과정에 다닌다.[8] 이 선택은 문화대혁명 직후인 1976년 연변대학 조선언어문학부에서 '공농병학원'이란 이름으로 3년간 노동과 학업을 병진한 것이 문학 공부의 전부였던 허련순이 자신의 한계를 극복하기 위한 시도이다. 1999년부터 광운대학교 석사과정에서 수학[9]하며 페미니즘을 비롯한 새로운 문학이론을 체계적으로 익히고 작가로서 한 단계 성장을 이룬다. 이 기간의 문학 체험과 서구 문학이론에 대한 이해는 작가 허련순의 문학 세계를 넓혀, 자칫 소설적으로 단순해지기 쉬운 이중정체성을 벗어나 조선족이 경험하는 다양한

---

5   허련순, 「오줌 누는 돌(문학자서전)」, 『도라지』 2004.6, 22~23쪽.
6   위의 글, 23쪽.
7   『바람꽃』, 범우사, 1996. 이하 작품 인용은 『바람꽃』, 쪽수'로 한다.
8   허련순, 앞의 글, 23쪽.
9   김미란, 앞의 글, 227쪽.

정체성 혼란과 등단 시기부터 추구해온 여성정체성의 문제 등을 다룬 「누가 나비의 집을 보았을까」[10]를 발표한다.

허련순은 『나비의 집』을 발표한 지 10년의 시간이 지난 2014년 또다시 조선족 정체성과 인간 존재의 정체성으로 주제를 확장시킨 『중국색시』[11]를 『연변문학』에 연재한다. 이 작품은 조선족 여성 작가 허련순이 『바람꽃』 이후 20년에 가까운 기간 동안 지속적으로 탐구해온 여성정체성과 조선족 정체성 나아가 인간의 보편적인 정체성 문제를 다루어 『바람꽃』에서 『나비의 집』을 거쳐 『중국색시』에 이르는 장편소설 삼부작[12]의 마무리에 해당한다.

본고는 『바람꽃』에서 『나비의 집』을 거쳐 『중국색시』에 이르는 허련순의 『바람꽃』 삼부작에 나타난 정체성과 관련한 작가의 시각 변화를 살피는 데 그 목적이 있다. 『바람꽃』 삼부작에 그려지고 있는 정체성의 양상과 시간의 경과에 따라 나타나는 변화는 조선족 여성 작가 허련순이 보여준 작가의식의 변화 과정이면서 한국의 재외한인 정책의 변화와 맞물린 조선족 현실의 변화를 반영한 것이기도 하다. 본고는 이러한 조선족이 처한 현실의 변화 양상과 그에 따른 허련순의 작가의식의 변화를 살펴 허련순이 도달한 조선족 정체성 나아가 여성정체성과 인간의 자기정체성에 관한 인식의 변화 양상을 밝힐 수 있을 것이다.

---

10 『누가 나비의 집을 보았을까』, 인간과자연사, 2004. 이하 이 작품 『나비의 집』으로 쓰고, 작품 인용은 『나비의 집』, 쪽수'로 한다.

11 『중국색시』, 북치는마을, 2016. 이 작품의 인용은 『중국색시』, 쪽수'로 한다.

12 본고에서는 허련순의 『바람꽃』, 『나비의 집』, 『중국색시』 등 세 장편소설을 정체성을 다룬 대표적인 작품으로 이해하여 이하 세 편을 『바람꽃』 삼부작이라 칭한다.

2. 모국 체험과 국민정체성 강화

1986년 서울 아시안게임과 1988년 서울 올림픽이 중국에 생중계되면서 조선족들에게 한국이 매우 가깝게 다가왔다. 개혁개방 이후 소규모나마 한국과 중국의 교역이 시작되어 한국인들이 홍콩을 거쳐 중국으로 들어가고 연변조선족자치주에까지 찾아가면서 조선족들은 경제적으로 훨씬 앞선 한국의 존재를 알게 되고, 많은 사람들이 가족 방문으로 한국을 찾기 시작하였다. 더욱이 1992년 8월 24일 한중수교 이후 조선족들의 한국행이 급속히 늘어나 적지 않은 부를 획득하게 된다. 그 결과 조선족에게 한국행은 엘도라도를 찾아 떠나고자 하는 욕망과 비슷한 양상을 띠게 된다.

한중수교 이후 상당 기간 동안 조선족들은 조상들의 고향이자 자신들이 모국이라 생각했던 한국에서 외국인 노동자들과 함께 사회의 저층을 형성하여, 막노동으로 돈을 벌면서 한국인들에게 적지 않은 차별을 당하고, 불법체류자가 되어 강제 송환을 두려워하며 지내야 했다. 조상들이 이런저런 이유로 떠났던 모국 한국, 외모나 언어가 동일한 동포의 나라에 와서 겪게 된 심한 노동과 차별 그리고 법적인 제재는 그들이 한국에 가지고 있던 동포로서의 동질감을 훼손시키기에 충분하였다. 동포에게서 받은 차별로 인해 조선족들은 자신이 과연 한민족인가 하는 정체성 혼란에 시달리게 된다.

허련순은 한중수교 직후 조선족들이 한국을 체험하면서 심각한 이중정체성 문제에 부딪히는 시기에 한국에 건너와 조선족들의 삶과 생각을 직접 접하고 『바람꽃』을 집필한다. 이 작품은 고향땅에 묻히고 싶다는 아버지의 마지막 소원을 들어드리기 위해 유골을 모시고 한국을 찾은 조선족 작가 홍지하의 경험을 중심으로, 자식을 잃은 후 돈을 벌기 위해 한국에 입국한 홍지하의 친구 최인규 부부의 한국 체험을 통해 조선족 정체성 문제를 구체화하고 있다. 따라서 이 작품에는 허련순이 이 시기 한국 체험을 통하여 갖게 된 조선족의 이중정체성에 관한 시각이 분명히 드러난다.

『바람꽃』에서 한중수교 이후 한국 사회에서 조선족들이 경험하는 차별과 한국인들의 배금주의가 지닌 문제점 등은 홍지하의 경험으로 구체화된다. 홍지하는 한국에 입국하자 자신보다 먼저 한국에 와 있는 최인규의 숙소에서 머물면서 아버지의 가족을 찾는다. 그러나 홍지하의 아버지가 일제 말기에 징병되어 만주로 떠난 후 할아버지가 고향을 떠나버린 탓에 가족 찾기가 어려워져 한국 체류 기간이 천연되자 최인규의 아내 지혜경이 근무하는 공사현장에 나가 막노동을 하게 된다. 공사현장에서 홍지하는 한국인 사장에게 비인간적인 대우를 받으면서도 묵묵히 일하는 조선족들을 보며 점차 조선족이 처한 현실에 눈을 뜨게 된다. 결국 홍지하는 조선족들에게 폭언과 폭력을 일삼는 사장에게 대들고는 대한민국에 조선족 일자리가 "쩨구비렸다"는 말을 남기고 공사현장을 떠난다. 이는 조선족들이 잠깐 동안의 일자리 공백조차도 두려워서 사장의 비인간적인 대우를 감내하지만 조선족의 손이 필요한 일자리가 너무나 많아 조선족이 강하게 대들 수도 있다는 아이러니한 현실에 대한 정확한 인식이기도 하다. 공사현장을 떠난 홍지하는 돈을 벌기 위해 배를 탔다가 조선족이라는 이유만으로 멸시하고 비인간적으로 대하는 동료 오두석과 주먹 싸움을 벌인다. 오두석이 "개새끼…… 강제 출국시킬 거야…… 불법체류하는 주제에…… 사람까지 때려……"[13]라고 고함 지르자 홍지하는 극도로 흥분하여 그를 처절하게 구타하여 그의 차별 의식을 잠재워버리고, 이후 친하게 지내게 된다. 이러한 홍지하의 행동과 그에 대한 한국인의 반응은 조선족들이 한국에서 경험하는 각박한 현실과 차별을 감

---

13 『바람꽃』, 190쪽.

내하는 것이 돈을 벌어야만 하는 현실과 불법체류하고 있다는 약점 때문이라는 현실인식을 분명히 보여준다.

홍지하는 한국에서의 체험을 통하여 조선족에 대한 차별이 갖는 문제점을 깨닫는다. 홍지하가 공사현장에서 사장에게 대드는 방식이나 오두석과의 주먹다짐은 한국인과 조선족 사이에 새로운 갈등을 일으킬 위험한 대응 방법이지만 그는 이러한 경험을 통하여 조선족 정체성에 대한 새로운 인식에 도달한다. 그 결과 홍지하는 조선족 불법체류자에 대한 비인간적인 연행과 강제 출국 정책을 비판하는 글을 신문에 발표하고, 기자와의 인터뷰에서 조선족 차별이 갖는 문제점을 분명하게 지적하게 된다.

> "선생은 자기 글에서 동포를 박대하는 민족이라고 한국 정부를 비난했는데 그 이유를 요약해서 말해줄 수 없습니까?"
> 이 물음에 홍지하는 가슴이 격해짐을 느꼈다. 그러나 애써 흥분을 누르면서 부드럽게 말했다.
> "바로 중국동포에 대한 한국 정부의 차별대우입니다. 재미동포와 재일동포들은 마음대로 출입국을 할 수 있는데 중국동포만은 왜 제한합니까? 그들은 잘살고 우린 못살기 때문이죠, 그렇죠?"
> 기자는 웃기만 하고 대답을 하지 않았다.
> "70년대와 80년대에 스스로 이민을 떠난 재미동포들과는 달리 중국동포들은 나라가 없고 또 나라를 지켜주는 이가 없을 때 살 길을 찾아 고국을 떠났다가 조국을 찾기 위해 항일투쟁에 뛰어들었던 투사들과 그 후손들입니다. 한국이 이들을 못산다고 냉대할 수 있습니까?"[14]

조선족은 일제강점기에 살길을 찾아 중국으로 건너간 조선인들의 후예이

---

14 『바람꽃』, 157쪽.

다. 조선족들은 돈을 벌기 위해 부모의 고향으로 돌아왔지만 재미교포나 재일교포에 비해 상대적으로 박대를 받는다. 한국의 입장에서는 법적인 하자가 없이 한국에 들어와 생활하고 있는 재미교포나 재일교포와 비합법적인 체류를 하고 있는 조선족을 동일하게 대할 수 없는 것은 당연하다. 그러나 조선족들이 자신들도 재미교포나 재일교포처럼 동일한 재외동포로 취급해 집중 단속이나 강제 출국과 같은 물리력 행사를 자제해줄 것을 요구하는 것도 어느 정도 타당하다. 이 시기 재미교포나 재일교포에 비해 중국이나 구소련 지역의 동포들을 차별한 것은 '재외동포의 출입국과 법적 지위에 관한 법률(이하 재외동포법)'이 재외동포를 대한민국 수립 후에 해외 이주한 동포와 그 후손으로 한정하여 일제강점기에 이주하여 공산국가에 거주하는 재외한인에 대한 고려가 없었던 결과이다. 이러한 제도적인 차별은 참여정부 시기에 재외동포법이 개정[15]됨으로써 사라져, 조선족들이 한국 사회에서 생활하는 데 있어 법적인 제약은 해소된다.

홍지하가 차별과 박대에 시달리는 조선족의 현실을 논리적으로 접근하며 조선족 정체성 문제를 제기하고 있다면 그의 친구 최인규 부부는 한국에서의 삶을 통해 조선족 정체성을 체득한다. 공사현장에서 막노동을 하다가 크게 다친 최인규는 아무런 보상도 받지 못하고 아내의 도움으로 병원 신세만 진다. 방값과 병원비를 감당하기가 버겁던 아내 지혜경은 사장의 꼬임에 빠져 아이를 낳아주기로 하고 병원비를 도움받는다. 그러나 결국 사장이 변심하고, 남편은 이 사실을 알아버리고, 아이를 지울 수도 없게 된 지혜경은 사면초가의 상황에서 자살을 선택한다. 아내의 자살에 분노한 최인규는 사장

---

15 2001년 11월 재외한인을 거주국별로 차별한 재외동포법은 위헌이라는 헌법재판소의 판결이 있었고, 2004년 3월 5일 재외동포법이 개정되어 해외 이주 시점에 따라 외국 국적 동포를 차별하는 조항이 폐기된다.

을 찾아가 협박하여 위자료를 받아서 홍지하에게 진 빚을 갚고 아무도 모르는 곳에서 자살하고 만다.

병원비가 없어서 아들을 떠나보낸 후, 원수 같은 돈을 벌어보려 한국에 건너와 악착같이 막노동 현장에서 일하던 최인규 부부는 돈이 절대적 가치를 갖는 한국 사회에서 차별과 비인간적인 대우에 시달리다 죽음으로 내몰리고 만다. 이러한 극단의 체험을 한 최인규는 조선족과 한국인을 '인간 중심적/금전 중심적'이라는 이항대립적으로 인식하고 조선족 정체성을 확립하기에 이른다.[16] 최인규가 인식한 조선족 정체성은 홍지하에게 남긴 유서에 잘 드러난다.

> 내 부탁은 너 여기에 더 머물지 말고 어서 널 키워준 고향으로 가라! 고향은 의복과 같은 거야. 비바람과 추위를 막아주면서 너를 보호해주는 것이야. 난 죽을 때 고향을 향해 머리를 놓겠다.
> 기억하라. 사람은 재물에 죽고 새는 먹이 때문에 죽는다는 것을……[17]

최인규는 각박한 한국 체험을 통해 자신이 태어나고 자란 고향인 중국이야말로 자신을 보호해줄 공간이라는 인식에 다다른다. 이는 이중정체성에 고민하던 조선족이 민족정체성보다 국민정체성을 중시하게 된 것이며, 경제적으로는 부유하나 윤리적으로 타락한 한국 사회에서 한국인들과 같이 추악해지기보다는 가난하나마 인간으로서의 순수성을 지켜야 한다는 깨우침이기도 하다. 홍지하는 최인규의 유언에 담긴 정체성 인식에 수긍하여, 재산 상속 문제로 남편과 아버지의 존재를 인정하지 않는 한국의 핏줄들의 존

---

16 조선족들의 이 같은 이항대립적 인식에 따른 조선족 정체성 확립에 대해서는 최병우, 「조선족 소설과 민족의 문제」, 앞의 책, 204쪽 이후 참조.

17 『바람꽃』, 270~271쪽.

재를 무시하고 아버지의 고향 근처에 유골을 뿌린 후, 한국에서 겪은 수모와 박대와 차별과 방황을 뒤로하고 자신의 고향인 중국으로 되돌아간다. 이는 아버지 또는 할아버지 세대에 고향을 떠나 이미 '바람꽃' 같은 존재가 된 조선족들이 보호를 받고 살 수 있는 곳은 자신들이 뿌리내려진 조국 중국일 수밖에 없다는 인식이다.

『바람꽃』에 나타난 이러한 조선족 정체성의 확인은 사회적으로나 법적으로나 재외동포인 조선족을 차별하는 한중수교 직후 한국 사회에서 조선족이 경험하는 정체성 수립의 한 양상일 수 있다. 최인규의 정체성 인식은 이 시기 조선족들이 지닌 정체성에 대해 문화인류학적으로 접근한 유명기가 지적한 한국 사회 정착형, 개인주의형, 국민의식의 강화형[18] 중 후자에 해당한다. 이는 꿈과 희망을 가지고 찾아온 모국에서 차별과 박대와 비인간적 대우를 받다가 강제 출국이나 죽음으로 내몰려본 조선족의 처절한 정체성 인식이다. 이런 점에서『바람꽃』은 한중수교 직후 재외동포와 이주민에 대한 배려가 존재하지 않던 한국 사회에서 작가 허련순이 한국과 한국에 체류하고 있는 조선족들의 삶을 체험하면서 도달하게 된 조선족 정체성에 대한 인식을 전형적으로 보여준다.

3. 정체성 혼란과 파멸 그리고 구원

한국 유학을 마친 허련순은 2003년부터 2004년에 걸쳐『장백산』에 장편

---

18 유명기, 「민족과 국민 사이에서 : 한국 체류 조선족들의 정체성 인식에 관하여」, 『한국문화인류학』 35-1, 한국문화인류학회, 2002, 87~93쪽.

소설『나비의 집』을 연재한다. 허련순이 유학하던 2000년대 초까지는 한국 사회의 이주노동자에 대한 처우나 인식이 상당히 부정적인 시기였다. 한국에 이주노동자들이 이입되기 시작한 것은 노동자 대투쟁이 있었던 1987년 이후이다. 제도적 장치가 마련되지 않은 시기에 외국인 노동자들이 한국의 노동현장에 등장하였고 이후 임시방편적으로 산업연수 제도와 같은 법적인 장치를 마련하였으나, 불법체류자가 급속히 증가하여 2002년에는 308,165명[19]에 이르러 한국 정부는 불법체류자에 대한 단속을 강화하였다. 그러나 국내 노동력이 부족한 현실에서 외국인 노동자의 고용과 체류를 제도적 틀 속에서 관리해야 할 필요성이 증가하여, 노무현 대통령 시대에 들어서자 종래의 규제 위주에서 개방과 통합의 이민 행정으로 전환한다.[20] 이러한 정책의 전환에 따라 재외동포법이 개정되고, '재한 외국인 처우 기본법'이 제정되어 조선족을 비롯한 재외한인들과 이주노동자와 결혼이주여성들의 출입국이 이전에 비해 비교적 자유로워지고, 재한외국인의 인권이 존중되는 방향으로 개선되어 진정한 다문화사회를 지향하게 된다.

허련순의『나비의 집』은 한국에서 조선족을 비롯한 이주민들에 대한 제도적 장치가 마련되지 않아 차별이 박해가 잔존하는 시기에 씌어졌다. 조선족들은 합법적인 한국 이주가 쉽지 않아 밀항으로 한국으로 이주해 불법체류를 감행하기도 하였다.『나비의 집』은 한국으로 밀항을 시도하는 조선족들이 낡은 어선의 선창에 숨어 한국 영해까지는 오나 상륙에는 실패하고, 대부분의 밀항 시도자들이 한국 해양경찰에 발견되기 전에 선창에서 죽음을 맞이하는 비극적 사건을 소재로 하고 있다. 이 작품에 등장하는 인물들이 중국

---

19 김원숙, 「우리나라 이민정책의 역사적 전개에 관한 고찰」, 『IOM 이민정책연구원 워킹페이퍼』 2012-4호, IOM 이민정책연구원, 2012, 17쪽.
20 위의 글, 같은 쪽.

에서의 생존이 너무나 힘들어 희망을 찾아 한국행을 시도하였다가 비극적 최후를 맞는 과정은 정체성 혼란으로 고통 받고 그로부터 벗어나려 애쓰다 결국 파멸하는 인간의 모습을 보여준다.

이 작품에 등장하는 인물들은 불안 속에서 밀항에 성공한 뒤의 새로운 삶을 기대하면서 낡은 선창 속 비인간적인 상황에서 자신의 과거를 회상하고, 또 다른 사람들과 과거사를 나눈다. 이 작품에 등장하는 인물은 안세희, 송유섭, 쌍희, 왕청 여자 말숙, 안도 부부, 채숙, 미자 등 적지 않지만 작품 전체의 사건을 제시하고 작품의 주제를 드러내는 초점주체는 안세희와 송유섭이다. 이 두 인물의 과거 회상과 그들에 대한 서술이 작품의 스토리 라인을 형성한다. 이렇듯『나비의 집』은 현재 사건의 서술보다는 과거 사건에 치중하는 교차시점을 사용하여 조선족 정체성과 함께 가족정체성과 여성정체성[21] 등 작가가 주제화하고자 하는 바를 형상화하고 있다.

『바람꽃』이 조선족 정체성을 주제로 다루나,『나비의 집』에는 이 주제가 전경으로 부각되지는 않는다. 한국으로의 밀항을 꿈꾸는 이들의 그간의 삶은 신산하고 각박했고, 그들은 한국행을 통하여 현실의 어려움이 극복될 수 있으리라는 막연한 꿈을 갖고 있다. 예컨대 말숙은 아들이 폭력과 살인으로 구금되었다가 돈 있는 친구들은 풀려나고 혼자만 옥살이를 하던 중 살인의 책임을 뒤집어쓰고 사형당하자 한국으로 밀항을 감행했고, 벌써 세 번째 밀항이지만 이번에 또 실패해도 언제까지든 밀항을 시도하려 한다. 그녀는 돈이

---

21 가족정체성은 한 개인이 부모나 자식 그리고 가문 등과 관련하여 갖게 되는 정체성을, 여성정체성은 여성으로서 갖게 되는 정체성과 여성으로서의 정체성을 지키려는 의식적 행위를 의미한다. 이들은 한 개인의 정체성을 형성하는 데 매우 중요한 조건으로 작용한다. 가족정체성, 여성정체성 등의 용어는 클레르 페케테,「태어날 때 성별 부여하기」, 미셸 세르 · 실비 그뤼스조프 외 9명, 앞의 책, 96~97쪽과 미셸 세르,「약간의 철학」, 위의 책, 146쪽 이후를 참조함.

없어 아들이 사형당한 중국에 환멸을 느꼈고, 포원이 진 돈을 벌기 위해 한국에 가야만 한다. 이렇듯 밀항선을 탄 인물들은 각자 다른 아픈 사연을 가지고 한국행을 선택하였다. 그러나 이들의 한국행은 조선족 정체성 인식과는 무관한 현실적 삶의 문제일 뿐이다. 그들이 새로운 삶을 위해 모국으로 찾아가고 선창에 갇혀 밀항이 성공하기를 기다리지만 한국을 체험한 적이 없기에 민족정체성이나 국민정체성이란 한낱 허울 좋은 이야기일 뿐이다.

『나비의 집』에는 가족정체성이 핵심적인 주제로 등장한다. 조실부모하고 조선족 집안에 양자로 들어가 양아버지의 폭력에 시달린 한족 쌍희, 혼자 키우던 아들 하나가 가난 때문에 사형당한 후 삶의 방향을 상실한 말숙, 어린 시절 문화대혁명으로 가족 해체를 경험한 세희, 고아로 태어나 두 번이나 양부모 밑에서 자란 유섭 등 이 작품에서 과거사가 소개된 모든 인물이 가족 해체를 경험하고 있다. 이들 중 유섭의 삶은 가족정체성의 혼란을 극적으로 보여준다.

유섭은 열 살이 되기 전에 어머니가 떠돌이 화가와 눈이 맞아 가출하고 아버지도 집을 떠나버린다. 홀로 남은 유섭은 부모가 돌아오기를 기다리지만, 옆집 영구 아버지는 유섭을 버린 부모가 친부모가 아니니 기다리지 말라 타이르고, 외아들을 잃은 윤도림에게 양자로 보낸다. 자신의 친부모로 알았던 부모가 집 앞에 버려진 자신을 거두어 키운 것임을 알았을 때, 유섭은 엄청난 정체성 혼란을 느낀다. 더욱이 윤도림을 아버지로 모시기로 하고 그의 집에 갔을 때 새어머니가 수시로 자신과 죽은 아들 송철과 혼동하자 유섭은 더더욱 자신의 정체성에 대한 심각한 혼란을 경험한다.

문화대혁명의 와중에 유섭은 아버지가 목사라는 이유로 학교에서 비판 대상이 되고, 외톨이 신세로 전락한다. 고아였던 자신이 빈농의 자식으로 성장하였는데 키워준 부모가 자신을 버린 후 새로 맞은 양부모의 성분 때문에 비판과 모멸을 당해야 하는 유섭으로서는 자신의 정체성에 대한 혼란과 현실에 대한 불안이 크게 교차하여 현 상황으로부터 탈피해야 한다는 강박관념을 갖게 된다.

> 유섭은 학교에서 받았던 정신적 고통 때문에 농촌에 내려간 다음에는 이력서에 아버지, 어머니의 이름을 써넣지 않았다. 그저 고아라고만 적어 놓았다. 이때부터 유섭은 다시 고아가 되었다. 윤도림 아저씨한테는 미안했지만 그는 중국공청단에 들어가고 싶었고 중국 인민해방군 전사가 되고 싶었다.
> …(중략)…
> 그 이듬해 징병 모집 때, 그는 입대를 신청하였다. 신분이 고아였으므로 농촌 빈하중농들의 동정과 신임을 한몸에 지니고 추천을 받았다. 그는 영예롭게 중국 인민해방군 전사가 되었다. 윤도림 아저씨를 배신한 영예이기도 했다. 그런데 두 달도 못 되어 신분을 속이고 고아로 가장했던 일이 탄로나 그는 다시 원래의 농촌마을로 돌아오게 되었다.[22]

하향되어 농촌에서 생활하던 유섭은 자신의 원래 신분인 고아라는 사실을 이력서에 기록하여 인민해방군에 입대하나, 목사 윤도림의 양자라는 사실이 드러나 다시 농촌으로 하향되고, 주변 사람들로부터 배은망덕한 인간이라는 힐난까지 받게 된다. 자신의 정체성에 대한 불안과 미래에 절망감에 시달리던 유섭은 저수지에 뛰어들어 자살을 시도하지만 저수지 관리인의 도움으로 삶을 되찾고, 그의 조언에 따라 문인이 되고 그의 딸과 결혼한다. 그러나 그의 아내는 건강이 나빠져 아이가 여덟 살 때부터 병원에서 살다시피 한다. 원고료 수입으로 병원비와 생계를 감당하기에는 턱에도 닿지 않자 유섭은 돈 되는 일은 닥치는 대로 했지만 7년 만에 아내가 죽자 아이만 남겨

---

22 『나비의 집』, 204쪽.

두고 한국행을 시도한다. 유섭의 한국행은 정체성의 혼란이 평생의 짐이 되어 삶이 막다른 길에 이르자 새롭게 삶을 시작해보려는 몸부림에 해당한다.

세희는 문화대혁명으로 아버지와 어머니가 반혁명이라는 누명을 쓰고 투옥되자 여섯 살 나이에 송고래에 있는 큰아버지 댁에 맡겨진다. 혁명의 와중에 가족 해체를 당하여 큰아버지 집에서 생활하는 동안 세희는 고통스러운 시간을 보낸다. 큰아버지는 세희를 사랑하지만 만나기 어렵고, 큰어머니는 가난한 살림에 입 하나 붙어서 노골적으로 미워하고, 큰오빠는 별 관심도 보이지 않고, 작은오빠는 낮에는 이것저것 온갖 일을 시키고 밤에는 자신의 성기를 만지게 한다. 또 동네 아이들은 반혁명분자 자식이라고 함께 어울리지 못하게 하고 심지어 갖은 방법으로 괴롭힌다.

어느 날 동네 아이들이 세희 옷 속에 지렁이를 넣었을 때, 공포에 사로잡힌 그녀에게 다가와 지렁이를 꺼내준 착한 눈을 가진 아홉 살짜리 소년이 유섭이었고, 둘은 유섭의 부모가 그를 버리고 떠나고 윤도림에게 양자로 가게 되는 짧은 기간 동안 행복한 시간을 가졌다. 세희에게는 가족 해체로 고통받을 때 자신에게 온정을 베푼 유섭이 잊지 못할 존재로 남아 있고, 송고래에서 유섭과 보낸 시간은 세희의 마음속에 원초적인 아름다움의 기억으로 남아 있다. 마찬가지로 유섭에게도 자신을 거두어준 부모 품에서 자라던 송고래마을에서의 어린 시절은 행복한 시간으로 기억되고 있다. 더욱이 아홉 살 되던 해 자기 마을에 내려온 여섯 살 난 도시 소녀 세희와 함께했던 기억은 가족정체성이 혼란을 일으키기 이전의 아늑하고 행복한 시공간으로 존재한다.

유섭이 사라진 후, 세희는 다시 부모님의 손으로 돌아가지만 그녀에게 끝없는 사랑을 베푼 아버지가 혁명 중에 당한 고초의 후유증으로 죽고, 어머니가 아버지의 친구와 육체적인 관계를 갖는 사실을 알게 되자, 세희는 어머니품을 떠나 이모네로 옮겨 간다. 경제적으로 여유가 있고 평화로운 이모 집에서 안정적인 시간을 보내기는 하였지만, 아버지같이 따르던 이모부가 세희를 범하고는 죄책감에 자살을 하자 세희는 남모르는 비밀을 갖고 다시 어머니에게 돌아온다.

어린 시절 작은오빠에게 당한 성추행, 사춘기에 경험한 어머니의 불륜 목격, 이모부에게 당한 성폭행 등은 세희에게 커다란 정신적 외상으로 남아 남녀 간의 사랑을 믿지 못하면서도 완전한 사랑을 찾아 헤매는 이중적인 여성 정체성을 드러내 보인다.

사랑을 믿지 않으면서도 사랑을 찾아 무수히 헤맸던 그녀는 결혼을 세 번 하고 세 번 헤어졌다. 사랑에 대해 냉소적인 것, 이것이 그녀가 인간을 사랑하는 방식이었던 것 같다. 결혼은 왜 그렇게 쉽게 하는 거냐? 어머니는 그녀가 너무 쉽게 남자를 사귄다고 나무랐다. 왜 쉽게 헤어지냐가 아니라 왜 쉽게 만나느냐고 묻는 걸 보면 어머니는 그녀가 남자와 헤어지는 것보다 만나는 것이 더 싫었던 것 같다.[23]

그녀는 주체적으로 남자를 선택하고, 사랑하고, 그와 진정하고 완전한 사랑을 나눌 수 없다고 판단되면 이별을 선언하고 만다. 자식이 있는 상태에서 남자에게 만족하지 못해 결별하고, 뱃속에 아이를 가지고도 이 남자는 아니라고 생각되면 이별하여 아버지가 다른 두 아들을 갖게 되지만 새로운 안식처를 찾아 나선다.[24] 세희는 여성정체성을 찾기 위한 도정을 계속하다가 돈

---

23 『나비의 집』, 20쪽.
24 이는 『바람꽃』에서 최인규의 아내 지혜경이 남편의 병원비를 벌기 위해 씨받이가 되었으나 남편이 그 사실을 알게 되자 자살하는 것이나, 홍지하의 아내 고애자가 남편이 감옥에 있는 동안 한국 남자와 육체적 관계를 맺었다가 남편이 알게 되자 이혼당하는 것과는 크게 다르다. 이러한 여성정체성에 대한 변화는 허련순이 한국

을 벌어 새로운 삶의 돌파구를 마련하기 위하여 아들 둘을 중국에 두고 혼자서 한국으로의 밀항을 감행한다. 세희의 남성 편력은 세상 사람들에게는, 그녀의 어머니가 말하듯, 성적 방종에 지나지 않는 것으로 이해될 것이다. 그러나 세희에게는 자신이 갈구하고 있는 진정한 사랑을 만나는 것이 삶의 목표이기도 하다. 여성으로서 자신을 진정 이해하고 편안한 안식처로 느껴지는 사랑의 대상을 만나는 일은 그것이 '나비의 집'처럼 현실에 존재하지 않는 것이라 하더라도 찾아 헤맬 수밖에 없다. 그것은 성적인 정신적 외상을 경험한 여성이 자신의 여성성을 찾으려는 고통스러우면서 진정한 노력인 것이다.

가족정체성의 혼란으로 시련을 겪고 피폐한 삶을 살아온 유섭과 가족 해체의 기억과 성적인 정신적 외상으로 아픈 시간을 보내고 여성정체성을 찾기 위하여 방황하는 삶을 산 세희가 최종적으로 선택한 것은 자신을 극단으로 몰아세운 중국을 떠나 한국으로 건너가 새로운 삶을 모색하는 일이었다. 그들은 불안한 마음을 걷어내지 못하면서도 낡은 어선의 선창으로 들어가 새로운 미래를 꿈꾸었다. 그러나 한국 영해로 들어온 배는 며칠 동안 꼼짝도 않고, 물도 식량도 공급되지 않아 선창의 사람들이 하나둘씩 죽음에 이른다.

세희는 밀항선에서 유섭을 처음 본 순간 어디서 본 듯하다는 인상을 받았고, 힘든 삶을 꾸려가던 시기에 신분을 밝히지 못할 상황에서 세희를 만나 부끄러운 짓을 한 기억을 가진 유섭은 첫눈에 세희를 알아보았지만 모르는 척한다. 그러나 밀항이 실패한 것이 분명해진 순간 유섭은 세희에게 송고래에서의 일을 이야기한다. 이때 세희와 유섭은, 자신들의 기억 저 멀리, 수십

___

유학 기간 동안 페미니즘에 대해 깊은 이해를 갖게 된 사실과 연관하여 이해할 수 있을 것이다.

년의 시간 저편의, 송고래에서 아름다웠던 만남을 서로가 소중히 간직하고 있었음을 알게 된다. 그들이 진정 찾아 헤매던 '나비의 집'이 유년기의 순수하고 아름다웠던 그 시공간이었음을 깨달은 세희와 유섭은 죽음의 순간이 다가오자 비좁은 선창이지만 나란히 누워 손을 꼭 잡고 마지막 시간을 기다린다.

세희와 유섭은 가족정체성과 여성정체성의 혼란으로 힘든 삶을 살면서 현실에 존재하지 않는 이상을 꿈꾸며 살았지만, 결국 죽음이라는 파멸의 순간에 만난 유년기에 체험한 아름다운 시공간은 그들이 평생을 갈구했던 바로 그것이었다. 밀항이 실패하고 한국 해양경찰이 그들이 숨어 있는 배의 선창을 열 때 유섭은 행복한 표정으로 죽음을 맞이하고, 세희는 실낱같은 숨이 붙은 상태에서 유섭이 아직 살아 있다고 울부짖는다. 가족정체성과 여성정체성의 혼란으로 삶이 황폐해지고 그것을 극복하기 위하여 평생을 고통스럽게 찾아 헤매던 자기정체성이 이렇게 죽음의 자리에서 두 사람이 만남으로써 그들 앞에 비극적으로 현실화된 것이다.

4. 정체성 파탄의 대안으로서 사랑

『바람꽃』에서 조선족의 이중정체성을, 『나비의 집』에서 가족정체성과 여성정체성을 다루었던 허련순은 10년이라는 시간이 경과한 2014년 정체성 혼란의 다양한 양상들을 다룬 『중국색시』를 『연변문학』에 연재한다. 2004년 3월 재외동포법이 개정된 후 조선족의 한국행은 비교적 자유로워지고 한국에서의 생활 역시 불안의 요소가 크게 사라졌다. 그러나 조선족에게 한국은 아직도 기회의 땅이면서 차별의 공간임은 변함이 없다. 중국의 경제력이 세계 2위라는 지위에 올라서기는 하였지만, 아직 중국의 일반인들에게는 한국에 와서 돈을 버는 것이 경제적인 어려움을 해결하는 좋은 방법이어서 한국에 입국한 조선족의 대부분은 한국인들이 기피하는 노동으로 생계를 유지하고 있고, 한국인들의 조선족에 대한 차별 의식도 크게 변화하지 않았기 때문이다.

허련순은 현재 한국 사회에서 조선족이 처한 현실과 조선족이 갖는 정체성을 소설화하기 위하여 한족 아버지와 조선족 어머니 사이에서 태어난 조단이라는 여성을 주인공으로 설정한다. 단이의 아버지는 한족으로 조선족과 결혼하기 위하여 갖은 노력을 다해 중농의 딸인 단이 어머니와 결혼하였으나, 문화대혁명 시기에 처가의 성분 문제로 비판을 받고 또 아내가 딸을 낳자 아들을 얻기 위해 집 밖으로 나돈다. 단이는 한족과 조선족 사이에서 태어나 조선족 어머니 밑에서 조선말을 배우며 조선족으로 성장하였지만 늘 자신의 정체성은 위협받는다. 단이는 중국 국민이지만 어린 시절부터 친구들에게 혼혈이라는 이유로 놀림을 받아 정체성에 혼란이 일어난다. 친구들에게 놀림받는 것이 싫어서 단이는 학교가 파하면 친구들이 집에 돌아간 뒤 혼자 귀가하려고 화장실에 숨어 있다가 나오곤 한다.

> 일부 짓궂은 아이들은 화장실에까지 쫓아와서 놀려대군 했다. 상황에 따라서 그를 놀려주는 말은 조금씩 달랐다. 한족아이들 "꼬리빵즈"라고 놀렸고 조선족 아이들은 "산동빵즈"라고 놀렸다. 그리고 조선족 아이들과 한족아이들이 섞여 있을 때는 조선족 아이들은 "짜구배"라고 놀렸고 한족아이들은 "얼찬즈"라고 놀렸다. 아이들은 늘 그녀를 다르게 보았지만 그녀 자신은 그렇지 않았다. 조선족 아이들 속에서는 자신이 한족이라는 생각을 가지지 않았으며 한족들 속에서는 조선족이란 생각을 가지지 않았다.[25]

---

25 『중국색시』, 78쪽.

단이는 주변 사람들이 자신을 자기들과는 다르다고 생각하고 대하기 때문에 정체성 혼란에 시달린다. 단이는 한족 사이에서는 자신을 한족이라 생각하고 조선족들과 어울릴 때는 자신을 조선족이라 생각하는 민족정체성의 혼란을 겪는다. 아버지의 무관심 속에 조선족 어머니의 지극한 사랑을 받고 자란 단이는 조선족 정체성이 강화되었지만 조선족들이 자신을 완전한 조선족으로 인정해주지 않는 것은 커다란 상처로 자리 잡는다. 더욱이 단이로서는 집을 나가 떠도는 아버지가 집에 돌아와 싸울 때 언제나 부모들이 "꼬리빵즈", "산동빵즈"라고 상대 민족을 폄하하는 말을 하여 신경을 건드리고 결국 폭력으로 이어지는 것은 견디기 어려운 일이었다.

아버지의 방황으로 외로움을 견디지 못한 어머니가 단이네 학교 체육 선생님과 육체적인 관계를 가진 것을 안 아버지는 집에 와서 단이 앞에서 어머니와 무섭게 싸우다가 꼬리빵즈라 그렇다는 말로 모욕을 준다. 이 일로 단이에게 부끄러운 어머니는 자살을 하고, 아버지는 뇌성마비 환자인 이복동생 찬이를 데리고 집으로 돌아온다. 그리고 얼마 있다가 찬이의 친어머니인 한족 아줌마까지 들어와 살게 되면서 잦은 충돌이 일어난다. 새어머니와 부딪히기 싫어 집 밖으로 나돌던 단이는 자신의 대학 진학 문제로 아버지와 새어머니가 크게 충돌하는 것을 보고는 결국 집을 나오고 만다. 단이는 더 이상 중국에서 사는 것이 괴롭고 중국에서는 자신의 정체성을 찾을 수 없다는 생각에 한국 남자와 결혼하여 한국으로 이주할 생각으로 국제결혼 상담소를 찾고, 열몇 살이나 많은 김도균이란 남자를 만나 결혼한다.

이주 절차를 마치고 한국에 들어온 도균과 단이는 도균의 부모님이 물려준 강원도 평창에 있는 여관에서 생활하지만, 도균은 결혼하기 전까지는 순수함을 지키겠다는 약속을 지켜 각 방을 쓴다. 여러 수속을 밟는 두 달 정도의 시간이 지난 후, 작은 교회에서 도균의 외숙모와 친구 경석만이 참석하여 단출한 결혼식을 치른다. 결혼식이 끝난 후 외숙모와 경석과 함께한 자리에서 외숙모가 단이를 중국색시라 부르자 도균과 단이의 마음이 불편해진다.

> 남자가 다른 사람들의 시선을 의식하는 듯 민감하게 주위를 둘러본다. 단이도 덩달아 주위를 살피게 되었다. 중국에서 왔으니 중국색시라고 해도 마땅하겠지만 이곳에서 듣는 중국색시란 이름은 왠지 거슬렸다. 꼭 차별 당하는 것 같은 느낌이 들었다.
> 한국의 정서에는 충주에서 오면 충주댁이라고 하고 원주에서 오면 원주댁이라고 부른다고 하지만 왠지 중국색시라는 호칭은 지역적인 의미 외에도 또 다른 의미가 덧칠되어 있는 것 같았다. 뭐라 형언하기 어렵게 묘한 기분이 들었다. 솔직히 요즘 누가 결혼하는 여자를 보고 충주색시나 원주색시라고 부르는가. 가령 그렇게 부른다고 해도 주위의 시선을 의식할 필요는 없었을 것이다. 하지만 외숙모가 단이를 중국색시라고 떠들 때마다 남자는 불편한 기색이 확연했다.[26]

중국에서 온 새댁이라는 뜻에서 중국색시라는 말은 차별 의식이 배어 있지 않은 언어적 관습인 듯하지만 결혼이주여성이라는 차별을 전제한 말이기도 하다. 외숙모가 어떤 생각으로 그 단어를 선택하였든 도균과 단이는 불편하지 않을 수 없다. 단이로서는 중국색시라는 말이 어려서부터 정체성 혼란에 시달리던 떳떳하지 못한 과거를 떠올리게 하는 말이어서, 도균으로서는 대학 졸업식 날 교통사고로 부모를 잃고 다리 하나를 잃는 장애를 입어 의식은 항상 사고가 났던 시간에 정지해 있는 심각한 정체성 혼란과 함께 한국 여자와 결혼하기 어려워 친구 경석의 도움으로 조선족인 단이와 국제결혼을 하게 된 불편한 현실을 떠올리게 하는 말이어서 상처로 다가올 수밖에

---

26 『중국색시』, 199~200쪽.

없다.

불편함을 가슴에 묻고 집으로 돌아와 한 방에 든 단이는 도균의 애무에 화려한 첫날밤을 기대한다. 그러나 그가 바지를 벗을 때 한쪽 다리가 없는 것을 알고는 깜짝 놀라 벌레를 털어버리듯 치를 떨며 자리에서 일어나고 그 서슬에 도균이 침대 밖으로 내동댕이쳐진다. 중국에서 처음 만난 날부터 한국에 와서 두 달을 함께 지내는 동안 단 한 번도 도균에게서 장애가 있다는 사실을 들은 바 없는 단이가 이렇게 놀란 반응을 보이는 것은 당연한 것일 수 있다. 그러나 단이의 강한 거부의 몸짓에 대해 장애로 인한 정신적 외상에 시달리는 도균은 매우 격렬한 반응을 보인다. 마음속 깊이 내재해 있던 장애로 인한 정체성의 혼란과 분노가 한꺼번에 폭발한 것이다.

> 그는 상처 입은 짐승처럼 으르렁거리며 구석에 구겨진 채 신음을 하고 있는 여자를 향해 몸을 움직여 갔다. 한손에는 자신을 부끄럽게 하였던 의족을 무기처럼 쳐들고 있었다. 남자는 속으로 부르짖었다. 네가 나한테 준 굴욕과 치욕을 모두 되갚아주고 말 것이야.
> "무섭게스리 왜 이럼까? 이러지 마쇼. 제발…"
> 여자가 두 손을 비비면서 사정했지만 소용이 없었다. 남자는 입귀를 비틀어 트리며 푸르슴한 미소를 내비쳤다. 그리고는 한발로 우악스럽게 여자의 몸을 가로타고 앉았다.
> "감히 네가 날 괴물 취급을 해? 더러운 짱개인 주제에? 어디 괴물한테 당하는 심정이 얼마나 처참하고 슬픈지 내가 그 맛을 보여줄게."
> '더러운 짱개'라는 말을 듣는 순간에 단이는 이미 강을 건넌 느낌이 들었다. 이 사람과는 끝이라는 생각이 들었다. 눈이 따갑고 무릎이 후들거렸다. 어머니를 더러운 '꼬리빵쯔'라고 욕하며 목을 놓이던 아버지의 혼이 살아 돌아온 듯 싶었다.[27]

---

27 『중국색시』, 230쪽.

단이는 자신의 선천적인 정체성 혼란을 회피하기 위해 한국으로 결혼이주를 하였으나, 이곳에서도 자신은 한 남자의 아내가 아닌 중국색시로 명명되고, 남편으로 믿고 따라온 도균은 자신의 장애마저도 감추고 있었다는 사실에 크게 절망한다. 그녀는 장애를 속인 도균을 인정할 수 없어 그를 밀쳤고, 그에 대해 도균이 격렬한 반응을 보여, 단이와 도균은 다시 건너오기 어려운 다리를 건너고 만다. 어린 시절부터 자신의 정체성 때문에 고통을 받은 단이에게 "더러운 짱개"라는 말은 비수처럼 느껴졌을 것이다. 아버지가 어머니에게 던진 꼬리빵즈라는 말은 어머니를 자살로 몰고 간 무서운 말이기도 하였다. 결혼 첫날 밤 도균이 화가 나서 내던진 "짱개"라는 말은 단이에게 다시한 번 자신의 정체성을 생각하게 하고, 오랜 기간 동안 혼혈이라는 이유만으로 당한 질시와 모멸의 기억을 떠올리게 해주었다. 또 장애를 입기 이전과 이후의 자기 사이에 정체성의 혼란이 심하고, 의식이 사고 시간에 정지해 있던 도균으로서도 자신의 장애에 대한 단이의 반응은 용납하기 어려운 일이다. 이 같은 단이와 도균이 범한 상대의 정체성에 대한 공격은 다음 날 아침 단이가 집을 떠나는 것으로 일단락된다.

단이는 도균의 집을 나와 무작정 서울로 향하지만 한국이 초행이어서 길찾기에 애를 먹고, 잠잘 곳이 없어 헤매다가 친절한 조선족 아주머니를 따라 안산으로 가서 티켓 다방 종업원으로 근무한다. 아무것도 모른 채, 자신에게 친절히 대하던 중년 남성을 따라갔다가 성폭행을 당한 단이는 조선족 다방 주인의 만류를 뿌리치고 서울로 올라온다. 서울 이곳저곳을 기웃거리던 단이는 어느 음식점에서 국제결혼을 위해 선보는 자리에서 한 번 만났던 여자를 만나 식당 종업원으로 일한다. 그러나 누군가가 단이를 결혼을 빙자해 불법이주한 여성으로 신고하여 법무부에 구금되었다가, 도균의 보증으로 풀려나와 도균과 함께 살게 된다.

도균의 경제적 사정을 모른 단이가 아버지의 임종을 위해 남편이 마련해 준 큰돈을 들고 중국에 갔다 돌아오니 남편은 채무로 여관을 남의 손에 넘기고 잠적해버렸다. 도균이 짐을 외숙모 집에 맡긴 것을 안 단이는 그곳에서 1년에 가까운 시간 동안 도균을 기다리지만 한 번 전화 연결만 되었을 뿐 도균의 행방은 묘연하였다. 그러나 도균의 친구인 경석이가 단이의 생계를 도와준 사실을 안 경석의 아내가 결혼이주여성인 단이가 윤락 행위를 한다고 신고하여 재차 법무부에 갇히게 된다. 단이 앞에 나타나지는 않았지만 그녀의 정황을 알고 있었던 도균이 나타나 보증을 하고 함께 이모 댁으로 돌아온다. 도균과 며칠 함께 지낸 단이는 남편과 경석이 자신을 놓고 다툼을 하는 것을 보고는 남편에 대한 미련을 버리고 중국으로 돌아간다. 중국에서 자신만을 기다리고 있는 이복동생 찬이와 뱃속에 들어 있는 도균의 자식을 키우며 새로운 삶을 개척하기로 한 것이다. 이복동생 찬이는 단이 자신의 혼혈 정체성을 떠올리게 하는 존재이고 도균과의 사이에서 태어난 자식은 자신의 정체성 자체를 뒤흔드는 존재이지만 그들을 감싸 안고 새로운 삶을 개척하려는 것은 자기 정체성을 되찾으려는 처절한 노력이기도 하다.

5년의 시간이 지난 후, 도균은 중국으로 단이를 찾아온다. 단이와 도균은 서로 헤어지기는 하였지만, 도균은 단이를 국제결혼 시장에서 만나기는 했어도 그녀를 진정으로 사랑해서 처음 만나 결혼식을 하는 날까지 단이를 위해 각 방을 썼고, 그녀와 헤어져 있는 시간에도 늘 그녀가 어떻게 지내는지를 확인하고 있었다. 단이도 도균이 여관을 정리하고 1년 이상을 떠도는 시간 동안 이모 댁에서 하염없이 도균을 기다렸다. 그들은 이렇듯 서로에 대한 믿음과 사랑이 있었지만, 자신이 가지고 있는 정체성 혼란을 극복하지 못하고, 자기 정체성이라는 울타리 속에 갇혀 있었기에 서로가 서로를 용납하지 못하고 서로를 증오하며 헤어졌던 것이다.

그러나 그들은 5년이라는 긴 이별의 시간 동안 상대방의 단점을 인정하고, 정체성 혼란을 극복할 수 있는 여유를 얻었기에 새로운 출발이 가능해진다. 다시 만난 자리에서 도균은 단이에게 자신의 아픔을 극복하게 해준 「치유」라는 시를 들려준다.

> 나는 당신에게 아무것도 아니지만 당신은 나에게 모든 것이었소 … 나는 아무것도 아니기에 그 모두였고 … 모든 치유는 온전히 있는 그대로 받아들이는 것이고 … 내가 꿈꾸지 못한 당신은 나의 하나뿐인 치유였소."[28]

이 시는 진정 사랑하는 사람들이라면 서로가 서로를 그대로 상대의 아픔까지도 받아들이고 사랑하는 것만이 진정한 치유에 이르는 길이라는 깨달음을 보여준다. 그래서 도균은 단이를 만나 화해를 청하는 자리에서 이 시를 읊어 자신의 마음을 고백한다. 예전에 내가 하는 말에 한 번도 귀를 기울이지 않았다는 단이의 바가지나, 두 사람 모두는 자기정체성이 혼란되고 훼손되어 모두가 아픈 사람이었고 서로 자신의 상처에만 몰두하다 보니 상대의 상처를 들여다보지 못하였다는 요지의 도균의 이야기[29]는 삶의 여러 굽이를 건너 자신과 상대의 정체성을 원만하게 바라보는 성숙한 마음을 가질 수 있게 된 결과이자, 자신을 사랑하듯 상대를 사랑할 수 있게 된 사람만이 도달할 수 있는 자리이기도 하다.

단이와 도균은 정체성 혼란으로 고통을 받고 그들의 삶이 파탄에까지 이르지만 진정한 사랑으로 이를 극복하고 화합에 이른다. 『중국색시』가 보여주는 이러한 정체성 혼란과 극복 양상은 조선족 여성 작가 허련순이 그간 보

---

28 『중국색시』, 579쪽.
29 『중국색시』, 581쪽.

여주었던 여성정체성이나 조선족의 이중정체성을 벗어나 인간 보편적인 정체성을 제재로 하여 치열한 정체성 혼란과 그로 인한 갈등과 파탄 그리고 그것을 사랑으로 극복하는 결말을 보여준다. 『중국색시』가 보여주는 이 같은 정체성의 혼란과 갈등의 치유 과정은 인간이라면 누구나 가질 수 있는 정체성의 위기를 극복하는 방안을 소설적으로 보여주고 있다.

5. 결론

조선족 여성 작가인 허련순은 정체성을 주제로 작품을 창작하기 위해 국가, 민족, 성과 같은 자신의 정체성과 관련된 요소와 인간 보편적인 가족과 장애에 따른 정체성 등을 제재로 선택한다. 허련순의 『바람꽃』 삼부작은 조선족 나아가 인간이 부딪치는 다양한 정체성을 소설화하고 있다. 허련순은 한국과의 만남을 통하여 조선족 정체성에 관하여 관심을 갖고 『바람꽃』을 쓰기 시작한 후 한국 사회의 변화와 조선족의 의식 변화 과정을 반영한 일련의 삼부작을 통하여 정체성과 관련한 인식을 변화를 보여준다. 『바람꽃』은 이주노동자들에 대한 차별이 심했던 한중수교 직후 조선족들이 한국인들에게서 동포로서의 정도 느끼지 못하고, 또 돈 때문에 엄청난 모멸을 경험하고, 불법체류자로서 법적·제도적 억압을 경험하면서 한민족의 일원이라는 민족정체성보다는 중국 공민으로서 국민정체성이 강화되는 양상을 보여준다.

조선족들의 한국 진출이 급증하여 한국 사회 내에 이주노동자와 조선족의 처우에 관한 비판과 저항이 증대함에 따라 2000년대에 들어서면 정부의 이민 정책이 변화하고 이주민에 대한 제도적 장치를 마련한다. 이러한 시대적 변화를 반영하여 허련순은『나비의 집』에서 한국에서의 새로운 삶을 꿈꾸고 밀항을 하다 죽음에 이르는 인물들을 통하여 정체성의 혼란으로 고통 받고 파멸하는 모습을 보여준다. 이 작품에서 조선족 정체성이 후경화된 것은 이 시기 허련순이 한국 유학을 통하여 조선족의 이중정체성보다 인간의 삶을 규정 짓는 정체성으로 관심이 이동한 결과이다.

재외동포법이 개정되어 재한조선족의 법적인 권리가 보장되고 조선족의 한국 이주가 자유로워진 시기에 허련순은『중국색시』를 발표한다. 이 작품은 한족과 조선족 사이에서 태어나 정체성 혼란을 경험한 여성과 교통사고로 다리 하나를 잃는 장애로 사고 전후의 자기정체성에 혼란을 겪는 남성이 결혼하고 나서도 자신의 정체성 혼란으로 인한 상처에 함몰되어 상대의 아픔을 이해하지 못하고 파탄에 이른 후, 긴 시간 뒤에 사랑의 힘으로 타자를 받아들이는 과정을 보여준다. 정체성의 혼란이 주는 비극성과 그것을 극복하는 대안으로 사랑을 제시한 점이 이 작품의 성과이다.

허련순은『바람꽃』삼부작에서 조선족 여성이라는 자신의 정체성과 관련된 제재를 다루다가 점차 정체성과 관련한 인간 보편적인 주제로 정체성의 외연을 확대해왔다. 중국 소수민족으로 살던 조선족들이 동포의 나라 한국을 체험하면서 인식하는 이중정체성에 치중하던『바람꽃』에서 여성정체성, 가족정체성, 혼혈정체성, 장애정체성 등으로 정체성의 외연을 확장하고 심화해간 것은 작가 허련순이 정체성과 관련하여 긴 시간 동안 경험한 고민의 심도를 느끼게 해준다. 더욱이『바람꽃』에서 조선족들이 중국 공민으로서의 정체성을 강화하게 만드는 한국 사회의 모순을 비판하고,『나비의 집』에서 정체성의 혼란으로 파멸에 이른 인물이 기억해낸 순수한 시공간으로 유년의 기억을 제시하다가,『중국색시』에서는 정체성의 갈등으로 겪게 되는 인간관계의 파탄을 극복하는 대안으로 사랑을 제시한다. 이렇듯『바람꽃』삼부작은 정체성의 혼란이 한 인간의 삶을 고통으로 빠뜨리고 결국 파탄으로 이끌기도 하지만 이 비극을 극복할 수 있는 것은 자신의 고통을 객관화하고 타자의 아픔을 받아들일 수 있는 이해와 관용의 자세 즉 사랑이라는 메시지를 전한다. 이것이야말로 우리 사회와 한 개인에게 주어지는 정체성의 중요성을 인식한 작가 허련순이 개인들이 겪게 되는 정체성 혼란과 파탄의 양상 그리고 그 극복의 방안에 대해 오랜 시간 동안 사색한 결과로 도달한 자리라 하겠다.

사랑과 원초적 생명 의식

리혜선론

사랑과 원초적 생명 의식

리혜선론

1. 서론

리혜선은 조선족 여성 중견작가이다. 1956년에 태어난 리혜선은 고중을 마친 후 집체호 생활을 경험한 문화대혁명 세대로 대학 입시가 부활하자 연변대학 한어문계에서 수학했고, 졸업 후 북경 로신문학원에서 수학하고 연변일보, 길림신문 등 언론사 생활을 하며 꾸준한 소설 창작을 보여주었다. 30년이 넘는 꾸준한 창작 활동을 통해 문예지에 적지 않은 소설과 수필을 발표하여 창작집 두 권과 장편소설 두 편을 간행[1]하였고, 한중수교 이후 한국에 이주한 조선족의 삶을 조사하여 간행한 장편 르포와 조선족 인사에 대한 전기와 아동소설 등 적지 않은 양의 책을 출간하였다. 리혜선은 이러한 창작 활동의 결과로 소수민족문학상, 연변작가협회문학상, 장편공모상 등

---

1   장편소설 『빨간 그림자』(연변인민출판사, 1998), 『생명』(연변인민출판사, 2006), 중편소설집 『푸른 잎은 떨어졌다』(민족출판사, 1990), 중단편소설집 『야경으로 가는 여자』(흑룡강조선민족출판사, 1997) 등. 이하 작품 인용은 '책명, 쪽수'로 밝힌다.

다수의 문학상을 수상하였고, 『정률성평전』으로 2015년 단군문학상과 신생활컵 보고문학상을 수상한 바 있다.

리혜선은 그간 발표한 작품의 양이나 작가로서의 활동에 비해 그 연구는 비교적 소홀한 형편이다. 김관웅, 채미화 등이 평문을 쓴 바 있고 조선족 소설사나 조선족 여성 작가들을 논하는 논문에서 중요하게 언급되기는 하였으나, 본격적인 작가작품론은 최근 발표된 박수현의 논문[2]이 있을 뿐이다. 이 논문은 리혜선 소설의 경향을 나열하는 그간의 연구를 반성하고 리혜선 소설의 저변을 관통하는 하나의 원리로 반근대성을 지적하고 있으나, 초기 소설집 『야경으로 가는 여자』만을 대상으로 하여 그의 소설의 원리로 일반화하기에는 무리가 따른다.

이렇듯 리혜선 소설에 대한 연구 성과는 우광훈, 윤림호, 허련순 등 동년배 작가에 비해 상당히 소루하다. 그의 소설에 대한 연구가 소홀했던 것은 조선족 소설에 접근하는 연구자들의 일반적인 시각과 관련을 갖는 것으로 보인다. 조선족 연구자든 한국 연구자든 과경민족으로서 중국의 소수민족으로 살아가는 조선족의 문학을 바라보는 시각은 조선족의 역사와 현실 그리고 중국 사회의 변화와 한국과의 상황에 따라 변화한 조선족의 삶이 어떻게 문학에 반영되어 나타나는가 하는 사회역사주의에 놓이기 마련이다.

조선족 문학은 문화대혁명, 개혁개방, 한중수교로 이어지는 조선족 사회의 급격한 변화의 영향을 받지 않을 수 없었지만, 리혜선의 소설 속에서 이러한 사회 변화는 외경으로만 존재하고 있을 뿐이고 그의 소설이 지향하는 바는 변하지 않는 조선족 삶의 본질적인 모습이다. 이런 점에서 리혜선의 소

---

2 박수현, 「중국 조선족 작가 리혜선의 소설 연구」, *Comperative Korean Studies*, 23-3, 2015.

설은 소재 차원에서 시대 상황의 변화를 담보하기는 하지만 사회 변화와 관련지어 작품을 해석하기에는 불편한 점이 적지 않다. 리혜선 소설이 갖는 이러한 특성이, 역사적·사회적 조건에 규정된 조선족들의 삶을 통해 자신들의 문학을 해석하려는 조선족 학자나 재외한인 문학이라는 틀에서 조선족 소설을 바라보는 한국 연구자에게, 그의 소설을 연구 대상으로 삼기에 불편함을 느끼게 하였을 것이다.

리혜선은 1996년 11월 연변 문인들과의 대담에서 "문학이 정치를 해석하거나 도덕이나 윤리를 판정하는 것이 아니라 인간의 원초적인 아픔 즉 생명 본체를 그리는 것이므로 문학의 입각점은 원초적인 생명 의식에 두어야 한다"[3]는 주장을 편 바 있다. 이는 작가 스스로 사회주의 리얼리즘이나 삼돌출의 원리와 같은 중국의 전통적인 문학이론을 거부하고 인간의 본원적인 주제를 작품화하겠다는 문학관을 드러내 보인 것으로 그의 소설을 이해하는 중요한 단서가 된다.

본고는 리혜선이 창작 원리로 내세운 원초적 생명 의식이 그의 소설에서 어떻게 구현되고 있으며, 그것이 갖는 의의가 무엇인가를 밝히는 데 그 목적이 있다. 이를 위하여 본고에서는 리혜선이 등단 이후 발표한 소설들에서 일관되게 지향하는 주제적 특성을 몇 가지로 나누어 살피고, 그것을 관통하는 사상적 기반을 해명해보고자 한다.

---

3   김관웅, 「콤플렉스의 마력과 인간의 한계」, 최삼룡 외, 『문학평론선집(20세기중국 조선족문학선집 4)』, 연변인민출판사, 1999, 15쪽 참조.

2. 본원적 고통으로서의 사랑

등단 초기부터 리혜선은 남녀 사이에서 발생하는 사랑의 기쁨과 이별의 아픔이라는 다소 멜로드라마[4]적인 소재를 핵심적인 제재로 사용하고 있다. 문학의 역사는 인간은 누구나 경험하는 오묘한 심리 상태인 사랑의 문제를 천착해온 역사라 할 수 있을 만큼 수없이 많은 작품에서 사랑을 다루었다. 전통적인 남성 중심 사회에서 남녀 간의 사랑은 남성이 주도하고 여성은 순종하는 양상을 보였다. 그러나 사회가 변화하고 평등 의식이 등장하여 남녀가 대등한 사랑을 나누게 되고, 여성 스스로 자신의 삶과 사랑을 결정하는 주체 의식이 등장하여 여성 작가를 중심으로 여성 해방이나 남녀의 평등한 사랑이 강조된다. 사랑을 다루면서 여성의 주체가 강조되는 양상은 중국 현대소설도 마찬가지여서 조선족 문학에서도 여성 작가를 중심으로 남녀 간의 변화된 도덕 윤리 의식을 보여준다.[5]

리혜선은 여성 작가로서 등단 초기부터 여성 문제에 관심을 기울인다. 「눈 내리는 새벽길」[6]에서는 결혼과 기자 생활을 병행하는 옥선은 아이를 낳자는 남편의 생각에 사회적 성취를 못할지 모른다는 위기의식을 느끼나, 취재차 나간 농촌에서 만난 여수의사와 남교사 부부의 행복한 삶을 보고는 사회적

---

4   멜로드라마란 '장애가 많은 연애 이야기'로 '연애담을 통해 사회 관습과의 갈등을 보여주는 서사장르'이다. 대중서사장르연구회, 『대중서사장르의 모든 것 1 – 멜로드라마』, 이론과실천, 2007, 13쪽.

5   채미화는 「녀류작가 창작에 반영된 애정륜리의식」(최삼룡 외, 『문학평론선집(20세기중국조선족문학선집4)』, 연변인민출판사, 1999)에서 조선족 여성 작가들의 소설에 나타난 전통적 윤리의식의 와해와 근대적 윤리의식의 성장 양상을 1990년을 전후한 시기에 발표된 조선족 여성 작가들의 작품을 중심으로 구명하면서 리혜선을 중요하게 다룬 바 있다.

6   『연변문예』, 1984.5.

성취와 가정적 성취를 양립할 수 있다는 생각을 갖게 되는 이야기를 통해 여성의 사회 진출에 대한 긍정적인 시각을 보여준다. 또 「피고진 노랑꽃」[7]에서는 고중 졸업 후 지식청년의 하향 정책에 따라 집체호 생활을 하다가 문화대혁명 이후 처음 실시된 입시를 통해 대학에 들어온 정희와 그녀의 친구들이 졸업을 앞두고 직장 배치 문제로 갈등하는 모습을 통해 여성들의 사회 참여에 대한 갈망과 그 정당성을 소설화하고 있다.

그러나 많은 조선족 여성 작가들이 여성의 주체적인 사랑과 혼인 생활을 강조하여 새로운 사회에 필요한 남녀 간의 도덕과 윤리 그리고 사랑의 문제를 다룬 것과는 달리 리혜선은 점차 사랑의 기쁨과 배신의 아픔이라는 보다 원초적인 주제에 몰두하는 양상을 보인다. 그 단초는 「사과배꽃」[8]에서 보인다. 이 작품의 주인공인 대학졸업반 복실이는 저학년 때부터 학과나 학습반 일로 남학생들과 여러 가지 일들을 해오면서 동료로서 또 친구로서 편하게 지내왔는데 졸업을 앞두고 '남자 친구가 많다', '남학생들을 유혹한다' 등 좋지 않은 소문이 나돌자 부담을 느낀다. 이러한 소문을 저어해서 학습반 동료인 성수와 꽃 피는 사과배 밭에 가서 인부들을 만나 대담하는 답사를 포기하려 했으나, 그런 걸 무어 두려워하느냐는 성수에 이끌려 답사를 갔다가 성수의 여자친구인 순녀에게 애인 있는 남자를 유혹하는 나쁜 여자로 매도당하는 봉변을 당한다. 남녀 간에 친구 사이가 가능한가 하는 대중적인 주제를 다룬 이 작품은 남녀 간의 사랑과 배신 나아가 부부 사이의 위험한 관계를 보여주는 소설의 한 원형이 된다.

이후 리혜선 소설의 대다수는 남녀 또는 부부 사이의 사랑이 파경에 이르

7　『천지』, 1985.1.
8　『천지』, 1986.3.

는 다양한 양상을 다루어 그의 소설의 중요한 한 축을 이룬다. 중편소설「저녁노을」[9]은 리혜선 소설의 사랑과 배신이 작품을 이끌어가는 주된 스토리 라인을 이룬다. 이 작품은 늦은 나이에 자비생 자격으로 대학에 입학한 은경이 춘자의 도움으로 그녀의 어머니인 봉녀의 집에 무료로 하숙하면서 알게 된 주인 노인(봉녀)의 일생을 통해 사랑에 배신당한 여인의 아픈 삶을 이야기하는 형식을 취하고 있다. 젊은 시절 능력 있는 교사로 각종 상을 받는 등 성공적인 삶을 보낸 봉녀는 은경에게 까탈스러운 모습을 보이기도 하지만 자신의 할 일이 없어져 무기력하게 시간을 보낸다. 그러나 은경은 봉녀와의 대화와 그녀의 글을 통해 성공적인 사업의 화려함 뒤에 자리한 비극적인 사랑의 기억이 그녀를 힘들게 하고 있음을 알게 된다. 의대생이라는 지위를 이용해 봉녀의 집에 기숙하며 학교에 다니다가 봉녀와 결혼해 자식 하나를 낳고는 대학 졸업과 동시에 옛 애인에게로 도망친 남자, 홀로 아이를 키우며 힘들게 교사 생활을 하는 봉녀에게 다가와 진정한 사랑을 나누다가 우파로 분류되자 봉녀에게 피해를 주지 않기 위해 배신하듯 떠난 뒤 피를 토하고 죽은 남자 등 두 사람에 대한 기억은 그녀의 노후를 힘들게 한다. 직장 생활에서는 성공적이었으나 사랑에 실패하여 평생을 고독하게 산 여자의 아픔을 이야기하고 있는 이 작품은 이후 리혜선 소설에 등장하는 사랑과 배신의 스토리 라인을 전형적으로 보여준다.

리혜선 소설의 한 경향인 남녀 간의 사랑과 배신의 이야기는 부부 사이에 파경으로 인해 경험하는 고통을 다룬 중편소설「푸른 잎이 떨어졌다」와 단편소설「야경으로 가는 여자」에서 가장 극적으로 형상화되고 있다. 리혜선의 두 소설집의 제목이 된 이 작품들은 행복한 삶을 꾸리던 부부 사이에 여

---

9 『아리랑』, 1986.4.

러 이유로 다른 인물이 끼어들어 갈등을 일으키고 결국은 파경에 이르는 모습을 보여준다. 1986년에 쓰여진 「푸른 잎은 떨어졌다」는 문화대혁명 시기에 우파라는 성분을 문제 삼은 부모의 강력한 반대에 부딪혀 어쩔 수 없이 애인과 헤어진 금실은 다른 남자와 결혼하여 자식을 낳고 남들이 부러워하는 가정을 이루어 행복하게 산다. 그러던 어느 날 우연히 정신과 의사가 된 옛 애인을 만난 뒤 심한 갈등으로 질투 망상에 빠져 남편이 바람을 피우는 것으로 전이시킨다. 금실은 남편을 의심하고 여동생에게 남편 감시를 부탁하고 남편에게 발작적인 행동을 하는 등 이상 증세를 보이다가 정신병원에 입원하는 지경에 이른다. 이 작품은 언니의 부탁으로 형부를 감시하는 잡지사 기자인 여동생 성실의 관점에서 기술된다. 서술자는 잡지 기사와 관련하여 부부 사이의 불륜은 불륜을 저지른 자가 반성하고 가정을 되살려야 한다는 입장에서 진정 사랑하는 사람들이 외적인 이유로 헤어지고 두 사람 모두 아직 진정한 사랑을 간직하고 있다면 재결합하여야 한다는 관점으로 변화한다. 이로써 결혼으로 형성된 가족 관계와 진정한 사랑 사이에서 사랑의 절대성을 인정하는 상당히 진보적인 사랑관을 보여준다.

그러나 1990년에 쓴 「야경으로 가는 여자」에서는 「푸른 잎은 떨어졌다」와는 상당히 다른 관점을 보여준다. 이 작품의 작중화자 '나'는 집체호 시절 마을 회계집 아들과 사랑을 나누다가 대학시험이 회복된 후 '나'는 대학에 입학하고 애인은 대학 입학에 실패하여 양가의 반대에 부딪히지만 사랑만 믿고 결혼하여 주위 사람들로부터 대단하다는 평판을 얻었다. 그러나 '나'가 교원 생활을 성공적으로 하는 동안 남편은 술공장 보일러공으로 근무하다 해고되어 개장국집에서 개 잡는 일을 하지만 그마저 그만두고 집에서 지내게 된다.

> 넌 모를거야, 남자가 집에서 놀게 되면 몸가짐부터 너저분해져. 넌 그런 경
> 험이 없을거야. 미안하니까 내가 퇴근하기전에 밥을 짓는거야. 구들을 걸레
> 로 말끔히 닦고 우리 석철이를 유치원에 데려가고 데려오고 저녁에는 발을
> 씻어 재우고 아침이 늦어진다고 아침식사거리까지 다 준비해놓고 아무리 하
> 지 말라고 해도 하는거야. 내 옷까지도 깨끗이 씻어 개여놓고…… 난 그게
> 부담이 되어 죽겠는데말이다.[10]

'나'는 남편이 남자로서 당당함을 유지하는 것이 옳고, 부부는 각각 자신
이 맡아야 할 역할을 하는 것이 원만한 부부 생활의 필수 조건이라는 시각
을 보여준다. 집안일을 하던 남편은 부부 생활을 멀리하기 시작하다 성적인
능력을 상실하게 되고 '나'는 남편의 변화에 방황하기 시작한다. 또 남편은
'나'의 체면을 앞세운 반대에도 야채장사를 시작하고 옆자리에서 살구장사
를 하던 여성과 바람이 나서 아들 석철을 데리고 농촌으로 가서 새로운 가족
을 형성하려 한다. 아들과의 대화에서 남편의 바람을 알아차린 '나'는 남편
의 배신에 대한 분노와 딸까지 있는 살구장수 여인 따위에 빠져버린 남편에
게서 느끼는 패배감 등으로 괴로워한다. '나'는 남편의 바람에 대해 마음 한
편으로 이해하려 하면서도 자존감에 상처를 입고 성적 욕망을 채우지 못하
게 되면서 점차 미쳐가게 된다.

　이 작품은 아내와의 사회적 위상의 차이로 열패감과 성욕 상실을 경험하
는 남편이 자신의 우월감을 담보해주는 여자에 대해 사랑을 느끼는 모습과
남편의 배신에 분노하고 남편의 불륜 대상에 수치감을 느끼면서도 채울 수
없는 성욕으로 미쳐가는 아내를 극적을 대비하고 있다. 이러한 부부 사이의
대비는 남편은 바깥 활동을 하고 아내는 집안 살림을 한다는 전통적인 부부

---

10 『야경으로 가는 여자』, 6쪽.

관계에 대한 긍정적인 시각을 보여준다[11]는 점에서 다소 진보적인 사랑관을 보여준 「푸른 잎은 떨어졌다」와는 큰 차이를 보인다.

리혜선은 이후에도 많은 소설에서 남녀 간의 사랑과 이별 또는 배신을 작품을 이끌어가는 중요한 모티프로 사용하고 있다. 첫 장편소설 『빨간 그림자』에서 김정우는 아내 희주가 딸을 낳은 뒤 항미원조전쟁(한국전쟁)에 지원한 군인에게 수혈해주고는 복막염을 앓아 자식을 낳을 수 없게 되자, 어머니의 강권으로 씨받이 봉순에게서 아들 민수를 얻고는 자신에게 헌신적인 그녀와 인연을 끊지 못하고 지속적인 관계를 나누어 희주의 마음을 아프게 한다. 봉순이 죽은 뒤 희주가 봉순을 죽게 했다는 마음에 부부 관계가 소홀해지고 잦은 부부싸움에 시달리다 같은 단위에 근무하는 수하 직원 오청자와 육체적인 관계를 갖고 자신에게 헌신적인 오청자와 사랑에 빠져 문화대혁명 기간 동안 함께 홍군파에 가담해 가족과 떨어져 지내게 되어 희주의 질투를 불러일으킨다.

희주는 아들을 낳지 못한 죄로 봉순이를 씨받이로 들이고 아들 민수를 정성을 다해 키우나 남편에게서 의심의 눈초리를 받고, 남편의 배신에 분노하고 질투한다. 그러나 남편이 문화대혁명 기간 중에 몸이 상해 돌아오자 남편을 지극정성으로 모신다. 남편의 외도를 지켜보며 가슴 아파하면서도 "팔자

---

11 남편이 한국전쟁에서 죽고 자신을 아껴주는 시동생과 사이에 아이를 낳고 쫓겨난 후 아들에게만 의지하는 편집증적인 배타적 모성애를 가진 시어머니 탓에 부부 관계를 할 수 없게 된 초옥이 성적 불만으로 발작을 보이다가 시어머니와 남편을 증오하며 그들에게 고통을 주기 위해 가출하였다가 여행 중 만난 대학생 혁이의 도움으로 시어머니가 가진 정신적 외상을 이해하고 귀가하기로 결심하는 내용의 중편소설 「안개 낀 대안」(『푸른 잎은 떨어졌다』, 49~130쪽) 역시 전통적 부부 관계에 대한 긍정적 시각을 보이고 있다.

도망은 하지 못한다길래 그렇구니 하구 삽니다"[12]라는 말로 남편을 받아들이는 희주의 모습은 외지를 떠돌던 남편이 정우를 낳자 집으로 돌아왔다며 남편의 바람을 잡는 것은 아내 하기 나름이라는 시어머니 허씨의 삶의 자세와 거의 일치한다. 이러한 정우와 희주 부부의 삶은 「야경으로 가는 여자」에서 보여준 전통적 부부관과 동궤에 놓인다 하겠다.

두 번째 장편소설 『생명』에서도 남녀 간의 다양한 사랑과 이별이 반복적으로 그려진다. 대학 시절 하섭과 사랑을 나누던 명희는 집체호에서 같은 반의 창훈에게 강간을 당하고 아이를 가져 그와 결혼하여 아들 정욱과 딸 정은을 낳고, 여덟 살 난 금주를 입양하여 가정을 이루고 살아간다. 그러나 명희와 창훈은 부부로 살면서도 과거 사건으로 심한 갈등을 겪는다. 명희는 하섭을 만나 육체적 관계를 맺고 하섭 역시 다른 여성들과 애정 편력을 한다. 또 금주는 정욱을 사랑하지만 남매로 자란 탓에 사랑의 아픔에 시달리다가 정욱이가 사랑하던 부잣집 딸에게 배신당하고 금주에게 마음을 열자 잠시나마 행복에 빠진다. 그러나 정욱은 부를 쫓아서 헤어진 애인에게 사죄하고 합쳐 버려 금주는 배신의 상처를 입고 자신을 사랑하고 따르던 한족 얼팡과 결혼한다. 정은이 역시 대학 시절부터 사랑하던 경준에게 배신을 당하고 유부남과 사랑을 나누고 아이를 갖지만 그와도 헤어지는 아픔을 경험한다. 이렇듯 『생명』에는 이러저러한 이유로 사랑하고 이별하고 배신하는 이야기들이 이어진다. 사람의 삶에서 가장 중요하면서도 번거로운 사랑과 이별의 다양한 양상이 반복 · 변주되고 있는 것이다.

리혜선은 초기 소설에서 여성성, 여성의 사회 진출 등 사회적 문제의식을 보여주는 작품을 썼지만 점차 인간의 가장 원초적인 욕망과 아픔을 보여주

---

12 『빨간 그림자 외』, 283쪽.

는 제재로서 사랑과 이별을 선택하고, 그것이 주는 기쁨과 아픔을 다양한 양상으로 그려낸다. 그의 소설에서 남성은 끊임없이 새로운 여성을 찾아 헤매는 나비와 같은 존재로, 여성 역시 쉽게 다른 남자와 사랑에 빠져 불륜을 저지를 수 있는 나약한 존재로 그려진다. 이를 통해 남녀 간의 사랑이란 아름답고 신비한 것이기는 하지만 인간을 고통의 나락으로 떨어뜨리는 원인이라는 점을 보여준다. 이는 리혜선이 인간이라면 누구나 통과의례로 지나치게 되는 사랑과 이별의 과정이야말로 인간에의 본원적인 고통이며 인간의 원초적 생명 의식을 전면적으로 보여주는 것이라는 인식의 일면을 드러낸 것이라 하겠다.

3. 거스를 수 없는 운명의 힘

리혜선은 장편소설 『빨간 그림자』와 『생명』에서 남녀 간의 사랑과 이별이라는 제재를 통해 인간의 원초적인 모습이 무엇인가라는 보다 심원한 주제를 다룬다. 리혜선은 이 작품들에서 불행한 운명을 타고난 인물이 그것을 극복하기 위해 갖은 노력을 하며 어려운 삶을 살지만 운명에 패배하고 마는 모습을 보여주고 있다. 인간은 이성에 의해 자신의 삶을 개척해가지만 자신의 선택이 아니라 자기 밖의 어떤 힘에 의해 삶이 결정되기도 한다. 인간은, 우리가 흔히 팔자라거나 살이라거나 신의 섭리라는 말로 일컫는, 선천적으로 결정되어 있는 힘이 삶의 방향을 결정하는 것으로 생각해왔다. 그러나 인간의 인지가 발달하고 자연과학적 합리주의가 패러다임이 되면서, 우리는 삶을 결정하는 요인으로 선천적인 힘이나 운명보다는, 인간이 경험할 수 있는 한계 내에서 인과론적으로 설명 가능한 것으로 대치하였다. 그 결과 선천적으로 주어진 성격이라든가 능력보다는 노력에 의해 자신의 삶을 개척하고 변화시킬 수 있다는 진보적인 시각을 갖게 되었다. 이런 점에서 리혜선이 두 편의 장편소설에서 보여주는 운명에 관한 시각은 그의 독특한 현실인식을 보여준다는 점에서 문제적이다.

『빨간 그림자』에는 항미원조전쟁(한국전쟁)에서 문화대혁명과 개혁개방을 거쳐 한중수교에 이르는 긴 시간 동안의 이야기가 전개된다. 이 작품에서 모든 비극은 정우가 어머니 허씨의 지시에 따라 봉순의 배를 빌려 아들 민수를 얻어 대를 잇는 데서 시작한다. 정우는 아들을 얻어 집으로 데려왔지만 봉순과의 연을 끊지 못하고 그녀를 찾아다니고, 정우가 자신을 버릴 것을 두려워한 봉순이 몰래 민수를 자신의 집으로 데리고 간다. 이를 시샘한 희주가 봉순을 찾아가 아이를 뺏어 오자 봉순은 철교 기둥을 붙들고 죽어버린다.

빨간 스웨터를 입고 죽어 있는 봉순의 모습을 본 민수는 생모의 주검이란 사실은 알지 못하였지만, 봉순의 주검이 커다란 빨간 나비라는 강렬한 기억으로 남아 평생토록 꿈이나 현실에서 강박적으로 떠오르는 정신적 외상이 된다. 또 사랑하는 아들과 남편을 두고 젊은 나이에 억울하게 죽은 봉순의 한은 민수네 가정에 운명처럼 드리워져 그 가족들을 파멸로 이끌고 만다. 비극적인 운명을 탄생시킨 장본인이기도 한 희주는 가정에 드리운 불길한 운명의 그림자로부터 벗어나기 위하여 온갖 노력을 다하고 무당을 찾아가 방토도 하지만 운명의 그늘을 벗어나지는 못한다.

> "식구마다 다 각각이구만. 젊은 녀자귀신이 삐쳤소. 죽은 녀자는 채 서른이 안됐겠구만."
> 희주는 속이 철렁했다.
> "녀자에게 한이 맺힌게요."
> "… 그럼 어떻게 해야…"

"꿈도 문제고 두 애의 명줄이 어째 서로 탈리는구만."

"예?! 무슨 말임둥?"

희주는 민자 때문에 속이 졸린다.

"남자애가 히살임둥?"

"방토를 하오. 방토를 하문 별일이 안생길게요. 두 아이의 난닝구하구 수탉을 산채로 가져오오. 돈을 내놓으면 그 나머지 준비는 나절로 하리."[13]

희주는 빨간 나비의 꿈을 자주 꾸는 민수의 증세를 고칠 방법을 찾아 점집을 찾았다가 봉순이의 한이 서려 민수에게 살이 끼었다는 말을 듣는다. 불길한 운명을 타고난 민수 탓에 민수와 민자 모두 고통을 겪게 될 테니 방토를 하라는 말을 듣고 그리 해보지만 운명을 거스를 수는 없다. 희주는 봉순에 대한 죄책감과 배다른 아들을 구박할지 모른다는 정우의 눈치를 고려해 자신이 낳은 민자보다 민수를 우대했다. 그래도 정우의 의심을 완전히 제거하지 못하고, 또 아들만 편애한다는 민자의 불만을 불러일으켜 가정의 화목이 깨어지는 경우가 적지 않았다. 더욱이 민수는 희주를 어머니로 알고 성장하였지만 무의식에 잠재한 봉순이에 대한 기억 탓인지 모성 콤플렉스를 지니게 되어 어린 시절부터 자신에게 사랑을 베푸는 연상의 여성에게 무조건적인 사랑을 느낀다. 소학교 1학년 담임선생의 딸인 란희 누나에 대한 사랑은 육체적 관계로 발전하지는 않았지만 평생을 따라다니며 결혼 후 부부 사이의 장애로 작용한다. 또 고중을 졸업하고 집체호 생활을 할 때, 민수는 연상의 유부녀 화순과 육체적 관계로 발전하였으나 군관의 아내를 유혹하고 겁탈하였다는 죄를 뒤집어쓰고 감옥에 가게 된다. 이 사건은 집체호 생활을 성공적으로 마무리하여 대학에 입학하려던 민자나 민수를 나락으로 떨어뜨려

---

13 『빨간 그림자 외』, 160쪽.

민수네 가정이 풍비박산되는 계기가 된다.

민자는 민수의 불륜 사건으로 성분 문제를 비판받아 대학 진학을 못 하게 되자 좌절감에 농촌 남자와 사고를 치고 딸 애령을 낳는다. 농촌호구가 되어 도시로의 진출 길이 막힌 민자는 개혁개방 이후 가출하여 애령을 부모에게 맡기고 식당을 전전하며 생활하다가 나이 많은 한국인 홀애비와 결혼하여 딸은 팽개치고 한국으로 이주해버린다. 민수는 감옥을 다녀온 후 집체호에서 어려운 시간을 보내다 같이 대학 진학을 하지 못한 일록과 결혼을 한다. 개혁개방으로 대학 입시가 부활하자 민수는 대학에 입학하여 화순과의 사건으로 퇴학을 당하는 우여곡절 끝에 졸업하고, 은행에 근무하며 딸 은옥을 낳고 산다.

그러나 집체호 시절의 애인 철미, 란희와 화순 등의 존재로 아내 일록과의 갈등을 깊어지고, 일록이 가출하여 러시아 밀무역으로 나서면서 가정은 깨어지고 만다. 민자와 일록의 삶을 바로잡기 위해서 목돈이 필요하다고 생각한 민수는 친구 관도와 함께 불법적으로 큰돈을 벌 사업을 벌이지만 실패하고 빚에 몰리다가 서른 나이에 간경화로 죽음에 이르고, 그 충격으로 정우도 죽고, 희주도 몇 달 뒤에 죽고 만다. 봉순으로부터 시작된 빨간 나비로 상징되는 운명의 그림자는 희주의 온갖 노력에도 불구하고 그 집안을 파멸시키고 만 것이다.

『빨간 그림자』에는 앞에 인용한 점쟁이의 말 이외에도 운명의 힘에 관한 이야기가 자주 등장한다. 운명과 관련한 부분만을 몇 군데 인용하면 아래와 같다.

'소로 된 것도 운명이겠지'(3쪽)

"살이 드세게 뻗치는 걸 보문, 아이 둘의 신수가 어째 안타깝게 버성기는구만"(235쪽)

"민수는 이 세상에 나올 운명이 아닌데 나왔슴다."(273쪽)

"나도 이 성격이 좋다고는 생각지 않는다. 그렇지만 성격이라는 것은 피속에 있는 것 같아. 절로 극복되지를 않는단 말이야."(306쪽)

"너희 둘이 명줄이 어째 서로 자꾸 탈린다구 하더니만, 점쟁이의 말이 정말 심통하구나."(360쪽)

민자의 아이가 엄마문제에 부딪치는것을 보고 정우는 어떤 헤여날 수 없는 운명이 미리 자신을 기다리고 있은 듯한 느낌에 머리를 떨어뜨렸다.(483쪽)

"집안 사람 중에 철교아래에서 얼어죽은 녀자가 있었는데 그 살이 얼마나 드셌는지 한번에 애비, 아들이 죽구, 또 다섯 달만에 엄마까지 죽었다재임두!"(548쪽)

　인용에서 보듯『빨간 그림자』는 인간이 결코 거스를 수 없는 운명의 힘을 이야기를 하고 있음을 알 수 있다. 소로 태어난 것이 운명이듯 인간도 자신의 성격이나 운명을 가지고 태어나는데 그것은 인간의 힘으로 결코 바꿀 수 없다는 인간관이 인용 부분에서 발견된다. 작중인물들의 대화나 생각으로 표현되고 있는 이러한 인간관은 빨간 스웨터를 입은 채 아들과 함께하지 못하는 슬픔을 가슴에 품고 동사한 한 여자의 한을 운명으로 안고 태어난 민수가 결국 그 빨간 나비로 상징되는 운명의 그림자로부터 벗어나지 못하고 파멸하는 삶의 행로에 극적으로 형상화되어 있다.

　리혜선의 이러한 운명론적 세계관은『빨간 그림자』을 상재한 지 8년 후 발표한 장편소설인『생명』에서 유사한 양상으로 반복된다.『생명』에서 창훈과 그의 자녀들이 겪는 운명적인 비극은 창훈의 외가에서 내려오는 다른 성(性)

의 자녀에게만 유전되는 치명적인 병에 기인한다. 창훈의 외가에는 아들에게서 딸로 또 딸에게서 아들로 전해져 30, 40대 젊은 나이에 간암으로 죽는 무서운 유전병을 가지고 있다. 창훈의 아버지는 아내가 그런 병을 가진 것을 알고는 대를 잇기 위해 아내를 버리고 집 밖을 떠돌다 아들 영걸을 얻는다. 유전병에 대해 알지 못하던 창훈은 명희와 육체적 관계를 맺어 아이를 갖게 되고 결혼 석 달 만에 아이를 낳게 된다. 창훈 집안의 내력을 안 명희의 엄마는 딸의 미래를 위해 딸을 데리고 두만강을 건너가 조선 땅에서 출산시킨다. 딸을 출산한 것을 안 명희의 엄마는 아이를 산파에게 주어버리고, 산파의 손에서 갓 태어난 부모 없는 사내아이를 데리고 돌아온다. 딸 집안에 내림으로 다가오는 운명을 끊기 위한 결정이었다. 바로 그 아이가 창훈과 명희의 아들 정욱이다.

그러나 운명은 명희 엄마의 방토에도 불구하고 이 집안을 떠나지 않는다. 창훈은 아이를 더 낳으면 유전병으로 불행해질 딸이 생길까 두려워 아내를 멀리하고, 외로움에 시달리던 명희는 옛 애인 하섭과 육체적 관계를 맺어 딸 정은을 얻는다. 그리고 정욱이 일여덟 살이 되었을 때 조선 땅 산파에게 맡긴 아이 금주가 엄마로 알던 산파가 죽자 중국 사람 집을 거쳐 창훈의 집에 양녀로 들어오게 된다. 운명을 바꾸어보려던 명희 엄마의 노력에도 불구하고 창훈과 명희 부부에게는 자신들의 딸이지만 버림을 당했다가 양녀로 들어온 금주, 금주와는 아버지가 다른 딸 정은, 남의 집 자식을 데려와 아들로 키운 정욱 등 부모가 다른 세 명의 아이가 동기간으로 자란다.

창훈은 정은 때문에 가슴 아파 하다가 장모에게서 들은 이야기를 바탕으로 금주가 딸인 것을 알고는 애정을 베풀지만 사실을 밝히지는 못하고 젊은 나이에 죽고 만다. 정욱은 아버지의 장례식에서 우연히 집안 내력을 듣고는 절망하여 사랑하던 여자와 헤어지고 자신을 좋아하는 금주에게 마음을 열지만 아들에게는 유전되지 않으며 자신과 금주가 바뀌었다는 사실을 알자 사랑을 찾아 집을 떠난다. 정은은 집안 내력을 알고 크게 절망하여 파괴적인 삶을 살지만 자신은 엄마가 다른 남자와의 사이에서 가졌다는 사실을 알고 난 뒤 안심하고 새로운 삶을 개척한다. 창훈 집안의 내력을 안 명희는 정욱은 아들이어서, 정은이는 하섭의 핏줄이어서 안심하지만 엄마에게서 금주가 친자식이라는 말을 듣고는 딸의 병을 고칠 큰돈을 벌기 위해 가족의 반대를 무릅쓰고 한국으로 밀항한다.

금주는 집안의 내력과 함께 자신이 창훈의 친자식임을 알고는 절망에 빠진다. 그리고 어느 날 아버지가 갑자기 자기에게 값비싼 게를 사 먹이고 애정을 베푼 이유와 정욱이 자신을 떠나버린 까닭도 깨닫게 된다. 그녀는 절망 속에서 자살을 시도하지만 여러 사람의 도움으로 깨어나고 어릴 적부터 자신을 따르던 얼팡의 사랑을 받아들여 딸 하나를 낳고 난 뒤, 힘든 화학치료를 받아보지만 젊은 나이에 죽음을 맞이한다. 금주의 친가에서 대를 이어 내려오던 유전병은 할머니, 아버지를 거쳐 금주에게까지 이어졌고, 그 운명으로부터 벗어나기 위해 온갖 노력을 다 했지만 결국 금주는 딸만을 낳고 죽음에 이른다. 이로써 한 집안의 검질긴 운명은 소멸된다.

『빨간 그림자』와 마찬가지로 『생명』에서 주제화하고 있는 것은 거스를 수 없는 운명의 힘이다. 운명을 바꾸기 위해 두만강을 건너가 아이를 낳고, 갓 태어난 여자아이에게 내린 저주스러운 운명으로부터 벗어나기 위해 다른 사람의 아이와 바꾸어보지만, 버린 자식은 다시 자기 부모의 양녀가 되어 운명을 이어간다. 창훈의 어머니나 창훈이나 젊은 시절에는 운명을 알지 못하고 행복하게 살지만 어느 나이에 운명을 알고는 거기에 순응하여 지독하리만치 깔끔하게 주변을 정리하고, 남보다 완벽한 삶을 살려 노력하고, 자식들을 위해 무언가를 남기고자 노력한다. 그들은 운명을 거슬러보려 하지만 불가능하다는 사실을 알고는 운명에 순응하고 죽음에 대비함으로써 불안 속에서 행복을 찾는다.

　정욱과 정은은 운명의 주인공이 자신이라 생각해 삶을 포기했다가 그 운명이 자신의 것이 아님을 안 순간 새로운 삶을 개척할 힘을 얻는다. 그리고 명희는 엄마에게서 금주가 출산 때 바꾸었던 친딸이라는 이야기를 듣고는 운명의 검질김에 절망한다. 명희는 딸을 살리기 위해 한국으로 밀항하다 죽을 고비를 넘기고, 한국에서 병에 걸려 생사의 고비를 넘나들면서도 악착같이 돈을 모으지만 끝내 금주의 운명을 바꾸지 못한다. 이렇듯 인간은 주어진 운명을 거역할 수 없고 정해진 운명대로 살아야만 한다는 것이 리혜선의 『생명』이 금주와 주변 사람들의 삶을 통해 전하고 있는 메시지이다.

　개혁개방이 되었지만 공산당 체재는 그대로 유지되고, 사회주의 문학이론이 중요한 창작 방법론이었던 중국 문단에서 리혜선이 보여주는 이러한 운명론적 문학관은 독특한 문학세계를 드러낸다. 리혜선은 2장에서 보듯 여성의 사회 진출에 따른 갈등이나 남녀 사이의 사랑과 배신 등의 주제를 멜로드라마적인 상상력을 통해 그리고 있지만, 그 기저에는 인간의 삶이란 사회의 변화나 인간의 노력에도 변하지 않는 그 무엇이 존재한다는 보수적인 세계관이 깔려 있다. 역사의 방향성을 깨달은 문제적 개인들의 노력과 투쟁에 의해 현실이 변혁되고 사회 부조리가 개혁되고 역사의 모순을 극복할 수 있다는 사회주의적 역사의식에 대한 전면적인 비판을 보여주는 리혜선의 이러한 문학정신은 그녀의 문학을 조선족 문단에서 매우 이질적인 존재로 인식되게 하는 이유이다. 바로 이 점이 그간 리혜선의 소설에 대한 본격적인 연구가 이루어지 못한 중요한 이유일 것이다. 그러나 문학의 다양성이라는 시각에서 또 새로운 시대의 문학을 열어가야 하는 현시점에서 리혜선의 소설이 보여주는 이러한 독특성은 다양한 시각에서 연구되고 평가되어야 할 필요가 있다.

4. 급변하는 사회와 조선족의 일상

리혜선이 살아온 중국의 현실은 엄청난 변화의 연속이었다. 사회주의 중국이 건국된 후, 반우파투쟁이 시작되던 시기에 태어난 리혜선은 열 살 무렵에 문화대혁명을 경험하고, 고중을 마친 이후 집체호 생활을 한 뒤 문화대혁명이 끝나고 부활된 첫 대학입시로 대학에 입학하였다. 이후 얼마 되지 않아 사회주의 중국은 등소평의 개혁개방 정책으로 자본주의 물결에 휩쓸려 많은 사람들이 집체를 떠나 개체로 돈벌이에 몰두하였다. 그리고 조선족 사회는 한중수교로 엄청난 변화를 맞이하여 조선족 농촌 공동체가 파괴되고 도시로의 이주와 한국으로의 이주가 극심해져 조선족 사회의 와해가 본격화되었다.[14] 이러한 조선족 사회의 급변을 바라본 조선족 작가들은 민족의 미래를 고민하고 조선족 사회의 급변이 갖는 의미와 문제점을 중심으로 다양한 소설적 형상화를 시도하였다.

조선족 소설의 이러한 변화에도 불구하고 리혜선은 인간과 사회 현실에서 변화하는 것보다는 변화하지 않고 존재하는 영속적이고 일상적인 것에 더 관심을 갖는다. 이는 거스를 수 없는 운명의 힘에 의해 인간의 삶이 결정된

---

14 올림픽 이후 가족 초청 방문으로 한국 입국이 시작되었고, 한중수교 이후 조선족의 한국 불법체류가 본격화되었으며 2005년 해외동포법이 발효된 후 조선족들의 입국이 자유로워져서 현재 220만 명 정도의 조선족 중에서 50만 명 이상이 한국에 이주해 있고, 북경, 상해, 청도 등 관내로의 이주도 극심해서 연변조선족자치주를 비롯한 중국 동북 지역의 조선족이 급감하고 있다. 최병우, 「조선족 이차 이산과 그 소설적 형상화」, 『조선족 소설의 틀과 결』(국학자료원, 2012) 참조.

다는 보수적 인간관의 발현이기도 하고, 작가 리혜선이 인간 삶의 본질을 무엇으로 인식하고 있는가를 보여주는 것이기도 하다. 이 장에서는 리혜선 소설에 나타나는 조선족 사회의 급격한 변화 속에서도 조선족들이 꾸며가는 변치 않는 삶의 모습을 살피고 그 의미를 생각해보고자 한다.

「여름의 색채」[15]는 성공한 삶이란 무엇인가에 대한 작가의 시각을 보여준다. 소학교를 졸업한 춘희는 작가와 결혼하여 남 보기 부러운 삶을 살고 있지만, 아들이 독립할 나이가 되고 남편은 사회생활에 바빠 가정에 소홀해지자 마음속으로 허전함을 느낀다. 외로움을 달래기 위해 고향에 내려간 춘희는 소학교 친구 복순이 같은 마을의 노동자와 결혼하여 아이를 키워놓은 후, 남편과 함께 춤추러 다니고 취미 생활도 하며 즐겁게 사는 것을 보고 그 삶에 부러움을 느낀다. 복순 부부를 통해 사회가 어떻게 변하더라도 인간의 행복이란 가족과 부부의 화목에 있다는 평범한 진리를 발견한 것이다.

1989년 발표한 중편소설 「너를 멀리 멀리 바랜다」[16]는 문화대혁명 시기 집체호로 하향된 젊은이들의 모습을 다루고 있다. 문화대혁명 시기의 집체호 생활은 시대의 아픔을 보여주는 역사적 사건이지만, 이 작품에서는 '나'(춘희)가 고중 졸업 후 모아산 근처 농촌에서 1년 남짓 동안 경험한 집체호 생활이 회상될 뿐이다. 스무 살 전후의 남녀가 공동 생활을 하면서 남자 아이들끼리 힘을 겨루어 순위를 정하고, 농촌을 떠나 도시로 나가기 위해 애쓰고, 집체 생활에 대한 평가가 나빠져 농촌호구로 남을 위험을 감수하고 사랑을 나누는 모습[17] 등이 세밀하게 서술되고 있는 것이다. 이 작품은 회상을

---

15 『갈매기』, 1988.1.

16 『푸른 잎은 떨어졌다』, 49~134쪽.

17 이 작품에서 회상되고 있는 집체호 생활은 『빨간 그림자』에서 중요한 제재로 반복 사용되고 있다.

통하여 문화대혁명이나 집체호와 같은 대사건이 갖는 의미보다는 역사적인 시간 속에서 일상적인 삶을 살아가는 젊은이들의 모습을 치밀하게 보여준다는 점이 특징적이다.

또 1991년 발표한 중편소설 「동네 사람들」[18]은 아파트 단지와 예술단 본부가 있는 건너편 오래된 동네로 이사 가서 '단층계층'이 된 교사 박과 편집인 김씨 부부가 한 해 동안의 경험한 가난한 중국인의 일상을 그리고 있다. 이 작품에는 막힌 하수도와 넘치는 공동 화장실로 인한 불편함, 심심찮게 벌어지는 마을 사람들의 갈등, 옆집 부부싸움 소리가 다 들리는 환경 때문에 어쩔 수 없이 남의 부부의 삶에 관여하게 되는 어색함, 둘째를 가진 남편 없는 한족 여성이나 남편 없는 아내의 고단한 삶에 대한 마을 사람들의 관심과 애정 등이 잔잔하게 그려진다. 박 선생 부부는 짧은 시간 가난한 마을에서 불편한 삶을 살았지만 동네 사람들의 인정에 감동하여 아파트로 이사한 뒤에도 그 동네 사람들과 인연을 이어간다. 이 작품에도 사회의 변화보다는 가난한 삶을 꾸리며 갈등하면서도 화목하게 살아가는 도시 빈민들의 일상의 삶이 전경화되고 있다.

「해몽」[19]에서는 대학 졸업한 지 10년 정도 되는 동창생들이 경복이 죽은 지 세 달이 되었다는 소식에 다 함께 모여 문상을 가고, 돈을 모아 조의금을 전하고, 문상이 끝나자 식사를 하고, 사업에 관한 이야기를 하고, 2차에 가서는 남녀 동창이 삼삼오오 모여 과거를 회상하고, 일부는 여자 종업원과 질펀해진다. 문상하면서 잠시 암울했으나 다시 일상으로 돌아와 삶을 즐기는 모습을 그린 이 작품은 인간의 삶이란 어떤 사건을 계기로 약간의 파란이 있

---

18 『야경으로 가는 여자』, 204~274쪽.
19 『도라지』, 1992.5.

을 수 있지만, 결국 일상으로 돌아올 수밖에 없음을 보여준다.

1998년에 발표한 「병재씨네 빨래줄」[20]에는 직장에 나가 돈을 벌어 오고, 집에 들어와 아내가 시키는 일을 말없이 해주다가 가끔씩 가족들에게 화를 내는 것으로 삶에 변화를 주며 살아가는 병재 씨가 등장한다. 그가 화를 내어도 아내와 딸은 감기가 걸렸구나 생각할 정도로 일상적인 일로 치부한다. 고중 입시를 앞둔 딸을 걱정하는 아내가 병재 씨의 잦은 화에 강하게 반발하면서 냉전이 길어지자 어쩔 줄 몰라 하던 병재 씨는 잘못된 정보로 경찰들이 자기 집을 급습하는 사건이 벌어지자 적극적으로 나서서 문제를 해결하여 남편으로서의 권위를 되찾는다. 이 작품은 일상적인 삶 속에서 새로움이란 사소한 일로 트집 잡고 화를 내고 하면서 살아가는 정도일 수밖에 없고, 갑작스런 사건으로 삶에 변화가 생기기도 하지만 또다시 일상으로 되돌아가는 삶의 모습을 잘 보여준다.

이렇듯 리혜선의 소설에는 사회 변화 속에도 지속하는 일상의 힘이 그려지고 있다. 인간은 급변하는 사회 속에서 변화된 삶을 맞이하기도 하지만 결국은 그조차 일상으로 변모하여 그날이 그날 같은 삶을 살기 마련이다. 리혜선의 소설은 인간은 일상의 바퀴 속에서 타인과 갈등하고, 새로움을 찾아 취미 생활도 하고 또 다른 변화를 꿈꾸어보지만 결국 다시 일상 속으로 함몰하고 익숙한 삶에 길들여지게 마련이라는 삶의 진리를 잘 보여준다. 그러나 개혁개방과 한중수교를 경험하면서 리혜선은 한국인들과의 만남으로 피폐해진 조선족들의 삶과 사회 현실에 대해 다소 비판적인 시각을 드러내 보이기도 한다.

---

20 『빨간 그림자 외』, 697~732쪽.

1992년에 발표한 「눈 없는 겨울」[21]에는 부모의 요구에 따라 같은 마을 지부서기의 며느리로 들어갔다가 가난한 삶을 사는 맏이 금녀, 동네에서 가장 가난한 집 자식이라는 이유로 부모가 반대해 헤어진 순철이 도시로 나가 큰돈을 벌어 아내가 될 여자를 데려오자 마음이 아픈 둘째 금희, 그리고 부모의 뜻에 따랐다가 불행해진 언니들을 보고 부모의 뜻을 거역하고 도시로 나가 미장원을 차려 돈을 벌려는 막내 금옥 등 세 자매를 통해 개혁개방으로 혼란스러워진 중국의 현실을 압축적으로 보여준다. 단편소설인 이 작품은 세 자매의 모습을 통해 급격한 사회 변화에 적응하지 못한 부모의 뜻을 따른 두 언니와 사회 변화에 적응하려 애쓰는 막내의 모습을 대비하여 변화한 세태를 그리고 있으나 현실에 대한 비판적 시각은 매우 약화되어 있다.

리혜선의 소설 중에서 당대 현실에 대한 비판적 시각이 비교적 강하게 드러낸 작품으로 1996년에 발표한 「서로의 감옥」[22]을 들 수 있다. 승구는 위장결혼으로 한국에 입국해 큰돈을 번 주변 사람들을 보고 속이 상해서 아내와 위장이혼하고 한국 남자와 위장결혼을 시켜 한국에 건너가 돈을 벌게 한다. 가난에서 벗어나기 위해 벌인 일이지만 아내가 한국으로 건너가자 진짜 이혼을 당할지도 모른다는 사실에 불안해하고, 돈 때문에 아내와 위장이혼한 현실에 자존심이 상한다. 이 작품은 한국인과 결혼을 한국 입국을 위한 수단으로 이용하는 현실을 통해 한중수교 이후 조선족 사회에 불어 닥친 잘못된 한국 열풍과 한국인을 대하는 조선족의 비굴함 그리고 조선족 앞에서 한국인들이 보여주는 경박성 등을 통박하고 있다. 이 작품은 조선족의 세태를 통렬히 비판하고 있다는 점에서 리혜선 소설 중에서 조금은 이질적인 성향을

---

21 『야경으로 가는 여자』, 111~132쪽.
22 『야경으로 가는 여자』, 50~110쪽.

보인다는 평가가 가능하다.

리혜선은 조선족의 일상적인 삶과 함께 조선족의 전통과 문화에 대한 깊은 관심과 애정을 드러내는 소설을 여러 편 발표하였다. 1990년 발표한 「외로운 기다림」[23]에는 자신의 죽음에 대비해 전통 방식으로 만들어둔 수의를 박물관에 보존하고 싶어 하는 며느리와 싸우고 손자네 집에서 살다가 운명한 할머니의 트렁크 속에 수의와 함께 먼저 간 남편과 세 아들에게 전할 물건이 담겨 있는 모습에서 저승에서 사랑하는 가족을 만날 때를 대비해 그들이 좋아할 만한 물건을 준비하는 조선족의 죽음관과 저승관을 엿볼 수 있다. 또 『빨간 그림자』에서는 봉순이가 민수를 낳는 장면에서 전통적인 출산 모습이 상세히 그려진다.

> 산파는 정주와 안방사이의 기둥에 동네집 아주머니의 애기를 업은 등에서 풀어낸 검은 광목띠를 든든히 매놓았다.
> "자, 이 띠를 량손에 꼭 쥐오"
> 산파는 모든 행동과 말을 힘차게 했다.
> "이 베개는 쏙 들어간 허리쪽에 깔라이. 그래야 맥을 쓸 거니까."
> 봉순이는 가담가담 신음을 하면서도 산파가 하라는대로 고분고분 했다.
> "그리구 허리는 뒤틀믄 아니되오. 목삐뚜렝이 병신을 낳겠으문 그렇게 하든지."
> 봉순이는 산파의 말대로 절대 허리를 뒤틀지 않으리라고 생각했다.[24]

인용문은 근대적인 병원이 보편화되지 않은 1950년대 조선족 전통사회에서 출산하는 장면을 상세히 보여준다. 전문적으로 아이를 받아주는 산파의

---

23 『야경으로 가는 여자』, 275~298쪽.
24 『빨간 그림자 외』, 40~41쪽.

리혜선론 사랑과 원초적 생명 의식

모습과 그들이 산모의 출산을 도와주기 위하여 무엇을 어떻게 하는지가 상세하게 그려진다. 리혜선이 봉순의 출산 장면을 세 페이지에 걸쳐 상세하게 묘사하는 것은 조선족 전통문화에 대한 관심의 깊이를 짐작하게 한다. 이외에도 리혜선은 『빨간 그림자』에서 장례나 제사처럼 전통문화가 존재하는 장면마다 상세한 묘사를 통하여 그에 대한 깊은 관심을 드러내 보이고 있다.

「생명」에서 창훈의 배다른 동생 영걸이가 아버지가 자신의 운명을 알고 자결한 창훈의 어머니의 장례를 지낸 과정을 명희에게 알려주는 대화에서 조선족의 전통적인 장례 절차를 그리고 있다. 죽음에 대비하는 창훈 어머니가 전통 장례에 필요한 물품을 꼼꼼히 챙겨둔 모습을 통해 창훈 어머니의 치밀한 성격을 얘기한 이 장면에서 수의와 함께 한복, 속옷, 이부자리, 염을 할 목천, 버선 등을 준비해 두었다고 하여 장례에 필요한 물품과 그 풍습을 알려준다. 또 손톱과 발톱도 다 깎아 두고, 저승 갈 때 필요한 노자돈도 동전으로 준비해 광목주머니에 넣어 두고, 마지막 식량도 좁쌀로 작은 공기에 조금 담아 두었으며, 결혼식 때 받은 은반지도 노자돈 주머니에 넣어 두었다는 말로 조선족의 전통적인 장례의 세밀한 부분까지 짐작할 수 있게 해준다.[25]

이렇듯 리혜선은 여러 소설에서 조선족들의 전통과 문화에 대한 상세한 묘사와 서술을 보여준다. 리혜선 소설에 등장하고 있는 이러한 조선족의 전통과 문화에 대한 지극한 관심은 다민족 국가인 중국에서 소수민족으로 살아가는 조선족의 전통과 문화에 대한 자긍심의 발로라 하겠다. 또 이는 리혜선이 급변하는 사회에서 변화하지 않고 반복되는 조선족의 일상을 소설화한 것과 일정한 연관이 있다. 변화하는 사회 나아가 혁명의 시기에도 인간은 먹고, 사랑하고, 죽는다는 점에서 일상적 삶의 반복을 피할 수는 없다. 일

---

25 『생명』, 70쪽.

상의 삶은 그 무엇보다 소중한 일이며 인간의 원초적인 모습이다. 그리고 조선족은 조상으로부터 이어져오는 전통과 문화를 가지고 있으며 그것은 조선족의 삶과 일상에 지속적으로 영향을 미칠 수밖에 없다. 이런 점을 생각할 때, 리혜선이 동시대를 살아가는 조선족의 일상적 삶의 모습과 함께 조선족의 전통과 문화에 관심을 보이는 것은 동일한 정신적 기저에서 출발한 것이라는 지적이 가능하다.

5. 결론

리혜선은 문화대혁명, 개혁개방, 한중수교 등 중국 사회의 대격변기를 산 문혁 세대로 등단 30년이 넘는 조선족 중견작가이다. 본고에서는 리혜선이 출간한 두 권의 소설집과 두 편의 장편소설 그리고 잡지에 발표된 작품들을 대상으로 그의 소설에 나타난 주제 특성을 살펴보았다. 본론에서 논의한 바를 정리하면 다음과 같다.

첫째, 리혜선의 소설에는 남녀 사이에서 발생하는 사랑의 기쁨과 이별의 아픔이 핵심적인 제재로 반복 사용되고 있다. 리혜선은 등단 초기에는 여성의 사회 활동과 가정 생활의 공존과 같은 사회의식을 보여주지만 점차 인간의 원초적인 욕망인 사랑과 이별이 주는 기쁨과 아픔을 소설화하였다. 그의 소설에 등장하는 남성과 여성은 모두 사랑을 찾아 헤매는 존재로 그려져 사랑이란 아름다우면서 동시에 인간을 고통으로 빠뜨리는 원인이 된다는 점을 보여준다. 이는 인간이라면 누구나 경험하는 사랑과 이별이야말로 인간의 가장 원초적인 조건이라는 인식을 보여준 것이라 하겠다.

둘째, 리혜선은 두 장편소설에서 사랑과 이별이라는 제재를 통해 인간은 정해진 운명의 지배를 받을 수밖에 없다는 주제를 형상화하고 있다. 이들 작품은 주어진 운명을 극복하기 위한 온갖 노력에도 불구하고 운명에 패배하고 마는 인간을 보여준다. 또 리혜선은 여성의 사회 진출 문제나 사랑과 배신 등을 이야기하고 있지만 그 바탕에는 삶의 행로를 결정하는 보이지 않는 힘이 존재한다는 현실인식을 보여준다. 리혜선 소설의 바탕을 이루는 이러한 인간의 운명을 지배하는 힘에 대한 인식은 그의 보수적 성향을 보여준 것이라 하겠다.

셋째, 조선족 사회의 급변에도 불구하고 리혜선은 변화하지 않고 존재하는 조선족의 일상적인 삶을 소설화하였고, 또 여러 소설에서 조선족의 전통과 문화에 대한 관심을 보여준다. 이러한 주제 경향은 사회가 변화해도 일상의 삶은 변하지 않는 소중한 인간의 원초적인 모습이라는 작가의 현실인식과 다민족국가 중국에서 소수민족으로 살아가는 조선족의 전통과 문화에 대한 리혜선의 자긍심의 발로라 하겠다.

요약한 바와 같이 리혜선이 소설에는 인간의 원초적인 모습으로서 사랑과 이별이라는 제재와 운명이 인간의 삶을 지배한다는 주제 그리고 사회 변화에도 변치 않고 이어지는 조선족의 일상이 반복적으로 사용되고 있다. 이러한 리혜선의 작품 경향은 인간의 의지와 역사적 조건에 의해 변화하는 현실보다는 시대의 변화에도 변화하지 않고 항존하는 것이 인생의 본질에 가깝다는 세계인식의 결과이며, "문학의 입각점은 원초적인 생명 의식"[26]이라는 리혜선의 문학의식의 소설적 현현이다. 이런 점에서 리혜선은 현실 변혁을 위한 노력보다 주어진 현실을 성실하게 사는 것이 옳다고 믿는 진정한 보수주의자임을 알 수 있다. 이렇듯 리혜선의 소설을 일관하는 보수주의는 중국

---

26 각주 2) 참조.

의 주류 이념인 사회주의와는 상반되어 그의 문학이 조선족 문학사에서 이질적으로 느껴지는 요인이 된다.

남는 문제로 본고에서 다룬 리혜선 소설에 나타난 주제적 성향과 관련하여 보다 다양한 시각에서 검토할 필요성과 그의 소설에 나타난 심리주의적인 성향에 대한 연구를 지적할 수 있다. 리혜선 소설에 작중인물들이 정신병리학적인 증상을 많이 드러내고 있는 점이나, 작중인물의 내면 심리 묘사 그리고 인물 사이의 심리적 갈등과 그에 따른 다양한 심리적 증세 등에 대한 정신분석학적 연구는 그의 소설에 관해 보다 심층적 이해를 가능하게 할 것이다.

아울러 리혜선 소설에 나타난 서사적 장치(narrative device)에 관한 연구의 필요성을 지적할 수 있다. 그의 소설에 자주 사용하는 구성상의 지연과 가속, 꿈과 일기와 편지 등을 통한 스토리 전개의 변화, 치밀한 묘사와 서술과 세련된 문체와 같은 서사적 장치는 리혜선 소설이 돋보이게 하는 중요한 요인이 된다. 이러한 서사적 장치에 대한 연구는 리혜선 소설의 또 다른 가치를 발견하고, 조선족 소설 연구의 새로운 방향을 마련하는 계기가 될 수 있을 것이다.

공동체 와해와 정체성의 위기

박옥남론

공동체 와해와 정체성의 위기

박옥남론

1. 서론

박옥남은 1980년대 초부터 30년이 넘는 기간 동안 소설집『장손』[1] 한 권을 상재한 과작의 작가이다. 그러나 그의 문학 활동은 2000년대 들어 왕성해져 2005년『도라지』에 발표한「둥지」로 조선족 문단의 주목을 받았다. 이후 그는 2005년『도라지』장락주문학상, 2006년 조선족 어머니 수필상 대상, 2007년 제1회 김학철문학상과 제9회 재외동포재단문학상 대상, 그리고 2009년『연변문학』윤동주문학상 등을 수상하여 조선족 문단의 중견작가로 자리를 굳힌다. 이는 그가 과작이기는 하나 그의 소설이 중국 소수민족으로 살아가는 조선족의 현실을 잘 형상화하고 있음에 비롯되었다 하겠다.

박옥남은 1963년 흑룡강성(黑龍江省) 자무쓰(佳木斯)시 탕위안(湯原)현 승

---

[1] 박옥남,『장손』, 2011, 연변인민출판사. 이하 작품집 소재 작품 인용은『작품명』, 『장손』, 쪽수'로 표시한다.

리향의 양광촌에서 태어나 그해 여름 하얼빈(哈爾濱)시 퉁허(通河)현 의산향 소재 오사촌 조선족 소학교 교사로 근무하게 된 아버지를 따라 오사촌으로 이주하여 그곳에서 성장하였다. 연수현 조선족 중학교에 다니던 시절에 소설에 빠져 조선문 작품들을 구해 읽고 습작을 지속하여 1981년 흑룡강신문 문예부간에 작품을 발표했다. 문학 창작에 빠져 대학 진학을 못 하고 오사촌 조선족 소학교에서 민영교사 생활을 하던 그는 하얼빈시의 우창(五常)시 소재 오상조선족사범학교를 졸업하여 정식 교원이 되었다. 하얼빈시의 상즈(尙志)시 소재 상지조선족중학교에서 일본어 교사로 근무하던 그는 2018년 퇴임하였다.[2]

교원 생활과 창작을 겸한 박옥남은 전업작가들에 비해 왕성한 창작을 보이지는 못하였지만, 그의 작품들은 조선족 비평가와 연구자들에 의해 한족 중심의 중국 사회에서 소수민족으로 살아가는 조선족 사회의 풍경을 치밀하게 소설로 형상화했다는 점에서 고평을 받았다. 장춘식은 박옥남의 소설에 대해 "모든 작품이 강한 시대성과 역사성을 지니면서 전형화의 측면에서도 상당히 높은 수준을 보여주고 있다"[3]고 평가하였다. 김호웅은 『장손』의 머리말에서 박옥남의 출현이 조선족 소설문학의 축복이라 상찬하면서 그의 소설이 코리아 디아스포라로서의 자기의 본질과 특성에 대한 자각을 보여주고, 은유와 상징의 기법을 동원하여 여성 특유의 섬세한 관찰력을 보여주

---

2   박옥남의 생애는 그가 보내준 2018년 3월 7일자 메일과 첨부해준 고향에 대한 기억을 제재로 한 실화소설 「고향」 그리고 김호웅, 「다문화 사회 담론과 소수자의 목소리」(『계간 시작』 32호, 2010.2)를 참고한다. 박옥남은 실화소설 「고향」에서 태어난 탕원현보다 성장한 통화현을 고향으로 기억하고 있음을 밝히고 있다.

3   장춘식, 「청출어람」, 『도라지』 2007.5. 오상순, 「민족 정체성 위기와 소설적 대응 양상」, 『조선족 정체성의 문학적 형상화』, 태학사, 2013, 304쪽에서 재인용.

며, 방언을 이용한 생동한 인물 대화를 잘 구사하고 있다고 평가하였다.[4]

또 김호웅은 「다문화 사회 담론과 소수자의 목소리」에서 조선족 문학의 코리아 디아스포라적 특성으로 이민 열조와 주변부 문화의 붕괴 위기, 경계의 공간과 숙명적인 공존, 정체성의 분열과 동화의 비애 등으로 지적하고 박옥남의 소설 「둥지」, 「마이허」, 「장손」을 석화의 시와 함께 그 특성들이 어떻게 형상화되고 있는가를 살핀 바 있다.[5]

오상순은 박옥남의 대표작 열 편을 대상으로 내용과 형식의 양면을 살핀 논문에서 박옥남의 소설이 주제적으로 조선족 공동체가 사라지는 데 대한 안타까움, 타민족과의 통혼을 통해 주류 문화로 동화되어가는 조선족의 현실, 한족과 비겨 조선족의 잘못된 생존 방식에 대한 비판, 한국과의 교류를 통해 조선족이 경험하는 정체성의 갈등 문제 등을 다루고 있다고 지적한다. 그리고 여로형 구조를 통한 주제 표출, 인물의 정형화를 통한 시대상의 집약적 표현, 이중적 플롯을 통한 비교의 미학, 사투리 사용을 통한 민족정체성 추구 등을 그의 소설이 지닌 형식적 특징으로 지적한다.[6] 이 논문은 박옥남 소설에 관한 최초의 본격적인 논문으로서의 의의와 함께 박옥남 소설의 내용과 형식을 두루 심도 있게 정리하여 박옥남 소설에 대한 연구의 지평을 열었다는 평가가 가능하다.

박옥남은 한족 사이에서 소수민족으로서의 정체성을 유지해오던 조선족 사회가 시대에 따라 어떻게 변모하고 또 와해되어가는가에 깊은 관심을 보

---

4   김호웅, 「우리 문단의 재간둥이」, 박옥남, 『장손』, 연변인민출판사, 2011, 3~4쪽.
5   김호웅, 「다문화 사회 담론과 소수자의 목소리」, 『계간 시작』 32호, 2010.2, 18~35 쪽.
6   오상순, 앞의 글, 278~303쪽.

여온 작가이다.[7] 본고는 그의 유일한 소설집『장손』과 이 소설집에 실리지 않은 여섯 편의 소설[8]을 검토하여, 시대의 변화에 따라 그의 소설의 주제가 어떻게 확장되고 각각의 주제들이 어떤 작품에서 어떻게 형상화되고 있는가를 살피고자 한다. 이는 그간의 평문들이 「둥지」, 「마이허」, 「장손」, 「내 이름은 개똥녀」 등 2000년대 중반에 발표된 몇 편의 대표작을 중심으로 고찰함으로써 박옥남이 지향한 주제를 항목화하는 데는 일정한 성과를 보였으나, 그의 작품 전반을 검토하여 시기별로 변화하는 주제적 특징과 그 혼효 양상을 살피는 데 일정한 한계를 보였음에 대한 반성이다.

2. 기구하고 불우한 인물의 일화

고중을 졸업하고 향촌학교 민영교원을 하면서 창작을 병행해나가던 박옥남은 조선족 마을의 기구하고 불우한 인물들에 관한 일화를 소재로 한 소설을 쓰기 시작한다. 주변에서 얻을 수 있는 흥미로운 소재를 찾아 소설화하는 것은 창작 경험이 일천하고 사회적 경험이 많지 않은 새내기 작가가 선택할 수 있는 확실한 창작 방법이었을 것이다. 박옥남의 이러한 초기 작품의 경향을 보여주는 작품으로 1986년 발표한 「오가툰 일화」가 있다.

이 작품은 개혁개방으로 전환하는 시기 조선족 마을의 한 부부의 이야기

7　박옥남이 연변조선족자치주가 아닌 하얼빈 지역의 산재지구에서 살았기에 조선족 사회의 급격한 변모와 와해 과정에 더욱 예민하게 반응한 것으로 이해된다.

8　박옥남은 자신을 삶을 아주 간단히 정리해준 2018년 3월 7일자 메일과 함께 작품집 출간 이후 2012년『도라지』에 발표한 실화소설 「고향」과 2012년부터 2014년 사이에『송화강』에 발표한 소설 「귀뚜라미」, 「바퀴벌레」, 「언니」, 「아버지」 그리고 미발표작 「해심이」 등 여섯 편을 첨부해주었다.

를 소재로 하고 있다. 오가툰에 사는 오점동이 아내가 마을 남자에게 겁간을 당한 것을 알고 이혼을 하고는 아이 키우랴 농사지으랴 힘이 들자 오림진에서 큰돈을 번 아내를 찾아가 2년을 함께 살았으나 아내가 남편에게 섭섭지 않은 돈을 남기고 아들을 데리고 잠적해버린다는 내용이다. 이 작품에는 문화대혁명 이후 개혁개방으로 나아가는 1980년대 초반 중국 특히 조선족 사회의 풍경이 잘 드러나 있다.

　가) 몇 년 전에 연변의 어느 산골로부터 오가툰으로 이주민이 쓸어 들어온 적이 있다. 전처럼 집체생산을 할 때라면 몰라도 갓 호도거리를 시작해서 한 뙈기 땅덩어리라도 더 나누어가지지 못해 안달을 떠는 와중에 들이닥친 이 주민이란 말 그대로 불청객이나 다름없었다. 마을 사람들이 이주민 수용을 반대해 나서는 와중에서도 촌서기는 같은 조선족을 우리가 돌보지 않으면 누가 돌보겠느냐며 몽땅은 아니라도 한두 호만은 받아주자고 마을 사람들을 설득했다.[9]

　나) 오점동이는 이튿날 간단한 이불보퉁이를 꿍쳐가지고 '고씨개장집'으로 들어왔다. 물론 영분이의 허락을 받은 뒤였다.
　'고씨개장집'은 한결 활기를 띄었다. 남자는 개 잡고 여자는 술 팔고. 점동이는 그동안 많은 것을 알게 되었다. 마치 최초의 원시인들이 사냥물이 남아돌자 그것을 축적해 두는 걸 배우듯이 오점동이도 돈을 알게 되었고 돈을 벌 줄 알게 되었으며 돈을 모을 줄도 알게 되었다. 더는 먹기 위해 살고 살기 위해 먹기만 하는 그런 허무맹랑한 생활을 하지 않았다. 그래서 어중이떠중이들이 안해에게 해대는 걸쭉한 롱담도, 질탕스러운 주정도 한쪽 귀로 듣고 한쪽 귀로 흘려보냈다.[10]

9　「오가툰 일화」, 『장손』, 2쪽.
10　「오가툰 일화」, 『장손』, 15쪽.

가)는 종질 오점동에게 아내를 구해주기 위해 촌서기인 당숙이 조선인 이주자들 중 과년한 딸을 가진 한 가족만 받아들이는 장면이고, 나)는 아내가 겁탈당했다고 고백하자 폭력을 휘두르고 이혼을 감행했던 오점동이 이혼한 아내의 음식집에 빌붙어 사는 모습이다. 가)와 나)는 문혁 말기 살 곳을 찾아 떠돌던 조선족들의 모습과 개혁개방으로 변화한 중국 사회의 편린을 보여준다. 그러나 이 작품에 등장하는 개혁개방 이후 조선족 사회의 풍경은 자본주의화 과정에서 인간과 사회가 어떻게 변화하였고 어떠한 문제가 발생하였으며 어떻게 극복할 것인가 등 거시적인 주제로 이끌기보다는 단지 오점동이라는 인물의 일화를 구체화하는 배경으로만 작용하고 있다. 소설이 구체적인 시공간을 배경으로 한 시대의 총체성을 보여주는 장르라는 점을 생각할 때 「오가툰 일화」는 개혁개방 초기 조선족 사회라는 구체적인 시공간이 기구하고 불우한 한 인물의 일화를 소개하는 시공간적 배경으로 사용하고 있을 뿐이라는 점을 이 작품의 한계로 지적할 수 있을 것이다.

박옥남은 이후 여러 작품에서 개혁개방과 한중수교 같은 역사적 사건이 중국 사회와 조선족들에게 미친 영향보다는 작가 자신이 속해 있는 조선족 사회에서 발견되는 기구하고 불우한 인물들에 관심과 애정을 드러낸다. 그 대표적인 작품으로 몸은 부지런해도 말주변이 모자라는 어리무던한 사촌형님이 생활력 강하나 덤벙거리고 부정한 형수를 만나 겪은 불행한 결혼 생활을 그린 「세뚜리 밥집」(2007), 어린 시절에 부모를 잃고 형마저 폐병으로 죽은 뒤 어린 자신을 맡아 키우던 노인이 죽자 한족의 양자가 되어 숱한 고생을 하다 고향으로 돌아온 순덕이의 불행을 다룬 「썬딕이」(2007), 숫기가 없는 데다 사람마저 칠칠치 못해 또래 아이들의 놀림거리가 되었던 어릴 적 친구 찐구가 장가도 못 간 채 모두가 떠나버린 고향을 지키고 있는 기구하고 불우한 모습을 다룬 「찐구」(2008) 등이 있다.

이들 작품은 기구하고 불우한 인물의 삶을 제재로 한 점에서 「오가툰 일화」를 이어받았으나 한 인물의 삶이 흥미 있는 이야깃거리를 넘어서 있다는 점에서 차이를 보인다. 「세뚜리 밥집」에서는 덜렁거리는 성격 때문에 논농사에 만족을 못 하고 개혁개방 이후 남들을 따라 도시로 나가 음식점을 하다 망하고, 한국 남자를 만나 출국하려다 가진 것 다 날리고, 식당에서 일하는 형수를 통해 개혁개방과 한중교류 이후 황폐해진 조선족들의 삶을 보여준다. 또 너나없이 도시로 떠나버려 농사지을 사람이 사라진 조선족 마을에서 주민을 초빙하는 공고를 내면서 조선족에 한한다고 못박는데 썬딕이가 자신은 한족으로 자랐고 조선말도 못하지만 조선족이니 주민으로 받아달라고 간곡히 부탁하는 「썬딕이」는 개혁개방과 한중교류로 조선족 농촌 공동체가 와해되는 현실을 극적으로 보여준다.

> 외곽 상에선 아직은 별다름 없이 그대로 서 있는 동네 기와집들 앞을 지나며 들여다보니 한 번도 본 적 없는 한족 사람들이 마작판을 벌려놓고 와자지껄하며 노름을 놀고 있었다. 주인이 바뀐 지 오랜 양 뜨락이며 집 주위가 그들 식대로 지저분한 것이 옛날에 살던 원주인의 자취는 어디서도 볼 수 없었다.[11]

> 원체 숫기가 없는 사람이었고 마을 밖이라야 제 집 논바닥밖에 모르는 그가 여생을 말도 다르고 풍속도 다른 한족 사람들 속에서 어떻게 지탱해갈가?[12]

18년 만에 찾아간 고향 마을에서 만난 풍경과 어릴 적 친구 찐구를 만난 뒤 갖게 된 생각을 진술한 인용문에는 와해되어가는 조선족 공동체에 대한 아쉬움이 강하게 드러난다. 초가집들은 무너져 터만 남고, 호도거리로 목

---

11 「찐구」, 『장손』, 165쪽.
12 「찐구」, 『장손』, 173쪽.

돈이 생겨 지은 기와집에는 한족들이 살고, 마을 사람들을 편안하게 맞아주던 논들이 밭으로 바뀐 고향마을은 짙은 아쉬움을 느끼게 한다. 더욱이 약한 몸 때문에 먹을 만큼만 겨우 농사짓는 찐구가 조선족들이 다 떠난 마을에 혼자 남아 앞으로 어떻게 살아갈 것인가 하고 걱정하는 모습은 가슴을 시리게 한다.[13] 조선족들이 한국에서 돈을 벌어 도시로 나가고 고향마을에 있는 집과 땅을 남아 있는 조선족들에게 맡겨 관리하지만 결국은 한족들에게 팔아넘겨 많은 조선족 마을이 사라지고 있다. 한중교류 이후 조선족들이 부딪힌 고향 상실은 조선족들에게는 희망을 찾아가는 길이지만 이산의 아픔이기도 하다. 박옥남의 작품세계가 기구하고 불우한 인간의 삶을 다루던 「오가툰 일화」에서 벗어나 조선족 사회의 와해와 연결된 것은 박옥남의 문학적 시각이 점차 넓어졌다는 평가가 가능하다.[14]

3. 한국과의 교류로 와해되는 조선족 사회

한중수교가 맺어진 것은 1992년 8월이지만 한중교류는 중국 정부가 개혁개방 정책을 본격 추진한 1980년대부터 시작되었고, 조선족들이 한국 방문

---

13 「바퀴벌레」도 품팔이나 하며 살다 아들 둘 딸린 한족 여자와 결혼한 기구하고 불우한 남성의 일생을 그리면서, 조선족 마을의 촌장 선거 자리에 조선족은 노인 몇 명뿐이고 논을 양도받아 논농사를 짓는 한족이 가득하고, 결국 주인공의 아들인 한족이 촌장이 되는 현실을 희화하고 있는 점에서 이들 작품과 동궤에 놓인다.
14 이에 비해 딸 많은 집 맏딸로 태어나 열세 살에 시집을 가서 불행한 일생을 보낸 어머니를 그린 「어머니의 이야기」(2009), 무서운 아버지에게 딸이라 구박받고 가족 많고 일하기 싫어하는 남편을 맞아 평생을 한에 맺혀 산 봉자의 이야기를 다룬 「집으로 가는 길」(2011) 등은 불우한 한 인물을 이야기하면서 시대 변화와 관련한 주제는 다루지 않고 있다.

을 본격화한 것은 서울 올림픽이 개최된 1988년 이후이다. 조선족들이 가족 방문의 형태로 한국에 입국하여 불법취업으로 큰돈을 벌자 조선족 사회에는 한국 열풍이 불기 시작하였다.[15] 이에 조선족 공동체에는 한국 열풍이 불고 한국 노무 송출과 관련한 대형 사기 사건이 발생하여 조선족 사회가 큰 혼란에 빠지기도 한다.[16] 이러한 혼란 속에서 조선족들이 한국에서 큰돈을 벌어 와 자녀들의 교육을 위해 또 보다 나은 삶의 환경을 찾아서 도시로 이주하자 조선족 마을이 한족 마을로 변화하면서 조선족 공동체가 서서히 와해되기 시작하였다.

1990년을 전후한 시기부터 많은 작가들이 한중교류로 인해 나타난 조선족 사회의 변화에 대해 관심을 가지기 시작하여 가족 방문에 대한 기대로 술렁이는 조선족 사회, 한국 방문 관련 브로커들에 의한 피해, 한국 방문과 관련한 가족 간의 갈등 등을 소설의 제재로 사용하였다. 한중교류 초기에 향촌의 조선족 학교에서 교사 생활을 하고 있던 박옥남은 자신의 주변에서 손쉽게 발견되는 한국행으로 발생하는 가족 결손과 돈 때문에 무너지는 가족관계 등을 소설화한 「우리 동네」(1991)를 발표하여 조선족 사회가 와해되어가는 현실에 우려의 시선을 보낸다.

　　가) 이왕 같으면 밭갈이하는 소들의 영각소리와 기계의 엔진소리로 동네 안이 부산했을 때건만 뒤늦게야 달아오른 출국열 때문에 마을 사람들은 일하러 가지 않고 구들목에 모여앉아 한국 갈 소리들만 주절거린다.
　　"그 집 사위재는 초청장이 왔다메?"

15　최병우, 「한중수교가 조선족 소설에 미친 영향」, 『조선족 소설의 틀과 결』(국학자료원, 2012), 170쪽 참조.
16　이 사건의 전말은 전병칠, 「한국 열풍과 그 비극」(『20세기 중국조선족 10대 사건』, 환경공업출판사, 1999)에 상론되어 있다.

"뒤집 허가서는 가짜랍데."
"우리 초청장은 어째 아직두 아이 올가?"[17]

　나) "그래두 그 나그네 제 안까이까 하는 소리 들어봅소. 내 번 돈 내 어디다 쓰든 관계하라냐? 서울 가 보라, 쌔구 버린 게 바람피우는 일이더라. 죽도록 일해 벌어 왔는데 고만한 일 가지고 지랄이냐? 이러재이오."
"우―야! 우리 나그네도 갔다 와서 그래면 어찐다오?"
"그러게 어떻게 하나 묻어나가서 같이 벌어 와야 나그네들이 큰소리 못 친다는데. 아이 그렇습둥?"[18]

　위의 두 인용문은 대화를 통해 한국 방문으로 들썩이는 조선족 마을의 분위기를 사실적으로 그려내고 있다. 가)에서는 농사일이 시작되어 소나 기계를 앞세우고 부산을 떨어야 할 시기인데도 마을 사람들은 한국행에 들떠서 삼삼오오 모여 초청장 이야기만 하고 있다. 초청장이 온 사람에 대한 부러움, 가짜 허가서를 받은 사람에 대한 안타까움, 초청장이 늦어지는 데 대한 초조함 등은 농촌에서 평생 농사를 지어도 그 자리가 그 자리였던 조선족 농민들의 한국행 열망을 보여준다. 나)에서는 대화를 통해 한국에서 돈을 벌어온 뒤 가정의 화목이 깨어진 현실을 보여준다. 한국에 가서 돈을 벌어온 남편이 제가 번 돈 제가 쓰니 간섭하지 말라며 당당하게 바람을 피우고, 그 이야기를 듣고는 자기 남편도 돈을 벌어서 바람을 피울까 걱정하고, 부부가 함께 한국에서 돈을 벌어 와야 부부가 대등해질 수 있다 등등의 이야기는 한국 열풍이 조선족 가정의 평화를 와해시키기도 함을 보여준다.
　출입국・외국인정책본부의 연도별 출입국 통계자료에 따르면 한중수교

17　「우리 동네」,『장손』, 18쪽.
18　「우리 동네」,『장손』, 27쪽.

를 전후한 시기의 조선족의 입국 및 체류 현황은 아래와 같다.[19]

연도	입국자	체류자	단기체류자	불법체류자
1991년	36,141명	125명		
1992년	31,005명	419명	31,203명	22,128명
1993년	12,227명	2,163명	21,854명	21,407명

위의 통계는 한중수교가 이루어진 시기에 5만 명이 넘는 조선족들이 한국에 합법 또는 불법으로 체류하고 있었음을 보여준다. 서울 올림픽 후 가족 방문 형식으로 입국한 조선족들의 일부가 불법체류를 하고, 한중수교 이후에 단기비자로 입국한 조선족 일부도 불법체류를 하여 200만 조선족의 2.5% 이상이 한국에 거주한 것이다. 그러나 1990년대 초 조선족들은 돈벌이를 위해 입국하였으니 그들 대부분이 가장이거나 주부였을 것[20]였을 터이니 이 시기 조선족 가정의 10% 이상에서 가족 결손이 발생[21]한 셈이다. 이는 서울 올림픽 이후 한국과의 교류를 시작하면서 조선족 사회가 겪은 가족 해체와 공동체 와해의 심각성을 알게 해준다. 이런 점에서 조선족 작가들이 한중교류에 따른 조선족 사회의 혼란을 우려하는 소설을 창작한 것은 지극히 당연하다.

박옥남은 「둥지」(2005)에서 한국과의 교류로 조선족들이 한국으로 또 도

---

19 이 통계자료에는 1991년부터 중국 국적자에 대한 통계가 포함되어 조선족이 한국행을 시작한 서울 올림픽 이후 1990년까지의 조선족 입국 현황은 파악할 수 없다.

20 참고로 연도별 출입국 통계자료에 따르면 가족 단위의 이주가 많아진 2016년도에도 조선족 체류자 627,004명 중 66%가 넘는 414,453명이 30~50대로 되어 있다.

21 범박하게 조선족 가구당 가족 수를 3~4명으로 추산하여 50~60만 가구로 잡은 결과이다.

시로 이산하여 조선족 공동체가 사라지는 현실을 어린 학생의 시점으로 그리고 있다.

> 가) "학생동무들. 이전 시간은 동무들이 이 학교 이 자리에서 마지막으로 받는 수업입니다. 오늘로 우리 벽동소학교가 그 력사적 사명을 드디여 끝내는 날이 되었습니다. 다음 학기부터 동무들은 현성에 있는 학교에 편입되여가 거기서 공부하게 됩니다.[22]

> 나) "어차피 다음 학기부턴 너도 현성에 가 학교를 다녀야 한다더구나. 현성에 가서 공부하는 데는 돈이 무척 많이 든다더라. 느거 아버지가 죽었는지 살았는지 소식도 없으니깨 이젠 엄마가 나가서 돈을 버는 길밖에 없다. 개학 때까지 외가집에 가 있어라. 돈은 버는 대로 보내줄게."[23]

평안북도 벽동 사람들이 이주해 세운 벽동마을은 한때 100가구가 넘는 조선족 마을로 성장해 벽동소학교에도 200명이 넘는 학생이 재학했다. 그러나 이 학교는 마을 사람들이 줄어 폐교가 결정되고 학생들은 현성에 있는 학교로 전학하게 된다.[24] 그 결과 학교 건물은 이웃 한족 마을 양들의 우리로 변하고 운동장에는 양들이 먹을 풀이 자라게 된다. 인용문 가)에 이어서 담임 선생은 학생들에게 학교가 문을 닫는 원인인 마을 사람들의 감소를 산아정

---

22 「둥지」, 『장손』, 57쪽.

23 「둥지」, 『장손』, 72쪽.

24 연변의 농촌 지역 조선족 소학교의 2001년도 신입생은 421명으로 1995년에 비해 82%가 감소했고, 재학생 수도 4368명으로 1995년에 비해 67% 감소했으며, 연변 지역 조선족 소학교는 2001년 43개로 1989년 188개소였던 것에 비해 23%에 불과하다는 통계(윤윤진, 「朝鮮族教育的歷史, 現狀及其對策」, 『民族教育研究』 2011年 第1期 第22卷, 2011, 69쪽)는 조선족 공동체의 와해가 어느 정도 심각한지를 알려준다.

책 탓으로 이야기하지만, 나)에서 진수 엄마가 진수에게 말하는 데서 알 수 있듯이 그 가장 중요한 이유는 개혁개방에 따라 또 한국과의 교류로 돈을 벌기 위해 많은 조선족들이 한국으로 도시로 이주한 탓이다.[25]

이 작품에서 진수와 같은 어린 세대들은 한국과의 교류에 따른 조선족 공동체의 와해와 가족 해체의 피해자들이다. 진수가 다니는 학교에는 작년까지 열두 명의 학생이 있었으나 부모를 따라 도시로 나가고 또 부모가 한국으로 돈벌이를 가며 친척집에 맡겨지면서 이제는 일곱 명밖에 남지 않았다. 이제 학교가 폐쇄되고 아버지에 이어 어머니까지 한국으로 가면 진수는 외가에 맡겨지게 된다. 조선족들이 돈 벌러 도시로 한국으로 이주하면 조선족의 전통과 문화를 지켜주던 공동체가 사라지게 된다.[26] 집을 뛰쳐나온 진수가 학교 간판이 두 동강 나 있고, 학교 마당을 갈아엎어 양을 키울 시설을 마련하는 것을 보고 처연한 기분에 젖는 것은 향촌 소학교 선생으로서 조선족 마을과 학교가 사라지는 현장을 지켜본 작가 박옥남의 심경일 것이다.

이후 박옥남은 한중교류로 인해 조선족 농촌이 와해되어가는 현실에 지속적인 관심을 보인다. 앞 장에서 살핀 「썬덕이」와 「찐구」에서 조선족들이 이농함으로써 고향마을이 한족 일색으로 바뀌고 더 이상 농촌으로 돌아올 조선족이 없어 조선족 농민 초빙 공고를 내는 현실은 조선족 공동체였던 농촌 마을이 와해되는 현실을 잘 보여준다. 또 「계명워리」(2009)에는 젊은 여자라고는 돈 벌러 한국에 간 남편이 연락도 없어 장애아들과 어렵게 살아가는 계

---

25 위의 글에서 윤윤진은 이러한 감소의 주요 원인으로 조선족 농민의 대량 이농을 들고 있다.

26 도시로 나간 조선족들이 조선족 아파트를 만들어 공동체를 유지하고 조선족 학교를 운영하자는 운동이 있지만 그 성과는 미미하다. 조선족 이차 이산의 경과와 현실에 대해서는 최병우, 「조선족 이차 이산과 그 소설적 형상화」(『조선족 소설의 틀과 결』, 국학자료원, 2012), 103~106쪽을 참조할 것.

명월뿐이고, 남자도 몇 안 남아서 마작판도 벌이기 힘들어졌다고 하여 조선족 마을의 존속 자체가 어려워진 현실을 보여준다. 더욱이 작품 말미에 명월마저 채권자에게 몸을 주고 집을 담보로 돈을 마련해 아들도 버리고 마을을 떠나는 것은 조선족 공동체의 불안한 미래를 예견하게 해준다.[27]

> "석도는 왜 가는데? 너희가 살던 그 마을은 이제 마을도 아니야. 작년까지만 해도 조선전통 음식 맛을 낼 줄 안다는 음식점이 그 마을에 하나 있어서 우린 쩍하면 차를 몰아 그곳으로 먹으러 다니기도 했는데 그것도 금년엔 우리 한족 사람으로 주인이 바뀌어 인젠 조선음식 전통음식 맛이 아니라 니 맛도 내 맛도 아닌 그런 짬뽕 음식점이 되여 버렸지. 정말이라니깐. 가보나 마나야. 네가 살던 그때 그 초가집들이 한 채도 아니 남고 다 허물어졌더라. 그리구 그곳엔 조선 사람은 한 집도 안살아. 가 봐야 아무 것도 없어. 못 믿겠으면 저 아래에 있는 양고기 구이집에 가서 물어봐. 그 음식점에 팔백 원 씩 받고 밑반찬 버무리는 일을 하는 아낙이 하나 있는데 듣건대 석도에서 나온 아낙이라더라."[28]

벌목 기지 대산진 외곽의 석도라는 조선족 마을 출신인 주인공은 출장길에 고향도 들를 겸 대산진을 찾아 소학교 동문인 한족 산산을 만난다. 소학교 시절 옥수수와 조로 주식을 하는 한족들과는 달리 논농사로 흰 쌀밥을 먹어 친구들의 부러움을 살 정도로 풍요로웠던 고향마을에 대한 기억은 산산과 만나 이야기하는 과정에서 산산조각난다. 매우 큰 조선족 마을이었던 석도에는 이제 조선족은 하나도 남지 않았고, 조선족 특유의 초가집은 다 무너

---

27 「귀뚜라미」에서는 한국과의 교류로 부부 관계가 파괴되어버린 조선족의 현실을 보여준다. 이 작품에서 아내는 외로움에 힘들어하던 남편이 자살한 후에 연락하자 장례 비용을 댈 테니 화장해버리라며 그간 생활비 보내줬으니 미안한 것은 없다고 말한다.
28 「작은 진의 이야기」, 『장손』, 305~306쪽.

졌다는 것은 고향 상실의 안타까움을 느끼기에 충분하다.[29] 한국과의 교류는 조선족들에게 경제적 풍요를 가져다주었지만 고향이 상실되는 아픔, 조선 족 공동체가 와해되는 안타까움 그리고 조선족의 전통이 사라지는 슬픔을 남겨주었다.[30] 박옥남은 이러한 조선족 공동체가 와해되어가는 현실을 세밀 하게 관찰하여 고향 상실의 아픔을 집요하게 천착한 점에서 조선족이 경험 한 한중교류의 후유증을 조선족의 공동체의 와해로 확장하여 소설화한 작 가로 평가할 수 있을 것이다.

4. 중국 사회의 소수자로서 조선족의 정체성

19세기 후반부터 압록, 두만 양 강을 건너 만주 지역에 터 잡은 과경민족 인 조선족은 논농사가 가능한 동북삼성 여러 지역에서 조선족 공동체를 이 루어 민족의 언어와 문화 그리고 전통을 보존하며 살아왔다. 그러나 1980년 대 초 호도거리가 시작되고 개체사업이 가능해지자 조선족들은 소규모이기 는 하지만 풍요로운 삶을 찾아 도시로 이주하기 시작하였다. 더욱이 서울 올 림픽 이후 가족 방문이 가능해지고 한중수교로 한국 입국이 비교적 자유로 워지자 조선족 공동체가 급속하게 와해된다. 이 시기에 이르러 조선족들은 자신들의 정체성에 대해 고민하기 시작하였다.

---

29 이는 「둥지」에서 보여준 조선족 마을의 해체에 이어지는 사태로, 「찐구」에도 이런 풍경이 잘 그려져 있다.
30 한국에서 큰돈을 벌어 도시로 진출한 조선족들이 사는 모습은 「목욕탕에 온 여자 들」(2006)과 「아빠트」(2009) 등에 그려진다. 이들 작품에는 한국에서 벌어 온 돈으 로 경제적 여유는 가졌으나 삶의 긴장감을 잃고 타락한 생활을 하는 인물을 통해 한족 사이에서 공동체적 가치를 상실한 조선족으로 그리고 있다.

「우리 동네」에서 조선족 공동체가 와해되는 현실을 소설화한 박옥남은 중국의 소수민족으로서 조선족의 현실과 미래에 대한 고민을 지속한다. 조선족 학교 교사 신분인 박옥남은 조선족 농민들이 농촌의 노동과 가난에서 벗어나기 위해 도시로 나가고, 한국에서 돈을 벌어서는 편리함을 좇아 또 자녀들의 교육환경을 찾아 도시로 떠나는 현실을 무수히 보았다. 또 조선족 마을이 한족 마을로 변하면서 마을의 소수자가 되어버린 조선족들이 언어와 문화가 다른 한족들 사이에서 힘들게 살아가는 모습도 접하게 된다. 이러한 과정에서 박옥남은 한족과 조선족의 문화적 차이를 심각하게 느껴 조선족의 정체성 문제를 소설의 제재로 끌어들인다.[31]

박옥남의 「올케」(1999)는 한국 열풍에 따른 가정 파괴와 한족들과 함께 살아갈 수밖에 없게 된 조선족의 정체성이라는 두 주제를 다룬다. 조선족들은 한족 사이에서 살아가면서도 한족과 차별화하여 자신들을 한족보다 우월한 종족이라 생각했고, 혼인만은 조선족끼리 하여 민족정체성을 지키려는 의식을 고수하고 있었다. 「올케」에서는 막내삼촌이 한족 처녀와 결혼하겠다고 해 집안을 발칵 뒤집지만 할머니의 극렬한 반대에 부딪혀 조선족 처녀와 결혼할 수밖에 없었던 것은 이 같은 조선족들의 민족적 우월의식에서 비롯된다. 조선족의 혈통을 지키려는 노력은 한족 사이에서 섬처럼 살아가는 조선족이 자신들의 언어와 문화를 보존할 수 있는 최소한의 방어막이 되어주었다. 그러나 개혁개방으로 조선족 처녀들이 도시로 진출하고 또 한국으로 돈 벌러 나가면서 농촌에 조선족 처녀들이 사라져 농촌의 조선족 총각은 짝을 구할 수 없는 처지가 된다. 이런 상황에서 맏손자가 위장결혼으로 한국으로

---

31 조선족이 중국의 소수민족으로서 느끼는 이중정체성에 대해서는 오상순, 「이중정체성의 갈등과 문학적 형상화」(『현대문학의 연구』 29, 2006.7)과 최병우, 「조선족 소설과 민족의 문제」(『조선족 소설의 틀과 결』, 국학자료원, 2012)를 참조할 것.

간 며느리와 이혼하자 작은손자라도 결혼시키자는 할머니의 성화에 고모는 한족 처녀를 데려와 조선족 처녀와 결혼하는 것처럼 속이기로 한다.

> 후동이의 결혼잔치를 치르고 사흘이 지나 할머니가 운명을 했다. 잔치날 누운 몸으로 손자며느리의 인사를 받을 때 이미 의식을 잃고 깊은 잠에 곯아떨어진 듯 드렁드렁 코만 골았던 할머니였다. 송장이나 진 배 없이 반듯이 누워 있는 할머니를 향해 새 손부는 어디서 배웠는지 두 다리를 사리고 곱게 큰절을 올렸다. 그리고 나서 처음으로 입을 열었다.
> "나이나이!"[32]

할머니는 목숨을 건 노력으로 조선족 처녀를 며느리로 맞이할 수 있었지만 작은손자는 어쩔 수 없이 한족 처녀에게 장가를 보내게 된다. 이는 조선족 공동체가 와해되어버린 결과이며 또 다른 문화적 충격을 예고하는 사건이다. 녹색 저고리에 다홍치마로 차려입어 조선족 새각시 모습인 신부는 인사불성인 할머니 앞에서 조선식 큰절을 해 마을 사람들이 조선족 처녀 뺨친다며 놀란다. 그러나 신부는 큰절을 올린 후에 인사불성인 할머니에게 "나이나이(奶奶:할머니)!"라 인사를 드린다. 신부가 조선족 예복을 입고 조선족식으로 큰절을 하며 조선족의 예법을 따르고, 또 친정어머니가 "예의바르고 문명한 민족으로 소문난 조선족과 인친관계를 뭇게 된 걸 영광으로 생각"[33] 한다고 말하더라도 조선족과 한족 사이의 언어와 문화의 차이는 극복하기가 힘들 수밖에 없다.

이 작품의 말미에서 신부가 할머니에게 "나이나이!"라 중국말로 인사하는 것은 말이 다르면 사고가 다르고 문화가 다를 수밖에 없기에 이 결혼은 가족

---

32 「올케」, 『장손』, 48쪽.
33 「올케」, 『장손』, 48쪽.

내의 문화적 갈등을 유발할 것이라는 것을 암시해준다. 이렇듯 「올케」는 조선족 공동체의 와해에 따라 조선족이 한족과 결혼하게 됨으로써 나타날 문화적 갈등과 함께 조선족 정체성에 대한 작가의 고민의 일단을 보여준다. 이후 박옥남은 조선족 정체성 문제를 보다 심화시킨 작품 「마이허」(2006), 「장손」(2008), 「장례」(2011) 등을 발표했다.

「마이허」는 마이허를 사이에 두고 한족이 사는 상수리촌과 조선족이 사는 물남마을 사람들의 삶을 통해 조선족 정체성을 분명히 한다. 물남마을 사람들은 두부를 잘 앗는 상수리촌 사람들에게 두부를 사다 먹는 정도로만 교류를 하고 지냈다. 물남마을 처녀 신옥이 상수리촌 총각과 연애한다는 소문이 나자에 신옥 아버지가 딸을 사정없이 두들겨 패고 마을 부녀자들이 신옥을 마을회관에 끌고 가서 풍기문란이라 호된 비판을 가하자 신옥은 다음날 마이허에 뛰어들고 만다. 그러나 "언제부턴가 상수리 사람들이 방치된 물남의 빈집들을 헐값으로 사들이고 쑥대가 우거진 뜨락터전에 찰옥수수와 두부콩을 잔뜩 심고 벽돌을 실어다 터밭 둘레에 담을 쌓기 시작"[34]한다. 물남마을 조선족들이 도시로 나가고 한국으로 가면서 조선족 공동체였던 물남마을은 점차 한족 마을로 변해버린 것이다. 이렇게 변화해버린 물남마을에서 새로운 결혼식이 열린다.

신부는 '마이허' 북쪽의 상수리 마을 처녀라고 한다. 상수리 사람들이 좋아하는 붉은 색깔로 머리부터 발끝까지 단장한 신부는 식장이라고 만든 돗자리 우에 서서 아미를 다소곳이 숙이고 있을 대신 빨리 담뱃불을 붙여달라고 법석을 떠는 하객들을 향해 히쭉벌쭉 웃음을 날리고 있다.
"다음은 신랑과 신부님의 맞절이 있겠습니다."

---

34 「마이허」, 『장손』, 109쪽.

"씬랑씬냥 뚜이 빠이!"

주례는 조선말로 한 번, 중국말로 다시 한 번 같은 내용의 주례사를 곱씹느라 진땀을 빼고 있다. 왜 아니 그렇겠는가? 하객의 절반 이상이 상수리 마을 사람들인데. 딸자식을 시집보낼 때 하객으로 따라가는 친정식구들의 수효에 의해 그 가문의 문풍과 위력이 과시된다고 여기는 상수리 사람들이 남녀로 소 떼를 지어 '마이허'를 건너 물남 마을로 밀려온 것이다.[35]

처녀 구하기가 '고양이 뿔 구하기보다 어렵다'는 농촌에서 노총각 귀식이 장가를 가는 것은 누나가 한국 가서 보낸 돈으로 상수리촌 처녀를 얻어온 결과이다. 한족 남자와 연애를 한다는 이유로 매를 맞고 비판받고 자살하지 않을 수 없었던 물남마을의 남자가 돈을 들여 한족 처녀를 맞아들여 장가를 가도 아무렇지 않게 느껴지는 상황이 된 것이다. 이 작품에서는 「올케」에서와는 달리 결혼식이 한족식으로 진행되고, 행사 진행 안내는 하객들에 맞추어 조선말과 중국말로 두 차례 낭송된다.[36] 이는 이미 조선족 마을에서 조선족끼리 조선족식으로 결혼을 하던 시대가 마감되었음을, 이제 조선족들이 정체성을 확인하고 시대 변화에 맞는 문화적 패러다임을 만들 때가 되었음을 분명히 하고 있다.

박옥남은 이 작품의 도입부에서 7쪽에 걸쳐 상수리촌과 물남마을 사람들의 삶의 방식 차이를 상당히 길게 진술하고 있다. "민족이 다르면 언어도 다른 법이다. 그러나 말을 시켜보지 않아도 마이허 강가에 나와 빨래질하는 모습만 보고도 어느 녀인이 상수리촌 녀인이고 어느 녀인이 물남마을 녀인인 줄 대뜸 알아맞힐 수 있다."로 시작하는 이 부분은 소설이라기보다 수필에

---

35 「마이허」,『장손』, 110쪽.
36 이 장면은 조선족자치지역에서는 법에 따라 모든 행사 진행과 표기를 조문과 한문을 병기하는 현실을 떠올리게 한다.

가깝다. 박옥남은 이 부분에서 작가 특유의 섬세함으로 조선족과 한족의 문화적 차이를 상세히 정리하고 있다. 이는 많은 조선족들이 '깨끗함/더러움, 교양/무지, 부지런함/게으름, 베풀기/아끼기' 등으로 한족에 대해 이항대립적 민족정체성을 형성하고 있다는 연구 결과[37]에 비해 두 민족 사이의 문화적 차이에 대한 상당히 객관적인 인식을 보여준다. 이는 박옥남이 조선족 공동체의 와해를 바라보면서 조선족의 민족정체성에 대해 고민한 결과이며 조선족으로서 이를 계승하여야 한다는 인식을 드러낸 것이라 하겠다.

「장손」과 「장례」는 각각 한족과 조선족의 장례 문화를 상당히 상세히 그리고 있다는 점에서 문제적이다. 「장손」에는 한족의 문화를 좋아해 한족 학교를 다니고 평생을 한족 사이에서 한족처럼 산 장손이 사망하고 치르는 한족식의 장례 과정이 상세히 그려진다. 반면 「장례」에는 무신이 들어 평생 주변 사람들의 정신적 아픔을 보살펴 마을 사람들의 존경을 받던 할머니가 92세의 노령에 사망하고 치르는 조선족식의 장례가 자세하게 그려진다. 3년 간격으로 발표된 이 두 작품은 「올케」와 「마이허」에서 결혼식을 통해 보여준 한족과 조선족의 문화적 차이를 장례 절차의 차이를 통해 보다 확실히 드러내 보인다. 문화의 전승이 기본적으로 의식주와 같은 삶의 형식으로 존재하지만 가장 근원적인 문화로서의 형식은 통과의례에서 드러나기 마련이다. 박옥남이 조선족 문화의 정체성을 소설화하기 위하여 결혼과 장례라는 형식을 제재로 한 것은 사용한 것은 충분한 의의를 지닌다.

「장손」에서는 한족 사이에서 한족처럼 살다 간 조선족이 갖는 문화적 정체성 혼란이 드러난다. 사촌형님은 부모의 강권으로 조선족 아내를 맞아들였

---

37 이현정, 「'한국 취업'과 중국 조선족의 사회문화적 변화 : 민족지적 연구」, 서울대학교 석사학위 논문, 2000, 100쪽 이후 참조.

지만 첫 아내는 남편과의 문화적 차이를 견디지 못하고 도망쳐버리고, 이후 재산을 보고 들어온 많은 조선족 여자들 역시 그를 떠나간다. 40이 넘어 폐병에 걸린 그와 결혼한 여자는 남편보다는 재산을 보고 온 한족 여성이었고 그녀는 남편이 죽을 때까지 곁에서 지키기는 하였지만 아내로서의 사랑과 정성은 부족하였다. 그녀는 남편이 죽자 의례적으로 장례를 치르며 문상객들과 밤새 마작을 즐긴다.

사랑 없이 시작한 부부 생활을 이어온 사촌형수는 곡꾼을 데려다 곡을 시키고, 발인 날에 상여도 없고 제문도 없이 한족식으로 처량한 새납소리만 울리고는 쓰레기 소각하듯 재빨리 화장을 치른다. 장례 과정에서 조선족식 장례와 비교하며 너무나 성의 없다 느끼고 낯선 장례 절차에 섭섭함을 느낀다. 이러한 느낌은 한 집안의 장손의 장례식으로는 절차가 너무 소루하고 무엇보다 망자를 보내는 산 자들의 슬픔이 빠져 있는 헛것 같은 장례라는 인식으로 한족 문화에 대한 박옥남의 거리감을 보여준다. 이는 「장례」에 그려진 조선족 장례 절차에 따른 할머니의 장례와 비교된다. 「장손」과 「장례」에 그려진 장례 과정은 한족과 조선족의 장례 절차의 차이를 보여준 것이기에 작가도 「장례」의 장례 절차가 익숙하고 「장손」에서의 장례 절차가 낯설게 느껴지는 것은 당연하다. 박옥남이 「장손」과 「장례」를 통해 장례의 과정을 상세히 서술한 것은 한족과 조선족의 문화적 차이에 대한 인식을 보여준 것이자 조선족의 문화적 정체성을 강조하기 위한 노력의 결과라 평가해볼 수 있다.

퇴색한 사진액자 하나가 허접쓰레기 같은 옷가지에 휘말려 나뒹굴고 있는 게 눈에 들어왔다. 주어들고 보니 설날 아침이면 차례상 우에 모셨던 할아버지와 할머니의 영정사진이었다. 유물을 정리한답시며 여기저기를 마구 뒤지는 통에 뒤지는 통에 한데 끼여 나와 흘려진 게 분명했다., 솜두루마기를 입은 할아버지와 앞가리마를 곧게 내여 깔끔하게 빗어 붙인 머리를 한 할머니가 똑같은 시선으로 나를 올려다보고 있었다. 어렸을 땐 차례 제를 내면서도 무섭다고 똑바로 쳐다보지도 않았던 사진이었다. 그러다 후에 철이 들면서 차차 익숙해져 다시 정을 가지고 대했던 할아버지와 할머니의 유일한 사진이었는데 이렇게 이곳에 흘려져 있을 줄이야.

나는 메고 온 가방에 사진액자를 챙겨 넣고 벌떡 일어섰다.[38]

낯선 한족식 장례가 끝나고 사촌형수와 친정 사람들은 유물을 정리한답시고 집안 여기저기를 뒤져 값나가는 물건들은 전승품인 양 나누어 갖는데 정신이 없다. 그 꼴을 보기 싫은 나는 마지막으로 형님의 방을 둘러보다가 한쪽에 버려둔 사촌형님의 유품 속에서 액자 하나를 발견하고 들어보니 조부모의 영정사진이다. 남편에 대한 사랑이 존재하지 않았던 만큼 시댁에 무관심한 형수는 유물들을 정리하다가 집안 어른들의 영정사진을 태워버릴 유품들 속에 내다버린 것이다. 조부모의 영정사진이 버려진 것을 발견하고 그것을 주워 들면서 조부모 사진이 버려진 데 대해 분노에 가까운 느낌을 갖는 것은 너무나 당연하다.[39]

나나 사촌형님에게 조부모의 영정사진이 커다란 의미를 갖는 유물이지만 시댁 사람들에 대한 기억도 없고 제사도 지낸 적 없는 한족 형수와 그 친정 식구들에게 이 사진은 아무런 의미가 없는 물건일 뿐이다. 한 개인에게 물건이나 사진이 의미를 갖는 것은 그것과 관련된 기억의 힘이다. 나나 사촌형님

---

38 「장손」,『장손』, 230~231쪽.
39 김호웅은 이 부분을 조상의 영정마저 챙기지 못하고 개처럼 죽어가는 모습이라 평하고 이는 소설적 허구가 아니고 피땀으로 일군 땅을 지키지 못하는 우리 현실, 우리의 말과 글, 민족교육의 터전마저 지키지 못하는 현실이라 지적한 바 있다(김호웅, 「전환기 조선족 소설문학에 대한 주제학적 고찰」, 편찬위원회 편,『개혁개방 30년 중국조선족 우수단편소설선집』, 연변인민출판사, 2009, 731쪽). 이러한 지적은 텍스트에 대한 과도한 해석이라는 평가가 가능하다.

이 조부모 영정사진에 깊은 애정을 느끼는 것은 어린 시절부터 제사 때마다 보았던 기억 때문이다. 사촌형수가 형님의 유품을 정리하다가 낯선 조부모의 영정사진을 버리고, 조부모 사진에 대한 기억을 가진 내가 주워 들어 가방에 챙겨 넣는 장면은 인지상정이라는 점에서 박옥남의 인간의 심리와 행동에 대한 섬세한 시각을 보여준다.

5. 한국 사회의 주변부를 떠도는 조선족의 삶

자신이 직접 보고 경험한 바를 제재로 한국 열풍으로 혼돈을 겪는 조선족 사회를 소설화하던 박옥남은 2007년 생애 처음으로 한국 나들이를 했다. 박옥남의 첫 한국 체험은 조선족 공동체의 와해와 조선족 정체성에 관한 소설을 지속적으로 창작하던 작가로서 자신의 주된 관심사의 근본 원인을 살펴볼 수 있는 기회라는 점에서 중요한 의미를 지닌다. 박옥남은 짧은 한국 체험을 한 다음해 한국에 노동 이주한 조선족들의 삶을 다룬 「내 이름은 개똥네」(2008)를 발표한다. 이 작품은 한국에 불법체류하고 있는 남편을 만나러 생애 처음으로 한국에 온 서술자가 며칠 사이에 보고 들은 남편과 고향 친구들의 삶을 과거의 기억과 연결하며 담담하게 서술하고 있다.

밖을 내다보니 아직도 캄캄한데 새벽인력시장으로 일거리를 찾으러 나가는 이웃집 동포 식구들이 일어나서 아침을 짓는 소리, 출입문 여닫는 소리, 철대문을 빠져나가는 소리로 같이 쓰는 좁은 뜨락 안이 한참이나 분주했다. 예전에 생산대 탈곡 일을 다니던 엄마가 일하러 가기 전에 식구들이 먹을 조반을 지어놓느라 어뜩 새벽에 일어나 부엌에서 재치고 나무단을 들이면서 여닫는 문소리에 우린 늘 선잠에서 깨여나군 했었는데 눈을 딱 감고 들으니 꼭 그때 그 광경이 방불하다. 보이라를 넣어 따끈한 온돌방은 그때 엄마가 밥하느라 덥혀 놓은 아래목과도 그렇게도 흡사한데 엄마는 지금 우리 곁에 없다. 대신 남편의 체온이 따뜻이 전해왔다. 전등을 켜고 보니 어쩌다 맘놓고 늦잠을 자볼 거라며 그렇게 뜨락 안이 시끄러운 와중에도 단잠에 곯아떨어진 남편. 이제 불혹을 넘긴 나이건만 몸도 마음도 그 이상으로 겉늙어버린, 이 시대 가장 고달픈 삶을 살아가는 나그네가 남의 땅, 남의 집에서 시름없이 코를 곯아대며 곤히 자고 있었다.[40]

인용 부분은 한국 입국한 첫날 남편 방에서 자다가 새벽 네 시에 자명종 소리에 깬 서술자가 맞은 아침 풍경을 담고 있다. 새벽부터 일거리 찾아 벌집을 나서는 조선족 동포들이 내는 소리로 어수선한 풍경에서 어린 시절 일나서던 엄마를 떠올리고 엄마는 없고 대신 남편의 체온이 전해오는 아늑함을 느낀다. 그러나 옆에 누워 곤히 자고 있는 남편은 한국에 오기 위해 고생하고 불법체류로 몸과 마음이 황폐해져 있다. 돈을 벌기 위해 남의 땅에 와서 고달픈 삶을 살다 겉늙어버린 남편의 잠자는 모습에 아련한 슬픔을 느낀다.

남편에게 맛있는 것을 만들어주려 시장에 나가 흥정을 하는 아내에게 화를 내던 남편은 경찰이 보이자 몸을 피한다. 재외국민법 개정 이전에 입국하여 불법체류를 하거나 불법적인 방법으로 입국한 조선족들의 불안한 삶의 모습을 전형적으로 보여준다. 남편은 밀항배를 타려다 공안에게 붙들려 몰매를 맞아 허리를 다치고는 머리바꾸기 비자로 불법 입국한 인물이다. 불법체류자 신분에 몸도 성치 못해 한국행으로 진 빚도 갚지 못한 처지에 강제 귀국을 당해서는 안 된다. 이러한 조선족들은 삶 자체가 불안하고 조심스러

---

40 「내 이름은 개똥녀」, 『장손』, 187쪽.

워 몇 년 만에 만난 아내와 자유롭게 나들이도 못한다.

그러나 합법적으로 입국하여 생활하고 있는 조선족들도 신산한 삶을 살기는 마찬가지이다. 내가 한국에 왔다는 소식에 한국에 입국해 있는 고향마을 동창들이 저녁 모임을 갖는다. "시집, 장가들을 간 후 중국 땅에서는 한 번도 이루어지지 못하던 모임이 이 머나먼 한국 땅에 와서 이렇게 손쉽게 이루어졌다는 것이 꿈같이 희한"[41]하다고 생각하게 한 이 모임에서 술 몇 잔이 들어가자 동창들은 각자 자신들의 삶의 팍팍함에 대해 털어놓기 시작한다.

10년 전 한족으로 호구를 고쳐 입국한 동녀는 그간 돈은 좀 벌었지만 나올 때 쓴 빚 갚고 아들애와 시부모 뒷바라지하고 나니 남은 돈은 없고 호구가 한족이라 재외국민법의 혜택도 못 받으니 중국으로 돌아가지도 못한다며 한족 이름으로 불리는 지금은 어릴 적 별명인 개똥네가 그립다고 푸념한다. 간병인 일을 하는 영순은 병자 가족이 사람 취급을 하지 않아 억장이 무너져 휠체어째로 하수구에 처넣고 싶은 적이 한두 번이 아니지만 돈을 주는 사람에게 고마워해야 한다며 울분을 토한다. 또 조선족이라고 사람 취급을 하지 않는 일에 속이 상한 춘화는 눈물을 쏟고, 불고기집에서 잡일을 하는 병달은 중국인이라고 거지 취급하는 사람들에게 화롯불을 끼얹고 싶은 것을 참은 적이 한두 번이 아니라며 내년이면 물남으로 돌아가 기와집을 짓고 소도 열 마리 사서 사람답게 살겠다고 열을 올린다. 한국에 와서 고생은 하였지만 친구들 몇은 시가지에 집을 한두 채 샀고, 진화는 한국 남자를 만나 아이까지 낳아 중국에 돌아갈 생각도 하지 않는다. 조선족들은 한국에 와서 돈을 벌기 위해 사람 대접도 못 받고 육체적으로 견디기 힘든 신산한 날들을 보내면서도 고향에 돌아가 편안한 삶을 누릴 날들을 기대하며 살아간다는 것이다.

---

41 「내 이름은 개똥녀」, 『장손』, 191쪽.

서로 껴안은 가슴마다엔 착잡한 생각들이 굽이쳤고 눈에는 눈물들이 꾸역 꾸역 괴여 올랐다. 누구보다도 동녀의 처지가 안스러웠다. 돌아가고 싶어도 잠시는 돌아갈 수 없는 녀자, 돌아가고 싶어도 잠시는 돌아가서는 안 되는 녀자. 그게 바로 지금의 동녀다. …(중략)…

대한민국이 나를 향해 손을 젓는구나. 아버지의 아버지 나라가 잘 가라고 손을 젓는구나. 그래, 가자! 집으로 가자! 내 집이 있고 내 아들이 있고 내 터전이 있는 그곳으로 가자! 대한민국, 잘 있어라. 아버지의 아버지의 고향아. 잘 싸워라 친구들아! 잘 견뎌라 개똥네야![42]

인용에서 보듯이 박옥남은 이 작품 말미에서 고향 친구들과 헤어져 중국으로 돌아가는 자리에서 조선족의 현실에 대한 새로운 인식을 보여준다. 한국에 체류하고 있는 조선족들은 보다 나은 미래를 위하여 고통을 감내하고 있다. 재외국민법이 개정된 이후 조선족들은 자유롭게 양국을 드나들 수 있게 되었지만 법적인 문제가 있는 조선족들은 동녀처럼 일시 귀국이 불가능하기에 고향 중국으로 완전히 돌아갈 날을 기다리며 살아간다. 대다수가 2~4세대인 조선족들에게 한국이란 조상의 고향이기는 하지만 자신의 고향은 아니다. 그들은 조상의 땅에서 잘 견디어 내 가족이 있는 고향으로 돌아가 사람답게 살고 싶은 것이다. 박옥남이 도달한 이러한 정체성에 대한 인식은 자신이 조선족이라는 인식에 다름없다. 이 작품 말미에서 보여준 조선족 정체성에 대한 인식은 많은 조선족 작가들의 작품에서 한국 체험을 한 조선족들이 도달한 조선족 정체성과 궤를 같이한다.

박옥남은 「내 이름은 개똥네」에 이어 「타향살이」(2010)[43]에서 돈을 벌기 위

---

42 「내 이름은 개똥녀」, 『장손』, 203쪽.
43 같은 해 발표한 「15년 전의 일기」는 교사직을 휴직하고 1년간 청도 소재 한국인 회사에 근무하며 쓴 일기 형식의 글을 통해 한국 기업에 취업하여 불편한 삶을 사는

해 한국의 주변부를 떠돌며 살아가는 조선족의 고단한 삶을 보여준다. 봉호네 다섯 남매는 모두 한국에 나와 봉호와 동생 상호는 철거작업을, 형 종호는 공사 현장에서 철근 박는 일을, 큰 여동생 부부는 신축 건물 방수 작업을, 작은 여동생은 몰딩 일을 하는 등 막노동으로 살아간다. 자신들의 손으로 새 건물과 아파트가 지어지지만 그들은 단칸 쪽방이나 임시 숙소에서 어려운 생활을 할 수밖에 없다. 돈 벌기 위해 한국에 불법체류하는 조선족들은 노동과 돈을 교환하는 소외된 현실을 살아갈 수밖에 없다. 봉호는 상호가 불법체류자로 체포되어 출국당하지만 자신도 같은 신분이라 아무런 행동도 못 하고 동생의 통장에 돈을 부쳐줄 뿐이다. 이 작품에는 공민으로서의 신분이 확보되지 못한 불법체류 신분의 조선족들이 한국 사회의 주변부에서 불안정한 삶을 영위하고 있는 전형적인 모습을 그리고 있다.

> 그래도 작년부터 큰녀동생네 부부가 다행히 금정역 부근에 작긴 하지만 두 칸으로 된 월세 반지하방을 얻어 살고 있기에 겨울옷 같은 큰 짐짝을 맡겨두는데 편리해 그들에겐 그나마 믿음직한 후방이 되고 있다. 명절이 되면 누가 부르지 않아도 모두 하나같이 큰녀동생네 그 반지하방에 모여들어 물만두 같은 중국료리를 해 놓고 한 끼를 같이 나누어 먹는다. 그래도 그들에겐 제일 행복한 시간이다.[44]

한국 사회의 주변부에서 변변한 숙소도 없이 지내는 조선족들은 가족이나 친지들이 편히 만날 공간도 없다. 임시 숙소에서 지내는 봉호는 큰 여동생네가 서울 변두리에라도 반지하방에 세들자 형제들이 편히 모여 명절을 보낼 수 있는 공간이 생겼다며 작은 행복을 느낀다. 이는 한국 사회의 주변부를

조선족의 모습을 그리고 있다.
44 「타향살이」, 『장손』, 335쪽.

떠도는 삶에서 최소한의 인간다움을 확인할 수 있는 공간이 있다는 데 대한 감사의 마음이다. 그들은 자식의 교육을 위하여, 가족들의 병원비를 위하여, 또 미래의 편안한 삶을 준비하려, 한국 사회의 주변부에서 힘든 노동에 시달리면서도 오랜만에 맞는 가족과 함께할 수 있는 공간, 고향 친구들이나 친지들과의 만남에서 작은 행복과 삶의 활력을 맛본다.[45]

한국 나들이를 통해 박옥남은 조선족 공동체가 와해되는 근본 원인인 조선족의 한국 이주의 참모습에 접근한다. 박옥남은 몇 편의 소설을 통해 돈을 위해 낯선 한국에서 차별과 멸시를 감내하는 조선족의 삶을 다룬다. 이들 소설에는 한국인들이 기피하는 고되고 위험한 현장에서 상대적으로 적은 임금과 과도한 노동에 시달리고, 불법체류자 신분으로 불안정한 일용직 노동 현실에 내몰리는 조선족의 삶의 풍경이 파노라마처럼 펼쳐진다. 이와 함께 고된 한국에서의 삶 속에서 그들이 작은 행복을 느끼고 삶의 활력을 줄 수 있는 힘으로 중국에 두고 온 가족의 존재와 함께 한국에 있는 가족과 고향 친구들의 만남을 들고 있다. 이와 같은 조선족의 이주 현실에 대한 인식은 한국에 입국해 살아가고 있는 조선족들의 내밀한 부분까지 읽어낸 박옥남의 예민한 작가적 시각의 힘이라 하겠다.

6. 결론

이상에서 살펴본 바, 박옥남은 섬세한 시선으로 주변의 조선족의 삶을 바

---

45 「언니」에도 인력사무소를 통해 일용직 식당보조일을 하는 조선족 여성의 삶을 통해 과도한 노동과 적은 임금에서 받은 응어리를 동창 모임에서 해소하는 모습이 그려져 있다.

라보고 소설화하면서 점차 소설의 제재를 확대해왔다. 그는 등단 초기 기구하고 불우한 한 개인의 삶을 소설의 제재로 하였으나, 개혁개방과 한중교류로 조선족들이 도시로 한국으로 이주하면서 와해되어가는 조선족 공동체의 안타까운 현실과 조선족 정체성을 다루기 시작했고, 한국을 단기 방문한 후에는 돈 때문에 차별과 멸시를 견디며 한국 사회 주변부를 떠도는 조선족들의 삶을 주제화하였다. 박옥남은 조선족 학교 교사 생활을 하면서 주변에서 보고 들은 바를 제재로 하여 다양한 측면으로 소설의 주제를 확대해온 것이다. 그리고 이렇게 변화해온 소설의 주제 모두가 조선족 공동체와 조선족의 삶과 연관된 것들이란 점에서 여러 주제를 혼합하여 작품의 폭과 깊이를 더하였다.

조선족들의 삶의 풍경에 지속적인 관심을 갖고 소설 창작을 하던 박옥남은 「해심이」에서 탈북 여성을 다루어 소설 영역의 새로운 확대를 보여준다. 이 작품은 좋은 일자리를 구해준다는 말에 따라왔다가 한족의 며느리로 팔려온 해심이라는 처녀가 조선족 아줌마를 만나 마음을 다잡고 아이를 낳고 사는데 그 아줌마의 아들이 포상금에 눈이 멀어 해심의 일을 신고해서 위험에 빠진다는 내용으로 되어 있다. 조선족 작가들이 탈북자 문제를 소설의 제재로 즐겨 다루지 않는다는 점에서 「해심이」가 탈북 여성의 비참한 삶을 제재로 한 것은 조선족 소설의 영역 확장이라는 의미를 지닌다. 그러나 이 작품은 원고를 투고한 『송화강』 측에서 북한 비하 내용을 담았다는 이유로 수록을 거부했고[46] 이후 박옥남이 탈북자 제재 소설을 더 이상 창작하지 않아 아쉬움으로 남는다.

박옥남은 와해되어가는 조선족 사회의 여러 문제들을 매우 리얼하게 소설

---

[46] 박옥남 2018년 4월 9일 메일.

화하고, 조선족으로서 그러한 현실을 바라보는 안타까움과 허허로움을 잘 그려낸다. 그가 여러 평자들로부터 조선족 디아스포라를 소설화한 대표적인 작가라는 평가를 받는 데에는 이러한 체험에 기댄 창작 방법의 영향도 적지 않을 것이다. 조선족 마을이 공동화되어가는 데 대해 보고 들은 바를 어린 시절 자신이 살았던 고향마을의 풍경과 비교하는 서술 방식은 서술자의 안타까운 심정을 회고조로 그려냄으로써 같은 체험을 지닌 독자들에게 큰 울림을 준다. 그러나 이러한 기억을 공유하지 못한 독자들에게는 크렇게 큰 울림으로 다가오지 않을 위험이 존재한다.

박옥남은 보고 들은 바에 기대는 방식으로 소설을 창작하여 대부분의 작품이 관찰자 시점의 단편소설로 되어 있어 작가가 말하고자 하는 조선족 현실의 원인과 본질 등에 대한 천착이 부족해지는 한계를 보인다. 더욱이 이러한 창작 방법은 한국의 주변부를 떠도는 조선족들을 다룬 소설에서 그들의 과거와 현재, 고민이나 꿈 그리고 정체성의 여러 양상 등에 대한 깊이 있는 성찰을 보여주는 데 실패하는 요인이 된다. 박옥남이 좀 더 긴 시간 한국에서 조선족의 과거와 현재 그리고 현실과 미래 등에 대한 성찰을 통해 조선족의 삶과 꿈에 대한 깊이 있는 소설을 창작하기를 기대한다.

마을 이야기로 펼친 조선족사

최국철론

마을 이야기로 펼친 조선족사

최국철론

1. 최국철 소설의 저변과 연구의 방향

최국철은 1986년 2월 「시골의 빛깔」로 등단한 후, 두 편의 장편소설과 100편에 가까운 중·단편 소설을 발표하여 소수민족문학 신인상, 자치주창립 40주년 문학상, 『아리랑』 문학상, 『도라지』 문학상, 두만강문학상, 윤동주문학상 등 여러 문학상을 수상하였고, 현재 연변작가협회 주석직을 맡고 있는 조선족 문단의 중견작가이다. 1962년 8월 연변조선족자치주 훈춘시 량수진 남대촌[1]에서 가난한 농민의 5남매 중 맏이로 태어난 그는 농사일을 도우며 남대중학교(고중)를 1978년 졸업하였다.[2] 고중 졸업 후 고향에서 농사일을

---

1 양수진은 행정구역 조정으로 현재는 도문시에 편입되어 있다.

2 필자의 질의에 답한 최국철의 메일(2016.7.13)에서 생년월일이 모두 틀리게 기재되어 있지만 관방의 당안에 그렇게 기재되어 있어 그것을 기준으로 한다고 말하고 있다. 이하 그의 생애 사실은 당안과 리영, 「최국철의 장편소설 『광복의 후예들』 연구」(연변대학교 석사학위 논문, 2012)에 정리된 생애 내용과 최국철의 상기 메일을 중심으로 정리하였다. 이하 상기 메일 인용은 최국철 메일(2016.7.13)로 한다.

하며 문학 수업을 계속하여 1986년 등단하고, 이후 반 년 동안 교원 사업을 한 뒤 1987년부터 양수진 정부에 들어가 사업을 시작하였고, 1989년 1월 중국공산당에 가입하였으며 공청단 서기, 사법 조리원, 사법소 소장 등 진정부의 주요 사무를 담당하였다.

최국철은 사법소 소장을 지내던 1993년에 연변대학 정치학부의 전주중학교정치교원양성전문반에서 2년간 수학하였다.[3] 연변대학 전과반을 마친 그는 1995년부터 2002년까지 도문시문학예술련합회 주석으로 활동하면서 왕성한 소설 창작을 하였다. 2002년부터 『연변일보』 도문주재 기자로 활약하고 2006년부터 2010년까지 『연변일보』 문화부 주임을 역임하였는데 신문사에 근무한 9년여 동안 최국철은 연변 지역을 답사하며 르포 기사를 쓰는 일에 정열을 기울여 신문 원고만도 수백 편에 달한다. 최국철은 2005년에 중국작가협회에 가입하였고, 2010년 8월부터 연변작가협회 당조성원, 전직 부주석 등을 지냈으며, 2014년 11월 주석 대리가 되고, 2015년 8월 연변작가협회 주석으로 선출되어 활동하고 있다.

정규적인 문학 공부를 한 바 없는 최국철은 자신이 문학을 하게 된 계기로 열한 살 나던 해 방학 때 우연히 『고옥보』[4]라는 책을 읽은 일을 꼽고, 그 일로 어린 나이에 작가지망생이 되어 독서를 게을리하지 않으며 고독하게 문

---

3 리영, 앞의 글, 14쪽. 이에 대해 최국철은 메일(2016.7.13)에서 "그 시기 정부 행정 일군들의 학력이 대부분 고중, 중학교라서 정부에서 후계자를 배양할 목적으로 량수진 정부에서 두 명을 추천해서 연변대학 전과반에서 월급을 받으면서 대학공부를 하게 했습니다. 거기서 2년 동안 정치계를 다녔습니다. 중국에서만 가능한 일이지요. 시험을 치지 않았지만 정부 측과 학교당국의 협의로 학생들과 똑같은 대우를 받았습니다. 최종학력은 대학전과입니다."라 자신의 대학 생활을 정리해주었다.

4 최국철 메일(2016.7.13)에서 이 책은 "자그마한 소책자인데 전기체입니다. 지금 보면 이데올로기적인 색채가 강하고 과거 지주들은 다 나쁜 놈이고 빈농들은 지주들의 착취로 못살았다는 엉터리 책입니다."라 하였다.

학 공부를 하였다고 회고한 바 있다.[5] 어린 시절부터 문학에 뜻을 둔 최국철은 소학교 때부터 북한 소설들을 읽으며 문학 수업을 하였고, 고중을 졸업한 후 농사일을 하면서 선생을 모르고 문학 수업을 하면서 구차한 집안 살림과 책이 귀했던 당시 정황상 주로 북한 소설들을 밀수해 읽으며 독학을 하였다. 최국철은 이들 작품이 그의 문학의 밑거름이 되었기에 자신의 작품에는 처처에 북한 문학의 냄새가 난다고 말하기도 한다.[6] 그러나 최국철은 이러한 직접적인 문학 공부 이외에 어린 시절부터 할머니에게서 들은 많은 이야기들이 그의 문학의 바탕이 되었다는 점을 밝히고 있다.

> 지금까지 수많은 문학선배님들이 나의 문학생활과 창작에 조언을 주고 영향을 주었지만 그래도 나의 문학계몽 선생은 글 한자 깨치지 못한 할머니가 우선 순위다.
> 그 생활적인 계몽이 이다지도 끈질긴지 나도 문득문득 놀란다. 할머니가 하셨던 수많은 이야기들은 나에게 력사와 현실이라는 2중성적인 형상성으로 다시 인화 되었고 그것이 칼라던 흑백이던 인쇄지로 나갔다.
> 나의 문학은 할머니와의 공통작업이고 고향과 민족과의 공통적인 작업이다.[7]

자신의 문학의 바탕에는 그 어떤 문학 선생님의 조언보다 어린 시절부터 할머니에게 들었던 수많은 이야기가 놓여 있으며, 할머니의 이야기에서 자신이 세상을 바라보는 통로가 마련되었다는 것이다. 이는 문맹인 자신의 할

---

5   최국철 작가가 메일(2016년 5월 31일)로 보내준 『간도전설』 출간기념회에서 한 발언 요지 「황토에서 자란 내 마음, 함부로 쏜 화살 찾으러…」에서. 이하 인용은 '최국철 발언 요지'로 한다.
6   최국철 메일(2016.7.13).
7   최국철 발언 요지.

머니가 자신의 체험을 바탕으로 해준 이야기들은 고향 남대촌 사람들이 살아온 삶이자 조선족의 역사이며 현실이었다는 깨달음이다. 즉 작가로서의 최국철 자신은 할머니에게서 들은 이야기를 소설의 형식으로 기술한 것이기에 자신의 문학은 할머니와의 공동 작업의 결과이며 고향의 현실과 조선족의 삶의 역사에 다름 아니라는 주장이다. 앞의 내용으로 미루어 최국철의 문학은 북한 소설을 읽으며 독학으로 형성한 소설의 구성 및 문체를 사용하여 할머니로부터 전해들은 고향 남대촌 사람들의 이야기와 어린 시절부터 보아온 고향마을의 정경과 고향 사람들의 삶 등을 제재로 하여 소설을 창작에 임했다는 평가가 가능하다.

최국철은 고향을 너무나 사랑하고, 고향을 쓰면 우리 연변을 쓰는 것과 같고 나아가 중국 조선족들의 삶을 쓰는 것과 같다고 생각하여 30여 편의 중단편이 고향 남대촌을 무대로 하고[8] 있으며, 두 편의 장편소설도 남대촌을 중심으로 양수진과 두만강 건너 온성 그리고 주변 마을을 소설의 공간적 배경으로 사용하고 있다. 본고는 이 점에 착안하여 작가 최국철이 일관된 관심을 가지고 그리고 있는 고향 남대촌의 역사와 현실이 가장 잘 드러난 장편소설『간도전설』과『광복의 후예들』[9]을 대상으로 그가 이들 작품을 통해 그리고자 한 바가 무엇이며 어떠한 소설적 성취를 이루었는지, 일제강점기와 광복 이후라는 시간적 배경의 차이가 소설상에 어떤 차이를 보이는지, 그리고 이들 작품에 나타난 소설 언어의 특징과 그 의미 등을 살피고자 한다.

---

8   최국철 메일(2016.7.13).

9   『간도전설』(흑룡강조선민족출판사, 1999)과『광복의 후예들』(연변인민출판사, 2010)은 같은 공간을 무대로 동일한 인물들의 삶의 경과를 보여준다는 점에서 연작으로 이해할 수 있다. 이하 두 작품을 함께 언급할 경우『간도전설』연작'이라 약칭하고, 본문을 인용할 경우에는「작품명」, 쪽수'로 밝힌다.

2. 마을 이야기로 펼친 조선족의 역사

『간도전설』 연작은 해방을 전후한 시기의 두만강변에 자리한 양수진 소재의 남대천이란 마을을 공간적 배경으로 한다. 『간도전설』은 1936년 봄부터 가을까지를, 『광복의 후예들』은 1945년 8월 광복 직전부터 1948년 4월 토지개혁이 완료되는 시기까지를 시간적 배경으로 하고 있다. 『간도전설』 연작이 해방 전후의 남대천 마을 사람들의 삶을 다루고 있지만 시간적 배경의 선택은 작가의 치밀한 소설적 의도가 내포되어 있는 것으로 이해된다.

『간도전설』의 시간적 배경이 되는 1936년은 만주 지역의 역사에서 상당히 문제적인 해이다. 1931년 9월 만주사변을 일으킨 일제는 1932년 3월 1일 괴뢰국가인 만주국을 수립하였다. 만주국 수립 이후 관동군은 만주 지역의 항일 무장세력의 토벌을 위하여 3년여에 걸친 치안숙정작업을 진행하여 1931년 만주사변 직후 22만 명에 달하던 항일 무장세력의 대부분을 숙청하였고, 2차 치안숙정작업이 끝난 1938년이 되면 소수의 공산계를 제외한 토비나 민족계 항일 무장세력이 거의 궤멸하기에 이른다.[10] 이런 점에서 1936년은 만주국을 수립한 일제가 만주 지역의 군사적 안정을 어느 정도 달성하고 이듬해 여름 중일전쟁으로 나아가기 위한 본격적인 준비를 시작하는 시점이다. 1936년 함경북도 온성과 도문시 양수진을 연결하는 온성대교를 시공한 지 1년여 만에 완공하는 것은 일제의 전략적인 판단을 보여주는 것[11]으

---

10   윤휘탁, 『일제 하 '만주국' 연구』, 일조각, 1996, 125~126쪽.

11   온성대교 공기 단축 문제는 『간도전설』에도 일본인 총감독과 한국인 기술원의 대화 속에 간단히 등장한다.
      "다리 사용 교부시간이 얼마나 앞당겨졌습니까?"
      "명확한 시간은 밝히지 않았지만 앞당긴 것만은 사실입니다. 이번에 총독부에서 나를 부른 원인은 여기에 있습니다. 그러니 올해 안으로 보를 올리고 리베트를 박아

로 『간도전설』이 시간적 배경으로 선택한 1936년이 갖는 역사적 중요성을 알게 해준다.

1936년 온성대교 건설 현장인 양수진 일대에는 농지를 찾아 두만강을 건너와 양수진 근처 구영벽마을에 터를 잡은 조선인 농민, 광산이나 공사판을 돌아다니며 날품을 팔아 연명하던 조선인 막노동꾼, 일본인에게 들러붙어 십장 따위를 하며 조선인들의 노동력을 착취하는 주먹패 등 수많은 조선인들이 돈벌이를 찾아 모여들었다. 조선인 노동자들은 농사꾼과 막노동꾼 사이에 사소한 갈등을 일으키지만 일본인의 수족이 된 주먹패들과 충돌하면서 서로에게 의지하며 공사현장의 힘든 노동을 버티며 살아간다. 이들 조선인 노동자 중 애인과 10년 전 고향 함경남도 장진을 도망쳐 떠돌이 생활을 하다 온성대교 현장에 흘러든 김원도는 학교에서 얻은 지식과 공사판 사람들에게 덕을 베푸는 의리로 공사판에서 잔뼈가 굵은 거친 사나이 광수와 그의 친구들을 동생으로 삼고 공사판의 조선인들에게 존경받는다.

동향 사람으로부터 모친이 돌아가셨다는 소식을 듣고 10년 만에 고향을 찾아가 큰돈을 상속받아 온 원도가 구영벽에서 멀지 않은 남대천(큰골)[12]에 농지를 마련하여 온성대교 현장의 조선인 노동자들에게 소작을 주어 정착하려 하면서 『간도전설』의 본격적인 갈등이 시작된다. 남대천은 1930년대 만주 지역의 권력 양상을 압축적으로 보여준다. 온성대교 공사현장이 자리한 양수진에 진을 친 일본군과 경찰이라는 공적 권력, 양수진 근처 산속에

야 합니다."

원래의 계획대로라면 올해는 교각만 세우기로 했는데 보까지 가설하면 큰일은 올해 안에 다 해치우는 게 아닌가. (『간도전설』, 489~490쪽)

12 원도와 동료들이 자리 잡는 마을은 『간도전설』에는 큰골로 『광복의 후예들』에는 남대천으로 되어 있다. 작가의 고향인 남대촌을 두 작품에서 다르게 명명한 바 본고에서는 남대천으로 통일한다.

최국철론 마을 이야기로 펼친 조선족사

자리하고 있는 공산계 항일 무장 세력이라는 눈에 보이지 않는 잠재적 권력, 남대천마을 대부분의 농토를 소유하고 자위단 세력과 결탁하여 무장까지 한 한인 지주라는 실제적 권력 등이 그것이다.

만주국은 오족협화를 내세운 나라이지만 일제의 괴뢰국가에 지나지 않으므로 일제가 만주 지역의 공적 권력을 장악하고 있었다. 정치적으로 일제에 맞서고 있는 유일한 세력은 일본군의 숙정 작업에도 잔존하고 있는 공산계 항일 무장 세력으로 일제나 지주들에게는 위협적인 존재였지만 가난한 조선인들의 삶에 큰 영향력을 행사하지는 못했다. 당시 만주에 살고 있는 조선인 농민들의 삶에 직접적인 영향력을 행사하는 권력은 지주들이었으며 그들 대부분은 청나라 말기부터 만주로 건너와 국가 시책에 따라 농지의 대부분을 장악한 한인들이었다. 이러한 권력의 삼각 구조가 엄정하게 존재하는 남대천에 조선인이 토지를 구입하고 지주로 등장한다는 것은 기존의 질서에 균열을 일으키는 일이다.

구영벽에 살고 있는 원도가 땅을 사고 집을 짓고 남대천으로 이주를 결정하자 남대천의 원지주인 한인 짱싼의 방해가 시작된다. 짱싼은 아랫사람을 시켜 무력시위를 하고, 사소한 일로 트집을 잡아 폭력을 휘두르고, 새로 짓는 집 담장에 흠집을 내고, 원도가 마을 사람들의 노력으로 개간한 설창비탈밭을 강제로 빼앗으려 하고, 자위대와 일본 경찰의 힘을 빌려 원도를 압박한다. 또 일본 육군 소좌 계급장을 달고 온성대교 공사현장 총감독을 맡고 있는 미쯔우라는 반일 의식이 적지 않은 것으로 판단되는 원도와 그를 따르는 싸움꾼 광수 등에 대해 경계와 감시의 눈을 떼지 않으며 수하의 소대장 가네다니 소위와 그들의 앞잡이인 싸움꾼 최 십장 등은 노골적으로 원도 패거리에게 폭력을 행사한다. 그리고 땅을 사서 새로운 지주가 되는 원도에게는 산속에 웅크리고 있다가 자신들의 이념에 맞지 않은 지주나 친일파들을 징치하는 공비들의 존재도 불안의 요인이 된다.

한인 지주 짱싼과의 갈등에 시달리고 그들의 폭력에 당하기도 하던 원도는 짱싼이 만척에 손을 써서 설창비탈밭을 자기 소유로 만들어버리자 만척을 찾아가 사정을 이야기했다가 코만 떼이고, 일본인 경찰서장을 찾아가지만 도움을 거절당한다. 또 이 일로 짱싼의 졸개들과 시비가 붙어 물리적 충돌이 발생해 개 한 마리를 죽이자, 일경이 자위단에 내린 군견을 죽였다는 죄목으로 경찰서에 끌려가 그래도 지주이기 때문에 벌금을 물고 귀뺨을 맞는 정도의 수모만을 당하고 풀려난다. 온성 기생집에서 노름판을 벌인 최 십장을 징치하고 일본군과 친일파들의 놀이터인 기생집에 불을 지르고 도망쳐온 광수가 마을을 떠나면서 짱싼과의 충돌에 대비하라며 총을 건네주자 한밤중에 양수진에서 집으로 돌아가는 짱싼을 총으로 쏘아 죽이는 것으로 그와의 갈등을 마무리하려 한다. 그러나 짱싼은 큰 상처를 입지만 목숨은 부지하고, 이 사건은 공비들의 소행으로 치부되고 만다.

원도와 미쯔우라의 싸움은 가네다니 소위와 최 십장이 온성장에 다녀오는 남대천 처녀를 겁간하고 그녀들이 두만강에 뛰어들어 자살하는 데에서 최고조에 이른다. 원도는 마을 사람들과 힘을 합쳐 다리 공사장에서 교각에 사고가 난 것으로 위장하여 가네다니 소위와 최 십장이 비계 위로 올라오는 순간 때려 쓰러뜨리고 시멘트 몰타르 구덩이에 묻어버린다. 이 사건을 조사하던 미쯔우라는 조선인 십장들을 취조하여 원도 패거리들의 소행임을 알고는 새벽에 마을로 쳐들어가 원도를 포함하여 구영벽의 조선인 노동자들을 몰살시킨다. 마을 사람들이 모두 살육당하는 상황에서 원도의 마름일을 보아오던 병권 영감이 원도의 두 아들 영수와 인수를 일본인들 몰래 남대천으로 피신시켜 원도의 가업은 유지된다.

남대천마을의 공적 권력인 미쯔우라, 실제적 권력인 짱싼, 잠재적 권력인 공비, 그리고 그들 사이에서 새로운 권력을 만들려는 원도와의 싸움은 일제강점기 만주의 현실을 상징적으로 보여준다. 세 개의 권력 사이에 끼어 그곳에 보금자리를 틀고 안착하려다 실패하는 원도의 모습은 어디서든 진정한 권력을 갖지 못하고 또 권력의 보호도 받지 못하고 떠돌아야 했던 일제강점기 조선인의 불안정한 삶을 극적으로 형상화한다.

> "어델 가도 뿌리 내리고 악착하게 사는 조선사람 아니면 보기엔 생명력이 강해두 따지구 보면 산만한 유목민의 근성이 많아. 자네두 매일과 같이 보따리 들고 두만강 건너오는 조선 사람을 보지. 무슨 생각이 들던가. 일본사람들이 못살게 굴고 흉년이 들어서 건너온다고만 생각 말게. 우리 민족은 앞길이 희미한 민족이야."[13]

원도의 지기인 온성대교 건설현장의 기술원인 조기운[14]이 두만강을 건너와 옹색한 삶을 살아가는 조선인들의 모습을 보고 하는 이 말은 조선인들의 저열한 민족성과 불안한 미래를 이야기하고 있지만, 나라 잃은 가난한 조선인들이 어디고 발붙일 수 없는 현실을 정확하게 지적하고 있다. 조선인이 유목민처럼 살아가는 것은 앞에서 살펴보았듯 그들을 보호해주는 권력이 존재하지 않기 때문이다. 따라서 조선인들은 자신들의 몸뚱이만으로 또는 토지를 구입해 만주에 정착하려 애를 써도 만주 지역을 장악하고 있는 공적 권력과 실제적 권력의 방해로 제대로 뿌리내릴 수 없다. 그들은 자신들의 생존을 유지하기 위하여 온갖 노력을 기울이지만 공적 권력과 실제적 권력이 결

---

13 『간도전설』, 53~53쪽.
14 『간도전설』에 등장하는 기술원 조기운은 『광복의 후예들』에서 온성대교 완공 후 양수진의 소학교 교장이 되어 원도의 자녀들을 도와주는데 이름이 조군으로 바뀌어 있다. 본고에서는 조기운으로 통일해 부른다.

탁한 공간에서 그들의 시도는 실패로 끝나기 마련이다. 그러기에 남대천에 자신의 돈으로 토지를 구해 조선인 마을을 세우려다 실패로 끝난 원도의 시도는 결국 간도 지방에서 살아가는 조선인들에게 하나의 전설로 남게 된다.

『간도전설』의 후속편에 해당하는『광복의 후예들』은 마름의 손에 이끌려 남대천으로 들어가서 아버지가 물려준 토지에 기대어 지주로서의 삶을 영위하던 영수 형제가 광복 이후 급변하는 사회에 부딪혀 몰락하는 과정을 담고 있다. 이 작품은 원도와 광수를 비롯한 조선인 노동자들의 피땀 어린 온성대교가 폭파된 1945년 8월 12일에서 이야기가 시작된다. 원도의 자녀들이 남대천으로 도피하고 10년의 세월이 흘러 원도의 맏아들 영수는 마을의 작은주인이 되어 지주로서의 삶을 유지하고 있다. 그러나 만주 지역의 공적 권력이 일본군에서 소련 홍군으로 변화된 상황은 미래에 대한 불안감을 증폭시킨다. 남대천 사람들은 공적 권력이 소련군으로 바뀌고 잠재적 권력이었던 중국공산당이 마을에 공작대를 파견하여 공적 실제적 권력으로 자리잡으면서 변화를 실감한다. 이는 지주의 재산권이 보호해주던 일제나 국민당과는 전혀 다른 정책을 가진 공적 권력의 등장으로 간도 지역의 조선인들은 커다란 역사적 단절을 맞이한다. 이런 점에서 작품의 서두에 등장한 온성대교의 폭파는 상징적 의미를 갖는다.

광복 시기부터 1948년 봄까지를 시간적 배경으로 하는『광복의 후예들』의 중심에는 토지개혁이 놓여 있다. 이 작품에 등장하는 여러 사건들은 아버지에게서 물려받은 토지를 건사하려는 영수가 시대적 상황에 의해 몰락하는 과정에 부수적인 장치로 존재한다. 남대천의 조선인 농민들은 지주 영수의 농지에 기대어 어려운 삶을 이어간다. 소작인의 삶이 그렇듯이 넉넉하지는 못하지만 4 : 6의 도지를 받는 한인 지주 짱싼에 비해 3 : 7을 유지하고 조선인 소작인들의 어려움을 외면하지 않는 영수네 땅을 소작 부치는 사람들은 지주 영수에게 고마움을 느끼며 살아왔다.

공적 권력이던 일제가 사라지자 짱싼은 영수네 땅을 탐내어 영수 측 소작인들을 건드리기 시작하여 결국 쌍방 간의 큰 폭력으로 이어진다. 이에 앞으로의 일을 걱정하던 영수가 짱싼을 총으로 저격하고, 아버지를 잃은 짱싼의 자식들이 영수네 집으로 쳐들어와 안살림을 책임지던 영수의 이복동생 병수의 모친인 복희를 사살하고 양가 사람들 사이에 총격전이 벌어진다. 영수네가 수세에 몰리자 마름 룡범이가 옛 친구들이 그리워 남대천을 찾았던 광수가 주고 간 수류탄을 터뜨려 짱싼 측의 공격을 진압한다.

악덕지주, 한간, 친일파의 땅을 압수하여 농민들에게 나누어주는 중국공산당의 토지개혁 정책에 따라 남대천에 진주한 토지공작대가 짱싼의 토지를 남대천 소작인들에게 무상으로 나누어주자 농민들은 환호작약한다. 이어 공작대는 남대천 사람들의 동조 아래 농민 조직을 만들고, 잦은 회의를 통하여 마을 사람들을 교육하고, 남대천 사람들을 빈농·중농·지주 등으로 성분을 나누고, 마을 사람들의 신임을 바탕으로 국민당과의 해방전쟁에 마을 청년들이 참군하게 독려하는 등 공산당의 정책을 남대천에 뿌리내리면서 점차 남대천의 공적이자 실제적 권력으로 자리 잡아간다.

영수는 악덕지주도 친일파도 아니었기에 짱싼처럼 토지를 압수당하는 신세는 면했지만, 앞날에 대한 불안감에 휩싸인다. 공적 권력이었던 일제를 대신한 중국공산당의 강제적이고 폭력적인 토지개혁을 보면서도 자기 돈으로 정당하게 땅을 구입하였고, 소작인들을 착취하지도 않았으며, 친일하지 않았고 오히려 일제와 투쟁한 소지주에 지나지 않는 자신의 땅을, 악랄하기 그지없던 일제도 국민당도 빼앗지 않은 자신의 땅을, 중국공산당이 압수하리라는 생각은 하지 못한다. 그래서 영수는 조기운과 장인이 토지를 처분하고 서울로 가자는 권고를 해도 물려받은 땅을 지켜야 한다는 생각에 임신한 아내와 동생들을 조기운과 장인에게 부탁하면서도 자신은 남대천에 남는다. 그러나 1948년 봄, 공산당의 토지정책이 최종 단계에 이르자 마을 사람들의 존경을 받는 영수네 토지는 물론 저택까지 접수하고 만다. 자신의 땅을 지키려 무진 애를 쓰던 영수는 공작대에서 땅을 접수한다는 통보를 받은 후 실어증에 걸리고, 자신의 집에서 쫓겨나 마을 한 구석에 있는 폐가에서 인민의 적으로 비판받으며 간고한 삶을 살게 된다.[15]

『광복의 후예들』에는 '광복−소련군의 진주−공작대 진주−악덕지주 청산−성분 획분−농회 조직−국공전쟁−참군 운동−토지개혁' 등 해방 이후 중국의 공산화 과정에 발생한 일련의 역사적 사건들이 남대천이란 작은 마을에서 어떻게 실현되었는지를 구체적으로 보여준다. 남대천 사람들은 공적 권력인 공산당의 정책이 무엇인지 혁명이 어떻게 진행되는지에 대해서는 알지 못하고 일제 때나 해방 이후나 농사를 지으며 권력의 명령에 따르며 역사의 흐름 속에 던져졌을 뿐이다. 남대천 사람들에게 혁명, 평등, 토지개혁, 공산주의와 같은 이념이란 현실적으로 다가오지 않는 추상일 뿐이다. 그들은 조상 대대로 농민들이 살아온 방식으로 권력이 요구하는 방향으로 따라감으로써 역사와 현실의 변혁을 몸으로 견디어낸다. 그들은 토지개혁의 과정에서 자신들을 굶지 않게 해주고 급할 때 경제적 도움을 주던 착한 지주 영수

---

15 1930년대 중반 이후 중국공산당은 일본과 중국 간의 민족모순이 주된 모순이라고 판단하고 악질 대지주, 매판자본가, 한간을 제외한 사회의 여러 계층, 민족을 통합해 일본에 대항하고자 했다. 이는 정확했고 항일전쟁의 승리를 가져오는 데 결정적인 작용을 했다. 하지만 일제가 패망한 후 토지개혁을 하면서 소지주까지 인민의 적으로 간주해 청산을 하고 토지와 재산을 몰수하는 극좌적인 경향을 노정했고, 그 결과 이후 중간세력의 비협조와 태만으로 나타나게 된다. 원도와 영수의 삶이 이를 극명하게 보여준다는 점에서『간도전설』연작은 이러한 역사적 오류를 극적으로 형상화했다는 평가가 가능하다.

가 몰락하는 것은 안타깝게 생각하지만, 자신에게 차례지어져 자신의 이름으로 등록된 토지를 보면서 공산당을 찬양하고 막연하게나마 역사의 변화를 인식하게 된다.

『간도전설』 연작의 소설적 의의는 바로 이 점에 있다. 『간도전설』과 『광복의 후예들』은 남대천이라는 변방의 작은 시골 마을의 평범한 사람들이 살아가는 이야기를 통해 일제강점기와 광복 직후 역사적 혼란기를 살아온 연변 지역 조선인들의 삶과 역사적 실상을 보여준다.[16] 더욱이 이들 작품은 만주국 시대를 거쳐 일제가 패망하고 중국공산당이 평등 정책을 시행하는 등 급변하는 역사적 시공간을 살아간 조선인, 중국인, 일본인들을 다루면서도, 이념의 실현을 위해 헌신하는 인물보다 '토지'를 중심으로 평범한 인간들이 먹고사는 이야기에 주목하고 있다는 점이 문제적이다. 이는 중국 당국의 관점과는 달리 인간의 삶을 결정짓는 것은 이념이기보다는 먹는 것의 문제이고 사람 사이의 인정의 문제라는 작가 최국철의 현실인식의 소설적 실천일 것이다.[17] 최국철이 『간도전설』 연작에서 보여주는 바, 이념에 의해 해석되고

---

16 문화인류학자 황수민이 푸젠성 샤먼시 인근 린 마을 당서기 예원더(葉文德)와의 대담 내용을 바탕으로 정리한 『린 마을 이야기』(이산, 2003)는 중국공산당 기층간부의 눈을 통해 본 마을의 변화를 통해 해방 이후 1990년대까지의 중국 인민들의 삶의 실상을 가감 없이 보여준다. 현지 조사보고라는 점에서 『간도전설』 연작과는 차이를 보이지만 마을 이야기를 통하여 중국 현대사의 실체를 보여준다는 점에서 유의미한 공통점을 지닌다.

17 최국철 메일(2016.7.13)은 "제 고향을 쓰면 우리 연변을 쓰는 것과 같고 나아가 중국 조선족들의 삶을 쓰는 것과 같다고 생각하지만 제 능력의 차이로 소기한 목적에 도달하지 못했다고 알지만 그래도 저는 두 부의, 아니 이번까지 세 부의 장편에서 이데올로기를 배제했다는 점에서 위안을 느낍니다. 선생님도 알겠지만 중국에서 이데올로기를 배제한다는 게 얼마나 어려운지……"라 하여 『간도전설』 연작의 집필 의도와 그 어려움을 말하고 있다. 여기서 "세 부의 장편"이라 한 것은 『간도전설』 연작의 세 번째 작품인 『공화국의 후예들』이 2015년 7월 『연변문학』에 첫 회를 발표

가공 처리되지 않은 생활의 본래의 면모를 복원하려는 소설적 시도는 1980년대 중반 이후 중국 소설계의 한 경향으로 나타난 문학적 전형성을 의도적으로 와해시키려는 신사실소설과 신역사소설의 창작 방법[18]을 적극적으로 수용한 결과라 하겠다.

3. 소설 구성 방식의 차이와 그 의미

『간도전설』 연작은 남대천 사람들의 구체적인 삶의 이야기를 통하여 연변 조선족의 역사를 재구성하고, 연변 조선족 나아가 중국 현대사를 관통하는 밑바닥에는 토지의 문제가 놓여 있음을 보여준다. 이 연작은 남대천 사람들의 삶을 형상화하여 추상적으로 이해하기 쉬운 조선족의 역사를 구체화하고 있지만 소설적으로 상당한 거리를 보여준다.

『간도전설』은 의협심이 강한 구영벽의 조선인들이 원도를 중심으로 만주국의 한 변방에 조선인들의 이상촌을 만들어보려는 꿈을 그리다 실패하는 이야기를 다루고 있다. 10여 년 동안 만주 지역을 떠돌며 뜨내기 노동자로 살아가던 원도는 모친의 죽음을 알고 찾아간 고향에서 엄청난 재산을 상속받아 구영벽으로 돌아온다. 원도는 갑자기 자기 손에 들어온 큰 재산으로 무엇을 할까 고민하다가 지기 조기운의 충고를 받아들여 구영벽 옆 치부장 고개 너머에 자리한 남대천의 토지를 매입하여 온성대교 공사현장에 모여든 조선인 노동자들 중 뜻이 맞는 이들과 함께 안착할 수 있는 마을을 건설하고

하고, 2016년 1월부터 동지에 연재되고 있기 때문이다.

18 천쓰허, 『중국당대문학사』, 노정은 · 박난영 역, 문학동네, 2008, 433~440쪽.

자 한다.

원도는 두만강 사공 일을 하던 구영벽의 원주민 병권 영감의 도움을 받아 남대천의 토지를 매입하고 가족이 들어가 살 기와집을 짓는다. 그리고 온성 대교 공사현장의 노동자들 중에서 의협심이 강한 떠돌이 노동자 광수, 준식, 승만 등과 구영벽 농민으로 공사현장 노동자로 일하는 룡범, 칠성, 만덕 등 많은 조선인들을 소작인으로 동원할 생각을 한다. 원도가 조선인의 전통을 잘 알고 일처리에 치밀한 병권 영감을 마름으로 대접하여 남대천 일을 맡기고, 온성대교 공사현장의 기술원 조기운과 지기로 지내며 많은 자문을 받고 또 일제의 공적 권력이 필요할 때 도움을 받기도 한다. 그리고 원도가 광수와 준식, 득삼, 룡범과 같은 조선인 노동자들과 함께 하는 기준은 무엇보다 인간적인 의리 즉 의협심이다.

공사현장에서 사고가 나서 인부가 물에 빠져 죽자 노동자들이 시체를 찾지만 가네다니 소위와 최 십장이 시체를 버려두고 공사를 계속하라 강요하자 광수를 비롯한 조선인 노동자들과 대립한다. 상황을 알고 강을 건너온 원도가 폭력을 쓰려는 최 십장을 말리자 광수를 벼르고 있던 가네다니 소위의 명령으로 원도를 비롯한 조선인들에게 폭력을 행사하자 조기운이 달려와 싸움을 중지시키고, 미쯔우라 총감독이 나와 중재에 나선다.

"무슨 요구가 있습니까? 될 수 있는 대로 만족시켜드리겠습니다."
"시체를 빨리 찾아야겠습니다."
원도가 나섰다. 인부들 속에서 원도밖에 나설 사람이 없었다.
"좋소. 시체 찾는 일은 당신이 책임지시오. 인부들을 마음대로 고르시오."
"사망자 가족한테 위자료를 주고 장례비를 주어야 합니다."
원도가 다른 사람들과 다른 점이 바로 이런 것이다, 이런 요구는 원도만이 할 수 있는 요구다.

"좋소. 시체를 찾게 되면 내 지배인한테 말해서 위자료와 장례비를 지불하겠습니다."[19]

조선인들의 구심점이 되고 있는 원도의 존재를 알고 있는 미쯔우라는 원도와 타협함으로써 조선인들의 폭발하는 분노를 잠재운다. 원도는 남대천에 토지를 구입하면서 공사현장의 일은 그만두었지만 공사현장에서 조선인들에게 일이 생길 때마다 조선인들을 위해 어쩔 수 없이 개입하고 곤욕을 치른다. 이렇듯 동료 조선인 노동자들의 고통을 외면하지 않고 자신의 일을 젖혀두고 나서는 원도의 성품을 알고 있는 노동자들은 그를 선생으로 모신다. 더욱이 불의를 보면 불끈거리고, 수시로 조선인을 괴롭히는 가네다니 소위와 최 십장과 싸움판을 벌이려는 싸움소 같은 광수는 원도와는 의형제처럼 지낸다.

원도와 광수를 중심으로 의리로 뭉쳐 공사현장에서 권력을 휘두르는 가네다니 소위와 최 십장 패거리와 싸움을 벌이며 자신들의 이익과 자존감을 지키기 위해 애쓰는 조선인 노동자들은 의리를 중시하는 협(俠)의 모습을 보인다. 그들은 자신들이 믿고 따르는 원도를 따라 남대천에 들어가 지주와 소작인이라는 관계로 묶이기는 하겠지만 조선인들끼리 토지를 경작하며 화목하게 살아가는 조선인 이상촌을 마련하고자 하나 일제의 괴뢰정부인 만주국에서 조선인 이상촌을 건설한다는 것은 애당초 불가능한 일이었다.[20] 그러나

---

19 『간도전설』, 124~125쪽.
20 1920년대 중국 내 조선인 아나키스트들은 조선인을 기반으로 한 이상사회의 건설을 시도한 바 있다. 이들이 추구한 진정한 이상사회는 식민지 치하에서는 불가능한 것이었으나 만주라는 특수한 상황으로 어느 정도의 활동이 보장되었다. 김종진을 중심으로 진행된 이상사회 건설 노력은 상당 기간 진행되었고 김좌진을 비롯한 아나키스트들에 의해 어느 정도 실현된 바 있으나 일제와 중국 내 공산주의자들의

의협심으로 뭉친 원도와 병권 영감 그리고 광수를 비롯한 노동자들은 원도가 마련한 토지를 바탕으로 한인 지주의 착취를 받지 않고 일본인들의 간섭을 최소화한 상태에서 조선인들끼리 살아가는 이상촌 남대천을 꿈꾼 것이다.

원도가 자신의 한옥 저택을 지으면서 마을 사람들의 품앗이로 소작인들의 집 짓는 일을 지원하고, 소작률은 당시 만주 지역의 일반적인 4 :6보다 낮은 3 :7로 생각하고, 더 많은 조선인 유리민들을 남대천으로 끌어모으려는 모습 등은 원도와 그를 따르는 조선인들이 꿈꾼 이상촌의 실체를 알게 한다. 그러나 조선인들이 건설하고자 했던 이상촌은 공적 권력인 일본인과 마을의 실제적 권력인 한인 지주들 사이에서 견제와 압력을 견뎌내기가 현실적으로 어려운 일이었다. 짱싼의 공개적인 도전에 맞서다 못한 원도는 미래의 암적 존재를 제거하기 위해 총을 사용했지만 실패하고, 원도 패거리를 눈엣가시로 보던 미쯔우라가 가네다니 소위 살해사건을 빌미로 군병력을 동원하여 구영벽의 조선인 노동자들에 대한 토벌에 나섬으로써 원도와 광수가 꾸었던 꿈은 도망과 죽음으로 끝나고 구영벽은 폐허가 되어버린다.

『간도전설』이 보여주는 원도를 비롯한 조선인들의 이상촌 건설을 위한 노력과 일본인과 한인 지주 사이에서의 갈등과 처절한 파멸의 과정은 소설적 긴장감을 갖추고 있다. 봄에 고향에 다녀오면서 상속 재산을 가져온 원도가 남대천에 농지를 매입하고 황지를 개간하여 새해에 소작인에게 토지를 분배하여 농사를 지을 수 있는 준비가 마무리되어가는 가을에 가네다니 소위와 최 십장 사건이 터지고 미쯔우라 총감독에 의해 구영벽 마을이 폐허로 변

압력으로 실패하고 만다. 오장환, 『한국 아나키즘운동사 연구』, 국학자료원, 1998, 144~145쪽.

한다. 불과 반년 남짓한 기간 동안 벌어지는『간도전설』의 사건 전개는 갈등이 고조되고 최고조에 달해 파국에 이르는 소설 구성의 전범을 보여준다. 이렇듯 조선인 원도, 한인 짱쌴, 일본인 미쯔우라로 상징되는 당시 연변 지역에 실존한 세 개의 세력이 각축을 보이다가 미쯔우라로 대표되는 일제라는 공적 권력의 승리로 귀결되는 소설 구성은 만주국 시기 연변 지역의 역사와 현실을 성공적으로 소설화한 것이라 하겠다.

『간도전설』이 하나의 갈등을 중심으로 전개되는 극적인 구성을 갖추고 있는 데 비해『광복의 후예들』은 남대천마을에서 3년 동안 일어난 다양한 사건들을 나열하는 역사 이야기 같은 구성을 보여준다. 이 작품을 관통하는 중심 제재는 중국 공산당이 주도하는 토지개혁이다. 그러나 이 작품에서 서술되고 있는 사건들은 토지개혁을 두고 벌어지는 남대천의 지주 세력과 남대천에 진주한 공작대 사이의 갈등이기보다는 3년이 가까운 시간 동안 남대천마을에서 일어난 크고 작은 사건들이다. 온성대교가 폭파되고 일본이 패망한 뒤 마을 사람들이 느끼는 불안감, 양수진에 진주한 소련군들의 만행, 일본군 시체를 찾아 구두와 의복을 벗겨와 겨울을 나는 이야기, 악덕 지주들의 토지를 농민들에게 분배하는 토지개혁, 농민회의 조직과 재산에 따라 계급을 나누는 성분 획분, 국공전쟁에 따른 참군 등 이 시기 발생한 많은 역사적 사건들이 남대천 사람들이 경험한 수준에서 전개될 뿐이다. 이것은 남대천 사람들이 경험한 해방 이후 토지개혁 시대의 역사이며 또한 연변 지역의 조선인들이 경험한 역사의 실체이기도 하다.

『광복의 후예들』에는 이러한 사건들이 필연적인 연관 없이 시간의 순서에 따라 이야기되고 있다. 실상 가난한 농촌 마을 남대천에서 작품의 중심축을 이루는 토지개혁의 대상이 되는 인물은 한인 지주 짱쌴과 조선인 지주 영수뿐이다. 짱쌴은 악덕 지주로서 일제와 결탁하여 농민들을 착취함으로써 남대천 사람들의 원망의 대상이다. 그러나 남대천에 조선인 이상촌을 세우려던 원도의 꿈을 계승한 영수는 지주이기는 하나 3:7의 소작률을 유지하고, 춘궁기의 팍팍한 소작인들의 삶을 챙기는 등 소작인들을 착취하기보다는 공존하려 애쓴 덕에 소작인들의 존경을 받는다. 따라서 토지공작대가 남대천에 들어오자 곧바로 짱싼의 토지가 몰수되지만 영수의 토지는 상당 기간 인정되다가 중국공산당의 정책에 따라 모든 토지가 공유화되면서 공작대에게 접수되고 만다.

　　그러나『광복의 후예들』에서 토지개혁은 토지의 소유를 두고 두 개의 세력이 부딪혀 갈등을 겪으면서 역사의 방향을 따라가는 극적인 사건 전개를 보여주기보다는 시간의 흐름에 따라 지주 계층이 소유한 땅이 공적 권력에 의해 몰수되어 소작인들에게 무상 분배되고, 자기 명의의 토지를 소유하게 된 농민들이 환호하고, 자신을 돌보아주던 착한 지주의 몰락에 가슴 아파하면서도 점차 평등을 지향하는 제도에 적응해가는 느슨한 전개를 보인다. 또 지주인 영수는 자신의 토지 소유를 유지할 수 있을까 걱정하고 토지 소유를 위해 몇몇 행동도 취해보지만 변화해가는 상황에 순응할 뿐이다. 토지개혁은 토지를 매개로 농민을 지배하던 계층이 몰락하고 피지배 계층이었던 소작인들이 평등해지는 혁명적 사건이지만『광복의 후예들』에서는 사건의 혁명성보다는 단지 시간의 축에서 발생하는 여러 사건들과 그 과정에서 변화해가는 조선족 삶과 인심을 보여주기에 적합한 병렬적 구성을 사용한 것이다.

　『간도전설』연작이 10년 남짓 간격으로 창작된 남대천 사람들의 이야기임에도 극적 구성과 병렬적 구성이라는 서로 다른 구성 방식을 선택한 것은 두 작품이 다루고 있는 서사적 사건의 차이에 기인한다.『간도전설』은 일제강점기 만주국에서 조선인 이상촌을 세우려다 실패한 이야기임에 비해『광복의 후예들』은 중화인민공화국의 기틀을 세우는 가장 기초적인 공작이었던 토지개혁에 관한 이야기이다. 만주국이나 그 이면의 실체인 일제는 자본주의 체재를 유지했으며 중국의 적이었다. 만주국에서 조선인 이상촌을 건립하는 일은 만주국이나 일제의 정책에 대한 도전이기에 일종의 항일운동으로 생각할 여지가 있다. 특히 조선인들의 시도가 일본군에 의해 처절하게 파괴되는 것은 일제의 잔혹성을 드러내주는 의미가 있다. 그런 점에서 이 제재는 갈등을 첨예화하고 결말을 처절하게 그려낼 수 있는 있는 극적 구성을 사용하는 것이 효과적이다.

그러나 『광복의 후예들』의 제재는 이러한 갈등 구조를 만들기 어려운 부분이 있다. 악덕 친일 지주인 짱싼을 타도하는 것은 인민의 칭송을 받을 일이고 그 행위의 정당성을 인정받기에 충분하기에 다소 극적인 처리가 가능했다. 그러나 작품 전체에 극적 구성을 사용한다면 작품의 주된 갈등 구조를 만들어내는 것은 토지공작대와 지주 영수이다. 지주 영수는 농민들의 지지를 받는 착한 지주여서 일방적인 타도의 대상으로 삼기에는 어려움이 없지 않기 때문에 모든 토지를 공유화하여 농민들에게 분배하는 토지개혁의 마지막 단계에서 영수의 토지를 몰수하게 된다. 더욱이 영수가 조선인이라는 사실은 공작대와 영수 사이의 갈등을 첨예화하는 극적 구성을 사용하기 어렵게 한다. 영수가 토지공작대에 적극적으로 맞서다 파국에 이른다면 중국 공민권을 받고 조선족으로 자리 잡은 조선인들의 정당성 문제가 발생한다. 또 조선인 이상촌을 꿈꾸던 원도의 꿈을 이어받은 영수가 토지공작대에게 처절하게 짓밟히는 구성을 사용하는 것은 조선족들에게 중국공산당에 대한 비판적 인식을 갖게 할 우려가 있다. 이런 이중적인 어려움을 피하기 위해 작가는 『광복의 후예들』에서 비교적 객관적 입장에서 역사적 사건을 이야기하는 병렬적 구성을 선택한 것이라 하겠다.

『광복의 후예들』에서는 병렬적 구성으로 다양한 사건들이 서술되는 중에 한두 페이지 정도의 '화외음(話外音)'이라는 작품 전개와는 직접적인 관련이 없는 내용이 달려 있다. '화외음'은 말 그대로 이야기 밖에 있는 내용이다. 아래는 『광복의 후예들』에서 처음 사용된 '화외음'의 앞부분이다.

> 온성다리—그곳은 작은주인의 아버지 어머니, 수많은 조선젊은이들의 원혼이 묻힌 곳이다.
> 지금 온성다리는 도문시 관광국에서 레드관광이란 이름을 달고 광광지로 추진하고 있다. 온성다리는 끊어진 다리라는 의미에서 관방에서는 '단교'라는 새로운 이름도 출시했다. 폭파된 당시에는 두 개의 교각이 폭파되고 공형보만 무너져 내려앉았지만 70여년이 지난 오늘에 와서는 5,6개의 교각들이 두만강의 충격에 무너졌고 공형보도 다 내려앉았다.
> 온성다리가 자연적인 관광지가 되자 관방에서는 큰 표지판을 걸어 온성다리의 건설배경을 그린 설명문을 부탁했다. 지금도 세관자리와 또치카자리가 남아있는데 70 년륜을 자랑하는 큰 비술나무 여러 그루가 자라고 있다.[21]

『간도전설』의 중요한 사건 장소인 온성대교를 『광복의 후예들』의 앞부분에서 "원혼이 묻힌 곳이다"라 설명하고, 작가가 작품을 쓰는 현재의 온성대교의 모습을 보여주는 이러한 '화외음'은 소설의 흐름을 방해하고, 장르적 성격을 애매하게 하는 것으로 소설의 장르 규칙의 기본을 파괴한다. 이 작품에는 27개의 '화외음'이 사용되고 있으며, 그 기능이 모두 일치하지는 않아서 소설 본문에서 이야기할 수 없는 내용을 보충하거나, 작중인물의 과거나 미래를 이야기하거나, 한 사건이 가지고 있는 의미를 작가의 시각에서 전달하는 기능을 담당한다. 작품 바깥의 존재가 서술 상황 밖의 사실까지 전달하고 현재의 사건이 작가가 작품을 쓰고 있는 현재에 어떻게 영향을 미치는지

---

21 『광복의 후예들』, 29~30쪽.

까지 알려주는 '화외음'은 소설 내에 전개되고 있는 사건들을 실재했던 사건으로 생각하게 만들어 작품을 소설이 아닌 실화로 받아들이도록 한다. 최국철은 장르적인 파괴를 감수하면서까지 '화외음'을 사용한 것에 대해 "화외음 부분은 군더더기라는 것을 알았지만 이왕 연변의 독자들의 도문시 량수진 남대촌을 남대천으로 알고 있기에 진실성을 강조하고 싶어서 집어넣었다"[22]고 말하고 있다. 자신의 고향 남대촌 사람들의 이야기를 할머니에게서 들어서, 진정부에서 사업을 하면서, 또 『연변일보』 기자 생활을 할 때 현지 조사를 통해서 알게 된 역사적 사실이었기에 독자들을 위해 소설적 한계를 감수하고 진실성을 선택했다는 것이다.

『광복의 후예들』이 사용하고 있는 병렬식 구성은 소설적 긴장감을 약화시키고 '화외음'은 장르적 정체성을 파괴한다. 그러나 이러한 소설적 장치는 작품에서 이야기되고 있는 내용이 갖는 진실성을 강조하기 위한 작가의 선택이며, 또 조선족의 고달팠던 역사를 그려내기 위한 고심의 결과 선택한 방법이라 하겠다. 조선족의 역사와 삶의 진실을 재구해내고자 하는 작가의 노력은 『광복의 후예들』에 이어지는 『공화국의 후예들』에서는 또 다른 시도를 보여준다.

> 이번 호부터 최국철 소설가의 장편소설 "공화국의 후예들"을 련재한다. "남대천 사람들"이라고 부제를 단 이 장편소설은 서로 다른 독립적인 이야기들을 엮은 중, 단편 소설들로 구성되었지만 소설속의 인물들이 인적으로 서로 련계되고 이야기들이 상호 맞물려 있다. 즉 중국의 고전 장회체 소설의 특징이 엿보인다. 본지는 이번호에 머리글과 함께 장편소설을 련재한다.[23]

---

22 최국철 메일(2016.7.13).
23 「편집자의 말」, 『연변문학』 2016.1, 226쪽.

『연변문학』편집자의 지적대로 최국철은『공화국의 후예들』에서『광복의 후예들』이 다룬 역사적 시기 이후의 남대촌 사람들의 삶을 소설화하기 위하여 연계성이 느슨한 이야기를 중·단편 소설로 집필하여 장을 나누어 제시하는 구성을 선택하였다. 그 결과 각각의 작품은 인물이 연결되고 사건이 맞물림으로써 한 편의 소설과 같은 역할을 하게 한 것이다. 이러한 구성 방식에 대해 최국철은『공화국의 후예들』의 머리글에서 주인공은 대부분『광복의 후예들』에 등장한 인물이나 그 자손들로 1950년대부터 2000년대에 이르는 기간 동안 살아온 모습을 연대순을 무시하고 시공간의 제약도 없이 작품의 흐름에 따라 인물의 성격과 구성을 조금씩 변형하였다[24]고 밝힌 바 있다. 이로 보아 최국철의『공화국의 후예들』은 처음부터 고향 남대촌 사람들의 이야기를 제재로 한 연작소설로 기획되었음을 알 수 있다.

최국철이 자신의 고향 남대촌마을 이야기를 통해 조선족의 삶과 역사의 진실한 모습을 독자들에게 전달하기 위하여 창작의 새로운 방법을 고심하여 중국 문단에 보편화되지 않은 방법을 사용하였음을 알 수 있다.『간도전설』연작이 작가의 고심을 통해 창조한 새로운 구성 방식을 사용한 점을 생각하면 이 작품들을 읽기 위해서는 소설 원론에서 논하고 있는 바의 이론을 넘어선 새로운 창작 방법의 모색이라는 점에 대한 이해가 필요할 것이다.

4. 소설 언어의 공식성과 지역성

『간도전설』연작은 인물 사이의 대화에 연변 방언과 함북 방언이 과다하

---

24 『연변문학』2016.1, 234쪽.

게 사용되어서 그 지역의 방언이 익숙하지 않은 독자가 읽기에는 상당히 불편함을 느끼게 된다. 작품의 상당 부분을 차지하는 서술과 묘사 부분과 달리 인물의 대화에서는 작가 최국철의 고향인 양수진 남대촌의 방언이 그대로 노출되어 한국 독자들로서는 정확한 이해가 어려운 경우도 적지 않다.

> 길순이와 박씨는 밭머리에 오금을 꺽고앉아 달래를 캐기 시작했다. 땅우에 뻗은 줄기는 앙상하게 말라 있어도 정작 땅을 헤치고보면 달래가 무척 탐스러웠다.
>
> "새썸 달리는 이 근방에서 이름있수. 대가리가 평덕사램들이 담배대통만큼 돼서 먹음직하다우⋯ 그옆에 잎이 조름조름한게 코때대란 나물인데 그걸 캐우."
>
> "우－코때대 이름두⋯ 호호."
>
> 길순이는 꽃다지를 캐서 자세히 뜯어보았다. 먹는 나물치고 이름도 구지럽다.
>
> "잎이 천떽꾸리같이 생겨싸서 천하게 부르겠지. 그옆에 선것두 캐우. 잎이 넙죽한걸. 그게 뽕구대라는 나물인데 제일 먼저 나는 풀이라우. 슬쩍 데쳐서 물을 우려내구 장을 푹 떠넣구 장물을 맨들문 맛이 시원하다우. 우리 령감은 맨걸 고추장에 묻혀 자시는걸 소시지. 씁스레한 맛이 있다구⋯ 그나저나 빨리 햇나물이 나와야겠는데, 군내 풀풀거리는 갓김치두 며칠후문 굽이 나겠더라이."
>
> "글쎄 말입지비."[25]

인용문을 보면 한눈에 서술 부분과 대화 부분의 문장이 확연히 다르다는 것을 알 수 있다. 서술 부분은 한국어의 일반적인 문장과 크게 다르지 않고 가끔 '구지럽다' 같은 방언이 쓰이는 정도이나, 길순과 박씨의 대화에는 연

---

25 『간도전설』, 70~71쪽.

변 방언이 그대로 노출되고 있다. '조름조름', '소시지', '굽이 나다'와 같은 연변 방언 특유의 단어들이 사용되어 연변 사람이 아니면 내용 파악이 어렵게 하고, '코때대' 같은 나물 이름은 이어지는 서술에서 '꽃다지'라는 표준말을 적어 연변 방언을 모르는 사람들의 이해를 돕기도 한다. 이와 함께 '새썸달리(사이섬 달래)', '사램들이(사람들의)', '천떽꾸리(천덕꾸러기)', '생겨싸서(생겨서)', '며칠후문(며칠 후면)'과 같이 연변 방언의 어조를 반영하고, '-우', '-라이', '-지비'와 같은 연변 방언의 어미를 그대로 노출하여 연변 방언의 특징을 살리고 있다. 최국철의 『간도전설』 연작에서는 이러한 방언의 효과적인 사용으로 연변 사람들의 낯선 어조와 함께 연변의 지역적 특성과 향토적인 정서를 느끼게 하는 효과를 얻는다.[26]

최국철의 소설 언어에서 대화 부분에는 연변 방언을 모르는 사람들이 내용을 이해하기 어려울 만큼 연변 방언이 사용되고 있는 데 비해 서술 부분에서는 연변 방언을 거의 사용하지 않아 한국 소설의 서술 부분과 큰 차이를 보이지 않는 이유를 이해하려면 한국 근대소설 언어의 형성 과정을 살펴야 한다. 이하에서는 한국 소설 문장의 형성 과정을 살펴 『간도전설』 연작에 나타난 소설 언어 사용의 특성을 알아보고 대화 부분에 방언을 적극적으로 사용한 이유와 그 의미를 살펴본다.

개화 초기 동아시아 각국에서 중요한 이슈로 되었던 언문일치 운동은 글과 말을 완전히 일치시킨다는 것이기보다는 이전과는 다른 글쓰기의 규범을 정하기 위한 노력으로 이해되어야 한다. 말과 글은 서로 다른 행위이기

---

26 한국 근대소설 초기부터 지역성과 향토성을 드러내기 위하여 방언을 활용하였고, 채만식은 인물의 성격화를 위하여 방언을 효과적으로 적극적으로 사용한 바 있다. 한국 근대소설에서 지역서과 향토성의 형성 과정은 최병우 「한국 현대소설과 로컬리즘」(『현대소설연구』 58, 2015.4) 2장에서 상론된 바 있다.

때문에 양자가 완전히 일치하는 언어란 존재하지 않는다.[27] 글이 말과 일치해야 하는 것이라면 시간의 경과에 따라 변화하는 말을 어떻게 일치시킬 것인가, 지역마다 존재하는 방언을 어떻게 글에 반영할 것인가의 문제가 발생한다. 글은 문자에 의해 서로 다른 시공간에 존재하는 발신자와 수신자가 의사소통하기 위한 방법이기에 엄격한 글쓰기의 규범이 마련되지 않으면 소통이 불가능해진다는 점에서 말의 규범보다는 더욱 공식적 성격을 지니게 된다.

일본은 서구문학을 번역하면서 새로운 글쓰기 규범을 만들기 위한 오랜 논의의 과정을 거쳤으며 번역과 창작의 과정을 통해 문학적 글쓰기의 규범이 정해졌다. 동아시아 대부분의 국가에서도 이와 유사한 과정을 경험하게 되는 바, 한국 근대문학 초기 문인들이 주도한 언문일치 운동이나 중국 근대문학 초기에 있은 백화문 운동 모두 말과 글을 일치시키자는 주장이었지만 실상은 새로운 문학적 글쓰기의 규범을 만들기 위한 노력이었다. 한국의 경우 주시경과 조선어학회 회원들의 노력의 결과로 1933년 '한글 맞춤법 통일안'이 발표되어 서울 지역의 언어를 바탕으로 한국어의 공식 언어[28]가 규정되고, 글쓰기의 규범도 개화를 주도하던 세력들이 일본 문화와 문학을 수용하기 위해 일본어를 번역하는 과정에서 많은 시행착오를 거쳐 서서히 정립되었다.

마찬가지로 개화기 문학과 이광수, 최남선의 시대를 거쳐 1920~30년대

---

27 가라타니 고진(柄谷行人), 『일본 근대문학의 기원』, 박유하 역, 민음사, 1997, 64쪽.
28 한국어에서는 흔히 '표준어'라 불리지만 본고에서는 남북한에서 국가가 규범화한 언어와 세계 각국이 규범화한 언어처럼 국가가 규정하여 언중 사이에 통용되는 언어를 '공식 언어', 방언, 계층어, 직업어 등 특정 조건에서 사용되는 언어를 '지역 언어'라 명명한다.

에 이르는 근대소설 형성기에 마련된 한국에서의 문학적 글쓰기의 규범은 해방 이후 남북한 문학의 공식 언어[29]로 자리 잡게 된다. 해방 이후 남북한 지역 언어 현상의 차이를 반영하여 남북한의 정부에서 규정한 공식 언어가 달라졌음에도 불구하고, 문학의 공식 언어는 약간의 차이를 보일 뿐 대동소이하다. 이는 작가들의 문학 수업이 선배 작가의 작품을 읽는 과정에서 형성된다는 점에 기인한 문학의 공식 언어의 완고성 때문일 것이다. 이 같은 한국어 문학의 공식 언어가 갖는 규범성은 재외 한민족 문학에서도 동일한 양상을 보인다. 조선족 문학의 공식 언어는 일제강점기 특히 만주국 시대에 한반도에서 만주로 이주해 간 문인들에 의해 형성되었다. 이 시기 만주에서 활동하던 대부분의 작가들은 조선에서 등단하여 한국문학의 공식 언어로 창작 활동을 하다가 만주로 건너가 주로『만선일보』를 무대로 활동하였다. 그들이 사용한 문학의 공식 언어는 만주 지역에서 성장한 조선인 작가들에 계승되고 해방 후 조선족 문단에서도 그대로 문학의 공식 언어로 유지된다. 이러한 한국어 문학 언어의 공식성은 조명희의 영향을 받은 고려인 문학의 언어도 남북한의 그것과 대동소이한 데서도 발견된다.

다성성을 장르적 특성으로 하는 소설 언어의 경우 작품 속에 존재하는 목소리의 양태에 따라 다른 양상을 보인다. 서사 내용의 객관적 전달자인 서술자의 목소리로 발현되는 서술이나 묘사는 문학의 공식 언어 규범에 따르는 것이 일반적이지만, 작중인물의 언어로 존재하는 대화는 현실을 살아가는 한 인간의 목소리이기 때문에 공식 언어의 규범에 맞지 않는 지역 언어가 사용되기도 한다. 이는 작품에 등장하는 인물들의 출신 지역, 교육 정도, 직

---

29 문학적 글쓰기의 규범에 따른 언어를 '문학 담론'이라 지칭하기도 하나, 본고에서
   는 담론이라는 용어가 갖는 이념성을 배제하기 위해 '문학의 공식 언어'라는 용어
   를 사용한다.

업, 나이, 성별 등에 따라 사용하는 말이 달라질 수밖에 없다는 점에서 작가가 작중인물의 성격을 보다 생동감 있게 표현하기 위해서는 그에 맞는 지역 언어의 선택이 필요해지기 때문이다. 이런 점에서 작가들은 지역적, 현실적, 이념적, 미학적 등 다양한 기준에 따라 작중인물의 대화를 공식 언어와 지역 언어 중 어느 하나를 선택하게 된다.

조선족 작가들은 소설 언어를 선택하는 데 있어 자신들이 한국어와 중국어 이중 언어 사용자라는 점에서 다중적 어려움을 경험한다. 조선족은 중국의 소수민족이기에 국민국가의 조건이랄 수 있는 공식 언어를 가질 수 없다. 중국의 공식 언어는 중국 정부가 규범 언어로 규정한 보통화(普通話)이다. 중국 정부에서는 소수민족의 민족적 특성과 언어 사용 인구를 고려하여 위구르어, 하자크어, 장족어, 몽골어, 조선어를 공식어로 지정하고 민족 학교에서 보통화와 함께 교육을 시킨다.[30] 그러나 이러한 공식어들은 중국의 모든 교육기관에서 교육하고 전 국민이 공적으로 사용하는 공식 언어인 보통화에 대해 지역 언어로서의 위상을 차지할 뿐이다.[31] 중국 조선어 규범은 함북 방언에 기반을 둔 연변 방언을 중심으로 하지만, 제정된 지 그리 오래지 않은 탓에 연변 지역 사람들의 말조차 조상의 고향에 따라 상당한 차이를 보인다. 특히 산재지구 조선족의 말은 조상의 고향에 따라 경상도, 전라도, 충

---

30 예컨대 조선어의 규범화를 위해 설립된 '중국조선어 사정위원회'에서 2007년 「중국조선어규범집」을 만들어 표준발음법, 맞춤법, 띄어쓰기, 문장부호법 등을 제정하여 신문, 방송, 출판 등에서 이에 따르도록 하고 있다. 그리고 '연변조선족자치주 조선어사업조례'와 같은 법을 통하여 조선어의 사용을 통제하고, '전국조선문교재 심사위원회'에서는 조선족 학교에서 교육되는 교재를 심사해 규범화된 조선어를 사용하도록 규제하기도 한다.
31 마찬가지로 중국 소수민족의 공식어인 조선어는 한국의 공식 언어에 대해서도 지역 언어로서의 성격을 지닌다.

청도 등지의 방언이 그대로 사용되거나 여러 지역 언어가 혼용된다. 또 조선족의 언어에는 중국의 공식 언어인 한어(보통화)가 음차되거나 의역되어 혼용되는 개입 양상을 심하게 나타난다.[32] 이러한 조선족 언어의 특수성은 조선족 작가들이 소설을 집필함에 있어 언어 선택의 기준에 어려움으로 작용하게 된다.

조선족 작가들은 일반적으로 서술과 묘사 부분은 문학 수업을 하면서 익힌 문학의 공식 언어를 사용한다. 그러나 인물의 대화를 공식 언어로 할 것인지 지역 언어로 할 것인지, 지역 언어로 한다면 어떤 지역 언어로 할 것인지 등이 선택의 문제로 남게 된다. 조선족 문학 초기부터 공식 언어와 지역 언어의 선택 문제는 작가가 글을 씀에 있어 중요한 고민거리로 등장했다.[33] 김학철은 이에 대해 공식 언어의 사용을 강조한 대표적인 작가이다. 원산에서 태어나 서울에서 중학교를 다니면서 공식 언어를 익히고, 소설 창작에 뜻이 있어 당대 소설을 읽으며 문학 공부를 한 김학철이 글을 쓰는 데 가장 익숙한 언어는 1930년대에 규범화된 공식 언어였을 것이다. 따라서 김학철은 「아름다운 우리말」을 비롯한 여러 산문에서 공식 언어의 중요성과 아름다움을 강조하고 『격정시대』를 비롯한 많은 소설에서 작중인물들의 대화를 공식 언어로 사용하였다. 그러나 많은 조선족 작가들은 서술과 묘사 등에 문학의 공식 언어를 사용하면서도 인물의 대화는 지역 언어를 사용하여 해당 지역

---

32 조선어에 개입되는 한어의 문제에 대해서는 1950년대부터 심각하게 논의된 바 있다. 이에 대한 앞선 대표적인 글로는 1957년 쓰여진 김창걸, 「연변 창작에서 제기되는 민족어 규범화 문제」(『문학평론선집(20세기 중국조선족문학선집 4』), 연변인민출판사, 1999)를 들 수 있다.

33 조선족 소설에 있어 공식 언어와 지역 언어 사용의 선택 문제에 대해서는 이해영, 『중국 조선족 사회사와 장편소설』, 역락, 2006, 4장에서 김학철, 리근전, 최홍일의 예를 들어 상론한 바 있다. 본고의 논의는 이해영의 연구에 도움 받은 바 크다.

의 향토성과 지역성을 드러내는 것이 보편화되고 있다. 그러나 조선족 소설에 나타나는 대화에서의 지역 언어의 종류와 사용 정도는 작가들마다 편차가 심하여 일률로 정의하기는 어렵다.

『간도전설』 연작은 인물간의 대화에서 지역 언어의 사용이 매우 심한 편에 해당한다. 그러나 이들 작품에서 등장인물 중 일부는 공식 언어를 사용하고 일부는 지역 언어를 사용하는 이중성을 드러낸다.

> "십년만에 처음 고향에 가보니 어떻던가? 집안 어르신님들은 별고 없고?"
> "글쎄 말이야, 엄만 작년에 돌아가셨구 아버지두 팍 늙어 있었어."
> "그렇겠지, 자고로 십년이면 강산이 모습 바뀐다고 했는데."
> "늙은 아버지 모습보고 내가 너무 모질었다는 생각이 들더구만, 부모자식 간에는 원래 미움이라는것이 없었는데. 내가 맹탕 고집을 부렸다는게 후회 되네."[34]

> "이 사램들아, 나살이나 처먹구 작은쥘이 잔치날에 지지한 소릴해쌌구 낯판대기 붉히면서리 무엄하게 쌈하겠나?"
> 득삼이가 년장자답게 타일렀다.
> "말은 말이여, 언제라두 듣기 좋게 푸짐해야지 야비차면 모쓴다이. 맨날 단 배 어불어(나누어) 피우는 사이에 툭하면 목에 꼿꼿한 피대 세우구 수탉처럼 싸우면 뭐거 되나."
> "보자보자하니 사램을 와늘 영 개죽사발로 아는구만."[35]

두 인용문은 공식 언어와 지역 언어를 사용한 대화의 예이다. 앞 인용문의 원도와 조기운의 대화는 서울말 즉 공식 언어로 되어 있는 데 비해, 뒤 인용

---

34 『간도전설』, 55쪽.
35 『광복의 후예들』, 53쪽.

문의 득삼과 만덕이의 대화는 연변 방언 즉 지역 언어로 되어 있다. 구영벽 마을이나 남대천 주민들의 대화는 그들이 그 지역의 토착민이기에 지역 언어로 처리한 것은 지역성과 사실성을 확보해주는 효과가 있다. 그러나 원도와 조기운의 대화는 왜 공식 언어로 되어 있는가. 조기운은 서울에서 공부한 기술원으로 서울말을 사용하는 것은 그렇다치더라도 함경남도 장진이 고향이고 서울 생활을 별로 하지 않은 원도가 공식 언어를 사용하는 것은 어색한 설정이다. 더욱이 원도가 같은 고향 출신인 아내 길순이와 대화하는 장면에서 길순이는 지역 언어를 원도는 공식 언어를 사용하는 것으로 처리한 것은 개연성이 크게 떨어진다. 이런 점을 생각하면 최국철 소설의 대화에서 공식 언어와 지역 언어의 사용 기준은 작중인물의 지역성과 관련이 있지만, 원도나 조기운의 예로 보아 학교 교육을 받은 지식인 계층의 언어는 공식 언어로 처리하고 있다는 설명이 가능해진다.

또 조선족이 중국의 주류 민족인 한족들과 어울려 사는 관계로 조선족 소설에는 한족 인물이 등장하는 경우가 적지 않은데 한족들의 대화를 어떻게 처리할 것인가는 조선족 소설 언어에 있어 중요한 문제로 등장한다. 조선족 소설에서는 일반적으로 한족의 대화 내용을 번역하여 한국어 공식 언어로 대화에 노출하는 방법이 주로 사용되지만, 서사 상황의 사실성을 고려하여 한족의 대화를 한국어로 음차하고 괄호 속에 그 내용을 첨부하는 방법을 사용하기도 한다. 『간도전설』 연작에는 조선인들 외에도 한인, 일본인, 소련군 등이 등장하는 바, 한인과 일본인의 대화는 내용을 번역하여 한국어 공식 언어로 대화하는 방식을 사용하고, 『광복의 후예들』에 등장하는 소련군의 대화는 소련말을 음차하여 적고 괄호 속에 그 내용을 첨부하는 방법을 사용한다. 이렇게 외국인의 대화를 이중적으로 처리한 것은 일본인, 한인과는 오랜 기간 동안 공존하며 비교적 자유롭게 의사소통하며 살았고, 소련군은 광복 이후 단시간 접했으며 의사소통이 되지 않았다는 조선인들의 역사적 현실을 고려한 소설 언어의 운용이라 하겠다.

최국철이『간도전설』연작에서 지역 언어를 적극적으로 사용한 것은 자신의 고향 양수진 남대촌 사람들의 이야기를 소설화하여 고향의 정서와 향토성을 강하게 드러내기 위한 방법이다. 더욱이 남대촌 사람들의 이야기를 통해 연변 사람들의 역사 나아가 조선족의 역사를 말하고자 했던 작가로서는 작중인물들이 공식 언어를 사용할 경우 진실성이 떨어진다고 생각했을 개연성이 크다. 또 자기 작품을 읽을 독자가 조선족이라는 현실은 공식 언어와 함께 지역 언어를 혼용하는 데 부담을 느끼지 않도록 하였을 것이다. 상황이 이러하다면 작품 간간이 작중인물이 내뱉는 연변 방언 뒤에 괄호 속에 공식 언어를 표기해둔 것은 작가가 선택한 지역 언어를 해득하지 못하는 산재지구의 독자 나아가 한국 독자들의 이해를 돕기 위한 장치로 이해할 수 있다.

5. 결론

최국철은 고향 양수진 남대촌 사람들의 이야기를 소설화하여 중국의 소수민족으로 또 과경민족으로 부딪혀온 고난에 찬 삶과 그 속에서 일구어온 조선족의 역사를 지속적으로 소설화하고 있는 작가이다. 그의 대표작으로 손꼽히는 장편소설『간도전설』과『광복의 후예들』을 대상으로 논의한 본론의 내용을 요약하면 아래와 같다.

『간도전설』은 만주국 시절 조선인 이상촌을 건립하려다 일제강점기 조선인들에게 가해진 현실적 제약으로 실패하는 슬픈 역사를 보여준다. 그리고

『광복의 후예들』에서는 일제 패망 이후 중국공산당에 의해 토지개혁이 진행되는 시기 조선인 지주와 소작인들이 경험한 역사적 현실들을 이념적 색채를 배제하여 담담한 색채로 그려낸다. 이들 작품은 만주국 시대부터 광복 후 중국공산당에 의해 토지개혁이 이루어지던 시기까지 남대천 사람들이 경험한 크고 작은 사건들을 통하여 이 시기 조선인들이 경험한 역사의 실체를 이념을 배제한 채 신사실소설과 신역사소설의 방식으로 씌어졌다. 이런 점에서 이들 작품은 작가의 고향 이야기이면서 조선족의 삶과 역사의 진실한 소설적 재현이라는 의의를 지닌다.

『간도전설』은 만주국 시절 의협심으로 뭉친 조선인들이 꿈꾼 조선인 이상촌의 건립이 한인 지주의 방해와 일제의 탄압으로 파멸에 이르는 과정을 극적 구성을 통해 전개함으로써 소설적 긴장감을 확보할 수 있었다. 이에 비해 『광복의 후예들』은 토지개혁을 둘러싸고 남대천마을에서 일어난 크고 작은 사건들을 마을 사람들이 경험한 수준에서 인과 관계에 기대지 않고 시간의 순서에 따라 이야기하는 병렬적 구성을 사용하여 조금은 느슨한 느낌을 준다. 두 작품이 남대천 사람들이 경험한 진솔한 역사를 소설화하면서 소설 구성 상 이러한 차이를 보인 것은 『간도전설』은 만주국 시대를 배경으로 함에 비해 『광복의 후예들』은 광복 이후 토지개혁의 문제를 다루어 주제의 예민함과 시대 상황의 제약으로 소설 내의 갈등 구조를 어떻게 설정해야 할 것인가에 대해 작가가 심각하게 고민한 결과라 하겠다.

이들 작품에는 연변 방언이 매우 적극적으로 사용되어 작품의 현실성을 강화하고 있으며 지역성과 향토성이 두드러지는 효과를 보이고 있다. 고향 남대촌 이야기를 통해 조선족의 역사를 이야기하고자 했던 작가로서는 작중인물들이 연변 방언을 사용하는 것이 작품의 사실성과 진실성을 드러내는데 효과적이라는 판단을 하였을 것이다. 또 작가가 상정한 독자가 조선족이라는 사실은 작중인물의 대화에 공식 언어와 지역 언어를 혼용하여도 독자들이 작품을 해득하는데 부담이 없다고 판단한 이유로 상정해볼 수 있다. 이렇듯 최국철이 일련의 작품에서 연변 방언을 적극적으로 활용한 것은 고향 이야기를 통해 조선족의 삶과 역사를 펼쳐 보이려는 작가의 치밀한 소설적 전략을 실천한 결과일 것이다.

최국철은 고향 마을 사람들의 이야기를 통하여 조선족의 삶과 역사를 말하고자 한 작가이다. 작가의 가장 원초적인 체험이 고향이라는 점에서 고향 이야기는 소설의 중요한 모티프가 된다. 한국과 중국의 소설사에서 고향 이야기를 통해 한 시대의 현실과 역사에 대한 작가의 관점을 소설화한 작가는 적지 아니하다. 최국철이 고향 양수진 남대촌 사람들의 이야기를 다룬 『간도전설』 연작을 비롯한 적지 않은 소설들은, 고향 보령군 사람들의 이야기를 통해 한국의 근대화 과정에 나타난 여러 문제점을 소설화한 이문구의 「관촌수필」과 「우리 동네 X씨」 등의 연작소설, 그리고 고향 산동성 까오미(高密)현을 공간적 배경으로 중국의 역사와 중국인의 삶과 가치관을 꾸준히 소설화한 모옌의 「홍까오량 가족(紅高粱家族)」과 「티엔탕 마을의 마늘종 노래(天堂蒜薹之歌)」 등의 작품들과 소설적 발상이나 구성 면에서 유사성이 보인다.[36] 이런 점에서 이들 작가가 고향을 공간적 배경으로 한 시대의 삶과 역사를 형상화한 작품들과의 비교 연구는 최국철 소설 연구의 새로운 방향을 마련해줄 것으로 기대한다.

---

36 이와 관련해 최국철 메일(2016.7.13)에서는 "저는 제 고향이 우리 민족(조선족)들의 삶과 항쟁을 가장 집약시킨 곳이라고 인지했기에 지금까지 집요하게 쓰고 있습니다. 그래서 이제 고향을 떠나라는 권고도 들었습니다. 하지만 이번에 노벨문학상을 받은 막언(莫言;모옌-필자)이 고밀현을 쓰고 그의 소설들이 대부분 고밀현이 무대가 되면서부터 나(자신-필자)만의 문학 실천의 장과 무대를 가진 것을 리해하고 있습니다."라고 작가 자신의 내밀한 생각을 밝힌 바 있다.

예술혼과 현실 그리고 역사

김혁론

예술혼과 현실 그리고 역사

김혁론

1. 서론

김혁은 불우한 생애[1]를 글쓰기로 극복해내고, 끊임없는 집필을 통해 장편소설 다섯 권, 소설집 두 권, 인물전 세 권, 장편 르포 두 권, 연작칼럼집 한 권, 장편 역사기행 한 권, 역사문화 시리즈 한 권을 출간하고, 수없이 많은 소설, 시, 수필 등의 문학작품과 각종 기사와 르포 등을 발표한 다산의 조선족 중견작가이다. 문화대혁명 직전인 1965년 용정에서 출생한 김혁은 경찰관 아버지와 교사 어머니 사이에서 열심히 책을 읽고 글을 잘 쓰는 소년으로 성장했다. 그러나 소학교를 마칠 무렵 문혁 때 치른 옥고로 아버지가 죽고, 의붓아버지가 들어와 가정의 화목이 깨어지고, 아기 때 버려진 자신을 양부

---

1   김혁의 생애는 중국 조선족 작가 김혁의 문학서재(http://blog.naver.com/khk6699)에 게재된 문학 자서전「시지포스의 언덕 1~3」에 상세히 정리되어 있다. 또 김은자는 석사학위 논문「김혁의 장편소설「국자가에 서 있는 그녀를 보았네」연구」(연변대학교, 2012)에서 김혁의 생애를 연도별로 참고하기 편리하게 정리해두었다.

와 양모가 키웠다는 사실을 알고 난 후에 문제아로 변모해 결국 고중 2학년 때 폭행 사건으로 퇴학당하고 만다. 학교를 나온 김혁은 장사꾼, 주물공장 노동자, 양계장 부란공 등으로 지내면서도 소설 창작에 열중하여 1985년 8월 종합지『청년생활』에 「피그미의 후손들」을 발표하고 연이어 두 편의 소설을 발표하여 그의 문재를 알아본『길림신문』주필 윤효식의 도움으로 이듬해 2년간 무급이라는 조건으로 기자가 된다. 고중 중퇴라는 학력으로 신문기자가 된 김혁은 8년이 지나도 대졸 신입 기자보다 적은 월급을 받는 어려움 속에서도 20여 편의 소설과 100여 편의 시를 발표하여 문단의 주목을 받아 1993년『연변일보』해란강문학상을 수상하였다. 이후 김혁은『길림신문』과『연변일보』에서 16년 동안의 기자 생활을 마칠 때까지 엄청난 양의 작품과 글을 발표하여 연변작가협회 김학철문학상,『연변문학』윤동주문학상, 자치주정부 진달래문예상, 한국문인협회 해외문학상 등 국내외의 각종 문학상을 30여 회 수상하고 조선족 문단을 대표하는 작가로 자리하게 된다.

김혁에 대한 논의는 조선족 문단에서 왕성하게 이루어져왔다.[2] 이들 논의는 주로 김혁의 작품이 발표되는 시기에 맞추어 발표된 평문들로 해당 작품이 보여주는 주제의 다양성과 심오함 그리고 소설 언어와 기법의 참신성 등을 밝히는 데 집중되어 있다. 김혁의 소설 세계를 다룬 학위논문은 현재까지 세 편[3]이 씌어졌다. 김은자[4]는 2003년 9월부터 2005년 3월까지『연변문학』에 연재된『국자가에 서 있는 그녀를 보았네』를 도시화 속에서 주변부의 삶

2　김혁 문학에 대한 연구사는 김은자, 앞의 글, 2~7쪽과 장원용, 「김혁의 중국조선족 테마계렬소설 연구」(연변대학교 석사학위 논문, 2017), 2~5쪽에 상세히 소개되어 있다.
3　김련희의 석사학위 논문 「김혁 소설에 나타난 색채어 연구」(연변대학교, 2015)는 어학 관련 논문이어서 생략함.
4　김은자, 앞의 논문.

을 살아가는 인간들의 비극성이라는 주제적 특징과 소설 언어의 상징성과 감각성 등 기법적 특징을 검토하였다. 이 논문은 김혁의『국자가에 서 있는 그녀를 보았네』에 대한 본격적인 연구로서 의의를 지닌다. 장원용[5]은 2000년 이후 조선족 공동체가 겪는 위기와 고통을 묘사한 소설을 중국조선족 테마계열소설이라 명명하고 김혁의 중편소설 네 편과 단편소설 열 편을 대상으로 살펴 조선족의 삶의 공간이 파괴되고, 부부 관계가 파괴되고, 후세들이 타락하고 한족화되는 현상을 비판하는 양상을 보인다는 점을 밝히고 있다. 한국에서 최초로 김혁을 다룬 권성은[6]은『마마꽃, 응달에 피다』초판이 발간되고 얼마 되지 않은 시기에 디아스포라라는 관점에서 이 작품을 다루었다. 이 논문은 서사 구조 분석을 통해 한민족의 성격이 희미해져간다고 여겨지고 있는 이주 3 · 4세대의 문학에도 아이덴티티에 대한 고민의 양상이 이어지고 있음을 밝히고 있다.

그간의 김혁 소설에 대한 연구는 대체로 한 작품이 발표되는 시기에 평자들이 그 작품을 해설하고 평가하는 평문이었다는 점에서 김혁의 소설이나 문학에 대한 본격적인 연구로는 일정한 한계를 지닌다. 기존에 발표된 석사학위 논문의 경우에도 김은자와 권성은의 연구는 논문을 집필하던 시기에 발표된 장편소설 한 편에 대한 연구라는 점에서 작품 해설의 수준을 넘지 못하고, 장원용의 연구는 동일한 주제를 지닌 작품 14편을 모아 분석한 논문으로 김혁의 소설 세계를 고찰하였다기보다 선택된 동일한 계열의 소설의 주제를 정리하여 당연한 결과를 이끌어냈다는 비판이 가능하다.

김혁 소설 전반을 조망한 글로는 리광일의 평문[7]이 있다. 리광일은 다산작

---

5   장원용, 앞의 논문.
6   권성은,「디아스포라 문학의 '공간' 연구」, 숭실대학교 석사학위 논문, 2009
7   「김혁 소설 세계의 통시적 연구」,『연변문학』2018.9.

가로서 김혁의 창작 양상을 80여 편에 달하는 초기 단편소설, 10년간 발표된 7편의 장편소설, 700편이 넘는 시 창작, 장편 르포와 기행, 연작 칼럼, 수필, 평전 등으로 나누어 개관하였다. 그리고 김혁 소설의 제재가 개체의 아픔에서 출발하여 민족공동체의 아픔으로 승화되었고, 장편으로 나아가면서 문혁 과정에서 겪은 고통과 개혁개방과 도시화로 인한 인간성의 타락을 다루고, 역사 인물을 복원하고, 위안부의 비극을 소설화하고, 한국의 조선족 집거지 대림동을 제재하는 등 다양한 방면으로 소설 세계가 확장되고 있음을 지적하였다.[8]

본고는 조선족 작가 김혁의 소설 세계를 밝히는 데 목적이 있다. 그러나 그가 쓴 작품과 글의 양이 너무나 방대하고, 다양한 지면에 자료가 흩어져 있어 구득이 쉽지 않으며, 현재『무성시대』,『대림동으로 가는 지하철』등의 장편소설을 창작하는 등 왕성하게 작품 활동을 하는 현역 작가라는 점에서 김혁의 문학 세계를 해명하기에는 현실적인 어려움이 따른다. 이런 점을 감안하면서 본고에서는 현재까지 각 시기 김혁의 소설 세계를 잘 보여주는 것으로 판단되는 중편소설집『천재 죽이기』와『마마꽃, 응달에 피다』,『국자가에 서 있는 그녀를 보았네』,『춘자의 남경』등 장편소설 세 편을 대상[9]으로 김혁 소설 세계가 지향한 바를 살피고자 한다.

8　이 평문은 김혁 소설의 변화 과정을 살핀 15쪽 분량의 짧은 글이지만 본고의 논지 설정에 큰 도움을 주었다.

9　본고에서는 실존인물을 제재로 한『시인 윤동주』,『완용황후』등 두 장편소설은 다루지 않았다. 추후 김혁 소설 세계 전반을 정리하기 위해서는 이들 작품에 대한 고찰이 반드시 필요할 것이다.

2. 예술에 대한 자긍심과 자본의 그늘

김혁은 격월간 문예지『도라지』1994년 1기부터 1999년 4기까지 5년여 동안 발표한 중편소설들을 모아 최초의 소설집『천재 죽이기』(연변인민출판사, 1999.12)[10]를 출간하였다. 이 소설집에 실린 중편소설 8편은 상당한 기간에 걸쳐 창작된 작품들이기는 하나 1990년대 중후반 김혁의 소설이 지향한 바를 확인해볼 수 있다. 이 시기 작가 김혁이 집중한 소설적 주제를 검토하기 위하여 먼저 작품이 발표된 시기 순으로 각 작품을 간단하게 검토하기로 한다.

1994년 1기에 발표된「바람과 은장도」는 김혁이 이 시기에 작가로서 마음 속에 품고 있던 문학 나아가 예술에 대한 열정을 보여주고 있다.「바람과 은장도」는 개혁개방 이후 돈이 지배하기 시작하는 시기에 발레단 단장인 발레리나 차수경이 발레극〈은장도〉공연에 필요한 경비로 고생하자 그녀를 숭배하는 발레단원 장현수가 돈밖에 모르는 외삼촌을 소개해주었다가 차수경이 외삼촌과 육체적 관계를 맺은 것을 알고는 사랑하는 연인을 은장도로 찌르는 마지막 장면에서 차수경을 진짜 칼로 찔러 죽음에 이르게 한다는 줄거리이다.

> 하얀 무용복 앞섶으로 삽시에 흥건한 붉은 피가 번져 나왔다. 그 붉은빛이 장현수의 시망막을 찔렀다. 그제야 정상상태로 환원한 듯 장현수가 몸을 부르르 떨었다. (선생님?!) 악연히 놀라며 차수경을 부축하려 하였다. 이때 차수경이 낮으나 저력감 있는 소리로 현수의 걸음을 밀막았다.

---

10   이 기간에『도라지』에 발표한 9편의 중편소설 중「바람 속에 지다」(1996년 1기)를
      제외한 8편을 수록한 이 작품집은 중편소설집이라는 타이틀을 달고 있다.

"계속… 계속해 봐요."

차수경은 가슴을 부여잡았다. 오금 꺾이는 몸을 가까스로 가누며 마지막 맴을 돌고나서 마지막 춤사위를 끝내고나서 꽃잎이 스러지듯 그 자리에 무너져 내렸다. 암전으로 무대가 어두워졌다.[11]

경제적 지원이 없어 경제적인 어려움이 심해지자 발레단원들 중 일부는 나이트클럽 같은 곳으로 나가 돈을 벌고, 장현수와 뜻이 맞았던 첼리스트도 결국 술집에서 연주하는 길을 찾는다. 이렇듯 금전이 지배하는 시대에 마지막까지 순수예술인 발레 공연을 위해 백방으로 애쓰는 장현수의 예술을 대한 정열은 그것이 차수경에 대한 경모의 마음에서 비롯되었다 하더라도 그를 돈이 지배하는 시대에 예술을 지키려는 진정성 있는 인물로 평가하기에 충분하다. 공연 자금 마련 때문에 어쩔 수 없는 선택을 한 차수경을 보고 실망하여 칼로 찌르는 장현수의 모습은 차수경에 대한 배신감이기는 하나 그녀의 예술에 대한 순수한 존경이자 예술을 타락시키는 외삼촌 같은 자본에 대한 분노이기도 하다. 또 발레단을 지키기 위해 헌신하는 차수경, 더욱이 죽음의 순간에도 공연의 완성을 위하여 상대에게 춤을 계속할 것을 요구하는 차수경은 삶 전체가 예술을 위해 존재하는 인물을 표상한다.

「바람과 은장도」를 쓴 지 몇 달 후인 1995년 5기에 「적」을 발표했다. 이 작품은 시대적 배경을 달리 하고 있지만 작품이 말하고 있는 바는「바람과 은장도」와 동일하다. 「적」에서 스승의 악론을 완성하려는 피리 악사는 왕이 밤일 할 때 음악을 연주해줄 악공으로 불러들이자 돌로 자신의 왼손가락을 절

---

11 김혁, 「바람과 은장도」, 『천재 죽이기』, 연변인민출판사, 1999.12, 44~45쪽. 이하 이 소설집 인용은 『작품명』, 쪽수'로 한다. 그리고 이하 작품 인용은 원문대로 표기하나 가독성을 위해 띄어쓰기는 한글맞춤법에 따른다.

단하고 피리를 개울에 던져버린다. 권력에 눌려 예술을 더럽히기보다는 왼손가락이 없어져 피리를 연주하지 못하더라도 오른손만으로 스승의 악론을 집필해내겠다는 의지이다. 악사의 이러한 자세는 「바람과 은장도」의 차수경의 죽음이 보여준 진정한 예술혼을 변형해 보여준 것이라 하겠다. 또 「적」에서 자신의 억울함을 풀어주기 위해서라도 입궁하겠다는 악사를 진정한 예술가로 남게 하기 위해 자결하는 청루의 가야금 명인인 기생 역시 진정한 예술혼이 무엇인지를 보여준다.

김혁은 이 두 작품에서 문인으로서 자신이 가지고 있는 예술에 대한 열정과 자본이나 권력에 타협하지 않으려는 예술가로서의 자긍심 그리고 현실과 타협하지 않으려는 예술혼을 형상화하였다. 그의 이러한 예술에 대한 강한 자긍심은 미래가 촉망되던 바이올리니스트 방황이 주류회사 사장의 딸과 결혼해 영업부장이 된 후 예술에 대한 회한으로 기행을 일삼다가 바닷가에서 시체로 발견되고, 그의 절친한 친구 철인이 그곳에서 해초가 현에 추억처럼 엉겨 붙은 바이올린을 건져 환청을 듣는다는 내용을 담은 「바다에서 건져올린 바이올린」(1996년 5기)에 그대로 이어진다. 또 문단 정치를 못해서 시집 출간을 못 하던 천재 시인 현식이 첫 시집 출판으로 잔뜩 고무되었다가 출판기념회 자리에서 자신이 경멸하는 술공장 사장인 동생 현우의 돈으로 출판한 사실을 알고는 절망하여 발광하고, 동생 현우에게 애인까지도 빼앗기는 모습을 그린 「꽃뱀」(1997년 5기)에서는 문단 권력과 자본의 위력에 눌려 점차 예술이 설 자리를 잃어가는 현실에 대한 위기감이 드러낸다.

「천재 죽이기」(1995년 5기)는 앞의 네 작품과는 조금 달리 자본의 논리가 지배하는 사회에서 천재가 어떻게 소비되는지를 보여준다. 이 작품에서 M은 엄청난 기억력의 소유자이기는 하나 대인관계가 원만하지 못하고 부조리를 범할 줄도 모르고 경제력도 없어서 동료들로부터 소외되고 아내로부터 버림을 받아 점차 주변부로 밀려난다. 사회로부터 소외되어 자기의 세계 속으로 파고들던 그는 점차 병세가 심해져 정신병원에 감금되고 만다. 이 작품은 M으로 표상되는 정신적 가치가 아내, 직장 동료, 방송 시청자 등 자본의 논리에 따르는 인간에 의해 파멸되는 현실을 보여준다. 이 작품에 등장하는 M은 예술혼이나 예술적 열정을 보여주지는 않지만 앞에서 살피던 네 작품에 등장하던 인물들과 마찬가지로 천재라는 점에서 동일한 주제의 변형이라는 평가가 가능하다.

예술적 열정과 권력과 자본의 갈등을 기본으로 한 김혁의 소설은 시대적 상황에 맞추어 자본의 논리가 인간을 어떻게 변화시키는가에 대한 관심으로 변화한다. 시를 지망하는 대학생 리기영과 양뀀집 주인 민호 그리고 멜라민 공장 사장 아들이 동운 등 세 친구가 청춘을 소비하는 모습을 다룬 「미망하는 도시」(1995년 4기)는 김혁의 소설의 전환점을 보여준다. 도박하고, 술마시고, 노래방과 나이트에서 여자나 쫓던 세 친구는 덜 떨어진 친구로 생각했던 선호가 노무 송출 갔다 돌아와 건장한 모습으로 나타나자 당황한다.

정성들여 쓴 시가 발표되려는 때 잡지사가 폐간하자 "지금 같은 세월에 글 쓴답시고 보챈 내가 어리석었지"라 깨닫는 기영, 속임수로 서점 점원 오월이를 꼬이려다 선호에게 뺏긴 민호, 아버지 그늘에서 성형이나 하며 세상의 변화를 모르는 동운 등은 급격히 변화하는 개혁개방 초기 가야 할 길을 잃고 방황하는 동시대인의 초상이다.

> "이거, 대체 어떻게 된 판국이야!"
> "기영아, 문이 어디메냐 제미랄…"
> "문이 보이잖는다 문이, 어느 쪽이냐? 문, 문 쪽 말이다."[12]

---

12 「미망하는 도시」, 92쪽.

실연한 민호를 위로하려 놀러 간 유흥장에 전기가 나가 수라장이 되자 그곳을 탈출하려는 군중들 사이에서 세 친구가 부르짖는 인용 부분은 개혁개방 이후 만연한 자본의 논리에 빠져 정신적으로 황폐해져 미망하는 모습 바로 그것을 인물의 말로 표현한 것이라 하겠다.

이러한 자본의 논리가 지배하는 도시에서 삶을 방향을 잃고 환락에 빠져드는 모습은 농촌에서 도시로 나와 몸으로 부대끼며 살다 점차 인간성이 파멸되고 죽음에 이르는 과정을 보여주는 「박쥐는 한낮이면 날지 못한다」(1998년 1기)에서도 반복된다. 이 작품에서 농촌에서 올라와 건장한 몸과 의리만으로 살아가던 삼륜차부 박무는 당구를 잘 쳐서 여주인의 눈에 들어 그녀의 밀린 빚을 받아주는 폭력배가 되었다가 점차 폭력에 맛을 들이고 술과 여자를 탐닉하는 등 인간성이 상실된다. 박무의 모습은 도시를 동경하여 화려한 도시로 온 선량한 농민들이 어떻게 타락하고 파멸하는가를 사실적으로 그리고 있다. 이후 자본의 논리에 따른 도시화가 가진 문제점은 김혁 소설의 중요한 주제로 등장한다.

소설집 『천재 죽이기』에는 다른 작품들과는 매우 이질적인 성격을 지닌 「설태를 내보여라 어제라는 거울에」(1999년 4기)가 수록되어 있다. 어린 시절을 함께 지냈던 사람들을 회상하는 형식으로 된 이 작품은 '붉은 일요일-똥파리/투명장(投命狀)/물구나무 서는 빛-홍상청 형님/검은 철교/새, 꽃, 붕어 그리고 빠찌-짜그배 누님/업보-김표/룡의 마을에 룡은 없다-빈침이/1976년의 가을' 등 여덟 개의 장으로 나누어져 있다. 문혁 말기에 성장한 소년이 바라본 문혁의 풍경을 담고 있는 이 작품은 예술혼과 사회 전반에 만연한 자본의 그늘에 깊은 관심을 기울인 여타의 작품과는 달리 자전적 성장소설의 성격이 두드러진다. 이 작품은 그의 첫 장편소설 『마마꽃, 응달에 피다』의 원형에 해당하는 바, 장을 달리하여 논하기로 한다.

3. 소년의 눈을 통해 본 문혁의 폭력성

김혁은 소년 시기의 체험을 바탕으로 한 중편소설「설태를 내보여라 어제라는 거울에」를 장편소설『마마꽃, 응달에 피다』[13]로 개작하여 2003년 1년간 『장백산』에 연재한다. 이 작품은 작중화자가 소년 시절에 함께했던 인물들에 대한 기억을 바탕으로 인물별로 여덟 개의 장을 설정하고, 각 장의 회상 내용이 모여 작품 전체의 줄거리를 완성하는 특이한 장회체 형식을 사용하고 있다. 또 두 작품 모두 작중화자가 사춘기가 끝나가던 문화대혁명으로 혼란스러웠던 시기에 똥파리네 폭력배 일원으로 지낼 때 만난 사람과 경험한 사건들을 20년이 지난 뒤 기억하는 과거 회상체를 사용하고 있다.

그러나 두 작품은 중편소설과 장편소설이라는 형식과 분량의 차이를 반영한 듯 상당한 차이를 보인다. 두 작품은 동일한 형식을 사용하고 유사한 내용을 담고 있지만『마마꽃』은 '프롤로그'와 '1부 곤혹의 뜰−자화상 편'을 설정해 작중화자 김찬혁의 성장 과정을 서술하고 그가 똥파리네 폭력배에 가담하게 되는 이유를 서술하여 성장소설적인 성격을 강화하고 있다. 또「설태를 내보여라 어제라는 거울에」에서 설정한 '투명장'을 '2부 어떤 무용담− 똥파리 편'에, '1976년의 가을'을 '8부 가을축제−사마귀 편'에 삽입하고, 대신 '5부 설태−회충 편'과 '6부 태엽감은 새−앵무새 편'을 새롭게 설정하는 등 전체 구성 면에서 많은 차이를 보인다. 이 같은 장의 삽입과 설정은 인물별로 장으로 나누어 작품의 형식적 완결성을 강화하려는 작가의 의도가 반영된 결과일 것이다.[14] 그리고『마마꽃』의 모든 장의 내용이「설태를 내보여

---

13 김혁,『마마꽃, 응달에 피다』, 연변인민출판사, 2005. 이하 이 작품은『마마꽃』으로 적고, 작품 인용은『마마꽃』, 쪽수'로 밝힌다.

14 인물별로 장을 설정하려는 의지는『마마꽃』중간본에서 초간본에서는 '8부 가을축

라 어제라는 거울에」에 비해 상당 부분 보충되고 부분적으로 수정한 점 역시 장편소설로의 재창작 과정에서 줄거리의 완결성을 더하고, 문혁 시기의 시대 상황과 현재적 의미를 분명하게 드러내기 위한 장치라 하겠다.

『마마꽃』은 소년이 보고 들은 문혁의 풍경을 회상하는 방식을 선택했다는 점에서 문혁을 직접 체험한 세대 작가들이 문혁을 다룬 방식과는 상당한 차이를 드러낸다. 중국 현대사에서 가장 비극적인 사건인 문혁은 중국인들에게 정신적 외상으로 남아 많은 글에서 다루어졌다. 그간 조선족 소설에서 문혁은 비정상적 상황에서 겪은 고난을 직접 서술하거나, 서로가 모함하는 비극적 상황에서 부화뇌동한 일을 반성하거나, 이념 우위의 시대에 당국이 범한 오류를 비판하거나, 다중적인 고통에 시달린 연변 문혁의 특수성을 고발하는 작품이 주류를 이루었다. 시간이 경과하면서 문혁의 비극을 회상하거나, 지나간 시간에 관한 그리움으로 서술하거나, 집안이 풍비박산된 이유 같은 단순한 소재적 차원에서 선택되고 있다.[15]

김혁은 유소년기에 문혁을 경험한 세대로 과거 회상체를 선택한 것은 일견 당연한 일이다. 김혁은 자신의 삶과 청소년기 체험을 문혁 말기의 풍경과 결합하여 과거 회상체로 재구성하였다. 이러한 과거 회상체는 사건을 체험한 유소년 초점주체와 과거를 회상하는 성인 서술주체의 시각이 이중적으로 개입하는 서술 방식으로 일인칭 소설에서 흔히 사용된다. 이 서술 방식은 초점주체와 서술주체의 시간적 거리로 인해 과거 유소년 시기에 사건을 바

제'에 포함되어 있던 에필로그를 분리해서 '프롤로그=인물별 여덟 개의 장−에필로그' 체재로 바꾼 점에서 분명히 드러난다.

15 조선족 소설에 나타난 문화대혁명의 풍경에 대해서는 이해영−진려, 「연변 문혁과 그 문학적 기억」(『한중인문학연구』 37, 2012.12), 최병우, 「조선족 소설과 문화대혁명의 기억」(『현대소설연구』 54, 2013.12), 최병우, 「박선석 장편소설 연구」(『현대소설연구』 65, 2017.3) 등을 참조할 것.

라본 초점주체의 천진한 시각과 현재의 시점에서 사건을 해석하고 의미를 부여하는 성인 서술주체의 시각이 이중적으로 나타나게 된다.[16]

> 부모님들은 혼자 묵은밥을 들추어먹고 시뿌둥해 있는 나에게 관심을 돌릴 사이가 없었다. 집에 들어서서는 미처 옷 벗을 새도 없이 마주하고 낮은 소리로 무언가 수군거렸다. 그러는 그들의 온몸에 긴장과 당혹감이 배어있음을 나는 보아낼 수 있었다.
> 어른들이 마냥 머리를 유난히 높이 깎고 다니는 부주석과 키가 작달막한 우경기회주의 분자에 대한 관심과는 달리 나의 관심은 온통 짜그배 누님에게만 쏠려 있었다.[17]

인용 부분은 문혁 말기의 혼란스러운 상황에 대한 한 쪽이 넘는 긴 서술 뒤에 이어진 서술이다. 작중화자는 주은래 총리까지 자본주의 길로 나아가려는 집권파라 공격하는 사인방에 대한 비판이 극심해지고, 천안문 사태를 무력 진압하고 등소평을 실각시키는 혼란이 벌어지는 등 문혁 말기의 상황에 대해 자신은 어려서 그 사태를 이해할 수 없었다고 말한다. 그리고는 부모님들의 비밀스런 동작에서 무언가 큰일이 나고 있음을 짐작은 했지만 그 당시 자신은 이상적 여성으로 생각했던 짜그배 누님에게만 집중해 있었다고 고백한다.

이 서술 속에는 당시 급변하는 현실 속에서 부모님들이 긴장감과 당혹스러움에 떠는 모습을 보기는 했지만 그 이유를 알지 못한 초점주체인 소년의 시각과 그 시절의 시대 상황을 설명하고 그 의미를 부여하는 성인 서술

---

16 과거회상체의 특성에 대해서는 최병우, 『한국 근대 일인칭 소설 연구』(한샘, 1995), 35~41쪽 참조.

17 『마마꽃』, 131쪽.

주체의 시각이 공존한다. 김혁이 문혁을 소설화하면서 이러한 과거 회상체를 선택함으로써 문혁 당시의 비극적 현실은 어느 정도 후경화하고, 문혁 시기 혼란에 대한 인식이 부족한 소년이 보고 느낀 문혁 풍경과 그 비극의 의미를 되짚어보는 서술주체의 해석을 전경화함으로써 문혁 시기가 아련한 그리움의 대상으로 느껴지면서 그 시대의 아픔을 극대화하는 효과를 얻고 있다.

김혁은 문혁의 풍경과 아픔을 그리기 위해 각 부에서 선택한 각각의 등장인물이 문혁 시기의 비정상적인 상황을 표상하도록 함으로써 문혁을 소설적으로 형상화하는 독특한 방식을 사용하고 있다. 이 작품에는 작중화자인 김찬혁과 똥파리, 엄상철, 짜그배, 회충, 앵무새, 김표, 사마귀 등 일곱 명의 인물이 각각 한 부의 중심인물로 등장한다. 자화상에 등장하는 김찬혁은 작가 자신의 초상이다. 경찰관이었던 아버지가 문혁의 폭력으로 인해 운명하고, 교원인 어머니가 의붓아버지를 들이고, 우연히 버려진 아이였던 자신의 출생의 비밀을 알고 난 뒤 학교 밖으로 떠돌다가 폭력배와 어울리는 과정은 작가 김혁의 생애와 상당 부분 일치한다. 그러나 작가 김혁이 문혁이 종결될 시점에 11세였으므로 작중인물 김찬혁과 5년 정도의 시차가 존재하는 바, 김찬혁은 소설적으로 재구성된 자화상이라 하겠다.

모든 일을 자신의 멋대로 행동하고 모든 문제를 폭력으로 해결하려 드는 똥파리는 폭력과 광기로 점철되었던 문혁 자체를 표상한다. 그는 상당 기간 폭력의 세계를 지배하지만 문혁이 끝날 무렵 사마귀와의 싸움에서 패배하여 똘마니들도 사마귀의 수하가 된 뒤 극장에서 벌어진 싸움판에서 자살에 가까운 죽음을 맞이한다. 똥파리가 죽자 용정의 폭력배들이 일소되고, 그해 가을 사인방이 체포되고 문혁이 끝난다는 것은 똥파리의 죽음을 통해 폭력으로 점철된 한 시대가 끝났음을 암시한 것이라 하겠다. 똥파리와 달리 같은 용정의 폭력배로 세력을 다투던 사마귀는 잔인한 면모를 보이지만 정의와 명분을 바탕으로 폭력을 휘두르고 부하들에게 관용을 베푸는 인물로 그려져 문혁 시기에도 존재했던 부드러운 지도자를 연상하게 해준다.

엄상철 형님과 짜그배 누님은 문혁의 폭력성에 희생된 지식인과 청년 세대를 표상한다. 사진관을 운영한 자본가 할아버지를 둔 엄상철 형님은 할아버지가 광복 전에 죽었음에도 아버지가 운동 때마다 타도를 당하다가 문혁 중에 현상액을 마시고 자결하자, 성분론의 벽에서 살아남기 위해 아버지와 계선을 가르고 국영사진관 직원으로 일을 하며 똥파리 패거리에 몸을 의탁한다. 그리고 전업무용수가 되어 문공단원으로 들어가는 것이 꿈이었던 짜그배 누님은 소련 유학을 다녀온 유명 무용수였으나 문혁 기간에 우파로 몰려 조리돌림을 당한 엄마의 성분 탓으로 문공단에는 발도 들여놓지 못한다. 게다가 집체호에서 서기와 부적절한 관계를 맺었다는 소문으로 온 동네에 타락한 여자로 인식되어 어쩔 수 없이 똥파리의 애인으로 지낸다. 이러한 비극을 품고 있는 엄상철 형님과 짜그배 누님은 문혁 시기에 중국을 사회를 지배한 성분론에 희생되어 현실로부터 소외되었던 인물을 표상한다.

『마마꽃』에는 작중화자의 친구인 회충, 김표, 앵무새가 각각 한 부를 차지하고 있다. 회충은 가난한 집안에 형제만 많아 늘 굶다 보니 걸신이 들린 듯 식탐을 자제하지 못하고, 먹을 것만 주면 무슨 일이든 한다. 그는 문혁 시기 "최저의 식성도 배불려 줄 수 없는 어려운 긴장국세가 모두들의 원체 곯아있는 위뿐만 아니라 정신마저도 자극하였던지 그때를 지나온 사람이고 보면 은연중 기아에 대한 심각한 락인을 가지고 있는 듯했다"[18]는 서술대로 문혁

---

18 『마마꽃』, 170~171쪽.

시기 만연한 기아로 정신이 파괴된 인물을 표상한다. 또 문혁 시기의 횡행한 폭력으로 부모와 가족을 모두 잃은 탓에 사랑이 결핍되어 관음증과 성도착증에 시달리는 김표는 문혁의 폭력으로 가족을 잃고 성의식이 왜곡되어 버린 인간을, 벙어리 엄마처럼 말을 하지 못하게 될까 두려워 모택동 어록을 죽기 살기로 외워 많은 표창을 받은 앵무새는 문혁 시기 정치구호를 외우는 것으로 자신의 약점을 감추고 권력에 부화뇌동하던 사람들을 떠올리게 한다.

『마마꽃』의 각 부를 차지하는 인물들은 작중화자 김찬혁이 어린 시절 함께 했던 폭력배의 일원으로 문혁의 소용돌이 속에서 가정이 파괴되고 사회의 보호를 받지 못해 길 밖으로 내몰린 청소년들이다. 그들 모두는 문혁으로 인한 정신적 외상에 시달리며 비정상적인 삶을 산다. 그들의 고통스러운 삶의 과정과 그로 인한 이상행동들은 문혁 시기 중국 인민들이 경험한 고통과 충격 그리고 그에 따라 사회에 만연했던 비정상적인 삶의 모습과 상동성을 보인다. 이렇듯 『마마꽃』은 문혁 말기 정치적·사회적의 혼란과 폭력이 난무하는 정치 상황을 후경화하고, 청소년들의 삶의 조건과 그로 인해 표출되는 비정상적 행동을 하며 문혁이라는 고난의 시대를 통과하는 모습을 그리고 있다. 『마마꽃』이 보여주는 이러한 소설적 장치는 문혁 시기 비정상적인 정치 운동 속에 신음하던 인민들이 삶을 직접 서술한 어느 작품보다도 문혁의 비극이 더 큰 울림으로 다가오게 하는 효과를 준다.

『마마꽃』의 에필로그는 프롤로그에서 작중화자가 자신의 동네에 있던 우물이 사라져 찾을 수가 없다고 서술한 부분에 대해 수미상관으로 이루어진 서술로 시작한다.

전례 없던 문화대혁명 중에 '네 가지 낡은 것을 타파한'다며 짓부셔졌던 우물자리가 정부에 의해 다시 복원 되어 있었다. 묻었던 우물을 다시 가져내고 우물가에 지명기념비도 다시 세웠다. 우물가에는 사진을 남기는 유람객들로 붐비고 있었다. 어릴 적 불확실한 꿈으로 더듬었던 우물이 여실하게 나타나 이제는 내 고향을 징표하는 제일가는 경관으로 자리매김 되여 있는 것이었다.[19]

낡은 것을 타파한다고 부숴버렸던 용정의 상징 용두레 우물이 복원된 것이다. 용두레 우물이 다시 제자리를 찾았다는 것은 단순히 정부에 의해 우물이 복원되어 마을의 징표가 되었다는 것보다 조선인들이 세운 용정의 근원을 되찾았다는 의미가 중요하다. 그리고 이로써 문혁이라는 미증유의 혼란과 비극이 마무리되고 사회 전반이 정상으로 돌아왔음을 분명히 해준다. 『마마꽃』의 에필로그 뒷부분에서 모든 작중인물들이 질풍노도의 청소년기를 건너 건실한 성인으로 성장한 모습을 담담히 서술한 것은 문혁이 종결된 이후 인민들의 삶이 정상을 되찾은 것과 궤를 같이한다. 바로 이 점이 소년의 눈으로 문혁의 폭력성과 그것을 넘어서서 안정된 사회로 나아가는 모습을 보여준 성장소설 『마마꽃』이 주는 잔잔한 감동일 것이다.

4. 반복되는 도시 이주의 비극적 현실

『마마꽃』을 연재하던 시기에 김혁은 『국자가에 서 있는 그녀를 보았네』[20]를

---

19 『마마꽃』, 336쪽.
20 2003년 10월부터 2005년 2월까지 16회에 걸쳐 연재된 이 작품은 2018년 9월 연변
    교육출판사에서 출간되었다. 본고는 단행본을 텍스트로 하고, 이하 작품명은 『국
    자가』로, 인용은 『국자가』, 쪽수'로 밝힌다.

김혁론 예술혼과 현실 그리고 역사

동시에『연변문학』에 연재하기 시작하였다.『마마꽃』과 달리 이 작품은 개혁 개방 이후 산업화와 도시화가 진행되면서 보다 나은 삶을 찾아 농촌에서 도시로 이주한 농민들이 겪는 삶의 질곡을 다루었다. 이 작품이 집필되기 시작한 2003년은 개혁개방이 시작한 지 25년 정도의 시간이 지났고, 한중수교가 이루어져 한국으로의 노동 이주가 본격화된 지 10년 남짓 지났으나 한국의 재외동포법 개정이 이루어지지 않아 한국으로의 노동 이주가 불법적인 경우가 많은 시기이다. 그리고 이 시기는 허련순, 윤림호, 우광훈, 최홍일 등 많은 조선족 작가들이 이주 문제를 소설화하여 이 주제가 조선족 소설의 한 경향을 이룬 시기였다. 이렇듯 이주 문제가 소설의 주된 관심이 되어 있던 시기에 도시와 한국으로의 이주 문제를 다룬 김혁의『국자가』가 어떤 의미를 가질 수 있는가가 이 작품을 논의하는 데 있어 관건이 될 것이다. 이러한 문제의 해결을 위하여 본고에서는『국자가』에 나타난 이주의 본질적 모습을 몇 가지로 나누어 살핀다.

농촌 젊은이들은 화려한 도시에서의 생활을 꿈꿔 막연한 동경만으로 농촌을 벗어난다.『국자가』의 주인공 신애 역시 친구 경자가 도시에 나가 화려한 듯한 모습에 그녀의 전화번호만 달랑 들고 새벽 기차를 타고 도시로 나온다. 전화번호가 잘못 적힌 것을 알고는 크게 당황하지만 낙천적인 신애는 경자가 말한 음식점 거리를 찾아가 구인 쪽지가 붙어 있는 김밥집에서 도시 생활을 시작한다. 그러나 그녀의 도시에서의 생활은 여러 직장을 떠돌지만 밑바닥 직업을 벗어나지 못한다.

신애의 첫 직장인 오씨네김밥집은 주인이 차가운 듯하나 정이 많고, 주방 아줌마가 착하여 안정된 생활이 가능하였다. 그러나 김밥집이 세든 건물이 재개발에 들어가 가게문을 닫는 바람에 실직하자 신애의 삶은 급전직하한다. 이후 그녀는 버스 차장, 신발가게 종업원, 노래방 춤 아가씨(卡姐) 등 여러 직업을 전전하나 모든 일들이 제대로 풀리지 않자 마지막으로 잠자리를 해결할 수 있는 찜질방 김밥말이가 된다. 전문적인 능력이 없는 신애 같은 여성은 농촌에서 도시로 나온 대다수가 선택하는 밑바닥 직업을 전전할 수밖에 없어 약간의 부침을 경험하더라도 결국은 원점회귀하게 되는 것이다.

또 신애는 도시로 이주한 뒤 여러 남자를 만나 사랑하고 임신하고 결혼도 하지만 결국은 모두 실패로 끝나고 만다. 신애는 오씨네김밥집에서 외로운 시간을 보낼 때 양인철과 풋사랑을 나누다가 그가 친구 경자와도 연락하는 사이인 것을 알고 헤어진다. 오씨네김밥집이 폐업하자 버스 차장 자리를 챙겨준 박 기사와는 그의 아내의 오해로 큰 봉변을 당하고 끝나고, 경자의 소개로 만난 신발가게 사장인 바람둥이 윤승원은 신애와 동거하다가 임신시키고는 도망가버린다. 아이를 낙태시킨 후 취직한 노래방에서 만나 결혼까지 한 시인 안경준과는 그의 괴팍한 성격으로 힘든 결혼 생활 끝에 1년 만에 이혼으로 마감한다. 이와 같이 도시로 이주한 신애가 만난 사랑은 언제나 엄청난 정신적, 육체적 충격을 주고 파탄으로 끝나고 신애는 원점으로 회귀하고 만다.

신애가 보여주는 도시 이주민의 삶이 원점회귀하는 모습은 그녀가 고향에 있을 때 사랑하던 오빠 호준의 삶에서도 유사하게 나타난다. 호준은 신애가 도시로 떠난 뒤 농사일과 품팔이로 번 돈 전부를 투자한 비닐하우스가 폭설로 뭉개지자 빚에 몰려 도시로 나와 온갖 밑바닥 직업을 전전해도 빚만 늘어나자 향 정부의 지원을 받아 무공해 쌀농사를 짓기 위해 귀농을 결심한다. 도시 이주가 실패로 끝난 농민이 다시 농촌으로 돌아간다는 점에서 신애의 그것과는 차이가 있다.

　　"너도 함께 가지 않으련?"

김혁론　예술혼과 현실 그리고 역사

그러다 바삐 머리를 절레절레 저었다.

"네가 왜 그 곳에 다시 발길 돌리겠니. 아주 떠난다고 나온 애가."[21]

호준은 자신의 귀향 계획을 알고 만난 신애와의 이별 자리에서 어렵게 꺼낸 함께 돌아가지 않겠느냐는 말을 스스로 거두어들이고 만다. 이것은 고향에 부모와 가족이 남아 있는 호준과 이모마저 세상을 떠나 고향이라야 일가붙이 하나 남아 있지 않은 신애의 차이이자, 도시로 이주한 후 몸과 마음이 피폐해져버린 여성과 도시에서 마음은 다쳤지만 몸은 망치지 않은 남성의 차이이기도 하다.

도시로 이주한 농민들은 힘든 노동으로도 경제적인 안정을 얻기는 쉽지 않다. 전문적인 지식도 없고, 이악스럽게 장사를 할 줄도 모르는 도시 이주민들이 자신의 몸 하나만 믿고 버티는 도시 생활은 경제적 궁핍과 타인의 모멸 속에서 피곤한 삶으로 이어질 뿐이다.

> 땅을 내놓고 도회지로 출두하는 농군들의 밑천은 단 체력 하나 뿐, 녀인들은 써비스 업종에 들어섰고 사내들은 즉각 일에 착수하여 효험을 볼 수 있는 업종으로 삼륜차부를 택했다. 허나 매일같이 파김치가 되도록 땀으로 바꿔온 것이란 허드레돈 몇 장 뿐이었다. 가난보다 참기 어려운 것은 덤으로 얹혀지는 수모였다. …(중략)…
>
> 촌뜨기나 삼륜차부라는 불미의 딱지를 떼는 지름길이 또 하나 있었다. 허나 그것은 농군들로 말하면 너나가 몰려들면서도 쉽지 않은 길, 로무송출을 나가는 길이었다. 그 길로 가려면 로무업자 송출단위들에게 옹근 3만원 각수는 내야 했다.[22]

---

21 『국자가』, 355~356쪽.
22 『국자가』, 337쪽.

도시가 요구하는 어떤 기술도 없고 이악스럽지도 못하고 남을 잘 믿기만 하는 신애가 식당 복무원으로 시작하여 버스 차장도 하고, 매장의 점원도 해 보아도 이 모든 일들은 운명처럼 실패로 끝나고 만다. 끝내 사회의 가장 밑바닥 직업에 해당하는 노래방 춤 아가씨까지 떨어져 만난 자신을 사랑하는 남자와의 결혼이 실패하자 다시 식당 복무원으로 돌아온다. 도시 이주민으로서는 더 이상 나아갈 길이 막혔다고 판단한 신애는 위의 인용처럼 한국 이주를 결심한다. 그러나 이 또한 만만한 일은 아니다. 신애는 이잣돈을 빌려 노무 송출을 시도했지만 노무 송출 회사가 파산하여 빚만 지고, 위장결혼으로 한국행을 시도해서 만난 한국 남자는 친구 경자가 가로채고, 최후 수단으로 선택한 어선을 통한 밀입국길에 어창에서 질식사한다. 이렇듯 신애가 막다른 길에서 선택한 한국행 역시 실패가 반복되고, 결국 그녀는 답답한 어창에서 비극적인 생을 마감하고 만다.

김혁은『국자가』에서 신애를 통하여 도시 이주민의 삶은 원점회귀할 수밖에 없다는 비극적 인식을 보여준다. 이러한 비극은 이 작품에 등장하는 도시 이주민인 호준 오빠, 양인철, 윤승원, 신애의 사촌동생 림호 같은 남성은 물론 오씨네김밥집의 주방장 아줌마, 신애의 친구 경자 등 모두에게 적용된다. 김혁이『국자가』에서 보여준 이 같은 도시 이주 현실에 대한 비극적 인식은 조선족 소설에서 다루어온 이주에 대한 인식과 상당한 차이를 보인다. 조선족 소설에서 이주의 문제는 한국으로의 이주 열풍이 조선족 삶에 미친 변화, 한국에서 경험한 차별과 멸시, 한국 체험을 통해 형성된 조선족 정체성, 조선족 사회의 혼란과 와해, 한국과의 공존에 대한 인식 등 주로 한국과 관련되어 있었다. 이러한 조선족 소설의 일반적인 경향과 달리 김혁이『국자가』를 통해 도시화에 따른 농민들의 도시 이주는 밑바닥 직업을 전전하는 비극적 원점회귀로 끝난다는 것을 주제로 하고, 그러한 주제를 강조하기 위하여 한국행을 동원한 점은 조선족 소설사에서 새로운 시도로 평가할 수 있다.

특히 신애가 고향에서 도망치는 프롤로그에 이어진 작품의 1부의 서두인 '풀잎의 독무'가 "신애는 차표를 손아귀에 움켜쥐고 사람들의 틈바구니에 끼여 개찰구로 나왔다"[23]로 시작하고, 에필로그의 시작이 "기적을 울리며 기차가 역에 들어섰다. (2행 생략) 맨 나중에 애젊은 처녀애 하나가 마치 징검다리라도 건너듯 조심스럽게 걸어 나왔다"[24]로 되어 있는 점은 유의미하다. 농촌 처녀 신애가 도시의 역에 내려 어리둥절해하는 장면에서 시작하여 온갖 풍상을 겪고 죽는 것으로 끝나고 이어 에필로그에서 새로운 농촌 처녀가 도시에 내려 어리둥절해하는 장면을 보여준 것은 이 처녀의 도시에서의 삶 또한 신애와 크게 다르지 않으리라는 예상을 하게 해준다. 이러한 수미상관의 구성은 이 작품이 보여준 도시 이주민의 비극이 신애라는 한 여인의 운명이 아니라 끊임없이 반복되는 도시화의 비극이라는 현실인식을 강조해주는 효과가 있다.

5. 위안부의 기억과 비극적 역사의 극복

2010년 『연변문학』에 『시인 윤동주』를, 2013년 『도라지』에 『완용황후』를 연재한 김혁은 철저한 사전 조사와 왕성한 필력을 바탕으로 2015년 1년에 걸쳐 『춘자의 남경』을 『연변문학』에 연재하였다. 『춘자의 남경』[25]은 1920년

23　『국자가』, 11쪽.
24　『국자가』, 379쪽.
25　김혁, 『춘자의 남경』, 연변인민출판사, 2018. 이하 작품 인용은 『춘자의 남경』, 쪽수로 한다.

경신참변에서 1937년의 남경대학살까지의 비극적 역사의 흐름 속에서 지옥과 같은 삶을 산 위안부를 제재로 하였다. 이 작품은 중국 문단과 조선족 문단에서 위안부를 제재로 한 최초의 장편소설[26]이라는 점에서 연재 당시부터 조선족 문단의 관심을 집중시켰다.

이 작품은 조선족 청년 종혁과 일본 처녀 하루꼬가 종혁의 할머니에게서 위안부 체험을 듣게 되기까지의 현재(1부 2절까지)와 종혁의 외할머니 춘자가 일본군 위안부로 끌려가 지옥 같은 생활을 한 과거(1부 3~5절과 2부) 그리고 종혁과 하루꼬가 위안부문제대책협의회 사람들과 함께 할머니가 위안부 생활을 한 현장을 찾는 현재(3부)로 구성된 액자소설 형식으로 되어 있으나, 액자와 내화 모두가 삼인칭 서사로 된 독특한 서술방식을 사용하고 있다. 그리고 과거 사건을 서술한 내화는 1부 3~5절의 춘자의 탄생과 구인 광고에 지원하는 과정과 2부의 위안부 생활로 나누어지고, 현재에 해당하는 액자는 할머니의 위안부 생활에 대해 알게 되기까지의 도입 액자와 알고 난 뒤인 종결 액자로 나누어진다. 따라서 이 작품의 구성을 도식화하면 '도입 액자-내화①-내화②-종결 액자'로 액자가 내화의 앞뒤에 놓이는 폐쇄 액자의 형식을 취하고 있음을 알 수 있다.[27]

그러나 액자소설이 일반적으로 액자는 내화와 관련한 정보를 제공하는 부

---

26 한국에서는 이미 허문열의 『일본의 여자, 한국의 여자』(신라원, 1996), 윤정모의 『에미 이름은 조센삐였다』(당대, 1997), 노라 옥자 켈러의 『종군위안부』(박은미 역, 밀알, 1997), 정현웅의 『중군위안부』(신원문화사, 2015), 김숨의 『한 명』(현대문학, 2016), 『흐르는 편지』(현대문학, 2018), 『숭고함은 나를 들여다보는 거야』(현대문학, 2018), 『군인이 천사가 되기를 바란 적 있는가』(현대문학, 2018) 등 위안부를 제재로 한 장편소설이 다수 간행된 바 있다.

27 액자소설와 관련한 용어는 이재선, 『한국단편소설연구』(일조각, 1977) 95~101쪽 참조.

분으로 간단히 처리되고, 작품의 중심 내용을 담고 있는 내화에 치중하는 데 비해 『춘자의 남경』은 '도입 액자-내화①-내화②-종결 액자'의 비율이 대략 '3 : 3 : 5 : 3', 액자와 내화의 분량이 6 : 8로 큰 차이를 보이지 않는다. 이렇듯 『춘자의 남경』에서 액자가 내화에 비해 큰 차이가 없을 정도의 분량을 차지하도록 구성한 것은 작가 김혁이 위안부 문제를 소설화하면서 내화에서 서술한 위안부 문제에 대한 고발만큼 액자에서 말하고자 한 중요한 주제가 있었음을 짐작하게 해준다.

『춘자의 남경』의 내화는 '사슴골의 참변'이라는 제명 아래 1921년 봄 일본군이 사슴골에 들어와 마을 남자 33명을 학교 건물에 몰아넣어 불을 지르고, 탈출한 사람들은 사살하고, 장사를 지낸 며칠 뒤 다시 마을에 들어와 무덤을 파서 시신을 소각한 참변[28]으로부터 시작한다. 사슴골 참변 첫날 남편이 일본군에 살해당하고, 시신을 소각하는 현장에서 도망치다 총을 맞은 끝순은 이날 극적으로 춘자를 낳는다.

이렇듯 『춘자의 남경』은 내화의 서두부터 경신참변에서 일본군들이 민간인들을 상대로 저지른 인간으로서 상상할 수 없는 악행을 고발하고 있다. 그리고 작품 내적으로는 춘자의 탄생부터가 일본의 악행과 기이하게 연결되어 있고, 그녀의 삶이 순탄하지 않을 것임을 암시해준다. 어머니의 목숨을 건 도주와 장 목사의 헌신으로 태어난 춘자는 홀어머니와 함께 가난에 찌들어 살면서도 야학에도 다니고 교회에도 다니며 꿈 많은 열여섯 살 처녀로 성장한다.

『춘자의 남경』에서 위안부 문제는 가난하나 꿈 많던 춘자와 사촌동생 광옥

---

28 이 내용은 1920년 10월에 있은 장암동 참안을 모티프로 하여 시간적 배경을 봄으로 바꾸어 재현하였다.

이 여공 모집에 지원함으로써 시작된다. 여공에 지원하면 현장에서 10원을 주고, 공장에서 취직하면 한 달에 50원은 벌 수 있다는 모집책 여자의 꼬임에 머뭇거리는 춘자보다 먼저 사촌동생 광옥이 지원을 결정하자 춘자도 따라 나선다. 그러나 평생 처음 새 옷을 입고 여공 모집책을 따라 며칠 동안 기차를 타고 가서 도착한 건물의 출입문 한쪽에 걸린 목조 현판에는 '육군위안소'라 씌어 있었다.

소녀들의 항의에 일본인들은 그녀들을 이미 돈을 주고 샀으니 시키는 일을 해야 한다고 겁박한다. 가난을 벗게 해준다며 선대금까지 준 모집책에 속아 호랑이 굴에 든 것이다. 방직공장 여공으로 간다는 말에 육군 위안소로 끌려온 수없이 많은 처녀들은 강제로 하루에 10여 명의 남성을 상대하는 생활을 계속할 수밖에 없게 되었다. 군인들의 철저한 감시 속에서 무지막지한 폭력에 시달리고, 몸에 병이 걸려도 제대로 치료받지 못하고, 조금만 마음에 들지 않으면 처벌방으로 보내지고, 성병에 걸리면 666과 수은으로 치료받다 안 되면 죽음을 맞는 날들을 보낸다. 그러나 지옥 같은 생활을 벗어나기 위해 탈출을 시도하다가는 경비견에 물려 피투성이가 되어 돌아와 처벌방 신세를 면치 못한다. 『춘자의 남경』에는 순진한 처녀들이 위안부가 되어 짐승보다 못한 삶을 사는 모습이 자세하게 그려진다. 위안부의 존재를 그 주체인 일본 정부가 부정하는 현재 위안부의 실태를 조사하여 세상에 알리는 일은 역사를 바로잡기 위해 필요한 일이어서 위안부를 다룬 많은 소설이 이처럼 위안부 실상을 고발하는 데 치중하고 있다.

위안부 생활을 하던 처녀들은 하나씩 둘씩 스러져간다. 광옥과 탈출하다 붙들리자 우물에 뛰어들어 죽은 화룡 출신 신영이, 어린 나이에 너무 많은 사병들에게 시달려 하혈을 하고 죽은 회령 출신 옥이, 몇 차례 탈출 시도가 실패하고 남경위안소로 이동하던 중 모질게 살아남으라는 말을 남기고 트럭에서 뛰어내린 광옥,[29] 남경으로 이동 중 기차 화물칸에서 머리를 맞댄 채 수십 명씩의 군인에게 시달린 뒤 비틀거리는 몸으로 다른 위안소로 끌려간 용정 출신 혜숙이, 이외에도 파병된 남편을 찾아왔다 위안부로 전락해 성병으로 사경을 헤매자 우물에 버려지고 수류탄 세례를 받은 일본 여성 시오노, 야수 같은 놈들에게 시달리다 아프다고 고함을 질렀다고 처벌방에 들었다가 죽은 중국 소녀 쇼탕 등, 이들의 삶은 위안부의 비참한 삶을 웅변적으로 보여준다. 그리고 전투가 발발해 위안소가 빈 상황에서 탈출한 춘자는 고향으로 돌아와 위안소에 그리도 많았던 고양이를 키우며, 그 이름으로 영신이, 광옥이 등 위안소에서 함께했던 친구들의 이름을 붙여 그들의 죽음을 애도한다.

『춘자의 남경』에서 남경대학살은 춘자가 남경에 있었던 상군남부위안소에서 단도로 자신의 배에 제 이름을 새기는 일본군 장교의 손가락을 깨물어 처벌방에 갇혔다 탈출해 남경 거리에서 본 장면으로 처리되어 위안부에 비해서는 간단히 다루어져 있다. 춘자가 남경 거리에 나오자 쿠리들이 시체를 태우고 또 강에 버리고 있고, 살육이 끝난 거리에는 피가 강을 이루고 있다. 걸음마다 시체가 발에 걸리고 발에 밟히는 것은 시신의 한 부분이라 갈팡질팡하며 시체 더미 사이를 방황하던 춘자가 눈을 들어보니 시체를 가득 실은 트럭들이 포구로 몰려와 쉬지 않고 시체를 쏟아낸다. 이 장면을 목격한 춘자는 우묵한 악몽의 구덩이에 빠져들어 가위눌린 사람처럼 부르르 진저리를 쳤고, 추적추적 내리는 빗물에 바닥에 응고되었던 핏물이 다시 벌창해져 흘러 하늘과 땅이 몰경계(沒經界)로 자오록히 내리는 핏빛 겨울비 속에 춘자는

---

29 광옥은 다행히 살아남아 위안부문제대책협의회 사람들과 함께한 종혁을 만나는 것으로 되어 있다. 『춘자의 남경』, 262쪽.

망연자실 서버렸다.[30]

이 작품에서 남경대학살에 대해서는 앞의 요약에서 보듯 춘자가 남경위안소를 탈출한 후에 피로 물든 남경의 비극을 보았던 것으로 간결하게 처리하고 있다. 김혁이 위안부의 비극을 다룬 이 작품을 쓰면서 인류 역사상 비극의 하나인 남경대학살을 소재로 다룬 것은 중국 내지에서 가장 먼저 건립된 남경 지역의 위안소[31]에 조선인 여성들이 30여 명 존재했다는 증언을 바탕으로 조선인 위안부가 겪은 고통의 공간을 확장하여 그 비극을 강조하기 위한 것으로 판단된다.

『춘자의 남경』에서 액자는 매우 중요한 의미를 지닌다. 도입 액자인 1부의 처음 두 장에서는 동경대학에서 나쓰메 소세키를 전공하는 조선족 종혁과 같은 학부를 다니는 일본인 하루꼬의 사랑 이야기가 진행된다. 민족의 차이를 극복하고 사랑을 나누지만 하루꼬의 할아버지는 종혁이 지나인이라는 이유로 두 사람의 만남을 강하게 거부한다. 그리고 봄방학을 맞아 하루꼬를 데리고 고향에 들러 사슴골에 있는 외할머니 댁에 인사드리러 갔다가 외할머니에게 위안부에 대한 증언을 들으러 온 위안부문제대책협의회 사람들을 만나 외할머니의 과거를 알게 되기까지의 과정이 이야기된다.

도입 액자와 거의 같은 분량인 종결 액자에서는 외할머니 춘자의 위안부 생활을 알게 된 종혁과 하루꼬가 위안부문제대책협의회 사람들의 답사를 따라 가서 위안부와 관련한 많은 사실들과 상군남부위안소의 존재를 확인

---

30 『춘자의 남경』, 228쪽.
31 아이리스 장에 따르면 난징대학살 시기에 일본군들이 엄청난 규모로 중국 여성을 강간한 사실이 국제적으로 알려지자 아시아 전역에서 수만 명의 여성을 모아 위안부 제도를 만들어내고, 첫 번째 공식적인 위안소는 1938년 난징 근처에 세워졌다. 아이리스 장, 『역사는 누구의 편에 서는가 : 난징대학살, 그 야만적 진실의 기록』, 윤지환 역, 미다스북, 2014, 103~105쪽.

하고('하루꼬의 난낑'), 한 많은 삶을 산 외할머니 춘자가 운명해 장례를 치르고('봄을 우는 고양이'), 도쿄에서 하루꼬와 이별한 종혁이 위안부문제대책협의회의 답사를 따라갔다가 트럭에서 뛰어내린 뒤 살아남은 광옥을 만나고('흑백의 기억'), 하루꼬의 할아버지가 일본군 장교로 남경대학살에 참가했음이 확인된다('견고한 파이프').

　종혁을 따라 남경을 다녀와 종혁 외할머니의 제사를 치르고 도쿄로 돌아간 하루꼬는 종혁을 만난 자리에서 위안부의 실상을 알고 나서 더 이상 일본인으로서 위안부 문제에서 자유로울 수 없고, 일본군 위안부의 자손이 일본여자와 사랑하는 것이 가능하겠느냐는 말로 사과를 겸한 이별을 통보한다. 적지 않은 시간이 지난 뒤 나쓰메 소세키 100주기 기념식이 열리는 도고온천을 찾은 종혁은 나스메 소세키의 소설「도련님」에 나오는 봇짱 시계탑 앞에서 기념 촬영을 하려다 할아버지가 중풍으로 쓰러진 뒤 축제장의 모델로 나온 하루꼬를 우연히 만나 서로를 꼭 껴안는다.

　　　봇짱 시계탑이 바야흐로 정시로 향해 가고 있었다.
　　　흥분한 유람객들이 카운트다운에 들어가 목청을 합쳐 수자를 세기 시작했다.
　　　"9-8-7-6…"
　　　종혁이도 하루꼬도 그 열락의 높은 격조와 함께 했다.
　　　"4-3-2-1"
　　　바야흐로 새로운 시간이 열리고 있었다.

　이 마지막 장면은 매우 상징적이다. 종혁과 하루꼬에게 위안부 문제는 알지도 못한 일이었고, 혹 안다고 하더라도 별 관심이 없는 그런 일이었다. 그러나 종혁의 외할머니 춘자가 위안부문제대책협의회의 취재에 응하면서 위안부 문제는 자신들의 문제로 다가온다. 그들은 외할머니 춘자의 이야기를 통해 위안부 문제에 대해 자세히 알게 되고, 위안부문제대책협의회 사람들과 함께 답사를 다니면서 진실에 다가서게 된다. 종혁과 하루꼬가 위안부 문제에 대한 진실에 다가서면 다가설수록 위안부 문제는 하루꼬에게 큰 부담으로 느껴지고, 결국 하루꼬는 남경대학살기념관 답사를 포기하고 만다. 가해자의 입장에서 아픈 역사를 마주하고 그 진실을 들여다보는 일은 쉽지 않은 일이다. 역사에 대한 부끄러움 때문에 종혁과 이별을 선택했던 하루꼬가 오랜만에 만난 종혁을 포용하고 종혁이 그것을 받아들이는 것은 종혁과 하루꼬 사이의 상처가 치유되어 앞으로 함께할 수 있음을 뜻하며, 그것이 바로 새로운 시대로 나아가는 시작임을 말하고 있는 것이다.

소위 '과거사 청산'은 과거사의 진상을 밝혀내고 적절한 조치를 시행하는 '과거 규명'과 과거사에 대한 비판을 통해 과거의 잘못을 반성하고 피해자에 대해 애도를 표하고 치유하고자 하는 '과거 성찰'이 함께 이루어져야 한다.[32] 이는 비극적 과거를 올바로 청산하기 위해서는 사법적·정치적 측면과 함께 과거사의 문제를 역사의식과 가치와 윤리의 문제로 접근해야 한다는 것을 의미한다. 이런 점으로 볼 때 현재까지 위안부 문제는 가해자인 일본 정부가 사실에 대해 완강히 부정함으로 인해 사실 규명조차 이루어지지 않았다. 이러한 상황에서 위안부 문제에 대한 역사적 사실을 확인하고, 확인된 사실을 바탕으로 소설과 영화를 만들고 기념관을 건설함으로써 이를 역사적 기억으로 재생할 필요가 있다. 그리고 이렇게 재생된 역사적 기억이 최후의 진실이 아니라는 사실을 받아들이고 사실 확인 작업을 계속해야 할 것이다.

한국에서는 위안부 문제를 환기하고 또 잊지 않기 위해 1992년 1월부터

32　안병직, 「과거청산, 어떻게 이해할 것인가」, 안병직 외, 『세계의 과거사 청산』, 푸른역사, 2005, 14~15쪽.

매주 수요일마다 수요집회가 열리고 있고, 2011년 주한일본대사관 앞에 평화의 소녀상을 건립한 후 전국 나아가 세계 각국에 소녀상을 건립하여 위안부 문제를 알리고 또 기억하도록 하고 있다. 그리고 2003년부터 시민단체를 중심으로 시작된 위안부를 기념할 박물관을 건립하기 위한 노력은 우여곡절 끝에 2012년 5월 서울 마포구 성산동 주택가에 100평 남짓한 공간을 가진 전쟁과여성인권박물관 개관으로 열매를 맺었다.[33] 이 박물관은 규모는 작으나 전쟁과 여성 인권과 관련한 사업과 함께 위안부에 대한 역사 기억을 보존하려는 노력을 기울이고, 방문객 스스로 여성과 전쟁 그리고 위안부 등 역사 문제에 대해 성찰할 기회를 마련해주고 있다.[34]

이러한 비극적 역사를 잊지 않기 위한 노력은 과거사 청산을 위한 시작이다. 과거 역사의 비극을 기억하는 소극적인 과거사 청산을 넘어 진정으로 과거사 문제를 극복하기 위해서는 가해자와 피해자 사이에 진정한 화해가 이루어져야 한다. 그리고 진정한 화해로 나아가기 위해서는 무엇보다 비극적 과거의 실체가 어떠했는가를 밝혀 역사적 진실을 규명하고, 역사적 진실을 확인한 가해자가 피해자에게 진정성 있는 사과를 하고, 피해자가 그것을 용납하는 과정이 필요하다.[35]

김혁의 『춘자의 남경』은 위안부 문제와 관련하여 소설적인 해결책을 보여

---

33 박물관 설립 추진 과정과 연혁 그리고 활동 내역 등은 전쟁과여성인권박물관 홈페이지 참조.
34 이 기념관은 중국 정부가 건립한 난징대학살기념관과 비교하면 규모 면에서 상대가 되지 않는다. 그러나 국가 주도의 난징대학살기념관이 역사 기억을 강요하고 국가 이념을 교육하는 장으로 기여하는 데 비해 이 기념관은 역사를 기억하고 성찰하는 기회를 준다는 그 의미가 적지 않다.
35 이에 관하여는 아파르트헤이트 시기 흑인들이 입은 엄청난 박해를 사법처리 없이 진행한 진실과화해위원회의 경우를 살핀 이남희, 「진실과 화해 : 남아공의 과거청산」, 안병직 외, 앞의 책, 146~188쪽 참조.

준 점에서 소설사적 의미를 갖는다. 이 작품은 내화에서 춘자가 위안부로서 겪는 비극적인 사건들을 상세히 서술해 비극의 진실을 기록하고 있다. 그리고 액자에서 종혁과 하루꼬가 진실을 규명하고, 하루꼬가 종혁에게 역사적 사실에 대해 사과하며 이별을 통보하고, 오랜 시간이 지난 뒤 두 사람이 화합하는 과정이 그려진다. 이러한 이별과 만남 끝에 두 사람이 포옹하는 순간 서술자가 "새로운 시간이 열리고 있다"고 선언한 것은 진실 규명과 진심 어린 사과 그리고 진정한 화해가 과거사 극복의 유일한 방안이라는 작가의 역사 인식을 소설적으로 형상화한 것이라 하겠다.

6. 결론

이상에서 본론에서 살핀 소설들을 창작 시기별로 정리해보면 『천재 죽이기』에 수록된 중편소설들을 집필하던 1990년대 중반에는 작가 자신의 예술가로서의 자긍심과 치열한 예술혼을 형상화하다 점차 자본의 논리에 따라 변화하는 사회에 대한 비판하는 방향으로 전개되었다. 그리고 2000년대에 장편소설을 집필하면서 『마마꽃』에서는 소년의 시각을 통해 문혁 시기의 풍경을 소설화하고, 『국자가』에서는 도시 이주로 이주한 농민들이 사회의 밑바닥을 벗어나지 못하는 현실을 비판하고, 『춘자의 남경』에서는 위안부들이 겪은 비참한 역사적 사실을 소설화하고 진정한 위안부 문제의 극복을 위한 대안을 소설적으로 제시하고 있다.

김혁이 20년에 걸쳐 발표한 작품들을 검토한 결과 김혁 소설은 작가 자신의 예술관을 소설화하는 미시 서사에서 시작하여 문혁, 이주, 위안부 등 사회적이고 역사적인 주제를 다루는 거대 서사로 변화해왔음을 확인할 수 있었다. 이러한 김혁 소설에 나타난 변화는 개혁개방으로 경제가 성장하면서 조선족 소설이 거대서사에서 미시 서사로 나아가는 현실과는 변별되는 현상이다.[36] 『국자가』와 『춘자의 남경』에서 확인되듯이 김혁은 조선족 이주 현실과 위안부의 비극 등을 드러난 현상을 서술하고 그 의미를 해명하기보다, 현상의 본질적인 성격을 밝히고 그 현상이 발생시킨 문제를 극복할 방안을 모색한다. 바로 이 점이 김혁의 소설이 지닌 특수성이자 그의 소설이 가진 진정한 가치라 할 수 있을 것이다.

김혁의 장편소설에 나타난 두 가지 특징적인 소설 작법에 대해서는 본고에서 다루지 못했으나 추후 연구가 필요할 것이다. 첫째, 스토리 전개 과정이나 결말 부분에서 작품에 등장한 보조 인물의 후일담이 제시되고 있다[37]는 점이다. 작품의 스토리 라인에서 벗어난 인물의 삶을 서술하는 것은 작품의 주제를 강화하는 효과가 있으나 작품에 대한 독자의 열린 이해를 제한할 수도 있다는 점에서 후일담이 갖는 소설적 효과에 대한 검토가 필요하다. 둘째, 소설 속에 시나 가사가 많이 사용된다는 점이다. 고전소설에서는 직접서술이 어려운 인물의 심리나 분위기 그리고 사건의 이면을 드러내기 위해 시를 인용하는 전통이 있었다. 김혁이 사용한 시 인용과 고전소설의 전통의 연관성과 차이점과 함께 김혁 소설에서 시 인용이 갖는 미학적 효과 등에 대한 면밀한 검토가 필요할 것이다.

김혁은 "제대로 된 용정과 조선족의 역사를 소설로 만들어보는 것이 작가

---

36 김혁 소설의 이러한 변화는 중단편소설에서 장편소설로의 장르 전환과도 무관하지는 않을 것이다.

37 『마마꽃』에서는 에필로그에서 작중화자가 직접 서술하는 방식으로, 『국자가』에서는 5부에서 신애가 거의 모든 인물을 만나서 확인하는 것으로, 『춘자의 남경』에서는 작품 여기저기에서 작중인물의 삶이 어떻게 전개되었는지 서술하는 방식으로 전개된다.

로서 최후의 꿈"[38]이라 말한 바 있다. 용정에서 태어나 고중을 중퇴하고 30년 가까운 시간 외지에서 생활하고, 2012년 용정에 자리 잡은 김혁은 '용정·윤동주 연구회'를 설립해 용정의 역사와 조선족 문학과 문화를 연구하고 계승하기 위한 노력을 기울이고 있다. 용정과 조선족에 대한 사랑이 남다른 김혁의 꿈과 노력이 결실을 맺어 용정과 조선족의 역사가 호한한 대하소설로 완성되기를 기대한다.

---

38 2018년 10월 14일 오후 용정에서의 인터뷰에서 김혁이 한 말.

초국가적 이주에 관한 시각

김금희론

초국가적 이주에 관한 시각

김금희론

1. 서론

사회주의적 집체경제 정책의 실패에 따른 경제적 난관을 극복하기 위해 시작된 개혁개방이 1980년대에 들어 본격화하면서 중국 사회는 전기를 맞이한다. 이념 지향의 정치운동에서 벗어난 중국 인민들이 돈을 벌기 위해 개체호로 나서면서 중국 사회가 자본의 논리에 따라 재편되기 시작한 것이다. 사회 전반이 사회주의적 통제에서 벗어나 개혁개방으로 나아가자 중국 문학 역시 이념이나 계몽과 같은 거대 서사를 벗어나 개인적이고 일상적인 서사가 주를 이루는 미시 서사로 변화한다.[1] 개혁개방 이후 중국문학에 나타나

---

[1] 천쓰허는 문혁 이후 시간이 갈수록 강화되는 이러한 현상을 통일된 시대적 주제를 다루던 공명(公名)의 시기에서 하나의 문학사조가 시대적 주제의 일부만을 반영할 뿐인 무명(無名)의 시기로의 전환이라 정리한 바 있다. 천쓰허(陳思和), 『중국당대문학사』, 노정은·박난영 역, 문학동네, 2008, 25~26쪽.

는 이러한 변화는 중국 사회의 자본주의화를 반영한 것으로 소위 '80후'[2] 세대의 삶의 방식과 일정한 상관성을 지닌다.

'80후' 세대의 새로운 현실인식과 문학적 감수성은 조선족 문단에서도 유사한 양상을 보인다. 문화대혁명을 직접 경험하지 못한 1970년대 이후 출생한 소수의 조선족 작가[3]들은 각기 다른 문학적 세계를 지향하나 선배 작가들이 관심을 집중해온 조선족 농촌 공동체를 떠나서 도시 상상을 기반으로 시장경제로 분출하는 인간의 욕망과 그에 따른 사회의 세속화를 주제로 하고, 꾸준한 문체 실험을 보인다는 일정한 경향성을 드러낸다.[4] 이처럼 도시에서 성장한 신세대 작가들은 개혁개방으로 변화한 조선족 사회의 제반 문제에 대해 조선족 농촌 공동체에서 성장한 세대들과는 다른 시각을 드러낸다. 특히 조선족의 이주 열풍에 따른 조선족 사회의 급격한 변화를 바라보는 시각도 이전 세대들과는 편차를 보인다.

개혁개방 이후 조선족의 한국 이주가 전 세계의 유례가 없을 정도의 규모

---

2 '80후' 세대는 1980년 이후 태어나 경제적인 안정 속에서 온 가족의 관심을 받으며 소황제로 자란 세대를 뜻한다. 이들은 이념 지향으로 인해 빈곤으로 내몰렸던 문화대혁명이 끝나고 개혁개방으로 경제적인 성과를 받은 신세대로 문혁 이전의 세대와 정서나 사상이 크게 이질적이라는 평가를 받는다.

3 연변작가협회 소속 조선족 작가 중 1970년대 이후 출생자는 구호준(1972), 조원(1972), 김영해(1975), 박초란(1975), 김경화(1978), 리진화(1978), 김금희(1979), 홍예화(1980), 조은경(1983), 모동필(1984), 정희정(1993) 등 10여 명뿐이고, 1990년대 출생자는 거의 없다. 이 같은 연대별 작가 대오의 불균형은 조선족 문단의 문제로 지적되어 연변작가협회에서 젊은 작가의 발굴을 위해 온라인에서 활동하는 '80후' 조선족 작가들을 문단에 등단시키는 작업을 비롯한 여러 사업을 추진하고 있다. 모동필의 2018년 5월 2일자 메일.

4 조선족 신세대 작가들의 새로운 문학 경향은 최삼룡 교수가 「우리 소설의 도시상상과 욕망서사 그리고 문체실험」(『연변문학』 2010.4)에서 상론한 바 있다.

로 진행되었다.[5] 서울 올림픽을 전후해 시작된 조선족의 한국으로의 이주 결과 2018년 6월 현재 조선족 인구의 35%에 달하는 70만 명 이상의 조선족이 한국에 체류[6]하고 있고, 그중 70%가 경제활동 인구인 30~50대[7]에 해당한다. 이러한 통계는 조선족의 중심이 연변에서 한국으로 옮겨졌다 해도 과언이 아닌 현실을 보여준다.

한국 이주와 더불어 관내 이주도 조선족 사회의 와해를 촉진하는 요인이 되고 있다. 개혁개방이 연해 지구를 중심으로 이루어져 연변과 같은 내륙의 변방은 그 과실로부터 멀었다. 조선족들은 개혁개방으로 마련된 경제적 도약의 기회를 잡기 위하여 관내로 이동하였다. 그 결과 1990년 54,984명에 불과하던 관내 지구의 조선족 인구는 2010년 223,419명으로 네 배가 넘게 증가하였다.[8] 또 동북삼성의 조선족은 지난 20년 동안 도시호구가 928,327

---

5   조선족들의 광범위한 노동 이주현황과 사회학적 의미에 대해 치밀한 현장 연구를 한 박광성은 조선족의 세계 각국으로의 이주가 20세기 말에 나타난 세계화와 연관되어 국경을 뛰어 넘는 이동의 증가와 적응, 정착 방식의 변화와 일치한다는 점에서 이를 '초국적 이동'이라 명명한 바 있다(『중국조선족의 초국적 이동과 사회변화』, 한국학술정보, 2008). 본고에서는 조선족의 한국을 비롯한 각국으로의 이주가 '국가를 건너는 이주'라는 점을 강조하기 위하여 '초국가적 이주'라는 용어를 사용한다.

6   한국에 체류하고 있는 조선족은 방문취업(H-2) 215,891명, 재외동포(F-4) 323,853명, 영주(F-5) 89,241명, 기타 86,968명 등으로 715,953명이다. 법무부 홈페이지(http://www.moj.go.kr) 참조.

7   「2017 출입국 · 외국인정책 통계연보」(출입국 · 외국인 정책본부 홈페이지, 420~421쪽)에 따르면 한국 체류 조선족 679,729명 중 29세 이하가 54,772명(8%), 30~59세가 476,457명(70%), 60세 이상이 148,500명(22%)이다. 가정의 중심이 되는 30~50대가 대거 한국으로 이주한 결과 조선족 사회에서는 가족 해체가 사회문제로 등장하였다.

8   肖人夫, 「城市化进程中朝鲜族人口结构变迁研究」, 중앙민족대학 석사학위 논문, 2013, 50쪽.

명에서 1,063,239명으로 14.5% 정도 증가한 데 비해 농촌호구는 940,050명에서 544,271로 42.1%가 감소하였다.[9] 이러한 조선족 인구의 급격한 변동[10]은 동북삼성에서 농촌 공동체를 이루고 살아가던 조선족들이 경제적 이유로 고향을 떠나 도시로 또 관내로 이주한 결과이다.[11] 이러한 조선족의 이주 열풍은 산업화 과정에 발생하는 이촌 현상과 궤를 같이하지만, 그 속도와 정도가 심각하여 조선족 공동체가 와해되고 조선족 문화가 소멸될지도 모른다는 위기감을 갖게 했다. 이에 많은 조선족 작가들은 이주 열풍에 따라 발생하는 여러 사회문제를 제재로 한 소설을 창작하였다.

본고는 조선족 신세대들이 가지고 있는 조선족의 이주 열풍에 대한 인식이 이전 세대들과 어떠한 차이를 보이는가를 살피는 데 목적이 있다. 이를 위하여 본고는 조선족 신세대 작가 중에서 2007년 등단 이후 꾸준한 창작 활동으로 한국 문단과 조선족 문단의 주목을 받고 있는 김금희[12]의 소설을

---

9   위의 글, 같은 쪽.

10   호구의 이전이 자유롭지 못한 중국의 호구제도 탓에 관내에 거주하는 많은 조선족들이 호구는 고향인 동북삼성에 남겨두는 경우가 많다. 따라서 1990년의 4차 호구조사와 2010년의 6차 호구조사의 결과는 조선족 관내 이주의 정확한 규모를 보여주기보다는 관내 이주가 심화되었다는 사실을 짐작하게 해줄 뿐이다. 또 도시호구의 증가에 비해 농촌호구의 감소가 적은 것도 관내로 이주한 조선족들이 호구를 옮기지 않은 결과로 짐작해볼 수 있다.

11   이외에도 조선족 중에서 일본, 미국, 유럽 등 해외로 이주한 규모 또한 적지 않아 3만 명 이상이 될 것으로 추정하지만 이에 대한 믿을 만한 통계는 발표된 바 없다.

12   김금희는 2007년 개불이라는 음식물을 소재로 몸과 마음이 일치하는 진정한 사랑의 중요성을 다룬 단편소설 「개불」로 『연변문학』에서 주관하는 윤동주신인문학상을 수상하여 등단하였다. 이후 작품집 『슈뢰딩거의 상자』(료녕민족출판사, 2013)를 발간하였고, 2014년 가족관계가 와해되는 가운데 삶의 방향을 잃어가는 한 여성의 삶을 그린 중편소설 「노란 해바라기 꽃」으로 『연변문학』 문학상을 수상하였다. 2014년 봄 『창작과 비평』에 탈북자를 다룬 단편소설 「옥화」를 발표하여 한국에 소개된 김금희는 2015년 창비사에서 『세상에 없는 나의 집』을 상재하여 2016년도 신

이전 세대 작가들의 작품들과 대비해보고자 한다. 본고에서 김금희를 대비 연구의 대상으로 삼은 것은 그의 소설이 보여준 조선족의 현실과 이주에 대한 인식[13]이 이전의 조선족 작가들과는 상당한 차이를 보인다는 점에 기인한다.

2. 조선족 특수성으로서의 이주 인식

집체영농을 바탕으로 삶을 꾸려가던 조선족들은 개혁개방으로 개체사업이 허용되자 도시로 진출해서 개인의 능력에 따라 새로운 돈벌이를 찾아나서 경제활동의 기반이 급격하게 1차산업에서 3차산업으로 이동하게 된다.[14] 이렇듯 개혁개방의 물결 속에서 자영업을 바탕으로 한 경제 기반을 만들기 위해 노력하던 조선족들은 한국의 존재를 알게 되자 가족 방문 비자로 한국

동업문학상을 수상하였다. 이렇듯 김금희는 한중 양국에서 중요한 문학상을 수상함으로 조선족 문단과 한국 문단에서 주목받는 작가로 자리 잡고 있다.

13 김금희 소설에 대한 논고는 로신주, 「김금희 소설의 근대성 성찰」(『장백산』 2014.1)과 리해연, 「김금희 소설의 노마디즘과 디아스포라 연구」(『한중인문학연구』 55집, 2017.6)이 있다. 전자는 개별 잡지에 실린 단편소설을 분석하여 김금희 소설에 나타난 중국의 현대화 과정에 대한 김금희 작가의 독특한 시각을 검토하였고, 후자는 『세상에 없는 나의 집』에 수록된 「월광무」, 「노마드」, 「세상에 없는 나의 집」 등 세 편을 노마드의 개념을 바탕으로 김금희 소설에 나타난 조선족 디아스포라의 양상을 검토하여 김금희의 소설이 정착지에서 조선족으로서의 정체성을 지니고 살아가야 한다는 점을 강조하고 있다고 평가하였다. 이들의 성과는 본고의 연구 시각 마련에 큰 도움이 되었다.

14 이는 연변 지역 조선족의 1, 2, 3차 산업 종사 비율이 개혁개방 초기인 1990년도에 '37.6 : 38.2 : 24.2'이었으나 2010년도에는 '37.8 : 15.9 : 46.4'로 변화한 사실에서 잘 드러난다. 李晓, 「延边朝鲜族人口流动与职业结构变迁研究」, 중앙민족대학 석사학위 논문, 2015, 46쪽과 49쪽 참조.

으로 건너가 불법체류를 해서라도 일확천금을 이루겠다는 꿈을 갖기에 이른다. 그리고 1992년 한중수교가 체결된 이후로는 본격적으로 한국으로 건너가 차별과 멸시 속에서 막노동을 해서라도 돈을 벌겠다는 욕망을 갖게 된다.

개혁개방과 한중수교로 늘어난 관내와 한국으로의 이주는 조선족 공동체의 존립 자체를 걱정할 지경에 이른다. 도시와 관내로의 이주로 조선족 농촌 공동체가 와해되었고, 한국행은 가정적으로 또 사회적으로 많은 문제점을 유발했다. 그리고 한국으로 노동 이주한 조선족들이 경험하게 되는 차별과 멸시는 자신들의 정체성에 혼란을 주기에 충분하였다. 조선족 작가들은 이주 열풍이 조선족 삶에 미친 변화를 고향 방문, 한국인의 차별과 멸시, 정체성의 문제, 조선족 사회의 혼란, 조선족 공동체의 와해, 한국과의 공존 등 다양한 주제로 소설화하였다.

조선족 1세대들에게 한국은 죽기 전에 꼭 한 번 가보고 싶은 고향일 수밖에 없다. 한국에 있는 가족이 초청하면 비자가 발급되는 제도는 조선족 1세대들에게 고향 방문의 꿈을 이룰 절호의 기회였다. 살길을 찾아 만주로 건너간 조선족 1세대들이 가족 방문으로 평생의 한을 풀게 되었다는 점에서 고향 방문은 한국과의 교류 초기 조선족 소설의 핵심적인 제재가 된다.[15]

한국에 가면 큰돈을 벌 수 있다는 점 때문에 조선족들이 한국을 기회의 땅

---

15 마을 노인네들이 모여 가족 방문을 앞둔 친구를 축하해주는 내용을 담은 윤림호의 「아리랑 고개」나 어린 시절 떠나온 고향집을 찾아본 감회를 그린 정판룡의 「고향 떠나 50년」 등은 고향 방문을 다룬 좋은 예가 된다. 아버님의 평생 소원을 들어주기 위해 유골을 아버님 고향 뒷산에 뿌리는 허련순의 『바람꽃』이나 아버지의 고향을 찾아온 조카에게 백모가 아버지 유골이나마 선산에 묻어드리라는 우광훈의 「흔적」 등은 고향 방문 서사의 변형이다. 이들 작품은 이주의 역사가 한 세대가 되지 않을 정도로 짧은 조선족에게 가능한 이주 서사의 한 형태라 하겠다.

으로 여기면서 많은 부작용이 발생한다. 가족 방문 초청장을 놓고 가족들 사이에 갈등이 발생하고, 한국 노무 송출과 관련한 사기 사건이 횡행하고, 한국행을 위한 사기 이혼과 결혼이 속출하고, 한국 비자 발급이 불가능한 사람들이 밀항하는 등 많은 편법과 불법이 횡행하여 조선족 사회를 혼란에 빠뜨린다. 한국 열풍으로 조선족 사회에 불어닥친 불법과 혼란은 중국 사회의 자본주의화 과정에서 발생한 가치 혼돈과 함께 조선족 소설의 중요한 주제가 된다.[16]

조선족들은 같은 한민족의 나라라는 점에 큰 기대를 갖고 한국으로 이주했다. 그러나 한국문화가 자신들의 문화와 너무나 다르다는 데 불안을 느끼고, 한국인들이 자신을 외국인 노동자로 취급해 차별하고 멸시하는 데 분노한다. 재외국민법이 제정되어 법적 지위가 마련된 2005년 이전에 단기비자로 한국에 건너와 돈을 벌고 있던 대부분의 조선족들은 불법체류 신분이었다. 법적 보호를 받을 수 없는 한국 땅에서 노동자 생활을 하는 조선족들은 인권 사각지대로 내몰렸다. 이 시기 많은 조선족 작가들은 한국에 불법체류한 조선족의 삶을 통해 조선족들의 열악한 현실을 고발하고, 또 한국 이주열풍이 조선족 사회에 미치는 폐해들을 소설화하기도 하였다.[17]

이주 현실의 부정적 측면에 대한 고발이 치중하던 조선족 소설은 점차 새

---

16 한국 열풍으로 조선족 사회에 나타난 편법과 불법은 조선족 소설의 중요한 제재가 되었다. 허련순은 이 문제에 지속적인 관심을 가져 「누가 나비의 집을 보았을까」에서는 밀항을, 「하수구에 돌을 던지랴」와 『중국색시』에서는 위장결혼을 제재로 한국 열풍이 조선족 사회에 미친 영향과 상처를 깊이 천착하였다.
17 김남현의 「한신 하이츠」, 박옥남의 「내 이름은 개똥네」, 정형섭의 「가마우지 와이프」 등 많은 소설이 한국으로 이주한 조선족의 불안하고 고달픈 삶을 소설화하고 있다. 또 한국으로 결혼이주한 여성의 비극을 그린 정형섭의 「기러기 문신」, 노동 이주한 여성이 한국인과 결혼하고 아들만 초청하여 가정 파탄에 이르는 과정을 그린 최홍일의 「흑색의 태양」 등 한국 이주의 폐해를 다룬 작품들도 적지 않다.

로운 미래를 지향하기 시작한다. 그것은 조선족들이 한국 이주를 통해 경험한 차별과 멸시 속에서 도달하게 된 새로운 현실인식이다. 허련순은 한국으로 노동 이주한 조선족의 아픔을 그린『바람꽃』의 말미에서 자신들의 고향은 태어나고 자란 중국이라는 인식에 도달한다. 이러한 중국인이자 한민족이라는 이중정체성에서 중국 공민이라는 국민정체성으로 정착하는 모습은 조선족이 자신의 존재를 확인해가는 과정이다. 또 윤림호는『명암의 세계』에서 한국에서 조선족이 겪는 아픔보다 중국의 조선족 사회가 황폐화되는 것이 더 큰 문제라는 시각[18]을 보여준다. 이는 조선족들이 노동 이주 체험을 통해 국민정체성을 획득했다는 이념의 차원을 넘어서 고향의 회복이라는 구체적인 미래를 제시하였다는 의미를 지닌다. 그리고 허련순은『중국색시』에서 위장결혼한 한국인 남성과 조선족 여성이 겪는 갈등을 사랑으로 극복하여 진정한 가정을 이루는 서사를 통하여 한국인과 조선족이 공존하는 미래를 제시하기도 하였다.

한국 이주와 함께 관내 이주도 조선족 소설의 중요한 주제로 등장한다. 개혁개방 이후 조선족들은 보다 나은 일자리를 찾아 상공업이 발달한 연해 지역으로 이동하였다. 관내 이주는 조선족 공동체 와해의 중요한 요인이 되었다는 점에서 문제적이다. 조선족 집거지가 많은 동북 지방에서 일자리를 찾아 관내로 이주한 조선족들은 돈을 벌어 고향으로 돌아갈 것이라는 꿈을 가지고 살았다. 그러나 관내 이주의 기간이 길어지면서 자신들이 이주한 곳에 정착하려 노력하기도 한다. 관내 이주한 조선족들의 고향 의식의 변화는 많은 조선족 소설의 중요한 제재로 선택되기도 하였다.[19]

---

18 윤림호가 소설을 통하여 보여준 바 있는 한국 이주에 따른 조선족 공동체의 해체에 대해서는 박옥남을 비롯한 많은 조선족 작가들이 소설화한 바 있다.
19 관내 이주한 조선족 대부분은 연해 지역의 한국 기업과 관련된 삶을 살았다는 점에

조선족들이 개혁개방 이후 고향인 농촌 공동체를 벗어나 이주하게 된 내적 요인은 경제적 욕망이고, 조선족 이주의 심각성을 불러온 결정적 요인은 한국이라는 존재였다. 조선족들이 개혁개방 이후 도시로 이동하고 한국으로 이주한 것은 유목민이 목초를 찾아 끊임없이 이동하듯이 보다 나은 경제환경을 찾아가는 이주의 본질적 모습이다. 그러나 거의 모든 조선족의 이주는 경제적으로 앞서 있고 의사소통이 자유로운 한국을 대상으로 이루어졌다. 이러한 사회현실을 반영하여 이주를 제재로 한 조선족 소설은 관내 이주든 한국 이주든 모두 한국과 연결된 특징을 보인다.

20세기 이후 노동 이주, 여행, 유학, 난민 등으로 엄청나게 증가하고 있는 초국가적 이주는 세계문학의 중요한 주제로 등장하였다. 조선족 소설이 이주 현실과 그에 따른 사회 변화에 관심을 보인 것은 초국가적 이주를 소설적으로 전취하고 있다는 점에서 큰 의의를 지닌다. 그러나 조선족 소설은 조선족의 초국가적 이주를 모국 한국과 관련한 조선족의 특수성으로만 이해할 뿐, 이주를 현대사회의 보편적 현실로 인식하여 그것이 갖는 인문학적 함의를 가로지르지 못하였다는 한계를 보인다.

3. 이주에 대한 새로운 인식과 그 의미

1) 이주에 대한 객관적 인식

김금희는 등단 초기부터 조선족의 이주 현실을 제재로 한 여러 편의 작품

서 관내 이주를 제재로 한 소설 대부분은 한국 이주를 다룬 소설과 마찬가지로 한국인과의 접촉을 다루고 있다. 이에 대해서는 최병우, 「조선족 이차 이산과 그 소설적 형상화」, 『조선족 소설의 틀과 결』(국학자료원, 2012)을 참조할 것.

을 발표하였다. 이들 작품에서 김금희는 조선족의 이주 현실을 한국과 연결하여 사유한 기존의 작가들과는 달리 이주 현실을 객관화하여 이주가 갖는 다양한 의미를 해명하려 한다는 특징을 보여준다.

등단 초기에 쓴「우주를 떠다니는 방」(2009)에는 불륜으로 낳은 어린 아들을 두고 한국으로 돈 벌러 갔다가 17년 만에 돌아온 어머니 때문에 파괴된 가정에서 힘겹게 성장한 한 인물이 등장한다. 이 작품은 한국 이주로 인한 가정 파괴를 제재로 다루면서도 그것이 잉태한 많은 사회적 문제들을 후경화하고, 배다른 자식인 나를 박대한 누나와 할머니 그리고 오랜 기간 자신을 찾지 않은 어머니의 처지를 이해함으로써 진정한 성인으로 성장해가는 서사를 전경화한 것이 특징적이다. 이러한 서사 장치는 한국 이주로 인한 개인의 혼란된 삶이나 조선족 사회에 발생한 문제보다는 한 개인이 그러한 시간을 경과하며 성인이 되어가는 과정을 보여준다. 이 작품이 보여준 바, 한국으로 이주한 어머니로 인해 겪은 삶의 고통보다 자식으로서 어머니의 삶을 이해하는 과정을 보여주는 성장 서사는 그간 조선족 소설이 이주를 다루는 방식을 벗어나 있다는 데 큰 의미가 있다.

또「슈뢰딩거의 상자」(2010)에서는 아이는 커가면서 돈이 더 많이 필요해지자 취직 기회를 찾아 X시라는 먼 도시로 혼자 이주한 한 여성의 삶을 제재로 하고 있다. 이 작품은 낯선 환경에 힘들어하며 남편과 자식과도 헤어져 전화로만 통화하는 생활이 길어지면서 점차 남편과 자식으로부터 멀어지는 모습을 통해 이주가 인간의 의식에 미치는 영향을 세밀하게 그려내고 있다.

> 전화를 끊고 나서도 아프지가 않았다. 금방 식구들과 통화하였다는 사실마저도 실감나지 않았다. 그렇게 진실했던 과거의 세상이 존재하였다는 사실과 지금도 어디선가에서 존재할거라는 사실이 도무지 느껴지지가 않았다.

마치 여태 누군가에게 있지도 않은 과거를 세뇌 당했던 것처럼.[20]

이주한 X시에서 혼자 직장 생활을 하면서 직장의 일과 남자 상사들이 치근대는 일들을 일상으로 느끼며 점차 그녀에게는 자신의 존재를 결정해주던 가족으로부터의 심정적인 거리감이 형성된다. 가정으로부터의 거리가 심리적인 거리감으로 전환되어 남편과 아들의 전화를 받고도 자신과 무관한 다른 세상의 일처럼 느끼고, 현재 자신이 살고 있는 세상만이 존재하고 이전에 살았던 세상은 붕괴되고 있다고 생각하기에 이른 것이다.

그런 그녀에게 남편이 아들과 함께 자신을 만나러 X시로 온다는 전화가 오자 직장 동료에게 핸드폰 바탕화면에 있는 아들의 사진을 보여준다. 그리고 동료가 아이가 귀엽다며 아이를 보러 언니네 집에 가야겠다고 호들갑을 떨자 드디어 X시가 옛 세상과 이어지는 것을 실감하며, "나는 옛날이나 지금이나 이후에나 항상 나일 거니까 하고 생각한다."[21] 한편 한국으로 이주한 그녀의 친구는 그 세상에서 살기로 결정한다. 그녀의 친구는 그 세상에서 살다 보니 그렇게 되었고, 아이한테 미안하기는 하지만 자식 때문에 인생을 선택하지는 못하겠다고 고백한다. 그녀가 가정으로 회귀하는 것이나 그녀의 친구가 가정을 떠나는 것은 이주민으로 살아가면서 겪어야 하는 선택 사항일 뿐이라는 인식을 보여준다.

김금희는 「슈뢰딩거의 상자」에서 이주를 조선족이 당면한 현실이나 윤리적 당위의 문제로 바라보지 않는다. 그녀는 조선족의 이주 현실이 조선족 사회에 미치는 영향보다는 이주민들이 겪는 내면의 아픔과 고뇌 그리고 자신의 미래에 대한 선택 등에 진지한 관심을 보인다. 이러한 이주 현실에 대한

---

20   김금희, 「슈뢰딩거의 상자」, 『슈뢰딩거의 상자』, 료녕민족출판사, 2013, 147쪽.
21   위의 작품, 156쪽.

고민은 이주민들이 어떤 미래를 선택하든 그들은 '나는 나'일 수밖에 없기에 그대로 인정되어야 한다는 인식으로 나아간다.

「아리랑을 연주하는 바이올리니스트」(2010)는 관내 이주와 한국 이주로 고향이 사라져가는 한 가족의 이야기이다. 한국 남자와 결혼해 국적을 바꾸고 사내아이를 낳은 언니, 상해에 살며 한족 여성과 결혼하려는 남동생, 한국 간 김에 3~4년 더 돈을 벌겠다는 삼촌, 집도 사고 호구도 옮겨 청도 사람이 다 되어버린 사촌 현식 등은 이주로 인한 조선족 공동체의 와해를 사실적으로 보여준다. 그러나 이러한 가족을 바라보는 초점화자 '나'는 그들이 선택한 결정을 무덤덤하게 받아들이면서 자신의 딸이나마 조선족답게 키워야겠다는 생각을 한다. 이 작품은 이주와 그에 따른 조선족 공동체의 변화를 담담한 마음으로 바라보고 객관적으로 인식한다는 점이 인상적이다.

이러한 이주 현실에 대한 객관적 인식은 「세상에 없는 나의 집」(2013)에서 좀 더 심화되어 나타난다. 이 작품에는 한족에게 한국어를 가르치며 살아가는 조선족 여성 나와 도서관 사서인 한족 닝 그리고 중국으로 유학 와서 이주민으로 살아가는 한국 여성 연주가 등장한다. 이들 모두는 각자의 이유로 현실에 적응하지 못하고 허망감에 시달리며 살아간다.

나는 중국인이지만 한족처럼 중국어를 잘할 수 없고, 한국어 강사지만 연주처럼 한국어 표준말을 잘하지 못한다. 그런 그녀는 "절대로 연주나 다른 나라 사람들을 닮지 않았기에 닝은 온전히 닝 자신이었다. 연주가 온전히 연주인 것처럼. 그렇다면, 나는 온전한 내가 아니고 또 무엇이란 말인가."[22]라며 자신의 정체성에 혼란을 느낀다. 중국 소수민족인 조선족으로 태어나 중국인으로 살고 있지만 한족도 아니고 한국인도 아니라는 점에서 느끼는 정

---

22 김금희, 「세상에 없는 나의 집」, 『세상에 없는 나의 집』, 창비, 2015, 20쪽.

체성 혼란이다. 이는 조선족이 중국 내에서 느끼는 이중정체성으로 인한 혼란을 여실히 보여준다.

이에 비해 닝과 연주는 서로 다른 점에서 현실에 적응하지 못하고 있다.

> 누구랑 다를 바 없이 지낸 평범한 학창 시절, 전공보다 점수 때문에 선택했을 모모 대학의 중문과, 부모님 주선으로 차지하게 된 대학 도서관 실무자 자리, 매일같이 이어지는 바코드 숫자들과의 무의미한 씨름, 다만 진급을 위하여 계속해야 하는 지루한 연구생 공부…… 나는 아무도 대신 정립해줄 수 없는 나만의 혼란스러운 문제를 가지고 있었지만, 닝 또한 아무도 채워주지 못하는 그녀만의 허무를 가지고 있었다.[23]

> 확실한 비전이 있어서라기보다 확실한 무엇이 없었던 탓으로 주위의 풍문을 따라 유학 온 연주, 애를 가지면서 학업을 그만두는 바람에 중국 유학의 의미는 바래기 시작했고, 학업이 거의 끝나가는 남편의 행보는 그녀를 더욱 혼미스럽게 했을 것이다……
> ─언니, 나는 내가 왜 여기에 있는지 도무지 알 수가 없어 나는 대체 어디로 가야 할까?[24]

나의 기억으로 서술되는 두 인용문에서 닝과 연주의 삶에 대한 고민이 잘 드러난다. 열심히 공부하여 직장을 얻고 또 열심히 일하는 듯 보이는 닝은 하고 싶지 않은 일을 하는 직장인의 전형적인 모습이다. 원하지 않는 공간에서 단순한 업무에 시달리는 닝은 삶에 대한 허망감에 시달리며 한국어 강사를 하는 나에게 관심을 갖는다. 연주는 유학으로 중국에 건너와 아이를 가져 학업을 포기하고 평범한 주부로 이주민의 삶을 살아간다. 그녀는 나를 만나

---

23 위의 작품, 29쪽.
24 위의 작품, 31쪽.

마라탕을 먹으며 중국인처럼 되어보려 하지만 불가능한 일이다. 그녀가 겪는 이주민이 겪게 되는 삶의 불안정성은 그녀가 겪는 혼란의 원인이다. 그녀는 학업을 마친 남편과 한국으로 돌아가려 하지만 그 역시 불안하기는 마찬가지이다.

이 작품에서 세 여성이 겪고 있는 현실 부적응이나 허망감의 원인은 조금씩 다르지만 나와 연주가 느끼는 심리적 불안감은 이주민이라는 인식에서 비롯된 것이다. 분명한 자기 인식이 없이 유학을 와서 이주민이 된 연주는 중국인이자 한민족인 나와 어울리며 중국 사회에서 받는 불안과 허망감을 해소하며 심리적 안정감을 느낀다. 연주가 겪는 고통은 이주민들이 겪는 정주민과의 차이에 대한 인식이다. 이에 비해 나는 중국에서 태어난 조선족으로 완전한 중국인이 아니라는 인식에서 현실에 적응하지 못하고 닝과 연주에게서 자괴감을 느낀다. 이는 다수자인 한족 사이에서 소수자로서 느끼는 차이에 대한 인식으로 이주민의 그것과 다름없다. 결국 나의 차이에 대한 인식은 자신의 명의로 된 첫 아파트 내부를 조선식으로 꾸미는 것으로 나타난다.[25]

이들 몇 작품에서 보듯이 김금희는 초기 소설에서부터 이주를 조선족의 특수한 현실로 인식하던 한계를 벗어나 이주가 인간의 삶에 미치는 의미를 천착하였다. 그 결과 김금희는 조선족의 이주 현실을 통하여 이주민이 겪는 심리적 고통을 그려내고, 그들이 선택한 삶의 방향을 인정하며, 한족 사이에서 최소한 조선족으로 살아갈 방안을 찾아보는 등 이주 현실에 대해 매우 객관적으로 인식하고 소설화한다. 김금희 이러한 이주 현실에 대한 객관적 인식

---

25 이러한 결말은 「아리랑을 연주하는 바이올리니스트」에서 딸을 조선족답게 키워야겠다는 생각과 궤를 같이한다.

은 조선족 이주 열풍을 현대사회의 초국가적 이주와 연관지어 인식하는 데로 나아간다. 이에 대해서는 절을 달리하여 논의한다.

2) 조선족 이주의 초국가적 성격

이주 현실을 사회적 현상으로 바라보아 그 의미를 해명하기에 노력하던 김금희는 제목부터가 '유목'을 뜻하는 「노마드」(2010)에서 이주가 인간의 한 본질이라는 새로운 인식을 보여준다. 이 작품의 초점화자인 박철은 한국으로 시집간 누나의 초청으로 한국에 나갈 기회를 잡는다. 애초에 한국에 가기만 하면 돈을 벌 수 있다는 것을 믿지 않았던 그는 한국에서 차별을 겪으며 한국에서 살아가는 방법을 터득한다. 한국인들의 인정을 받을 때까지는 차별을 감내하고 죽어 지내다가 자신의 가치를 인정받은 후에는 자신이 한 만큼의 몫을 정확히 받아내야 한다는 삶의 요령을 바탕으로 한국 사회에 잘 적응한 것이다. 그런 그가 어느 정도 돈을 벌자 유목민처럼 떠돌지 말고 원천으로 돌아가야 한다는 당위를 내세우고 귀향한다. 그러나 고향에 도착해 호영이를 만나서 알게 된 친구들의 근황은 그를 암담하게 한다.

> 호영이의 브리핑은 처음부터 "아무개는 ○○로 떠나갔고"로 시작한 것이 결국 마지막까지 "아무개는 ○○로 갔고……"로 끝나버렸다.
> "걔네 한국에서 몇 년 잘 벌었재? 그냥 중국에서 살 끼지 와 또 가노?" 돌아오면 끝이라고 생각한 박철이의 머리로는 또다시 떠나갔다는 아무개들이 금방 이해되지 않았다.
> 그리고 다시 시작되는 호영이의 '심층 분석'. 아무개는 여기서 시름 놓고 살 만큼 벌지 못했다, 아무개는 와서 무슨 시작을 하기도 전에 쓸 만큼 다 썼다, 또 아무개는 읍내에 아파트 한 채 사고 나서 다시 할 일을 찾지 못했다……
> 아무튼 그들도 박철이처럼 방랑 끝,이라고 생각하고 돌아왔던 모양인데 그

끝이 자의든 아니든 다시 떠나는 길의 시작이 되었다는 말이었다.[26]

한국에서 몇 년간의 막노동으로 목돈을 벌어 고향에 돌아와 안락한 삶을 꾸리려던 박철은 자기보다 앞서 이주 생활을 마치고 돌아왔던 아무개들처럼 그 꿈이 깨어져 버릴 것 같은 불안을 느낀다. 도시에 아파트를 마련하면 장사를 할 밑천이 부족하고, 또 가게에 투자를 한다 하여도 장사 경험이 전혀 없는 자기로서 무엇을 어떻게 시작하여야 할지 막막하고, 농촌에 들어가 꿈을 이루는 일도 만만치 않다는 것을 잘 알고 있다. 또 경제적으로 안정되지 않은 상황에서 결혼을 하고 가정을 꾸린다는 것은 더욱더 자신이 없다. 한국에서는 노동을 하여 목돈을 만들 수 있었는데 고향 땅에 돌아오니 돈을 벌 방안이 떠오르지 않는 것이다. 박철은 한국에서 번 돈으로 무엇을 해야 할지 자신이 없어지자 고향에 남아 장사를 하여 어느 정도 자리 잡은 사촌동생 광수에게 도움을 청하지만 미래는 역시 불안할 뿐이다. 결국 박철은 자신의 힘으로 돈을 벌 수 있는 한국 땅으로 또 다시 이주하여야 하는 처지가 될지 모른다.

조선족들이 이주를 감행하는 것은 그들이 살고 있는 장소에서 새로운 무언가를 기대할 수 없다고 느꼈기 때문이다. 조선족들은 개혁개방으로 개체 영농이 가능해져 농민으로 살아도 먹고 사는 데는 큰 무리가 없어졌지만, 새로운 시대를 맞아 농사일 같은 육체노동에서 벗어나고 싶고, 자식 교육도 원하는 만큼 시키고 싶고, 남부럽지 않은 경제적 풍요도 누리고 싶었다. 그러나 농사를 지어서는 이 모든 것을 이룰 수 없다고 생각했기에 도시로 또 한국으로 이주한 것이다. 그러나 이주지에서 번 돈은 정주하기에는 부족하기

---

26   김금희, 「노마드」, 앞의 책, 215쪽.

마련이고, 또 그 돈으로 새로운 사업을 벌일 수 있는 능력도 부족하기에 그들이 고향에 돌아와 안정된 삶을 꾸리는 일에는 어려움이 따를 수밖에 없다.

> 돈만 벌어오면 꿈을 이룰 수 있을 거라고 자신했던 박철이는 이제 돈만 가지고는 아무것도 할 수 없음을 절실히 깨닫고 있었다. 가게도 좋고, 식당도 좋고, 번듯한 회사를 공짜로 차려준다고 해도 그것을 운영해나갈 능력이 없다면 아무 소용없는 짓이었다.
> …(중략)…
> 그러면 어떻게 할 것인가? 이제 한국의 노가다생활은 무섭지 않은 박철이였다. 거기서 어떻게 하면 돈을 벌 수 있는지 요령이 선 박철이였다. 그렇다고 평생을 한국에서 노가다로 돈을 벌 수는 없지 않은가.[27]

박철은 노동 이주로 벌어온 돈은 있지만 고향에 정주할 방도가 없고, 그렇다고 평생을 한국에서 이주민 생활을 할 수는 없다는 결론에 다다른다. 현실의 만만치 않음을 깨달은 박철은 농촌에 내려가 작은 농장을 만들어 조선족 음식점을 해볼 계획을 세운다. 그러나 사촌 광수가 충고하듯이 최선을 다해 보아야 하겠지만 그 성공 가능성은 매우 희박할 것이다. 그 역시 다른 친구들처럼 또다시 한국으로 나가 이주민으로 살아갈 것으로 예정되어 있는지 모른다.

김금희의 「노마드」가 문제적인 것은 이와 같이 조선족의 이주 열풍을 조선족과 한국이라는 특수성으로 인식하기보다, 지금 이곳의 불확실성을 벗어나기 위하여 오늘을 포기하고 내일의 안락을 얻으려 어쩔 수 없이 이주를 선택한 비자발적 이주민[28]의 현실로 인식한 데 있다. 이주는 필요에 따라 한 지

---

27   위의 작품, 254쪽.
28   아탈리는 노마드의 시대에 인류를 정착민, 비자발적 노마드(인프라 노마드), 자발

점에서 다른 지점으로 이동하는 유목과 달리 불확실하고 예상하기 어렵거나 위치를 정하기 어렵더라도 다른 지점으로 이동해 가는 데 그 특징이 있다.[29] 어쩔 수 없이 이주를 선택할 수밖에 없었던 비자발적 이주민인 조선족들이 이주를 청산하는 일은 쉽지 않은 일이다. 「노마드」에서 수많은 아무개들이 이주한 뒤 고향으로 돌아오지 못하고 끝없이 여기저기를 떠도는 것은 정주하지 못하는 것이 이주자들의 숙명임을 보여주기 위한 장치라 하겠다.

김금희가 작품에서 언급하듯 이주는 '가능성의 유혹'[30]에서 비롯된다. 유목민들이 새로운 목초와 물을 찾아 이동하듯 인간은 자기가 거주하고 있는 장소에서 미래를 전망할 수 없다고 느낄 때 새로운 가능성을 찾아 이주한다. "북한 사람은 중국을, 중국 사람은 한국을, 한국 사람은 미국을 동경하듯이 어차피 좀 더 잘 살고 싶어 하는 사람들의 욕망은 다 같은 것이다."[31] 그들의 삶은 부평초처럼 떠돌 수밖에 없고 그들이 최종적으로 안착할 정주지는 존재 자체가 불가능하다.

김금희는 「노마드」에서 앞에서 살핀 박철의 모습과 함께 그가 한국에서 만난 조선족 수미와 탈북자 선아 그리고 중국으로 건너와 소예 미용실을 차린 한국 여성 등을 통해 이러한 현대사회의 초국가적 이주 현실을 형상화하고 있다. 박철이 귀국편 비행기에서 만난 한국 여성은 중국에서 사업을 하는 남

적 노마드(하이퍼 노마드)로 나누고, 자신의 능력을 바탕으로 노마드를 선택하여 언제든 자발적으로 청산할 수 있는 자발적 노마드와 달리 대물림 되었거나 어쩔 수 없이 선택한 비자발적 노마드는 자기 스스로 노마드를 청산하기 어렵다고 설명한다(Attali, J., 앞의 책, 418쪽). 본고에서는 논의의 일관성을 위하여 번역서에서 사용한 '정착민'을 정주민으로 '노마드'를 이주민으로 바꾸어 사용하였다.

29 Deleuze, G. · P. Guattari, 앞의 책, 729~730쪽 참조.
30 김금희, 앞의 작품, 259쪽.
31 위의 작품, 260쪽.

편을 찾아 중국에 왔다가 남편이 바람을 피우고 사업이 망한 사실을 알고는 이혼을 하고 아들만 데리고 중국에 정착하기 위해 소예미용실을 차리고 새로운 삶을 꿈꾼다. 박철이 한국에서 친하게 지내던 탈북자 선아는 목숨을 걸고 탈북한 후 중국에서 한 남자의 아내로 살다가 도망쳐 한국에 입국하여 국적을 획득하고 식당 종업원으로 어렵게 살며 새로운 삶을 모색한다. 박철의 애인이었던 조선족 수미는 보다 나은 환경을 찾아 한국으로 이주해 식당 종업원으로 지내다가 선아와 함께 근무하게 되자 한국 국적이 없는 자신의 처지 때문에 박철을 떠나 중국으로 돌아가 소예미용실에서 새로운 삶을 도모한다.

박철과 그가 알고 지낸 세 여성의 삶은 더 나은 삶을 찾아 떠도는 이주민의 모습을 전형적으로 보여준다. 보다 나은 기회가 세계 이곳저곳에 존재하고 있고, 그 존재가 모든 사람들에게 공개되어 있는 현실에서 자신의 꿈을 좇아 새로운 기회를 찾아 이주하는 것은 당연한 일이다. 정보가 한정되어 있던 근대 이전에도 살기 나은 곳을 찾아 끊임없이 이주한 인류이니, 정보가 공개되고 이동이 편리해진 현대사회에서 초국가적 이주가 폭발적으로 발생하는 것은 당연한 일이다. 김금희의 「노마드」에서 조선족과 탈북자 그리고 한국인의 이주를 병치해 서술함으로써 조선족의 이주 열풍이 조선족과 모국 한국 사이의 특수한 현상이 아니라 20세기 후반부터 폭발적으로 증가한 초국가적 이주로서의 성격을 지닌다는 인식을 분명히 보여주고 있다.

3) 이주의 불안정성과 대안으로 정주

「노마드」에서 조선족의 이주 열풍을 통해 현대사회의 특징인 초국가적 이주를 형상화한 김금희는 「월광무」(2015)에서 이주에 대한 또 다른 시각을 보여준다. 「월광무」는 조선에서 살길을 찾아 중국으로 건너와 삼대에 걸쳐 이주민으로 삶을 살아가는 조선족 유와 아버지 때 유네 집안이 살던 조선족 동네에 흘러들어와 정주민으로 살아가는 유의 친구 한족 마로얼의 이야기가 교직되어 이주와 정주라는 주제를 선명히 드러낸다.

이 작품은 불과 1세기 전부터 살길을 찾아 고향인 조선반도를 떠나 만주로 건너온 과경민족인 조선족의 이주민적 성향을 잘 보여준다. 「월광무」에서 유의 증조부는 살길을 찾아 가솔을 이끌고 두만강을 건너와 연변 벽촌에 터를 잡았다. 유의 할아버지는 젊은 시절 전사가 되어 전국의 전장을 누볐고, 전쟁 후에 고향 연변으로 돌아가지 않고 수전을 풀 땅을 찾아 돌아다니다가 장춘 근처에 조선족 마을을 개척했다. 유의 아버지는 문혁으로 대학 갈 기회를 놓치고 전국 순회를 다니던 것이 방랑의 발단이 되어 집체영농의 시대에 농번기에는 농사일을 하고 농한기가 되면 떠돌이 장사를 하러 다니는 삶을 살다 젊은 나이에 병사했고, 유의 삼촌은 사육하던 곰을 한 마을에 사는 한족 마로얼네에 넘기고 미국으로 이주하였다. 또 유의 고향 동네 조선족들도 개혁개방으로 또 마을이 도시화되면서 모두 도시로 한국으로 이주해버렸다. 이렇듯 조선에서 중국으로 이주해온 조선족들은 고향에서 도시로 또 중국에서 한국으로 새로운 기회를 찾아 이주하는 것을 어렵게 생각하지 않는다. 「월광무」에서 이주를 반복하는 유의 가족과 조선족들의 모습은 이주에 대한 부담을 크게 느끼지 않는 과경민족으로서 조선족의 특성을 형상화한 것이라 하겠다.

집안 어른들과 마찬가지로 유도 어머니의 권유로 고향을 떠나 타지의 대학에 진학하여 어렵게 졸업한 후, 어머니가 계신 고향으로 돌아가기보다는 대도시의 국영기업에 취업한다. 그러다 개혁개방으로 개인사업이 허용되고 많은 사람들이 기회를 찾아 장사를 시작하자 유 역시 자신의 능력을 바탕으로 꿈을 이루어보고자 한다. 유는 개인의 역량을 발휘하기 어렵지만 평생의 생계는 보장되는 국영기업을 사직하고 자신만의 참신한 아이디어로 사업을 벌여 남들이 부러워할 정도의 성공을 거둔다.

아버지를 따라 유네 마을로 들어온 마로얼은 형제들과 힘을 합쳐 유네 삼촌이 사육하던 곰을 물려받아 곰 사육에 몰두하고, 가축을 키우고, 황무지를 개간하여 유네 마을에서 뿌리내리려 애를 썼다. 개인사업이 가능해지면서 조선족들이 마을을 떠나자 그 땅을 임대해 농사를 지으며 고향마을에 자리 잡은 마로얼 형제들은 마을이 도시화되면서 큰돈을 보상받는다. 돈이 생긴 형제들은 아파트에 들기도 하고 젖소 농장을 꾸리기도 하지만 마로얼은 더 깊은 산골로 들어가 보상받은 돈으로 땅을 구입하고 정주를 선택한다.

마로얼이 산골로 들어가고자 하자 개인사업을 시작해 북경에서 관광 관련 사업으로 성공가도를 달리던 유는 마로얼에게 딸의 미래를 위해서라도 도시로 이주하라 권한다.

> "마거 인생은 그렇다 쳐도 징이는 어떡할 거요? 징이를 봐서는 지금이라도 읍에 나가 사는 게 낫잖우?"
> 마로얼은 미처 돌덩이를 걸러내지 못한 척박한 밭뙈기를 휘 둘러보면서 머리를 저었다.
> "아니, 징이도 마찬가지야. 땅을 떠나 살 수 있는 사람이 어디 있간?"
> 더 이상 권해봤자 아무 소용이 없었다.[32]

유와 마로얼의 대화는 '비전 없이 현실만 산다면 의미가 없다'고 생각하는 이주민과 '꿈이란 너무 멀고 높은 것이니까 현실을 살아야 한다'는 정주민의 입장을 대변한다. 유와 마로얼은 인생의 설계에 있어 꿈과 현실 즉 이주와 정주라는 서로 대척적인 원칙에 기대고 있어 상대방의 삶의 방식을 받아들

---

32 김금희, 「월광무」, 앞의 책, 131쪽.

일 수 없다. 그리고 그들의 이러한 선택은 삶의 행로를 크게 바꾸어놓는다.

돈과 꿈을 좇아 안정된 직장을 버리고 시작한 유의 사업은 주변 상황의 변화에 따라 호황과 불황이 반복되고, 한 사업이 실패하면 다른 사업으로 변경하고 또 다른 사업을 시작하면서 시간이 지날수록 상황은 점점 더 나빠진다. 반면에 마로얼은 땅에 기대어 산골에 터를 잡고 황무지를 개간하고 산에 나무를 심고 가축을 기르는 일에 매달린 결과 농장의 규모도 커지고 땅값도 오르면서 인근 최고의 땅부자이자 규모 있는 농장주로 성장한다. 사업에 어려움을 겪던 유는 새로운 사업을 시작할 초기 자금을 빌릴 곳마저 없어져 사업을 접어야 할 지경에 이르게 되자 마지막으로 기댈 곳이라는 심정으로 마로얼에게 전화한다.

상황이 절박한 유가 강남에서 동북으로 이동하는 중에 과거를 회상하는 형식으로 유와 마로얼의 삶을 비교한 「월광무」는 유가 마로얼을 찾아가서 그가 일구어놓은 농장의 규모에 놀라는 장면에서 끝맺는다. 자신의 꿈을 실현하기 위하여 정주를 포기하고 개인사업을 시작하여 전국을 떠돌던 유는 몰락하고, 꿈을 좇기보다는 주어진 현실에 충실해야 한다는 의지만으로 희망이 없어 보이던 농촌에서 정주를 선택한 마로얼은 대성한 것이다. 「월광무」의 이 같은 결말은 허황된 꿈을 좇는 이주민의 불안정한 삶보다는 주어진 현실에 충실한 정주민의 삶이 올바른 삶일 수 있음을 보여준다.

이러한 김금희의 정주에 대한 긍정적 시각은 「월광무」에서 전장을 누비던 유의 할아버지가 전쟁 후 조선족 마을을 건설하는 데서도 잘 드러난다.

> 어린 할아버지는 부모님을 따라 두만강을 건너왔지만 전설의 만주벌까지 들어오지는 못하고 연변의 벽촌에 머물러 성장했던 것이다. 총대를 메고 달릴 수 있는 나이가 되자 할아버지는 어린 전사가 되어 군부대를 따라다녔고 전쟁이 끝난 다음에는 공식적인 중국인으로 어영부영 한 가정의 가장이 되

어서 수전(水田)을 풀 수 있는 땅을 찾아 여기저기 돌아다녔다.

그리하여 할아버지처럼 새 땅을 찾던 사람들이 아득한 평지를 가진 유의 동네에 모인 것이었다.[33]

유의 할아버지는 젊은 시절에는 어릴 적 자신의 아버지와 함께 조선반도에서 이주해와 터 잡은 연변 땅을 떠나 전국을 돌아다녔다. 전사로서 군부대를 따라 전국을 누비던 할아버지는 한 가정을 이루게 되자 가족과 함께 정주할 곳을 찾아 장춘 근처 만주벌에 논을 풀었고 같은 뜻을 가진 사람들이 모여들어 커다란 조선족 마을을 건설하였다. 유의 할아버지는 연변이 어린 시절을 보낸 곳이기는 하지만 고향도 아니고 자기 소유의 농토도 없고 기다리는 가족도 없기에 고향으로 돌아가기보다 새로운 고향을 만드는 것을 선택한 것이다. 유의 할아버지의 삶은 젊은 시절에는 꿈을 좇아 또 일을 따라 이주하는 떠돌이의 삶을 영위하더라도 나이가 들면 고향으로 돌아가거나 돌아갈 고향이 없다면 삶이 다할 때까지 정주할 고향을 만들어야 한다는 작가의 이주와 정주에 대한 인식을 보여준다.

김금희는 「월광무」에서 이주는 꿈을 좇다가 현실을 놓치고 결국 인간다운 삶이 파탄에 이르게 된다는 점에서 비판하고, 현실에 순응하고 최선의 노력을 기울이면 안정된 삶과 성공을 담보하는 정주를 그 대안으로 제시한다.[34] 그러나 김금희가 「월광무」에서 이주가 갖는 삶의 불안정성이라는 본질적인 한계를 극복하기 위한 대안으로 제시한 것이 성실함으로 무장하여 토지에 터 잡는 정주라는 것은 작가의 현실인식의 한계를 드러낸 것이라 하겠다. 오

---

33 위의 작품 112쪽.

34 김금희는 「촌장선거」(2016)에서도 도시로 이주한 친구들이 몰락한 데 비해 농촌에 정주한 광철은 이주자의 농토를 임대 영농해 크게 성공하여 촌장으로 선출되는 이야기를 통해 농촌 정주를 이주의 대안으로 제시하고 있다.

랜 세월을 토지에 기대어 삶을 영위하던 농민들은 산업혁명으로 기업의 필요에 따라 도시로 이주해 노동자로 살아가게 되었다. 더욱이 산업이 고도화되면서 더 많은 노동력이 요구되자 기업과 자본의 요구에 따라 이루어지는 자발적·비자발적 이주가 엄청난 규모로 이루어졌다.

이러한 시대의 흐름에 따라 농민들은 좀 더 나은 삶을 찾아 농촌을 벗어나 도시 노동자의 삶을 선택하였다. 역사적으로 전개되어온 농민의 도시 이주는 농촌에서의 삶이 암담했다는 점을 반증해주고, 농촌의 상황은 현재도 과거와 그리 다르지 않다. 또 농촌에서 농장을 꾸려 성공하기란 개인의 노동력만으로는 가능하지 않고, 수많은 임금농이 필요한 현실을 생각하면 농민으로 성공하기가 도시 이주민으로 사업을 일구는 것보다 결코 쉽지 않다. 더욱이 호구제도에 따라 농민은 원칙적으로 다른 호구로 전환할 수 없고 도시로 이주할 권리도 없다는 점에서 농민이 직업이 아니라 신분[35]으로 인식되는 중국 현실에서 농민으로 성공한다는 것은 거의 불가능에 가까울 것이다.

이러한 농촌의 역사적 현실이나 중국 농민의 현실을 고려해보면 김금희가 이주 현실을 극복할 소설적 대안으로 제시한 농촌 정주는 현실을 반영하지 못한 것이라는 지적이 가능하다. 인류사적으로 보아 수렵, 채취, 유목 등 인류의 전통적인 삶의 방식이던 이주는 농업에 기반을 둔 정주에 의해 종식되었지만, 사회의 발전과정에서 다양한 직업군이 형성되고 특히 산업화로 인해 농업 이외에도 정주를 가능하게 해주는 다양한 삶의 방식이 등장하였다. 초국가적 이주의 시대에도 여전히 존재하는 이주의 삶이 갖는 불안정성에 대한 대안으로 정주를 제시하기 위해서는 현대사회의 현실을 반영한 새로

35　중국 농민의 신분 성격에 대해서는 최삼룡, 「박선석의 소설과 농촌사회학」(『연변문학』 2008.11) 1장 참조.

운 정주의 길이 제시되어야 할 필요가 있다.

4. 결론

이주를 제재로 한 김금희의 소설은 한국 열풍이 조선족 사회에 미친 영향을 그리기보다는 이주를 현대사회의 보편적 현상으로 인식하여 그 의미를 탐구하고 있다. 이렇게 조선족 이주를 전대의 조선족 작가들과 달리 객관적 시각으로 살핀 것은 조선족 소설의 한 가능성을 보여준 것으로 평가할 수 있다. 본고에서 고구한 바 김금희 소설이 다룬 이주의 특징을 요약하면 아래와 같다.

첫째, 이주에 대한 객관적인 인식을 통하여 이주민 누구나 경험하는 심리적 고통을 다루고, 그들이 선택한 삶을 인정하여 그들은 그들의 삶을 살아야 함을 보여주고, 조선족이 한족 사이에서 최소한의 정체성을 지키며 살아갈 방안을 모색했다. 둘째, 이주에 대한 이러한 객관적 접근 방식을 바탕으로 조선족의 한국 이주와 탈북자의 중국과 한국으로의 이주 그리고 한국 여성의 중국 이주 등을 통해 현대사회의 초국가적 이주 현상을 소설화하였다. 셋째, 이주의 불안정성을 극복하기 위한 대안으로 농업 정주를 제시하고 있으나 산업화 이후 농촌의 상황과 중국 사회의 농민이 가진 현실을 반영하지 못한 점은 한계로 지적되었다.

김금희는 이주 현실에 대해 객관적으로 접근하여 이주의 본질과 이주민이 겪는 불안정한 삶 그리고 이주민의 삶이 정주민에게 미치는 영향 등 이주를 다양한 각도에서 살피고 그것이 갖는 인문학적 의미를 해명해왔다. 김금희가 이주 문제에 이렇듯 객관적 시각을 지닐 수 있었던 것은 그녀가 조선족의 이주가 본격화된 이후에 성장한 '80후' 세대로서 조선족 공동체에 대한 기억의 부담이 존재하지 않아 전 세대 조선족 작가들에 비해 조선족 공동체의 와해에 대한 심리적 절박감이 약했기 때문으로 이해해볼 수 있다. 이렇듯 조선족 공동체의 경험이 적고 조선족의 정체성이 다소 약했기에 이주의 문제를 바라보면서 조선족 특수성보다 인간 보편성을 먼저 생각할 수 있었던 것이다. 김금희의 소설이 보여준 이주에 대한 이러한 새로운 인식은 조선족 소설이 지난 30여 년간 이주 열풍을 조선족의 문제로만 접근해온 한계를 넘어서 현대사회의 초국가적 이주라는 보편적 현상으로 파악한 것이라는 점에서 소설사적 의의를 지닌다 하겠다.

1. 자료

금　희, 「노란 해바라기 꽃」, 『연변문학』 2014.2
─────, 『세상에 없는 나의 집』, 창비, 2015.
김금희, 「개불」, 『연변문학』 2007.11.
─────, 『슈뢰딩거의 상자』, 료녕민족출판사, 2013.
─────, 「촌장선거」, 『창작과 비평』 174호, 2016.12.
김학철, 『누구와 함께 지난날의 꿈을 이야기하랴』, 실천문학사, 1994.
─────, 『최후의 분대장』, 문학과지성사, 1995.
─────, 『20세기의 신화』, 창작과비평사, 1996.
─────, 『우렁이 속 같은 세상』, 창작과비평사, 2001.
─────, 『격정시대』 상·하(김학철전집 1, 2), 연변인민출판사, 2010.
─────, 『사또님 말씀이야 늘 옳습지』(김학철전집 3), 연변인민출판사, 2010.
─────, 『태항산록』(김학철전집 4), 연변인민출판사, 2011.
─────, 『나의 길』(김학철전집 5), 연변인민출판사, 2011.
─────, 『천당과 지옥 사이)』(김학철전집 6), 연변인민출판사, 2011.
─────, 『항전별곡』(김학철전집 7), 연변인민출판사, 2012.
김　혁, 『천재 죽이기』, 연변인민출판사, 1999.
─────, 『마마꽃, 응달에 피다』, 연변인민출판사, 2005.
─────, 『마마꽃, 응달에 피다』(중판본), 상해원동출판사, 2014.
─────, 『국자가에 서 있는 그녀를 보았네』, 연변교육출판사, 2018.
─────, 『춘자의 남경』, 연변인민출판사, 2018.
류원무·허해룡, 『다시 찾은 고향』, 흑룡강조선민족출판사, 1985.
류원무, 『봄물』, 연변인민출판사, 1987.
─────, 『아리랑 열두고개』, 흑룡강조선민족출판사, 2001.
─────, 『아리랑 열두 고개』 1, 2, 한국학술정보, 2005.

———,『단편소설선집』, 한국학술정보, 2005.

———,『중편소설선집』, 한국학술정보, 2006.

———,『류원무 단편소설 자선집』, 연변인민출판사, 2008.

———,『회한』, 연변인민출판사, 2009.

———,「사람이 되겠습니다」,『연변문학』2009.2, 129~132쪽.

———,『봄물』(중국조선족문학대계 7), 연변인민출판사, 2011.

리근전,『고난의 년대』상, 연변인민출판사, 1982.

———,『고난의 년대』하, 연변인민출판사, 1984.

리원길,「다시 찾은 청춘」, 남주길 외,『사랑에 대한 이야기』, 연변인민출판사, 1980.

———,『백성의 마음』, 연변인민출판사, 1984.

———,『설야』, 연변인민출판사, 1989.

———,『춘정』, 연변인민출판사, 1992.

———,『땅의 자식들』1~4, 뜻이있는길, 1994.

———,『피모라이 병졸들』, 민족출판사, 1995.

———,『설야』(중국조선족문학대계 8), 연변인민출판사, 2011.

리혜선,『푸른 잎은 떨어졌다』, 민족출판사, 1990.

———,『야경으로 가는 여자』, 흑룡강조선민족출판사, 1997.

———,『빨간 그림자』, 연변인민출판사, 1998.

———,『코리안 드림, 그 방황과 희망의 보고서』, 아이필드, 2003.

———,『생명』, 연변인민출판사, 2006.

———,『빨간 그림자 외』(중국조선족문학대계 10), 연변인민출판사, 2011.

박선석,『쓴웃음』상, 중, 하, 료녕민족출판사, 2003.

———,『재해』, 흑룡강조선민족출판사, 2007.

박옥남,『장손』, 연변인민출판사, 2011.

———,「고향」,「귀뚜라미」,「바퀴벌레」,「언니」,「아버지」,「해심이」원고 파일.

우광훈,『흔적』, 연변인민출판사, 2005.

윤림호,『투사의 슬픔』, 흑룡강조선민족출판사, 1985.

———,「산의 사랑」,『아리랑』1986.5.

———,「라고하」,『아리랑』1991.11.

———,『고요한 라고하』, 흑룡강조선민족출판사, 1992.

———, 「생활의 교실」, 『천지』 1998.6.

———, 「명암의 세계」, 『연변문학』 2000.1~2000.10.

———, 『조막손로친과 세다리 개』, 료녕민족출판사, 2001.

———, 『승냥이가 울던 계절』, 흑룡강조선민족출판사, 2002.

정세봉, 『하고 싶던 말』, 민족출판사, 1985.

———, 『볼세위크의 이미지』, 흑룡강조선민족출판사, 1998.

———, 『볼세비키의 이미지』, 신세림출판사, 2003.

최국철, 『간도전설』, 흑룡강조선민족출판사, 1999.

———, 『광복의 후예들』, 연변인민출판사, 2010.

최홍일, 『눈물 젖은 두만강』 상, 하, 민족출판사, 1999.

———, 『눈물 젖은 두만강』 상(중국조선족문학대계 11), 연변인민출판사, 2011.

———, 『눈물 젖은 두만강』 하(중국조선족문학대계 12), 연변인민출판사, 2012.

———, 『룡정별곡』 1(『눈물 젖은 두만강』 속편), 연변인민출판사, 2013.

———, 『룡정별곡』 2(『눈물 젖은 두만강』 속편), 연변인민출판사, 2013.

———, 『룡정별곡』 3(『눈물 젖은 두만강』 속편), 연변인민출판사, 2015.

허련순, 『바람꽃』, 범우사, 1996.

———, 『누가 나비의 집을 보았을까』, 인간과자연사, 2004.

———, 「오줌 누는 돌(문학자서전)」, 『도라지』 2004.6.

———, 『중국색시』, 북치는 마을, 2016.

허해룡, 「혈연」, 『단편소설선』(중국조선족문학대계 15), 연변인민출판사, 2012.

2. 저서

강 옥, 『김학철 문학 연구』, 국학자료원, 2010.

김득순 외 편역, 『중공동만특위문헌자료집』(상), 연변인민출판사, 2005.

김재선, 『모택동과 문화대혁명』, 한국학술정보, 2009.

김준엽 · 김창순, 『한국공산주의운동사』, 청계연구소, 1986.

김학철문학연구회 편, 김관웅 · 김호웅, 『김학철문학과의 대화』, 연변인민출판사,
     2009.

김학철문학연구회 편, 『김학철론 · 젊은 세대의 시각』, 연변인민출판사, 2006.

──────── 편,『조선의용군 최후의 분대장 김학철』, 연변인민출판사, 2002.

──────── 편,『조선의용군 최후의 분대장 김학철』2, 연변인민출판사, 2005.

──────── 편,『조선의용군 최후의 분대장 김학철』4, 연변인민출판사, 2007.

──────── 편,『소장파평론가와 김학철의 만남』, 연변인민출판사, 2009.

──────── 편,『로신과 김학철』, 연변인민출판사, 2011.

김호웅 · 조성일 · 김관웅,『중국조선족문학통사』하, 연변인민출판사, 2012.

김호웅 · 김해양,『김학철 평전』, 실천문학사, 2007.

대중서사장르연구회,『대중서사장르의 모든 것 1 - 멜로드라마』, 이론과실천, 2007.

도미니크 라카프라, 육영수 편,『치유의 역사학으로』, 푸른역사, 2008.

리광일 · 김호웅,『조선족문학사』, 연변대학출판사, 2016.

리광일,『해방 후 조선족 소설문학 연구』, 경인문화사, 2003.

리혜선 · 손문혁 정리,『연변작가협회 대사기』, 연변인민출판사, 2006.

마루야마 마사오 · 가토 슈이치,『번역과 일본의 근대』, 임성모 역, 이산, 2000.

미셸 세르 · 실비 그뤼스조프 외 9명,『정체성, 나는 누구인가』, 이효숙 역, 알마,
    2013.

박광성,『중국조선족의 초국적 이동과 사회변화』, 한국학술정보, 2008.

박충록,『김학철 문학 연구』, 이회, 1996.

백승욱,『문화대혁명 - 중국현대사의 트라우마』, 살림, 2007.

번 성,『포스트 문화대혁명』, 유영하 역, 지식산업사, 2008.

설동훈,『외국인노동자와 한국사회』, 서울대출판부, 1999.

아이리스 장,『역사는 누구의 편에 서는가 : 난징대학살, 그 야만적 진실의 기록』, 윤
    지환 역, 미다스북, 2014.

아인 랜드,『이기심의 미덕』, 정명진 역, 부글, 2017.

안병직 외,『세계의 과거사 청산』, 푸른역사, 2005.

연변당사학회 편,『연변40년기사(1949-1989)』, 연변인민출판사, 1989.

연변문학예술연구소 편,『김학철론』, 흑룡강조선민족출판사, 1990.

연변조선족자치주 당안관 편,『연변대사기 1712-1988』, 연변대학출판사, 1990.

오상순 주필,『중국조선족문학사』, 민족출판사, 2007.

오상순,『개혁개방과 중국조선족 소설문학』, 월인, 2001.

───,『조선족 정체성의 문학적 형상화』, 태학사, 2013.

오장환, 『한국 아나키즘운동사 연구』, 국학자료원, 1998.

오카 마리, 『기억 서사』, 김병구 역, 소명, 2004.

왕   단, 『왕단의 중국현대사』, 송인재 역, 동아시아, 2013.

윤휘탁, 『일제 하 '만주국' 연구』, 일조각, 1996.

이광규, 『민족과 국가』, 일조각, 1997.

이미림, 『21세기 한국소설의 다문화와 이방인들』, 푸른사상, 2014.

이소희 편, 『다문화사회, 이주와 트랜스내셔날리즘』, 보고사, 2012.

이승률, 『동북아시대와 조선족』, 박영사, 2007.

이재선, 『한국단편소설연구』, 일조각, 1977.

이정식 · 한홍구, 『항전별곡 – 조선독립동맹 자료 I』, 거름, 1986.

이진경, 『노마디즘』 1, 2, 휴머니스트, 2002.

이진우 · 김민정 외, 『호모 메모리스』, 책세상, 2014.

이해영, 『중국조선족 사회사와 장편소설』, 역락, 2006.

장윤수, 『노마디즘과 코리안 디아스포라 문학』, 북코리아, 2011.

전병칠, 『20세기 중국조선족 10대 사건』, 환경공업출판사, 1999.

전진성 · 이재원 편, 『기억과 전쟁』, 휴머니스트, 2009.

정덕준 외, 『중국조선족 문학의 어제와 오늘』, 푸른사상사, 2006.

정세봉 편저, 『문학, 그 숙명의 길에서 – 정세봉과 그의 문학』, 신세림출판사, 2017.

정협 연변조선족자치주 문사자료위원회 편, 『해방 초기의 연변』, 료녕민족출판사,
      2000.

조성일 · 권철 주편, 『중국조선족문학사』, 연변인민출판사, 1990.

조영남, 『개혁과 개방』, 민음사, 2016.

채영국 외 5인, 『연변 조선족 사회의 과거와 현재』, 고구려연구재단, 2006.

천쓰허(陳思和), 『중국당대문학사』, 노정은 · 박난영 역, 문학동네, 2008.

최병우, 『한국 근대 일인칭 소설 연구』, 한샘, 1995.

──, 『리근전 소설 연구』, 푸른사상사, 2007.

──, 『조선족 소설의 틀과 결』, 국학자료원, 2012.

──, 『이산과 이주 그리고 한국현대소설』, 푸른사상사, 2013.

최삼룡 외, 『문학평론선집』(20세기중국조선족문학선집 4), 연변인민출판사, 1999.

최성춘, 『연변인민항일투쟁사』, 민족출판사, 1999.

프란시스 위스타슈, 『우리의 기억은 왜 그토록 불안정할까』, 이효숙 역, 알마, 2009.

프랑크 디쾨터, 『해방의 비극』, 고기탁 역, 열린책들, 2016.

─────, 『마오의 대기근』, 최파일 역, 열린책들, 2017.

─────, 『문화대혁명』, 고기탁 역, 열린책들, 2017.

한건수 · 설동훈, 『이주자가 본 한국의 정책과 제도』, 한국여성정책연구원, 2007.

황수민, 『린 마을 이야기』, 양영균 역, 이산, 2003.

Attali, J., 『호모 노마드 : 유목하는 인간』, 이효숙 역, 웅진싱크빅, 2005(원제 *L'homme nomade*).

Deleuze, G. · P. Guattari, 『천개의 고원』, 김재연 역, 새물결, 2001(원제 *Mille Plateaux*).

가라타니 고진(柄谷行人), 『일본 근대문학의 기원』, 박유하 역, 민음사, 1996.

3. 논문 및 평문

강 걸, 「윤림호 소설의 주제학적 연구」, 연변대학교 석사학위 논문, 2003.

강 영, 「김학철 소설 「격정시대」의 해학과 풍자」, 『한국언어문화학』 5-2, 2008. 12.

강 옥, 「중국과 한국에서의 김학철 문학 연구」, 『한국여성교양학회지』 13, 2004. 12.

강진구, 「모국 체험이 조선족 정체성에 미친 영향 연구」, 『다문화콘텐츠연구』 7, 2009. 10.

고명철, 「혁명성장소설의 공간, 민중적 국제연대 그리고 반식민주의」, 『반교어문연구』 22, 2007. 2.

권성은, 「디아스포라 문학의 '공간' 연구」, 숭실대학교 석사학위 논문, 2009.

김 혁, 「무정천리 꽃이 피네 ─ 유정의 "은사" 류원무 선생님」, 『연변문학』 2009. 2.

김련희, 「김혁 소설에 나타난 색채어 연구」, 연변대학교 석사학위 논문, 2015.

김명인, 「어느 혁명적 낙관주의자의 초상」, 『창작과비평』 115, 2002. 3.

김미란, 「허련순 중단편 소설의 페미니즘 경향에 대한 통시적 연구」, 『한중인문학연구』 45, 2014. 12.

김봉웅, 「우리 시대의 인간성격에 대한 탐구」, 『20세기중국조선족문학선집 4』, 연변인민출판사, 1999.

김원숙, 「우리나라 이민정책의 역사적 전개에 관한 고찰」, 『IOM 이민정책연구원 워킹페이퍼』 2012-4, 2012.

김윤식, 「항일 빨치산문학의 기원 – 김학철론」, 『실천문학』 12, 1988.12.

김은자, 「김혁의 장편소설 「국자가에 서 있는 그녀를 보았네」 연구」, 연변대학교 석사학위 논문, 2012.

김정숙, 「5.18 민중항쟁과 기억의 서사화」, 『민주주의와 인권』 7-1, 2007.4.

김중신·유미향, 「문화의 시대와 문학적 문식성」, 『문학교육, 사회적 어젠다에 답하다』, 한국문학교육학회 창립 20주년 기념학술대회 발표문집, 2016.9. 3.

김진공, 「현대 중국의 상흔문학의 성격에 대한 재검토」, 『중국현대문학』 47, 2008.12.

───, 「문혁, 상흔, 기억, 서사」, 『중국문학』 66, 2011.2.

김창걸, 「연변의 창작에서 제기되는 민족어 규범화 문제」, 『문학평론선집』(20세기중국조선족문학선집 4), 연변인민출판사, 1999.

김학철, 「아름다운 우리 말」, 『태항산록』(김학철전집 4), 연변인민출판사, 2011.

김해양, 「김학철의 혁명생애와 그가 만난 역사 인물들」, 『역사비평』 90, 2010.3.

김현진, 「기억의 허구성과 '서사적 진실'」, 『독일언어문학』 22, 2003.12.

김현철, 「박선석과 이문구 소설에서의 상처 치유 양상 비교」, 『현대문학의 연구』 59, 2016.6.

김호웅·김관웅, 「이중적 아이덴티티와 문학적 서사」, 『인문학논총』 47, 2009.5.

김호웅, 「전환기 조선족 소설문학에 대한 주제학적 고찰」, 편찬위원회 편, 『개혁개방 30년 중국조선족 우수단편소설선집』, 연변인민출판사, 2009.

───, 「다문화 사회 담론과 소수자의 목소리」, 『계간 시작』 32호, 2010.2.

로신주, 「김금희 소설의 근대성 성찰」, 『장백산』 2014.1.

리광일, 「김혁 소설 세계의 통시적 연구」, 『연변문학』 2018.9.

리상각, 「다정한 류원무 문우를 보내며 그리운 눈물을 뿌린다」, 『연변문학』 2009.2.

리 영, 「최국철의 장편소설 「광복의 후예들」 연구」, 연변대학교 석사학위 논문, 2012.

리원길, 「문학어의 정확성을 보장할데 대하여」, 『중국조선어문』 1991.1.

───, 「문학의 십자가를 메고」, 『도라지』 2004.5.

리장수, 「윤림호 소설로부터 말해본다」, 『20세기중국조선족문학선집 4』, 연변인민출판사, 1999.

리해연, 「김금희 소설의 노마디즘과 디아스포라 연구」, 『한중인문학연구』 55, 2017.6.

─────, 「『세상에 없는 나의 집』을 통해 본 중국조선족의 어제, 오늘 그리고 래일」, 『장백산』 2018.3.

리혜선, 「진지한 인생 진지한 작가」, 고 류원무선생 작품세미나 발표문, 2009.4.28.

림원춘, 「인격자─류원무」, 『연변문학』 2009.2.

마중가, 「모택동 만년의 유토피아사상 연구」, 『중국학연구』 28, 2004.6.

박수현, 「중국 조선족 작가 리혜선의 소설 연구」, *Comperative Korean Studies* 23-3, 2015.

박용규, 「동북아 20세기와의 대결 : 김학철의 민족해방서사」, 『비평문학』 32, 2009.6.

박지혜, 「윤림호 소설의 민족의식 표출양상과 의미」, 『현대소설연구』 33, 2007.

박찬부, 「기억과 서사 : 트라우마의 정치학」, 『영미어문학』 95, 2010.6.

박춘란, 「박선석 소설 연구」, 『한중인문학연구』 39, 2013.4.

─────, 「박선석 소설의 이데올로기 연구」, 『한민족문화연구』 42, 2013.

─────, 「중국의 정치변동과 조선족 농촌사회의 문학적 형상화」, 성균관대 박사학위 논문, 2013.

─────, 「문화대혁명과 조선족 농촌사회의 문학적 형상화」, 『한중인문학연구』 46, 2015.2.

서 령, 「박선석문학연구」, 인하대학교 석사학위 논문, 2011.

서영빈, 「남북한 및 중국 조선족 역사소설 비교연구─「북간도」, 「두만강」, 「눈물 젖은 두만강」을 중심으로, 한남대 박사학위 논문, 2006.

송현호, 「김학철의 「격정시대」에 나타난 탈식민주의 연구」, 『한중인문학연구』 18, 2006.8.

─────, 「김학철의 「20세기의 신화」 연구」, 『한중인문학연구』 21, 2007.8.

─────, 「최홍일의 「눈물 젖은 두만강」의 서사적 특성 연구」, 『현대소설연구』 39, 2008.12.

신경림, 「민중생활사의 복원과 혁명적 낙관주의의 뿌리」, 『창작과비평』 61, 1998.9.

신사명, 「김학철의 「격정시대」와 주체적 민족주의」, 『한국어문학연구』 46, 2006.2.

연남경, 「집단학살의 기억과 서사적 대응」, 『현대소설연구』 46, 2011.4.

오경희, 「민족과 젠더의 경계에 선 여성의 이산」, 『아시아여성연구』 46-1, 2007.5.

오상순, 「'선비'와 '농민작가'-리원길론」, 『도라지』 2004.5.

――――, 「조선족 여성작가 허련순의 소설과 당대 남성작가들의 소설에 나타난 '뿌리 찾기 의식' 연구」, 『여성문학연구』 12, 2004.12.

――――, 「이중정체성의 갈등과 문학적 형상화」, 『현대문학의 연구』 29, 2006.7.

――――, 「'선비'와 '농민작가'-이원길론」, 『오늘의 문예비평』 2007.2.

――――, 「흑색유머에 의한 역사 담론의 해체-장편소설 「재해」 시론」, 『조선족 정체성의 문학적 형상화』, 태학사, 2013.

우상렬, 「김학철과 사회주의 사실주의의 허와 실」, 『한국어문학연구』 46, 2006.2.

유명기, 「민족과 국민 사이에서 : 한국 체류 조선족들의 정체성 인식에 관하여」, 『한국문화인류학』 35-1, 2002.

윤대석, 「서사를 통한 기억의 억압과 기억의 분유」, 『현대소설연구』 34, 2007.6.

윤인진, 「朝鮮族敎育的歷史, 現狀及其對策」, 『民族敎育硏究』 2011年 第1期 第22卷, 2011.

윤인진 외, 『동북아의 이주와 초국가적 공간』, 아연출판부, 2010.

이광재 · 지해연, 「조선족 농촌여성의 실존적 특징-허련순의 「누가 나비의 집을 보았을까」를 중심으로」, 『한중인문학연구』 32, 2011.4.

이상갑, 「역사 증언에의 욕구와 형상화 수준」, 『한국학연구』 10, 1998.12.

――――, 「어느 민족주의자의 인간주의」, 『한국학연구』 11, 1999.12.

이욱연, 「소설 속의 문화대혁명」, 『중국현대문학』 20, 2001.6.

이해영 · 진려, 「연변 문혁과 그 문학적 기억」, 『한중인문학연구』 37, 2012.12.

이현정, 「'한국 취업'과 중국 조선족의 사회문화적 변화 : 민족지적 연구」, 서울대학교 석사학위 논문, 2000.

장원용, 「김혁의 중국조선족 테마계렬소설 연구」, 연변대학교 석사학위 논문, 2017.

장춘식, 「리원길의 장편소설 「땅의 자식들」 시론」, 『도라지』 2004, 5쪽.

전성호, 「작가와 정감과 작품」, 『중국 조선족 문학 예술사 연구』, 이회, 1997.

전정옥, 「김학철 문학이 한국문학에서 받은 영향」, 『국제한인문학연구』 3, 2005.10.

진은영, 「기억과 망각의 아고니즘」, 『시대와 철학』 21-1, 2010.3.

차성연, 「중국조선족 문학에 재현된 '한국'과 디아스포라 정체성-허련순의 작품을 중심으로」,『한중인문학연구』31, 한중인문학회, 2010.12.

─── ,「개혁개방기 중국조선족 소설에 나타난 '농민' 정체성」,『현대소설연구』50, 2012.8.

차희정,「개혁개방기 중국 조선족 아동문학에 나타난 조선족 공동체 의식과 탈구─ 류원무의「우리선생님」을 중심으로」,『어문논총』52집, 2010.

천쓰허,「중국 당대문학과 '문화대혁명'의 기억」, 윤해연 역,『문학과사회』2007년 여름호.

최병우,「조선족 소설과 문화대혁명의 기억」,『현대소설연구』54, 2013.12.

─── ,「루쉰과 김학철 잡문의 담론 전개방식 비교 연구」,『한중인문학연구』44, 2014.9.

─── 「한국현대소설과 로컬리즘」,『현대소설연구』58, 2015.4.

최삼룡,「박선석의 소설과 농촌사회학, 박선석의 소설을 보는 한 시각」,『연변문학』 2008.11.

─── ,「우리 소설의 도시상상과 욕망서사 그리고 문체실험」,『연변문학』2010.4.

최우길,「조선족 정체성 다시 읽기 : 세 차원의 의식에 관한 시론」,『재외한인연구』 34, 2014.1.

최호남,「류원무의 장편소설「봄물」에 대한 문체론적 연구」, 연변대학교 석사학위 논문, 2015.

한명환,「한민족 농촌소설 탈식민주의적 위상 고찰」, 2007.8.

한홍화,「『바람꽃』을 통해 본 조선족 정체성의 변이양상」,『한국민족문화연구』38, 2010.11.

허룡석,「작가는 갔으나 덕성은 남아─고 류원무 선생을 추모하며」,『연변문학』 2009.2.

홍정선,「격랑의 삶, 김학철 선생과의 대담」,『황해문학』7, 1995.6.

董永祥·杨艳秋,「北大荒文艺产生与发展的历史性考察」,『牡丹江师范学院学报』 2013.6.

滕紫欣·张冬,「北大荒文学及历史意义研究」,『牡丹江大学学报』23-11, 2014.11.

李　晓,「延边朝鲜族人口流动与职业结构变迁研究」, 중앙민족대학교 석사학위 논문, 2015.

肖人夫,「城市化进程中朝鲜族人口结构变迁研究」, 중앙민족대학교 석사학위 논문,

2013.

太平武, 「中國朝鮮族民族敎育現狀」, 『民族敎育硏究』 2005年 第1期 第22卷, 2005.

「고 류원무선생 추도사」, 연변작가협회 소장 자료.

「간부당안재료적기(幹部檔案材料摘記)」, 리근전 작성.

「대리근전동지적종합고핵(對李根全同志的綜合考核)」, 중국작가협회연변분회 작성.

찾아보기

용어 및 인명

작품 및 도서

ㄱ

찾아보기